U0117135

B&E 经济学系列

国际贸易理论与实务

INTERNATIONAL TRADE THEORY AND PRACTICE

王丽萍　李　创　主编

清华大学出版社
北　京

内容简介

本书全面、系统地介绍国际贸易的基本理论、对外贸易政策和国际贸易实务，全书共分十九章。针对国际贸易学科的性质及应用型本科的教学特点，本书在编写过程中特别强调以下几点：知识体系完整，章节结构合理，内容条理，形式生动，加强可读性和逻辑性，同时增添了大量的国内经营管理实际案例，使读者在学习理论知识的同时注重联系社会实际，提升读者的实践应用能力。

本书可作为高等学校经济管理类专业的教材，也可作为广大国际贸易工作者的自学参考书。

图书在版编目(CIP)数据

国际贸易理论与实务/王丽萍，李创主编. --北京：清华大学出版社，2011.6
(B&E 经济学系列)
ISBN 978-7-302-25174-3

Ⅰ. ①国…　Ⅱ. ①王…　②李…　Ⅲ. ①国际贸易理论　②国际贸易－贸易实务　Ⅳ. ①F740

中国版本图书馆 CIP 数据核字(2011)第 055672 号

责任编辑：梁云慈
责任校对：宋玉莲
责任印制：何　芊
出版发行：清华大学出版社　　　　**地　址**：北京清华大学学研大厦 A 座
http://www.tup.com.cn　　　　**邮　编**：100084
社 总 机：010-62770175　　　　**邮　购**：010-62786544
投稿与读者服务：010-62776969，c-service@tup.tsinghua.edu.cn
质 量 反 馈：010-62772015，zhiliang@tup.tsinghua.edu.cn
印 刷 者：清华大学印刷厂
装 订 者：三河市新茂装订有限公司
经　销：全国新华书店
开　本：185×260　**印　张**：29.75　**字　数**：699 千字
版　次：2011 年 6 月第 1 版　　**印　次**：2011 年 6 月第 1 次印刷
印　数：1～5000
定　价：46.00 元

产品编号：039357-01

B&E

前言

《国际贸易理论与实务》是面向经济管理类专业开设的一门主要专业课程，课程的主要任务是通过理论教学与实验模拟，使学生掌握国际贸易的基本概念、基本理论和基本方法，培养学生分析和解决国际贸易问题的基本能力，为今后从事相关工作和科学研究奠定坚实的基础。

为了尽可能地照顾到各个不同专业学生的学习兴趣和课程基础，本教材在编写过程中突出以下特色：第一，在介绍国际贸易的关键概念和基本原理时，本书不仅做到概念定义确切、推理逻辑严密，而且还做到内容条理系统、体例生动活泼，并通过剖析各理论的进步性和局限性使学生全面理解国际贸易理论的发展脉络。第二，为了增强学生的实际操作能力，满足应用型本科人才的市场需求，本书在介绍一般性的贸易实务时还补充了大量的本土化案例，让学生在案例中吸取国际贸易的经验教训，同时也有助于激发学生的学习兴趣，培养学生的钻研精神。第三，为了让学生了解中国国情，熟悉中国对外贸易的发展态势，本书将中国国际贸易的前沿问题吸收到教材中来，这样既有助于扩大学生的学习视野，也为高年级学生深入研究国际贸易领域热点问题指引了方向。第四，为了让学生对国际贸易学科有一个系统的了解，本书在编写时不是孤立地对这一门课程进行思考，而是注意学科的整体性，在深入调查研究和分析的基础上，明确本课程与其他主干专业课程的衔接、交叉与分工，进而确定本教材的性质、任务和教学目标。

本书的章节结构大致可以分为三个篇章，其一是国际贸易理论篇，包括第一章至第五章，重点介绍国际贸易发展历程中的经典理论成果；其二是国际贸易政策篇，包括第六章至第十二章，主要介绍与国际贸易紧密相关的关税、非关税、国际服务贸易、国际技术贸易、国际投资、跨国公司、地区经济一体化和世界贸易组织等内容；其三是国际贸易实践篇，包括第十三章至第十九章，主要介绍国际贸易实务中各个主要的业务环节及其操作流程。

本教材由河南理工大学的王丽萍老师和李创老师担任全书主编，王丽萍老师负责第一章至第十二章，李创老师负责第十三章至第十九章。此外，本书在编写过程中还参考了大量的中外文资料，特别地，清华大学出版社的编辑做了大量编辑工作，在此一并表示感谢！

虽然本书的编写工作已画上句号，但仍然恳请各位专家和广大读者赐教，指正书中的缺点和错误，以使本书能够不断修改完善。

编　者

2011年3月

B&E

目录

第一章　导论 …… 1

第一节　国际贸易的基本概念 …… 1
第二节　国际贸易常用的统计指标 …… 6
第三节　国际贸易的产生与发展 …… 13
复习思考题 …… 18

第二章　古典贸易理论 …… 19

第一节　绝对优势理论 …… 19
第二节　比较优势理论 …… 22
第三节　比较优势的度量 …… 25
复习思考题 …… 26

第三章　现代贸易理论 …… 27

第一节　要素禀赋理论 …… 27
第二节　里昂惕夫之谜 …… 35
复习思考题 …… 37

第四章　新贸易理论 …… 38

第一节　产业内贸易理论 …… 38
第二节　规模经济理论 …… 44
第三节　需求偏好相似理论 …… 49
第四节　其他贸易理论 …… 51
复习思考题 …… 55

第五章　贸易保护理论 …… 57

第一节　重商主义思想 …… 57
第二节　幼稚产业保护理论 …… 64
第三节　超贸易保护理论 …… 69
第四节　战略性贸易保护理论 …… 74

第五节 其他贸易保护理论 …… 79
复习思考题 …… 85

第六章 关税 …… 87

第一节 关税概述 …… 87
第二节 关税征收 …… 93
第三节 关税保护度 …… 107
第四节 海关税则 …… 113
第五节 通关手续 …… 121
复习思考题 …… 130

第七章 非关税措施 …… 132

第一节 非关税措施概述 …… 132
第二节 非关税措施的主要种类 …… 139
第三节 新兴的非关税措施 …… 144
复习思考题 …… 156

第八章 国际服务贸易与技术贸易 …… 158

第一节 国际服务贸易 …… 158
第二节 国际技术贸易 …… 165
复习思考题 …… 176

第九章 国际投资与国际贸易 …… 177

第一节 国际投资概述 …… 177
第二节 对外间接投资 …… 183
第三节 对外直接投资 …… 192
第四节 中国利用外资与对外投资 …… 200
复习思考题 …… 211

第十章 跨国公司与国际贸易 …… 212

第一节 跨国公司概述 …… 212
第二节 跨国公司理论 …… 224
第三节 跨国公司的内部贸易 …… 233
复习思考题 …… 239

第十一章 地区经济一体化 …… 240

第一节 地区经济一体化概述 …… 240
第二节 地区经济一体化理论 …… 249
第三节 地区经济一体化的实践 …… 256

第四节　我国区域经济一体化的发展现状与趋势…… 268
复习思考题…… 277

第十二章　世界贸易组织…… 278

第一节　关税及贸易总协定…… 278
第二节　世界贸易组织…… 289
第三节　世界贸易组织的基本原则和例外…… 294
第四节　中国加入 WTO 后的权利、义务和承诺…… 301
复习思考题…… 304

第十三章　国际贸易术语…… 305

第一节　国际贸易术语概述…… 305
第二节　主要的国际贸易术语…… 311
第三节　其他国际贸易术语与贸易术语的选择…… 321
复习思考题…… 324

第十四章　商品的品质、数量、包装与价格…… 325

第一节　商品的品质…… 325
第二节　商品的数量…… 332
第三节　商品的包装…… 337
第四节　商品的价格…… 344
复习思考题…… 350

第十五章　国际货物运输…… 352

第一节　国际货物运输方式…… 353
第二节　进出口合同中的装运条款…… 368
第三节　国际货物运输单据…… 372
复习思考题…… 379

第十六章　国际货物运输保险…… 381

第一节　海上运输货物保险…… 382
第二节　与海运货物有关的国际运输货物保险…… 385
第三节　进出口货物的保险程序…… 389
第四节　其他运输方式的货物保险…… 397
复习思考题…… 399

第十七章　国际贸易货款结算…… 400

第一节　国际贸易结算工具…… 400
第二节　国际贸易结算方式…… 409

第三节 各种支付方式的选择…… 419
复习思考题…… 421

第十八章 商品的检验、索赔、不可抗力与仲裁…… 423

第一节 商品检验…… 423
第二节 索赔…… 428
第三节 不可抗力…… 431
第四节 仲裁…… 435
复习思考题…… 436

第十九章 国际贸易方式与贸易流程…… 438

第一节 国际贸易方式…… 438
第二节 国际商品贸易的基本流程…… 450
复习思考题…… 463

参考文献…… 464

B&E

第一章 导论

【本章导读】

本章主要向读者介绍国际贸易的一些基本概念、国际贸易常用的统计指标、国际贸易的产生与发展以及国际贸易学科的研究内容与研究方法,以及与其他学科的关系,使读者对于国际贸易的研究内容和章节结构有比较清晰的了解,为今后的学习奠定基础。

【学习目标】

1. 掌握国际贸易的一些基本概念。
2. 掌握国际贸易常用的统计指标。
3. 了解国际贸易的产生与发展。
4. 明确国际贸易的研究对象、研究思路与学习方法。

【关键概念】

国际贸易(International Trade)　进口/出口贸易(Import/Export Trade)
有形贸易(Visible Trade)　无形贸易(Invisible Trade)
过境贸易(Transit Trade)　总贸易(General Trade)
专门贸易(Special Trade)　对外贸易额(Value of Foreign Trade)
贸易差额(Balance of Trade)　国际贸易条件(Terms of International Trade)
对外贸易结构(Composition of Foreign Trade)
对外贸易地理方向(Direction of Foreign Trade)
对外贸易依存度(Degree of Dependence on Foreign Trade)

第一节　国际贸易的基本概念

国际贸易(International Trade)是指国家之间的商品和劳务的交换活动,是世界各国之间国际分工的表现形式,它反映了世界各国在经济上的相互联系。国际贸易的范围十分广泛,类别相当繁多,从不同角度可以划分成不同类型。

一、按商品移动的方向划分

按国际贸易过程中商品移动的方向,可以将国际贸易划分为进口贸易、出口贸易和过境贸易。

进口贸易(Import Trade):将外国的商品或服务输入本国市场销售。

出口贸易(Export Trade):将本国的商品或服务输出到外国市场销售。

过境贸易(Transit Trade):甲国向乙国运送商品,由于地理位置的原因,必须经过第三国，即甲国的商品经过丙国境内运至乙国市场销售，对丙国而言，就是过境贸易。

进口贸易和出口贸易是就每笔交易的双方而言的，对于卖方而言，就是出口贸易，对于买方而言，就是进口贸易。此外，输入本国的商品再输出时，称为复出口；输出国外的商品再输入本国时，称为复进口。

二、按商品的形态划分

按贸易商品的形态，国际贸易可划分为有形贸易和无形贸易，也称为货物贸易、服务贸易和技术贸易。

有形贸易(Visible Trade)：有实物形态的商品的进出口，或称"有形商品贸易"或简称"货物贸易"(Goods Trade)。例如，机器、设备、家具等都是有实物形态的商品，它们具有可触摸、可看见、外在的物理特性。这些商品的进出口称为有形贸易。

传统意义上的国际贸易就是指有形贸易。海关对进出口的监管和征税措施也是针对这类贸易的。现在报刊上发布某国对外贸易增长多少或下降多少，如果没有其他特别的说明，通常就是指这类有形贸易而言的。

无形贸易(Invisible Trade)：没有实物形态的技术和服务的进出口，又称"无形商品贸易"，主要是服务贸易和技术贸易。如专利使用权的转让、旅游、金融保险企业跨国提供服务等都是没有实物形态的商品，这种贸易标的不是物质产品，它们不具有可看见和可触摸的外在物理特性，其进出口称为无形贸易。

各国海关统计通常不包括服务贸易，而且对这类贸易的统计数据不那么精确。不过，随着生产力的发展，第三产业在整个经济中的比重不断提高，这类服务在现代国际经济关系中的地位也不断上升。因此，1995 年世贸组织正式成立之后，把国际服务贸易也纳入到其管辖范围之中。表 1-1 是 2000—2008 年世界服务贸易情况。

表 1-1　2000—2008 年世界服务贸易情况

年份	服务贸易出口额		服务贸易进口额	
	金额/亿美元	增长率/%	金额/亿美元	增长率/%
2000	14 922	6.2	14 796	6.6
2001	14 945	0.2	14 941	1
2002	16 014	7.2	15 793	5.7
2003	18 340	14.5	18 023	14.1
2004	21 795	18.8	21 328	18.3
2005	24 147	10.8	23 613	10.7
2006	27 108	12.2	26 196	10.9
2007	32 572	20.1	30 591	16.7
2008	37 313	14.5	34 690	13.4

数据来源：国际贸易统计数据库(International Trade Statistics Database)，WTO。

有形商品的进出口必须经过海关办理相应手续，从而表现在海关的贸易统计上，是国际收支的主要构成部分；无形贸易虽然也是构成国际收支的重要组成部分，但因其不经过海关，通常不显示在贸易统计中，而是显示在一国的国际收支平衡表中。

三、按有无第三者参加划分

按有无第三者参加，国际贸易可分为直接贸易、间接贸易和转口贸易。

直接贸易(Direct Trade)：指商品生产国与商品消费国不通过第三国进行买卖商品的行为，即货物生产国将货物直接出口到消费国，消费国直接进口生产国的货物，两国之间直接完成的贸易。贸易的出口国方面称为直接出口，进口国方面称为直接进口。

间接贸易(Indirect Trade)和转口贸易(Transit Trade)：指商品生产国与商品消费国通过第三国进行买卖商品的行为，间接贸易中的生产国称为间接出口国，消费国称为间接进口国，而第三国则是转口贸易国，第三国所从事的就是转口贸易，即转口贸易是指两国的进出口贸易是通过第三国的中间商把货物转手来完成的贸易方式，故又叫中转贸易(Intermediary Trade)或再输出贸易(Re-export Trade)。例如，伊拉克战争(又称美伊战争)后的伊拉克有一些商机，但是风险也很大。我国的有些企业在向伊拉克出口商品时，大多是先把商品卖给伊拉克的周边国家，再由伊拉克的周边国家转口到伊拉克。一些国家(或地区)由于地理的、历史的、政治的或经济的因素，其所处的位置适合于作为货物的销售中心。这些国家(或地区)输入大量货物，除了部分供本国或本地区消费外，又再出口到邻近国家和地区，例如，中国香港、新加坡、伦敦、鹿特丹等都是国际著名的国际贸易中转地，拥有数量很大的转口贸易。它们通过转口贸易除了可以得到可观的转口利润和仓储、运输、装卸、税收等收入外，同时也推动了当地金融、交通、电信等行业的发展。

转口贸易又可以分为直接转口贸易和间接转口贸易，前者是指，商品虽然直接从生产国运往消费国，但转口商人参与了商品的交易过程，转口商人分别与生产国的出口商和消费国的进口商订立买卖合同；后者是指商品由生产国输入转口国，再由转口国商人负责向消费国输出，故又称再输出贸易。由此可见，直接转口贸易是指出口商通过中间商与进口商发生买卖关系，而后将货物直接从出口国运往进口国的贸易方式。在这种情况下，货物并未在第三国通关进出口，而中间商亦仅涉及交易单据的处理，这种单据处理贸易方式实际上是货物所有权的再出口。再出口贸易方式在转口贸易发展的初期较多发生。人们由于经验、通信设备等的缺少，转口贸易就通过两次货物的进出口来完成。随着转口贸易的发展，单据处理贸易的方式逐渐发展起来，这种方式可以避免货物在第三国通关进出口的繁杂手续，节省运费、保险费和手续费等费用，减少风险，还可缩短交货时间，有利于进口商抓住货物销售良机，从而实现较大的利润。因而单据处理贸易方式逐渐取代再出口贸易方式，成为当今转口贸易的主要方式。

根据货物是否在中转地加工，转口贸易还可分为纯粹转口贸易和加工转口贸易两种。所谓纯粹转口贸易是指，中转的第三国的中间商对进口的货物未经加工再出口。当然，中间商可以将进口货物在当地保税仓库进行分级、混装、加包装、贴标签等。这些活动并未改变原进口货物的形态、性质、结构或效用等，所以不属于加工的范围。加工转口贸易指货物通关输入到中转国，经加工增值后再输往进口国的贸易方式。货物经过某种程度的加工，使加工后的货物与原来未经加工的货物在形态、性质、结构或效用上发生某些变化，通过这种贸易方式不仅可以获得转口利润，还可获取加工利润。加工转口贸易要求中转地有大量的劳动力，工资水平较低，基础设施较好，并有保税仓库或保税区等，这样才能使商品加工成本低，具有国际竞争力。加工转口贸易可以对整批货物进行加工、装配等，也可以是从国外采购某些零部件,与原有的设备配套装配成大型设备出口。

四、按运输方式划分

按运输方式,国际贸易可分为以下5种。

(1) 海运贸易(Trade by Seaway),即利用海运运输工具运输货物的贸易,其运输工具主要是各种船舶,这是当前国际贸易的主要运输方式,目前,海运量约占国际货物运输总量的80%。

2008年世界海运贸易总量达到82亿吨。其中,大宗干散货,如铁矿石、谷物、煤炭、矾土、铝和磷酸盐,占到了总量的将近1/4,增长率为4.7%左右,低于2007年的5.7%,这主要是受2008年金融危机的影响。

(2) 陆运贸易(Trade by Roadway),即利用陆路运输工具运输货物的贸易,其运输工具主要是火车、卡车等,主要发生在国土相连的国家之间。如铁路运输,不仅载运量大,连续性强,行驶速度较高,而且运费还比较低,运行一般不受气候、地形等自然条件的影响。公路运输虽载运量较小,运输成本较高,但机动灵活性较大,连续性较强。

(3) 空运贸易(Trade by Airway),即采用航空方式运输货物的贸易,航空运输具有速度快、不受地方地形条件限制、能进行长距离运输等优点,但也存在载运量小、运输成本高、易受气候条件影响等缺点,因此,这种方式适用于贵重或数量小或时间性强的商品,如鲜活食品、贵重物品和紧急用品等。

(4) 邮购贸易(Trade by Mail Order),即通过邮政包裹的方式寄送的国际贸易,邮政运输虽然简便,但运费高、运量小也是其明显的缺点,因此,邮政运输一般适合于样品传递和数量较少的个体购买。

(5) 多式联运贸易,又称国际联合运输(International Multi-modal Transport),是指海陆空各种运输方式结合运送货物的贸易行为,一般以集装箱运输为基础。国际物流迅猛发展促进了这种方式的贸易。2008年世界集装箱吞吐量上升4%,达5.06亿箱。中国内地港口的集装箱吞吐量约占到世界总量的22.6%。

总之,各种运输方式都有其优缺点,在充分发挥它们各自优势的同时,需注意相互补充与共同协作。选择合适的运输方式通常需要考虑运输物品本身的特性、运期的长短、运输成本、运输距离、运输的批量以及客户的需求等多方面因素。

五、按统计边界划分

按统计边界或统计体系的不同,国际贸易可分为总贸易体系和专门贸易体系。

总贸易(General Trade):在对外贸易统计时,若以国境为界,凡进入国境的商品算做进口,离开国境的商品算做出口,则一定时期内的进出口额之和便为该国的总贸易。

专门贸易(Special Trade):若以关境为界,凡进入关境的商品算做进口,运出关境的商品算做出口,则一定时期内的进出口额之和便为该国的专门贸易。

一国的国境与关境在下列情况中可能会存在不一致的现象,譬如,一国境内设有自由港、自由贸易区和出口加工区等免税区域,则该国的关境就小于国境;如果一国与若干个国家结成关税同盟,那么该国的关境就大于国境。因此,在上述情况下分别按照总贸易与专门贸易进行统计的一国贸易额就会出现差异。例如,我国一家公司从日本进口的空调压缩机存入青岛保税区的保税仓库内，不进入关境。按照总贸易体系，这些空调压缩机已经进入我国国境，故被记入我国的进口额中，但按照专门贸易体系，它们虽然已进入我国国境但未进入我国关境，故不计入进口额。

在世界贸易中，有的国家采用总贸易体系统计对外贸易，如日本、英国、澳大利亚等国，有的国家采用专门贸易体系统计对外贸易，如意大利、法国等。美国采用专门贸易与总贸易两种体系分别统计其对外贸易，我国则采用总贸易体系统计对外贸易。

六、按结算方式划分

从结算方式来看，国际贸易可分为现汇贸易和易货贸易。

现汇贸易(Cash-Liquidation Trade)：又称自由结汇贸易，是用国际货币进行商品或劳务价款结算的一种贸易方式。常用的国际货币有美元、英镑、马克、法郎、日元、欧元等。这就是说，如果国际贸易是采用可自由兑换货币来结算，就称为现汇贸易。现在国际贸易中主要采用这种结算方法，是国际贸易中使用最多、最普遍的贸易方式。采用这种贸易方式，买卖双方按国际市场价格水平议价，按国际贸易惯例议定具体交易条件，交货完毕以后，买方按双方商定的国际货币付款。现汇贸易通常不用现金支付，价款结算办法主要有两种：一种是有证支付，即卖方在货物发运以前要以收到对方通过银行开出的符合合同规定要求的信用证或保函为前提，银行起中间保证作用。另一种是无证支付，即无须金融机构从中作保，交易完全凭双方的信用，价款结算虽然也通过银行，但银行只是受委托，代表有关交易方面办理货款支付。不论是有证支付还是无证支付，在办理货款结算时，都必须凭规定的装运单证。在支付时间上可以有预付、即付和延付三种。中国对西方国家及对中国香港地区、中国澳门地区的贸易，主要采用现汇贸易，有时也适当采用其他收汇和付汇方式。

易货贸易(Barter Trade)：有时候，贸易双方缺少可自由兑换货币，可以采用以货易货的方式来结算，即双方交换的商品经过计价以后，不以货币为媒介，直接用等值的不同商品互相交换。易货在国际贸易实践中主要表现为下列两种形式：一种是直接易货，又称为一般易货。这种直接易货形式，往往要求进口和出口同时成交，一笔交易一般只签订一个包括双方交付相互抵偿货物的合同，而且不涉及第三方。它是最普遍也是目前应用最广泛的易货形式。在国际贸易业务中由于存在既要保持进出口同时进行又要运输货物的实际问题，直接易货又产生了一些变通的做法，最常见的即为通过对开信用证的方式进行易货贸易，即交易双方先签订换货合同，双方商定彼此承诺在一定时间购买对方一定数量的货物，各自出口的商品按约定的货币计价，总金额一致或基本一致，货款通过开立对开信用证的方式进行结算。易货贸易的另一种形式是综合易货，这种方式多用于两国之间根据记账或支付(清算)协定而进行的交易。由两国政府根据签订的支付协定，在双方银行互设账户，双方政府各自提出在一定时期(通常为一年)提供给对方的商品种类、进出口金额基本相等，经双方协商同意后签订易货协定书，然后根据协定书的有关规定，由各自的对外贸易专业公司签订具体的进出口合同，分别交货。商品出口后，由双方银行凭装运单证进行结汇并在对方国家在本行开立的账户进行记账，然后由银行按约定的期限结算。

政府间的易货贸易需要签订贸易协定和支付协定，故又称为协定贸易。补偿贸易则是民间的易货贸易。实践中也有把现汇贸易和易货贸易结合起来使用的情况。譬如，一家中国企业A向埃及企业B提供200节铁路车厢，双方商定以美元支付50%的货款，另外50%

货款以埃及C企业生产的250辆小轿车进行易货。A委托一家专门从事经营汽车业务的中国企业D从C进口小轿车并负责销售，以人民币向A支付货款。这一交易过程可描述为：A→B→C→D→A。这种交易模式属于扩大形式的跨国界的物物交换。易货品的选择和价值实现需要借助第三方、第四方甚至需要第五方的参与才能完成。其特点是：交易环节多，交易费用大，交货时间、收回货款的间隔期、货物的品质等方面的风险难以控制。

同现汇贸易相比，易货贸易可以缓解进口支付能力不足的矛盾，计划经济国家以及发展中国家的很多贸易是采用易货这种方式。尽管国际金融市场得到了进一步发展，货币作为一般等价物已被广泛运用，但易货贸易这种古老的贸易方式仍能得以新生，甚至在某些国家不断盛行，这与一国的经济形势、外汇管理体制、经济结构特点及政府实施“奖出限入”的外贸政策等因素密切相关。

云南启动“鲜花换水果”项目

新华网云南频道2010年1月26日电(范超)云南省商务厅提供的消息，随着中国—东盟自由贸易区的建成和相互间通达条件的改善，云南省与泰国“以货易货”内容正不断拓展，在“蔬菜换石油”项目基础上，从2010年1月1日起，云南省又启动了“鲜花换水果”项目。

据介绍，具体实施这一项目的昆明锦苑花卉公司2010年计划与泰国开展贸易额1.5亿美元的花卉出口和热带水果进口的贸易活动。锦苑公司董事长曹大林介绍说，“我们争取每天出口25个柜，进口25个柜，25台车对开，在磨憨口岸换柜，每个柜货物重15吨，价值20万元人民币。出口的花卉品种主要是玫瑰、百合、康乃馨和非洲菊等”。

云南是中国鲜花产量最大、出口量最大的省份。受金融危机的影响，2009年云南花卉出口到澳洲、中国香港等国家和地区的数量有所下降。面对挑战，云南利用荷兰等鲜花主产区对泰国、新加坡、马来西亚等国出口量减少的机遇，积极开发东盟市场。2009年1～11月，云南出口东盟的花卉占全省花卉总出口额的比重达67.3%，较2008年全年增加了35.1%，东盟10国已跃升为云南主要的花卉贸易伙伴和出口增幅最大的地区。

(资料来源：中华易货贸易网，http://www.iyihuo.cn)

第二节　国际贸易常用的统计指标

开展国际贸易之后，如何来衡量和刻画一国或地区的对外贸易业绩，进而分析存在的问题和提出改进措施，以便进一步促进对外贸易，这就需要运用一系列的统计指标，本节主要介绍一些常见的对外贸易统计指标。

一、对外贸易额和对外贸易量

对外贸易额是用货币表示的国际贸易的金额，对外贸易量就是剔除了价格变动影响之后的对外贸易额，使用对外贸易量可以对不同时期的贸易规模进行比较。这里有三个概念需要掌握。

(1) 对外贸易额(Value of Foreign Trade)：就是一个国家或地区在一定时期内(譬如

一年)的进口总额与出口总额之和。它是反映一国对外贸易发展规模的重要指标之一。由于一国的对外贸易包括了出口和进口,因此统计一国的对外贸易额时应把一国的出口额和进口额相加。

一定时期内一国从国外进口商品的全部价值,称为进口贸易总额或简称进口总额;一定时期内一国向国外出口商品的全部价值,称为出口贸易总额或简称出口总额;进口总额与出口总额相加即为进出口总额,也就是对外贸易额。

对外贸易额一般用本国货币表示,也可用国际上习惯使用的货币表示,以便国际比较的需要。联合国发布的世界各国对外贸易额是以美元表示的。各国在统计有形商品时,出口额以 FOB 价格计算,进口额以 CIF 价格计算;无形商品不报关,海关没有统计。

例如,2001 年加入世贸组织以来,我国积极参与经济全球化进程,抓住国际产业转移的历史性机遇,成功应对各种挑战,对外贸易取得了令人瞩目的成绩。2001 年入世时我国进出口总值为 5 097 亿美元,到 2004 年我国进出口总值首次突破 1 万亿美元大关,达到 11 547.4 亿美元,2007 年再破 2 万亿美元大关,达到 21 738.3 亿美元,2008 年达到 25 616 亿美元,比 2001 年增长了 4 倍多。2002—2008 年,我国进出口总值以年均 25.9%的速度增长,7 年进出口总值合计 10.5 万亿美元,占新中国成立 60 年以来进出口总值的 70%以上。

(2) 国际贸易额(Value of International Trade):是指在一定时期内以货币表示的世界各国对外贸易值的总和,又称国际贸易值,是反映某一时期世界贸易发展规模的重要指标。

对国际贸易而言,由于一国的出口就是另一国的进口,因此,在统计国际贸易额时为了避免重复计算,通常只把各国的出口额或进口额相加。而习惯上,在统计国际贸易额时常把各国的出口额相加,即它等于一定时期内世界各国用 FOB 价格计算的出口贸易额之和。当然,国际贸易额与对外贸易额一样,都是以各个时期的现行价格计算的。表 1-2 列出了 2000—2007 年世界货物贸易情况。

表 1-2 2000—2007 年世界货物贸易情况

年份	货物贸易出口额			货物贸易进口额/10 亿美元
	金额/10 亿美元	增长率/%	贸易量增长率*/%	
2000	6 454	12.8	10.4	6 725
2001	6 187	−4.1	−0.6	6 482
2002	6 487	4.8	3.5	6 742
2003	7 580	16.8	5.2	7 859
2004	9 210	21.5	9.5	9 559
2005	10 472	13.7	7.0	10 842
2006	12 083	15.4	8.5	12 413
2007	13 900	15.0	5.5	14 200

数据来源:中国商务部网站(转载于 WTO 秘书处),*指扣除汇率和价格因素。

(3) 对外贸易量(Quantum of Foreign Trade):对外贸易量是剔除了价格变动影响,能准确反映国际贸易或一国对外贸易的实际数量的一个指标。在计算时,以固定年份为基期而确定的价格指数去除报告期的对外贸易额,得到的就是相当于按不变价格计算(剔除价格变动的影响)的对外贸易额,该数值就叫报告期的对外贸易量。

贸易量可分为国际贸易量和对外贸易量以及出口贸易量和进口贸易量。具体计算公式为

$$国际贸易量=\frac{各国出口贸易额}{出口价格指数}$$

$$对外贸易量=\frac{进出口贸易额}{进出口价格指数}$$

二、贸易差额

贸易差额(Balance of Trade)是指一个国家在一定时期内(通常为一年)出口总额与进口总额之间的差额,用以表明一国对外贸易的收支状况。贸易差额是衡量一国对外贸易乃至国民经济状况的重要指标。一般地,贸易顺差表明一国在对外贸易收支上处于有利地位,反映出其产品在国际市场竞争中处于优势;贸易逆差则反映了一国在对外贸易收支上处于不利地位,其产品在国际市场竞争中处于劣势。

(1) 贸易顺差(Favorable Balance of Trade),我国也称它为出超(Excess of Export over Import),或贸易盈余(Trade Surplus),表示一定时期的出口额大于进口额。一国在一定时期内某种或某类商品的进口和出口比较的差额,如果出口大于进口,其差额就称为净出口额(Net Export)。

(2) 贸易逆差(Unfavorable Balance of Trade),我国也称它为入超(Excess of Import over Export)、贸易赤字(Trade Deficit),表示一定时期的出口额小于进口额。一国在一定时期内某种或某类商品的进口和出口比较的差额,如果进口大于出口,其差额就称为净进口额(Net Import)。净出口额和净进口额是反映一国某一产业在不同时期发展状况的重要指标。

(3) 贸易平衡,就是一定时期的出口额等于进口额。一般认为贸易顺差可以推进经济增长、增加就业,所以各国无不追求贸易顺差。但是,大量的顺差往往会导致贸易纠纷。例如日美汽车贸易大战等。因此,一国无论是长期处于贸易顺差还是长期处于贸易逆差都不是一件好事,追求国际收支平衡是世界各国的最高目标。

据海关统计,2008 年我国进出口总额为 25 616.3 亿美元,同比增长 17.8%,其中:出口 14 285.5 亿美元,增长 17.2%;进口 11 330.8 亿美元,增长 18.5%;贸易顺差 2 954.7 亿美元,比上年增长 12.5%,净增加 328.3 亿美元。2009 年,我国进出口总值为 22 072.7 亿美元,同比下降 13.9%,其中:出口 12 016.6 亿美元,下降 16%;进口 10 056 亿美元,下降 11.2%;贸易顺差 1 960.6 亿美元,同比下降 34.2%。

三、国际贸易条件

国际贸易条件(Terms of International Trade):是出口商品价格与进口商品价格的对比关系,又称进口比价或交换比价。它表示出口一单位商品能够换回多少单位进口商品。很显然,换回的进口商品越多,越有利。贸易条件在不同时期的变化通常是用贸易条件指数来表示。在国际贸易中,贸易条件指数有以下 4 种。

(1) 净贸易条件指数:是出口价格指数和进口价格指数的比值。其计算公式是

$$N = \frac{P_x}{P_m} \times 100$$

式中，P_x 为出口价格指数，P_m 为进口价格指数。

例如，假定某国净贸易条件以 1990 年为基期是 100，2000 年时出口价格指数下降 5%，为 95；进口价格指数上升 10%，为 110，那么这个国家 2000 年的净贸易条件指数为

$$N = \frac{95}{110} \times 100 = 86.36$$

这表明该国从 1990 年到 2000 年间，净贸易条件指数从 1990 年的 100 下降到 2000 年的 86.36，2000 年与 1990 年相比，贸易条件指数恶化了 13.64。

(2) 收入贸易条件指数或购买力贸易条件指数：是在净贸易条件指数的基础上，把贸易量指数考虑进来。计算方法为

$$I = \frac{P_x}{P_m} \times Q_x$$

即

$$I = N \times Q_x$$

式中，Q_x 为出口数量指数。

例如，假定某国净贸易条件指数以 1990 年为基期，是 100，2000 年时出口价格指数下降 5%，为 95；进口价格指数上升 10%，为 110；该国的出口数量指数从 1990 年的 100 提高到 2000 年的 120，在这种情况下，该国 2000 年收入贸易条件指数为

$$I = \frac{95}{110} \times 120 = 103.63$$

说明该国尽管贸易条件恶化了，但由于出口量的上升，本身的出口能力 2000 年比 1990 年增加了 3.63，也就是收入贸易条件好转了。

(3) 单项因素贸易条件指数：指在净贸易条件的基础上，考虑出口商品劳动生产率提高或降低后贸易条件的变化。计算方法为

$$S = \frac{P_x}{P_m} \times Z_x$$

式中，Z_x 为出口商品劳动生产率指数。

例如，假定某国净贸易条件指数以 1990 年为基期，是 100，2000 年时出口价格指数下降 5%，为 95；进口价格指数上升 10%，为 110；该国出口商品的劳动生产率由 1990 年的 100 提高到 2000 年的 130，则该国的单项因素贸易条件指数为

$$S = \frac{95}{110} \times 130 = 112.27$$

说明从 1990 年到 2000 年期间，尽管贸易条件恶化，但此期间出口商品劳动生产率提高，不仅弥补了净贸易条件的恶化，而且使前项因素贸易条件好转。它说明出口商品劳动生产率提高在贸易条件改善中的作用。

(4) 双因素贸易条件指数：双因素贸易条件指数不仅考虑到出口商品劳动生产率的变化，而且考虑到进口商品的劳动生产率的变化。计算方法为

$$D = \frac{P_x}{P_m} \times \frac{Z_x}{Z_m} \times 100$$

式中，Z_m 为进口商品劳动生产率指数。

例如,假定某国净贸易条件指数以1990年为基期,是100,2000年时出口价格指数下降5%,为95;进口价格指数上升10%,为110;该国出口商品的劳动生产率由1990年的100提高到2000年的130,进口劳动生产率的指数从1990年的100提高到2000年的105,则双因素贸易条件为

$$D=\frac{95}{110}\times\frac{130}{105}\times 100=106.92$$

说明,如果出口商品劳动生产率指数在同期内高于进口商品劳动生产率指数,则贸易条件仍会改善。

通过以上四种贸易条件指数的分析,可以得知:

(1)商品贸易条件下降不一定导致一国贸易利益的减少。

(2)在劳动生产率提高的基础上,一国主动地降低商品贸易条件,还可以扩大市场占有率,获得更大利益。

(3)如果一国商品贸易条件下降的幅度超过了要素生产率上升的幅度,贸易利益就会减少。这时,随着贸易量的扩张,实际收入水平反而会下降,出现"贫困化增长"。

在现实经济生活中,往往会遇到这样的两难选择:要扩大出口,增加外汇收入,需要降低出口商品价格以扩大市场,但这显然会使商品贸易条件恶化。而要保持比较有利的贸易条件,出口量又不容易增加,不能满足日益增加的进口对外汇的需求。解决这个矛盾的根本途径是:提高劳动生产率,不断改善出口商品结构。

四、对外贸易结构

对外贸易结构(Composition of Foreign Trade),是指各类商品贸易在一国对外贸易或国际贸易中所占的比重,如货物贸易占总贸易额的比重,服务贸易占总贸易额的比重。该指标可反映出一国或世界的经济发展水平、产业结构状况和产业发展水平等。

贸易结构分为广义和狭义。广义的贸易结构主要是指一定时期内贸易中货物贸易和服务贸易的构成情况,一般称为贸易结构。狭义的贸易结构主要是指一定时期内货物贸易中各种商品的构成情况,一般称为货物贸易结构。货物贸易结构又分为对外货物贸易结构和国际货物贸易结构。对外货物贸易结构(Composition of Foreign Merchandise Trade)是指一国在一定时期内各类商品在一国对外贸易总额中所占的比重,即某大类或某种货物的进出口贸易额与该国的对外贸易额之比,以份额表示,它是反映一国经济发展状况、产业结构状况和工业生产水平的重要指标。国际货物贸易结构(Composition of International Merchandise Trade)是指一定时期内各类商品在国际贸易总额中所占的比重,即用各类商品的贸易额在整个世界贸易额中所占比重来表示,它反映了某一时期内国际经济的发展状况和工业生产水平。

例如,从广义的贸易结构来看,2008年,美国服务贸易额占其贸易总额的22%,而我国服务贸易只占贸易总额的10.1%,不仅低于发达国家也低于许多发展中国家,仅略高于菲律宾、印度尼西亚和墨西哥。从狭义的贸易结构来看,改革开放以来我国出口商品结构发生较大变化,从以初级产品出口为主转变为以加工制成品出口为主,加工制成品的出口额已占到出口总额的95%以上。出口的加工制成品中,劳动密集型产品占较大比重,技术和资本密集型的产品则处于劣势。2008年,家电、服装、玩具等劳动密集型产品的出口额达5 837.5

亿美元，占总出口的41%；而光学、计量、医疗、精密仪器等技术密集型产品出口总额为4156.1亿美元，占总出口的29%。

五、贸易的地理方向

（一）对外贸易地理方向

对外贸易地理方向(Direction of Foreign Trade)又称对外贸易地区分布或国别构成，是指一定时期内(通常为一年)该国进口商品原产国和出口商品消费国的分布情况，它表明该国同世界各地区、各国家之间经济贸易联系的程度。一国的对外贸易地理方向通常受经济互补性、国际分工的形式与贸易政策的影响。

例如，2008年我国前10位进口来源地分别是日本、欧盟、东盟、韩国、中国台湾地区、美国、澳大利亚、俄罗斯、印度和中国香港地区(表1-3)。2008年我国前10位出口市场分别是中国香港地区、欧盟、美国、日本、东盟、韩国、俄罗斯、印度、中国台湾地区和澳大利亚。由此而确定的2008年我国前十大贸易伙伴(根据进出口总额确定)为欧盟、美国、日本、东盟、中国香港地区、韩国、中国台湾地区、澳大利亚、俄罗斯和印度。

表1-3 2008年我国与前十大贸易伙伴进出口额及其所占比重

国家(地区)	金额/亿美元			所占比重/%		
	进出口	出口	进口	进出口	出口	进口
1. 欧盟	4255.8	2928.8	1327.0	16.61	20.50	11.71
2. 美国	3337.4	2523.0	814.4	13.03	17.66	7.19
3. 日本	2667.8	1161.3	1506.5	10.41	8.13	13.30
4. 东盟	2311.1	1141.4	1169.7	9.02	7.99	10.32
5. 中国香港地区	2036.6	1907.4	129.2	7.95	13.35	1.14
6. 韩国	1861.1	739.5	1121.6	7.27	5.18	9.90
7. 中国台湾	1292.2	258.8	1033.4	5.04	1.81	9.12
8. 澳大利亚	596.6	222.4	374.2	2.33	1.56	3.30
9. 俄罗斯	568.4	330.1	238.3	2.22	2.31	2.10
10. 印度	517.8	315.0	202.8	2.02	2.21	1.79
前10合计	19444.8	11527.7	7917.1	75.91	80.70	69.87

数据来源：根据中国商务部网站数据整理得到。

由于对外贸易是一国与别国之间发生的商品交换，因此，把对外贸易按商品分类和按国家分类结合起来分析研究，即把商品结构和地理方向的研究结合起来，可以查明一国出口中不同类别商品的去向和进口中不同类别商品的来源，具有重要意义。

（二）国际贸易地理方向

国际贸易地理方向(International Trade by Region)也称国际贸易地区分布，是指国际贸易的地区分布和商品流向，也就是指一定时期内(通常为一年)各个地区、各个国家在国际贸易中的地位，它反映了一国或地区在国际分工及国际贸易中所处的地位。通常用它们的出口额(或进口额)占世界出口贸易总额(或进口贸易总额)的比重来表示。

例如，2003年世界商品出口前8位的国家或地区依次是美国、德国、日本、法国、中国、英国、加拿大、意大利。2003年世界商品进口前8位国家或地区依次是美国、德国、英国、日本、法国、中国、意大利、加拿大。

六、对外贸易依存度

对外贸易依存度(Degree of Dependence on Foreign Trade),简称外贸依存度,又称对外贸易系数(Ratio of Dependence on Foreign Trade),是衡量一个国家(或地区)国民经济外向程度大小的一个基本指标。它是指对外贸易额在该国国民收入或国民生产总值中所占的比重。用公式表示为

$$对外贸易依存度=\frac{(X+M)}{GDP}\times 100\%$$

也可以用出口或进口在国民生产总值中所占的比重来分别研究出口贸易依存度和进口贸易依存度,它们的计算公式分别表示为

$$出口贸易依存度=\frac{X}{GDP}\times 100\%$$

$$进口贸易依存度=\frac{M}{GDP}\times 100\%$$

式中,X、M 分别为出口额和进口额。

对外贸易依存度的启示

1997 年的贸易依存度:美国 25%,德国 47%,荷兰 101%,新加坡 358%,中国 36.2%;2000 年的贸易依存度:美国 26.2%,德国 68.7%,法国 54.26%,英国 56.4%,中国 43.9%,日本 20.26%。

世界各国按 GDP 规模可划分成大国经济和小国经济。一般来说,小国经济的人口、疆域、资源等较少,通常采取外向型经济发展战略,因此受外部市场和外部资金的影响,其外贸依存度很高。如新加坡,1980 年外贸依存度是 439%,此后虽有所下降,但 2001 年仍为 324%。而大国的经济也因其人口资源拥有的多寡而异,如英国、德国、法国等经济规模较大但国内资源有限的发达国家,其外贸依存度也较高,一般为 60%。而美国这样的大国,拥有比较广阔的国内市场,内需较大,其贸易依存度随着贸易自由化的提高而有所上升,但程度相对较低。

改革开放以来中国的外贸依存度:1978 年 9.8%,1989 年 24.9%,1997 年 36.2%,1999 年 36.4%,2000 年 43.9%,2002 年 50.1%,2003 年 60%,2004 年 70%。有专家指出,一个大国的经济发展促进因素,国内消费应该占主导地位,达到 70%左右,比如美国国内消费对经济的贡献达到了 78%,日本更高,占 85%,而我国却相反。过高的贸易顺差必然导致内需不足。我国对外贸易依存度这一比例大大高于其他发达国家和发展中国家的水平,过大的贸易顺差并不一定就是好事。此外,也有专家指出,考虑到我国加工贸易比重大、GDP 结构差异、汇率和通货膨胀率等因素,我国的实际外贸依存度并不高。同时,我国服务贸易依存度与货物贸易依存度之间的差距在日益缩小。

总之,外贸依存度受一国经济规模、地理位置、自然禀赋、技术发展水平以及所采取的对外经济政策等诸多因素的影响,其高低不能一概而论。

第三节 国际贸易的产生与发展

一、国际贸易产生的历史必然性

国际贸易是随着人类社会生产力的发展，在一定历史条件下产生和发展起来的，是一个历史的范畴。国际贸易的产生必须具备两个条件：有可供交换的剩余产品；各自为政的社会实体之间进行产品(商品)的交换。因此从根本上说，社会生产力的发展和社会分工的扩大，是国际贸易产生和发展的基础。

在原始社会初期，人类处于自然分工状态，生产力水平低下，人们只能依靠集体劳动来获取有限的生活资料，然后按照平均的原则进行分配。所以那时没有剩余产品，没有私有制，没有阶级和国家，也就没有国际贸易。

人类在早期的征服自然过程中，有些部落学会驯养动物以取得乳、肉等生活资料，随着较大规模畜群的形成，这些部落就主要从事畜牧业，使自己从其余的野蛮人群中分离出来，成为游牧部落。这便是人类历史上的第一次社会大分工，即游牧部落从其余的野蛮人群中分离出来。第一次社会大分工后，社会生产力得到发展，产品出现少量剩余，在氏族公社、部落之间出现了剩余产品的交换。随着生产力水平的继续发展，手工业从农业中分离出来，这是人类社会第二次大分工。手工业的出现不仅为人类提供了日益丰富的剩余产品，而且开始出现以交换为目的的商品生产。随着商品生产和商品交换的扩大，产生了货币，商品交换由物物交换变成了以货币为媒介的商品流通，加速了私有制和阶级的形成。随着商品流通范围的扩大，又有一群人从手工业、农牧业中逐步分离出来，专门从事商品交换活动，即商人阶层的出现，由此形成了人类社会的第三次社会大分工。商业和商人的出现，使商品生产和商品交换更加广泛、更加频繁，商品流通超出了国界，国际贸易便产生了。

由此可见，社会生产力的发展产生出了用于交换的剩余商品，这些剩余商品在国与国之间交换，就形成了国际贸易。

二、国际贸易的发展

(一) 奴隶社会的国际贸易

在奴隶社会，自然经济占统治地位，商品生产在整个生产中微不足道，进入商品流通的商品数量很少，商品流通的范围也受到很大的限制。那时，进入贸易领域的商品主要是供奴隶主和王室享乐的宝石、装饰品、各种织物、香料和奴隶。

在欧洲，主要的贸易国家有腓尼基、希腊和罗马。据史料记载，腓尼基人借地中海之便发展航海技术，以金属和玻璃制品向其他国家换取象牙、谷物、奴隶，其贸易范围最远达到好望角。继腓尼基人之后(腓尼基人是历史上一个古老的民族，生活在地中海东岸，相当于现在的黎巴嫩和叙利亚沿海一带，他们曾经建立过一个高度文明的古代国家)，希腊人在约800年的时间里成为海上贸易的霸主，制定了最早的海上法并建立海外殖民地。在希腊海洋时代之后，罗马人建立了横跨欧亚非的大帝国，形成了横跨三大洲的贸易圈。在奴隶制时代，地处亚洲的文明古国——中国和印度虽然商业发达，但是地理环境限制了其贸易向外拓展。中国在夏商时期就进入了奴隶制社会，但其贸易主要集中在黄河流域。

（二）封建社会的国际贸易

随着社会生产力的发展，封建社会的国际贸易有了较大发展，国际贸易的范围不断扩大。奢侈品仍是国际贸易中的主要商品，西方国家用呢绒、酒等换取东方国家的丝绸、香料和珠宝等。

在欧洲，封建社会的早期阶段，国际贸易的中心位于地中海东部。阿拉伯人是公元7—8世纪的贸易民族，他们贩运非洲的象牙、中国的丝绸、远东地区的香料和宝石等。公元11世纪以后，随着意大利北部、波罗的海和黑海沿岸城市的兴起，国际贸易的范围扩大到地中海、北海、波罗的海和黑海的沿岸。在封建社会晚期，城市手工业的发展推动了国际贸易的发展，而国际贸易的发展又促进了手工业的进一步发展，促进了资本主义因素在欧洲各国内部的迅速发展。

（三）资本主义社会的国际贸易

进入资本主义社会，商品生产发展到很高阶段，成为社会生产普遍的形式，劳动力也变成了商品。

1. 资本主义生产方式准备时期的国际贸易

16—17世纪是西欧各国资本主义生产方式准备时期。资本的原始积累、工场手工业的广泛发展，使得劳动生产率得到提高。地理大发现使世界市场形成，加之新航路的开辟，使欧洲商人的贸易范围空前扩大。国际贸易中心转向大西洋沿岸的葡萄牙、西班牙以及日后的英法等国。大批欧洲商人前往非洲和美洲进行掠夺性贸易，运回大量的金银财宝，进行黑奴买卖，同时还将这些地区变成他们的殖民地。从16世纪起，西班牙、荷兰、英国等欧洲国家之间为了占领殖民地和争夺国际贸易控制权进行了多次争夺海上霸权的战争，他们甚至还在海外设立贸易公司（如英国的东印度公司）。这一时期参加到国际贸易活动中的国家和民族迅速增加，贸易范围空前扩大，交换的商品品种也不断增多，工业原料和城市居民消费品成为贸易的主要商品。17世纪中期，英国的资产阶级革命取得胜利，资本主义生产方式正式确立。随后，英国夺得海上霸权，在世界贸易中占据了主导地位。

2. 资本主义自由竞争时期的国际贸易

18—19世纪是资本主义的自由竞争时期。18世纪中期开始的产业革命又为国际贸易的大发展提供了坚实的基础：一方面，蒸汽机的发明和使用开创了大机器工业时代，生产力迅速提高，商品大为丰富，为国际贸易发展提供了丰富的物质基础，从而使真正的国际分工开始形成；另一方面，交通运输工具和通信联络技术突飞猛进地发展，使各国之间的贸易更加便捷，缩短了国际间的距离，世界市场真正建立。这一时期的国际贸易取得了惊人的发展，从原来局部的、地区性的贸易活动转变为全球性的国际贸易。英国在国际贸易中处于垄断地位，整个世界成了英国大工业的销售市场和原料来源地。国际贸易呈现出以下几个特征。

第一，国际贸易额迅速增长。

第二，国际贸易商品的结构不断变化。工业品，特别是纺织品贸易迅速增加，谷物也成了大量交易的对象。

第三，贸易方式也有了进步，从原来的现场看货交易发展为凭样品交易。

第四，信贷关系发展起来，各种票据以及汇票开始广泛流行。

第五，经营国际贸易的组织机构日益专业化，并且出现了很多为国际贸易服务的专业性组织，如轮船公司、保险公司、转运公司等。

第六，国家间的贸易条约普遍发展起来，并逐渐成为竞争和获取特权的工具。

3. 资本主义垄断时期的国际贸易

19 世纪末到 20 世纪初，各主要资本主义国家先后从自由竞争阶段过渡到垄断资本主义阶段，即帝国主义阶段。由于生产和资本高度集聚和集中，垄断组织和财政资本控制了国际贸易。资本主义进入垄断阶段后，国际贸易也不可避免地带有垄断特征，主要资本主义国家的对外贸易都由为数不多的垄断组织所控制，它们决定着一国对外贸易的地理方向和商品构成。第一次世界大战使英国丧失了在国际贸易中的霸主地位，由美国取而代之。1929—1933 年的“大萧条”使国际贸易陷入低谷。经济危机又波及政治，引发了第二次世界大战。第二次世界大战结束后，国际贸易中心开始从欧洲转向大西洋两岸。这一时期，国际贸易也呈现出如下一些新的变化。

第一，国际贸易的绝对量虽有所增长，但其增速较自由竞争时期相对下降。

第二，垄断对国际贸易产生了严重影响，少数帝国主义国家不仅在世界市场上占据垄断地位，还渗透和垄断了殖民地和落后国家的对外贸易。

第三，垄断组织把商品输出和资本输出直接结合起来，这主要是为了确保原料的供应和市场控制的需要。

第四，为了在竞争中获胜，各主要资本主义国家纷纷设立了关税壁垒，并相继采用了具有进攻性的超贸易保护政策，如外汇管制、配额制、许可证制等以及各式各样的出口津贴等鼓励出口措施，目的在于增强本国集团组织在世界市场上的竞争能力。

第五，新技术的发展、交通通信工具的不断改进，都显著地推进了国际贸易的发展。

第六，周期性的生产过剩危机加深，尤其是 1929—1933 年的经济危机，使国际贸易额呈现出不稳定的发展状态，甚至国际贸易额还会出现停止增长和缩减的现象。

4. 21 世纪国际贸易的发展

科技的进步、国际投资的活跃、世界经济的增长以及国际合作的加强为国际贸易的发展注入了新的活力，并呈现出以下特征。

第一，国际贸易规模空前扩大，增长速度超过了世界生产的增速。

第二，国际贸易的商品结构发生了重大变化，以知识经济为特征的新产品和新的贸易方式方兴未艾。

第三，国际贸易地理分布和贸易地位发生了变化。

第四，国际服务贸易得到迅速发展。

第五，跨国公司的迅速发展推动了国际贸易的快速增长。

第六，区域集团化贸易日益活跃。

第七，WTO 对国际贸易政策和体制的调整，对贸易自由化的推动和多边贸易体制的确立，均起了十分重要的促进作用。

第八，国际贸易方式多样化发展。

三、国际贸易理论的发展

对国际贸易问题的研究导致了国际贸易理论的产生。随着世界经济和国际贸易的发展以及经济学理论的不断推进，国际贸易理论大致经历了三个发展阶段：古典贸易理论、新古典贸易理论和新国际贸易理论。几乎所有的国际贸易理论都要回答国际贸易的三个基本问题，它们是：

(1) 为什么要开展国际贸易，即国际贸易的原因是什么？这一问题的回答主要是解释一国参与国际贸易的动力或动因是什么。

(2) 怎样进行国际贸易，即国际贸易的结构是什么？这一问题的回答主要是解释国际贸易的生产结构或国际分工结构是什么。简言之，就是一国出口什么、进口什么，各国在国际贸易中所出口或进口的商品结构是什么。随着国际分工的不断深化以及产业内贸易的不断盛行，一国不再是单纯地出口一种商品以换回另一种商品，一国在国际分工中的地位与作用进一步演变为一国在全球价值链中的地位与作用。

(3) 参与国际贸易的得益是多少，即一国参与国际贸易能够得到怎样的收益？回答这一问题主要是解释国际贸易能否给参加国带来经济利益，进而带来怎样的经济收益(当然还包括社会收益)。

要回答这三个基本问题还有待于国际贸易理论前提的确立，不同的经济学理论前提所得出的国际贸易理论也是不同的。

国际贸易理论发展的第一个阶段是古典贸易理论。典型代表成果有亚当·斯密的绝对优势理论(Theory of Absolute Advantage)和大卫·李嘉图的比较优势理论(Theory of Comparative Advantage)。国际贸易思想可以追溯到资本主义生产方式建立之初的重商主义(Mercantilism)时代。古典国际贸易理论的基本前提是假设市场是完全竞争，机会成本不变，生产要素可以自由转移，且各国对国际贸易不加干预。古典贸易理论认为，一国参与国际贸易以及贸易得益的产生在于交易国之间的成本差异，每个国家都应该生产和出口本国生产成本较低的那些商品，进口本国生产成本较高的那些商品，这样通过自由贸易，双方都能获利。斯密的生产成本差异主要是基于劳动生产率而得出的，李嘉图所指的成本差异主要是由生产技术不同造成的，两者均假定技术不变，即技术在短时间内不发生变化，这与当时生产技术进步缓慢的历史时代有关。总之，古典贸易理论，特别是大卫·李嘉图的比较优势理论论证了国际贸易存在的合理性和自由贸易的有效性，确立了后来国际贸易理论的发展方向。其后的一些学者，如穆勒、马歇尔、埃奇沃思等，集中研究了贸易条件的决定问题。尽管古典贸易理论自诞生之日起，便遭到众多学者的挑战和质疑，但直到现在，比较优势理论仍是指导各国制定经济发展战略和对外贸易政策的主要理论依据之一。

国际贸易理论发展的第二个阶段是新古典贸易理论。典型代表成果有赫克歇尔和俄林的要素禀赋理论(Factor Endowment Theory)，又叫赫克歇尔-俄林原理(Hechscher-Ohlin Theorem)，或简称为赫-俄原理(H-O 原理)。也有人称 20 世纪初到 20 世纪 60 年代的国际贸易理论为现代国际贸易理论。新古典贸易理论放松了古典贸易理论的一些假设，并提出了一些新的观点，如新古典贸易理论第一次将生产要素的重要性提出并加以分析，指出要素禀赋的差异是国际分工和贸易的基础，即一国总是会生产和出口密集使用本国要素禀赋比较丰富的那些商品，进口密集使用本国要素禀赋比较稀缺的那些商品。这是因为，价格差异是发生国际贸易的直接原因,而商品的生产成本受其生产要素的价格影响,如果一国拥有比较丰裕的这些生产要素,对应的商品的生产成本就会偏低。但是,20世纪60年代以后,国际贸易领域出现的一些新现象,譬如发达国家之间的大量贸易(要素禀赋相似国家之间的国际贸易)以及相似产品之间的贸易等,都在不同程度上降低了要素禀赋理论对国际贸易的解释力。

国际贸易理论发展的第三个阶段是新国际贸易理论。伴随着经济学理论的不断完善和分析工具的不断改进,20世纪70年代末到80年代初,以克鲁格曼和赫尔普曼为代表的一些经济学家,运用不完全竞争理论、规模报酬递增和差异产品等概念及思想来构造新的贸易理论和分析模型。他们提出,除了要素禀赋之外,规模经济、需求偏好等都是影响国际贸易开展和贸易得益的独立因素。新国际贸易理论突破了新古典贸易理论关于规模收益不变和完全竞争的市场假设,使得关于贸易理论的研究重心由国家间的差异转向市场结构和厂商行为方面。由此可见,古典贸易理论主要着眼于产业间或部门间的国际贸易,而新国际贸易理论是建立在规模经济和差异化产品基础之上的,因而,新国际贸易理论所揭示的国际贸易是产业内贸易。产业内贸易中,出口方的利益就是不完全竞争厂商获得的市场势力与规模经济利益总和,进口方获得的是消费差异化产品所获得的消费上的满足,进而提升福利水平。由于不完全竞争理论至今尚未形成统一的分析模式,所以新国际贸易理论也没有统一的模式。

四、国际贸易学的学科性质与研究方法

国际贸易学是研究国际贸易的产生、发展和贸易得益,进而揭示其中的特点与运动规律的学科。国际贸易学是在历史分析的基础上,进行比较研究,揭示国际贸易的运动规律和特点,使其更好地为社会经济发展服务,使世界各国人民都能从中受益。从学科关系来看,国际贸易学是一类部门经济学,是经济学中重要的组成部分。从国际贸易学自身的特点来看,它也是一门融理论性、政策性和实践性为一体的课程。国际贸易学的研究对象既包括国际贸易的基本理论,也包括国际贸易政策以及国际贸易发展的具体历史过程和现实情况。一般认为,国际贸易学的研究对象包括以下4个方面:①各个历史发展阶段,特别是当代国际贸易发展的一般规律;②各国对外贸易发展的特殊规律;③国际贸易理论与学说;④国际贸易政策与措施。

从自然科学与社会科学的分类来看,国际贸易学科属于社会科学,马克思主义、邓小平理论是研究社会科学的指导思想,因此,必须坚持马克思主义的立场和方法去研究国际贸易。首先,历史唯物主义是研究一切社会科学的锐利思想武器。从生产方式所包括的生产力和生产关系两个方面来说,生产力是起决定作用的因素。国际贸易作为商品交换关系的一部分,体现了各国的生产关系,这种关系发展水平归根到底是由生产力发展水平来决定的。但是,强调生产力的决定作用并不妨碍我们承认上层建筑对经济基础的反作用,以及生产关系对生产力发展的重要作用。其次,马克思主义认为经济学是一门历史的科学,应当从经济发展的历史中寻找和发现其中的规律。如果说自然科学可以采用显微镜和化学试剂去揭示物体的特征,那么在经济学中只能运用抽象的方法,从经济发展的历史和现实中提炼出规律性的东西。历史和逻辑的辩证统一是我们研究包括国际贸易在内的经济理论的方法论基础。最后,我们之所以要研究国际贸易,就是为了指导我们的实践。理论是实践经验的总

结和提炼，而实践又是对理论进行检验的唯一标准，因此，我们在研究国际贸易时应该坚持理论与实践相结合的研究方法。

在社会科学领域，国际贸易学是二级学科，它的一级学科是经济学，国际贸易对进出口国的影响是多方面的，这些影响称为经济效应。在分析这些经济效应时需要结合多种分析方法，如局部均衡分析与一般均衡分析、微观分析与宏观分析、静态分析与动态分析、定量分析与定性分析、实证研究与规范分析等，在具体的分析过程中还会有各种不同的假设条件，如大国和小国假设等。

复习思考题

1. 常见的国际贸易分类有哪些？
2. 试分析一国大量贸易顺差对其国民经济会产生怎样的影响。
3. 国际贸易理论发展经过了哪几个阶段？
4. 国际贸易的研究对象是什么？有哪些研究方法？
5. 用出口总额占一国国民生产总值(GDP)的比重表示出口贸易依存度，1950—2000年，中国、美国、日本的出口贸易依存度分别如表1-4所示。

表1-4　1950—2000年中、美、日的出口贸易依存度　/%

	1950	1960	1970	1980	1990	2000
中国	4.0*	4.3	2.5	6.3	16.1	23.08
美国	3.6	4.1	4.4	8.5	7.1	8.38
日本	7.1	9.4	9.4	12.5	9.8	10.36

注：*4.0%表示1952年中国的出口贸易依存度。

分析中国的对外贸易依存度为什么会上升。通过中国与美国、日本的出口贸易依存度的比较，你有哪些启示？

B&E

第二章 古典贸易理论

【本章导读】

古典贸易理论主要是指亚当·斯密和大卫·李嘉图等人为代表的自由贸易理论。古典贸易理论试图回答国际贸易发生的原因、各国贸易的类型和贸易得益问题,是国际贸易理论的重要基础。本章主要介绍绝对优势理论和比较优势理论,并对各理论成果进行客观的分析与评价。

【学习目标】

1. 理解什么是绝对优势、比较优势以及如何判定绝对优势与比较优势。
2. 掌握国家如何利用绝对优势与比较优势获得贸易收益。
3. 掌握 2×2×1 模型的分析方法。
4. 学会运用比较优势指标判断各国的比较优势。

【关键概念】

绝对优势理论(Theory of Absolute Advantage)

比较优势理论(Theory of Comparative Advantage)

贸易竞争力指数(Trade Competitive Index,TCI)

显示性比较优势指数(Revealed Comparative Advantage Index,RCA)

固定市场份额模型(Constant Market Share Model,CMS)

第一节 绝对优势理论

绝对优势理论(Theory of Absolute Advantage),又称绝对成本说(Theory of Absolute Cost)、地域分工说(Theory of Territorial Division of Labor)。该理论将一国内部不同职业之间、不同工种之间的分工原则推演到各国之间的分工,从而形成其国际分工理论。绝对优势理论是最早主张自由贸易的理论,由英国古典经济学派主要代表人物亚当·斯密创立。

一、绝对优势理论的基本假设

(1) 理论模型:两个国家、两种产品、一种生产要素(劳动力),即采用 2×2×1 的分析模型。

(2) 生产技术特征:投入的边际产量固定,平均生产成本不变,规模报酬不变。

(3) 交易特征:主要是假定没有运输费用,没有关税或其他贸易限制,即不存在交易成本。

(4) 要素流动性:要素可以在国内不同部门之间流动,但不能在国际流动。由于这里只假设一种要素，那就是劳动力，因此，该理论实际上是假设劳动力可以在一国不同部门之间流动，但劳动力不能跨国流动。

(5) 市场结构特征：商品市场和要素市场都是完全竞争的市场结构。

(6) 需求特征：对两种产品的消费需求受制于消费者的收入水平，不存在借贷消费现象，这就是收入预算约束。

(7) 贸易平衡：各国的进口贸易值等于其出口贸易值，即贸易是平衡的。

二、绝对优势理论的主要内容

绝对优势(Absolute Advantage)是指某两个国家生产同一单位的某种商品，其中一个国家所使用的资源少于另一个国家。换句话说，一个国家生产同一单位的某种商品所耗费的劳动成本绝对低于另一个国家，就说这个国家在这种商品的生产上具有绝对优势。斯密认为，每个国家都应该生产和输出自己占有绝对优势的商品，然后，换回自己不占有绝对优势的商品，这比各自生产自己所需的一切商品更为有利。即每个国家都按照绝对有利的生产条件进行国际分工，因此，绝对优势理论又称地域分工说，或绝对成本论。斯密的绝对优势理论包含着以下几个层面的意思。

(1) 国际分工是提高劳动生产率、增加国家财富的重要途径。斯密认为，交换是出于利己心并为达到利己目的而进行的活动，是人类的一种天然倾向。人类的交换倾向产生分工，社会劳动生产率的巨大进步是分工的结果。他以制针业为例说明其观点。根据斯密所举的例子，分工前，一个粗工每天至多能制造 20 枚针；分工后，平均每人每天可制造 4 800 枚针，每个工人的劳动生产率提高了几百倍。由此可见，分工可以提高劳动生产率，增加国民财富。

(2) 国际分工的原则是绝对优势或绝对利益。斯密分析到，分工既然可以极大地提高劳动生产率，那么每个人专门从事他最有优势的产品的生产，然后彼此交换，则对每个人都是有利的。即分工的原则是成本的绝对优势或绝对利益。他以家庭之间的分工为例说明了这个道理。他说，如果一件东西购买所花费用比在家内生产的少，就应该去购买而不要在家内生产，这是每一个精明的家长都知道的格言。裁缝不为自己做鞋子，鞋匠不为自己缝衣服，农场主既不打算自己做鞋子，也不打算缝衣服。他们都认识到，把自己的全部精力集中用于比其他人有利地位的职业，用自己的产品去交换其他物品，会比自己生产一切物品得到更多的利益。

(3) 国际分工是国际贸易的基础，在国际分工基础上开展国际贸易，对各国都会产生良好效果。斯密由家庭推及国家，论证了国际分工和国际贸易的必要性。他认为，适用于一国内部不同个人或家庭之间的分工原则，也适用于各国之间。国际分工是各种形式分工中的最高阶段。他主张，如果外国的产品比自己国内生产的要便宜，那么最好是输出在本国有利的生产条件下生产的产品，去交换外国的产品，而不要自己去生产。他举例说，在苏格兰可以利用温室种植葡萄，并酿造出同国外一样好的葡萄酒，但要付出比国外高 30 倍的代价。他认为，如果真的这样做，显然是愚蠢的行为。每一个国家都有其适宜于生产某些特定产品的绝对有利的生产条件，如果每一个国家都按照其绝对有利的生产条件(即生产成本绝对低)去进行专业化生产，然后彼此进行交换，则对所有国家都是有利的，世界的财富也会因此而增加。

(4) 国际分工的基础是自然优势(有利的自然禀赋)或获得性优势(后天的有利条件),它们都可以使一国在生产和贸易方面处于比别国有利的地位。自然禀赋和后天的条件因国家而不同,这就为国际分工提供了基础。各国按照各自的有利条件进行分工和交换,将会使各国的资源、劳动和资本得到最有效的利用,将会大大提高劳动生产率和增加物质财富,并使各国从贸易中获益,这便是绝对成本说的基本精神。

例 2-1 A、B两个国家都生产两种产品,即X产品和Y产品,只考虑劳动这种投入时他们各自的劳动投入与劳动所得如表2-1所示。

表 2-1 A、B两国分工前后的生产与所得比较

	分工前				分工后			
	X产品		Y产品		X产品		Y产品	
	劳动天数	产量	劳动天数	产量	劳动天数	产量	劳动天数	产量
A国	1	1	2	1	3	3	0	0
B国	2	1	1	1	0	0	3	3
世界	3	2	3	2	3	3	3	3

比较A、B两个国家都生产X产品时,由于生产同等产量的X产品A国需要的劳动投入明显少于B国的劳动投入,故得出A国生产X产品具有绝对优势;同理也会得出,生产同等产量的Y产品B国的劳动投入明显少于A国的劳动投入,因此,B国在Y产品上具有绝对优势。按照绝对优势理论,两国各自生产自身占有绝对优势的产品,然后进行对外贸易对双方都有利。假设对外贸易中X产品和Y产品的交换比例为1∶1,即1单位X产品可以换得1单位Y产品,那么,贸易的结果是A国比贸易前多获得1单位X产品,B国比贸易前多获得1单位Y产品,此外,世界商品总量也比分工前增加了1单位X产品和1单位Y产品。

三、对绝对优势理论的评价

亚当·斯密(1723—1790)是英国产业革命前夕工场手工业时期的经济学家。产业革命是指从工场手工业转向机械大工业的过渡,在这一过程中封建主义和重商主义是实现这一变革的障碍。亚当·斯密代表工业资产阶级的要求,在他1776年出版的代表作《国民财富的性质和原因的研究》(简称《国富论》)中猛烈抨击了重商主义,鼓吹自由放任,系统地提出了绝对成本说。绝对优势理论的进步意义表现在以下三个方面。

首先,相对重商主义而言,绝对优势理论是个巨大的进步,为资本主义自由贸易理论奠定了基础,对国际贸易起到了较大的推动作用。绝对优势理论是第一个真正意义上的国际贸易理论,亚当·斯密也因此成为自由贸易理论的首先倡导者和鼻祖。

其次,斯密主张的自由放任原则代表着一个还在同封建社会的残余进行斗争、力图扩大生产力、使工商业具有新的规模的资产阶级的思想。

最后,斯密的分工论揭示了社会分工和国际分工能使社会资源得到更有效的利用,从而提高劳动生产率的规律。

绝对优势理论虽然解决了具有不同优势的国家之间的分工和交换的合理性,但是,这种分工与交换模式仅仅是一个特例,并不带有普遍意义,该理论解释不了许多没有绝对成本优势的国家参与国际贸易的普遍现象。例如,当时一些殖民地国家没有绝对优势,但与宗主国之间仍然开展贸易,绝对优势理论很难解释这类现象,因此,绝对优势理论还具有一定的历史局限性。

亚当·斯密1723年6月5日出生于苏格兰。1790年7月逝世于爱丁堡,享年68岁。

在英国格拉斯哥和牛津大学接受教育,此后在格拉斯哥大学先后任逻辑学和伦法理学教授,是第一个学院派经济学家。1776年斯密发表了其代表性著作《国富论》,为其赢得了经久不衰的世界声誉。斯密在该书中批判了重商主义,首次提出绝对优势原理,并有力地论证了自由贸易的合理性与可行性,被世人公认为自由贸易理论的先驱;又因斯密在该书里以"经济人"与"看不见的手"为核心命题,首次系统而全面地论证了市场机制生长、发展的原理,故被人们称为现代经济学的奠基人、经济学界的"牛顿",《国富论》一书也被誉为经济学的"圣经"。

斯密所处的时期是从工场手工业向机器大工业过渡的时期。始于18世纪60年代至19世纪三四十年代的产业革命,使英国的经济实力超过欧洲大陆的两个竞争对手——法国和西班牙。但产业革命的充分发展和新兴资产阶级的进一步发展却受到重商主义及其保护政策的抑制。在重商主义制度下建立的经济特许和垄断制度已经暴露了效率低下的弊端,阻碍了新兴产业资产阶级在国民经济各领域迅速发展的强烈愿望。其中最集中的矛盾正是在对外贸易领域。斯密在《国富论》一书中,代表新兴产业资产阶级的要求,猛烈抨击了重商主义,创立了自由放任的自由主义经济理论,在国际贸易理论方面,首次提出了主张自由贸易的绝对优势理论。

第二节　比较优势理论

比较优势理论(Theory of Comparative Advantage),也称为比较成本理论,是由英国古典经济学家大卫·李嘉图(David Ricardo,1772—1832)提出的。

一、比较优势理论的基本假设

(1) 假设两个国家、两种产品、一种生产要素(劳动力),即采用2×2×1的分析模型。

(2) 投入的边际产量固定,平均生产成本不变,规模报酬不变。

(3) 主要是假定没有运输费用,没有关税或其他贸易限制,即不存在交易成本,且采用物物交换的形式。

(4) 要素可以在国内不同部门之间流动,并能实现充分就业,但不能在国际流动。

(5) 商品市场和要素市场都是完全竞争的市场结构。

(6) 对两种产品的消费需求受制于消费者的收入水平,不存在借贷消费现象,一国公民的相对收入水平不受自由贸易的影响,收入分配没有变化。

(7) 各国的进口贸易值等于其出口贸易值,即贸易是平衡的。

(8) 劳动决定商品价值,且所有劳动都是同质的。

二、比较优势理论的核心思想

李嘉图进一步发展了亚当·斯密的绝对优势理论，论证了国际贸易分工的基础不是绝对成本差异，而是比较成本差异。所谓比较优势，即一个国家生产同一单位的某种产品的比较成本相对低于另一个国家，就说这个国家在这种产品的生产上具有比较优势。即使一个国家生产每种产品都具有最高生产率，即都具有绝对优势，而另一个国家生产每种产品都处于绝对劣势，只要它们的劳动生产率在不同产品上存在区别，处于绝对优势的国家集中生产本国国内具有最大优势的产品，处于绝对劣势的国家集中生产本国国内具有较小劣势的产品，即遵循"两优之中取其优，两劣之中取次劣"的原则，便都能从国际分工和贸易中获得利益。由此可见，只要各国之间产品的生产成本存在着相对差异，即比较成本差异，就可以参与国际分工，并可以获得贸易利益。李嘉图曾这样举例，"如果两人都能制鞋和帽，其中一个人在两种职业上都比另一个人强一些，不过制帽时只强 1/5 或 20%，而制鞋时则强 1/3 或 33%，那么这个较强的人专门制鞋，而那个较差的人专门制帽，岂不是对双方都有利么?"下面通过表 2-2 所示的英国和葡萄牙这两个国家都生产酒和棉布这两种商品的具体例子来说明比较优势理论的具体思想。

表 2-2　英国和葡萄牙生产酒和棉布两种产品

分工、交换前后	国　家	酒产量/单位	所需劳动投入/(人/年)	棉布产量/单位	所需劳动投入/(人/年)
分工前	英国	1	120	1	100
	葡萄牙	1	80	1	90
	世界合计	2	200	2	190
分工后	英国	0	0	2.2	220
	葡萄牙	2.125	170	0	0
	世界合计	2.125	170	2.2	220
1∶1交换后	英国	1	0	1.2	220
	葡萄牙	1.125	170	1	0
	世界合计	2.125	170	2.2	220

从表 2-2 所示的例子首先可以看出，生产 1 单位的酒，葡萄牙需要的劳动投入低于英国，同理，生产 1 单位的棉布，葡萄牙需要的劳动投入也少于英国，由此看出，在酒和棉布的生产上，葡萄牙比英国都具有绝对优势，反过来，在生产酒和棉布上，英国与葡萄牙相比都处于绝对劣势。按照斯密的绝对优势理论，由于英国在两种生产品的生产上都不具有绝对优势，所以英国没有可出口的优势产品。但是，我们注意到，生产 1 单位的酒，葡萄牙的劳动投入是英国的 2/3，即葡萄牙比英国强了 1/3，而生产 1 单位的棉布，葡萄牙的劳动投入是英国的 9/10，即葡萄牙比英国只强了 1/10。按照比较优势理论的"两优之中取其优"的原则，与英国相比，葡萄牙生产酒的优势比生产棉布的优势更大，因此，葡萄牙应该专心生产酒。同理，生产 1 单位的酒，英国的劳动投入是葡萄牙的 3/2 倍，而生产 1 单位的棉布，英国的劳动投入是葡萄牙的 10/9 倍，按照比较优势理论的"两劣之中取次劣"的原则，与葡萄牙相比，英国生产棉布的比较劣势比生产酒的劣势较小，因此，英国应该专心生产棉布。综上分析可得，就酒和棉布两种商品而言，葡萄牙生产和输出酒而英国生产和输出棉布，然后交换，比各

自都生产两种商品更为有利。不妨假设,1单位的酒可以交换1单位的棉布,那么按照比较优势理论分工和贸易之后,葡萄牙比分工交换前多得到0.125单位的酒,英国比分工交换前多得到0.2单位的棉布,分工和交换对双方都有利。就世界商品的总量而言,也比分工以前多得到更多的商品。

比较优势理论的主要论点可以概括为以下几点。

(1) 国际分工是提高劳动生产率、增加国家财富的重要途径。

(2) 国际分工的原则是比较优势,而非绝对优势。

(3) 国际贸易使交易双方都能获利。

(4) 比较优势理论主张的是自由贸易与完全竞争。

三、对比较优势理论的评价

比较优势理论是国际贸易理论的基石,正如萨缪尔森所言,它是经济学中最深刻的真理之一,它为国际贸易提供了不可动摇的坚实基础,那些忽视比较优势的国家在生活和经济增长方面会付出沉重的代价。可以说,现代西方经济学家的国际贸易理论都是在比较优势理论的基础上发展起来的。比较优势理论为各国参与国际分工和国际贸易提供了理论依据,不论是发达国家还是发展中国家都可以运用比较优势理论指导本国开展对外贸易。比较优势理论在历史上曾起过重大的进步作用,它曾经为英国资产阶级争取自由贸易提供了有利的理论武器,其推动自由贸易成效卓越。英国在李嘉图的倡导之下,率先废除了《谷物法》,并先与其他国家从保护贸易转向自由贸易政策,加速了英国经济的发展,为英国成为世界经济霸主起到了推波助澜的作用,促进了世界经济发展。

比较优势理论提出的比较优势的思想非常深邃,李嘉图本人只是探索了形成各国比较优势的一个原因,即技术的差别。但是,影响比较优势的因素有很多,而且比较优势还有一个动态化的问题。由此,李嘉图的比较优势理论为后来的贸易理论发展整理出一条清晰的线索,即影响比较优势的因素为何。萨缪尔森曾这样评价比较优势理论,"如果理论能够参加选美比赛的话,那么比较优势理论一定能够夺得桂冠"。由此可见,比较优势理论在经济学界的影响力是非常巨大的。

但是,李嘉图的比较优势理论也存在一定的局限性,具体表现在以下几个方面。

(1) 就整体而言,李嘉图的劳动价值论是不彻底的,未能正确区分价值与交换价值的关系,不能解释为什么棉布和酒按照1:1的比例进行交换。

(2) 该理论限于静态分析,忽略了动态分析。过去的比较优势不等于今天的比较优势,也不等于明天的比较优势。

(3) 该理论假定机会成本不变,然而,现实生活中机会成本往往是递增或递减的。

(4) 按照比较优势的推理,比较利益相差越大,发生国际贸易的可能性就越大。然而,"二战"之后的国际贸易则是发达国家之间的贸易额远远大于发达国家与发展中国家之间的贸易额。

(5) 该理论假定国际间能够实现完全的专业化生产,然而,市场竞争的不完全性以及各国政府的干预使得不可能实现完全专业化生产,例如大国与小国之间。

(6) 该理论忽略了产业间的利益分配问题、国家的二次收入分配等。

大卫·李嘉图出生于英国伦敦一个富有的犹太经纪人家庭。他在为人处世方面,同其前辈斯密有着天壤之别:如果说斯密是一个终生未娶的坚定的独身主义者,那么,李嘉图则是一个爱情至上主义者——他因同出身于异教徒家庭的女子结婚而被剥夺了父母的财产继承权。同时,李嘉图没有像斯密那样接受过高等教育——他在青年时便做证券经纪人,在很短时期里成为巨富并且广置地产。正如著名经济史学家布劳格所言,"李嘉图也许并不是他们那个时代的最伟大的经济学家,但他肯定是最富有的经济学家"。以后他脱离商人生涯安心从事学术研究,并且成为国会议员——他领导英国议会通过了旨在建立严格反通货膨胀的货币标准的皮尔法案(Peel Action),同时,他以比较优势理论为武器,说服英国议会修正与废除旨在保护农业的《谷物法》。李嘉图是第一位集经商、从政与治学经历为一身并建立不朽学术贡献的经济学家。他于1817年出版了他最重要的著作——《政治经济学及赋税原理》(On the Principles of Political Economy and Taxation)。他在该书里首次以比较优势原理补充与发展了斯密的自由贸易学说,故人们将他同斯密并称为自由贸易学说的奠基人。此外,在该书中,李嘉图充分展现了他非凡的抽象分析能力——他被现代许多经济学家认为是使经济学成为具备数学精确性的严谨科学的奠基人;同时,李嘉图对收入分配问题予以深切的关注——他强调阶级冲突,而非斯密的利益的"自然和谐"。他的方法与观点深刻地影响了马克思的经济分析方法与经济思想——马克思称赞李嘉图为其智慧的导师。

第三节 比较优势的度量

一、贸易竞争力指数

贸易竞争力指数(Trade Competitive Index,TCI)也称竞争力指数,或净出口指数法(Net Exports,NE),它是用来判断一个国家的一种产品在国际市场上是否具备相对竞争优势的比较简单的度量指数。其计算公式为

$$TCI_{ij}=\frac{X_{ij}-M_{ij}}{X_{ij}+M_{ij}}$$

式中,TCI_{ij}为i国第j种产品的贸易竞争力指数;X_{ij}为i国第j种产品的出口值;M_{ij}为i国第j种产品的进口值。

如果该值大于0,则表示i国是第j种产品的净出口国,表明该国这种产品的生产效率高于国际水平,具有贸易竞争优势,且数值越大,优势越大;如果该值小于0,则表明i国为第j种产品的净进口国,i国的第j种产品的生产效率低于国际水平,处于竞争劣势,绝对值越大,劣势越大。表2-3列出了世界主要国家或地区的纺织品服装贸易竞争力指数。

表2-3 世界主要国家或地区的纺织品服装贸易竞争力指数

年份	印度	中国	土耳其	巴西	墨西哥	欧盟(15)	加拿大	日本	美国
1990	0.902	0.519	0.782	0.530	−0.092	−0.078	−0.645	−0.333	−0.631
1995	0.920	0.523	0.645	−0.144	0.043	−0.085	−0.422	−0.524	−0.573
2000	0.905	0.576	0.620	−0.046	0.086	−0.124	−0.292	−0.530	−0.618

续表

年份	印度	中国	土耳其	巴西	墨西哥	欧盟(15)	加拿大	日本	美国
2001	0.874	0.588	0.661	−0.020	0.064	−0.121	−0.306	−0.564	−0.647
2002	0.857	0.622	0.595	0.028	0.055	−0.119	−0.303	−0.546	−0.666
2003	0.842	0.669	0.596	0.210	0.052	−0.128	−0.328	−0.558	−0.689

数据来源：根据 WTO 数据计算所得；欧盟(15)指原欧盟 15 个成员国。

二、显示性比较优势指数

显示性比较优势指数(Revealed Comparative Advantage Index,RCA)是指一个国家某种商品出口额占其出口总值的份额与世界出口总额中该类商品出口额所占份额的比率。通过 RCA 指数可以判定一国的哪些产业更具出口竞争力，从而揭示一国在国际贸易中的比较优势。计算公式为

$$\mathrm{RCA}_{ij}=\left(\frac{X_{ij}}{X_{it}}\right)\div\left(\frac{X_{jw}}{X_{wt}}\right)$$

式中，X_{ij} 为 i 国 j 产品的出口总额；X_{it} 为该国所有商品的出口总额；X_{jw} 为 j 产品的世界出口总额；X_{wt} 为世界所有商品的出口总额。

一般认为，若 RCA≥2.5，则具有强的竞争力；1.25≤RCA<2.5，则具有较强的竞争力；0.8≤RCA<1.25，则具有一般的竞争力；RCA<0.8，则竞争力较弱。

三、固定市场份额模型

固定市场份额模型(Constant Market Share Model,CMS)的主要内容是：如果一个国家在世界市场上的出口份额保持不变，则该国的贸易竞争优势也保持不变；而如果该国在世界市场上的出口份额发生变化，表明其贸易竞争优势发生了变化。计算公式是：一国某产品的出口增长率减去保持原有市场份额应有的增长率。如果该指标为正，表明该国在该产品上相对于其他国的出口竞争力有所提升；如果该指标为负，表明该国在该产品上相对于其他国的出口竞争力有所下降。

1. 论述绝对优势的主要内容。

2. 论述比较优势的主要内容，并分析比较优势理论的局限性。

3. 本国生产袜子的单位劳动投入为 6，生产手套的单位劳动投入为 4；外国生产袜子的单位劳动投入为 2，生产手套的单位劳动投入为 3。

(1) 本国在哪种产品上拥有比较优势？为什么？

(2) 如果在世界市场上，袜子和手套的交换价格为 1 单位袜子＝1 单位手套，试分析两国会如何分工和贸易？为什么？

4. 试着运用两三个国际贸易度量指标去分析我国某一个行业的国际问题。

B&E

第三章 现代贸易理论

【本章导读】

古典学派的国际分工和国际贸易理论在西方经济学界一直占支配地位，直到20世纪30年代，才受到经济学家的挑战。赫克歇尔1919年在“国际贸易对收入分配的影响”一文中提出了要素禀赋理论，其核心思想是要素禀赋存在差异是比较优势的根本原因。俄林于1933年出版其代表作《区间贸易和国际贸易》，更进一步地解释了赫克歇尔的理论，最终形成了要素禀赋理论（Factor Endowment Theory），又叫赫克歇尔-俄林原理（Hechscher-Ohlin Theorem），或简称为赫-俄原理（H-O原理）。

【学习目标】

1. 了解要素密集度、劳动密集型产品、资本密集型产品的含义。
2. 掌握要素禀赋理论的主要内容及其发展成果。
3. 掌握2×2×2模型的分析方法。
4. 了解里昂惕夫之谜及其解释。

【关键概念】

要素禀赋（Factor Endowment）
资源密集型（Resource-intensive）
劳动密集型（Labor-intensive）
技术密集型（Technology-intensive）
资本密集型（Capital-intensive）
里昂惕夫之谜（Leontief Paradox）

第一节 要素禀赋理论

比较优势理论认为比较成本的差异是国际分工和国际贸易发生的决定因素，那么，是什么因素影响了各国的比较成本呢？现代贸易理论就是从要素的角度对这一问题进行解释。

一、要素禀赋理论的背景

从传统的比较优势理论分析看出，比较利益是国际分工和国际贸易发生的决定因素，那么，两国之间为什么产生比较优势上的差异呢？在斯密和李嘉图的模型中，技术不同是各国在生产成本上产生差异的主要原因。按照古典贸易理论，如果贸易双方国家的技术水平都一样，再假定没有运输成本，那么进行国际贸易的结果对任何国家既不会带来利益也不会带来损失。进入20世纪以后，随着技术在国家之间的流动和扩散，各国尤其是欧美交往已很频繁，技术的传播已不是一件非常困难的事情。许多产品在不同国家的生产技术已非常接近甚至相同，技术在国际间的差异几乎很小，但欧美之间的贸易量不但没有减少反而增多，这样看来，产生比较优势的差异一定还有除技术以外的因素。另外，在斯密和李嘉图的贸易模型中，劳动是唯一的生产要素。而在现实中，资本、土地以及其他生产要素也在生产中起了重要作用并影响到劳动生产率和生产成本。是不是也可以把其他要素引入到贸易模型中？

俄林认为，无论是一个国家还是一个地区，在一个给定的时间内，所有的商品价格和生产要素的价格都是由它们各自的供求关系决定的。在需求方面包括两种决定因素：①消费者的欲望、要求和爱好；②生产要素所有权的分配状况，这种分配状况影响着个人的收入，从而影响需求。在供给方面也包含着两种决定因素：①生产要素的供给，即要素禀赋情况；②生产的物质条件，这些物质条件决定了商品生产中生产要素的配合比例，表现为要素的密集性。由这四种基本要素构成的价格机制，在同一时间内决定了一个国家的所有商品和生产要素的价格。如果两个国家生产的物质条件都一样，无论在哪个国家，生产某一特定商品的技术水平保持不变，从而这种商品的要素密集型在各国之间都是一样的。那么两国之间如果存在着商品相对价格差异，即两国各自的国内商品价格比例或比较成本的不同，一定是由包括消费者爱好和生产要素所有权分配状况在内的商品需求情况和生产要素供给情况的不同所决定的。除非两国之间供求情况完全一样，或者是要素供给的差别恰恰被商品需求的差别所抵消，两国的商品相对价格才完全一样，否则这种差别总是存在的。由此得出，各国资源禀赋的不同，即生产要素的供给情况不同，是产生国际贸易的基本原因。

二、要素密集度和要素充裕度

（一）要素密集度

要素密集度(Factor Intensity)是指生产一个单位某种产品所使用的生产要素的组合比例。在资本与劳动两种生产要素的情形下，要素的密集度就是指生产一单位该产品所使用的资本-劳动比率。要素密集度是一个相对概念，即使生产两种产品时各投入的要素数量不同，但只要所投入的各种要素的相对比率相同，那么这两种产品的要素密集度就是相同的。

根据商品所含有的密集程度最大的生产要素的种类的不同，可以把商品分为劳动密集型商品、资本密集型商品、土地密集型商品、资源密集型商品和技术密集型商品等不同的类别。为了简化起见，一般只需要把商品分为劳动密集型商品、资本密集型商品或技术密集型商品两种类型即可。

假设 X 和 Y 两种商品在生产过程中所需要的资本与劳动这两种要素的投入比例分别为 K_X/L_X 和 K_Y/L_Y。如果 $K_Y/L_Y > K_X/L_X$，则称 Y 商品为资本密集型商品，X 商品为劳动密集型商品。

（二）要素充裕度

要素充裕度或要素丰裕度(Factor Abundance)主要是用来衡量一个国家所拥有的经济资源的相对丰富程度，或者说是一个国家资源的相对供给量。有两种评价要素丰裕度的方法，一种是根据实物要素总量的比率大小，另一种是按照要素的相对价格。下面分别对这两种分法进行简要的说明。

方法一：如果 B 国的可用总资本和可用总劳动的比率(TK_B/TL_B)大于 A 国的可用总资本和可用总劳动的比率(TK_A/TL_A)，就说 B 国是资本丰裕的，反过来，A 国是劳动丰裕的。特别地，这种方法用的是总资本和总劳动的比率，而不是两者的绝对数量的多少。因此，即使B国的资本绝对数量少于A国的绝对数量，但只要B国的 TK_B/TL_B 大于A国的 TK_A/TL_A，仍然可以得出B国是资本丰裕的。

方法二：如果B国资本价格和劳动价格的比率小于A国的资本价格和劳动价格的比率，就说B国是资本丰裕的，反过来就说A国是劳动丰裕的。这里同样需要强调的是，决定一国是否资本丰裕的，并不是看资本价格（资本的价格就是实际利息率，简记为 r）的绝对水平，而是看它与劳动价格（劳动的价格就是工资率，简记为 w）的比率，即 r/w 的大小。例如，B国的 r 可能比A国的要高，但如果B国的 r/w 小于A国的 r/w，则B国就是资本丰裕的。

如果不考虑需求因素，各国相对生产要素价格差的根源就在于各国生产要素的自然富裕或充裕程度不同。若在一个国家，资本比较充裕，劳动力比较稀缺，则该国的劳动相对于资本而言就更为昂贵；而在另一个国家，资本相对缺乏，劳动力相对丰裕，则这一国的资本相对劳动而言就比较昂贵。

生产要素丰裕度的不同会影响到生产可能性曲线的形状，如图3-1所示。

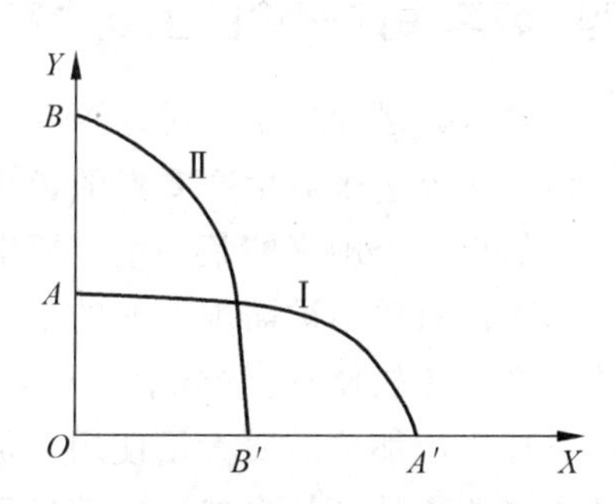

图3-1 要素禀赋差异与生产可能性曲线

如果国家Ⅰ是劳动丰裕的国家，且X产品为劳动密集型产品，国家Ⅱ为资本丰裕的国家，且Y产品为资本密集型产品，那么，国家Ⅰ生产X产品的机会成本就比较低，生产Y产品的机会成本就比较高，其生产可能性曲线就靠近 X 轴；反过来，国家Ⅱ生产Y产品的机会成本就比较低，生产X产品的机会成本就比较高，其生产可能性曲线就靠近 Y 轴。由此可见，国家Ⅰ的生产可能性曲线 AA' 将相对偏向 X 轴，国家Ⅱ的生产可能性曲线 BB' 将相对偏向 Y 轴。

三、要素禀赋理论的基本假设

要素禀赋（Factor Endowment）理论的假设条件最主要的是以下几条，当我们逐渐放松这些假设前提时，会得到不同的结论。

（1）两个国家、两种产品、两种生产要素，劳动和资本，即2×2×2的分析模型。

（2）两国生产要素的供给是固定的，且生产要素是同质的。生产要素在国际间不能流动，但在一国内部可以自由流动，两国的生产要素都被充分利用。

（3）两国相同产品的生产技术相同，即劳动生产率没有差距。

（4）不同的产品以不同的要素比例生产，相同产品的要素组合总是相同的，即没有要素密集度逆转（Factor-intensity Reversals）。

（5）两国对两种产品的需求偏好相同，各种商品消费比例取决于价格而非收入，即收入水平和偏好不决定贸易类型。

（6）没有完全的专业化分工现象，即假定两国在自由贸易下均生产两种产品。

（7）两国之间没有运输成本、关税、非关税壁垒等贸易障碍，且两国的相互进出口额相等。

（8）商品市场和要素市场都是完全竞争市场。

与古典贸易理论的假设条件相比，要素禀赋理论的假设条件主要是在以下几个方面发生了本质性变化。第一,关于两国生产各种商品能力不同的原因。古典贸易理论解释为生产技术的不同,而要素禀赋理论则强调生产要素的禀赋不同。第二,关于产品生产机会成本的假定。古典贸易理论假设劳动是唯一的投入要素,每单位劳动投入的产出是不变的。因此,每单位产品的机会成本是固定的,生产可能性曲线是一条直线。但要素禀赋理论假设有两种要素投入,且每种产品生产过程中需要投入的要素比例还不相同,因此,产品生产的机会成本是可变的。即当一国将其生产资源从一种产品的生产转移到另一种产品的生产上时,所必须放弃的该产品的数量会发生变化。机会成本可变将使生产可能性曲线具有外凸或内凹的形状,而不再是一条直线。第三,两国之间不存在完全的专业化分工。古典贸易理论认为,每个国家都应该专门生产自身具有比较优势的商品,即两国之间可以实现完全的专业化分工,进而通过贸易满足对不同商品的需求。但从要素禀赋理论的假设可以看出,由于机会成本的存在使得完全的专业化分工不可能发生,因此,两国均生产两种产品。

四、要素禀赋理论的主要内容

要素禀赋理论主要讨论国际贸易的原因和结果、要素价格变动对产出的影响,以及商品价格变化反过来对生产要素的影响。

如果一个国家的某一生产要素的供给相对大于另一种生产要素的供给,这种供给方面的不平衡只要不被需求方面的不平衡所抵消,那么,该国供给量相对丰裕的这一生产要素的价格必然比较便宜,供给量相对稀缺的那种生产要素的价格必然比较昂贵。因此,该国能够便宜地生产那些需要大量使用廉价生产要素的商品,该国生产那些大量需要本国比较昂贵的生产要素的商品自然也比较昂贵。由此可以得出,一国应当生产和输出密集使用该国相对丰裕而便宜要素生产的商品,而进口密集使用该国相对稀缺而昂贵要素生产的商品。换言之,一个国家的出口商品是那些密集使用本国能够大量供给的、比别国相对便宜的生产要素生产出来的商品,一个国家的进口商品是那些密集使用别国能够大量供给的、比本国相对便宜的生产要素生产出来的商品。

按照上面要素禀赋理论的内容,劳动力丰裕型国家应该出口那些在生产中密集使用大量劳动力的生产要素的商品,即劳动密集型产品,进口那些在生产中密集使用大量资本的生产要素的商品,即资本密集型产品;同理,资本丰裕型国家应该出口资本密集型产品,进口劳动密集型产品。例如,澳大利亚的土地供应丰裕,但人口稀少,同大多数其他国家相比,澳大利亚的土地价格便宜而劳动力价格即工资率比较高,因此,澳大利亚生产那些需要投入的土地多而劳动力少的产品是比较便宜的,如羊毛;那些拥有较多资本的国家专门从事需要投入的资本多而土地少的产品则会有利可图,如制造业。

在所有可能造成国家之间相对商品价格差异和比较优势的原因中,要素禀赋理论认为各国的相对要素丰裕度即要素禀赋是国际贸易中各国具有比较优势的基本原因和决定因素。正是这个原因,赫克歇尔-俄林定理又常被称为要素禀赋理论。

下面通过具体的例子来说明要素禀赋理论。假设有两个国家,即国Ⅰ、国Ⅱ,使用劳动力和资本两种生产要素投入,生产两种商品 X 和 Y,其中 X 商品为劳动密集型商品,Y 商品为资本密集型商品。这两个国家的国际分工与贸易模式以及商品价格变化对生产要素的影响如表 3-1 所示。

表 3-1 国Ⅰ和国Ⅱ的国际分工与国际贸易得益

		国Ⅰ	国Ⅱ
贸易前	要素禀赋	劳动力充裕,资本稀缺	劳动力稀缺,资本丰富
	要素价格	工资率低,利率高	工资率高,利率低
	产品比较优势	X	Y
	产品价格	X便宜,Y昂贵	X昂贵,Y便宜
分工、贸易模式		生产并出口X,进口Y	生产并出口Y,进口X
贸易后	产品价格对贸易的反应	X价格上升,Y价格下降	X价格下降,Y价格上升
	生产要素短期收益变化	出口部门(X生产部门)的劳动和资本获益;进口部门(Y生产部门)的劳动和资本受损	出口部门(Y生产部门)的劳动和资本获益;进口部门(X生产部门)的劳动和资本受损
	生产对价格的反应	X生产增加,Y生产减少	X生产减少,Y生产增加
	对生产要素需求的变化	对劳动的需求增加,对资本的需求下降	对劳动的需求减少,对资本的需求增加
	要素流动及要素生产率的变化	劳动和资本都向X部门移动,在充分就业的情况下,两个部门的资本劳动比例都提高,劳动边际生产率提高,资本边际生产率下降	劳动和资本都向Y部门移动,在充分就业的情况下,两个部门的资本劳动比例都降低,劳动边际生产率下降,资本边际生产率提高
	要素价格的反应(要素长期收益的变化)	两个部门的工资率都上升,资本利润率都下降	两个部门的工资率都下降,资本利润率都上升
最终结果		两国产品价格相等,各国更加专业化,两国要素投入比例相等,要素价格相等 获益者:Ⅰ国的劳动和Ⅱ国的资本 受损者:Ⅰ国的资本和Ⅱ国的劳动	

在共同的价格比率下,两国的相互进出口额相等,但两国的消费水平都移到了更高效用水平,这表明两国都得到了贸易利益,而且在本例中两国的贸易利益相等。

伊·菲·赫克歇尔(Eli F. Heckscher,1879—1959),瑞典人,生于斯德哥尔摩的一个犹太人家庭。著名的经济学家,新古典贸易理论最重要部分——要素禀赋理论就是他和他的学生贝蒂·俄林最早提出来的,并命名为赫克歇尔-俄林原理(简称H-O原理)。

1897年起,赫克歇尔在乌普萨拉大学(Uppsala University)跟耶尔纳(Hjarne)学习历史,跟戴维森(Davidson)学习经济,并于1907年获得博士学位。毕业后,他曾任斯德哥尔摩大学商学院的临时讲师;1909—1929年任经济学和统计学教授。此后,因他在科研方面的过人天赋,学校任命他为新成立的经济史研究所所长。他成功地使经济史成为瑞典各大学的一门研究生课程。

在经济理论方面最主要的贡献可以概括为他最著名的两篇文章。1919年发表的"外贸对收入分配的影响"是现代赫克歇尔-俄林要素禀赋国际贸易理论的起源。他集中探讨了各国资源要素禀赋构成与商品贸易模式之间的关系,并且,一开始就运用了一般均衡的分析方法。他认为,要素绝对价格的平均化是国际贸易的必然结果。他的论文具有开拓性的意义,其后,这个理论由他的学生俄林进一步加以发展。"间歇性免费商品"(1924)一文提出的不完全竞争理论,比琼·罗宾逊和爱德华·张伯仑的早了9年。文章中还探讨了不由市场决定价格的集体财富(即所谓的公共财物)的问题。

在经济史方面,赫克歇尔更享有盛名。主要著作有《大陆系统:一个经济学的解释》、《重商主义》、《古斯塔夫王朝以来的瑞典经济史》、《历史的唯物主义解释及其他解释》、《经济史研究》等。赫克歇尔通过对史料提出更广泛的问题或假定,进行深入的批判性研究,从而在经济史和经济理论两个方面架起了桥梁,并把两者有机地结合起来。他是瑞典学派的主要人物之一。赫克歇尔对贸易理论的贡献主要反映在1919年"国际贸易对收入分配的影响"一文中,萨缪尔森称之为"天才之作"。

俄林(Bertil Ohlin,1899—1979)1899年4月生于瑞典南方的一个小村子。他早年就读于隆德大学和斯德哥尔摩大学(University of Stockholm),后来又赴英国剑桥大学和美国哈佛大学留学。1924年任丹麦哥本哈根大学经济学教授,5年后回瑞典任斯德哥尔摩大学商学院教授,曾在美国弗吉尼亚和加利福尼亚大学任客座教授。1977年获得诺贝尔经济学奖。1979年8月于书桌前逝世。

他的研究成果主要表现在国际贸易理论方面。1924年出版《国际贸易理论》;1933年出版其名著,即美国哈佛大学出版的《区间贸易和国际贸易》;1936年出版《国际经济的复兴》(*International Economic Reconstruction*);1941年出版《资本市场和利率政策》等。俄林的理论受他的老师赫克歇尔关于生产要素比例的国际贸易理论的影响,并在美国哈佛大学教授威廉(T. H. Williams)的指导下,结合瓦尔拉斯和卡塞尔的一般均衡理论进行分析论证,在《区间贸易和国际贸易》一书中最终形成。因此,俄林的国际贸易理论又被称为赫克歇尔-俄林理论。

五、要素禀赋理论的发展

狭义的要素禀赋理论就是指用生产要素的丰缺程度来解释国际贸易产生的原因和进出口商品的结构,这也称为生产要素供给比例说。广义的要素禀赋理论不仅研究要素价格对国际贸易的影响,而且还要研究国际贸易对生产要素的反作用,因此,广义的要素禀赋理论既包括生产要素供给比例说,还包括生产要素的价格均等化理论。

(一)要素价格均等化定理的内容

即使生产要素不具备国际流动的条件,只要商品自由贸易得到充分发展,那么各国同种生产要素的相对价格将会趋于相等,同时,绝对价格也会趋于相等。简言之,国际贸易会使各国劳动力价格相等,也会使各国的资本价格相等。由于这一命题是萨缪尔森对H-O模型的引申,因此又被称为H-O-S模型。

自由贸易条件下,一国会扩大密集使用其丰裕要素产品的生产,减少密集使用其稀缺要素产品的生产,这样,对丰裕要素的需求就会增加,对稀缺要素的需求就会减少,在价格上的表现,就是以前价格便宜的丰裕要素的价格会因需求的增加而提高,而原来昂贵的稀缺要素的价格会因需求减少而降低。同时,另一国发生的情况刚好相反。由此推出,原来一国的劳动力价格比较便宜,但价格却在上升,另一个国家的劳动力价格虽然比较昂贵但却在下降,这样两国的劳动力价格就会趋于相等。同理，原来一国的资本价格虽然比较昂贵但却在下降，另一个国家的资本价格尽管比较便宜，但却在上升，这样两国的资本价格就会趋于相等。进而可以推出，两国的劳动与资本的价格比率也将趋于均等。换句话说，国际贸易使两国同类要素的绝对价格和相对价格都趋于均等，因此，国际贸易替代了要素的国际间流动。

拓展阅读

赫克歇尔在1919年的"国际贸易对收入分配的影响"中这样写道，如果所有国家的生产技术都是相同的话，……贸易就必然继续发展直到各国相对稀缺的生产要素的价格出现均等化。……下一步，我们必须考虑这种均等化是否既是相对的又是绝对的……虽然迄今为止这一命题远未被证明，但这是贸易中不可避免的结果。

俄林在1933年的《区间贸易和国际贸易》中这样写道，很容易举例说明在贸易上价格均等化的趋势，斯堪的纳维亚半岛北部的森林产品便宜，所以出口木材。但是如果不出口木材，斯堪的纳维亚的森林还会更便宜些。……相反，在美国森林相当昂贵，如果不从加拿大和斯堪的纳维亚输入木材，美国的森林价格还要高。就澳大利亚而论，如果没有农产品出口的话，农田显然会比现在更便宜些。阿根廷的牛肉也是如此。欧洲的情况则相反，如果没有食品进口，农田的价格会涨得很高。因此，贸易提高了澳大利亚和阿根廷土地的价格，而降低了欧洲土地的价格。相对于土地价格，澳大利亚的工资下降，而欧洲的工资却提高了。

萨缪尔森在1948年的"国际贸易与要素价格均等化"中这样写道，自由贸易不仅使两国的商品价格相等，而且使两国生产要素的价格相等，以至两国所有工人都能获得同样的工资率，所有的资本(或土地)都能获得同样的利润(或租金)报酬，而不管两国生产要素的供给与需求模式如何。

在没有贸易的情况下，假设，A国的劳动力丰裕，所以工资偏低，该国的资本供应短缺，故利率较高；B国的资本充裕，所以利率较低，该国的劳动力比较稀缺，故工资较高。即有$(w/r)_A<(w/r)_B$。也就是说，由于$(w/r)_A$和$(w/r)_B$之间存在差异，所以$(P_X/P_Y)_A$与$(P_X/P_Y)_B$也有差异，从而发生贸易。A国出口劳动密集型产品X，进口资本密集型产品Y。B国出口资本密集型产品Y，进口劳动密集型产品X。贸易后，B国对A国X产品需求增加，X的价格提高，因而生产X的厂商扩大生产，增加对劳动的需求，进而导致工资提高，由此可见，贸易的结果是使两国的工资逐渐趋于相等。另一方面，A国对B国的Y产品需求的增加也导致两国资本的利率趋于相等。最终，贸易使两国工资、利率实现均等化，这便是要素价格均等化。

不仅如此，贸易还能使两国的$(w/r)_A$和$(w/r)_B$也实现均等。因为只要$(w/r)_A$与$(w/r)_B$不相等，$(P_X/P_Y)_A$与$(P_X/P_Y)_B$也不相等，贸易就会继续进行。只有当$(P_X/P_Y)_A=(P_X/P_Y)_B$时，贸易才会停止，贸易条件实现均衡。也只有在这时$(w/r)_A=(w/r)_B$，两国的工资和利率既实现了相对均等又实现了绝对均等。

(二) 对要素价格均等化定理的评价

要素价格均等化定理的意义体现在以下两个方面。

首先，它证明了在各国要素价格存在差异，以及在生产要素不能通过国际间自由流动的情况下，国际贸易作为要素国际间流动的替代，可以间接地实现世界范围内资源的最优配置，最终实现要素价格的均等化。

其次，它分析了国际贸易对要素价格的反作用，即说明了国际贸易是如何影响贸易国的收入分配格局的。

六、要素禀赋理论的意义

与古典贸易理论相比，要素禀赋理论的主要贡献体现在以下几个方面。

第一，要素禀赋理论是在两种生产要素的框架下分析产品的生产成本，这比古典贸易理论只是用一种劳动投入的分析模型更为合理和贴近实际。

第二，要素禀赋理论不再比较两个单位产品的成本差异，而是直接比较两国生产要素总供给和总需求的差异，即要素禀赋理论把李嘉图的个量分析扩大为总量分析，运用总体均衡的方法来分析国际贸易的发生与发展。此外，要素禀赋理论不仅指出了要素的价格差导致商品的比较成本差异，进而发生国际贸易，而且要素禀赋理论还分析了国际贸易对生产要素的反作用，因此，要素禀赋理论是分析国家贸易与生产要素变动的相互影响，这比传统的古典贸易理论更为进步。

第三，要素禀赋理论首次提出了生产要素在国际贸易中的重要地位，这为各国依据本国生产要素的情况，合理使用和分配本国资源，建立符合本国国情的产业结构、提高经济效率、参与国际分工提供了依据。

但是，要素禀赋理论也存在一定局限性，具体如下。

第一，按照要素禀赋理论的解释，国际贸易应该发生在要素禀赋不同的国家之间，但是，“二战”以来发达国家之间的国际贸易迅速发展，远远超过了发达国家与发展中国家之间的国际贸易，这一点难以用要素禀赋理论解释。

第二，要素禀赋理论排除了生产力和科学技术的进步，从而抹杀了国际分工和国际贸易发展的最重要的原因，因而是一种静态的分析方法，但是，现代经济发展说明，技术革新可以改变要素成本和要素的投入比例，从而改变比较成本。

第三，要素禀赋理论以要素比例来决定商品价格，这是对马克思的劳动价值论的否定，要素禀赋理论把发达国家与发展中国家的收入分配不平等归结为国际贸易问题，抹杀了国际生产关系中资本主义的剥削性和不平等性，从这一点来看，要素禀赋是倒退的。

价值链理论

价值链是一种商品或服务在创造过程中所经历的从原材料到最终产品的各个阶段，包括研究、开发、生产、销售和服务等诸多环节。它体现了价值增值的过程，而且体现了产品价值在各环节上首尾相连。

按照价值链的理论，价值链各环节所要求的生产要素相差很大。比如，产品的开发环节所要求的主要是受过高等教育、具有专业技术和首创精神的技术人员，宽松自由的组织环境，和鼓励创新、提倡独立思考的企业文化；而产品的装配环节则需要大量的普通工人和严格的劳动纪律、全面质量管理和成本控制。

由于各国在要素构成比例上不同，形成按不同环节分工的现象。因此，与其说中国企业在劳动密集型产品的生产上有比较优势，不如说在劳动密集型的经营环节或价值活动上有比较优势更准确。

价值链理论的核心观点是：在一个众多的价值活动中，并不是每一个环节所创造的价值都高；企业所创造的价值实际上主要来自企业价值链上的某些特定的价值活动；这些主要创造价值的经营活动就是企业价值链上的“战略环节”，因此，企业在竞争中的优势，特别是能够长期保持的优势，实质上就是企业在价值链上某一特定的战略价值环节上的优势。

因此，根据价值链理论可以得出这样的结论：要保持企业对某一种产品的垄断优势，关键是要保持这一产品价值链战略环节的垄断优势，并不需要在所有的价值活动上都保持垄断优势。战略环节可以是设计、零件生产、配方、营销等。

第二节 里昂惕夫之谜

对要素禀赋理论的实证检验工作，绝大部分都集中于验证 H-O 原理，强调的重点也一直是检验贸易的要素比例。在众多的实证研究中，美国经济学家沃西里·里昂惕夫(Wassily Leontief，俄裔美国经济学家)对要素禀赋理论适用性进行的检验，既是第一次也是最具代表性的。他的研究工作，对要素禀赋理论的后续发展产生了重大影响。

一、里昂惕夫之谜

美国经济学家里昂惕夫是以美国为例来验证 H-O 理论的。他利用 1947 年美国的投入-产出表，测算了美国进、出口商品的要素含量。在测算之前，他推断，与世界其他国家相比，美国应是资本丰富的国家。按照要素禀赋理论，美国应该生产和输出资本密集型的商品，进口劳动密集型的商品。里昂惕夫对 1947 年美国出口行业与进口行业的资本存量与工人的数量的比值进行了计算，即对出口产品的资本-劳动的比率(K_x/L_x)和进口商品的资本-劳动的比率(K_m/L_m)进行计算，结果是：出口产品每一劳动力一年中使用的资本为 14 010 美元(资本劳动的比率为 14∶1)，而进口商品的竞争行业的产品每一劳动力一年中所使用的资本为 18 180 美元(资本劳动的比率为 18∶1)。这样，出口产品与进口产品的资本劳动比率为$(K_x/L_x)/(K_m/L_m)=14/18$，约为 0.77。如果美国是一个资本丰裕的国家，出口资本密集型产品，那么上述比率应该远远大于 1。里昂惕夫本人及其他一些经济学家对美国的出口产品和进口竞争的产品的资本与劳动的比率进行了多次测算，但计算结果都与第一次的结果相同，他们对 1951 年、1962 年的美国出口产品和进口竞争产品的资本劳动的比率进行测算的结果如表 3-2 所示。

表 3-2 1951 年和 1962 年美国进出口商品的资本-劳动比率

		资本(1 000 美元)	劳动(一年)	资本-劳动比率
1951	出口	2 257	174	12 971
	进口	2 303	168	13 708
1962	出口	1 876	131	14 320
	进口	2 132	119	17 915

根据表 3-2 中的数据，1951 年出口产品与进口产品的资本-劳动比率为

$$(K_x/L_x)/(K_m/L_m) = 12\,971/13\,708 = 0.95$$

1962 年出口产品与进口产品的资本-劳动比率为

$$(K_x/L_x)/(K_m/L_m) = 14\,320/17\,915 = 0.80$$

这两年出口产品与进口产品的资本-劳动比率均小于 1，这一结果与 H-O 理论的预测结果恰恰相反，故称之为里昂惕夫之谜(Leontief Paradox)，并引起了经济学家的关注。此后，许多经济学家对美国、日本、印度、加拿大及东欧国家若干年度的对外贸易进行了检验，除个别例外，多数结果都和里昂惕夫本人最初的结论相似。所以"里昂惕夫之谜"是一个普遍存在的现象。

二、里昂惕夫之谜的解释

里昂惕夫之谜激发了许多经济学家研究国际经济问题的兴趣，经济学家们就此提出了很多不同解释和意见。归纳起来，主要有两类：一类是关于里昂惕夫实证结果的分析法的讨论；另一类是对要素禀赋理论的检讨。

里昂惕夫本人对美国出现的"谜"的解释成为人力资本理论的开端，他认为美国的劳动力比国外劳动力具有更高的效率，如果将美国生产的进口替代品的资本劳动比率转换为国外产品的资本劳动比率，那么，美国从国外进口的产品中包含的劳动就会多于资本，因而仍是劳动密集型产品。

(一) 人力资本

受里昂惕夫有效劳动解释的启发，后来一些学者在要素禀赋理论框架下引入人力资本这一因素。由于质量上的差异，一般劳动可区分为非熟练劳动(Unskilled Labor)和熟练劳动(Skilled Labor)两类。众所周知，美国的教育程度在全世界是最高的，教育本身是一种投资，即节省当前的消费，提高未来的劳动生产率。一些非熟练的劳动者转变为熟练的劳动者，需要投入大量的经费进行培训，这些经费可以用来购买机械设备或者新的技术增加生产，但美国将其用于培训劳动者以提高他们的技术水平和素质。可见，这些科技专业劳动者本身也是一种资本积累，他们更加类似于资本，是人力资本。所谓人力资本(Human Capital)就是指投资于人的劳动技能的训练所花费的费用。美国出口行业比进口竞争行业使用更多的熟练劳动，因此，出口产品是人力资本的产品，而不是单纯的劳动密集型产品。在加入了人力资本之后，里昂惕夫之谜也就可以解释了。美国经济学家凯恩(Pete B. Kenen)后来发现，美国的出口以物质资本加人力资本密集型商品为主。

(二) 自然资源

有人指出，自然资源与资本在生产中往往是互补的，因此，一些自然资源密集型的产品，如能源，往往也是资本密集型的，因为这些自然资源的开采通常需要投入大量机械设备和资本，因此表现为资本密集型产品。从自然资源的角度看，美国的某些自然资源是相对稀缺的(自然或人为因素造成的)，如石油。这样，美国的大宗进口商品很多是自然资源密集型产品，如铝矾土、铅、铜、铁等，并且美国对这些资源的出口仅相当于进口量的一半。因此，里昂惕夫之谜在考虑自然资源这一因素之后，也可以得到较好的解释。

(三) 要素密集度逆转

在要素禀赋理论的基本模型里，我们假设，无论在什么情况下，X 与 Y 的要素密度之间

的关系是不会改变的,即对任何一组要素价格,Y 永远都是资本密集型的,X 也永远都是劳动密集型的。在另外一些要素价格下,Y 变成劳动密集型,X 变为资本密集型,这种现象称为要素密集度逆转(Factor Intensity Reversal)。当存在要素密集度逆转时,同样一种产品,虽然两国生产函数形式相同,但在两国不同的要素价格下,可能属于不同类型,如封闭条件下 X 在 A 国是劳动密集型的,但在 B 国却可能是资本密集型的。这样一来有可能发生这样一种情形:资本丰富的国家可比较廉价地生产某种资本密集型商品,而在劳动丰富的国家,也可以比较廉价地生产同样一种产品,因为该产品在劳动丰富的国家是劳动密集型的而不是资本密集型。的确,这种要素密集度逆转在现实世界中是存在的。如将美国和一些亚洲国家的农业生产进行比较,我们会发现,美国在农业生产中大量使用机械设备,投入大量的资本,其农产品相对而言是资本密集型的商品。但是在一些亚洲国家,其农业生产基本上还是手工劳动,其农产品可以说是劳动密集型商品。由此看来,同样是农产品,在两个国家里一个是资本密集型产品,在另一国家却变为劳动密集型产品,农产品的要素密集度发生了逆转。

(四)需求偏好

在要素禀赋理论中假设两国消费者的偏好完全相同,所以国际贸易形态只取决于要素禀赋差异,与需求因素无关。但在现实中,决定国际贸易的因素既可能来自供给方面,也可能来自需求方面。影响国际贸易的需求因素可能有很多表现,这里仅列举一种可能的影响形式:当某一国对于某一商品享有生产上的比较优势,但因其国民在消费上又特别地偏好该商品时,将会使得原来依据 H-O 原理所决定的进口方向发生改变。就像美国,国内资本虽然丰富,但国内对资本密集型产品的需求更多,美国就会进口这些产品。

(五)跨国公司的影响

一些学者认为,美国的跨国公司遍布全球,所生产的产品约 50%返销美国,跨国公司的产品主要利用东道国的各种资源和劳动力,加上美国的资本和技术生产出来的,其中大多属于劳动密集型产品,这类产品的返销,按照国际贸易的统计惯例,统一算做东道国的出口,算做美国的进口,实际上是美国跨国公司的体内循环,这也是导致美国进口资本密集型产品的重要原因之一。

(六)贸易壁垒的影响

要素禀赋理论是在不存在政府的干预假设条件下得出的,而现实生活中美国存在着大量的贸易壁垒,美国的关税对于进口劳动密集型产品,特别是大量使用非熟练劳动力生产的产品课征较高的关税税率,因此,阻碍了这些产品的进口。不过,也有人认为,如果消除这些贸易壁垒的影响,美国资本密集型产品的进口也仅仅下降 5%,不足以解释里昂惕夫之谜。

复习思考题

1. 举例说明什么是劳动密集型产品、资本密集型产品。
2. 举例说明要素密集度逆转是怎么回事。
3. 阐述要素禀赋理论的主要内容及其发展。
4. 里昂惕夫之谜及其相关解释有哪些?
5. 现实中,发达国家与发展中国家的工资差距越来越大,与 H-O-S 理论预测的结果不同,这是为什么?谈谈你对要素价格均等化定理的看法。

B&E

第四章 新贸易理论

【本章导读】

传统的国际贸易理论，主要是针对国与国、劳动生产率差别较大的和不同产业之间的贸易，但20世纪60年代以来，随着科学技术的不断发展和世界经济联系的进一步增强，发达国家之间的国际贸易得到了迅速发展，并在世界贸易总额中占有一半以上的比重，而且，发达国家之间交换同一产业部门所生产的产品，如日本出口丰田汽车到德国，但又从德国进口奔驰汽车；美国出口计算机中的各种零部件到韩国，但又从韩国进口半导体芯片等计算机中的各种零部件。传统的贸易理论难以解释这些新的贸易现象。为了解释国际贸易发展的新的事实，国际经济学界产生了一系列新的理论，统称为新贸易理论。本章主要是对产业内贸易理论、规模经济理论、需求偏好相似理论、竞争优势理论等主要的新贸易理论进行解释和说明。

【学习目标】

1. 了解产业内贸易的概念、计量方法、影响因素与发展现状。
2. 掌握规模经济对国际贸易的影响。
3. 掌握需求偏好相似理论的主要内容与局限性。
4. 了解竞争优势理论及常见的几种博弈分析模型。

【关键概念】

产业内贸易(Intra-industry Trade)

规模经济理论(Economies of Scale Theory)

需求偏好相似理论(Theory of Demand Preference Similarity)

钻石模型(Diamond Model)

第一节　产业内贸易理论

一、产业内贸易的概念

从产品内容上看，可以把国际贸易分成两种基本类型：一种是国家进口和出口的产品属于不同的产业部门，比如出口初级产品，进口制成品，这种国际贸易称为产业间贸易(Inter-industry Trade)。在产业间贸易中，同一产业产品基本上是单向流动，要么进口，要么出口。另外一种被称为产业内贸易(Intra-industry Trade)，也就是一国同时出口和进口同类型的制成品。在产业内贸易中，产业内产品是双向流动的，因此这种贸易通常也被称为双向贸易(Two Way Trade)或重叠贸易(Over-lap Trade)。产业内贸易的产品多属于工业产品。

由于国际贸易商品的品种种类繁多，为了便于商品的统计和国际对比，联合国经济社会理事会于1950年7月12日正式通过了国际贸易标准分类(Standard International Trade Classification，SITC)，目前为世界各国政府普遍采用的商品贸易分类体系。到2006年为止，该标准分类已经经过了4次修改，最后一次的修改为第四修订版，该标准将产品分为类、章、组、分组和基本项目5个层次，每个层次中用数字编码来表示。产业内贸易研究中所涉及的相同产品，指的是至少前三个层次分类编码相同的产品。

二、产业内贸易理论的产生及主要内容

传统的贸易理论，从李嘉图到赫克歇尔-俄林，都强调比较优势，认为国家之间发生贸易的原因是劳动生产率和要素禀赋的不同，一国总是出口本国具有比较优势的产品，进口本国具有比较劣势的产品，这种贸易理论对直到20世纪中期以来的主要的国际贸易方式，也就是经济发展水平不同的国家之间的不同产品的贸易做了比较充分的解释。但是20世纪60年代以来，这种贸易理论距离国际贸易的现实越来越远，这主要有两个方面的原因：其一，传统的贸易理论确实有一套比较完美的体系，但又有一套严格的假设前提，这些前提促成了理论体系的完善，也同时使理论偏离了实际。这些前提是完全竞争的市场结构及不变的技术水平，不存在规模经济。而完全竞争的市场结构在现实中是不存在的，规模经济却随着经济环境的改善、技术水平的提高而无处不在。其二，第二次世界大战以后，尤其是70年代以来，要素禀赋相似的发达国家之间的相同或相似产品的贸易越来越多，甚至占据了它们之间贸易的绝大部分的比重，这是传统的贸易理论绝对不能解释的。在这样的背景下，对于产业内贸易的系统研究从70年代就开始了。经过二十多年的发展，产业内贸易的研究成果自成体系，形成了新的贸易理论。

产业内贸易理论是以不完全竞争的市场结构和规模经济的存在为假设前提的，更接近于贸易现实。产业内贸易理论认为，贸易不一定是比较优势的结果，可能是规模经济或收益递增的结果，在不完全的竞争市场上，国家之间即使不存在资源禀赋、技术水平的差异或者差异很小，也完全可以因为需求偏好或者规模经济以及产品差异促使各国追求生产的专业化和从事国际贸易。同时，也为国家进行干预提供了借口，在不完全竞争的市场上，政府支持可以使本国的垄断厂商利用规模经济效益获得垄断利润，这样对于产业内贸易现象的研究又导致了后来发达国家普遍采用的战略性贸易政策，强调贸易保护。

三、产业内贸易的计量方法

由于人们对产业内贸易概念的理解不同，所采用的计量方法也就存在很大差异。

(一) 格鲁贝尔与劳埃德提出的G-L计量方法

1975年格鲁贝尔(H. Grubel)和劳埃德(P. Lloyd)在其著作《产业内贸易：异质产品国际贸易理论与测量》中率先开始对产业内贸易进行计量研究，他们假定，若i表示某一特定产品组合或产业，X_i、M_i分别表示该产品组合或产业的出口与进口，则该产业内贸易指数B_i可以被描述为

$$B_i=\frac{(X_i+M_i)-|X_i-M_i|}{X_i+M_i}\times 100\% \qquad (4\text{-}1)$$

为方便起见，式(4-1)可改写为

$$B_i = \left(1 - \frac{X_i - M_i}{X_i + M_i}\right) \times 100\% \tag{4-2}$$

式中，$0 \leqslant B_i \leqslant 1$。若 $X_i = M_i$，则 $B_i = 100\%$，即所有贸易均为产业内贸易。若 $X_i = 0$ 或 $M_i = 0$，则 $B_i = 0$，即表示所有贸易均为产业间贸易。

为了测定一国所有产业的产业内贸易的平均水平，式(4-2)可写为

$$B_j = \frac{\sum_{i=1}^{n} B_i (X_i + M_i)}{\sum_{i=1}^{n} (X_i + M_i)} \times 100\% \tag{4-3}$$

或

$$B_j = \left[1 - \frac{\sum_{i=1}^{n} | X_i - M_i |}{\sum_{i=1}^{n} (X_i + M_i)}\right] \times 100\% \tag{4-4}$$

例 4-1 现有某一国家 5 个产业，分别为 A、B、C、D 和 E，各产业的进出口贸易情况如表 4-1 所示，计算该国各产业的产业内贸易指数及平均产业内贸易指数分别为多少。

表 4-1 某国 5 个产业的进出口贸易情况

产业 i	出口 X_i	进口 M_i	$\lvert X_i - M_i \rvert$
A	40	30	10
B	80	40	40
C	10	60	50
D	70	70	0
E	200	60	140
$\sum$	400	260	240

利用格鲁贝尔和劳埃德指数计算该国各产业的产业内贸易指数是

$$B_A = \left[1 - \frac{| 40 - 30 |}{40 + 30}\right] \times 100\% \approx 86\%$$

$$B_B = \left[1 - \frac{| 80 - 40 |}{80 + 40}\right] \times 100\% \approx 67\%$$

$$B_C = \left[1 - \frac{| 10 - 60 |}{10 + 60}\right] \times 100\% \approx 29\%$$

$$B_D = \left[1 - \frac{| 70 - 70 |}{70 + 70}\right] \times 100\% = 100\%$$

$$B_E = \left[1 - \frac{| 200 - 60 |}{200 + 60}\right] \times 100\% \approx 46\%$$

由此可得，该国 A、B、C、D 和 E 5 个产业的产业内贸易指数依次是 86%、67%、29%、100%和 46%。

利用格鲁贝尔和劳埃德指数计算该国产业内贸易的平均水平是

$$B_j=\frac{\sum_{i=1}^{n}B_i(X_i+M_i)}{\sum_{i=1}^{n}(X_i+M_i)}\times 100\%$$

$$=\frac{\sum_{i=1}^{5}[86(40+30)+67(80+40)+29(10+60)+100(70+70)+46(200+60)]}{\sum_{i=1}^{5}[(40+30)+(80+40)+(10+60)+(70+70)+(200+60)]}\times 100\%$$

$$\approx 64\%$$

由于采用 B_i 的平均值，所以可能导致该国平均产业内贸易水平的偏差，上式中有关 B_j 的问题是它没有考虑该国总贸易的不平衡因素。若一国存在很大的贸易顺差或贸易逆差时，B_j 将会偏低，则真正的产业内贸易程度也会相应地出现计算错误。因此，格鲁贝尔和劳埃德在考虑了贸易不平衡基础上对上式进行了调整，调整后的公式为

$$C_j=\frac{\sum_{i=1}^{n}(X_i+M_i)-\sum_{i=1}^{n}|X_i-M_i|}{\sum_{i=1}^{n}(X_i+M_i)-\left|\sum_{i=1}^{n}X_i-\sum_{i=1}^{n}M_i\right|}\times 100\% \tag{4-5}$$

对比式(4-3)和式(4-5)，可以发现式(4-3)中的分母被该国各产业的贸易差额削弱了。这样，一国贸易不平衡规模越大，B_j 和 C_j 的差距就越大。C_j 则是一国出现贸易不平衡时应该选择的计量公式。重新利用式(4-5)计算得到上例中的产业贸易规模应该为81%。计算如下：

$$C_j=\frac{(400+260)-240}{(400+260)-(400-260)}\times 100\%=\frac{660-240}{660-140}\times 100\%\approx 81\%$$

（二）巴拉萨计量方法

在测量欧共体产业内分工程度时，巴拉萨(Balassa)提出了一种新的计量方法，即

$$E_j=\frac{1}{n}\sum_{i=1}^{n}\frac{|X_i-M_i|}{(X_i+M_i)} \tag{4-6}$$

式中，j 为国家；i 为该国 n 产业中第 i 产业；其他变量同上。$0\leqslant E_j\leqslant 1$，当所有产业均为产业内贸易时，$E_j=0$；反之，当所有产业均为产业间贸易时，$E_j=1$。因此，巴拉萨把 E_j 的下降作为产业内贸易分工的证据。

四、产业内贸易的影响因素

实践中，不同产业的产业内贸易规模各不相同。一般来说，在制成品贸易中，产业内贸易水平较高；在初级产品贸易中，产业内贸易水平较低。影响产业内贸易的因素主要包括以下几个方面。

（一）产品差异化程度对产业内贸易的影响

同类产品的异质性是产业内贸易的重要基础。同类产品任何方面的变化都会导致产品差异的形成，如品牌、款式、规格、色彩、质量、功能、包装、商标、交易条件、售后服务、信贷状况、交货时间和广告宣传等。一般地，同一产业内产品差别化程度越大，产业内贸易水平就越高；反之，同一产业内产品越趋同，产业内贸易水平就越低。例如，服装有丝绸的、亚麻

的，还有纯棉的，因此，在国际贸易中有的国家出口丝绸服装，进口亚麻服装。家具有东方式的，也有欧式的和美式的，东方人喜欢进口欧式或美式的家具，而欧洲人喜欢进口中式家具。尽管都是小轿车，但日本的轿车轻巧、节油，而美国的轿车大气、舒适，同样是小轿车但性能不同，满足不同消费群体的需求，导致美国和日本既出口轿车又进口轿车。同一产业内产品在任何层次上的差异性变化都会给不同消费者带来不同的消费效果，而且随着生活水平的提高，消费者对个性化的追求也往往会促进同一产业内差异化产品的相互流动。

（二）规模经济对产业内贸易的影响

规模经济对产业内贸易的影响主要是通过生产成本变动来实现的。传统贸易理论认为，要素禀赋在各国间的差异是形成比较优势和商品交换的重要基础，但在两国的要素禀赋相同的条件下，规模经济对生产成本的影响仍然可以导致比较优势的重生，即技术条件和要素禀赋一定的情况下，规模生产所形成的经济性是促进产业内贸易发展的重要因素。这是因为，随着规模的扩大，研制新产品的投入资金和购置生产设施所用的固定资本会分摊到更多的产品中去，使单位产品的生产成本下降，而且大规模的生产可以充分发挥各种生产要素的性能，使与生产有关的人、财、物都得到更好的利用，进而导致产品成本的下降，提高产品的竞争能力，从而进一步扩大出口，产业内贸易也就形成了。

（三）经济发展水平与产业内贸易

经济发展水平与产业结构密切相关，一国所处经济发展阶段越高，制造业在其国民经济中所占的比重就越大，地位就越高。由于工业制成品中产业内贸易水平较高，所以经济发展水平处于较高阶段的发达国家其产业内贸易也较为活跃。

（四）一体化程度对产业内贸易的影响

一般而言，经济一体化对于促进产业内贸易发展具有重要的积极意义。因为，随着一体化水平的提高，企业生产可充分在最小有效规模上进行。另外，一体化程度越高，人们的需求模式和消费行为在日益密切的文化和经济交往中也会发生变化，为差别化产品提供了条件。一体化还会加速各种生产要素在成员国之间的流动，从而扩大产业间投资规模，使产业内分工与交换得到发展。例如欧共体成员间的产业内贸易指数在1959年为54%，到1967年上升到67%，而同期整体经济合作组织间的产业内贸易指数仅为36%和48%，欧共体成员国间的产业内贸易水平明显高于OECD其他成员国。一体化对产业内贸易的促进作用是与一体化内部相似的人均收入、经济发展水平、社会文化以及地理上的临近等因素密切相关的，当这些因素都消失，一体化就可能成为推动产业间贸易的主要力量了。例如，爱尔兰在加入欧共体之后，其所开展的分工与贸易更多地表现为产业间贸易活动。

（五）自然条件对产业内贸易的影响

地理上的远近直接与运输成本相关联，两国间距离越远，运输成本就越高；反之，则越低。尽管运输成本对产业间贸易的发展也是一个重要因素，但它对产业内贸易发展的影响似乎要远远大于对产业间贸易的影响。这是因为，产业内贸易，尤其是差别产品产业内贸易，主要是人们在相似价格水平下，对同一产品不同变体的偏好所拉动的。这种对产品变体偏好的程度往往取决于交叉弹性的强弱。而远距离运输所导致的价格大幅度上涨，无疑会使这些变体产品间交叉弹性系数下降，从而抑制产业内贸易发展。相反，空间距离缩短所导致的产品价格下降，将会提高交叉弹性系数，推动产业内贸易发展。所以，就地理因素与产业内贸易水平的一般关系来说，应该描述为：距离越远的国家间产业内贸易水平越低；反之，距离越近的两国间产业内贸易水平越高。

五、不同类型国家的产业内贸易

“二战”之后，科技进步的加速和国际分工的不断深化，不仅有效地促进了世界生产和交换的发展，也导致了世界贸易格局和模式的转变——由产业间贸易为主转变为以产业内贸易为主。在这种转变中，由于不同类型的国家的经济发展水平不同、资本与技术存量的差异等因素，它们各自在世界产业内贸易中的地位也表现出明显差异。

（一）发达国家的产业内贸易

根据有关统计，发达国家在世界贸易中处于中心地位，其商品出口额约占世界出口总额的66%以上，其中，制成品出口所占比重更是高达80%以上。在地理方向上，发达国家相互间出口占其总出口的比重超过2/3，接近80%，且相互间制成品贸易所占比重不断提高，由此对发达国家以制成品贸易为主要内容的产业内贸易产生重大影响（表4-2）。

表4-2　1991—2004年间美国三种制造业的产业内贸易指数(G-L)　　%

年份	化工	金属	机械制造
1991	71.1	87.7	81.1
1992	76.5	86.4	81.2
1993	78.8	92.0	83.9
1994	79.6	78.7	87.8
1995	79.5	83.2	95.2
1996	83.1	83.1	91.1
1997	83.6	82.6	88.4
1998	88.6	86.3	94.3
1999	93.2	77.4	97.1
2000	94.5	76.2	94.2
2001	98.6	77.3	94.2
2002	98.0	73.4	95.9
2003	96.3	77.8	98.0
2004	99.8	66.0	98.8
平均值	87.2	80.5	91.5

（二）发展中国家的产业内贸易

一般地，经济越不发达，产业内贸易越不发达。根据联合国商品贸易统计数据库对中国1992—2006年间的制造业产业内贸易指数进行了测算（图4-1）。

从图4-1可以看出，中国制造业贸易模式正逐步从互补性的产业间贸易向产业内贸易转变，但各类产品的转变进程不一。我国制造业的产业内贸易主要是基于产品差异性，这与跨国公司近年来生产的国际化以及制造业生产标准化的发展趋势基本一致。由于跨国公司的全球化经营战略，更多商品，尤其是工业制成品的生产不是在一国内进行，而是在全球范围内配置资源，即把最终产品的生产划分为几个阶段，把每个阶段的生产放在最具比较优势的国家进行，正是这种产品生产在不同国家之间的垂直专业化分工，使得我国垂直型产业内

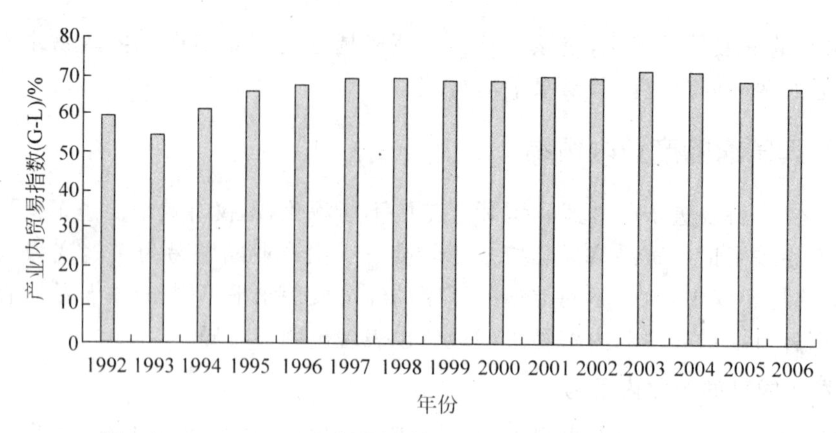

图 4-1 1992—2006 年间中国制造业的产业内贸易指数(G-L)

贸易迅速发展。

总之,产业内贸易呈现出以下特点:①它是产业内同类产品的相互交换,而不是产业间非同类产品的交换;②产业内贸易的产品流向具有双向性,即同一产业内的产品,在两国之间相互进出口;③产业内贸易的产品类型多样化,既有资本密集型产品,也有劳动密集型产品,既有高科技产品,也有标准化产品;④产业内贸易的商品必须满足两个条件,一是消费上能够相互替代,二是在生产上需要相近或相似的生产要素投入;⑤随着经济和贸易的发展,产业内贸易在贸易总额中的比重日益增加。

第二节 规模经济理论

一、规模经济的基本概念

第二次世界大战以后,大量的贸易发生在具有相同生产要素的发达国家之间,用要素禀赋理论难以说明其原因。这些国家之间的贸易之所以能够获利,重要的原因在于规模经济。要素禀赋与当代国际贸易的格局没有必然的联系,一些国家要素禀赋极其贫乏,如日本,然而它们在国际贸易中十分活跃,它们依赖于规模经济获得竞争优势,在国际市场上占有相当大的比重。

规模经济是指企业生产和经营规模的经济性规律。其中,"规模"一词的经济学含义是指工艺装备、工艺过程的组织(劳动力、工具、设备等一定规程和标准的组合,以实现一定的工艺目的)和企业在一定条件下的最大生产能力。规模经济就是产品的单位成本随着规模(即生产能力)的提高而逐渐降低的规律。在经济学中,这种现象被称为"规模收益递增"。

在贸易理论研究中,规模经济通常被划分为内在规模经济(Internal Economics of Scale)和外在规模经济(External Economics of Scale)。内在规模经济是指企业装备、工艺过程的组织和生产能力不断改善导致的生产成本随着产出增加而下降所带来的收益增加性。外部经济最早是由马歇尔提出的,是指当整个产业的产量(因企业数量的增加)扩大时,该产业各个企业的平均生产成本下降。换句话说,在其他条件相同的情况下,行业规模较大的地区比行业规模较小的地区生产更有效率,行业规模的扩大可以引起该地区厂商的规模收益递增,这会导致某种行业及其辅助部门在同一或几个地点大规模高度集中,形成外部规模经济,有时也称范围经济(Economy of Scope)。外在规模经济是实现内在规模经济所需要的外部条件,如市场规模、资源条件、消费的地区分布、熟练工人来源、资金筹措条件等。在产业内贸易理论研究中,它通常又被定义为:对企业来说是外在的,但对企业所属的产业来说是内在的一种规模经济。

二、规模经济理论的产生与发展

(一)斯密的规模经济思想

报酬递增的思想可以追溯到亚当·斯密的《国富论》,斯密以一种企业组织(制针工场)说明了报酬递增的形成过程,阐述了分工对劳动生产率提高的贡献。斯密将分工视为报酬递增的源泉,并分析了分工的正面影响。在斯密看来,技术进步源于劳动分工的发展,"劳动生产力上最大的增进,以及运用劳动时所表现的更大的熟练、技巧和判断力,似乎都是劳动分工的结果"(摘自《国富论》),人们专注于某一分工领域的劳动使工人成为专家,从而提高劳动生产率。在斯密的理论中,源于劳动分工的技术进步是报酬递增的源泉,即分工加速了知识和经验的累积。分工水平依赖于市场范围的大小。国际贸易是扩大市场、促进分工水平提升的一条重要途径。因此,斯密的分工理论至少可以算是将国际贸易理论与增长理论和报酬递增联系起来的早期文献。

(二)马歇尔的规模经济理论

真正意义的规模经济理论起源于美国,它揭示的是大批量生产的经济性规模,典型代表人物有阿尔弗雷德·马歇尔(Alfred Marshal1)、张伯伦(E. H. Chamberin)、罗宾逊(Joan Robinson)和贝恩(J. S. Bain)等。

1938年马歇尔在《经济学原理》中明确提出"规模经济"概念。马歇尔把分工及生产专业化与规模经济联系起来。马歇尔指出了大规模生产的好处,认为报酬递增是由于企业扩大其不动产而获得了种种新的大规模生产经济,从而在相对低廉的成本上增加了产量,同时他系统论证了大规模生产对工业的意义。他把组织作为除资本、劳动、土地之外的第四要素,发现随着生产集中会产生平均成本递减的利益,产业组织因而有追求规模扩大的动机。他说:"大规模生产的主要利益,是技术的经济、机械的经济和原料的经济,但最后一项与其他两项相比,正在迅速失去重要性"。换言之,经济规模主要是生产规模,核心内容是技术设备的经济规模。这一思想,后来成为新古典经济学谈论规模经济理论的主要依据。

依此,马歇尔把规模经济归结为两类,即内在经济和外在经济。他写道:"我们可把任何一种货物的生产规模之扩大而发生的经济分为两类:第一是依赖于整个行业的规模变化而使个别经济实体的收益增加,如:行业规模扩大后,可降低整个行业内各公司、企业的生产成本,使之获得相应收益;第二是依赖于行业内个别企业的资源、组织和生产工艺的规模变化和提升所引起的收益增加,如企业生产设备的大型化、专业化,实行大批量生产,可降低单位产品成本和设备投资。我们可称前者为外在经济,后者为内在经济。"显然,马歇尔是从企业的角度来划分规模经济的种类的,所谓"外在"和"内在"都是相对于企业而言的。

马歇尔虽然提出了内在经济和外在经济这一对概念,但他把论述的重点放在内在经济。至于外在规模经济,马歇尔并没有对这一概念给出系统而明确的界定和阐释。马歇尔把内在经济的形成机理描述为:如果厂商的成本曲线是向下倾斜的,且是可逆转的

(Reversible),那么随着产量的增加,将导致单位产品的平均成本趋于下降;随着产量的减少,平均成本又会回复到原有水平(亦即是可逆转的)。这种产量的增加所带来的成本节省而产生的经济效率,他称为厂商的内在经济或内在规模经济。将马歇尔的内部规模经济的观点与国际贸易联系起来,不难发现,存在内部规模经济的条件下,国际贸易使一国的市场扩大,厂商通过提高产量得以实现规模经济利益,消费者可以得到更低价格的消费品;同时,厂商在寻求差异产品的过程中增加了产品的品种数量,消费者可以有更多的选择。他进一步研究了规模经济报酬的变化规律,即随着生产规模的不断扩大,规模报酬将依次经过规模报酬递增、规模报酬不变和规模报酬递减三个阶段。

此外,马歇尔还发现了由"大规模"而带来的垄断问题,以及垄断对市场价格机制的破坏作用。规模经济与市场垄断之间的矛盾就是著名的"马歇尔冲突(Marshall's Dilemma)"。他说明企业规模不能无节制地扩大,否则所形成的垄断组织将使市场失去"完全竞争"的活力。之后,英国经济学家罗宾逊和美国经济学家张伯伦针对"马歇尔冲突"提出了垄断竞争的理论主张,使传统规模经济理论得到补充。

(三)克鲁格曼的规模经济

美国国际经济学家保尔·克鲁格曼(Paul R. Krugman)获得2008年诺贝尔经济学奖,以表彰他在分析贸易模式和经济活动区位方面所做的贡献。克鲁格曼对经济学的突破性理论贡献之一是创建了新贸易理论。克鲁格曼在"收益递增、垄断竞争与国际贸易"(1979)、"规模经济、产品差异与贸易格局"(1980)等论文中所提出的规模经济理论是对李嘉图传统理论的背离。该理论认为,即使在不存在比较优势的情况下,规模经济本身也可以是产生贸易的原因。克鲁格曼认为,新贸易理论模型为贸易自由化和经济全球化政策提供了重要理论基础。因为,当交换基础是各种要素的禀赋差异时,开放贸易会有损于双方中某一方的利益;但如果交换是以规模收入递增为基础,贸易开放就会对双方均有利。克鲁格曼的另一突破性理论贡献是创建了新经济地理学这一新兴学科。他最早对新经济地理学思想进行的系统阐述见于1991年发表的"收益递增与经济地理"这一论文中,并在随后发表的一系列相关论著中进行了深入探讨。克鲁格曼的新经济地理学主要研究报酬递增规律如何影响产业的空间集聚,即市场和地理之间的相互联系。他的基本观点是,规模经济与下降的运输成本相结合有助于解释为什么越来越多的人生活在城市,以及为什么相似的经济活动集聚在相同区位。克鲁格曼曾运用"中心-外围"模型分析一国内部产业集聚的形成原因。在该模型中,处于中心的是制造业地区,外围是农业地区,区位因素取决于规模经济和运输成本的相互影响。假设工业生产具有报酬递增的特点,而农业生产的规模报酬不变,随着时间的推移,工业生产活动将趋向于空间集聚。克鲁格曼还通过重新诠释马歇尔关于外部经济性的观点进一步论述了产业集聚的形成过程。在他看来,产业地方化现象产生于基本要素、中间投入品和技术的使用等供应方面的外部经济性,具体而言分别是:①劳动力市场的"蓄水池"效应。即来自同一地方、同一行业的许多企业的聚集能集中越来越多的技术工人,帮助企业克服种种不确定性。②中间投入品效应。一种产业长期集聚于一地可以吸引许多提供特定投入和专业化服务的供应商,使之逐渐成为地区的生产中心。③技术"外溢"效应。新技术、新产品和新工艺的信息在地区内部更易流动和获得,因而聚集在一个地区内的企业更易获得正的外部性效应。克鲁格曼认为,报酬递增同时以规模经济和正的外部性方式出现,在产业集聚的形成进程中起着关键作用。前者使产业在特定区域集中,后者使不同企业和相关产业集中，造成地区专业化，这样，产业的空间集聚和区域专业化就成为克鲁格曼运用报酬递增原理来分析产业集聚现象的两大依据。在克鲁格曼看来，新经济地理学应看做对新贸易理论研究的深化，甚至可以认为，新贸易理论将在某种程度上包容于新经济地理学之中。尤其是随着经济全球化和一体化的推进，经济的竞争主体在很大程度上不再是国家之间而是区域之间的竞争。国际经济学和区域经济学的界限已变得越来越模糊。新经济地理学为研究国际经济问题提供了另外一种新视角。

三、规模经济与国际贸易

（一）内部规模经济与国际贸易

一般而言，可以从企业的长期平均成本曲线（LRAC）形状中判断出规模经济的存在。企业的长期平均成本随着产量的增加先降后升，形成一个 U 字形。随着产量的不断增加，一开始企业的长期平均成本下降，这一阶段即为规模经济。随后平均成本落入谷底，这一阶段可能持续一段时间，产出继续增加，且总产出与总成本的变动比例相同，因而平均成本不变，企业达到最佳生产规模区间，如图 4-2 中产出的 Q_1Q_2 段；但这一阶段也可能很短，甚至 Q_1、Q_2 点重合，即最佳生产规模是一个确定的点。然后，随着生产规模的继续扩大，平均成本会因生产规模过大而上升，称为“规模不经济”。可见，规模经济会受到各种条件的限制。例如，它们受到生产要素供应的限制、交通运输条件的限制、企业管理水平的限制，最主要的是受到市场条件的限制。当市场规模较小时，工厂、企业或产业的规模都不宜过大，应建立适应市场需要的规模，如果主观地建立最佳规模，没有经历次佳规模，其结果必然出现两种情况：或者是生产的产品相当大的部分卖不出去、库存大量积压、资金周转困难，同时成本上升；或者是一部分机器设备闲置、开工不足、折旧费大增，造成规模不经济。可见市场对于规模经济具有重要的作用。

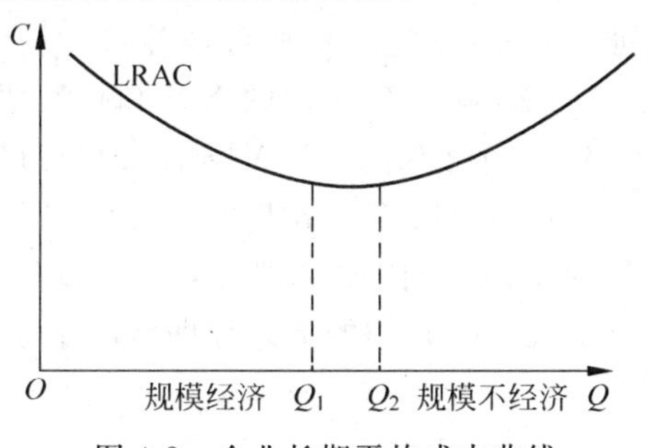

图 4-2　企业长期平均成本曲线

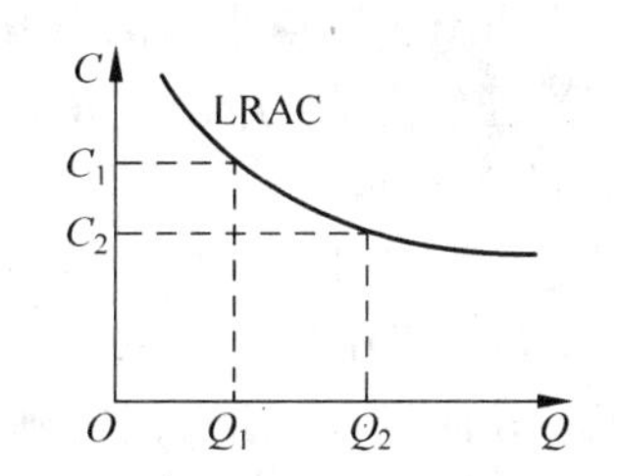

图 4-3　内部规模经济与国际贸易

假定有 A、B 两国，且拥有的生产要素和消费偏好相同，生产某种产品的技术也相同，两国的长期平均成本曲线相同。如果按照赫克歇尔-俄林模式，这两个国家成本和价格比率相同，就没有进行互利贸易的基础。但是，若假定 A 国具有较大的国内市场，从而更易于实现规模经济，而 B 国恰好相反，国内市场狭小，只能小规模地、高成本地生产某种产品。如图 4-3 所示，虽然两国的长期平均成本曲线相同，但 A 国的代表性企业产量为 Q_2，其生产成本为 C_2；而 B 国的代表性企业产量为 Q_1，单位成本为 C_1。即两国的企业处于同一条成本曲线的不同位置，因而其产品的生产成本就不同。A 国实现了规模经济，成本较低；B 国只能小规模地生产，成本较高。所以，A 国将在这种产品上具有以规模经济为基础的比较优势。同时,这种规模经济会使其各种产品的机会成本比率发生变化,从而使另一些或另一种产品成为处于劣势的产品。当开放贸易时,A 国将出口这种以规模经济为基础的比较优势产品,而进口由于机会成本比率被规模经济改变而处于劣势的产品。

(二)外部规模经济与国际贸易

外部规模经济常常由于"聚集效应"(Conglomeration Effect)而产生。行业规模越大,竞争越激烈,单个企业就越能在信息交流与知识分享中获利,提高劳动生产率,单个厂商的平均成本越小,外部规模经济中的厂商面对的是一种接近完全竞争状态的市场结构。即外部规模经济对企业是外在的,但对该行业则是内在的。

假定在两国两产品(部门)模型中,X、Y 两产品部门中至少有一个部门存在外部规模经济,假设是 X 部门存在外部规模经济,而 Y 部门规模收益不变。再假定是完全竞争,两国相同部门的生产函数、要素比例、消费者偏好以及市场规模均相同。因此在封闭条件下,达到均衡时两国相对价格完全一致,不存在比较优势。

存在规模经济时,不仅要素密集度,而且规模经济也影响生产可能性边界的形状。部门间要素密集度的差异会产生一种将生产可能性边界向外凸的张力,规模经济则产生一种使生产可能性边界内凹的吸力,最终的生产可能性边界形状取决于两种相反力量的对比。

假设现在是一条凹向原点的生产可能性边界曲线,如图 4-4 中的 TT'。

封闭条件下,一般均衡点为 E,该点的相对价格线(P_X/P_Y)与生产可能性边界相交而非相切,因为 X 部门存在外部规模经济,所以 X 部门厂商所面对的相对价格要低于社会机会成本(即生产可能性边界曲线切线的斜率的绝对值)。

在开放条件下,均衡点 E 不再是稳定的,两国会发现分工与贸易可改善各自福利。如 A 国专业化于 X,B 国专业化于 Y,又因 X 存在规模经济,对世界来说一国生产 X 要比两国都生产 X 可得到更多的 X。两国都将自己专业化生产的一部分与另一国交换,两国的消费点都超出其生产可能性边界,如图 4-4 中 TT'线上的 C 点。

但图 4-4 中两国新的消费点重合(意味贸易利益均等)只是一种巧合,实际情况会有所不同。例如图 4-5,如果两国一开始都希望消费更多的 X,意味着 A 国的 X 出口供给要小于 B 国的 X 进口需求,于是 X 价格会上升,Y 价格下降。随着价格变化,A 国的 X 出口供给增加,B 国的 X 进口需求减少,最后达到贸易平衡,此时的国际均衡价格 $PW=(PW_X/PW_Y)$要高于图 4-4 中的国际均衡价格(即 TT'线的斜率绝对值)。两国的消费点如图 4-5 所示,A 国位于 C_A,B 国在 C_B。通过 C_A 点的与国际相对价格线 PW 相切的无差异曲线高于通过 C_B 点的无差异曲线,表明 A 国得到更多的贸易利益。

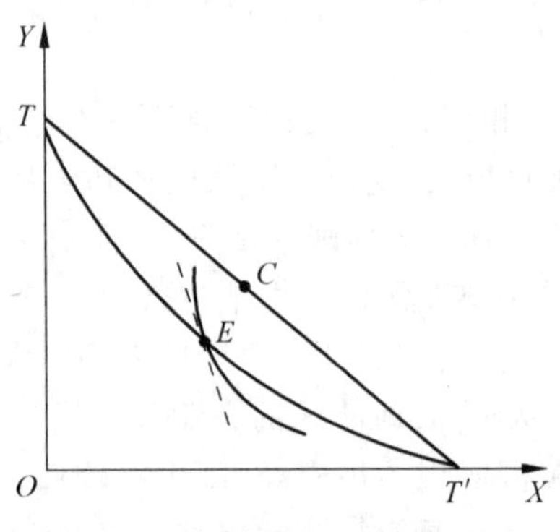

图 4-4　外部规模经济与国际贸易

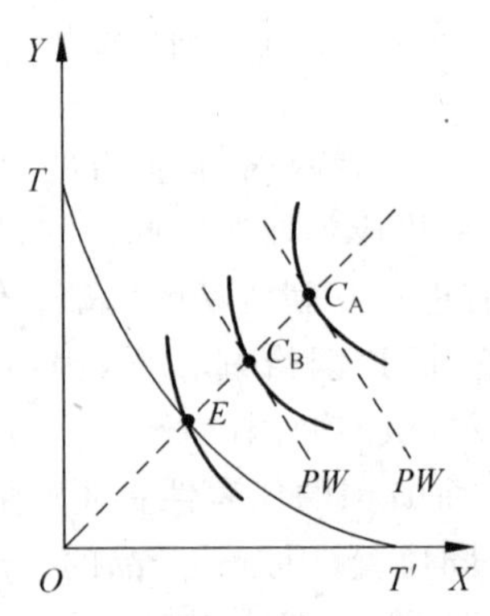

图 4-5　外部规模经济与贸易利益分配

不过，两国的情况不会与本例完全相同，在开放经济中，两国的一般均衡解不是唯一的。例如，A 国生产均衡点可以是 T，也可以是 T'，真正的国际分工和国际贸易格局可能由一些偶然的和历史的因素决定。

此外，国家的大小与市场规模直接相关。在上面的例子中，如果两国国内市场存在差异，国际分工与贸易格局的不确定性会大大降低。一般而言，如果两国国内市场存在差异，而其他条件完全相同，则大国将完全专业化生产具有规模经济的产品 X，小国将只能生产完全专业化规模收益不变的产品 Y。其中的原因是：在封闭条件下，大国由于国内市场较大，可为 X 产品提供更大的市场空间，从而 X 产品的生产成本相对更低，相对价格也低于小国。在自由贸易条件下，由于价格的差异，大国将选择出口 X，并因为存在规模经济而完全专业化于 X 生产；而小国将出口 Y，并且也专业化于 Y 的生产。虽然小国完全专业化于规模收益不变的 Y 的生产，并不降低成本，但放弃 X 的生产而只从大国进口，要比自己生产 X 的代价更小。

第三节 需求偏好相似理论

需求偏好相似理论（Theory of Demand Preference Similarity）又称需求偏好相似说、重叠需求理论（Overlapping Demand Theory），或称收入贸易说，是瑞典经济学家斯戴芬·伯伦斯坦·林德（Staffan B. Linder）在 1961 年发表的论文“论贸易和转变”中提出的学说。

一、假设条件

需求偏好相似理论有两个假设条件。

（1）需求结构不同的假设（或称消费者行为假设）：假设在一国之内，需求受消费者的收入水平决定。不同收入阶层的消费者偏好不同，收入越高的消费者就越偏好奢侈品，收入越低的消费者就越偏好必需品，如果消费者收入水平相同，则其偏好也相同。一般情况下，一国对该国平均档次的商品的需求量最大，其成为代表性需求。

（2）两国需求重叠的假定：厂商根据消费者的收入水平与需求结构来决定其生产方向与内容，而生产的必要条件是对其产品有效需求的存在；如果两国的平均收入水平相近，则这两国的需求结构也必定相似。反之，如果两国的收入水平相差很大，则它们的需求结构也必然存在显著的差异。

在此基础上，贸易按照以下流程进行：

一国人均收入水平提高，因而该国对工业制成品尤其是奢侈品的需求增加（恩格尔定律），进而带动本国工业制成品生产增加，结果使产量的增加超过了需求的增长，从而有能力出口。对于这类产品，只有收入水平相近的国家才会有较多的需求，因而出口对象国是收入水平相近、需求相似的国家，这样就使得两国间贸易量增大。

二、主要内容

林德认为国际贸易是国内贸易的延伸，产品的出口结构、流向及贸易量的大小决定于本国的需求偏好，而一国的需求偏好又决定于该国的平均收入水平。这是因为三个方面的原因。

(1) 一种产品的国内需求是其能够出口的前提条件。换句话说，出口只是国内生产和销售的延伸。企业不可能去生产一个国内不存在扩大需求的产品。林德认为，一种新产品的发明或者创新思想的出现，首先需要精确考虑的是市场对其的需求，然后进行研制，不断改进，生产出适应市场需要的产品。只有当一种产品与市场紧密联系时，它才能被发明和生产。例如，瑞典寒冷的气候造成了对瑞典火炉的需求，才有瑞典火炉的研制和生产。

(2) 影响一国需求结构的最主要因素是平均收入水平。即收入水平决定需求偏好和需求结构，而需求偏好和需求结构又决定贸易关系。高收入国家对技术水平高、加工程度深、价值较大的高档商品的需求较大，而低收入国家则以低档商品的消费为主，以满足基本生活需求。所以，收入水平可以作为衡量两国需求结构或偏好相似程度的指标。例如高尔夫球在欧美是普及运动，但在发展中国家却不是代表性需求。

(3) 两国之间的需求结构越接近，则两国之间进行贸易的基础就越雄厚。两国之间需求结构重叠的部分，我们称为重叠需求。两国消费偏好越相似，则其需求结构越接近，或者说需求结构重叠的部分越大。重叠需求是两国开展国际贸易的基础，品质处于这一范围的商品，两国均可进口和出口。由此可见，人均收入水平越相似的国家，其消费偏好和消费结构越接近，产品的相互适应性越强，贸易也就越密切。

平均收入水平越高，对消费的需求的质和量都会提高；平均收入水平越高，对先进的资本设备需要越高。因此两国人均收入相同，需求偏好相似，两国间贸易范围可能最大。但如果人均收入水平相差较大，需求偏好相异，两国贸易则会存在障碍。若两国中一国具有某种产品的比较优势，而另一国没有对这种商品的需求，则两国无从发生贸易。因此，各国应当出口那些拥有巨大国内市场的制成品，即大多数人需要的商品，一国在满足这样一个市场需求的过程中，可以从具有相似偏好和收入水平的国家获得出口该类商品所必需的经验和效率，具有相似偏好和收入水平的国家之间的贸易量是最大的。基于该理论，企业首先应选择国内市场巨大的产业进行出口贸易，同时最有可能发生在偏好相似的国家之间(往往是相邻国家市场)，因此，国际化经营往往表现为渐进式。渐进式国际化经营的产业往往是国内外需求偏好相似的产业。根据林德尔的理论，国际贸易被视为国内贸易的延伸，因此产业一开始往往表现为国内经营，待国内市场饱和后或因偶然机会(被动地)才向外延伸到国际市场，根据需求偏好相似原则，首先选择的是相邻国家市场，而后才是全球市场。林德还认为，一国将出口那些国内需求规模大，或如他所声称的“具有代表性的需求”的产品。按其所述，这种结果之所以会出现，是因为厂商往往对国内生意的机会更敏感；发明、创新也往往由国内市场没能解决的问题所激发；对新产品的不断改进只有在为国内消费者接受的情况下，才能带来显著的成本降低。

需求相似理论的基本观点是，重叠需求是国际贸易产生的一个独立条件。当两国的人均收入水平越接近时，则重叠需求的范围也就越大，两国重复需要的商品都有可能成为贸易品。如果各国的国民收入不断提高，则由于收入水平的提高，新的重复需要的商品便不断地出现，贸易也相应地不断扩大，贸易中的新品种就会不断地出现。所以，收入水平相似的国家，互相间的贸易关系就可能越密切；反之，如果收入水平相差悬殊，则两国之间重复需要的商品就可能很少，贸易的密切程度也就很小。

三、对需求偏好相似理论的评论

需求相似理论表明，收入水平相近的国家之间存在产业内贸易的基础，这对于解释第二次世界大战以来迅速发展的发达国家之间的产业内贸易具有特别的意义，该理论用国家之间需求结构的相似来解释工业制成品发展，第一次从需求角度对国际贸易的原因进行分析。林德的理论从偏好相似和重叠需求的角度，对发达国家之间的北-北贸易的快速发展做出了解释，所以称为“重叠需求理论”。重叠需求理论与要素禀赋理论各有其不同的适用范围，要素禀赋理论主要解释发生在发达国家与发展中国家之间的产业间贸易(Inter-industry Trade)，即工业品与初级产品或资本密集型产品与劳动密集型产品之间的贸易；而重叠需求理论则适合于解释发生在发达国家之间的产业内贸易(Intra-industry Trade)，即制造业内部的一种水平式贸易。因此，重叠需求理论是对要素禀赋理论的发展和完善。

但是，许多经济学家认为该理论很难在实践中得到印证。美国经济学家查克李亚德斯(Miltiades Chacholiades)在他的《国际经济学》一书中提出，有的国家生产某些产品在国内根本没有需求，不是为国内需求而生产的。例如，人造圣诞树和生产各种装饰品的出口国是那些根本不过圣诞节的国家，这些产品的出口国是日本、韩国和中国，它们国内对于圣诞树及其装饰品的需求量很小，这就很难从需求方面解释为什么这些国家成为这些产品的出口国。像瑞典的火炉、美国人使用的大轿车都是些个别例子，除了这些例子之外，很难举出其他例子来说明这一理论。

第四节　其他贸易理论

一、竞争优势理论

竞争优势理论的代表人物是美国哈佛大学教授迈克尔·波特(Michael Porter)。他的代表著作《竞争战略》、《竞争优势》和《国家竞争优势》被誉为竞争力三部曲，在世界各国广为畅销。波特在研究了许多国家的产业国际竞争力基础上得出，一国特定产业是否具有国际竞争力取决于4个直接因素：生产要素，需求条件，相关产业与辅助产业，企业战略、结构和竞争。这4个因素构成著名的“国家菱图”或钻石模型(Diamond Model)，如图4-6所示。此外，政府和机遇也是两个不可或缺的间接因素。同时他还指出，在产业竞争的不同阶段，一国不同产业的竞争力及其决定因素也会发生显著变化，产业竞争的阶段演进，不仅会在特定产业的竞争态势中表现出来，也会反映在一国各产业群以至产业总体的竞争态势中。而且，全球的产业竞争也有其发展的历史演进，这也会对参与国际竞争的各国的产业竞争态势产生重要影响。他将一国产业参与国际竞争的过程大致分为4个阶段。

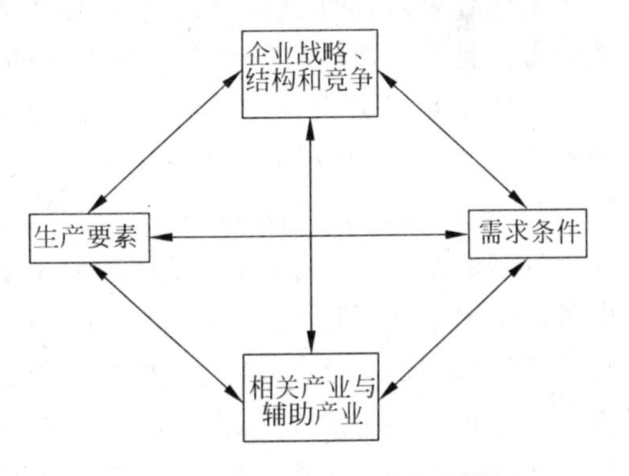

图4-6　波特提出的竞争优势模型

第一,要素驱动阶段(Factor-driven)。处于这一阶段的产业国际竞争优势几乎都是得益于某些基本的生产要素,比如,拥有自然资源,拥有适宜的气候或土壤等。

第二,投资驱动阶段(Investment-driven)。与要素驱动阶段相比,这一阶段的产业国际竞争优势的升级主要是由投资供给推动,即投资到那些能使生产要素向更高级方向发展的领域,同时加强现代化基础设施的投资建设,产业国际竞争趋于白热化。此外,政府能否在这一阶段实施适当的政策也非常重要。

第三,创新驱动阶段(Innovation-driven)。在这一阶段,生产要素的自然禀赋优势对产业国际竞争力的贡献率越来越少,相反,生产要素的劣势刺激企业不仅要引进和运用国际先进技术,而且还要不断地对这些生产技术进行改进和创新。特别需要强调的是,企业是否具有消化吸收和创新改造外国先进技术的能力是一国产业达到创新驱动阶段的关键,也是创新驱动与投资驱动的根本区别。

第四,财富驱动阶段(Wealth-driven)。在这一阶段的驱动力是那些已经获得的经济财富,而不是投入更多的自然生产要素或人力资本,更不是通过积极创新来提升产业国际竞争力。向财富驱动阶段过渡的一个比较明显的特征就是产业内外出现广泛的企业兼并和企业收购现象,反映出企业希望通过减少竞争来增强稳定性,事实上,这并不能从根本上增强企业的竞争优势,进而推动产业国际竞争力的提升,相反,企业还会因竞争程度的减弱失去进一步开拓创新的斗志,因此,这一阶段是产业国际竞争力的衰退期。

波特的分析模型虽然不是很完美,对于不同的国家,在不同的经济发展阶段,产业国际竞争力的分析模型可能也不完全一样,但是,他开启了从竞争优势的角度剖析产业国际竞争力来源及影响因素的大门,为以后的产业国际竞争力研究奠定了理论基础和分析框架。

二、博弈论与信息经济学

博弈论(Game Theory)是研究决策主体的行为发生直接相互作用时的决策及这种决策的均衡问题,即博弈论是研究人们在各种策略情况下如何行使,因为,每个人在采取行动时必须考虑其他人对这种行动会做出怎样的反应,反过来,这种反应也会影响他的决策。人们决策之间相互影响的例子很多,如球队之间的关系、政治对手的关系、国家之间的关系、中央和地方的关系、政府和企业的关系等,涉及政治、军事、外交、经济、国际关系等各个领域。但是,博弈论在经济学上的应用最广泛、最成功。博弈论的许多成果也是在应用于经济学的过程中发展起来的。而且,经济学和博弈论的研究模式也一样,即强调个人理性,在给定的约束条件下追求效用最大化。博弈论在经济学中的应用模型大多数是在20世纪70年代中期以后发展起来的。从80年代开始,博弈论逐渐构成微观经济学的基础。其中,博弈论在分析寡头市场上最为成功。在寡头竞争的市场结构中,由于企业数量较少,每家企业的利润不仅取决于它的生产多少,而且还取决于其他企业的生产数量和销售价格,因此,寡头市场上的每个企业在作出决策时必须考虑他的决策如何影响其他企业的决策。下面通过简单的博弈论例子来说明一下这种相互影响。

以博弈论中最著名的囚徒困境为例。假设两个犯罪嫌疑人A和B因作案被逮捕,检察官将他们分别关在两间牢房里进行审讯。

检察官对A说,“我们实行的是‘坦白从宽,抗拒从严’的政策,如果你们两个人都不坦

白，你们都将被判刑2年；如果你坦白了而他不坦白，那么你将只被判1年，他将被判8年；如果他坦白了而你不坦白，那么你判8年，他判1年；如果你们两个都坦白，你们都将被从轻宣判”。当然，检察官对B说的话是完全一样的。实际上，如果两个人都坦白却会因涉及更多的罪案而都被判刑5年。

现在，对A和B来说，他们面临怎样的选择呢？博弈论采用报酬矩阵的方法来描述这种对局，它列出所有对局者采取各种不同的策略的各种不同组合以及各自相应的报酬。这是一种简化的情况，即只有两个对局者，每个对局者都只有两种策略可供选择。囚犯A和B的报酬矩阵见表4-3。

表4-3　囚犯A和B的报酬矩阵

A \ B	坦　白	抵　赖
坦白	−5，−5	−1，−8
抵赖	−8，−1	−2，−2

在本例中，两个对局者A和B都可选择坦白或不坦白两种策略，他们所有选择的不同组合可能得到4种结局，可将这4种结局依次表示为(坦白，坦白)，(坦白，不坦白)，(不坦白，坦白)和(不坦白，不坦白)，括号中前后两种策略分别为对局者A、B所选择的策略，矩阵中的数字表明在不同选择下他们各自的报酬，前一列数字是对局者A的报酬，后一列数字则是对局者B的报酬。在本例中，囚犯得到的是惩罚，因而他们的报酬是负的。

分析上述矩阵，可以发现囚犯A和B都面临一种两难境地。如果他们都听从检察官的劝告而坦白的话，他们将都被判入狱5年；如果他们都选择不坦白的策略，他们都将只被判2年。入狱2年当然比坐5年大牢要好得多，但问题是，即使他们曾经订立攻守同盟，在背靠背地被审讯的情况下，同伙还是可信任的吗？此时他们都将面临同伙背叛的风险，也就是面临被判8年刑的风险。特别是，如果检察官说：“他已经坦白了你还不坦白吗？”这两个囚犯谁还能守口如瓶呢？以犯罪嫌疑人A为例，当犯罪嫌疑人B选择坦白时，A如果也选择坦白，则被判5年徒刑，A如果选择抵赖，则将被判处8年徒刑。因而A选择坦白比选择抵赖好。当犯罪嫌疑人B选择抵赖时，A如果选择坦白，则被判处1年徒刑，A如果选择抵赖，则将被判处2年徒刑，因而A选择坦白还是比选择抵赖好。因此，坦白是犯罪嫌疑人A的占优战略。对于犯罪嫌疑人B来说，坦白同样也是他的占优战略。“囚徒困境”说明，在信息不完全的情况下，博弈的参与人所能做出的都是次优策略，而不是最优策略。如果两个囚徒都选择抵赖，实际上都可以只入狱2年，但是他们最后的选择却是坦白，都必须入狱5年。

囚徒困境反映的问题也正是寡头面临问题，即寡头面临一种难以合作的“囚徒困境”。根据博弈论得出的分析结果，寡头认为，无论另一参与人采取什么策略，不合作都是自己的最优策略，因此，寡头之间达成协议并保持合作极其困难。当市场上的寡头数量增加时，寡头之间的合作难度更加加大，市场竞争将进一步加大。因此，开展国际贸易，允许市场上多个寡头存在会为消费者带来福利，由此证明了国际贸易存在的合理性。

这里，通过智猪博弈再加以说明博弈论的分析思路。智猪博弈模型是重复剔除占优策略均衡的一个典型应用。猪圈里养着一大一小两头猪。猪圈的一头有一个食槽，另一头是一个按钮来控制食物的供应。无论大猪、小猪每拱一下按钮会有10单位的食物落入猪食槽中。拱一下按钮需要扣除2个单位作为成本。食物的分配取决于进食的顺序。如果小猪去拱按钮，那么大猪先到达食槽，吃到8单位的食物，小猪后到吃不到食物。如果大猪去拱按钮，那么小猪先到达食槽，吃到3单位的食物，大猪后到吃到5单位的食物。如果大猪、小猪同时去拱按钮，那么大、小猪同时到达食槽，大猪吃到4单位的食物，小猪吃到2单位的食物，如果大、小猪都不去拱按钮，那么两头猪都吃不到食物。根据以上的分析可得两头猪报酬矩阵如表4-4所示。

表4-4 智猪博弈的报酬矩阵

大猪＼小猪	拱	不拱
拱	4,2	5,3
不拱	8,0	0,0

这里假设这两头猪都是理性的，那么就符合博弈论中参与者的条件。现在就上面的支付矩阵对大猪和小猪的博弈进行详细分析。

首先对于大猪来说，如果选择“拱”的策略，就会得到4或者5的支付；如果选择“不拱”的策略，就会得到8或者0的支付；显然二者没有严格的占优策略存在，哪个是优势策略取决于小猪的选择。即：如果小猪选择“拱”的策略，大猪就会选择“不拱”的策略；如果小猪选择“不拱”的策略，大猪就会选择“拱”的策略。同样对于小猪来说，如果选择“拱”的策略，就会得到2或者0的支付；如果选择“不拱”的策略，就会得到3或者0的支付；显然作为理性的参与者小猪会选择“不拱”的策略。于是我们就用重复剔除劣势策略的方法，求出上面的均衡解。对于大猪来说没有优势策略，但是对于小猪来说选择“拱”的策略是得不偿失的。所以小猪会选择“不拱”的策略。在这样的情况下大猪的最优策略显然是“拱”从而得到5的支付。于是就得到智猪博弈模型的唯一均衡解(拱，不拱)。在智猪博弈中“理性”是所有参与者的共同知识。大猪正是因为知道小猪是理性的，不会选择“拱”按钮的策略，才做出了自己去“拱”按钮的选择。如果大猪不知道小猪是否是理性的，那么大猪很可能希望小猪不是理性的会去选择“拱”按钮的策略，而自己选择“不拱”的策略。

智猪博弈的例子在生活中是十分常见的。例如，市场中的大厂商与小厂商的关系就类似智猪博弈。大厂商进行研究与开发，为新产品做广告；对于小厂商来说，做这些工作可能得不偿失，所以小厂商可能把精力花在模仿上，或等待大厂商用广告打开市场后再出售廉价产品，而不会选择自己进行产品的研究和开发。

从智猪博弈模型中可以看到这样一个问题：多劳者不一定多得。即对于小猪来说，如果自己采取“拱”的策略，而大猪选择“不拱”的策略，大猪将得到所有的食物，而自己什么也得不到。如果大猪也选择“拱”的策略，则大猪得到支付4，而自己只得到支付2，小于大猪的支付。在实际的生活中同样有类似的例子。例如，股市中有大户和散户两种类型的客户。由于大户的收益和风险要比散户大得多，如果收集信息进行分析的成本是固定的话，假设只有散户担负信息的搜集和分析工作，那么最后的所得不如自己的付出多。即便大户和散户一起担负信息的搜集和分析工作，散户的所得也是十分少的。所以散户就会选择不做信息的搜集和分析工作。于是就出现了股市的现状，即大户就相当于大猪担负起信息的搜集和分析工作，而小户类似于小猪，只要“跟庄”就可以得到收益。

关于博弈论与经济学的关系，可以简单地从以下两个方面加以论述。

(1) 博弈论为经济学的研究提供了重要的思想方法和工具。现代经济博弈论在承认各经济实体利益的基础上，更加侧重研究经济主体的行为特征，以求能够协调他们的利益，同时也更加侧重研究经济主体(参与者)的行为方案(策略)与其利益得失(支付函数)的关系，从而使经济理论和建模技术能真实地反映经济系统的本质。博弈论的作用主要体现在以下三个方面。

① 从经济学的研究对象来看，现代的观点认为，经济学是研究资源配置过程中的经济主体行为，即研究理性人行为的学科。所谓理性人是指在面临给定的约束条件下，力图以最小的经济代价去追逐和获取最大的经济利益或效用。理性人在追求自身利益最大化时，需要相互合作，而合作中又存在着冲突，为了实现合作的潜在利益和有效地解决合作中的冲突问题，理性人发明了各种各样的制度以规范他们的行为。而博弈论中的合作理论和非合作理论为解决合作与冲突问题提供了思想方法和重要工具。

② 在现实的经济生活中，买卖双方的人数常常是有限的，在有限人数的条件下，市场不可能是完全竞争的。在不完全竞争市场下，人们之间的行为是相互影响的，所以一个人在决策时必须考虑对方的反应，这正是博弈论要研究的行为相互影响问题。

③ 现实生活中市场参与者之间的信息一般是不对称的。俗语说，“买的没有卖的精”，卖者对产品质量的了解通常比买者多。当参与人之间存在信息不对称时，任何一种有效的制度安排都必须满足“激励相容”约束。进一步来说，不完全信息使得价格制度常常不是实现合作和解决冲突的最有效安排，非价格制度也许更为有效，而非价格制度最显著的特征是参与人行为之间的相互作用，而博弈论恰恰为其研究提供了有效的工具。

(2) 博弈论与经济学二者有着密切联系，二者相互影响、相互促进。经济学和博弈论的研究模式是一样的，都强调个人理性，即追求既定条件下效用的最大化。一方面，博弈论在经济学领域应用很广泛、很成功，有力地推动了经济学的不断发展；另一方面，博弈论的许多成果也是借助于经济学的例子来发展引申的。经济学家对博弈论的贡献也越来越大，特别是在动态分析和不完全信息引入博弈以后。

总之，博弈论理性人的假设及模型的建立为经济学的研究提供了有利的工具，从而也推动了经济发展和社会进步。由于它重视经济主体之间的相互联系及其辩证关系，大大拓宽了传统经济学的分析思路，使其更加接近现实市场竞争，从而成为现代微观经济学的重要基石，也为现代宏观经济学提供了更加坚实的微观基础。

复习思考题

1. 产业内贸易出现的原因是什么？产业内贸易发展的影响因素有哪些？

2. 通过具体的例子来说明规模经济与国际贸易的关系。

3. 需求偏好相似理论的假设条件和主要内容是什么？

4. 阐述波特的竞争优势理论的主要内容。

5. 表 4-5 是长虹和海信公司彩电价格大战的情况，分别对应两者采取低价和高价策略所得的收益情况。试用博弈论的分析思路来说明一下两者的竞争行为。

表 4-5 彩电价格大战的报酬矩阵

长虹 \ 海信	低　　价	高　　价
低价	0,0	3,－1
高价	－1,3	1,1

B&E

第五章

贸易保护理论

【本章导读】

贸易保护与自由贸易是一对孪生姐妹，都是随着国际贸易的产生、发展而不断变化的。纵观国际贸易的发展历程，各国的贸易政策总是介于贸易保护政策与自由贸易政策之间，这主要是由于各国的经济发展水平极不平衡，资源禀赋、产业结构、科技水平、消费文化等方面也都存在较大的差异。为此，一方面，各国为了充分发挥自身的比较优势纷纷开展自由贸易，以便在国际竞争中获取更大的利益；另一方面，各国为了保护本国弱势产业和维护本民族的利益，在世界范围内又推崇各种各样的贸易保护思想与贸易保护措施。总之，自由贸易与贸易保护从来就不曾分开，各国对外贸易政策的演变过程实际上就是该国在国际竞争与国际贸易过程中以本国利益为宗旨对自由贸易和保护贸易相权衡的过程。一般地，当一国经济前景较好、增长较快的时候，该国往往推行自由贸易政策，而在一国经济不景气、发展缓慢的时候，贸易保护主义势力往往又会占上风。本章主要是对各个历史时期的重要贸易保护思想分别进行介绍，主要包括重商主义、幼稚产业保护理论、超贸易保护理论、战略性贸易保护理论和新贸易保护理论，主要是对各种贸易保护理论的产生背景、主要内容、理论的适用性或局限性，以及对国际贸易的影响等问题进行较为全面和深入的阐述。

【学习目标】

1. 了解重商主义的产生背景、发展阶段、历史意义和局限性。
2. 掌握李斯特的幼稚产业保护理论的主要内容。
3. 掌握战略性贸易保护理论的主要内容与分析方法。
4. 结合我国国情，了解新贸易保护理论的特征与发展态势。

【关键概念】

重商主义(Mercantilism)　幼稚产业(Infant Industry)
对外贸易乘数理论(Foreign Trade Multiplier)　战略性贸易政策(Strategic Trade Policy)
新贸易保护主义(Trade Protectionism)

第一节　重商主义思想

重商主义(Mercantilism)是欧洲资本主义原始积累时期代表商业资产阶级利益的一种经济思想和政策体系，当时，以英国为代表的一些国家实行的是重商主义的对外贸易政策。它始于15世纪，流行于16—17世纪，18世纪趋于没落。重商主义这个术语始于亚当·斯密，并一直沿用下来，它是指当时西欧一些国家求强求富的政策，也是新兴资产阶级的经济学说。

一、重商主义的时代背景

在14、15世纪的时候，教会封建制度因自身官僚的冲突而趋于崩溃，这时期新时代的构成元素亦渐渐兴起。到了16世纪，国王的权力日趋巩固和庞大，握住了兴起的工业和商业，满足他们要求改良的渴望以后，便利用他们已经掌握的政治权利为他们筹集军费，扩充自己的实力和虚荣，与这种实际的努力及其所凭借的社会趋向紧相连的就是政治经济学的"重商派"(Mercantile School)。社会上，新航路的开辟、文艺复兴、宗教改革及尼德兰资产阶级革命等现象，也预示着资本主义时代的即将到来，它们无一不是商品经济迅速发展的结果。此时，为适应商品经济迅速发展的需要，终于产生了一种新的经济理论，即重商主义。重商主义是15—17世纪欧洲资本原始积累时期，代表商业资本利益的经济思想和政策体系。西欧从15世纪末进入封建制度解体和资本主义制度产生的阶段，当时所面对的环境是：

(1) 发现新大陆和远东。在14、15世纪，资本主义已在西欧一些国家萌芽。资本主义的发展，要求向海外寻找市场和殖民地，各国统治者极力发展海运事业，这就为地理大发现提供了重要的动力。地理大发现(达·伽玛新航路的发现、哥伦布发现美洲以及麦哲伦的环球航行)促进了地球上各大洲之间的沟通，并随之形成了众多新的贸易路线。伴随着新航路的开辟，东西方之间的文化、贸易交流大量增加。新大陆的发现不仅增长了人们的地理知识，也极大地促进了商业、航海业和工业的发展，促进了欧洲的海外贸易，而对外贸易更加速了商业资本的发展与壮大，并成为欧洲资本主义兴起的重要环节之一。

(2) 社会阶级的变动与经济市场的改变。在资本主义的形成和发展过程中，商业资本起了突出的作用，当时追求商业资本的增加和货币的累积造成旧的封建制经济被新的商品货币经济所代替。新经济的发展引起了社会各阶层的变化，旧式贵族变成了真正的商人，它反映了自然经济向商品经济过渡的变化。此外，作为自14世纪持续到16世纪文艺复兴时期的一种经济思想，重商主义深受人文主义的影响，强调自由精神与人文主义的再生，对于人类和个人的生存意义重新进行评估，并试着用自己的眼睛来看现实的世界，再加以判断，所以是完全站在人的立场上，以人为本，以实际为重，从工业品生产贸易的实践中来考察和研究货币与财富的关系，随着人文主义思想的传播，促进了探寻财富与货币关系的重商主义的产生。

(3) 民族国家的兴起。在商业资本加强的同时，西欧各国的王权开始同商业资本联盟，君王纷纷结合资本家以削弱封建贵族，建立起强有力的民族国家，这些国家需要新的人力及更多的金钱来维持，不但要维持军队，皇室用费也比已往增加，文官的数额也增加了。为加强国家政治军事和商业资本的力量，重视人口稠密和增加出口，实业就成为西欧各政府政策的主要目标，从此先后实施了一系列重商主义的政策。民族国家的建立依赖君主权力的加强，因此，欧洲君主此时对内实行专制的统治，强调国家高于宗教的观点，对外因为必须与他国互动与竞争，所以国际关系的研究与探讨便成为当时的重心。至于国际势力的消长则视一国的国力而定，而国力的良莠又与国家军备有关，国家军备又须以国家的经济力量为后盾，因此，欧洲在16世纪前后，强调国家强大系于国家的经济商业流通，"重商主义"思想随之受到重视。

(4) 贵金属的增加及物价的上涨。美洲矿产发现以及亚洲、非洲等地成为殖民地之后，金银量增加，造成了物价上升，物价上升使现存的经济关系发生一系列加速的经济变动，便因此而产生许多惶恐和焦虑。此外，由于君主和共和国政府发行劣币给商业发展带来了巨大的损失和困难，因此学者希望由政府强力干涉实业事务，包括禁止令、保护税、奖励金、垄断和特许公司等，特别强调商品与劳务出口大于进口的重要性，认为这是一个国家在没有金银矿下能获得贵金属持续净流入的唯一手段，他们认为金银即代表财富，贵金属是国家富强的根本，而且累积贵金属是国际贸易最重要的目的，这就进一步增进了重商主义的发展。

随着商业资本的发展和国家支持商业资本的政策的实施，产生了从理论上阐述这些经济政策的要求，逐渐形成了重商主义的理论。重商主义抛弃了西欧封建社会经院哲学的教义和伦理规范，开始用世俗的眼光，依据商业资本家的经验去观察和说明社会经济现象，它以商业资本的运动作为考察对象，从流通领域研究了货币—商品—货币的运动。

二、重商主义的主要思想与发展阶段

重商主义的产生是基于这一认识，即金银愈多，国家便愈强。它的核心思想是国家积极干预经济生活，以利于发展对外贸易，使货币尽量多地流入国内而不是流向国外，即达到贸易出超的地位。重商主义促成了封建制度的崩溃与资本主义制度的形成，反映了这个时期商业资本的利益和要求，主要思想包括：①过于重视重金属；②重视对外贸易，而轻视国内商业，重视制造商品的工业而轻视供给原料的农业；③重视人口稠密，认为这是国力的要素；④国家可以用人为的手段达到上述各种目的。

西方经济学是与近代资本主义产生方式同时产生的，而重商主义是资本主义产生方式最早的理论研究，因此，重商主义是近代经济学的起点，是经济民族主义的理论代表，也可以说是国家干预主义、政治经济学或国家主义的前身，是一种极为重要的经济思想。西欧重商主义在其发展过程中，大致上经历了两个阶段：大约从 15 世纪到 16 世纪中叶是早期重商主义，即货币主义，或重金主义，也被称为“货币差额论”；从 16 世纪下半叶到 17 世纪中叶是晚期重商主义，又被称为“贸易差额论”，即真正的重商主义。

无论是早期重商主义还是晚期重商主义，它们的代表人物都提出了金银即货币是唯一真实财富的说法。他们把财富和货币混为一谈，认为一个国家所拥有的金银越多，也就越富有。他们把注意力集中在流通过程，只是从流通过程去寻找财富或利润的来源。同时，他们认为国内的流通领域及国内的商业是不能产生利润的，因为国内的商业只发生财富的转移，即只发生财富从一个人的手里转到另一个人的手里，整个国家的财富并没有增加。在他们看来，财富利润只能从国与国之间的经济交往，即只能从对外贸易中产生。因此，他们要求国家政权积极干预经济生活，以便使金银尽可能多地流入国内，尽可能少地流到国外。但是，怎样才能增加国内的货币数量呢？早期重商主义者和晚期重商主义者有不同的观点，提出过不同的措施和办法。早期重商主义和晚期重商主义的差别反映了商业资本不同历史阶段的不同要求。

（一）早期重商主义

早期重商主义产生于 14 世纪末，流行于 15—16 世纪中叶，在对外贸易上强调少买，严禁货币输出国外，力求用行政手段控制货币运动，以储藏尽量多的货币，因而又被称为货币差额论。

在早期重商主义时期，由于商品生产和流通还不很发达，特别是对外贸易还没有充分的发展，所以早期重商主义者力图依靠纯粹的行政手段，而不是依靠经济手段来防止货币外流和把更多的货币吸引到国内来，他们主张国家应当绝对地输出，并对商品的进出口实行严格管制。他们提出了少向外国购买商品的要求，认为每一次购买都会使本国的货币量减少。同时，他们鼓励扩大向外国输出商品，认为每一次卖出都会使本国的货币量增加。因此，当时对进口商品征收很高的进口税，并建立了贸易中心城市，即把对外贸易集中在指定的地区，以便国家控制。早期重商主义者还主张管制外汇，由国家规定外汇汇率和管制外汇买卖，甚至强迫外国商人在本国出售商品所得货款必须购买本国商品，以免货币外流。在早期重商主义者看来，增加国家财富的必要条件就是每次贸易中金银收支的入超，及金银的输入必须超过输出。因此，早期重商主义者的理论被称为“货币差额论”。他们对于货币，事实上只是理解为一种宝藏。

（二）晚期重商主义

晚期重商主义盛行于16世纪末至17世纪上半期，强调多卖，主张允许货币输出国外，认为只要购买外国商品的货币总额少于出售本国商品所得的货币总额，就可以获得更多的货币。与早期重商主义时期不同，在晚期重商主义时期商品生产和流通已经有了进一步的发展，工场手工业也已经开始产生和发展起来了。因此，晚期重商主义者认为必须用扩大对外贸易的办法才能使国内的货币数量增加。他们同意早期重商主义者所提出的“多卖”的原则，但不同意早期重商主义者所提出的“少买”的主张。在晚期重商主义者看来，不但应该多卖出，而且还应当大量地购买。钱柜里的资本是死的，而流通中的货币却会不断增值。因此，他们反对禁止货币输出，要求允许把货币输出国外，以便扩大对外国商品的购买，然后再把这些商品卖出去。按照晚期重商主义者的观点，货币的重要性不是在于储藏，而是在于把它投入到有利可图的对外贸易中去，从而带来更多的货币。因此，他们对于货币的看法已经和早期重商主义者不同，事实上已经把货币理解为一种资本。正因为这样，他们反对高利贷，因为高利贷妨碍资本的累积。但是，晚期重商主义者认为在对外贸易中必须遵循一条原则，即必须使每年的商品输出超过输入，用现代的话来说，必须保持一定时期内（如一年）的对外贸易的顺差。在他们看来，如果能够保持对外贸易的顺差，就会使国内的货币数量增加。因此，晚期重商主义者的理论被称为“贸易差额论”。

为了保证对外贸易的出超，晚期重商主义者主张发展国内的工场手工业，以便增加可以用来输出的商品；同时，他们主张尽量减少或禁止本国能够生产的消费品的进口，特别是奢侈品的进口。这样，晚期重商主义者就要求国家必须积极干预经济生活，实行保护贸易政策。实行贸易保护政策虽然在早期的重商主义时期就已经提出来了，但只有在晚期重商主义者那里才被看成一项重要的政策，实行对外贸易保护政策的内容就是鼓励输出和限制输入。

为了鼓励输出，当时中央集权国家采取了以下一系列的措施。

第一，退还税款。当国内生产的商品输出时，国家就全部或者部分退还资本家原先缴纳的产品税或其他赋税的税款。当进口的商品重新输出时，国家退还这些商品在输入时所缴纳的全部或一部分关税。

第二，政府向外国订立有利的通商条约，规定可以在这些国家享有某种特权，比如垄断贸易或免税贸易，这样就保证了在这些国家的市场上大量地销售本国的商品，以获得巨额的利润。正是为了这个目的，很多西欧国家进行了掠夺殖民地。

第三，政府向企业颁发奖金。如果某个企业的产品在国外市场上销路很广，国家就向这个企业颁发奖金。

在限制输入方面，实行的是保护关税政策，即对本国能够生产的或不愿意进口的商品，设以很高的关税，有时绝对禁止输入，以保护本国工业，抵抗外国商品的竞争。

综上所述，重商主义的贸易观点和经济思想可以概括为以下几点。

第一，货币(金银)是财富的唯一形态，货币的多寡作为衡量一国财富的标准。一国拥有的贵金属越多，就会越富有、越强大。一切经济活动的目的就是为了获取金银。除了开采金银矿以外，对外贸易是货币财富的真正的来源。因此，要使国家变得富强，就应尽量使出口大于进口，因为贸易出超才会导致贵金属的净流入。因此，政府应该竭力鼓励出口，不主张甚至限制商品(尤其是奢侈品)进口。

第二，国内贸易不会增加整个社会财富的总量，因为国内贸易是由一部分人支付货币给另一部分人，一些人之所得就是另一些人之所失。

第三，国际贸易可以改变一国的财富总量。一国可以通过出口本国产品从国外获取货币从而使本国变富，但同时也会由于进口外国产品造成货币输出从而使本国丧失财富。

第四，国际贸易是一种“零和博弈”。一国要使财富的绝对量增加，必须要在对外贸易中保持出口大于进口。由于不可能所有贸易参加国同时出超，而且任一时点上的金银总量是固定的，所以一国的获利总是基于其他国家的损失。

三、重商主义的性质与特征

重商主义是一种松散的理论体系和实践体系，它既是一种经济学说，也是一种经济政策。但是，无论是作为一种学说，还是作为一种政策，都是反映了封建社会内部新产生出来的资产阶级的利益，这个阶级力图积累金银财富，并要求国家对他们所从事的工商业活动给予协助和保护。

重商主义最早从理论上考察了资本主义生产方式，提出了关于国家财富、关于财富形式和增加财富的方法等问题。重商主义代表人物在研究这些问题时，开始从中世纪封建社会传统观念的束缚中挣脱出来。他们受到文艺复兴时期人文主义运动的很大影响。人文主义运动是当时适应资本主义生产关系的产生而形成的一种资产阶级思想潮流，它的代表人物开展了反对中世纪封建社会传统思想的斗争。众所周知，在西欧封建社会的意识形态领域基督教神学占据了统治地位。基督教教会的神学家们根据神学信条来规定人们的行为准则，并从神学信条中推论出各种结论，即把神学信条看成知识的主要来源和真理的标准。因此，中世纪封建社会的一切意识形态，包括经济学说在内，都带有神学的色彩。人文主义运动的代表人物同教会的这种精神统治进行了斗争，他们歌颂世俗、藐视天堂，提出应当以人为中心而不是以神为中心来考察一切，强调人的行为是由人的本性决定的，并把追求个人利益提到首要地位，重商主义者在当时的人文主义思想潮流的影响下，抛弃了封建社会神学家的那种用宗教信条来解释经济现象的做法，并根据世俗的精神而不是根据神学的精神来寻求经济现象之间的联系。但是，重商主义者所找到的联系不是经济现象之间的内在联系，而只是经济现象在表面上的联系，即只是在流通领域内的联系。这种情形的产生是由他们所处时代的特点所决定的，因为在那时资本只是在流通领域占据统治地位，用马克思的话来说，商业资本在当时起着“压倒一切的影响”。至于在生产领域，资本还只刚刚跨出第一步，只是刚刚开始建立工厂手工业。因此，反映资产阶级利益和要求的重商主义者必然只从流通过程的表面现象出发，只抓住了一个假象。

四、重商主义的没落

重商主义是一批富于实务经验的人所创建的学说，基本上只能算是一种通俗学说，内容包括了当时的历史环境以及从明显事实直接推论而得到的结论，对于经济理论他们并未做出精辟的分析。但是，重商主义是第一次较为系统地讨论如何追求国家财富。事实上，重商主义时代，可以应用的经济理论非常少。1750 年以前，哲学家、神学家以及各大学对于此学说既不批评也无重要的贡献，重商主义并不属于专门学识所钻研的领域。直到 1750 年才首次出现不怀私利恩怨的批评，系统地批判了重商主义的论点。英国古典学派经济学家以经济分析为基础批判重商主义，古典学派为摒弃政府的管制，任由私人主导商业活动，将使个人与国家同蒙其利。他们并将此原则应用于国际贸易的范围。古典学派提出了一项全新的分析方法：“比较利益理论”，将资源依据比较利益原则分配于各生产活动之上，可使总产出达到极大，任由个人在自由竞争市场上追求个人利益，将符合总产出极大的原则。古典学派还反对重商主义者强调的贸易顺差与国家供给金银，因为如果没有政府管制，国际间自动均衡的调整机能将使各国维持各自所需的适当的金银数量，并能防止国际贸易出现严重的混乱。

五、对重商主义的评价

重商主义的理论和政策在历史上曾起过进步作用，曾促进了货币资本的原始积累，促进了资本主义生产方式的建立和发展。但是，重商主义也有其局限性，譬如，重商主义把金银看做财富的唯一形态；重商主义认为财富都是在流通领域产生的，因此它只考察了流通领域而没有深入到生产领域；重商主义的学说是建立在对国际贸易作用的错误看法基础之上的，认为开展对外贸易的目的就是为了获取金银货币；重商主义认为国际贸易是一种“零和博弈”，一方得益必定使另一方受损，出口者从贸易中获得财富，而进口者则减少财富。重商主义的理论体系和政策主张属于保护贸易的范畴。

英国重商主义在农业方面的政策

在西欧的大多数国家，早期重商主义对农业是采取歧视甚至压制态度的，英国也不例外。“这是由于当时的农业还处在封建形式中，还是当做直接的生存源泉为生产者本身服务，产品大部分并不转化为商品，因而也不转化为货币。”到重商主义晚期，英国粮食生产呈较明显增势。这是因为，自 14 世纪英国农奴制消亡以后，自耕农成为农村基本群众，自耕农一般每户拥有 30 英亩地(约 12 公顷)，且货币地租固定，农民的生产条件和生产积极性均获得改善和提高。有的学者估算，自耕农粮食年净余率可达 20%。手中有了余粮的农民，成为具有一定市场意识的市场参与者。一些重商主义者敏感到了这种情况(以及重农主义在英国思想界的影响)，因而进一步发展了重商主义理论。这时期重商主义有一代表作品，即匿名的《论英国本土的公共福利》一书(1581年出版)。该书作者十分重视农业，提倡增加粮食生产，保证国内粮食供应，同时把“本国的粮食积余”出口海外，换回大量钱财或国内所需的其他国家的商品。作者还认为，发展农业不能靠法律强迫，而要靠利益驱动。因此作者一再强调保护农民利益的重要性。针对都铎王朝在粮食贸易政策上人为限制粮食在国内外自由流通的措施，作者提出批评，认为那样并不利于农业发展，因为农民的利益受到损害就不会“乐意从事农业”。他说：“如果你想使农业振兴起来，你就必须加以尊重和扶植，那就是要使农民靠此获得正当的利益，既然那种收益应当流入农村，为什么你要为此感到生气呢?”

英国另一晚期重商主义的突出代表——托马斯·孟也对农业给予了极大的关注，他的一本小册子——《英国得自对外贸易的财富》被称为“重商主义的圣经”。在这本书中，他把农产品归入“自然财富”一类，提出了扩大农产品出口的完整纲领。他建议扩大耕地面积，充分利用荒地，借以保证原来向外国购买的苎麻、亚麻、绳索、烟叶及其他商品的供应，制止这类外国商品的进口。孟希望把英国变成向外国输出农业产品和其他一切商品的货栈。孟是政府贸易委员会委员，他的小册子“在第1版就有了特殊的影响”，后来又被翻印了好几版，“从而直接影响立法”。因此，极大地影响了政府的农业政策。

实际上，英国晚期重商主义农业政策的转变也是显而易见的。16世纪末，都铎政府废止了反对圈地运动的法令，从而方便了圈地。1561—1640年，王室土地减少了75%，封建贵族土地减少了50%以上，而参与圈地的新贵族的土地却增加了20%。18世纪前半期(1760年以前)，议会发布过208项圈地法令，圈占土地12万多公顷(31万英亩)。1760年，议会通过法令支持圈地，从而掀起了“议会圈地运动”的狂潮。到19世纪初，共发布圈地法令3 209条，一共圈地128万多公顷(318万英亩)，只剩下6个郡6%的土地尚待圈占。圈地运动以暴风骤雨之势，冲击了英国封建社会秩序，横扫了农村中过时的一切传统关系，无情地摧毁了封建土地所有制度，确立了资本主义土地所有制，削除了历史遗留下来的阻碍资本主义发展的农村公社公有制度。在圈地运动中，涌现出许多拥有大地产的地主，他们以垄断的方式购买了诸多农场，然后向农场主出租。据统计，到19世纪50年代，英格兰的地产所有者占有全部土地的75%～80%。圈地运动也为农场主创造巨额利润提供了机会。为了追求高利润，人们可以在一夜之间改变农业经营的方式，可以在没有什么阻力的情况下引进新的农业技术，可以通过雇用较少的劳动力来降低成本，也可以通过投资(如排水)来提高土地的质量。圈地运动中，农业中的资本主义生产关系开始确立，英国近代农业革命全面展开。因此，马克思说：“在这一方面，英国是世界上最革命的国家，凡是同农业的资本主义生产条件相矛盾或不适应的，都被毫不怜惜地一扫而光。”

另外，1660年恢复君主制度后，反映地主利益的贵族寡头控制的议会通过了许多法案，有效地保护了农业部门，使其免受粮食产量增长、价格下跌的潜在毁灭性影响，同时还支持新作物和畜牧业。1670年的谷物法，实现了谷物的自由输出，根据国内销售价格对进口小麦征收浮动关税。在接下来的几年里，政府继续颁布法令补贴谷物出口，鼓励用粮食酿制啤酒和威士忌，扩大诸如亚麻、大麻和茜草等经济作物的耕种，保护牛、苹果和其他作物免受外国的竞争。谷物出口补贴首先出现于复辟时期，土地贵族在1688年“光荣革命”时取得粮食出口补贴以抵偿捐税的提高。1689年的谷物条例使之成为长期现象。

第二节 幼稚产业保护理论

19世纪初,美国、德国等后期的资本主义国家,经济虽有所发展,但与英国等先行工业革命的国家相比,还比较落后,尤其在工业品方面,根本无法与英国廉价的工业品竞争。为了促进本国工业的发展,抵制英国工业的竞争,这些国家的新兴工业资产阶级要求国家实行对外贸易保护政策。正是在这一背景下,代表美、德工业资产阶级利益的贸易保护理论应运而生。其中,富有影响力的人物主要有美国的亚历山大·汉密尔顿和德国的弗里德里希·李斯特。

一、亚历山大·汉密尔顿与《关于制造业的报告》

(一)时代背景

1776年,也就是亚当·斯密出版《国富论》的同一年,英属北美殖民地大陆会议发表了著名的《独立宣言》,宣布解除与英国国王的隶属关系,建立独立国家——美利坚合众国,经过7年的艰苦战争,殖民地人民终于取得了胜利,1783年英国被迫签署了《巴黎条约》,承认美国独立。在独立战争之前,英国垄断了北美殖民地的对外贸易,它把北美殖民地当成自己主要的原材料来源和制成品市场,限制北美殖民地发展自己的民族工业,使其主要工业品一直从英国输入。所以到独立战争前期,当时美国的农业和原材料产业比较发达,而工业制造业则极其落后,在经济上形成对英国的严重依赖。

独立战争期间,由于战争对各种战略物资的需要和对外贸易受到严重封锁,使得美国国内工业得到了迅速发展,特别是冶铁业、纺织业和其他日用品工业都曾一度繁荣。但随着战争的结束,英、美之间的国际贸易又重新得到恢复。当时英国的工业革命已经取得了很大成功,大机器生产逐步发展起来,国际竞争能力大大加强,大量价廉物美的商品涌往世界各地,其"世界工厂"的地位初露端倪,而美国还处于落后的工场手工业时期,两者经济实力的对比相当悬殊。所以美国在战争期间发展起来的弱小工业根本经受不了英国机器工业的强大冲击,纷纷破产倒闭。虽然在1789年美国通过了第一个关税法案,但由于该法案所确定的大多数商品的关税水平只有5%,最高的也不过15%,所以对当时的美国工业基本上起不到什么保护作用。美国民族工业何去何从,正处于一个关键的时期。

正在这个时候,亚历山大·汉密尔顿(Alexander Hamilton,1755—1804)从美国当时的具体实际情况出发,提出了实行贸易保护主义的主张,对促进美国民族工业的发展起到了十分重要的作用。

(二)亚历山大·汉密尔顿的贸易保护理论

汉密尔顿是一个杰出的政治家、理财专家,参加过美国独立战争,任华盛顿司令部副官,独立后当选为国会议员,后任华盛顿政府的财政部部长,也是美国独立后的首任财政部部长。独立后的美国面临两种选择:一是实行贸易保护,独立自由地发展自己的工业,特别是制造业,以彻底摆脱西欧殖民主义的经济控制;二是实行自由贸易政策,成为英、法等国的原材料产地和工业品销售地。当时的美国总统杰斐逊主张发展小农经济,执行重农主义政策。汉密尔顿对此不以为然,认为美国应当建成一个工商金融体系的国家,政府应对经济进行干预,发展商业和制造工业。

汉密尔顿在1791年向国会提交的《关于制造业报告》中抨击了重农主义的政策(美国南部种植园庄主的利益),认为农业是一种简单的劳动,虽然有自然力的帮助,但比起工业来,它的生产力还是十分落后的,同时农业还是一种季节性很强的产业,会造成季节型失业;而工业就不同,它不仅具有较高的生产力,且工业劳动是"持续不断的、有规律的、整年的劳动,在一些情况下,白天黑夜都在劳动",无季节性失业的后顾之忧。同时他还列举了制造业的7点好处:①可以尽量采取分工制度,促进生产力的发展;②可以通过机器的使用来培训专业技术人才;③可以增加社会各阶层的就业,减轻社会经济负担;④可以为农产品扩大市场;⑤可以吸收外国移民,促进本国工业生产;⑥可为人民发展各种才智和能力提供广阔的天地;⑦可以焕发"企业精神"。他指出:如果美国不反对那个使他们的经济活动仅仅捆在农业上而不发展工业的重商主义政策,那么,对欧洲商品长期的、不断增长的需求,而对本国商品只是很小和偶然的需求,只能使国家贫穷。所以为了美国的强大和富裕,必须大力发展民族工业,彻底摆脱对英国及欧洲的依赖。他认为一个兼有工业和农业的国家做起买卖来,比仅有农业的国家更赚钱、更兴旺,"工业品的进口,简直像要把单纯农业国人民的财富一下子吸干"。

那么,如何才能促进本国制造业的发展呢?汉密尔顿认为重要的是政府要给予支持,采取贸易保护政策。为了论证这一观点,他提出了著名的"幼稚产业"(Infant Industry)概念。他认为美国当时的工业属于幼稚工业,与英国等发达国家相比存在着许多落后因素,不具备参与国际竞争的能力,而且各发达国家为了自身利益还在不断地采取鼓励本国工业发展的政策,如奖金、补贴和其他对工业生产和商品出口的扶植办法等。所以,为了维护美国工业的发展,就必须采取政府干预和贸易保护主义政策。

汉密尔顿提倡的贸易保护政策包括:①向私营工业发放贷款,扶植私营工业发展;②以高关税来限制外国工业品的输入;③限制重要原材料的出口,避免进口必需的原材料;④给各类工业发放奖励金,不仅要奖发明人,而且要奖推荐人,对必需工业品发放津贴;⑤限制改良机器的输出;⑥建立联邦检查制度,以保证和提高产品的质量,防止出售伪劣商品,增强企业的竞争力;⑦吸收外国资金,以满足国内工业发展需要;⑧鼓励移民迁入,以增加国内劳动力供给。

(三)对汉密尔顿贸易保护理论的评价

1. 理论意义

汉密尔顿的保护贸易思想和政策主张,反映的是经济不发达国家独立自主地发展民族工业的正当要求和愿望,它是落后国家进行经济自卫并通过经济发展与先进国家进行经济抗衡的保护贸易学说。汉密尔顿保护关税学说的提出标志着与西方自由贸易理论相对立的保护贸易学说的出现,汉密尔顿的思想在国际贸易思想发展史上具有里程碑意义。

2. 实践意义

由于汉密尔顿政策的实施,美国在1807年禁运法案和1812—1814年的"第二次独立战争"之后,终于走上了独立发展资本主义工业的道路。到1820年,美国制成品的平均关税税率达到了40%。此后经过一个多世纪的努力,到1890年,美国的工业产值就超过农业产值,并超过了英国,跃居世界首位,美国发展成为了世界头号经济强国。汉密尔顿的关税保护论对于落后国家寻求经济发展和维护经济独立并逐步赶超先进国家具有一定的借鉴意义。汉密尔顿的关税保护论实际上回答了这样一些问题：落后国家应不应该建立和发展自己的工业部门？如何求得本国工业部门的发展？对外贸易政策如何体现本国经济发展战略？

3. 局限性

在当时的历史条件下，汉密尔顿没有能够进一步分析其保护措施的经济效应，没有进一步分析保护制造业后对本国产生的经济后果，没有注意到保护贸易措施也有其制约本国经济发展的消极一面。他过分强调了贸易保护的重要性，而忽视了自由贸易对国家经济发展的作用，忽视了自由贸易在优化资源配置上带来的优势。同时，汉密尔顿没有详细说明“什么样的工业需要保护”，保护的对象具有不确定性，没有提出定性或定量化的指标。

二、李斯特的幼稚产业保护理论

（一）时代背景

弗里德里希·李斯待(Freidrich Liszt，1789—1846)生活的时代，德国封建农奴制还占据着统治地位，社会经济和政治形势正发生着巨大变化，当时的德国被分裂为数百个小邦国，各邦之间相互对抗，彼此封锁，根本形不成一个经济整体。1815 年拿破仑战争后，由 38 个邦国组成了“德意志联邦”，但国内仍然关卡林立，存在着多种多样的商业法规、度量衡制度和数百种地方货币，一个商人把商品从国家的这一头运往另一头，往往需要经过五六十道关卡，并且每过一关都要纳税，这就使得商品流通的发展和国内市场的形成极其困难，资本主义工商业的发展受到极大阻碍。所以当时德国的工业生产水平不仅比英国而且比法国都要落后许多，如果听任国内工业与英、法等经济强国竞争，德国的工业将面临破产的危险。正是在这一背景下，李斯特从维护德国资产阶级的利益出发，极力主张废除封建割据，实现德国的经济统一，成立全德关税同盟，强化国家对经济活动的干预，实行贸易保护政策，并提出了一套完整的经济理论。

（二）主要内容

李斯特是德国历史学派的先驱者，早年在德国提倡自由贸易，1825 年到美国之后，深受美国汉密尔顿的政策影响，并亲眼目睹了美国实施贸易保护政策的成效，之后便转而提倡贸易保护主义。他在 1841 年出版的《政治经济学的国民体系》一书中系统地提出了保护幼稚产业的贸易学说，总体来看，他的理论是在批判自由贸易理论的基础上建立起来的，主要内容概括如下。

1. 主张生产力理论

一国在对外贸易中实行什么样的贸易政策，首先要考虑的，是国内生产力的发展，而不是从国际贸易中获得多少财富。他认为，德国向外国购买廉价的商品，表面上看合算一些，但是这样做，德国的工业就不可能得到发展，而会长期处于落后和从属于外国的地位，因此，他指出“比较优势理论”不利于德国生产力的发展。如果德国采取关税保护政策，一开始会使工业品价格提高，但经过一段时间，德国工业得到充分发展以后，生产力将会提高，商品的生产费用将会下降，商品价格甚至会低于进口商品的价格。

2. 主张国家经济学

李斯特认为，古典派的自由贸易理论没有顾及各国的不同利益，是一种世界主义经济学，它所主张的自由贸易和贸易互利，只有在各国工业发展处于大致相同的水平时，才能实现。因此，李斯特认为，这种世界主义经济学抹杀了各国的经济发展和历史特点，错误地将将来才能实现的世界联盟作为研究的出发点。李斯特提出，经济理论必须适合各国的经济发展水平，不是一般地主张自由贸易或保护贸易。李斯特根据国民经济发展程度，把国民经济的发展分为5个阶段，即原始未开化时期、畜牧时期、农业时期、农工业时期和农工商时期。各国经济发展阶段不同，所采取的贸易政策也应不同。李斯特根据德国的经济发展阶段主张德国应该实行保护幼稚产业政策，促进德国工业化，以对抗价廉物美的英国工业产品的竞争。

3. 主张国家干预

李斯特认为，在经济落后的国家，高度的保护贸易政策是这些国家发展经济的一种十分必要的工具。李斯特认为，贸易逆差可以导致信用体系和商品市场的货币价值混乱、引发商业恐慌，逆差国在货币金融领域有可能变为顺差国附庸。而且，贸易差额也不可能自发地得到平衡。鉴于这种情况，李斯特主张，一定要对贸易活动进行国家干预，建立保护制度防止上述情况的发生。李斯特认为，国家在必要时可限制国民经济活动的一部分，以保持其整体的经济利益。他还以风力和人力在森林成长中的作用来比喻国家在经济发展过程中的重要作用。他说："经验告诉我们，风力会把种子从这个地方带到那个地方，因此，荒芜原野会变成稠密的森林，但是要培养森林因此就静等风力的作用，让它在若干世纪的过程中来完成这样的转变，世界上岂有这样愚蠢的办法吗？如果一个种植者选择树秧苗，主动栽培，在几十年内就可以达到同样的目的，这难道不是一种可取的办法吗？历史告诉我们，有许多国家，就是由于采取了那个植林者的办法，胜利实现了他们的目的。"因此，李斯特主张在国家干预下实行保护幼稚产业的贸易政策。

4. 政策主张

李斯特保护幼稚产业的贸易政策的目的是为了促进生产力的发展。经过比较，李斯特认为，大规模机器的制造业的生产力远远大于农业，因此，他认为，农业不需要保护，只有那些刚从农业阶段跃进的国家，距离工业成熟时期尚远，才适宜保护。

保护目的：促进国家综合生产力的发展，以实现工业化。

保护对象：国内幼稚但有希望的工业，受保护对象通过一段时期之后能够成长起来。一国工业虽然幼稚，但在没有强有力的竞争者时，也不需要保护。即只有那些刚刚开始发展且有强有力的外国竞争者的幼稚产业才需要保护。

保护手段：以关税为核心手段的保护制度，实行有节制的保护，而不是绝对禁止进口。以免税或低关税的方式鼓励复杂机器进口。

保护程度：关税一般应在20%～60%之间；在建立一个技术工业部门时，可实行40%～60%的保护税率，待其建成进入正常生产活动以后，持久的保护税率则不应超过20%～30%的水平。

保护期限：如果被保护的工业部门在适当时期内(以30年为限)仍然不能具备国际竞争力，也不应再保护，因为这说明它不具备基本的工业条件。

(三) 对该理论的评论

(1) 第一个从理论上探讨了在国际竞争下如何运用保护政策措施促进本国经济发展，建立了完整体系的保护贸易理论，李斯特幼稚产业保护理论的提出标志着与自由贸易相对立的贸易保护理论的建立。

(2) 对指导发展中国家发展民族生产力,实行经济自卫起到了积极作用。李斯特的幼稚产业保护理论在德国工业资本主义的发展过程中起了积极作用,有利于资产阶级反对封建势力。

(3) 尽管理论阐述得比较完美,但是,关于幼稚产业的选择标准、保护时间、保护方式等问题依然缺乏可操作性,因此,该理论遭到实践者们的质疑。此外,李斯特以生产部门来划分经济发展阶段的观点也是错误的。

拓展阅读

弗里德里希·李斯特(Friedrich Liszt,1789—1846)是19世纪上半叶德国著名的经济学家和社会活动家,是古典经济学的怀疑者和批判者,是德国历史学派的先驱者。他17岁任德国公务员,1817年被聘为杜宾根大学(University of Tuebingen)教授,1820年当选国会议员,1825年因抨击时政被迫流亡美国,1832年以美国驻莱比锡领事身份回国,后因参与全德关税同盟继续遭受迫害,最后自杀身亡。李斯特的主要经济学著作有《美国政治经济学大纲》(1827)、《政治经济学的国民体系》(1841)、《德国政治经济的国民统一》(1846)等,其中以《政治经济学的国民体系》为代表作。李斯特的奋斗目标是推动德国在经济上的统一,这决定了他的经济学是服务于国家利益和社会利益的。

李斯特主张建立关税同盟,1818年普鲁士废除境内关税。1819年李斯特发起建立德国商人和制造商联合会,要求建立关税同盟,全德建立了南北两个关税同盟,互相免税,1843年建立了全德关税同盟。1835年开始建立全国统一铁路网,实现交通统一。通过不懈努力,经济学家李斯特提出的通过经济统一实现政治统一的方式得以实施,关税同盟的建立使贸易壁垒被打破,德意志经济快速发展。

李斯特的税收思想,主要体现于他对保护关税的论述中。他认为德国资本主义经济具有自己的特殊性,应采取保护主义。李斯特抨击了英国古典学派的自由放任和"世界主义"政策,认为它忽视了国家的作用和不同国家经济发展的民族特点,因而竭力反对自由贸易政策,主张实行保护关税制度。李斯特认为,财富的生产比财富本身重要得多。向国外购买廉价商品,似乎可以增加财富,看起来比较划算。但从长远来看,将会阻碍德国工业发展,使德国长期处于从属国地位。为了培养德国的生产力,政府必须采取保护关税政策。他说:"财富的生产力比之财富本身,不晓得要重要多少倍。"(摘自《政治经济学的国民体系》)向别的国家购买廉价的商品,表面上看起来是要合算一些,但是这样做的结果,德国工业的生产力就不能获得发展,德国将处于落后和从属于外国的地位。而采取保护关税的政策,起初会使工业品的价格提高,经过一定时期,生产力提高了,商品生产费用就会跌落下来,商品价格甚至会低落到国外进口商品的价格以下。李斯特所主张的生产力论和在这个理论基础上提出的保护关税政策当时确实促进了德国工业的发展,使它在很短的时期内就赶上了先进的资本主义国家。

李斯特的一生串连着一系列的失败和困苦。1819年,由于组织旨在统一德国经济的全德工商联盟而受到迫害,被迫辞去杜宾根大学教授职务,并被解除其他政府公职。1820年,担任市议员期间,由于提出激进的民主改革主张,被以"煽动闹事,阴谋颠覆国家政权"的罪名判处10个月监禁。李斯特潜逃到了法国和瑞士。两年后回国，随即被关押。为了彻底摆脱这个危险分子，政府同意他移居美国。1825年李斯特一家到了美国。他开始经营农场，还担任过报社编辑，并开办了一个规模很大的煤矿。1832年，李斯特回到欧洲参与莱比锡-德累斯顿铁路建设工程，他希望通过建立全国铁路系统推动德国经济的统一。1834年，德国关税同盟建立。但他的全国铁路系统计划由于封建割据和资产阶级的狭隘的唯利是图本性而失败。1837年，李斯特在美国的矿山在银行危机中破产了，李斯特陷入生活困境中。期间，李斯特一直受到政府的监视，并受到再次被监禁的威胁。尽管他不断努力，仍然不能在他的祖国找到一份固定职业。李斯特被迫流亡法国。法国梯也尔政府曾邀请他担任铁路建设和贸易政策方面的要职，但由于法国对德国的侵略性态度，李斯特拒绝了，主要靠给报社撰稿获得微薄的收入。俄国财政部长曾经聘请他在政府中担任要职，以推行他的“国民体系”，李斯特因为俄国实行专制的沙皇制度而拒绝了。1841年，李斯特曾经被委任为《莱茵报》主编，由于健康原因未能成行（不久后马克思担任了这一职务）。1846年，英国废除“谷物法”，这对力主贸易保护主义的李斯特是一个打击。随后，李斯特提出建立英德联盟的计划没有被理睬，而他参与德国关税同盟工作的愿望也一直得不到实现。此时，李斯特陷入深深的失望中。“他对德国实现他为之奋斗的民族资产阶级——资本主义的进步感到无望，被容克地主封建反动势力（容克地主指靠战争取得土地之后向国王申请并获得该土地所有权的贵族，泛指普鲁士贵族和大地主。起源于16世纪，第二次世界大战后基本消亡。容克是德语Junker的音译）在‘科学界’和新闻界的御用文人用越来越肮脏的污蔑搞得一蹶不振，被他自己的阶级——优柔寡断的怯懦的德国资产阶级——可耻地抛弃。”一直身体健壮的李斯特此时明显衰老了，他已经无法忍受肉体和精神上的挫折。李斯特看不到个人和国家的前途，加上疾病缠身和生活困顿，他陷入了绝望。在给朋友的信中，李斯特说：“我如果没有写作所得的收入，就只能靠妻子的财产（我是什么也没有）糊口度日了。可是，这些收入和财产也不足以维系妻子和孩子们的生活，我几乎陷入了绝境。”1846年11月30日，李斯特在一个小镇开枪自杀，结束了57岁的生命。

第三节　超贸易保护理论

超贸易保护理论是在第一次世界大战与第二次世界大战之间盛行的。在这一时期，资本主义经济出现了以下特点：垄断削弱了自由竞争；国际经济制度发生了巨大变化；1929—1933年资本主义世界发生了空前严重的经济危机，使市场问题进一步尖锐。在大危机的冲击下，许多资本主义国家提高了关税，通过外管限制和数量限制等办法限制进口；与此同时，国家积极干预外贸，鼓励出口。

一、时代背景

1929—1933年首先在美国爆发了经济危机，又迅速波及整个资本主义世界。与过去的经济危机相比，这次经济危机在深度上、持续时间与广泛程度上都超过了以往，表现在以下几个方面。

(1) 生产水平大幅度下降，贸易空前萎缩，失业人数猛涨。1932年，整个资本主义世界的工业生产比1929年下降1/3以上。资本主义国家总失业人数由1 000万人增至3 000万人，加上半失业者共达4 000万～5 000万人。工农业危机相互交织影响，危机期间，世界农产品储存量增加了1.6倍，各主要资本主义国家农产品价格分别跌落了1/4～1/2，农业收入下降了1/4～3/5不等。大批农民破产，农业衰退，更加剧了工业危机。在危机期间，资本主义世界的国际贸易下降了66%，即倒退到1919年的水平以下。

(2) 危机不仅席卷工业、农业和商业，而且扩展到金融市场、资本市场和货币制度等领域。资本交易所宣告破产。金融市场大都猛烈而持续地爆发挤提存款、抢购黄金的风潮，许多银行因此被迫宣告破产而倒闭。各国货币纷纷贬值，先后废止了金本位制，使得第一次世界大战后恢复过来的金本位制度崩溃。金融市场出现的情况，是资本主义经济危机史中的第一次。

(3) 危机持续的时间长，共达5年之久，这是资本主义经济危机史上持续最长的一次世界经济危机。所以，这次经济危机与过去的经济危机相比，具有极大的破坏力，整整几十年生产力发展的成就付之东流，整个资本主义世界的工业生产倒退到1908—1909年的水平。危机使资本主义国家的劳动者的生活水平倒退到20年以前，因而，罢工运动和失业示威，此起彼伏。正像凯恩斯所说，这次经济危机使资本主义世界陷入“全部毁灭”的危险境地。

例如，在美国，1929年10月21日纽约证券市场的第一次猛跌，拉开了经济大危机的序幕。当时的美国总统——胡佛，执行的是经济自由政策，对于爆发的危机没有采取任何措施，他同意采取的唯一措施就是建立复兴金融公司，这是政府克服危机的主要工具。胡佛政策对于克服30年代的危机显得软弱无力，结果，在1932年美国的经济危机到达了顶点，全国工业生产下降55.6%(退回到了1905—1906年的水平)，加工工业开工率平均仅为42%，农业因农产品价格猛跌，农业货币收入总额由1929年的113亿美元减为1932年的47.4亿美元，减少了58.1%，甚至低于1914年的水平(60.5亿美元)。占全国银行总数的49%的银行破产。对外贸易和资本输出猛减。近1 200万人失业，工人的实际工资比20年代后期下降约1/4，退到了1900年的水平。事实证明，传统的古典经济学理论及其政策主张不能解释30年代的大危机，也不能解决30年代的大危机，传统的经济学自身也陷入了“危机”。1933年罗斯福当选新总统以后，他推行调节经济的“新政”，即政府对财政、货币、金融、产业部门等进行干预和调节，企图建立一个没有危机的、卡特尔化的经济。“新政”的推行对于解救美国的经济危机、促进经济复苏和减少失业人数，起到了一定的作用。尽管作用有限，但与胡佛总统的自由放任政策效果还是形成了鲜明对比。美国政府的这一干预实践对于凯恩斯1936年出版的《就业、利息和货币通论》(简称《通论》)的产生起到了先导、印证的作用。

面对着这次30年代的大危机，古典经济学的理论与现实严重矛盾，在政策措施上显得无能为力。如何认识资本主义世界经济危机？如何解决资本主义世界严重的失业问题？如何解救处于“危机”中的经济学？它需要新的理论。凯恩斯的超贸易保护理论就是在这一背景下应运而生的。

二、主要内容

凯恩斯在《通论》中提出了有效需求理论和通过国家干预、调节经济，以求减少失业的政策主张。《通论》主要是研究就业问题，所以，也将其称为一般就业理论。凯恩斯认为，资本主义的经济危机、大量失业是因为社会“有效需求”不足造成的。“有效需求”是由“消费需求”和“投资需求”构成的，增加“消费需求”的办法是要让人们多花钱、少储蓄，鼓励高消费，以刺激生产的发展。增加“投资需求”的办法是由国家投资，通过征税、发行债券等筹集资金,这样可以解决经济危机和失业问题。虽然凯恩斯本人并没有系统地论述国际贸易理论,但经过其追随者,如美国的阿尔文·H.汉森(Alvin H. Hansen)、保罗·A.萨缪尔森(Paul A. Samuelson)和英国的罗伊·F.哈罗德(Roy F. Harold)等人的发展完善,逐步形成了"外贸乘数论"、"国家干预论"和"贸易差额论"三个重要的贸易保护论点。

首先,"投资乘数论"以及"外贸乘数论"。凯恩斯认为,投资增加与国民收入之间有依存关系,增加投资可以引起生产资料需求的增加和引起从事生产资料生产的人(企业主和工人)的收入增加,从而引起他们对消费资料需求的增加,进而引起从事生产消费资料生产的人(企业主和工人)的收入的增加。如此反复下去,其结果是增加的国民收入总量会等于原来投资量的若干倍,他把这种依存关系称为"投资乘数论"。基于凯恩斯的"投资乘数论",凯恩斯主义的追随者们,如马克卢普和哈罗德等人,进一步发展成为"对外贸易乘数理论"(Foreign Trade Multiplier),即一国出口如同投资一样,都具有提高国民收入、促进就业的乘数效果,而进口则与储蓄一样有减少国民收入和降低就业的作用。具体来说,本国商品、劳务出口的增加,会使外汇收入增加,可以引起出口部门收入的增加,从而引起出口部门消费的增加,引起对生产资料和消费资料需求的增加,进而引起其他部门生产、收入额的增加,如此反复下去,收入的增加量将为出口量的若干倍。反之,本国商品、劳务进口的增加,向外支付的货币增加,于是收入减少,进口部门的消费也随着减少,成为国民收入中的漏洞,造成投资、生产的不景气。结论是,贸易顺差有益,逆差有害,只有顺差才能增加国民收入量和就业量,反之,贸易逆差造成国民收入量和就业量的减少。

其次,"国家干预论"。凯恩斯的经济政策观点的核心是反对自由放任,主张国家干预。他们认为传统的外贸理论不适用于现代社会,古典贸易理论是建立在国内充分就业的基础之上的。古典贸易理论认为,国家之间的贸易应当是进出口平衡,以出口抵偿进口,即使由于一时的原因或人的力量使贸易出现顺差,也会由于贵金属移动和由此产生的物价变动得到调整,进出口仍归于平衡,因此,古典贸易理论认为不要为贸易逆差而担忧,也不要为贸易顺差而高兴,即主张自由贸易,反对人为干预。凯恩斯主义认为古典贸易理论过时了,在经济萧条、国内有效需求不足的情况下,要通过国家干预对外贸易以实现贸易顺差,进而增加有效需求,扩大就业,避免危机爆发。凯恩斯所说的扩大政府职能,主要是指,扩大政府调节消费倾向和投资引诱的职能。调节消费倾向,目的在于刺激消费。调节投资引诱,目的在于刺激投资。有效需求是由消费需求和投资需求组成的,刺激消费和投资,就是刺激有效需求。凯恩斯还认为,政府最聪明的办法是双管齐下,一方面,由社会控制投资率,增加投资;另一方面,提高消费倾向,增加消费。不过,凯恩斯强调说,不能太着重于增加消费,而应着重于投资。刺激消费和投资,可以采用货币政策和财政政策,凯恩斯认为,仅仅依靠货币政策很难奏效,主要应当依靠财政政策。关于财政政策,凯恩斯不同意传统经济学保持国家预算平衡的观点,而是认为赤字财政有益。关于货币政策,凯恩斯不同意传统经济学保持国内价格水平稳定的观点,而是认为温和的通货膨胀无害。

最后,"贸易差额论"。在对外贸易方面,凯恩斯主义主张追求贸易顺差,但不同于早期重商主义的贸易差额论观点,因为,凯恩斯主义不是单纯地追求数量上的贸易顺差,而是将贸易差额与就业理论联系在一起,认为贸易顺差增加了一国的货币供应量,从而降低了资本利息率,促进了投资,进而扩大了就业;反之,贸易逆差则使失业者增加。另外,贸易顺差本身也增加了对本国产品的有效需求,导致国民收入的提高,有利于促进就业。

三、主要特点

超贸易保护理论的主要特点如下。

(1) 时代背景不同了。凯恩斯的贸易保护理论是在发达国家经济相对过剩时期建立的,而不是在资本主义早期的自由竞争时期。

(2) 保护对象扩大了。凯恩斯提出的保护的对象不只限于幼稚产业,而且还包括所有高度发展的垄断产业或出现没落的衰落产业。

(3) 保护的目的变了。凯恩斯提出的保护的目的不只是培育自由竞争的能力,而且是为了巩固和加强对国内外市场的垄断能力,保护是发达国家为了缓解国内就业压力和避免自身产业退出历史舞台而实施的进攻性的贸易政策。

(4) 保护措施多样化。保护的手段不只是限于关税和贸易条约,而是还包括财政政策和货币政策,以及其他的奖励出口和限制进口的各类措施。

(5) 保护的性质变了。不再是经济落后国家出于赶超经济强国而实施的一种必要的阶段性的贸易政策,而是发达国家为了缓解国内就业压力和避免自身产业退出历史舞台而实施的进攻性的贸易政策。

超贸易保护理论对美国的影响

1929 年夏季的三个月中,美国通用汽车公司股票由 268 上升到 391,美国钢铁公司的股票从 165 上升到 258,人们见面时不谈别的,只谈股票,直至 9 月份,美国财政部长还信誓旦旦地向公众保证:"这一繁荣的景象还将继续下去。"但是,10 月 24 日这一天,美国金融界崩溃了,股票一夜之间从顶巅跌入深渊,价格下跌之快,连股票行情自动显示器都跟不上趟,股票市场的大崩溃导致了持续 4 年的经济大萧条,从此,美国经济陷入了经济危机的泥淖,以往蒸蒸日上的美国社会逐步被存货山积、工人失业、商店关门的凄凉景象所代替。86 000 家企业破产,5 500 家银行倒闭,全国金融界陷入窒息状态,千百万美国人多年的辛苦积蓄付诸东流,GNP 由危机爆发时的 1 044 亿美元急降至 1933 年的 742 亿美元,失业人数由不到 150 万猛升到 1 700 万以上,占整个劳动大军的 1/4 还多,整体经济水平倒退至 1913 年。农产品价值降到最低点,农民将牛奶倒入大海,把粮食、棉花当众焚毁的现象屡见不鲜。富兰克林·罗斯福就是在这种情况下当选为美国第 32 届总统。他针对当时的实际,顺应广大人民群众的意志,大刀阔斧地实施了一系列旨在克服危机的政策措施,历史上被称为"新政",新政的主要内容可以用 3R 来概括,即复兴(Recover)、救济(Relief)、改革(Reform)。

由于大萧条是由疯狂投机活动引起的金融危机而触发的,罗斯福总统的新政也先从整顿金融入手。在被称为"百日新政"(1933 年 3 月 9 日至 6 月 16 日)期间制订的 15 项重要立法中,有关金融的法律占 1/3。罗斯福于 1933 年 3 月 4 日宣誓就任总统时,全国几乎没有一家银行营业,支票在华盛顿已无法兑现。在罗斯福的要求下,3 月 9 日,国会通过《紧急银行法》,决定对银行采取个别审查、颁发许可证制度,对有偿付能力的银行允许尽快复业。从 3 月 13 日至 15 日,已有 14 771 家银行领到执照重新开业,与 1929 年危机爆发前的 25 568 家相比,淘汰了 10 797 家。罗斯福采取的整顿金融的非常措施对收拾残局、稳定人心起了巨大的作用。公众舆论评价，这个行动犹如“黑沉沉的天空出现的一道闪电”。

罗斯福在整顿银行的同时，还采取了加强美国对外经济地位的行动。从1933年3月10日宣布停止黄金出口开始，采取一个接一个的重大措施：4月5日，宣布禁止私人储存黄金和黄金证券，美钞停止兑换黄金；4月19日，禁止黄金出口，放弃金本位；6月5日，公私债务废除以黄金偿付；1934年1月10日，宣布发行以国家有价证券为担保的30亿美元纸币，并使美元贬值40.94%。通过美元贬值，加强了美国商品对外的竞争能力。这些措施对稳定局势、疏导经济生活的血液循环产生了重要的作用。

罗斯福在解决银行问题的同时，还竭力促使议会先后通过了《农业调整法》和《全国工业复兴法》，这两个法律成了整个新政的左膀右臂。罗斯福要求资本家们遵守“公平竞争”的规则，订出各企业生产的规模、价格、销售范围；给工人们订出最低工资和最高工时的规定，从而限制了垄断，减少和缓和了紧张的阶级矛盾。在得到大企业的勉强支持后，罗斯福随之又尽力争取中小企业主的支持。他说大企业接受工业复兴法固然重要，这些小雇主实际上是国家骨干中极重要的部分，而整个计划的成败在很大程度上取决于中小企业。中小企业的发展，为美国社会的稳定、经济的复苏发挥了积极的作用。

新政的另一项重要内容是救济工作。1933年5月，国会通过联邦紧急救济法，成立联邦紧急救济署，将各种救济款物迅速拨往各州，第二年又把单纯救济改为“以工代赈”，给失业者提供从事公共事业的机会，维护了失业者的自力更生精神和自尊心。罗斯福执政初期，全国1 700多万失业人员及其亲属维持生计全靠州政府、市政府及私人慈善事业的帮助和施舍。罗斯福新政的第一项措施，就是促请国会通过的民间资源保护队计划。该计划专门吸收年龄在18～25岁，身强力壮而失业率偏高的青年人，从事植树护林、防治水患、水土保持、道路建筑、开辟森林防火线和设置森林望塔。罗斯福还敦促国会通过联邦紧急救济法，成立联邦救济机构，合理划分联邦政府和各州之间的使用比例，制定优惠政策鼓励地方政府用来直接救济贫民和失业者。新政期间，全美国设有名目繁多的工赈机关，综合起来可分成两大系统：以从事长期目标的工程计划为主的公共工程署(政府先后拨款40多亿美元)和民用工程署(投资近10亿美元)，后者在全国范围内兴建了18万个小型工程项目，先后吸引了400万人工作，为广大非熟练失业工人找到了用武之地。到“二战”前夕，联邦政府支出的种种工程费用及数目较小的直接救济费用达180亿美元，美国政府借此修筑了近1 000座飞机场、12 000多个运动场、800多座校舍与医院，不仅为工匠、非熟练工人和建筑业创造了就业机会，还给成千上万的失业艺术家提供了形形色色的工作，是迄今为止美国政府承担执行的最宏大、最成功的救济计划。从1935年开始的第二期“新政”在第一阶段的基础上，着重通过社会保险法案、全国劳工关系法案、公用事业法案等法规，以立法的形式巩固新政成果。新政几乎涉及美国社会经济生活的各个方面，其中多数措施是针对美国摆脱危机，最大限度减轻危机后果的具体考虑，还有一些则是从资本主义长远发展目标出发的远景规划，它的直接效果是使美国避免了经济大崩溃，有助于美国走出危机。从1935年开始，美国几乎所有的经济指标都稳步回升，国民生产总值从1933年的742亿美元又增至1939年的2 049亿美元，失业人数从1 700万下降至800万，恢复了国民对国家制度的信心，摆脱了法西斯主义对民主制度的威胁，使危机中的美国避免出现激烈的社会动荡，为后来美国参加反法西斯战争创造了有利的环境和条件，并在很大程度上决定了“二战”以后美国社会经济的发展方向。

四、评论

凯恩斯《通论》出版后，一些西方学者把《通论》产生的影响和哥白尼在天文学、达尔文在生物学上的贡献相提并论，被称为“凯恩斯革命”。早在战后初期，美国著名凯恩斯主义者克莱因(L. R. Klein)就写了题为《凯恩斯革命》(1948)一书。萨缪尔森对《通论》的评价是，它出版以后，“经济学就不再是以前的经济学了”。在学说史上的所谓“革命”，是指在研究方法上、研究理论框架上，甚至在政策主张上，能提出与过去经济学不同的看法，并且，能够对以后的经济学产生极大的影响，或对经济发展实践产生重大作用。

第一，凯恩斯在理论上否定了“萨伊定律”，否定了传统经济学的市场均衡的假定，因而对于经济危机、失业的解释取得了突破。所谓“萨伊定律”(19世纪初法国经济学家萨伊提出的)是指，在商品交换中，货币只是一瞬间起作用，一种商品总是用另一种商品来购买，一种商品的出售就是对另一种商品的购买，所以，一种产物一经产出，从那时刻起就给价值与它相等的其他商品开辟了销路，所谓的“生产给产品创造需求”的命题，也就是说，供给会自行创造需求，这一命题被称为“萨伊定律”。

第二，在研究方法上，凯恩斯以宏观总量分析代替微观个体分析，开创了现代宏观经济分析。他研究各个经济总量，包括总产量或国民收入总量、总消费、总投资等的变动和相互关系。

第三，在政策主张上，凯恩斯以国家干预、调节经济的主张代替了古典贸易理论的经济自由放任的主张。他认为，资本主义经济通常的状况是小于充分就业的均衡，如果没有国家干预，经济不可能实现充分就业均衡。所以，只有依靠国家的力量，以赤字财政政策为主加以货币膨胀的货币政策辅助，来刺激投资，刺激消费(提高消费倾向)，达到提高社会总需求，实现充分就业均衡。

总之，凯恩斯的经济学在理论、研究方法和经济政策各个方面都不同于古典经济学和新古典经济学，从而在西方经济学说史中，它标志着一个新的里程碑，反映了西方经济学由单纯注重企业的经济运行向重视宏观经济稳定和经济增长的方向转变，具有划时代的进步意义。它对垄断资本主义经济的发展以及西方经济学的发展，都有着巨大而深远的影响。

但是，凯恩斯主义提倡的“外贸乘数论”观点受以下条件的限制：①国内尚未达到充分就业水平，否则，没有闲置资源，就无法扩大生产，这时扩大出口，势必造成过度需求、引起通货膨胀，进而降低出口竞争力，并使进口增大。②世界总进口量扩大，否则，扩大出口就必须降低出口价格，这时企业将不愿意牺牲利润去扩大产量，外贸乘数作用就会受到阻碍。③外贸乘数作用要经过一段时间之后才能带动国民收入增长。外贸乘数作用的时滞长短，取决于不同的生产方式。工业国家扩大生产快，乘数作用灵敏；农业国家扩大农业生产困难，乘数作用迟缓。此外，凯恩斯主义主张通过国家干预以促进一国经济的对外扩张和就业率的上升，这种经济刺激政策也很容易遭到外国政府的反对甚至报复，毕竟这不是从根本上解决就业出路的办法。

第四节　战略性贸易保护理论

建立在完全竞争和规模收益不变假设基础上的经典贸易理论推崇自由贸易政策，但由于现代比较优势的主要形成机制——新兴产业的“先行优势”和大规模生产成本领先优势以及国际竞争力的介入，扭曲了当代国际贸易中的比较利益形成机制和国际竞争机制，使这种自由贸易政策丧失了在贸易实践中的主导地位，取而代之的是发达国家目前流行的战略性贸易保护政策。

一、战略性贸易政策的含义

战略性贸易政策(Strategic Trade Policy)是指在不完全竞争和规模经济条件下，一国政府可以通过生产补贴、信贷优惠、出口补贴、国内税收优惠等保护政策手段，扶持本国战略性工业的成长，即保护和扶持那些需要大规模生产以获取规模经济，并能产生外部经济的高新技术产业和对本国未来发展至关重要的行业，以创造本国在这些行业上的比较优势，获取大量的外部经济利益，增强其在国际市场上的竞争能力。

"战略"一词是从博弈论中引用过来的，是因为，政府在制定这种贸易政策时把外国企业或政府的反应考虑在内(Brander，1995)。战略性贸易政策理论把博弈论和产业组织理论糅合在一起运用到国际贸易领域，强调政府对国际贸易干预的必要性和合理性。

二、战略性贸易政策的社会环境

"二战"以后，特别是20世纪70年代以后，随着国际贸易规模的不断扩大和贸易现象的日益复杂，以规模经济和不完全竞争为前提的新贸易理论对传统贸易理论做出了补充和发展，在最优贸易政策的选择上，新贸易理论动摇了规模经济和完全竞争条件下自由贸易政策的最优性，认为贸易政策不再只是纠正市场失败的一种次优选择。一国通过政府干预、运用出口补贴、关税保护等措施，可以将国际专业化分工转向有利于保护国。在国际竞争的实践中，日本、亚洲四小龙等在政府干预下迅速取得了某些产业的国际竞争优势，在国际贸易中所占份额不断上升；而另一方面，一向奉行自由贸易的美国在国际贸易中的优势地位不断受到削弱。在这样的理论和实践背景下，战略性贸易政策在20世纪80年代初应运而生。

第一，美国在世界经济中的地位发生变化。在过去几十年中，美国在世界经济中地位的最重要变化是贸易的重要性日益提高。统计显示，1960—1980年，美国制造业中进出口的份额增加了一倍以上。1960年，美国制造业的厂商基本上是面对本国消费者销售并与本国厂商竞争，出口通常是次要的活动，并且面临外国竞争的压力很小。到了80年代，大多数厂商要么严重依赖出口销售，要么在国内市场上遇到外国竞争者的有力竞争，因而国际考虑就成为一个重要因素。这一变化使得一些传统上的国内问题变成了影响贸易政策的因素，特别是诸如市场力量和超额收益率、创新和技术变化等问题，再也不得不认真考虑它们对贸易政策的影响了。

第二，新分析工具的出现。在20世纪70年代以前，传统经济分析都是以市场近似于完全竞争为假设的，在那里有许多生产者，每个生产者都很小，以至于他们根本不能决定产品的价格，也不能影响其竞争对手的未来行为。但现在，许多贸易都是由大规模生产的优势、积累经验的优势以及由创新带来的短期优势所引起的。在许多这些因素起重要作用的产业中，我们看不到许多小厂商间进行的原子状的竞争。像波音(Boeing)这样的大出口商，以及许多较小的厂商，它们面临着与小麦农场主或服装制造商不同的竞争，即面临着与少数相同的竞争对手的竞争。它们拥有某种直接影响价格的能力，它们会采取战略性行动以便影响其竞争对手的行为。这种不完全竞争市场并不意味着竞争不激烈，或是厂商是采取某种错误的行动，而意味着这些市场所发生的情况是完全不同和更为复杂的。新的研究正在考虑诸如反托拉斯、管制和创新政策等国内问题。这证明，国内与国际问题之家的界限已经被打破。由于在不完全竞争产业方面研究的贡献，国际经济学家已经能够借助一组扩大了的分析工具来分析由变化着的环境所产生的各种贸易政策问题。

三、战略性贸易政策的主要内容

在规模经济和不完全竞争市场的某些条件下，一国政府可以通过关税、配额等进口保护政策和出口补贴、研究与开发补贴等出口促进政策，来加强本国厂商的竞争地位，扩大本国厂商的国际市场份额，从而实现垄断利润由外国向本国的转移，增加本国的国民净福利。在上述情况下，是政府的贸易政策影响了本国厂商及其外国竞争对手的决策行动，从而改变了竞争格局，使不完全竞争产业特别是寡头产业中的超额利润向本国发生了转移，政府的贸易政策起到了与寡头厂商的战略性行动(如投资于超额生产能力或研究与开发等)相同的作用，故被称为战略性贸易政策理论。由于在这里贸易政策的直接目的是为了从外国向本国转移利润，故又被称为“利润转移”理论。由于这种贸易政策理论证明了贸易干预的合理性，又能够较好地满足一国政府单独背离自由贸易的需要，因而，它一出台就受到广泛的关注，也引发了随之而来的争论。

除利润转移理论之外，还有一种是以外部经济为基础的贸易政策理论。外部经济就是厂商(个人或社会)从某种社会经济活动中所获得的有利影响，受益者原则上不必为此付费。对于政府来说，背离自由贸易原则，以鼓励产生显著外部经济的产业，就是符合社会需要和合理的。因此，外部经济提供了政府干预贸易活动的依据。尽管以外部经济为依据进行干预的论点产生较早，但它真正得到理论上的支持则是在新贸易理论产生之后。新贸易理论所支持的“外部经济”政策理论认为，政府应当对那些能够产生巨大外部经济的产业给予适当的保护和促进，使之能够在外部经济的作用下迅速形成国际竞争能力并带动相关产业的发展。由于那些能够产生巨大外部经济的产业主要是人们通常所说的“战略性产业”(如高科技产业)，促进这些产业发展的贸易政策也是发挥着战略性变量的作用，故有人将这种贸易政策也归入战略性贸易政策理论的范畴。由于实行这种贸易政策的产业对象和约束条件比在“利润转移”理论那里宽泛一些，故又将其称为“广义战略性贸易政策理论”。

综上分析可见，战略性贸易政策理论主要衍生出两种不同的贸易政策：一种是主要以内部规模经济为基础的“利润转移”理论；另一种是主要以外部规模经济为基础的“外部经济”理论。

“利润转移”理论主要包括三个论点。

第一，用出口补贴为本国寡头厂商夺取市场份额。这种论点认为，向在第三国市场上同外国竞争者进行古诺双寡头博弈的国内厂商提供补贴，可以帮助国内厂商扩大国际市场份额，增加本国福利。古诺博弈的特征是，均衡产量水平由两个厂商反应曲线的交叉点所决定，这一水平对这个厂商来说是最优的，在国家层次来说是次优。因此，通过补贴降低国内厂商的边际成本，使厂商有更高的反应曲线，获得更大的国际市场份额，增加国内利润而减少国外利润。由于利润更高，国家福利减去补贴以后也有所增加，而补贴本身只不过是一种转移支付。这一论点的关键在于这样一种信念：补贴使国内厂商采取进取性市场战略，从而迫使外国竞争对手做出相应的让步，这是战略性贸易政策理论中影响最大，也是被引证最多的一种论点。

第二，用关税来抽取外国寡头厂商的垄断利润。这种论点认为，在存在潜在进入的情况下，使用关税来抽取一家外国寡头厂商正在享受的垄断利润是合理的。如果没有任何潜在的进入，关税只会扩大国内价格与国外价格的差距，导致社会福利恶化。但如果存在国内厂商的潜在进入，则这种进入的威胁限制了外国厂商的定价反应，使它们执行一种吸收掉部分关税的定价，以阻止这类进入的战略。只要关税被部分地吸收，价格上涨的幅度就会低于关税的幅度，消费者剩余的损失就会远远被征收到的关税所抵消而有余。在特殊情况下，如果外国公司将关税全部吸收，则既可以拿走经济租金，又不会造成额外的扭曲。这里的政策结果同最优关税理论中通过征收进口关税来利用进口商的买方垄断权力所得到的结果是一样的。但这里有个重要的质的差异，即提取租金的理论不要求一个国家是能够对贸易条件产生影响的大国，而最优关税理论却有这个要求。只要有外国寡头供应商在国内市场上，即使是一个贸易小国也可以利用进口关税来改善国家福利，这种结果在最优关税理论中是不可能的。

第三，以进口保护作为出口促进的手段。这种论点认为，一个受保护的国内市场，为具有规模经济特征的本国厂商提供了一种相对于外国厂商的规模优势，使其能够增加在国内市场和没有保护的外国市场的份额，从而把利润从外国厂商转移到本国厂商，使本国福利增加。这一理论以静态的规模经济为依据，将暂时的进口保护变成了出口促进的机制，它的一个重要前提是国内市场大，足以实现所需要的规模经济。这一论点被认为是对传统幼稚产业论的发展。

"外部经济"理论的论点则较为集中。该理论认为，某些产业或厂商能够产生巨大的外部经济，促进相关产业的发展和出口扩张，但由于这些外部经济不能够完全被有关厂商所占有，这些产业或厂商就不能发展到社会最优状态。如果政府能够对这些产业或厂商提供适当的支持和保护，则能够促进这些产业和相关产业的发展，提高企业的竞争优势，获得长远的战略利益。外部经济理论主张贸易政策应瞄准那些能够产生巨大外部经济的少数产业，这些产业一般具有以下几个特征：R&D成本占产品总成本的比重较大；产品的需求收入弹性较大；与其他产业的关联性强；会产生明显的外溢效应；容易形成自然垄断。在现实中，这些产业一般是高科技产业。

无论是利润转移理论还是外部经济理论，都认为在充满不完全竞争和贸易壁垒的世界里，单个国家有理由从本国利益出发，实行偏离自由贸易的政策，并使贸易政策发挥促进本国产品竞争力提高和经济增长的战略性作用，强调在适当条件下政府对贸易干预的合理性。

四、战略性贸易政策的应用——战略性出口补贴政策

例如，美国波音公司与欧洲空中客车公司竞争生产新型飞机，因市场容量只能允许一家公司获利，如果两家公司同时生产，双方都亏损。如欧洲空中客车公司或美国波音公司单独生产每架飞机可以得到1亿美元利润，如两家同时生产，每家亏损500万美元。这时欧洲政府对空中客车公司每架飞机补贴津贴1 000万美元，即使两家同时生产，空中客车公司也肯定赚到500万美元的利润，而波音公司为避免亏损放弃新型飞机的生产。这时，空中客车公司将独家获利1.1亿美元，归还政府的1 000万美元补贴后仍剩余1亿美元，这就是说把美国利润转移到欧洲了。

图 5-1 假设在大型中程客机的国际市场上，美国波音公司和欧洲空中客车公司竞争呈双寡头之势，这两家公司都需要作出是否制造的决策。由于飞机制造的规模经济巨大，而市场容量仅允许一家公司进入，谁先进入并制造飞机，谁就能独占垄断利润 100 单位；如果两家公司同时进入，竞相生产，则不但不能获利反而两败俱伤，各遭受 5 单位亏损。两家公司的战略决策如图 5-1 所示。

空中客车公司

波音公司	制造	不制造
制造	(−5,−5)	(100,0)
不制造	(0,100)	(0,0)

图 5-1 实施战略性补贴前的竞争态势和支付矩阵

在波音公司动手之前，欧洲政府对空中客车公司提供 10 单位补贴，这种情况下，如果波音公司坚持参与制造飞机，必遭受 5 单位亏损，而空中客车公司仍能够稳获 5 单位利润。明知道享有补贴的空中客车公司肯定生产飞机，波音公司别无选择，不得不放弃市场，退出竞争。这样一来，空中客车公司将倚仗较少的政府补贴挤掉波音公司，从而可以独占 100 单位的利润，并偿还政府的 10 单位补贴(图 5-2)。

空中客车公司

波音公司	制造	不制造
制造	(−5,5)	(100,0)
不制造	(0,110)	(0,0)

图 5-2 实施战略性补贴后的竞争态势和支付矩阵

假设这两个公司的产品均向第三国出口，那么，欧洲用 10 单位的补贴便将 100 单位的利润转移到了欧洲，就其他第三国的福利而言，它们既可以享受低廉的飞机价格，又无须付出任何代价。

五、战略性贸易理论的适用性

战略性贸易理论比传统的贸易理论对现实的解释力更强，这主要体现在：战略性贸易理论放松了传统贸易理论关于世界市场是完全竞争的假设，这使该理论更加符合现实状态而非传统贸易理论的理想状态；战略性贸易理论的研究方法采用了经济学中的如博弈论、信息经济学及产业组织理论等现代理论和方法，从而为该理论的研究成果在现实状态中应用提供了可行性。战略性贸易理论为不完全竞争条件下的政府干预市场提供了新的依据，但战略性贸易理论并不是对传统贸易理论的全盘否定，而是在继承的基础上有所突破和发展，传统自由贸易理论的完全竞争和不变规模经济可以看做战略性贸易理论的一个特例。现实中，要将战略性贸易理论付诸实践，必须满足两类条件，一类是前提条件，另一类是约束条件或限制条件。政策的实施要求对市场结构、厂商行为和厂商利润等都有比较准确的“掌握”，这样就面临如下信息问题：政府能否掌握这些信息？政府能否避免企业的寻租，从而保证政策的有力实施？这些问题使战略性贸易政策的实践应用面临一定障碍。

战略性贸易保护理论对我国汽车产业的启示

一、汽车产业具有实施战略性贸易政策的客观条件

国际汽车主体技术已相当成熟，产品技术平台十分完善，而中国汽车企业的研发能力相对落后，竞争力相对较低，我国政府可以对其进行选择性的保护，以市场的部分保护换得技术转移，为国内产业发展赢得时间与空间，成为将汽车业作为战略性产业进行扶持的理由。

二、我国汽车产业战略性贸易政策的实施

(1) 增加知识投资，提高汽车业自主开发能力。首先，要从政策上鼓励企业的研发投资，如对企业用于研究与开发的费用，可以计入成本，减免税收；对企业为产品开发而购置的样机、样本应予免税；对企业的重点产品、关键技术等开发项目给予贴息贷款；对企业自主开发成果予以重奖等，激发企业和技术人员的积极性。其次，要加强知识产权保护，保护企业的技术性成果及其创新的动力。最后，政府应鼓励企业致力于轻型材料、可回收材料、环保材料等车用新材料的研究，争取能在现代的汽车技术发展领域有所突破。

(2) 与产业政策相结合。由于中低级别家用车市场需求大、进入障碍小，且有利于与其他国家开展贸易，我国可以确定以中低级别家用车为重点的汽车发展战略。其次，应合理利用好国际国内两个市场、两种资源，集中力量发展具有市场和资源的优势产品，在提高国内零部件业实力的同时，逐步融入汽车业的全球采购、制造、研发、销售体系，向产业增值链的高端进发。

(3) 合理把握战略性贸易政策的尺度。在各国经济贸易相互依赖、中国加入 WTO 的背景下，实行战略性贸易政策更需要技巧，这有助于避免其他国家采取报复措施。一方面，要注意政策工具的多样化，除了使用关税、配额、补贴等工具外，可以采用隐蔽性强的相关政策，甚至进口监管、与贸易相关的知识产权保护、产业标准的制定等都可以取得相同的效果。另一方面，可以利用 WTO 的一些模糊区域和对发展中国家的优惠政策来为我国的贸易干预提供方便。

国内汽车业规模经济的初步显现和市场集中度的不断提高为战略性贸易政策的应用奠定了基础，特别是我国所具有的市场广阔等大国优势更是打破了战略性贸易政策不适用于发展中国家的限制，为该政策的实施提供了宽广的平台。政府可以借助战略性贸易政策的应用来提升我国汽车产业的竞争力，早日实现“汽车强国”的梦想。

第五节 其他贸易保护理论

1973—1974 年的石油危机引起了全球性的经济衰退，许多国家经济低速发展，失业率居高不下。在这种情况下，各国政府纷纷采取措施保护本国经济，同时又力图扩大对世界市场的占领。这场新贸易保护主义兴起和生长于美国，80 年代下半期几乎席卷了全球，新贸易保护主义多是以绿色壁垒、技术壁垒、知识产权保护、社会责任壁垒等非关税壁垒措施为主要表现形式，借保护公民及动植物的健康与发展、保护资源与环境之名行贸易保护之实，具有名义上的合理性，形式上的隐蔽性。目的是想规避多边贸易制度的约束，通过贸易保护，达到保护本国就业，维持本国经济在国际分工和国际交换中的支配地位。

一、新贸易保护主义重生的原因

1. 国际竞争的加剧

在全球化时代，市场经济制度逐步演化为世界经济发展的主流制度，而竞争是市场经济最主要的特征之一。目前，竞争已不再作为单纯的“手段”或“工具”存在，而逐步演变成为主权国家和企业生存与发展的核心动机，成为实现国家利益和企业利益的重要手段。各国政府不仅在国际竞争中保护自身的产业与贸易利益，而且直接介入本国企业与外国企业之间的竞争。一方面，采用进口关税或出口补贴等保护手段有利于改善本国企业的收益和市场地位；另一方面，一旦外国企业或进口产品危及本国利益时，即使发达国家的政府也采取直接干预的手段。特别是在“就业”已经逐渐演变为一种公共品的今天，由进口增加导致的失业问题已经具有了越来越突出的政治意义。当本国产业和劳工群体受到进口冲击时，来自公众的呼声或其他政治压力必然使政府倾向于对这些领域实行保护，以排斥竞争的威胁。

2. 跨国公司内部贸易的发展改变了国际贸易差额的分布

随着跨国公司及其海外经营的发展，国际贸易的流向和贸易方式发生了深刻变化，跨国公司内部贸易在国际贸易中的地位不断提高。跨国公司内部贸易的发展一定程度上改变了国际贸易差额的分布。跨国公司通过内部分工和核算体系，在内部贸易中获得了较为稳定的收益，但却把各国账面上贸易差额的此消彼长以及由此引发的贸易摩擦甩给了各国政府。作为承接跨国公司产业转移最集中的地区之一的亚洲地区制成品出口的迅速增长，使其对美国、欧盟保持了较大规模的贸易顺差，而美国和欧盟跨国公司在亚洲地区投资企业的出口已经成为美国和欧盟贸易逆差的重要组成部分。但发达国家处理贸易逆差的政策并不主要针对这些跨国公司，而是拿出口国开刀，以解决与这些国家的贸易争端为借口，推行新贸易保护主义。

3. 国际贸易中双边主义与区域主义兴起

20 世纪 90 年代后期以来，双边层面的“自由贸易协定”(Free Trade Agreement, FTA)的签订和实施成为国际贸易发展的新热点。据 WTO 统计，到 2005 年 6 月，向 WTO 正式通报的 FTA 已达 328 个，WTO 成员中的绝大多数国家或地区都参加了一个或多个 FTA。FTA 快速发展的主要原因，一是原有 FTA 在促进贸易增长、消除双边贸易壁垒等方面起到了积极的示范作用；二是地缘政治经济格局的变化导致了“双边主义”盛行。FTA 的迅速发展已经形成了连锁反应，一国缔结了 FTA 后会对相关国家构成竞争压力。目前，越来越多的国家和地区制定了 FTA 战略，参与 FTA 谈判的积极性和主动性明显提高。同时，进入 21 世纪，世界范围内区域一体化进程大大加快。欧盟加快了扩员的步伐；北美自由贸易区增强了成员国之间的联系；APEC 的影响力逐步扩大；东亚地区在加强东盟内部合作的基础上，正积极探索新型东亚区域合作机制。据世界银行统计，截至 2004 年，全球已有 174 个国家(地区)至少参加了一个区域贸易协定(Regional Trade Agreements, RTA)，只有 11 个岛国(地区)没参加任何 RTA。在多数情况下，FTA 及区域一体化组织与 WTO 具有互补、互动的关系，但 FTA 以及区域贸易组织对非成员国的进口构成了障碍，其中，一些双边和区域安排带有明显的排他性保护色彩。

4. 中国、印度等发展中大国在国际贸易中的地位不断提高,并对国际贸易格局产生了一定冲击

以中国、印度、墨西哥、马来西亚等国家为代表的发展中大国出口规模迅速扩大,并逐步成为世界制成品市场的重要供应者。特别在中低端工业品市场上,这些国家已经形成了一定的出口竞争力,并逐步取代发达国家原有的市场份额。尽管这些发展中大国出口的高速增长并未彻底改变国际贸易不平衡增长的局面,但其出口实力的增强对国际贸易格局产生了不可忽视的影响。发展中大国大量低价工业品进入欧美市场,对其国内相关产业造成了冲击。为缓解由此形成的贸易逆差和各种国内矛盾,发达国家利用其政治经济强权,加强了对这些发展中出口国的贸易制裁。同时,由于这些发展中大国的产品结构和市场结构相近,彼此之间的竞争十分激烈。近年来,这些发展中出口大国之间的贸易纠纷已成为国际贸易摩擦的重要内容。

这些新矛盾的出现表明全球化时代自由贸易与国家利益的对立与冲突有可能在部分领域激化,这也正是在当今全球贸易自由化的主旋律中,新贸易保护主义仍然演奏着不和谐音符的原因所在。

二、新贸易保护理论的主要理论依据

1. 对付国内市场存在的扭曲

由于市场机制存在着扭曲效应,如外部经济、工资差额、生产要素的非移动性等,有必要采取人为的"干预"来抵消市场的"扭曲",他们认为,在国内市场存在扭曲时采取保护措施较自由贸易更为适宜。

2. 改善不利的贸易条件

进口国课征关税或实施数量限制时,有可能使出口国的出口商品价格下跌,从而改善进口国的贸易条件,特别是当被管制商品的进口额较大或者输出供给弹性较小时,这种效果尤为显著。

3. 维持国内高水平的工资

各国的工资水平不一,一些工资水平高的国家认为,如果自由进口,从经济发展水平落后、工资较低的国家进口廉价的商品,则本国产品难以与其竞争,结果会使本国员工难以维持较高的工资水平和生产水平,因此,为了避免本国较高的工资水平下滑,免受廉价商品的竞争,高工资国家必须实施保护措施。

4. 增加国内就业

每当经济不景气,失业率上升时,西方国家的一些政治家和工会领袖就归罪于来自外国的尤其是发展中国家的竞争,纷纷主张以限制进口来保障本国工业的生产和就业。20 世纪 80、90 年代的西方贸易保护主义的加强的一个重要理论依据,就是保护国内的生产和就业。保护就业论主要是以凯恩斯的有效需求理论为依据。按照贸易乘数理论,在经济低迷时期,西方发达国家纷纷要求扩大出口、限制进口以促进本国工业的生产和就业,在短期来看,在西方发达国家处于严重失业时期,贸易保护就业措施确实有助于缓解就业压力,但是,从均衡发展的角度来看,一国不可能只出口而不进口,国际收支长期失衡必然影响到他国的进口能力,最终影响到他国对本国产品的有效需求,进而使出口行业的失业增加。另外,从国际贸易关系来看,这种奖出限入的做法在现实生活中也极容易遭受他国的报复,结果往往是一

个行业的失业下降而另一个行业的失业却又上升。由此可见，要想从根本上解决一国的失业问题，贸易保护就业措施远不能算做上策。

5. 保证公平竞争

这一理论最初是用来对付国际贸易中因为政府参与而出现的不公平竞争行为，譬如，发现别国进行倾销或补贴时，本国为了免受倾销或补贴的伤害需要采取反倾销或反补贴等保护措施。此后，人们对“不公平”竞争内涵的理解也呈现出多样化的趋势。不公平竞争是指凡是由于政府通过某些政策直接或间接地帮助企业在国外市场上竞争，并造成对国外同类企业的伤害，即被看成不公平竞争。故被发达国家用来要求对等开放市场。如出口补贴、低价倾销、雇用童工或狱中劳动力、管制的外汇汇率、侵犯或滥用知识产权等，都会导致不公平竞争，这就给发达国家以“公平竞争”为由对发展中国家采取贸易制裁提供了借口，结果，所谓的“公平竞争”不仅不能改善发展中国家长期以来在国际贸易中的不利地位，反而损害了他们的贸易利益。另外，由于产业内贸易的快速发展，发达国家之间围绕“公平竞争”的贸易谈判也逐渐趋热。用公平竞争作理由实施保护贸易最主要的国家是美国，1897 年美国就通过了《反补贴关税法》，1916 年通过了《反倾销法》，1974 年通过的《贸易法案》中的 301 条款等，都不同程度地与“公平”竞争有关。

6. 改善国际收支或贸易收支

国际贸易有进有出，但是进出之间并不一定平衡发展，特别是一些发展中国家，由于自身出口能力有限，结果外汇储备长期处于短缺状态，因此，为了平衡国际贸易中的外汇收支关系，改善国际收支逆差状况，它们通常会采取限制进口的贸易保护措施以减少外汇支出，特别是在贸易收支或国际收支存在较大逆差，或通货膨胀与金融危机时，这一理由最为流行。这种“节流”的方法虽然在短时间内有助于缓解外汇供应不足的矛盾，但是，“节流”并不是增加外汇收入的根本之路，他们应该努力提升本国产业的国际竞争力，探寻“开源”之道，才能真正解决本国的国际收支平衡问题。

7. 保护知识产权

侵犯知识产权，假冒商标，盗版书籍、电影，影响了正常贸易，给贸易造成了不必要的障碍。出于鼓励或保护科研成果的需要，需要加强防范盗版、伪造、冒牌等知识产权侵权行为。但是，由于绝大多数知识产权主要由发达国家掌控，强化保护知识产权有利于跨国公司的垄断，因此，不能将保护知识产权与反对知识产权的超额垄断利润混淆，尤其是以美国为首的发达国家不再担负提供全部消费市场义务并且以各种理由进行贸易保护的时候，我们更要坚持反知识产权垄断。

8. 国家安全和保护生态环境

国家安全论认为，自由贸易会增强本国对外国的经济依赖性，这种情况可能会危害到国家安全。国家安全论认为有关国家安全的重要战略物资必须以自己生产为主，不能依靠进口。例如，粮食、棉花、武器等，并非所有国家都具有比较优势，然而这些部门具有非常重要的意义，必须保持必要的生产规模。这是因为，在平时通过国际贸易来获得这些商品很方便，价格也低。但一旦发生战争或出现了敌对状态，就会面临缺乏生存必需品供应的危险。因此，对这一类产业加以保护，对于保证国家安全是非常重要的。另外，有些商品的质量问题直接关系到人类的健康和安全，关系到生态环境和动植物卫生等，如食品、医药制品等，如果自由进口和销售，就有可能传播疾病。因此，政府对威胁人民健康和卫生的贸易产品加以管制的做法是明智的。比如，美国就禁止从有口蹄疫史的国家进口新鲜或冷冻牛肉。

此外，一些国家为了支持本国战略性产业的发展，通过生产补贴、关税等措施，从国家战略的高度，扶持本国战略性产业在国际市场上获得竞争优势。有时，因其他国家违反已有的贸易协议或出现歧视性贸易行为时，作为报复或谈判的手段，可采取报复行为，保护受到伤害的行业和企业。

三、新贸易保护主义的特点

1. 保护的商品不断增加

新贸易保护主义保护的商品从传统产品、农产品向高级工业品和服务部门延伸。例如，2007年美国商务部发布了加强对出口中国的高科技产品管理的新规定，包括飞机及飞机零件、航空电子、惯性制度导航系统、激光、水底摄影机、推进器系统和个别电信仪器等31类新增产品出口中国需向美国商务部申请许可。这些规定直接导致，中国进口的高科技产品，从2001年美国占18.3%，到2006年已降低至9.1%，而到了2008年美国仅占到7%。

2. 保护措施多样化

新贸易保护主义的保护措施由关税向非关税措施转变。按照有效关税保护率设置关税；加强了“反补贴”和“反倾销”税的征收，2008年全球新发起反倾销调查208起、反补贴调查14起，调查数量分别增长28%和27%；从关税壁垒进一步转向非关税壁垒，目前，据WTO统计，非关税壁垒已经多达近4 000多种。

3. 保护制度系统化

随着发达国家政府管理贸易的不断深化和调整，保护制度已经成为对外贸易体制中的重要组成部分。以美国对钢铁部门的保护为例，为了限制钢铁进口，美国加强了反倾销和反补贴措施，实行“启动价格”价格机制措施。另外，发达国家还积极加强贸易保护法规的制定，把贸易保护法律化。总之，使原来分散的保护措施向有组织的管理贸易转变。

4. 保护程度不断提高

受限商品在整个制成品中所占比例不断提高。如1980—1983年，欧盟受限商品所占比例从11%提高到30%；美国从6%提高到13%；整个发达国家受限商品在制成品中所占比例由1980年的20%提高到1983年的30%。

5. 保护措施的重点发生变化

新贸易保护主义的保护措施重点从限制进口转向鼓励出口。许多国家除利用关税和非关税措施限制进口外，还采取各种措施鼓励出口并争夺国外市场，包括出口补贴、出口信贷、生产补贴等鼓励出口手段。

四、新贸易保护主义对中国国际贸易的影响

新贸易保护主义的盛行加大了中国企业拓展国际市场的难度，一定程度上导致了中国外贸发展外部环境的恶化。

首先，随着中国产品占国际市场份额的不断扩大，中国企业频繁遭遇反倾销、反补贴、各种保障措施以及技术、环境、劳工等贸易壁垒的限制，涉案金额猛增，国内企业蒙受了巨额损失，贸易摩擦进入了高发期。2008年全球新发起反倾销调查208起、反补贴调查14起，中国分别遭遇73起和10起，占总数的35%和71%。中国已连续14年成为遭遇反倾销调查

最多的成员，连续3年成为遭遇反补贴调查最多的成员。2009年1～8月，共有17个国家（地区）对中国发起79起贸易救济调查（其中：反倾销50起，反补贴9起，保障措施13起，特保7起），涉案总额约100.35亿美元，同比分别增长16.2%和121.2%。目前，发达国家和发展中国家与中国的贸易摩擦呈现出不同特点。发达国家更倾向于使用技术壁垒。近年来，美国对中国出口产品频频进行知识产权调查（即337调查）。1996—2004年，美国对中国发起337调查36起，占美国337调查总数的13%。发展中国家则主要采用反倾销等传统手段。其中，印度、阿根廷、南非、土耳其等国家对中国的反倾销调查数增长较快。1995年以来，这4个国家共对中国发起反倾销调查178起，占中国遭受反倾销调查总数的41%。2008年在对中国出口产品发起贸易救济调查的主要贸易伙伴中，位于前10位的国家和地区分别为印度（17起）、美国（15起）、巴西（8起）、土耳其（7起）、欧盟（6起）、加拿大（6起）、印尼（6起）、澳大利亚（5起）、哥伦比亚（4起）、阿根廷（3起）。由于中国与发展中国家在产业和贸易结构上具有较强的相似性，日趋激烈的同质化竞争，更加剧中国与这些国家的贸易摩擦。仅2009年在纺织、轻工等劳动密集型行业，发展中国家占全球对华发起的贸易救济案件比例分别高达78.9%和92.9%。贸易摩擦频发不仅使企业蒙受了巨额损失，而且损害了"中国制造"的国际形象，不利于中国出口的可持续增长。

其次，随着贸易摩擦不断加剧，中国外部经济风险开始向宏观层面渗透。从中国与主要贸易伙伴的关系来看，中美贸易的巨额顺差已成为影响中美政治经济关系的重要因素。2008年，中国对美贸易顺差达到了1 708亿美元，同比增长4.87%，事实上，2004—2008年美国对中国的服务贸易顺差年均增长35.4%，远高于同期中国对美货物贸易顺差增幅。美国由对中国产品实施贸易制裁开始向人民币汇率、对华投资、技术出口等领域全面施压。例如2005—2008年间，人民币兑美元升值21%，中国对美贸易顺差年均增长20.8%。2008年，中国对欧贸易顺差达到了1 601亿美元，同比增长19.31%。在欧盟政府对中国产品频繁设限的同时，当地企业与中国厂商的矛盾出现了激化的趋势，"砸店"、"烧货"的事件时有发生，不仅危及中国厂商的正常经营和中国公民的人身安全，而且开始形成针对中国产品的"民间壁垒"。中日"政冷"的常态化对两国经贸关系产生了负面影响，两国对东亚区域合作主导权的竞争一定程度上加大了东亚经济一体化的难度。随着宏观层面利益冲突的凸显，国际上"中国威胁论"泛滥，并开始由发达国家向发展中国家扩散，由贸易领域向经济、政治、军事领域扩散。

总之，新贸易保护主义盛行不利于中国外贸的长期、稳定发展，增加了中国经济运行的外部风险。面对不断变化的国际环境，中国应加快外贸发展战略的调整。今后，中国应逐步建立管理贸易政策体系。管理贸易政策兼有自由贸易和保护贸易两者的特点，突出了对外贸易在一国经济发展中的战略地位，主张国家采取法制化的政策手段管理对外贸易，并通过广泛参与双边和多边的国际经济合作，协调各国的经济贸易政策，增强本国在国际谈判中的博弈力量，维护、提高本国企业和产业特别是高新技术产业的国际竞争力。可喜的是，从2000年开始建设自由贸易区，截至2009年12月，中国已经跟亚洲、大洋洲、拉美、欧洲、非洲的41个国家和地区建成和正在谈判的自由贸易区有15个，对其出口占到我国出口总额的30%以上。在此基础上，立足科学发展观，加快外贸增长方式转变，从重视开拓国际市场转为"内需"和"外需"共同拓展，从追求贸易顺差转为实现进出口贸易平衡发展。同时，综合运用政治、经济、外交等手段，积极应对贸易摩擦，协调各方面的利益关系，努力化解各种外

部矛盾和冲突，为外经贸发展营造良好的国际环境。

拓展阅读

美欧互相攻击贸易保护主义行为

2010年，美国空军计划购买179架空中加油机，价值350亿美元，这是美国历史上数目最大的军方装备采购之一。2010年2月，空客母公司欧洲航空防务和航天公司(EADS)联合其美国合作伙伴与波音公司参与投标竞争。但此后EADS宣布退出竞标，理由是认为招标存在不公正的地方。空客表示，美国政府的招标条件偏袒波音，而且坚持在设计和测试之前就确定加油机最终价格，因此不得不退出竞标，这使得波音公司成为此次投标的唯一竞标者。

欧航集团退出这场竞争引起欧盟高度关注。欧盟贸易委员会专员卡洛·德古赫特表示："非常遗憾，欧航集团是具备很强实力的公司，可是却没有赢得这份订单。"法国总理菲永对美国这一保护主义做法表示强烈谴责，认为这是对贸易自由竞争规则的"嘲弄"。

欧盟贸易委员卡雷尔·德古特也呼吁通过"协商方式"解决长期存在的对波音和空客的国家补贴问题。德古特表示："我认为，解决这一问题的唯一办法是努力通过协商方式解决。"

美国贸易代表柯克2010年3月26日表示，欧盟关于美国"在明目张胆地推行贸易保护主义做法"的指责是没有根据的。他还认为，欧盟在世贸组织多哈回合谈判中没有发挥应有的作用。美国致力于推动世贸组织多哈回合谈判的进程。他希望欧盟能够发挥积极作用，与中国、印度、巴西等其他新兴经济体努力促成谈判。

(资料来源：中国证券报，2010年3月29日)

复习思考题

1. 阐述历史上各个主要时期的主流贸易理论及政策主张。

2. 幼稚产业保护理论对于中国这样一个发展中大国有哪些借鉴价值？

3. 凯恩斯贸易保护理论的主要内容有哪些？将20世纪30年代经济危机时期的罗斯福新政与2008年金融危机时美国奥巴马政府采取的经济危机救济法相比较，你有哪些体会？说出理由。

4. 既然自由贸易有众多的好处，为什么到目前为止还没有任何一个国家实行完全的自由贸易？

5. 根据目前我国医药商品的进出口情况，可以对不同的医药商品(包括化学原料药、医疗器械、卫生材料、中成药、西成药)采取不同的战略性贸易政策。①化学原料药是我国医药商品出口的主要支柱，但我国目前出口的化学原料药是一些相对低端的产品。②我国在一些大型医疗器械方面(如CT机、B超机)发展比较落后，每年全国各地都要从国外进口相当金额的大型医疗器械。所以，大力发展本国医疗器械产业，不仅可以降低国内患者的医疗费用，而且对我国医疗产业的发展、医疗器械的出口都是有益的。③中药的发源地在中国，但是我国中成药的进口金额却超过西成药，并且中成药的出口金额非常有限，整个中药产业处于贸易逆差状态。这主要是由于中药成分复杂，我国目前无法建立一套能为国际认可的中药质量标准体系。④我国西成药的出口增长比较慢，这和我国化学制药的发展有关，当然原因是多方面的。所以如何积极促进我国医药产业的开发，促进医药领域的产、学、研相结合，提高我国医药产品的档次，是一个需要进一步探讨的问题。

结合以上对我国医药产业的阐述，运用战略性贸易政策理论分析我国医药产业的发展。

6. 通过阅读“美欧互相攻击贸易保护主义行为”这份材料，分析新时期贸易保护主义的特征，并结合中国国情分析新贸易保护主义对中国对外贸易的影响，谈谈你对我国应对新贸易保护主义的政策建议。

B&E

第六章 关 税

【本章导读】

关税是最早、最常用的一种限制贸易的手段，是一国对外贸易政策的重要体现。了解和掌握关税措施的作用、征收依据、衡量标准，不仅有助于了解国与国之间的经贸和政治关系，而且也是学习和掌握其他非关税措施的重要基础。

【学习目标】

1. 掌握关税的特点、构成和作用。
2. 了解关税的各种分类，重点掌握按计量标准、差别待遇和特定情况划分的几种关税特征。
3. 熟练掌握关税水平的几种计算方法，理解名义关税与有效关税的区别，并能将其理论联系实际。
4. 了解海关税则及“协调制度”商品分类原则。
5. 熟悉基本的海关通关手续。

【关键概念】

关税(Tariff)　　进口税(Import Duty)

从量关税(Specific Duties)　　从价关税(Ad Valorem Duties)

普惠制关税(Generalized System of Preferences,GSP)

反倾销税(Anti-dumping Duty)　　反补贴税(Countervailing Duty)

名义关税(Nominal Tariff)　　有效关税(Effective Tariff)

海关税则(Customs Tariff)　　复式税则(Complex Tariff)

协调制度(Harmonized Commodity Description and Coding System)

海关查验(Customs Inspection)　　放行(Discharged)

第一节 关税概述

一、关税的起源

关税是随着商品交换领域不断扩大而产生并逐步发展的。关于关税的产生，配第(William Petty,1623—1687,英国经济学家)在《赋税论》中说：“关税最初是为了保护进出口的货物免遭海盗劫掠而送给君主的报酬。”早在公元前5世纪，希腊的雅典就以使用港口的报酬为名，对出入的货物征收2%～5%的使用费。在我国，西周时期就在边境设立关卡，《周礼地官》中有了最早的“关市之征”的记载。

关税是由各国的海关征收的。海关的产生有三个条件：一是政治条件，海关是国家建立并发展到一定时期的产物；二是经济条件，海关是随着商品生产的发展和对外贸易的需要而逐步形成和发展起来的；三是地理条件，海关经常设立在港口和交通要道。

从关税的历史发展过程来看，关税的发展可以划分为三个阶段。

(1) 使用费时代。因为使用了桥梁、港口等设施，货物和商人受到了保护，向领主缴纳费用作为补偿，这是关税的起源时期。

(2) 国内关税时代。关税在这个时期逐渐失去其原有的使用费性质，封建领主在各自庄园或都市领域内征税，除了具有使用费的意义外，也具有强制性和无偿性的税收特征。

(3) 国境或关境关税时代。近代国家出现后，不再征收内地关税。关税具有了它自己的特性，它除了具有财政收入的作用外，更重要的是成为执行国家经济政策的一种重要手段，用以调节、保护和发展本国的经济和生产。这一时期的关税仅以进出国境或关境的货品为课税对象。

二、关税的基本概念

关税(Tariff)是海关代表国家，依据国家制定的关税政策和公布实施的税法及进出口税则，对进出关境的货物和物品所征收的一种流转税。据《我国税务百科全书》解释："关税，对进出关境的商品课征的税种，是商品流转课税的一种形式。"据《辞海》释义：关税是"海关根据国家制定公布的海关税则，对进出其关境的物品所征收的税"。

关税概念有广义和狭义之分。广义的关税，不仅包括进出口环节的关税，还包括海关在进出口环节代征的其他国内税，诸如增值税、消费税等；狭义的关税仅仅指进出口环节的关税。由此看来，进口关税与进口税费是两个不同的概念，进口关税是关税本身，进口税费则包括关税和其他国内税费。

关税是国家税收体系中的主要税种，当属国家财政收入，这是它的最基本的属性。关税的征税主体是国家，海关只是代表国家执行征税。关税的运行功能和调控作用都是由关税的基本属性所决定的。关税在不同社会形态的国家、在不同国家的不同时期，其功能及作用可能不完全一致，但它的基本属性是不变的，它是国家主权的体现，是为了维护国家的主权利益、推动国家经济建设而存在的。

三、关税的构成要素

现行关税法律规范以全国人民代表大会于2000年7月修正颁布的《中华人民共和国海关法》为法律依据，以国务院于2003年11月发布的《中华人民共和国进出口关税条例》(以下简称《关税条例》)，以及由国务院关税税则委员会审定并报国务院批准，作为条例组成部分的《中华人民共和国进出口税则》和《中华人民共和国海关入境旅客行李物品和个人邮递物品征收进口税办法》为基本法规，由负责关税政策制定和征收管理的主管部门依据基本法规拟定的管理办法和实施细则为主要内容。

(一) 纳税义务人

进口货物的收货人、出口货物的发货人、进出境物品的所有人，是关税的纳税义务人。进出口货物的收、发货人是依法取得对外贸易经营权，并进口或者出口货物的法人或者其他社会团体。进出境物品的所有人包括该物品的所有人和推定为所有人的人。一般情况下，对于携带进境的物品，推定其携带人为所有人；对分离运输的行李，推定相应的进出境旅客为所有人；对以邮递方式进境的物品，推定其收件人为所有人；以邮递或其他运输方式出境的物品，推定其寄件人或托运人为所有人。

（二）税收客体

税收客体即关税的征税对象，是准许进出境的货物和物品。货物是指贸易性商品；物品指入境旅客随身携带的行李物品、个人邮递物品、各种运输工具上的服务人员携带进口的自用物品、馈赠物品以及其他方式进境的个人物品。

关税的构成要素参见图 6-1。

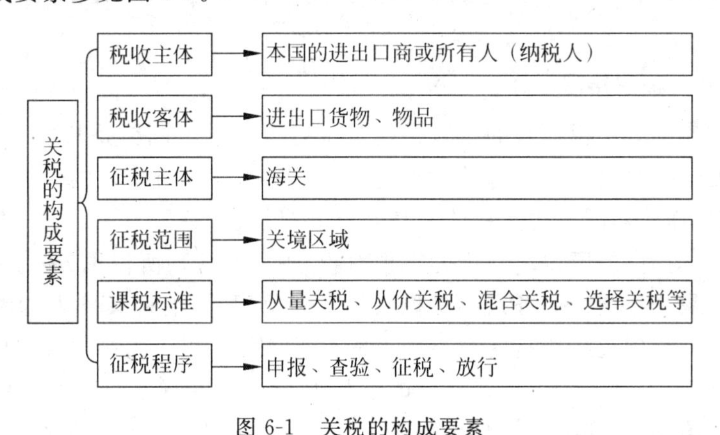

图 6-1 关税的构成要素

（三）征税主体

海关负责关税的征收工作，征税是海关的基本职责之一。具体由海关总署在各口岸的机构执行。

（四）征税范围

关税的征收范围是进入一国关境的货物或物品。

（五）课税标准

按照征收标准的不同，关税分为从价关税、从量关税、混合关税、滑动关税、选择关税、差价税和季节关税。关税具有预定性，进出口商人在办理出关或入关手续时，海关机构都会按照预先确定的征税标准征收相应的关税。

（六）征税程序

通常情况下，需要经过申报、查验、征税和放行 4 个基本的征税环节，个别商品可能会在入关或出关后的一段时间内办理海关结关手续。

我国海关的作用与任务

我国海关的作用与任务包括以下 4 个方面。

(1) 监管：是基本任务，是海关所有行政执法活动的统称，海关的监管活动是保证国家有关法律、法规实施的行政执法活动。

(2) 征税：代表国家征收关税及其他进出口环节税费。

(3) 缉私：国家实行联合缉私、统一处理、综合治理的缉私体制。

(4) 统计：海关依法对进出口货物贸易的统计，是国民经济统计的组成部分。

除此之外，海关还兼有其他一些国家规定的任务，如知识产权海关保护、反补贴、反倾销调查任务等。

四、关税的特点

关税是国家财政收入的一个重要组成部分，与其他税收一样，关税具有强制性、无偿性和预定性。

(一) 关税是一种间接税

间接税是相对于直接税而言的。直接税是指纳税义务人同时是税收的实际负担人，纳税人不能或不便于把税收负担转嫁给别人的税种，因此，属于直接税的这类纳税人不仅在表面上有纳税义务，而且实际上也是税收承担者，即纳税人与负税人一致。直接税以归属于私人(为私人占有或所有)的所得和财产为课税对象，主要有各种所得税、房产税、遗产税、社会保险税等。间接税是指纳税义务人不是税收的实际负担人，纳税义务人能够用提高价格或提高收费标准等方法把税收负担转嫁给别人的税种，因此，属于间接税税收的纳税人虽然表面上负有纳税义务，但是实际上已将自己的税款加于所销售商品的价格上由消费者负担或用其他方式转嫁给别人，即纳税人与负税人不一致。在进出关境时，进出口商首先向海关垫付税款，之后他们可以将税款作为成本打入货价转嫁给买方或最终由消费者买单，因此，关税是一种间接税。

(二) 关税具有强制性、无偿性和预定性的特点

所谓强制性是指关税的缴纳不是自愿的，而是按照法律无条件地履行纳税义务，否则就违反了国家法律。关税的无偿性是指关税的取得国家不需要付出任何代价，不必把税款返还给纳税人。关税的预定性特点是指关税通常都是事先设计好的，一般不会随便更改和减免。

(三) 关税有税收主体和税收客体

关税的纳税人是进出口商人或进出境物品的所有人，关税的税收客体是进出口货物或物品。关税的征收主体是海关，这一点与我国其他税收一般是由税务机关征收不同，海关代表国家负责征收管理。

(四) 关税的课征范围是以关境为界而不是以国境为界

关税的课税对象是“进出关境的货物和物品”，这里所指的是“关境”，而不是“国境”。国境和关境是两个既有联系又有区别的概念。两者的区别在于：国境是指主权国家行使行政权力的领域，也就是主权国家的领土范围；关境，又称税境，是指一个国家的海关征收关税的领域，即主权国家的关税法令实施的领域，按海关合作理事会的界定，即“一个国家的海关法令完全实施的境域”。因此，只有在货物和物品进出关境时，才能对其实施征税。两者的联系在于：如果一国既不与其他国家结成关税同盟，也不在本国设立自由港、保税区，则国境与关境的概念是重叠的，两者完全一致；如果一国与其他国家结成关税同盟，实施统一的

关税法令和统一的对外税则，则关境大于国境，关境内的跨国贸易就无须缴纳关税；如果一国政府在其境内设立自由港、保税区、自由贸易区等，则关境的概念就小于其国境，关境外而国境内的贸易同样必须缴纳关税。

（五）关税有较强的涉外性

从形式上看关税只是对进出关境的货物和物品征税，故而，关税税则制定、税费高低只是影响本国的国际贸易，但是，随着世界经济一体化及贸易全球化的发展，世界各国的经济联系越来越紧密，国际贸易关系日趋成为一种新型的政治关系，关税政策也与经济政策、外交政策、地缘政治政策紧密地结合起来，在国际政治舞台上发挥着重要作用，关税的涉外性日趋突出。关税税种的设置、税率的调整和征收办法的改变等，都会在不同程度上影响国际间贸易往来，影响贸易各国的政治、外交和经济等方面的关系。因此，关税政策的制定不仅要尊重本国的实际情况，要以国内法为依据，还要兼顾世界各国的利益，尊重国际条约和国际惯例，这样才有助于国际间理解和交往，有利于建立互利友好的国际贸易关系。

（六）关税也是国际经济竞争的一种有效手段

高关税必然会提高纳税人的经营成本，直接影响其利润水平，反之则降低成本增加利润。因此，要利用关税与其他国家签订互惠贸易协定，在对等的条件下，争取友好贸易往来，扩大商品流通，互通有无，实现双方共赢，以加强我国与世界各国的经济联系，同时也坚决地维护我国的主权和经济利益。

五、关税的作用

关税是最古老的贸易政策工具，是随着商品流通和国际贸易的发展而产生和发展起来的。国家的产生、疆界的形成和关卡的出现是关税产生的最初和最直接的原因，关税的征收成为国家（地区）经济政治独立的一种体现，但是这并非关税设立的唯一原因。长期以来，众多学者对关税存在的原因进行了大量的理论探讨和实证研究，提出了各种各样的理由。

（一）维护国家主权和经济利益

对进出口货物征收关税，表面上看似乎只是一个与对外贸易相联系的税收问题，其实，一国采取什么样的关税政策直接关系到国与国之间的主权和经济利益。历史发展到今天，关税已成为各国政府维护本国政治、经济权益，乃至进行国际经济竞争的一个重要武器。我国根据平等互利和对等原则，通过关税复式税则的运用等方式，争取国际间的关税互惠并反对他国对我国进行关税歧视，促进对外经济技术交往，扩大对外经济合作。

（二）保护和促进本国经济的发展

关税具有抵御外来竞争和保护国内产业的作用，这些国家为了顺利地发展民族经济，实现工业化，提升本国产业的国际竞争力，必须实行保护政策，以排斥外来竞争，关税就成为这种封闭经济的门户卫士。实行保护性关税政策的国家，其产业发展可能处于下列三种情形中的一种：其一，一国没有比较利益或还处于经济发展的低级阶段；其二，有一些工业最初在世界市场上不具有竞争力，但从长远看将具有比较优势；其三，本国产业结构调整期，征收关税将增加进口成本，进而提高进口品在进口国的价格，减少进口需求量，使得需求转向国内供给，从而促进国内产业发展。我国作为发展中国家，一直十分重视利用关税保护本国的“幼稚工业”，促进进口替代工业发展，关税在保护和促进我国工农业生产的发展方面发挥了重要作用。

（三）调节国民经济和对外贸易

关税是国家的重要经济杠杆，通过税率的高低和关税的减免，可以影响进出口规模，调节国民经济活动。如调节出口产品和出口产品生产企业的利润水平，有意识地引导各类产品的生产，调节进出口商品数量和结构，可促进国内市场商品的供需平衡，保护国内市场的物价稳定等。关税对进口商品的调节作用主要表现在以下几个方面。

① 对于国内大量生产或即使现在不能大量生产但将来可能发展的商品，规定较高的进口关税，以削弱进口商品在国内市场的竞争能力，达到保护国内市场和产业发展的目的。

② 对于非必需品或奢侈品的进口制定较高的关税，达到限制乃至甚至禁止进口的目的。

③ 对于本国不能生产或生产不足的原材料、半制成品、生活必需品或生产上急需的投入品的进口，制定较低税率甚至免税，以鼓励进口，满足国内生产和生活的需要。

④ 一国还可以通过关税来调节贸易收支。当一国贸易逆差过大时，可以提高进口关税税率或加征进口附加税限制进口，减少贸易逆差。

（四）筹集国家财政收入

从世界大多数国家尤其是发达国家的税制结构分析，关税收入在整个财政收入中的比重不大，并呈下降趋势。如美国在1995年关税收入占财政收入比重约为2%。但是，一些发展中国家，其中主要是那些国内工业不发达、工商税源有限、国民经济主要依赖于某种或某几种初级资源产品出口，以及国内许多消费品主要依赖于进口的国家，征收进出口关税仍然是它们取得财政收入的重要渠道之一（表6-1）。我国关税收入是财政收入的重要组成部分，新中国成立以来，关税为经济建设提供了可观的财政资金。2006年我国关税收入突破6 000亿元人民币，关税收入占到我国财政总收入的17%。目前，发挥关税在筹集建设资金方面的作用，仍然是我国关税政策的一项重要内容。

表6-1　1995年部分国家关税占政府收入的百分比　　%

发展中国家	关税占政府收入百分比	发达国家	关税占政府收入百分比
巴哈马	59	瑞士	8
所罗门群岛	56	爱尔兰	7
汤加	49	冰岛	5
几内亚	47	澳大利亚	3
多米尼加共和国	44	加拿大	3
开曼群岛	42	新西兰	2
冈比亚	42	美国	2
尼泊尔	31	瑞典	1
卢旺达	31	丹麦	1
马耳他	25	芬兰	1

资料来源：IMF. Government Finance Statistics Yearbook 1995. Washington DC：International Monetary Fund，1995.

2007年中国关税总水平降至9.8%

经国务院批准，从2007年1月1日起，我国继续按照加入世界贸易组织的关税减让承诺，进一步降低鲜草莓等44个税目的进口关税。调整后，2007年的关税总水平由9.9%降低至9.8%，其中，农产品平均税率为15.2%，工业品平均税率为8.95%。

为充分发挥关税的宏观调控作用，促进经济结构调整和贸易增长方式转变，鼓励企业自主创新，促进科技进步，加强资源节约和环境保护，我国对300多种商品实行进口暂定税率，主要包括煤炭、石料等资源、能源产品，光导纤维涂料、银电极浆料等重要原材料和关键零部件及设备。对进口天然橡胶实行选择税，即在20%从价关税和2 600元/吨的从量关税两者中，从低计征关税。

另外，从2007年1月1日起对不锈钢锭及其初级产品，钨初级加工品，未锻轧的锰、钼、锑、铬金属等生产能耗高、对环境影响大的产品新开征出口关税。

（资料来源：2006年12月28日《中国经济时报》）

第二节 关税征收

一、按征税商品流向划分

按征税商品流向划分，关税分为进口税、出口税和过境税。

进口税(Import Duty)：是进口国家的海关在外国商品输入时，对本国进口商所征收的正常关税(Normal Duty)。

当前，世界各国的关税体系均以进口关税作为关税的主体，一般在对外经济往来、国际税收协定、对外贸易或进出口业务活动中所说的关税，如果没有特别的说明，就是指进口关税。无论是发达国家，还是发展中国家，进口税都是最主要、最关键的一种关税。它在政府的财政收入和宏观经济运行中都占据十分重要的地位。所以，进口税是各国政府限制进口、保护本国市场、筹集财政收入的最基本的工具，也是国家执行保护性关税政策的主要手段。进口税一般包括进口正税和进口附加税。

出口税(Export Duty)：是对本国出口的货物在运出国境时征收的一种关税。征收出口关税会增加出口货物的成本，不利于本国货物在国际市场的竞争。所以，目前世界各国对出口税的使用范围日趋缩小。但在某些国家，特别是发展中国家，仍然征收出口税，其原因是多方面的：其一，确保或增加国家的财政收入；其二，限制某些商品的出口，特别是有效控制本国自然资源的大量外流；其三，作为国际政治和经济斗争的重要手段；其四，是应付各种临时需求的主要调控措施。然而，随着经济的发展和国际交往的迅速扩大，大多数发展中国家已十分关注这一问题。

过境税(Transit Duty)：又称通过税，是一国对于通过其关境（外国货物只是途经本国，在其口岸停留，货物的起点和终点都不在本国）的外国商品征收的关税。

由于货物并不流入本国，所以对本国的经济和生产经营不产生任何影响，各国政府对过境税也一般采取低税政策，以招纳和吸引商人。随着关贸总协定和世界贸易组织对自由过境的提倡，目前，过境税在世界各国几乎已找不到踪影。欧美国家早在19世纪上半叶就废除了过境税。

二、按征税标准划分

按征税标准划分，关税分为从价关税、从量关税、混合关税、选择关税、滑动关税、季节关税和差价税。

（一）从价关税

从价关税（Ad Valorem Duties）即依照进出口货物的价格作为标准征收关税。其计算公式为

从价关税税额＝商品总值×从价税率

从价关税是以海关审定的完税价格作为计税依据，一般采用比例税率，通常能适用所有的货物和物品。从价关税与货物价格同比联动，其关税收入和关税负担随着商品价格的变化而变化，故有利于发挥关税的财政作用和保护作用。

从价关税的优点：其一，税负公平。税负与物价成正比，质优价高税负重，质次价低税负少。其二，普遍实施。因为任何国际贸易都是以计价为主，市场经济更是以价格波动的价值规律传递经济信息，从价关税既体现了立法者的意愿，又普遍适用于所有商品。其三，计税方法简单。以商品价格作为计税依据，简单明了。

从价关税的缺点：其一，完税价格不易审定。由于同一商品在品种、规格、质量等方面存在种种差异，其价格就会大相径庭。因此，海关不得不设置一整套复杂的估价制度。随着科学技术的发展，新产品层出不穷，商品价格调查费时费力，计税成本很高，计征手续也过于烦琐。其二，影响通关速度。由于完税价格不易审定，既要防止商人瞒报低报少报，以图减轻税负；又要尊重事实，不得无故加重纳税人负担。工作细致，审价谨慎，通关速度自然就比较缓慢了。

（二）从量关税

从量关税（Specific Duties），即以货物的计量单位（如重量、数量、面积、容积、长度等）作为计税依据而课征的关税。其计算公式为

从量关税税额＝商品数量×从量税率

从量关税一般采用定额税率，其关税收入和关税负担随着商品计量单位数额的变化而变化，计算比较简便。

从量关税的优点：首先在于计征关税时，无须审核货物的价格，只需核对货物的名称、计量单位及其数额即可。其税基稳定、手续方便，既可以节约大量的征收费用，又可加速货物通关。其次，从量关税的税额与货物的价格无关，对于进口货物的价格波动，可以发挥适度的保护作用。特别对外国出口商利用廉价方式倾销商品有一定的抑制作用。

从量关税的缺点：第二次世界大战后至今，世界各国的物价普遍呈上涨趋势，因从量关税与物价无关，形成事实上的逆向发展，物价越涨，税款越跌，税负随着物价的提高而相对降低，从而削弱了关税的财政作用和保护作用。

（三）混合关税

混合关税（Compound Duties）又称复合税，是指同时采用从价、从量两种方法计征的关税。其计算公式为

$$混合关税税额=从量税额+从价税额$$

混合关税的特点：混合关税有时以从价关税为主，加征从量关税；有时以从量关税为主，加征从价关税。混合关税有助于弥补从量关税与从价关税的不足，特别是在物价波动时，既能减缓对国家财政的冲击，又能维持适度的保护作用。因此，混合关税具有一定的辅助功能。混合关税的图解分析如下（图 6-2）。

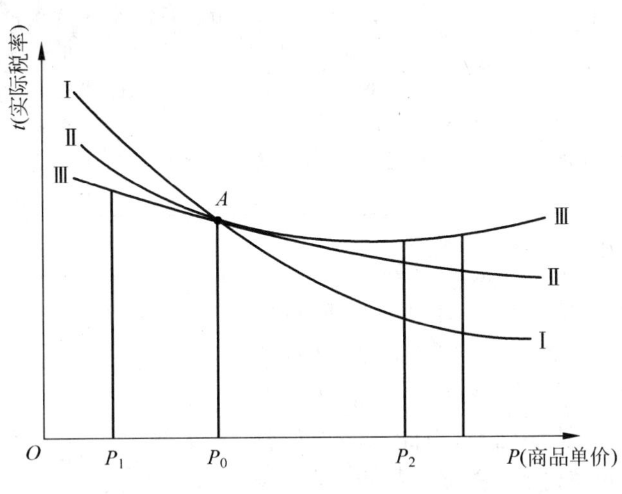

图 6-2 混合关税的图解分析

图 6-2 中的三条曲线分别表示从量、从价税率所占比例不同的混合关税。其中：

$$\text{Ⅰ}=(t_J^1,t_L^1),\quad \text{Ⅱ}=(t_J^2,t_L^2),\quad \text{Ⅲ}=(t_J^3,t_L^3)$$

且满足：

$$t_J^1<t_J^2<t_J^3,\quad t_L^1>t_L^2>t_L^3,\quad t_L^2=t_J^2$$

式中 t_J^1,t_J^2,t_J^3；t_L^1,t_L^2,t_L^3 分别表示Ⅰ、Ⅱ、Ⅲ中从价和从量关税所占的比例。

即在三种不同比例的混合关税中，Ⅰ的从价关税所占比例最小，从量关税所占比例最大；Ⅲ中从价关税所占比例最大，从量关税所占比例最小；混合关税Ⅱ中的从价关税与从量税所占比例相等。假设 A 点所对应的单位商品价格 P_0 为基准价格（单位商品的完税价格），三条曲线的基准税率都在 A 点，混合税率均相等。因为混合税率是从量、从价两部分税率之和，所以无论按什么比例设置混合关税中的从量关税和从价关税，A 点处的基准税率是不变的。当价格低于基准价格时，如 $P_1<P_0$，价格越低，实际税负就越高，表现为图 6-2 中每条曲线从 0 到基准价格部分的斜率都是负的，但从量关税所占的比例越大曲线越陡。当单位商品价格高于基准价格时，如 $P_2>P_0$，价格越高，实际税负就越低，但最低不能低于该混合关税中所设置的从价关税。表 6-2 分别对从价关税、从量关税和混合关税进行了举例说明。

（四）选择关税

选择关税（Alternative Duties）指对同一种货物在税则中规定有从量、从价两种关税税率，在征税时选择其中征税额较多的一种征收，也可选择税额较少的一种为计税标准计征。

表 6-2　2010 年中国进口商品的从量关税、从价关税、复合关税税目及税率

征税标准	税则号	货品名称	2010 年最惠国税率	普通税率
从价关税	85101000	剃须刀	15	100
从量关税	02071200	冻的整只鸡	1.3 元/千克	5.6 元/千克
从量关税	27090000	石油原油(包括从沥青矿物提取的原油)	0	85 元/吨
混合关税	85211020	广播级磁带录像机	完税价格≤2 000 美元/台：30% 完税价格>2 000 美元/台：3%,加 4 374 元	完税价格≤2 000 美元/台：130% 完税价格>2 000 美元/台：6%,加 20 600 元
混合关税	85211019	其他磁带录像机	完税价格≤2 000 美元/台：30% 完税价格>2 000 美元/台：3%,加 4 374 元	完税价格≤2 000 美元/台：130% 完税价格>2 000 美元/台：6%,加 20 600 元

资料来源：2010 年中国海关进出口税则。

图 6-3 是选择关税的图解。图中 A 点所对应的单位商品价格 P_0 为基准价格，从量关税、从价关税在此处的税率相等。由于选择关税一般从两者中选择一个较高者作为计征标准，当商品的单位价格小于基准价格时，价格越低，税负就越重，对低价商品的抑制作用就越大，在此区间内应按从量关税计征；当商品的单位价格大于基准价格时，则从价关税的税额高于从量关税，应按从价关税计征。

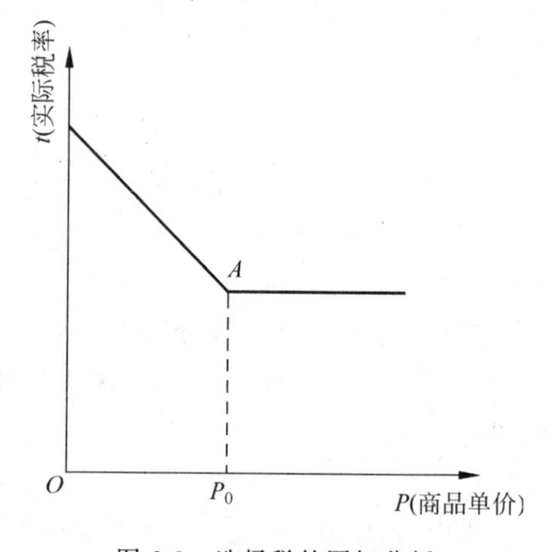

图 6-3　选择税的图解分析

综上分析可以得出选择关税的特点：采用选择关税，在物价上涨时，海关从价计税，物价下跌时，海关从量计税。这一课征方法可以有效抵御物价波动，不仅能确保国家财政收入，同时还能更好地发挥保护本国产业的作用。但是，由于选择关税就高不就低，计税标准无法确定，海关计征手续繁杂，纳税人心中无数，征纳双方易产生摩擦，有碍于国际经济交流和国际贸易的发展。

从价关税、从量关税、复合关税和选择关税的区别与联系如表 6-3 所示。

表 6-3　不同计量标准的关税比较

征税标准	计量标准	计算公式	作用	局限
从量关税	计量单位	从量关税税额＝商品数量×从量税率	抑制廉价商品进口，防止外国商品低价倾销	影响力与进口商品的价值成反比
复合关税	进口价格和计量单位	复合关税税额＝从量税额＋从价税额	机动灵活，无论进口商品价格高低，都可起到一定的保护作用	征税中计征标准的主次确定较为复杂

续表

征税标准	计量标准	计算公式	作　用	局　限
选择关税	进口价格或计量单位	从价关税税额＝商品总值×从价税率 从量关税税额＝商品数量×从量税率	同上	同上
从价关税	进口价格	从价关税税额＝商品总值×从价税率	税负比较合理；对高附加值产品限制作用明显	完税价格标准复杂；对初级产品及倾销行为的限制作用小

（五）滑动关税

滑动关税(Sliding Duties)，也称滑准税，是指在关税税则中，对同一商品根据其价格水平的高低，划分几个档次，规定不同的税率，使关税后的价格差距趋缓的征税标准。

滑动关税的特点：一般来说，当物价上涨时，采用较低的税率；而当物价下跌时，采用较高的税率。因此，采用这一关税的目的是为了维护该货物在国内市场上的价格稳定性，免受或少受周边国家和国际市场价格波动的影响。因此，滑动关税的特点就是在于它能够平衡物价，保护国内产业的有序发展。如果完税价格只分为两段，并分别采用从价、从量标准，那么滑动关税就等于选择关税。当然，滑动关税可以设置多个价格档次，且分别采用不同的标准。但无论各价格档次采用何种计征标准，都须保证在价格档的分界线上，按各自的标准和税率计算的税额相等，否则容易引起纳税争议。滑动关税的图解分析如下(图 6-4)。

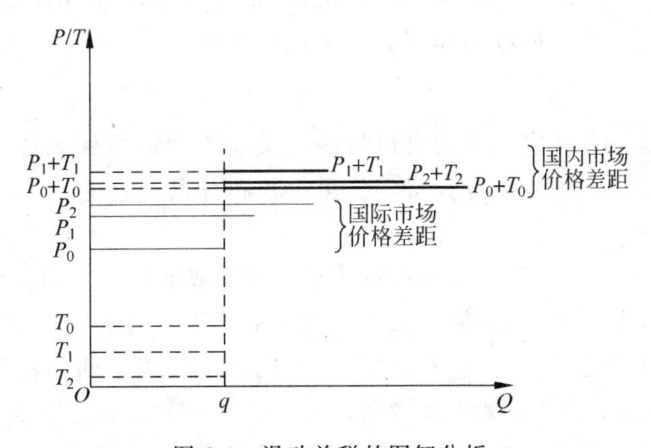

图 6-4　滑动关税的图解分析

假设某国从三种不同渠道进口某一商品，每一渠道的进口价格分别为 P_0、P_1、P_2，海关针对不同进口价格设置阶梯状递减的滑动关税 T_0、T_1、T_2，从图 6-4 可以看出，经滑动关税调整后的进口商品的国内价格差距明显缩小，不再像国际市场价格变化的那样剧烈。如果设计合理，甚至可以使调整后的进口商品的国内市场价格趋于一致。

（六）季节关税

季节关税(Season Duties)是指对某种商品在不同季节进口适用不同关税税率的计征关税的一种方法。季节关税一般是对生产季节性较强的农产品而设置的，旺季进口则按高税率征收，淡季进口则按低税率征收，以此来稳定商品价格，维护市场供销平衡。如，所有欧盟成员国对一些水果、蔬菜或园艺产品除按从量关税或复合税征收关税外，还征收季节性关税。

（七）差价税

差价税(Variable Levy)又称差额税，是按照进口货物价格与国内同类货物价格之差价来确定的一种进口关税。差价税又可分为部分差价税、全部差价税、倍数差价税等几种。

部分差价税是对进口货物价格与国内同类货物市场价格之差价作部分征税，以此鼓励进口。

全部差价税是对进口货物价格与国内同类货物市场价格之差价作全部征税，以此平衡进口。

倍数差价税是对进口货物价格与国内同类货物市场价格之差价作倍数征税，以此限制进口。

差价税没有固定的税率，一般依据进口货物之差价逐项进行计征。

欧洲经济共同体(即欧盟)的差价税是最具代表性的。欧洲经济共同体为了促进其成员国的农业发展，对进口的农产品、畜产品一律征收全额差价税，以确保进口产品的价格不低于其共同体成员国市场同类产品价格。可见，欧洲共同体对其农产品的保护是十分严厉的。

三、按差别待遇和特定情况划分

按差别待遇和特定情况划分，关税分为普通关税、优惠关税和差别关税。

（一）普通关税

普通关税(Common Tariff)又称一般关税，是指对与本国没有签署贸易或经济互惠等友好协定的国家原产的货物征收的非优惠性关税。普通关税的税率一般较高。

（二）优惠关税

优惠关税是指对来自特定国家的进口货物在关税方面给予优惠待遇，其税率低于普通关税税率。优惠关税又可进一步分为特定优惠关税和普惠制关税。

1. 特定优惠关税

特定优惠关税(Preferential Duty)指对从某个国家或地区进口的全部商品或部分商品，给予特别的低关税或免税待遇，其他国家不得依据最惠国待遇条款要求享受这种优惠关税。特惠税有互惠与非互惠之分。前者如宗主国与殖民地附属国之间的特惠税，后者如洛美协定国家之间的特惠税，全称为《欧洲经济共同体——非洲、加勒比和太平洋(国家)洛美协定》，这是目前在国际上最有影响的特定优惠关税，即欧盟给予非洲、加勒比、太平洋地区的66个发展中国家的非互惠的优惠关税。

2. 普惠制关税

普惠制关税(Generalized System of Preferences，GSP)：发达国家对进口原产于发展中国家的工业制成品、半制成品和某些初级产品给予降低或取消进口关税待遇的一种关税优惠，简称普惠制。非普惠制国家不得以最惠国待遇为由，要求给惠国给予普惠制优惠。普惠制的目的是扩大发展中国家向经济发达国家出口其制成品，增加财政收入，促使发展中国家工业化，加速发展中国家经济增长速度。普惠制关税有三个基本原则。

(1) 普遍性原则：指发达国家应对发展中国家的制成品、半制成品尽可能给予关税优惠。

(2) 非歧视原则：指应使所有发展中国家或地区都不受歧视、无例外地享受普惠制，不应区别不同国家实施不同的方案。

(3) 非互惠原则：指发达国家应单方面给予发展中国家关税优惠，而不要求发展中国家给予反向对等优惠。

虽然普惠制规定了若干项原则，但在执行过程中，发达国家为维护自己的经济及政治利益，在提供关税优惠待遇的同时，各自又规定了一些限制措施。

(1) 对受惠国家或地区的规定：原则是普遍的，无歧视性的，但各个国家有不同。如美国公布的受惠国名单中，不包括石油输出国组织的成员国。

(2) 对受惠产品范围的规定：每个给惠国都有自己的给惠产品清单和排除产品清单。根据经济贸易政策，一般来说，农产品的受惠产品少，工业受惠产品多，敏感产品被排除。如许多发达国家将纺织品、鞋类、皮革制品及儿童玩具等轻工业制成品、半成品排除在受惠商品之外。

(3) 对受惠产品减税幅度(优惠幅度)的规定：给惠国对受惠国受惠商品的减税幅度要根据最惠国税率和普惠制税率之间的差额确定，而且商品不同，减税程度也不同。一般说来，农产品减税幅度小，工业产品减税幅度大。

(4) 对给惠国保护措施的规定：给惠国一般都规定一些保护措施，以保护本国某些产品的生产和销售。这些措施主要如下。

① 免责条款：进口对本国同类产品或者有直接竞争关系的产品造成伤害，或者即将造成伤害，可以完全或者部分取消关税优惠待遇。

② 预定限额：规定受惠产品关税优惠进口限额，超出部分恢复最惠国税率。

③ 毕业条款：当受惠国或地区的某项产品或其经济发展到较高的程度，使其在世界市场上显示出较强的竞争力时，则取消该项产品或全部产品享受关税优惠待遇的资格，前一种情况称为产品毕业，后一种情况称为国家毕业。

④ 对原产地的规定：是衡量受惠国出口产品是否能享受优惠的标准，确保发展中国家或地区的产品利用普惠制扩大出口，防止非受惠国的产品利用普惠制的优惠，扰乱普惠制下的贸易秩序。

我国享受的普惠制待遇

截至2007年，世界上共有40个给惠国。其中，只有美国是至今未给予我国普惠制待遇的给惠国，其他39个给惠国均已给予我国普惠制待遇，这些国家是：

(1) 欧盟27国：德国、英国、荷兰、意大利、法国、西班牙、比利时、瑞典、丹麦、希腊、奥地利、芬兰、葡萄牙、爱尔兰、卢森堡(原来15国)；波兰、捷克、斯洛伐克、匈牙利、斯洛文尼亚、爱沙尼亚、拉脱维亚、立陶宛、塞浦路斯、马耳他(后加入10国)；罗马尼亚、保加利亚(2007年1月1日新加入国)。

(2) 瑞士、日本、加拿大、列支敦士登、澳大利亚、挪威、俄罗斯、白俄罗斯、新西兰、土耳其、乌克兰、哈萨克斯坦。

美国对来自133个发展中国家的进口商品给予零关税待遇。中国尽管在加入世贸组织后也具备了享受美国普惠制待遇的条件，但由于种种原因，美方一直没有给予中国这一优待。美国将考虑是否取消长期以来给予印度、巴西以及其他13个“较发达发展中国家”（阿根廷、巴西、克罗地亚、印度、印度尼西亚、哈萨克斯坦、菲律宾、罗马尼亚、俄罗斯、南非、泰国、土耳其以及委内瑞拉）的贸易优惠政策。

欧洲议会2008年6月5日通过欧盟普惠制法规修订案，并从2009年1月1日至2011年12月31日实施。欧盟新普惠制撤销关税优惠的原则是：假如某类产品已具备足够的竞争力，不再需要普惠制待遇来增加对欧盟的出口，欧委会将取消该产品的关税优惠。根据规定，如果某受惠国对欧盟出口产品的平均价值，连续3年超出所有受惠国对欧盟出口同类产品总值的15%，该受惠国产品的关税优惠将被取消。就此而言，欧盟对纺织及服装产品实施较严格规定，上限为12.5%。按照欧盟新法规，不再享有普惠制优惠的中国内地产品包括玩具、纺织品、鞋、家具、灯具、珠宝与人造首饰、电气设备及钟表等。

（三）差别关税

差别关税（Variable Levy）又称差额税，是指对同一种商品由于输出国或生产国情况的不同而使用有差别对待的进口关税。差别关税实际上是保护主义政策的产物，是保护一国产业所采取的特别手段。差别关税最早产生并运用于欧洲。在重商主义全盛时代曾广为流行。直至近代，由于新重商主义的出现和贸易保护主义的抬头，差别关税又复出现，并得到进一步发展。

差别关税的特点：在正税之外对有关倾销差额、补贴金额以附加税的形式征收，以平衡其差额，故又将其称为平衡关税。

一般意义上的差别关税主要分为加重关税、反倾销税、反补贴税、报复关税等。

1. 加重关税

加重关税是出于某种原因或为达到某种目的，而对某国货物或某种货物的输入加重征收的关税，如间接输入货物加重税等。

2. 反倾销税

反倾销税（Anti-dumping Duty）是指为抵制外国商品大量低价进口，保护国内相关产业而征收的一种进口附加税。

实施反倾销措施的基本要件包括倾销；损害；倾销与损害之间有因果关系。

（1）倾销的确定

倾销是指一项产品的出口价格，以低于其在正常贸易中出口国供其国内消费的同类产品的可比价格，即以低于正常价值进入另一国市场。正常价值指正常贸易中出口国国内销售价格，或出口国向第三国正常贸易出口价格，或结构价格。倾销幅度的确定：将正常价值与出口价格进行比较，同时要考虑诸多因素，例如销售条件、汇率、产品的同类性等。

（2）损害的确定

损害分三种情况：进口方生产同类产品的产业受到实质损害；进口方生产同类产品的产业受到实质损害的威胁；进口方建立生产同类产品的产业受到实质性的阻碍。

特别地，对实质性损害的确定：

① 进口产品倾销的数量大增；

② 进口产品价格大幅度下降；

③ 进口产品对国内同类产品、产业有实际和潜在的消极影响。

(3) 倾销与损害之间有因果关系的认定

《反倾销协议》规定，进口方主管机构应审查除进口倾销产品以外的其他可能使国内产业受到损害的已知因素。这些因素如下：

① 未以倾销价格出售的进口产品的价格及数量；

② 需求萎缩或消费模式的改变；

③ 外国与国内生产商间竞争与限制性贸易做法；

④ 技术发展、国内产业的出口实绩及生产率。

(4) 反倾销措施

反倾销措施包括临时反倾销措施和最终反倾销措施两种。

在全部调查结束之前，可以采取临时反倾销措施，以防止调查期间国内产业继续受到损害。反倾销调查一般以一年为限，最长不超过 18 个月。临时反倾销又分两种：第一种是征收临时反倾销税；第二种是要求进口商自裁决之日起提供相应数额的保证金或担保函。

① 通常进口方主管机构在反倾销案件正式立案调查 60 天后才能采取以上措施。期限一般不超过 4 个月，但特殊情况下可延长至 9 个月。(最终反倾销措施期限可高达 5 年)

② 初裁时的反倾销税率与终裁时的反倾销税率不同时，其不足部分不再补交，而多交部分则应退还。

③ 反倾销税率的征收期限不应超过 5 年，但以复审方式决定继续维持反倾销税的除外。

(5) 反倾销税的征收与价格承诺

反倾销税的征收：由进口方主管机构对倾销产品征收，是超过正常海关关税的一种附加税。反倾销税的纳税人是倾销产品的进口商，出口商不得直接或间接替进口商承担反倾销税。

价格承诺：是指被控倾销产品的生产商和出口商与进口方主管机构达成协议，由出口商提高价格以消除产业损害，进口方则相应终止案件调查。

CASE 案例6-1

欧盟对中国的皮面鞋靴征收反倾销税案件

该案于 2005 年 7 月 7 日正式立案。2006 年 4 月 6 日，欧盟对原产于中国和越南的皮面鞋靴作出反倾销初裁，欧盟委员会在初裁中决定，分 4 个阶段对原产于中国和越南的皮面鞋靴征收临时反倾销税(表 6-4)。

表 6-4 欧盟对中国皮面鞋靴分 4 个阶段征收临时反倾销税

时间	临时反倾销税率/%
2006 年 4 月 7 日—2006 年 6 月 1 日	4.8
2006 年 6 月 2 日—2006 年 7 月 13 日	9.7
2006 年 7 月 14 日—2006 年 9 月 14 日	14.5
2006 年 9 月 15 日以后	19.4

2006年10月6日，欧盟对案件作出肯定性终裁：从2006年10月7日起对中国企业征收9.7%～16.5%的反倾销税，为期2年。富贵鸟等数百家企业涉案。

2007年9月6日，欧盟对原产于中国的皮面鞋靴进行反规避立案调查。

2008年5月1日，欧盟委员会对原产于中国的皮面鞋靴作出反规避终裁，决定对原产于中国，且由澳门转口(无论是否原产于澳门)的涉案产品征收16.5%的反倾销税。

2008年3月26日，欧盟委员会发布公告称，针对原产于中国的皮面鞋靴的反倾销措施将于2008年10月7日到期，有关利害关系方应在自2008年3月26日起至到期日的3个月前的这段时间内向欧盟委员会提起有关反倾销日落复审申请。如果欧盟产业不提出"日落复审"申请，那么反倾销措施将于10月7日终止。

2008年10月3日，虽然欧盟反倾销咨询委员会以15∶12投票比例反对对从中国和越南进口的皮面鞋靴征收反倾销税，但欧委会仍坚持发起复审调查。2009年11月19日，这项建议再次被欧盟反倾销咨询委员会以15∶12投票比例否决。但最终，在意大利、西班牙、部分南欧国家和新入盟国家的坚持下，欧盟还是决定继续对中国皮鞋征收反倾销税。

2009年12月30日，欧盟委员会复审终裁，决定继续对从中国和越南进口的皮面鞋靴征收反倾销税，并继续对原产于中国，且由澳门转口(无论是否原产于澳门)的涉案产品征收16.5%的反倾销税，有效期15个月。

(资料来源：商务部公平局)

CASE 案例6-2

新西兰决定继续对中国猪鬃刷征收反倾销税

2009年3月16日，新西兰经济发展部发布公告，就其2008年7月11日启动的对我国猪鬃刷及刷头(税则号为9603.40.40)的第四次复审调查做出终裁，决定维持征收反倾销税。自公告之日起，自中国进口的每一单涉案产品将根据新西兰经济发展部为每一个型号涉案产品计算的正常价值征收反倾销税，税额为正常价值高于出口价格的差额部分。

1988年5月30日，新西兰调查机关终裁认定我国猪鬃刷对新出口存在倾销，并征收反倾销税。这是新西兰对中国产品发起的首起反倾销调查。新方分别于1992、1997和2003年进行三次复审调查，均裁定维持征税。截至2009年，新西兰对该产品已征收长达20年的反倾销税。

(资料来源：商务部公平局)

CASE 案例6-3

中国与印度：龙与象的博弈

由于中印两国经济结构雷同，发展水平接近，将导致竞争性加大，特别是在一些同类的出口产品，诸如纺织品和轻工业品中形成竞争。此外，在技术和工程项目方面，两国虽然都不及发达国家，但又是发展中国家的佼佼者。它们的许多适用技术和一些交钥匙工程项目很受发展中国家的青睐，随着两国大力向外拓展业务，在这类市场上双方的竞争会增加。另外，两国都可能成为"世界工厂"，从而形成制造业产品的全面竞争。

另据新京报报道，2006年前7个月印度政府对中国反倾销立案调查7起，总计涉案金额1.81亿美元，占上半年我国对印出口总额的2.9%。

2006年以来，印度对我国进行的反倾销立案调查主要涉及化工产品和塑料制品、车辆零件和可刻录光盘、纺织品等领域。其中，2006年1月16日发起的青霉素工业盐一案，涉案金额1.23亿美元，是印度对我国反倾销调查涉案金额超过1亿美元的第二个个案，所幸该案由于申请方撤诉，印度政府已终止对案件的调查。

据统计，截至2006年7月，印度对我国反倾销立案数量已达98件，占其对外国反倾销立案调查总数207起的47.3%，中国已成为印度反倾销立案调查的最大受害国。商务部贸易专家指出，印度和中国同属发展中国家，印度近年来频繁对中国相关产品展开反倾销调查，其主要目的是为了限制中国相关产业发展，从而提高自己国家相关产业在国际上的出口竞争力。

（资料来源：蒋德恩．非关税措施[M]．北京：对外经济贸易大学出版社，2006）

3．反补贴税

反补贴税(Countervailing Duty)：WTO首次将补贴做了明确的规定，补贴(Subsidies)是指成员国政府或位于成员国境内的任何公共机构提供的财政资助或者其他GATT1994第16条意义上的任何形式的收入或价格的支持措施，并因此而授予了一项利益。反补贴(Countervailing Measures)是进口国采取的，针对来自他国的受补贴产品进口造成国内产业损害时的应对措施，反补贴税是针对接受补贴的进口商商品征收的一种进口附加税，一般按照“补贴数额”征收。征收反补贴税的目的是为了使他国补贴产品不能在进口国市场上进行低价竞争或倾销，以保护进口国同类商品的生产。然而，当今世界各国，不论是发达国家还是发展中国家，基于社会经济发展的需要，均大量地存在着政府补贴现象。需要指出的是，并非所有的补贴都是被WTO反补贴协议所反对和禁止的。各国反补贴法也不是反对和禁止一切补贴。各国反补贴法和WTO反补贴规则要求限制和禁止的补贴是指对生产者和销售者的补贴。因为这些补贴的实施导致或可能导致国际贸易中产品价格的扭曲和不公平竞争，严重损害他国的贸易利益，因此被WTO严格禁止或严格限制使用。有些补贴可能是一国政府用于促进其社会发展及实现经济政策目标的重要措施，对于这种补贴，WTO并不禁止，但要求成员方尽量避免它对国际贸易可能产生的不利影响。

《补贴与反补贴协议》(Agreement on Subsidies and Countervailing Measures，SCM)意义上的补贴的构成要件概括为三个条件：

第一，要有提供财政资助的事实；

第二，提供补贴的主体一定是一国政府或公共机构；

第三，财政资助的提供事实上授予接受企业以某种利益。

补贴的专项性是判断一项补贴是否受SCM协议约束的重要依据，因为，只有专项性补贴才能纳入协议所禁止或限制的范围，同时，各成员国只能针对专项性的禁止性补贴或可申述补贴采取反补贴措施，而不能对非专项性补贴采取措施。按照协议的规定，补贴的专项性是指，成员方向其辖区内特定企业、特定产业特别提供的补贴，这类优惠是其他企业或产业或地区不能获得的或高于其他企业或产业或地区所享受的待遇。例如，授予机关将补贴的获得明确限于某些企业，或仅限于向授予机构管辖范围内指定地理区域内的某些企业的补贴，都属于专项性补贴。

下面就WTO《补贴与反补贴协议》(SCM)做一简单介绍。

(1) WTO《补贴与反补贴协议》的基本原则

WTO《补贴与反补贴协议》分别制定了对生产补贴和出口补贴的不同规则。在出口补贴方面,进一步的单独规则分别适用于向初级产品和非初级产品或工业制成品提供的此类补贴。就后一组产品来说,发达国家被禁止提供出口补贴,发展中国家则可根据本协议规定的某些条件和资格允许采用补贴。下述注释表明了限制采用补贴规则的主要特点,以及在进口国认为它们的贸易利益因受补贴的进口商品而遭受不利影响时可供采取的补救措施。

(2) WTO《补贴与反补贴协议》的主要内容

① 本协议第十一条——生产补贴

本协议不使用"生产补贴"一词,而是把这种补贴称为"除出口补贴以外的其他补贴"。生产补贴与出口补贴的区别在于,生产补贴为内销和出口产品都带来直接或间接的益处。此类补贴实例如下:

- 政府对商业企业的资助;
- 建立工业区,在区内可以优惠价向工业部门提供土地及电力使用;
- 政府资助研究与开发项目;
- 财政鼓励,诸如免税期、提高折旧率。

本协议指出,生产补贴是国家用于促进一系列社会及经济政策目标的措施,本协议无意"限制使用此类补贴",但同时认为此类补贴的做法会:

- 对另一缔约国的国内工业造成损害或产生损害威胁;
- 对另一缔约国的利益造成严重损害;
- 使总协定或本协议赋予另一缔约国的利益丧失或受损。

本协议要求缔约国避免通过补贴造成此类不利影响。

② 本协议第九条、第十条及第十四条——出口补贴

本协议没有给"出口补贴"下定义,而是列出若干做法作为出口补贴的范例。

下面介绍管理出口补贴的规则。

在初级产品方面:敦促各国避免对此类产品实行直接或间接的出口补贴,因为这种补贴可能会损害其他国家的贸易利益。尽管如此,万一一国对初级产品给予出口补贴,则要求该国不得以会造成如下后果的方式进行补贴:

- 造成该国拥有超过该项产品在世界贸易中的合理份额;
- 造成价格大大低于其他供应商向同一市场出售的价格。

在非初级产品/工业制成品方面:发达国家禁止缔约国对非初级产品给予出口补贴。这一禁令仅适用于发达国家。发展中国家本协议签字国承认补贴是发展中国家经济发展计划不可分割的一部分。因此,不阻止发展中国家对非初级产品使用出口补贴。然而,本协议规劝它们不要对工业制成品以会对另一国的贸易或生产造成严重损害的方式给予补贴。本协议进一步声明,当使用此类出口补贴与其竞争和发展需要不符时,发展中国家应努力承诺减少或消除出口补贴。

当受补贴的进口商品对进口国的贸易利益造成不利影响时,可供缔约国采取的补救措施有哪些呢?本协议向贸易利益蒙受不利影响的国家提供两个并行的可采取的解决办法。第一种选择,如果这种不利影响发生在进口国的国内市场上,该国可征收不超过该产品所受

口关税。继续对小麦、玉米、稻谷和大米、糖、羊毛、毛条、棉花7种农产品和尿素、复合肥、磷酸氢二铵3种化肥实施关税配额管理,对关税配额外进口一定数量的棉花继续实施滑准税,税率维持不变,对尿素、复合肥、磷酸氢二铵继续实施1%的暂定配额税率。继续对冻鸡等55种产品实施从量税或复合税,税率维持不变。调整后,我国关税总水平为9.8%。其中农产品平均税率为15.2%,工业品平均税率为8.9%。至此,我国加入世界贸易组织的降税承诺已全部履行完毕。

为推动经济结构调整,促进能源资源节约和生态环境保护,适应经济社会发展需要,2010年我国对600多种产品实施较低的年度进口暂定税率,主要包括煤炭、花岗石、磷矿石、天青石等资源性产品,石脑油、氯乙烯、聚碳酸酯、光通信用微光元件等基础原料或关键零部件,红外线人体测温仪、人用疫苗、血浆等公共卫生产品,烫发剂、家用净水器、家用洗碟机等日用消费品,以及大马力发动机、茶叶采摘机、服装液氮整理机等先进生产设备。2010年继续对天然橡胶实施选择税,并适当调低从量计征的税额标准;继续以暂定税率的方式对石油、稀土、木浆、钢坯等产品征收出口关税;继续对尿素、磷酸铵等化肥征收出口关税,并在国内用肥淡旺季适用不同税率。

为扩大双边、多边经贸合作,2010年我国依据中国—东盟、中国—智利、中国—巴基斯坦、中国—新西兰等自由贸易协定以及《亚太贸易协定》,对原产于东盟10国、智利、巴基斯坦、新西兰、韩国、印度、斯里兰卡、孟加拉国等国家的部分进口商品实施比最惠国税率更优惠的协定税率。在内地与香港、澳门更紧密经贸关系安排框架下,对原产于港澳地区且已制定原产地优惠标准的商品实施零关税。同时,我国继续对原产于老挝、埃塞俄比亚等41个最不发达国家的部分商品实施特惠税率。

为适应科学技术进步、产业结构调整、贸易结构优化、加强进出口管理的需要,在符合世界海关组织有关列目原则的前提下,对进出口税则中部分税目进行了调整,增列了硫酸羟胺、重组人胰岛素、食品级冰乙酸、速凝永磁片等税目。调整后,我国2010年进出口税目总数将由2009年的7 868个增至7 923个。

(资料来源:中国广播网,2009年12月15日,作者:申玉彪)

二、关税保护率

(一)名义保护率

名义保护率(Nominal Rate of Protection,NRP)指一国由于实行关税保护而引起的国内市场价格超过国际市场价格的部分与国际市场价格的百分比。即:

$$\text{NRP}=\frac{P'-P}{P}\times 100\%$$

式中,P'为进口商品的国内市场价格,P为进口商品的国际市场价格。

例如,国际市场汽车价格为100 000美元,关税保护下的国内市场价格为110 000美元。那么,汽车的名义保护率为

$$\text{NRP}=\frac{110\ 000-100\ 000}{100\ 000}\times 100\%=10\%$$

理论上,国内外差价与国外价格之比等于关税税率,因而在不考虑汇率的情况下,名义保护率在数值上和关税税率相同,通过关税税则公布的税率表现出来。一般而言,在其他条

件相同的情况下，名义保护率越高，对本国同类产品的保护程度也越高。

（二）有效保护率

有效保护率（Effective Rate of Protection，ERP）是指一种加工产品在各种保护措施的作用下可能带来的增加值的增量对其在自由贸易条件下加工增加值的百分比。计算方法为

$$\text{ERP}=\frac{V'-V}{V}\times 100\%$$

式中，V'为保护措施下生产过程的增值（国内增值）；V为自由贸易条件下加工增值。

例 6-2 自由贸易条件下 A 商品的最后国内价值为 100 元（其中 50 元为进口投入品，50 元为国内增值）。

（1）假定该国对同类 A 商品进口征收 20%的关税，对进口投入品免税，则该国 A 商品价格升为 120 元。

$$\text{ERP}=\frac{(120-50)-50}{50}\times 100\%=40\%$$

（2）假定：该国对 A 商品进口征收 20%的关税，对 A 商品进口投入品也征收 20%的关税，则该国 A 商品价格升为 120 元，投入品价格升为 60 元。

$$\text{ERP}=\frac{(120-60)-50}{50}\times 100\%=20\%$$

（3）假定：该国对 A 商品进口征收 20%的关税，对 A 商品进口投入品征收 50%的关税，其他条件不变，其结果如何？

该国对 A 商品进口征收 20%的关税，那么 A 商品的国内价格上升为 120 元；对 A 商品的进口投入品征收 50%的关税，投入品价格升为 75 元。

因此，保护措施下的国内增值为：120－75＝45（元）

即

$$\text{ERP}=\frac{(120-75)-50}{50}\times 100\%=\frac{45-50}{50}\times 100\%=-10\%$$

（4）假定该国对 A 商品进口征收 20%的关税，对 A 商品进口投入品征收 30%的关税，其他条件不变，其结果如何？

结果是：投入品价格上升到 65 元（50＋50×30%），保护措施下的国内增值为：120－65＝55 元。

即：

$$\text{ERP}=\frac{(120-65)-50}{50}\times 100\%=\frac{55-50}{50}\times 100\%=10\%$$

有多种中间投入品情形下的有效保护率的计算公式为

$$\text{ERP}_j=\frac{t_j-\sum a_{ij}t_{ij}}{1-\sum a_{ij}}$$

式中，t_j 为 j 行业最终产品的名义关税率；a_{ij} 为在自由贸易下 j 行业中各种投入品 i 占总收益的份额；t_{ij} 为对投入 i 征收的名义关税率。

例 6-3 设中国对小汽车的关税税率为 180%，国内一典型的汽车制造商的成本结构和部件关税见表 6-6。

表 6-6 国内某汽车制造商的成本结构和部件关税表 %

成本项目	钢板	发动机	轮胎
占汽车价格比重	20	30	10
关税税率	60	120	30

(1) 试计算对中国小汽车行业的有效保护率。

(2) 如果钢板、发动机、轮胎的关税分别降为10%、30%、5%,计算小汽车的有效保护率。

(3) 从上面的计算中,可以推出哪些关于有效保护率的一般结论?

解 (1) 中国小汽车行业的有效保护率为

$$\text{ERP}=\frac{1.8-(0.2\times 0.6+0.3\times 1.2+0.1\times 0.3)}{1-(0.2+0.3+0.1)}\times 100\%$$

$$=\frac{1.8-0.51}{1-0.6}\times 100\%$$

$$=322.5\%$$

(2) 降低中间投入品的关税税率后,中国小汽车行业的有效保护率为

$$\text{ERP}=\frac{1.8-(0.2\times 0.1+0.3\times 0.3+0.1\times 0.05)}{1-(0.2+0.3+0.1)}\times 100\%$$

$$=\frac{1.8-0.115}{1-0.6}\times 100\%$$

$$=421.25\%$$

(3) 从上面的计算可以推出,当最终产品名义关税率一定时,对所需的原材料、半制成品等投入品征收的名义税率越低,则最终产品名义税率的保护作用越大。中国为了鼓励和保护汽车产业发展,在关税结构的安排上,也应该提高汽车工业制成品的有效关税率,适当降低钢板、发动机、轮胎等中间投入品的进口税率,刺激国内加工工业的发展,充分发挥关税对汽车工业的保护作用,推动本国的汽车工业的发展。

综合以上分析,可以得出以下结论。

(1) 当最终产品的名义税率即关税税则中规定的税率大于其投入品的名义税率时,对最终产品的有效保护率大于名义税率。(40%>20%)

(2) 当最终产品的名义税率等于其投入品的名义税率时,对最终产品的有效保护率等于名义税率。(20%=20%)

(3) 当最终产品的名义税率小于其投入品的名义税率时,对最终产品的有效保护率小于名义税率。(10%<20%)

(4) 当对进口投入征收的税率过高时,会出现负数的保护率。(-10%)

(5) 利用关税保护国内市场不仅依赖于较高的税率,还要有合理的关税结构,一般来说,对原材料和中间产品征收较低的关税,对最终产品实行高关税,从而使最终产品受到最充分的保护。

三、有效保护理论的政策意义

(一) 有效保护与关税结构

一般地,各国关税税率结构呈现出升级趋势,即从初级产品、半制成品到制成品,随着加

工程度的深化，税率不断提高。

（二）有效保护与关税减让

在关税减让谈判时，大幅度消减投入品的关税税率，小幅度消减或不消减产出品的关税税率，就可以在降低总体关税水平的同时不降低甚至提高被保护产业的有效保护。

（三）有效保护与关税制度

海关监管下加工制度：允许某些货物在进入境内自由流通之前，暂时不征收关税，在海关监管下进行加工，然后根据加工后的状态适用税率计征关税的一种海关制度。

加工贸易保护税和复出境退税：有效保护理论启示我们，对出口品的进口投入品实行保税，或者对加工后复出境的货物实行退还其进境时征收的关税和国内税，可以使投入品的税率为零，从而避免出现负保护。

（四）有效保护与产业政策

通过合理的关税结构，利用市场机制调整产业结构，促进产业技术进步，实现资源配置的合理化和最优化。

有效保护率具有重要的实践意义。第一，有效关税率公式显示，当最终产品名义关税率一定时，对所需的原材料等投入品征收的名义税率越低，则最终产品名义税率的保护作用越大。第二，工业发达国家的关税结构基本上都显现出这样的特征(表 6-7)：制成品进口税率最高，中间产品税率居中，原材料进口税率最低，甚至完全免税。这种阶梯形关税结构重在提高了制成品的有效关税率。第三，发展中国家为了实现工业化，大多鼓励和保护本国制成品的国内生产和供给。在关税结构的安排上，也应该以提高工业制成品的有效关税率为重点，适当降低原材料、半成品等投入品的进口税率，以刺激国内加工工业的发展，充分发挥关税对工业制成品的保护作用，推动本国的工业化进程。

表 6-7 美国、日本和欧共体的关税升级制

商品名称	欧共体		日本		美国	
	名义关税	有效关税	名义关税	有效关税	名义关税	有效关税
花生油						
未加工的花生	0.0		0.0		18.2	
粗加工的花生	7.5	92.9	7.6	93.7	18.4	24.6
精加工的花生	15.0	186.4	10.1	324.8	22.0	64.9
纸张及纸的产品						
原木，未加工木材	0.0		0.0		0.0	
纸浆	1.6	2.5	5.0	10.7	0.0	−0.5
纸和纸张产品	13.1	30.2	5.9	17.6	5.3	12.8
毛织品						
未加工的羊毛	0.0		0.0		21.1	
毛线	5.4	16.0	5.0	9.3	30.7	62.2
毛织品	14.0	32.9	14.7	35.1	46.9	90.8

第四节 海关税则

一、海关税则概述

海关税则(Customs Tariff)又称关税税则，是根据国家的关税政策和经济政策，通过一定的国家立法程序制定及公布实施的，并按照一定的商品分类目录序列排列的税率表。它是关税制度的重要组成部分，是海关征收关税的法定依据，也是一个国家关税政策的具体体现。

海关税则一般由商品分类目录和税率表两部分组成。前者包括税号和税目，“税号”是商品分类的编号，“税目”是对商品分门别类的科学排列；后者就是税率表。关税税率表有三个部分：税则号列、货物分类目录、税率。

税则中的目，就称为税目，税目前面设税号，后面设税率；税目如界定的商品范围较大，就在其下设子目，子目前面设子目号，后面设税率；凡是设有子目的税目是不设税率的，实际使用的是设税率的税目和子目。

税则中各种不同税率之间的高低幅度之差被称为“级差”，每一个级差就是一个税级。在税则中，一个商品可以设一个税率(即一栏式税率)，也可以设两个税率(即两栏式税率)，更可以设两栏以上的税率(即多样式税率)。

税则中税率级差大小、栏式多少，基本反映一个国家的关税政策。

二、海关税则分类

资本主义生产关系确立之前，由于生产力水平低下，社会经济发展缓慢，海上贸易一般都是物物交换的易货贸易，海关税则都采用一栏式的单式税则，并由各国自主制定。随着垄断资本主义的萌芽，国际贸易的迅速增加，经济全球化趋势日益扩大，各国之间的政治、经济、文化交流迅速加强，关税税则逐渐地由自主税则、单式税则向协定税则、复式税则循序地发展。

(一) 单式税则与复式税则

单式税则(Single Tariff)即指对一个税目只规定一个税率，对来源于不同国家的货物实施没有差别待遇的海关税则，都按同一税率征税。

单式税则制度比较简单和直观，适用于实行自由贸易政策的国家，其主要目的是为了取得财政收入，课税品目少，税率也不高，不分远近，一视同仁。故单式税则制度不宜实行保护主义政策，既无法体现区别对待的原则，也难以贯彻国家的对外经济政策，目前仅有为数不多的国家仍在使用单式税则。

复式税则(Complex Tariff)又称为多栏式税则，即指对一个税目同时设置两个或两个以上的税率，对来源于不同国家的货物实行差别待遇的关税税则。

两栏式税率通常分为普通税率和优惠税率。前者适用于与本国没有签订贸易互利协定或条约的国家；后者适用于与本国订有贸易互利协定或条约的国家。

实行多栏式税率的国家，其主要目的是为了争夺国际市场，垄断国内市场，不同税率分别适用于不同的国家和贸易集团。

一般来说，对同一税目所设置的税率栏次越多，税则的灵活性和区别对待特性就越强；然而，税率栏次越多，税则的歧视性就越强，最终影响本国经济的发展。

（二）自主税则与协定税则

自主税则（Autonomous Tariff）又称固定税则，是一国政府根据本国财政经济和社会发展状况，自主制定的税则，有利于贯彻实施本国的贸易政策和关税政策。

自主税则的最大特征是税则制定权完全掌握在本国政府手中，无须与他国政府协商，也不受他国的约束，这是主权国家的意志体现。但是，随着国际经贸事业的发展，跨国经济交流的加强，政府在制定关税税则时就必须考虑到缔约国、协定国、友好国的利益，通过相互协商谈判确定税率。

自主税则可以采用单一税率，也可以采用两栏或多栏税率。我国目前就是采用两栏式税率的自主税则。

协定税则（Conventional Tariff）是由本国政府与他国协商制定的税则。它不是由一国政府凭单方意愿制定的，其税则的制定与修改必须受到本国政府与他国缔结的贸易协定或条约的约束。

协定税则中所涉及的商品品目多限在一定的范围之内，所以，这种税则都采用两栏式或多栏式税率，其中税率较高的一栏为本国自主制定的普通税率，适用于那些与本国没有签订贸易协定或条约的国家；另外一栏为协定税率，适用于与本国缔结贸易协定或条约的国家。

协定税率理论上是由协定双方或多方在平等互利的基础上，通过协商而制定的税率。但在某些时候，则是强权政治的产物，殖民地与半殖民地国家或许都有例证。

协定税则根据协定方式，又可以分为双边协定税则、多边协定税则和片面协定税则。

三、商品分类目录

早年的商品分类目录特别简单，就是按照货物的自然属性、用途以及使用性能等来划分，分类比较粗糙，但对早期的海上贸易还能管用。随着贸易的扩大，关税税则中的商品分类目录就有必要协调解决。

初始的关税税则中的商品分类目录，一般都由各国政府根据自己的价值观念、征税需要和对商品的分类习惯制定，由于各国对商品的名称、定义、用途甚至使用方法存在较大的差异，对商品的分类标准更是歧义纷繁，这显然给国际经济交流、各国之间的贸易和关税谈判带来了诸多不便；其次，由于资本主义生产力的高速发展，国民经济日新月异，商品种类日益繁多，新产品层出不穷，分类标准也越来越细；最后，必需品、非必需品和奢侈品，优惠税率的产品与普通税率的产品必须明确划分范围。这都促使国际间应尽快寻求统一关税税则的商品分类目录。

（一）布鲁塞尔税则目录

1948年，欧洲海关同盟在“日内瓦统一税则目录”的基础上，编制出“布鲁塞尔税则目录”（简称BTN），于1959年正式生效。1976年该目录改称“海关合作理事会税则分类目录”（简称CCCN）。到1986年，世界上已有150多个国家采用了这个目录，我国1985年修订的第二部《进出口关税税则》，就采用了这种商品分类目录。

该目录对商品的分类原则是，按照商品的原属性，结合加工程度和用途以及工业部门来划分。按照先农产品后工业品、先原料后成品、先简单加工后复杂加工、先具体后一般的顺序排列，将商品分为21个大类、99章、1 001个项目。

该目录的优点是：第一，对任何商品都可以比较方便地确定其适当的税则项目；第二，类、章、税目的排列有规律可循，并附有类注和章注等说明，税目范围比较明确；第三，对使用该目录的国家，可以取得一致性和比较性，这有利于国际经济交往；第四，与联合国国际贸易标准分类目录可以相互参照。

该目录最明显的缺陷是，设计时只为海关的征税需要服务，不能同时满足其他部门，如统计、贸易、运输、生产厂商及进出口商，而且，CCCN在一些大国，如美国、加拿大和苏联等都未被采用。

（二）国际贸易标准分类

出于贸易统计和研究的需要，联合国经济社会理事会下设的统计委员会于1950年编制并公布了《国际贸易标准分类》(Standard International Trade Classification，SITC)，把国际贸易商品分为10类(Section)、63章(Division)、223组(Group)、786个分组(Subgroup)，其中在435个分组里又细分为1 573个子目(Subsidiary Heading)，其余351个分组不分子目，合计共有1 924个统计基本项目，各国可以根据需要增设子目。到2006年为止，该标准分类经历了4次修改，最近的一次修改为第四次修订版，于2006年3月获联合国统计委员会第三十七届会议通过。该分类法将商品分为10大类、67章、272组、1 023个分组和2 970个项目。SITC将有形贸易分为10大类(表6-8)。

表6-8 国际贸易标准分类

大类描述	章	组号	分组号	基本目
0. 食品和活动物	10	36	132	335
1. 饮料及烟草	2	4	11	21
2. 非食用原料(不包括燃料)	9	36	115	239
3. 矿物燃料、润滑油及有关原料	4	11	22	32
4. 动植物油、脂和蜡	3	4	21	41
5. 未另列明的化学品和有关产品	9	34	132	467
6. 主要按原料分类的制成品	9	52	229	767
7. 机械及运输设备	9	50	217	642
8. 杂项制品	8	31	140	420
9.《国际贸易标准分类》未另分类的其他商品和交易	4	4	4	6
类、组、分组和基本目的总数	67	262	1 023	2 970

SITC的商品编码方法如下：前2位数字表示类、章次；前3位数字表示组列；前4位数字表示分组别，如该分组下设有子目，则为5位数，分组前有一个圆点。如纸烟的编码为122.2，属第一类，第12章，第122组，第122.2分组。

（三）"协调制度"目录

海关合作理事会为建立一个同时能满足各方面需要的《商品名称及编码协调制度》目录(Harmonized Commodity Description and Coding System，简称《协调制度》，又称HS)，以利于国际贸易的开展，于1970年成立了“协调制度”委员会和各国代表团组成的工作团，负责这项工作。共有60个国家和联合国经贸发组织、国际标准化组织、国际商会、国际航运协会、国际航空协会、铁路国际运输组织等25个国际性组织派代表参加了工作团。1983年海关合作理事会通过“协调制度公约”，提供各国签署，并在与其他一些国际组织商讨和协调的基础上，于1985年编制完成了新的商品分类目录，即《商品名称及编码协调制度》(HS)。

按该公约规定，所有缔约国家自公约生效之日起，要保证全部采用《协调制度》，并遵守它的编号顺序；全部采用它的税目，包括子目，不作任何增添和删改；全部采用它的归类总规则，以及类、章、目的注释，对其分类的范围不作任何更改，但各国可以在其子目项下加列更具体的二级子目。至于发展中国家由于行政管理能力不足等原因，可以有5年的宽限期。截止到2005年7月，《协调制度》原本经世界海关组织修订过4次，前3个版本分别于1992年1月1日、1996年1月1日和2002年1月1日生效，《协调制度》的第四版于2007年1月1日生效(简称HS07)，该版本有5 052个子目，其中4 208个原本的子目，后续版本中使用了844个非原始子目。

《协调制度》是目前国际贸易商品分类的一种“通用语言”，它具有完整、系统、通用和准确等四大优点。完整性是指它将目前国际贸易所有品种全部分类列出，并且使目前无法预计的新产品，将来也可以在这个分类体系所设置“其他”项目中找到适当的位置。系统性是指它的分类原则既遵循人们所熟悉的生产部类、自然属性和不同用途来分类排列，又考虑到了商业习惯和实际操作的可行性，特别是把一些难以分类的商品专列项目，因而易于归类，便于查找。通用性是指它不仅适合于海关税则，也适合于统计、贸易、运输、生产厂商以及进出口商等各方面的需要。准确性是指各税目都有明确说明，为了使各税目或子目之间界限分明，不发生交叉归类的情况，还附有归类总规则、类注、章注、子目注释和一系列的辅助刊物加以说明，使税目范围更加准确无误。

目前，包括欧盟、美国、加拿大、日本和中国在内的201个国家(地区)和经济联盟使用HS商品分类编码体系，涵盖全球国际贸易量的98%以上。我国自1992年起的第三部关税税则，就是采用了《协调制度》商品分类目录，并在目录6位数编码的基础上，根据我国进出口商品的实际情况，增列了1 827个7位数子目和300个8位数子目，共有税目8 827个，其中实际使用的有6 256个(即带有税率的税目)。

《协调制度》分类方法首先按生产部类将商品分成大类，然后再按加工程序、商品的自然属性、用途等分成章和目。在HS的类章总值表(2002年版)中，全部商品分为21类97章，其中第77章留空备用，故实际上是21类96章。另外，第98章和第99章保留供签约国备用。第1～24章为农产品，从第25章起，为工业产品。HS 4位数字级的税目编号计有1 241个。其中930个4位数字级的税目又细分为一级子目(即5位数字级子目或第6位数字为0的6位数字级子目)和二级子目(即6位数字级子目)。6位数字级子目有5 019个。4位数字级的税目编号主要用于计税，5位数字及6位数字级的子目号主要用于海关统计。2005年1月，世界海关组织(WCO)正式发布了2007年版《协调制度》。与2002年版相比，HS07共有354组编码进行了修订(农产品41组；化工产品75组；纸品13组；纺织品46组；贱金属产品20组；机器设备57组；涉及其他方面的102组)。修订后，协调制度6位数编码总数从5 224个减少到5 052个。2007年1月1日起，各国实施经第4次修订的2007年版HS商品分类编码体系。

与《海关合作理事会税则目录》相比,《协调制度》使用更广泛,它不仅使用于普惠制,还大量地使用于航运业、国际经济分析及国际贸易中。

2010年中国海关进出口税则

◆ 归类总规则

◆ 第一类 活动物;动物产品(第一章—第五章)

第一章 活动物

第二章 肉及食用杂碎

第三章 鱼、甲壳动物,软体动物及其他水生无脊椎动物

第四章 乳品;蛋品;天然蜂蜜;其他食用动物产品

第五章 其他动物产品

◆ 第二类 植物产品(第六章—第十四章)

第六章 活树及其他活植物;鳞茎、根及类似品;插花及装饰用簇叶

第七章 食用蔬菜、根及块茎

第八章 食用水果及坚果;柑橘属水果或甜瓜的果皮

第九章 咖啡、茶、马黛茶及调味香料

第十章 谷物

第十一章 制粉工业产品;麦芽;淀粉;菊粉;面筋

第十二章 含油子仁及果实;杂项子仁及果实;工业用或药用植物;稻草、秸秆及饲料

第十三章 虫胶;树胶、树脂及其他植物液、汁

第十四章 编结用植物材料;其他植物产品

◆ 第三类 动、植物油、脂及其分解产品;精制的食用油脂;动、植物蜡(第十五章)

第十五章 动、植物油、脂及其分解产品;精制的食用油脂;动、植物蜡

◆ 第四类 食品;饮料、酒及醋;烟草、烟草及烟草代用品的制品(第十六章—第二十四章)

第十六章 肉、鱼、甲壳动物、软体动物及其他水生无脊椎动物的制品

第十七章 糖及糖食

第十八章 可可及可可制品

第十九章 谷物、粮食粉、淀粉或乳的制品;糕饼点心

第二十章 蔬菜、水果、坚果或植物其他部分的制品

第二十一章 杂项食品

第二十二章 饮料、酒及醋

第二十三章 食品工业的残渣及废料;配制的动物饲料

第二十四章 烟草及烟草代用品的制品

◆ 第五类 矿产品(第二十五章—第二十七章)

第二十五章 盐;硫黄;泥土及石料;石膏料、石灰及水泥

第二十六章 矿砂、矿渣及矿灰

第二十七章　矿物燃料、矿物油及其蒸馏产品；沥青物质；矿物蜡

◆ 第六类　化学工业及其相关工业的产品(第二十八章—第三十八章)

第二十八章　无机化学品；贵金属、稀土金属、放射性元素及其同位素的有机及无机化合物

第二十九章　有机化合物

第三十章　药品

第三十一章　肥料

第三十二章　鞣料浸膏及染料浸膏；鞣酸及其衍生物；染料、颜料及其他着色料；油漆及清漆；油灰及其他类似胶粘剂；墨水、油墨

第三十三章　精油及香膏；芳香料制品及化妆盥洗品

第三十四章　肥皂、有机表面活性剂、洗涤剂、润滑剂、人造蜡、调制蜡、光洁剂、蜡烛及类似品、塑型用膏、"牙科用蜡"及牙科用熟石膏制剂

第三十五章　蛋白类物质；改性淀粉；胶；酶

第三十六章　炸药；烟火制品；火柴；引火合金；易燃材料制品

第三十七章　照相及电影用品

第三十八章　杂项化学产品

◆ 第七类　塑料及其制品；橡胶及其制品(第三十九章—第四十章)

第三十九章　塑料及其制品

第四十章　橡胶及其制品

◆ 第八类　生皮、皮革、毛皮及其制品；鞍具及挽具；旅行用品、手提包及类似容器；动物肠线(蚕胶丝除外)制品(第四十一章—第四十三章)

第四十一章　生皮(毛皮除外)及皮革

第四十二章　皮革制品；鞍具及挽具；旅行用品、手提包及类似容器；动物肠线(蚕胶丝除外)制品

第四十三章　毛皮、人造毛皮及其制品

◆ 第九类　木及木制品；木炭；软木及软木制品；稻草、秸秆、针茅或其他编结材料制品；篮、筐及柳条编结品(第四十四章—第四十六章)

第四十四章　木及木制品；木炭

第四十五章　软木及软木制品

第四十六章　稻草、秸秆、针茅或其他编结材料制品；篮、筐及柳条编结品

◆ 第十类　木浆及其他纤维状纤维素浆；回收(废碎)纸或纸板；纸、纸板及其制品(第四十七章—第四十九章)

第四十七章　木浆及其他纤维状纤维素浆；回收(废碎)纸或纸板

第四十八章　纸及纸板；纸浆、纸或纸板制品

第四十九章　书籍、报纸、印刷图画及其他印刷品；手稿、打字稿及设计图纸

◆ 第十一类　纺织原料及纺织制品(第五十章—第六十三章)

第五十章　蚕丝

第五十一章　羊毛、动物细毛或粗毛；马毛纱线及其机织物

第五十二章　棉花

第五十三章 其他植物纺织纤维；纸纱线及其机织物
第五十四章 化学纤维长丝
第五十五章 化学纤维短纤
第五十六章 絮胎、毡呢及无纺织物；特种纱线；线、绳、索、缆及其制品
第五十七章 地毯及纺织材料的其他铺地制品
第五十八章 特种机织物；簇绒织物；花边；装饰毯；装饰带；刺绣品
第五十九章 浸渍、涂布、包覆或层压的纺织物；工业用纺织制品
第六十章 针织物及钩编织物
第六十一章 针织或钩编的服装及衣着附件
第六十二章 非针织或非钩编的服装及衣着附件
第六十三章 其他纺织制成品；成套物品；旧衣着及旧纺织品；碎织物

◆ 第十二类 鞋、帽、伞、杖、鞭及其零件；已加工的羽毛及其制品；人造花；人发制品（第六十四章—第六十七章）

第六十四章 鞋靴、护腿和类似品及其零件
第六十五章 帽类及其零件
第六十六章 雨伞、阳伞、手杖、鞭子、马鞭及其零件
第六十七章 已加工羽毛、羽绒及其制品；人造花；人发制品

◆ 第十三类 石料、石膏、水泥、石棉、云母及类似材料的制品；陶瓷产品；玻璃及其制品（第六十八章—第七十章）

第六十八章 石料、石膏、水泥、石棉、云母及类似材料的制品
第六十九章 陶瓷产品
第七十章 玻璃及其制品

◆ 第十四类 天然或养殖珍珠、宝石或半宝石、贵金属、包贵金属及其制品；仿首饰；硬币（第七十一章）

第七十一章 天然或养殖珍珠、宝石或半宝石、贵金属、包贵金属及其制品；仿首饰；硬币

◆ 第十五类 贱金属及其制品(第七十二章—第八十三章)

第七十二章 钢铁
第七十三章 钢铁制品
第七十四章 铜及其制品
第七十五章 镍及其制品
第七十六章 铝及其制品
第七十七章 （保留税则为将来所用）
第七十八章 铅及其制品
第七十九章 锌及其制品
第八十章 锡及其制品
第八十一章 其他贱金属、金属陶瓷及其制品
第八十二章 贱金属工具、器具、利口器、餐匙、餐叉及其零件
第八十三章 贱金属杂项制品

◆ 第十六类 机器、机械器具、电气设备及其零件；录音机及放声机、电视图像、声音的

录制和重放设备及其零件(第八十四章—第八十五章)

第八十四章　核反应堆、锅炉、机器、机械器具及其零件

第八十五章　电机、电气设备及其零件；录音机及放声机、电视图像、声音的录制和重放设备及其零件、附件

◆ 第十七类　车辆、航空器、船舶及有关运输设备(第八十六章—第八十九章)

第八十六章　铁道及电车道机车、车辆及其零件；铁道及电车道轨道固定装置及其零件、附件；各种机械(包括电动机械)交通信号设备

第八十七章　车辆及其零件、附件,但铁道及电车道车辆除外

第八十八章　航空器、航天器及其零件

第八十九章　船舶及浮动结构体

◆ 第十八类　光学、照相、电影、计量、检验、医疗或外科用仪器及设备、精密仪器及设备；钟表；乐器；上述物品的零件、附件(第九十章—第九十二章)

第九十章　光学、照相、电影、计量、检验、医疗或外科用仪器及设备、精密仪器及设备；上述物品的零件、附件

第九十一章　钟表及其零件

第九十二章　乐器及其零件、附件

◆ 第十九类　武器、弹药及其零件、附件(第九十三章)

第九十三章　武器、弹药及其零件、附件

◆ 第二十类　杂项制品(第九十四章—第九十六章)

第九十四章　家具；寝具、褥垫、弹簧床垫、软座垫及类似的填充制品；未列名灯具及照明装置；发光标志、发光铭牌及类似品；活动房屋

第九十五章　玩具、游戏品、运动品及其零件、附件

第九十六章　杂项制品

◆ 第二十一类　艺术品、收藏品及古物(第九十七章)

第九十七章　艺术品、收藏品及古物

◆ 第二十二类　特殊交易品及未分类商品(第九十八章)

第九十八章　特殊交易品及未分类商品

◆ 附件1：进口商品从量税、复合税税率表

◆ 附件2：进口商品协定税目、税率表

◆ 附件3：关税配额商品税目、税率表

◆ 附件4：非全税目信息技术产品税率表

◆ 附件5：出口商品关税税率表

◆ 附件6：亚太1国、东盟3国、非洲5国、马尔代夫共9国特惠税目、税率表

◆ 附件7：台湾果蔬零关税税率表

◆ 附件8：进口商品消费税税率表

◆ 附件9：33个最不发达国家零关税税目表

◆ 附件10：进口商品暂定税率表

2010年进出口关税税率及HS税则号举例如下。

例1：以照相及电影用品为例介绍我国海关进出口商品的税则(表6-9)。

表 6-9 第三十七章(照相及电影用品)

商品编码	货品名称	进口优惠税率/%	进口普通税率/%	出口税率/%	增值税/%	消费税/%	计量单位
37011000	未曝光的x光感光硬片即平面软片	10	40		17		千克/平方米
37012000	未曝光的一次成像感光平片	5	40		17		千克
……	……	……	……		……		……
37019920	超微粒干板	10	40		17		千克/平方米
……	……	……	……		……		……

例 2：以车辆、航空器、船舶及有关运输设备(第八十六至第八十九章)为例具体介绍我国进出口商品的商品分类编码。

第十七类　车辆、航空器、船舶及有关运输设备(第八十六至第八十九章)

第八十七章　车辆及其零件、附件,但铁道及电车道车辆除外

87.01　牵引车、拖拉机(税目 87.09 的牵引车除外)

87.02　客运机动车辆,10 座及以上(包括驾驶座)

8702.1020　机坪客车

8702.1091　30 座及以上(大型客车)

8702.1092　20 座及以上,但不超过 29 座

8702.1092 01　20≤座≤23,装有压燃式活塞内燃发动机的客车

… …

表 6-10 第八十七章部分商品的税率及税号

税则号列	货品名称	最惠国税率/%	普通税率/%	消费税率/%	增值税率/%	出口税率/%	计量单位
……	……	……	……	……	……	……	……
8703.2130 01	排气量≤1升的装有点燃往复式活塞内燃发动机的小轿车	25	230	1从价	17		辆
8703.2130 90	排气量≤1升的装有点燃往复式活塞内燃发动机小轿车的成套散件	25	230		17		辆
……	……	……	……	……	……	……	……

第五节 通关手续

《海关法》第八条规定:“进出境运输工具、货物、物品,必须通过设立海关的地点进境或者出境。”即由设立海关的地点进出境并办理规定的海关手续是运输工具、货物、物品进出境

的基本规则，也是进出境运输工具负责人、进出口货物收发货人、进出境物品的所有人应履行的一项基本义务。

一、通关手续概述

通关手续又称报关手续，即出口商或进口商向海关申报出口或进口，接受海关的监督和检查，缴纳相关税款和费用，履行海关规定的相关手续。

一般来说，进出口货物的通关手续可分为 4 个基本环节，即申报、查验、征税及放行。加工贸易进出口货物，经海关批准的减免税或缓期交纳进出口税费的进口货物，以及其他在放行后一定期限内仍须接受海关监管的货物的报关，当办完通关手续，结清应付的税额和其他费用，经海关同意，货物即可通关放行。对于经口岸放行后仍需继续实施后续管理的货物，还需在规定的期限内办理结关直至完全结束海关监管。下面就上述内容作一简单介绍（图 6-5）。

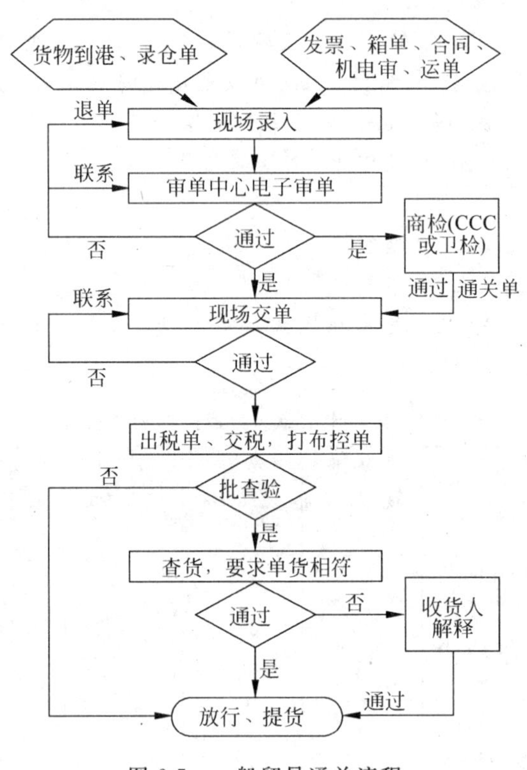

图 6-5 一般贸易通关流程

二、申报

根据《海关法》规定，进口货物的收货人、出口货物的发货人应当如实向海关申报，交验进出口许可证和有关单证。海关在接受申报时，要对进出口报关单位申报的内容及递交的随附申报单证，依据国家对进出口货物的有关政策、法令、规章进行认真审核。通过审查有关单证，确定进出口货物的合法性，申报的内容是否正确，申报的单征是否齐全、有效等。

申报是进出境货物报关的第一个环节。目前，海关接受申报的方式一般有三种，即口头申报、书面申报及电子数据交换申报等。其中后两种是常用的申报方式。按照法律规定，所

有进出境运输工具、货物、物品都需要办理报关手续。另外，在实践中有些海关监管货物需要办理从一个设关地点运至另一个设关地点的海关手续，即“转关”，转关货物也需办理相关的报关手续。

通关与报关既有联系又有区别。两者都是对运输工具、货物、物品的进出境而言的，但报关是从海关管理相对人的角度，仅指向海关办理进出境手续及相关手续，而通关不仅包括海关管理相对人向海关办理有关手续，还包括海关对进出境运输的工具、货物、物品依法行使监督管理，核准其进出境的管理过程。

由于海关对运输工具、货物、物品的进境和出境有不同的管理要求，运输工具、货物、物品根据进境或出境的目的分别形成了一套进境报关和出境报关的手续。

进出口货物的报关须在规定的时间内申请。出口货物除海关特准以外，一般应在货物运抵海关监管区后、装货前 24 小时内向运输工具所在地的海关申报；进口货物应在运输工具申报进境之日起 14 日内由收货人或其代理人向海关申报，超过期限的海关将征收滞报金。

按照报关的行为性质，报关可分为自理报关和代理报关。报关是一项专业性较强的工作，尤其是进出境货物的报关比较复杂，一些进出口货物收发货人、进出境运输工具负责人或者物品的所有人，不能或者不愿意自行办理报关手续，而委托代理人代为报关，从而形成了自理报关和代理报关两种报关类型。我国《海关法》对接受进出境物品所有人的委托代为办理进出境物品报关手续的代理人没有特殊要求，但对于接受进出口货物收发货人的委托代为办理进出境货物报关手续的代理人则有明确的规定，我们通常所称的自理报关和代理报关主要是针对进出境货物的报关而言的。

(1) 自理报关。进出口货物收发货人自行办理报关业务称为自理报关。根据我国海关目前的规定，进出口货物收发货人依法向海关注册登记后方能办理报关业务。

(2) 代理报关。代理报关是指接受进出口货物收发货人的委托，代理其办理报关业务的行为。我国海关法律把有权接受他人委托办理报关业务的企业称为报关企业。报关企业依法取得报关企业注册登记许可并向海关注册登记后方能从事代理报关业务。根据责任承担的不同，代理报关又分为直接代理报关和间接代理报关。直接代理报关是以委托人的名义报关，代理人代理行为的法律后果直接作用于被代理人；间接代理报关是以报关企业自身的名义报关，报关企业承担其代理行为的法律后果。目前，我国报关企业大都采取直接代理形式代理报关，间接代理报关只适用于经营快件业务的国际货物运输的企业。

准备好报关单证是保证进出口货物顺利报关的基础。报关单位及其报关员必须做好报关单证的准备工作。一般情况下，报关应备单证除进出口货物报关单外，可分为基本单证、特殊单证、预备单证三大类。基本单证主要包括与进出口货物直接相关的商业和货运单证，如发票、装箱单、提货单或装货单(海运进出口)、运单(空运)、包裹单(邮运)、领货凭证(陆运)、出口收汇接销单及海关签发的进出口货物减税、免税证明等；特殊单证是指国家有关法律法规规定实行特殊管制的证件，主要包括配额许可证及其他各类特殊管理证件等；预备单证主要是接受海关认为必要时查阅的单证，主要有货易合同、货物原产地证明、委托单位的账册资料及其他有关单证等。

为使报关工作顺利进行，进出口企业在制作和提交上述单证时要做到：①单证齐全、有效；②单证相符、单货相符；③符合有关法令法规的规定；④符合海关的要求。

三、查验

海关查验(Customs Inspection)是海关代表国家行使货物监管权的有效体现。查验是指海关在接受报关单位的申报后以已经审核的申报单证为依据,通过对进出口货物进行实际的核查,以确定其报关单证申报的内容是否与实际进出口货物相符的一种监管方式,如检查进出境货物的性质、原产地、货物状况、数量、价值等是否与货物的申报单上已填报的详细内容相符,实际检查进出境运输工具是否有改装、夹藏,是否符合海关监管要求等情况。通过对货物的查验可以防止不法分子以次充好、以假冒真、牟取暴利,非法获取出口退税等,从而维护对外贸易的正常开展,并为今后的征税、统计和后续管理提供可靠的监管依据。

海关查验货物一般在海关监管区的进出口口岸码头、车站、机场、邮局或海关的其他监管场所进行。对进出口大宗散货、某些不宜在查验场地开拆的特殊货物,如危险品、防尘防静电品或鲜活品,经货主申请,海关可在作业现场予以查验。在特殊情况下,经申请,海关审核同意,也可派专员按规定的时间到规定场所以外的工厂、仓库或施工工地查验货物。查验时间一般约定在海关正常工作时间内。

海关实施查验的方式有两种:人工查验与机检查验。人工查验比较容易理解。机检查验就是指利用技术检查设备对货物进行透视扫描,根据扫描形成的图像来分析验核货物的实际状况是否与申报内容相符。使用机检查验的方式,如果没有发现异常情况,海关一般不再开拆货物包装。这种查验方式速度比较快,对货主和海关的工作都有好处,是目前海关倡导的"非侵入式查验"的发展方向。但这种查验方式也有其局限性,并非所有的货物都适用。一般来讲,这种查验方式对集装箱装载的大宗单一商品、不宜直接开拆的商品、有夹藏嫌疑的商品和危险品等货物较为适宜。如果货物属以上范围,货主可以向海关提出机检查验的要求。

按查验过程中的详细程度来分类,海关查验分彻底查验、抽查、外形查验三种方式。彻底查验是指对货物逐件开箱(包)查验,详细验核货物的品种、规格、数(重)量等方面的状况是否与申报相符,属最高等级要求的查验方式,一般适用于有走私违规嫌疑的货物。抽查是指按一定比例对货物有选择地开箱(包)验核货物状况,属一般等级的查验方式,适用于普通情况的货物。外形查验是指仅对货物的外形包装、标记和装运单证等进行外形查看并验核其是否与申报相符,属最低等级的查验方式,适用于风险程度低的货物和机械设备、散装裸装货物等。总之,货物具体适用哪种查验方式,视风险程度而定,高风险的货物细细查验,低风险的货物简单查验。

海关查验的程序概括如下。

(1) 海关确定查验后,由现场接单关员打印《查验通知单》,必要时制作查验关封交报关员。

(2) 安排查验计划。由现场海关查验受理岗位安排查验的具体时间,一般当天安排第二天的查验计划。对于危险品或者鲜活、易腐烂、易失效、易变质的货物,以及因其他特殊情况需要紧急验放的货物,经进出口货物收发货人或其代理人申请,海关可以优先安排实施查验。

(3) 海关查验时,进口货物的收货人、出口货物的发货人或其授权报关员应当到场,并负责协助搬移货物,开拆和重封货物的包装。海关认为必要时,可以径行开验、复验或者提取货样。

(4) 查验结束后,由陪同人员在《查验记录单》上签名、确认。

有下列情形之一的,海关可以依法对已经完成查验的货物进行复验,即第二次查验。

(1) 经初次查验未能查明货物的真实属性,需要对已查验货物的某些性状做进一步确认的。

(2) 货物涉嫌走私违规,需要重新查验的。

(3) 进出口货物收发货人对海关查验结论有异议,提出复验要求并经海关同意的。

(4) 其他海关认为必要的情形。

已经参加过查验的查验人员不得参加对同一票货物的复验。

径行开验是指海关在进出口货物收发货人或其代理人不在场的情况下,自行开拆货物进行查验。海关行使"径行开验"的权力时,应当通知货物存放场所的管理人员、运输工具负责人到场协助,并由其在海关的查验记录上签字确认。

有下列情形之一的,海关可以径行开验。

(1) 进出口货物有违法嫌疑的。

(2) 经海关通知查验,进出口货物收发货人或其代理人届时未到场的。

报检、报验与报关不同,是指按照国家有关法律、行政法规的规定,向进出口检验、检疫部门办理进出口商品检验、卫生检疫、动植物检疫和其他检验、检疫手续。一般而言,先报检、报验再报关。

四、征税

海关征税是国家中央财政收入的重要来源,是国家宏观经济调控的重要工具,也是世界贸易组织允许各缔约方保护其境内经济的一种手段。海关对照执行国家制定的减税政策对进出口货物、进出境物品征收关税,起到保护国内工农业生产、调整产业结构、组织财政收入和调节进出口贸易活动的作用。海关征税工作的基本方针是依率计征、依法减免、科学归类、严肃退补、及时入库;其工作重点是"抓好对'一般贸易'的审价,对'特定减免税'的审批,对'加工贸易'的稽查,对缉私、稽查办案要杜绝以罚代税的现象"。海关的征税管理,包括关税和代征税费的征收、减免、退补、催缴和入库工作。

海关征税时,应在单证审核、货物查验、价格审定、税则归类、税款计征、货物放行6个环节上做到正确无误。海关征税首先要对进出口货物申报进行审核,核实申报的主要内容包括品名、规格、数量、单价、总值、成交金额、产地、贸易性质、成交条件、成交币制等。对于某些货物,除核查随附发票外,必要时应查阅合同。对申报进行审核后,对相关的货物计征税费。

进出口关税的计算方法是

$$关税税额=完税价格\times进出口关税税率$$

进出口货物的到、离岸价格是以外币计算的,应由海关按照签发税款缴纳证之日国家外汇牌价的中间价,折合成人民币。

海关征税的依据是货物的"完税价格"。通常情况下,进口货物的CIF(到岸价格)价、出口货物的FOB(离岸价格)价即可作为海关征税的依据价格,但对CIF价或FOB价明显低于同期货物进口价格,或买卖双方存在特殊经济关系影响了进口成交价格,或根据海关掌握的市场情况，海关有权规定“完税价格”。

海关计征税费的一般程序是：①确定税则分类；②确定适用的税率；③确定完税价格；④计算税额；⑤缴纳关税。

在征税环节，海关作出的征税决定，对纳税义务人具有强制性。因此，纳税义务人必须按规缴纳，不得拖延。为了体现征税工作的严肃性、政策性和准确性，海关应注意以下环节。

(1) 完善审价验估制度。海关审价人员应熟悉国际市场情况，注意收集各种价格资料，特别是现阶段一些重点、敏感商品的价格资料。

(2) 严格减免税审批制度。海关审批部门应熟悉掌握国家关税政策，特别是对已废止的减免税文件要清楚，对减免税政策界限不清或审批中出现的新情况、新问题要及时交由上级主管部门审定，防止解释、推行政策的随意性和盲目性。

(3) 加强税则归类工作。海关归类人员应提高归类水平，防止伪报品名、规格从低归类，导致少征、漏征税款事情的发生。

海关确定完税价格的方法与程序

海关只要有证据证明申报价格不符合成交价格条件(《关税条例》和《审价办法》规定的成交价格条件)，就可以依法对申报价格进行调整，行使估价的权力。海关审查确定完税价格程序包括价格质疑程序和价格磋商程序。

海关对申报价格的真实性、准确性有疑问时，或者认为买卖双方之间的特殊关系影响成交价格时，应当启动价格质疑程序。制发《价格质疑通知书》后，出现以下情况，海关可以启动价格磋商程序，与纳税义务人充分沟通信息，依次使用相同、类似、倒扣、计算、合理估价方法确定完税价格。

(1) 纳税义务人或者其代理人在海关规定期限内，未能提供进一步说明的。

(2) 纳税义务人或者其代理人提供有关资料、证据后，海关经审核其所提供的资料、证据，仍然有理由怀疑申报价格的真实性、准确性的。

(3) 纳税义务人或者其代理人提供有关资料、证据后，海关经审核其所提供的资料、证据，仍然有理由认为买卖双方之间的特殊关系影响成交价格的。

纳税义务人应当自收到海关制发的《价格磋商通知书》之日起 5 个工作日内(除特殊情况外，延期不得超过 10 个工作日)与海关进行价格磋商并填写《价格磋商记录表》。如未在规定的时限内前来磋商的，视为其放弃价格磋商的权利，海关可以直接依次使用 5 种非成交价格法确定完税价格。

为了提高审价效率，方便企业通关，在某些特定情况下，海关可以采用简易审价程序确定进口货物的完税价格。

海关经审查认为进口货物无成交价格的(比如寄售、免费交付、赠送等)，可以不进行价格质疑，经与纳税义务人进行价格磋商后，依次使用相同、类似、倒扣、计算、合理估价方法确定完税价格。

对于加工贸易料件及其制成品等特殊货物进口或内销，海关可以不进行价格质疑，直接启动价格磋商程序。经纳税义务人书面申请，海关可以不进行价格磋商，依次使用相同、类似、倒扣、计算、合理估价方法确定完税价格。

对于下列情况，经纳税义务人书面申请，海关可以不进行价格质疑以及价格磋商，依次使用相同、类似、倒扣、计算、合理估价方法确定完税价格。

(1) 同一合同项下分批进出口的货物，海关对其中一批货物已经实施估价的。

(2) 进出口货物的完税价格在人民币10万元以下或者关税及进口环节海关代征税总额在人民币2万元以下的。

(3) 进出口货物属于危险品、鲜活品、易腐品、易失效品、废品、旧品等的。

如果进口货物的成交价格不符合法律规定的条件，或者成交价格不能确定的，海关经了解有关情况，并与纳税义务人进行价格磋商后，会依次以下列方法审查确定该货物的完税价格。

一是相同货物成交价格估价方法，即以与该货物同时或者大约同时向中华人民共和国境内销售的相同货物的成交价格来估定完税价格。

二是类似货物成交价格估价方法，即以与该货物同时或者大约同时向中华人民共和国境内销售的类似货物的成交价格来估定完税价格。

三是倒扣价格估价方法，即以与该货物进口的同时或者大约同时，将该进口货物、相同或者类似进口货物在第一级销售环节销售给无特殊关系买方最大销售总量的单位价格来估定完税价格，但应当扣除同等级或者同种类货物在中华人民共和国境内第一级销售环节销售时通常的利润和一般费用以及通常支付的佣金，进口货物运抵境内输入地点起卸后的运输及其相关费用、保险费，以及进口关税及国内税收。

四是计算价格估价方法，即以按照下列各项总和计算的价格估定完税价格：生产该货物所使用的料件成本和加工费用，向中华人民共和国境内销售同等级或者同种类货物通常的利润和一般费用，该货物运抵境内输入地点起卸前的运输及其相关费用、保险费。

五是合理方法，即当海关不能根据成交价格估价方法、相同货物成交价格估价方法、类似货物成交价格估价方法、倒扣价格估价方法和计算价格估价方法确定完税价格时，海关根据客观、公平、统一的原则，以客观量化的数据资料为基础审查确定进口货物完税价格的估价方法。

在海关确定进口货物的完税价格后，纳税义务人可以提出书面申请，要求海关就如何确定其进口货物的完税价格做出书面说明。海关应当根据要求出具《估价告知书》。

五、放行

放行(Discharged)是口岸海关监管现场作业的最后一个环节。海关在接受进出口货物的申报后，经审核报关单据、查验实际货物，依法办理进出口税费计征手续并缴纳税款后，在有关单据上签盖放行章，海关的监管行为结束，在此情况下放行即为结关。进出口商或其代理人凭海关签印的货运单据才能提取或发运进出口货物。未经海关放行的海关监管货物，任何单位和个人不得提取或发运。

海关放行的基本形式有以下几种。

(一) 征税放行

进出口货物在取得海关放行前，如属于应税货物，应由海关的税收部门，按照《中华人民共和国关税条例》和《中华人民共和国进出口税则》的规定，并根据一票一证的方式对这些货物收发货人征收有关关税和代征税，然后签印放行。

（二）担保放行

进出口货物的担保是担保人因进出口货物税款或某些证件不能及时备齐而向海关申请先予放行时，以向海关交纳保证金或提交保证函的法定方式向海关保证在一定期限内履行其在通关活动中承诺的义务的法律行为。其目的是为了确保海关监管货物的安全性，避免因纳税人无偿付能力或不履行义务而对海关造成的风险。

1. 担保放行的条件

根据《中华人民共和国海关关于进出口货物申请担保的管理办法》的规定，海关对符合下列情况的进出口货物实行担保放行制度。

(1) 暂时进出口货物，包括来华拍摄或与我国国内单位合作拍摄电影、照片、图片、幻灯而运进我国的摄影器材、胶卷、胶片、录像带、车辆、服装、道具等；来华进行体育竞赛、文艺演出而运进的器材、道具、服装、车辆、动物等；来华进行工程施工，学术、技术交流，讲学而运进的各种设备、仪器、工具、教学用具、车辆等。

(2) 正向海关申请办理减免税手续，而货物已运抵口岸，亟待提取或发运，要求缓办进出口纳税手续的。

(3) 国家限制进出口货物，已经领取了进出口许可证，因故不能及时提供的。

(4) 进出口货物不能在报关时交验有关单证(如发票、合同、装箱清单等)，而货物已运抵口岸，亟待提取或发运，要求海关先放行货物，后补交有关单证的。

(5) 经海关同意，将海关未放行的货物暂存放于海关监管区之外场所的。

(6) 因特殊情况，经海关总署批准的。

对下列情况，海关不接受担保。

(1) 进出口国家限制进出口的货物，未领到进出口货物许可证的。

(2) 进出口金银、濒危动植物、文物、中西药品、食品、体育及狩猎枪支弹药和民用爆破器材、无线电器材、保密机等受国家有关规定管理的进出口货物，不能向海关交验有关主管部门批准文件或证明的。

进出口货物担保的形式有两种：缴纳保证金和提交保证函。保证金是由担保人向海关缴纳现金的一种担保形式。对要求减免的进口货物在未办结有关海关手续之前，担保人申请先期放行货物，应支付保证金，保证金的金额应相当于有关货物的税费之和。保证函是由担保人按照海关的要求向海关提交的、订有明确权利义务的一种担保文件。出具保证函的担保人必须是中国法人，可由缓税单位的开户银行担保。

2. 担保的程序和期限

(1) 凡符合申请担保条件的货物，由申请担保人向办理有关货物进出口手续的海关申请担保，海关进行审核后，确定担保的形式。

(2) 以保证金形式申请担保的，由报关人向海关缴纳与有关货物的进口税费等额的保证金。海关收取保证金后，向报关人出具《中华人民共和国海关保证金收据》。

(3) 以保证函形式申请担保的，由担保人按照海关规定的格式填写保证函一式两份，并加盖担保人的公章，一份留海关备案，另一份由担保人留存。

在一般情况下，担保期不得超过 20 天，否则，由海关对有关进出口货物按规定进行处

理。有特殊情况的，在担保期限内申请延长担保期限的，由海关审核，适当予以延期。暂时进口货物的担保期限按照海关对暂时进口货物监管办法的有关规定执行，一般是在货物进口之日起6个月内。

3. 担保的销案

当事人办理进出口担保申请时，应在担保期满前，主动向海关办理销案手续。销案是指在规定期限内履行了事先承诺的义务后，海关退还担保人已缴纳的保证金或注销已提交的保证函，以终止所承担的义务。其中已缴纳保证金的，由报关人凭《中华人民共和国海关保证金收据》向海关办理退还保证金和销案手续；对保证函向海关申请担保的，由申请担保人凭留存的一份保证函向海关办理销案手续。对未能在担保期限内向海关办理销案手续的，海关可视不同情况，按下列规定处理。

(1) 将保证金抵作税款，责令报关人按规定补办进出口手续，并处以罚款。

(2) 责令担保人缴纳税款或通告银行扣缴税款，并处以罚款。

(3) 暂停或取消报关人的报关资格。

（三）信任放行

信任放行是海关为适应外向型经济发展的需要，在有效监管的前提下，对监管模式进行改革的一项措施。海关根据进出口企业的通关信誉、管理水平等因素，对其进行评估分类。对被海关授予"信得过企业"称号的各类企业给予通关便利，采取集中报关、预先报关、信任放行等优惠措施，使这些企业的进出口货物在口岸进出口时径直放行，事后一定时期内，通过分批或集中定期纳税来完备海关手续。这种放行制度是建立在海关与企业、报关人相互信任的前提下的。但在方便企业的同时，也给海关构成一定的管理风险。为此，各地海关采取与企业签订"信任放行"的谅解备记录，实行"义务监管员"制度，即企业按海关要求推荐义务监管员，经海关培训合格后发证上岗，代替海关行使权力。有的海关还开辟了"信得过企业窗口"，对这类企业的货物随到随放，由业务监管员代替海关查验。这些措施，为企业节省了通关费用，同时也缓解了海关力量不足的矛盾。当然，经海关批准的"信得过企业"，发现违反海关规定的情况，海关可以提出警告。情节严重的，可立即取消通关优惠企业资格，并依法从严惩处。

六、结关

结关即清关，习惯上又称通关，是指对经口岸放行后仍需继续实施后续管理的货物，海关在规定的期限内进行校查，对需要补证、补税货物作出处理直至完全结束海关监管的行为。

出口报关流程

出口报关大致分以下几个步骤。

第一步(前期工作)：跑单。

第二步(主要步骤)：审单。

第三步(重要步骤)：解决审单中发现的问题。

第四步：预录入报关单，譬如在H2000预录入系统中输入各种报关信息。

第五步：将预录入单与发票装箱单及相关证件校对，即对单。

第六步：在预录入系统中修改、校对前期过程中的错误。

第七步：通过系统向海关发送通关申报。

第八步：递交正式报关单。

第九步：配合工作人员做好查验、征税等工作。

第十步：收到海关的放行通知后，在确保未爆舱、未漏放的情况下箱子才可以上船。

第十一步(后期步骤)：退税。

复习思考题

1. 阐述关税征收对一国经济的影响。

2. 按征税标准划分，关税可分为哪几种？并比较这些关税计征方法之间的优缺点。

3. 一国想要鼓励国内高解析度宽屏幕电视机产业的发展，当前这种电视机国内售价很昂贵，达到6 500美元一台，生产这种电视机的零部件进口成本为3 000美元。世界市场上同种电视机的售价为5 000美元。

(1) 幼稚工业论认为应保护国内产业使之免于外国竞争。从这一论点出发，你认为从价关税税率应为多少？

(2) 这个关税税率对国内电视机产业的有效保护率为多少？

4. 报关时需要提交哪些单证？以出口贸易为例，简述报关流程。

5. 熟悉我国海关的税则目录，并能运用具体例子加以说明。

6. 反倾销与反补贴措施有哪些区别？

7. 实施反倾销的三个基本要件是什么？并解释它们的具体含义。

8. 案例题：中企临阵脱逃致美对织带征反倾销税。

案情介绍：2009年7月9日，美国宾夕法尼亚州拥有65年历史的比威客奥弗瑞公司连同其全资子公司狮子绸带公司向美国商务部提出申请，要求对中国产窄幅织带发起反倾销反补贴调查。2009年7月23日，美国对此作出立案决定，这是美国对中国纺织品发起的首起“双反”调查，也是后配额时代美国对中国纺织品采取的第一起贸易救济措施。中国大陆有15家织带企业参与了这场应诉，根据美方的做法，选择行业中输美出口量排名第一、第二名的中方企业作为代表强制应诉。厦门姚明织带饰品有限公司(下称“姚明织带”)即名列其中，成立不过5年的姚明织带对此毫无心理准备。在商务部门以及纺织品协会的指导下，姚明织带才弄清楚“双反”的概念以及相关程序，至于是否能打赢这场官司，心中却是没底的。高额的费用还是次要的，关键是胜诉的概率。国内企业自2005年以来接到的类似反倾销官司很多，胜诉的比例只有三成左右。但通过对国内企业的调查了解到，假如去应诉，就有机会争取到低税率，而不应诉，将会彻底地丢掉美国市场。权衡之下，姚明织带决定打这场硬战，美国是其第一大出口市场，销售额700万美元左右，占公司海外市场总销售额的60%以上。在上海一家有专业经验的律师事务所的指导下，姚明织带开始与美国商务部交战。为了证明自己清白，就必须填写一大叠美国方面的调查问卷以及提供相关的资料，应诉工作之繁重，超出了这家企业的想象。从订单、形式发票、商业发票、装箱单、出厂单、提单以及中国与美国两方海关的报关单，甚至连公司与客户之间的信函来往等情况都要提交，一大堆数据要一一核对，工作非常烦琐，而且还不能有任何的闪失，否则就会前功尽弃。

2010年2月6日，美国商务部公布对华窄幅织带反倾销反补贴合并调查倾销部分的初裁结果，两家强制应诉企业中，姚明织带倾销幅度为0，另一家由于未应诉，被裁定为231.40%的惩罚性税率；13家获得平均税率资格的企业被裁定为115.70%的税率，其他未应诉企业的全国统一税率为231.40%。

案情采访：姚明织带负责跟进此官司的副总经理卢远超在接受采访时谈道，他们是在对“双反”一窍不通的情况一步步去应战的。5个月的艰苦努力，姚明织带为这起官司已花费了200多万元，这对一个年销售额仅1亿多元的企业来说是不小的开支。更令人头痛的是应诉过程非常复杂琐碎，一些企业放弃应诉，估计与这些烦琐过程都有关系。卢远超称，织带业的关税一旦超过30%，美国客户就基本不可能接受。裁决一出，意味着除了姚明织带可以继续进入美国市场外，其他企业的织带全都被高额的税率挡在门外。

另外，据北京小耘律师事务所合伙人张毅说，他是15家应诉企业中一家企业的代理律师。本来应诉工作进行得还挺顺利，却因两家抽样调查的企业临阵脱逃受拖累，被征收高额的反倾销和反补贴税。这两家企业就是与姚明织带一起被美国选中为强制性应诉反补贴的漳州长泰荣树纺织有限公司，以及与姚明织带一起被选中为反倾销调查的宁波金田贸易有限公司。据张毅分析，可能是由于织带企业大多规模不大，而打这类官司需面临重重困难以及相对较高的费用，容易被吓倒。如果平时经营管理上不大规范，应诉就会更烦琐，费用也会更高。正因这两家放弃应诉，抬高了中国大陆织带的“双反”税率，13家没被抽中单独调查的应诉企业的税率，是取强制性应诉企业所获税率的平均值，而没参加应诉的企业，被征收最高额的税率。张毅谈到，美国在这起织带官司中，对中国台湾相关产品只征收不超过4.54%的税款，除了与美国承认中国台湾地区市场经济地位外，与台湾企业整体积极应对也有关系。对外经贸大学中美经贸研究院高级研究员周世俭也强调企业积极应诉的必要性。在前几年美国对中国对虾反倾销官司中，湛江国联经过积极应对，拿下了零税率，而在美国对中国卧室木家具反倾销官司里，中国企业也经过积极应对拿下很低的税率。在周世俭看来，未来中美贸易战可能继续升温，尤其是纺织服装将是“双反”的重灾区，此外还有汽车零配件，相关企业要时刻绷紧这根神经。

阅读这一案例，我国大陆企业在本次案件中被征收231.40%的统一税率，远远高于台湾企业4.54%的税率，谈谈你对此有何看法，你对国内企业在反倾销案件中的应诉心理和行为有哪些建议。

B&E

第七章 非关税措施

【本章导读】

随着关贸总协定和世界贸易组织对关税措施的减让谈判，关税对国际贸易的限制作用越来越弱，特别是在发达国家，因此，除了关税之外，各国还在大量使用各种各样的非关税措施。直至今日经济全球化的时代，非关税措施在限制进口、保护国内市场等方面的作用还在不断增强，并不断演变出更多、更新、更难以捉摸的非关税措施，对世界各国的经济和贸易发展产生着直接和间接影响。甚至，在一定程度上，对非关税措施的研究构成了贸易政策研究的主要部分。本章首先对非关税措施的特点、产生与实施的原因进行了介绍和分析；其次，对常用的一些非关税措施做了阐述；最后，对我国在新时期面临的新兴非关税措施进行了分析研究。

【学习目标】

1. 了解什么是非关税措施，以及非关税措施的特点、性质。
2. 熟悉几种常见的非关税措施，并了解它们是如何影响国际贸易的。
3. 分析我国面临的新兴非关税措施的发展趋势。

【关键概念】

非关税壁垒(Non-tariff Barriers)　进口配额(Import Quotas)
关税配额(Tariff Quotas)　进口许可证制(Import License System)
外汇管制(Foreign Exchange Control)　进口押金制(Advanced Deposit)
国家垄断经营(State Monopoly or State Trade)　国内税(Internal Taxes)
海关程序(Customs Procedure)　技术性贸易壁垒(Technical Barriers to Trade)
环境壁垒(Environment Barriers)　社会责任(Social Accountability)

第一节　非关税措施概述

从20世纪30年代资本主义经济危机以来，关税壁垒显现出它固有的局限性，不能完全有效地阻止外国商品的倾销。“二战”以后，随着经济的恢复和发展，通过GATT的多轮谈判，各国普遍削减了关税，使得关税壁垒作为一种贸易保护手段的作用比过去大大下降。于是各国转而普遍采用各种非关税壁垒的措施，以作为限制外国商品进口，保护国内工业和市场的重要手段。从20世纪70年代中期以来，由于受到又一次经济危机的影响，非关税壁垒的措施又一次扩张：第一，非关税措施的数量迅速增长且日益复杂化；第二，非关税壁垒的应用范围日益扩大，受非关税壁垒保护的商品，已从传统工业品、农产品扩大到高技术产品和劳务；第三，非关税壁垒的歧视性有所增强。

所以，尽管世界贸易组织重申合理的关税是世界贸易组织所允许的唯一的合法保护措施，但非关税壁垒仍然是当今影响国际贸易发展的重要障碍。

一、非关税措施的含义

非关税措施(Non-tariff Measures，NTMs)，也被称为非关税壁垒(Non-tariff Barriers，NTB)，是指除关税以外的一切干预进出口贸易的贸易政策和措施。

非关税壁垒和关税壁垒合在一起统称为贸易壁垒。国际贸易壁垒是指存在于国家之间，旨在对本国产业、技术和经济发展实施保护，而对外国产品进口实施某种程度限制的关税壁垒与非关税壁垒的总称。我国商务部2001年9月颁布的《对外贸易壁垒调查暂行规则》中对于对外贸易壁垒的含义作出了规定，本书将沿用这一定义，下面是具体规定。

外国政府(或地区)实施或支持实施的措施，具有贸易扭曲效果，符合下列情形之一的，视为贸易壁垒。

(1) 该措施违反该国(地区)与我国共同参加的多边贸易条约或与我国签订的双边贸易协定。

(2) 该措施对我国产品或服务进入该国(地区)市场或第三国(地区)市场造成或可能造成不合理的阻碍或限制。

(3) 该措施对我国产品或服务在该国(地区)市场或第三国(地区)市场的竞争力造成或可能造成不合理的损害。

外国(地区)政府未能履行与我国共同参加的多边贸易条约或与我国签订的双边贸易协定规定的义务的，该做法视为贸易壁垒。

早期的贸易保护措施主要是关税，但是，随着自由贸易思想的深入人心，传统的关税贸易壁垒不断遭到人们的质疑，日渐失去其存在的合理性，于是便出现了许多非关税贸易壁垒措施，主要有进口配额(Import Quotas)、关税配额(Tariff Quotas)、"自动"出口配额(Voluntary Export Quota)、国内含量条件(Domestic Content Requirements)、歧视性政府采购政策(Discriminatory Government Procurement Policy)、进口许可证制(Import License System)、外汇管制(Foreign Exchange Control)、国家垄断经营(State Monopoly or State Trade)、进口押金制(Advanced Deposit)、国内税(Internal Taxes)、海关程序(Customs Procedure)等，都是比较常用的非关税贸易保护措施。

随着关税的大幅度下降，世贸组织各成员方越来越多地借助非关税贸易壁垒作为贸易保护措施。因此，在世界贸易组织货物贸易多边协定中，有一些协议专门处理可能对贸易造成障碍的非关税措施问题。这些协议主要有《技术性贸易壁垒协议》、《进口许可程序协议》、《原产地规则协议》、《装运前检验协议》、《与贸易有关的投资措施协议》等。

二、非关税措施的特点

关税措施是通过提高进口商品的成本，提高其价格，降低其竞争力，从而间接地起到限制进口的作用。非关税措施则是直接限制进口，与关税措施相比，非关税措施的特点如下。

(1) 非关税措施具有较大的灵活性和针对性

各国的关税措施作为国家海关法的组成部分，与其他法令一样，关税税率的制定往往需要一个立法程序，一旦以法律的形式确定下来，便具有相对的稳定性。关税税率的调整还受到其他国际条约或协定的制约，如最惠国待遇条款的约束，进口国往往难以做到有针对性的调整。相比之下，非关税措施作为政府的行政措施，这些措施的制定和实施，则通常采用行政手段，因此，不仅可以自由制定，随时修改，迅速发挥作用，而且进口国还可以根据不同的国家做出调整，因而具有较强的灵活性和针对性。例如，德国曾规定禁止车门从前往后开的小汽车的进口，而那样的小汽车，正是意大利菲亚特公司所生产的。

(2) 非关税措施更具有效性

关税措施是通过调整税率，征收高额关税，进而提高进口商品的成本来削弱其竞争力。如果出口国政府对出口商品予以出口补贴或采取倾销的措施销售，则关税措施难以起到限制商品进口的作用。但一些非关税措施则能直接地限制进口，如进口配额等，预先规定进口的数量和金额，超过限额就直接禁止进口，这样就能把超额的商品直接拒之门外，达到关税措施所不能实现的预期目的。

例如，一些国家可能出于各种不同的原因(发展本国的民族工业，或保护已经高度发展但技术落后的产业，或出于国际收支平衡的原因，等等)，限制外国小汽车的进口。这些国家的小汽车的进口关税可能高达100%，甚至更高，但是，由于国内的需求与供给的缺口较大，或出于国民的偏好，进口的小汽车在交纳了高额关税之后，在国内市场销售仍有很高的利润。例如，在中国，进口一辆普通奔驰轿车，进口成本约5万美元，按2006年的汇率(1美元折合8元人民币)计算，约合40万元人民币，假如关税高达100%，则完税后的进口成本为80万元人民币。而该种轿车在国内市场上的价格高达100多万元人民币。虽然有很高的关税壁垒，但是进口商的利润还是可以高达25%以上。在这种情况下，高额关税已不能有效地限制小汽车的进口，而必须求助于非关税措施。我国当年限制小汽车进口除订立了高额关税之外，还使用了数种非关税措施的组合，有效地将外国汽车的进口限制在预先规定的水平。

(3) 非关税措施更具有隐蔽性和歧视性

一国的关税一旦确定下来之后，往往以法律法规的形式公布于众，人人皆知，不可能保密，进口国只要依法行事就可。而非关税措施经常借用某些理由往往不采取公开的方式，或者规定为烦琐复杂的标准或程序，由行政机关在具体业务中执行，且经常变化，捉摸不定，使出口商难以适应。例如，美国当年订立的反补贴法既没有对“产业损害”制定明确的要求，又对“补贴”定义得非常宽泛。因此，美国可以根据此法案对其他国家的产品提出反补贴要求。再如，欧共体曾立法禁止用荷尔蒙催肥的牛肉进口，这项立法看似不针对任何国家，其实，受限制的国家是美国和加拿大，因为当时只有这两个国家的农场使用荷尔蒙促使牲畜快速生长。

而且，有些非关税措施就是针对某些国家的某些产品设置的，已达到歧视某些国家或某些产品的目的，例如，国别配额，就是对从另一国进口的直接限制，具有明显的歧视性。再如，配额与进口许可证一起使用，其歧视性就毋庸置疑了。“自动出口配额”是出口国迫于某些进口国的压力为避免制裁或报复而采取的自限措施，也具有明显的歧视性。

(4) 非关税措施更加难以对付

征收进口关税，海关人员按照从价关税或者从量关税的税率征收，比较好掌握标准，而实施进口配额比较难以操作，主要是因为：①在实施进口配额的条件下，新产品和便宜的商品难以获得配额，因为一般分配额是按照原有的市场份额分配的，也就是说原有产品会占有相当大的份额。同时,配额一般是对进口数量限制,因此,进口商为了充分利用配额获得最大利润,必然进口高附加值的产品,那些便宜的产品自然不会有人乐于进口。②实施进口配额,会由配额引起新的配额,造成配额的种类越来越多。比如,一个国家对进口制造纸张的木材实施进口配额,那么进口商会转向进口纸浆,进口国对于进口纸浆实施进口配额,那么进口商又会转向进口一般纸张。如,有些国家规定对于植物类药品的进口严加限制,要求此类药品必须标明其所含成分的量值与制造标准。这些要求,看似不针对任何国家,实则是对我国中草药出口实行的限制。因为世界上大量出口中草药的是我国,而制造工艺的落后、中草药方千变万化以及成分难以测定的特性,使得我国众多的中草药出口企业难以适应,极大地影响了我国中草药出口的发展。

三、非关税措施产生与实施的原因

(一) 经济方面的原因

为了促进本国经济发展,或者为了阻止经济下滑,一国会对幼稚产业或衰退产业采取保护措施。在某些国家,特别是西方发达国家,随着经济的不断发展,这些国家的产业结构也不断地发生着变化,原来曾经是迅速发展、蒸蒸日上的所谓"朝阳产业"(Sunrise Industry),经过其成长、成熟阶段以后,就进入了日益衰落的阶段,成为所谓的"夕阳产业"(Sunset Industry)。或者一些刚刚兴起尚未成熟的产业,称为"幼稚产业"(Infant Industry),出于对夕阳产业或幼稚产业的保护而实施非关税措施。例如美国的钢铁工业曾是美国的三大支柱产业(钢铁业、建筑业、汽车业)之一,1973 年美国产钢 13 680 万吨,占世界总产量的 20%,但到 1982 年钢铁产量就降至 6 613 万吨,美国钢铁产业的衰落是多方面原因造成的,但美国为了不使钢铁业尽早地退出历史舞台,就出台了诸多的钢铁保障措施,如对进口的 10 个钢材品种征收 8%~30%的关税。美国的这一钢铁保障措施还引发了欧盟、中国、巴西、日本、韩国、新西兰、挪威、瑞士等国上诉到世界贸易组织。其他产业目睹了美国钢铁产业尝到的保护主义甜头,纷纷起而效之,如纺织和服装业、一般制造业、化工产业,以及农业等部门,也不断提出保护主义的要求,美国政府为了保护这些产业而采取的措施大多属于非关税措施。1791 年美国财政部部长亚历山大·汉密尔顿就曾向众议院发布了一份报告,即著名的《关于制造业的报告》,其中就大量探讨了鼓励和帮助发展幼稚产业的理由和具体措施。除了美国之外,欧盟、日本等发达国家也经常使用非关税措施以保护其竞争力日益衰减或尚不成熟的产业。

贸易平衡问题往往也会成为推行保护主义的一种借口。一般来说,一个国家的贸易如能达到进出口平衡是比较理想的。但是对于不同的国家,由于商品结构和需求结构的不同,都达到平衡是不可能的。特别是对于有贸易禁运或贸易限制的国家来说,这种平衡就更为不易。例如,中国向欧美出口大量的生活资料产品,中国需要进口的则是欧美先进的技术、设备以及武器装备等国防用品。而这些产品,恰恰是美欧对中国实行限制的产品。所以,要彻底解决贸易平衡问题,还需进一步自由化,还需要撤销有关的出口限制。各国为了达到所谓的贸易平衡,采取的手段常常是非关税壁垒。

(二) 政治方面的原因

(1) 国内政治斗争的需要。在某些西方国家中,政治斗争,特别是党派之间的斗争,往往成为推行保护主义的原因。例如，在美国，每当大选临近之际，在野党往往将执政党经济政策的失误，说成政府对外国手段软弱的结果。而执政党为表现其强硬的态度，则会在临近大选之际变本加厉地推行保护主义。这样做既可以迎合部分选民的需要，同时又可以堵住反对党的嘴。

(2) 外交斗争的需要。有时出于外交斗争的需要，一些国家可能对另一些国家的贸易实行限制，以达到其外交的目标。例如，20 世纪 70 年代，罗得西亚(今津巴布韦)由白人种族主义者统治，为迫使白人种族主义者改变种族主义的做法，国际社会对其实行了经济制裁，主要的形式就是"禁运"这种非关税措施。2006 年 10 月初，朝鲜宣布进行了首次核试验。作为外交手段之一，联合国通过了对朝鲜进行制裁的决议，其目的就是试图迫使朝鲜回到谈判桌上来。

(3) 对敌对国家的禁运。禁运(Embargo)为贸易禁运的简称，指一国或数国政府通过立法，禁止其国民或企业对另一国或数国的贸易往来。例如，不许向对方输入或输出商品、军火、黄金或其他重要物资，同时也禁止本国的车船、飞机等运输工具驶往被禁运国家或地区。例如，1920—1930 年间，美国曾经数次立法禁止将木材、锰矿石、无烟煤、石棉等产品运往苏联。1973 年中东战争时，阿拉伯产油国家联合其他产油国，以石油为武器，对支持以色列的国家实行禁运。1990 年 8 月，由于伊拉克入侵科威特，联合国安理会先后通过多项决议，决定对伊拉克实施强制性经济制裁和军事制裁。

(4) 国家安全理由。世界各国都规定了基于国家安全方面的考虑而对进出口贸易实行限制的法规。例如，在战时或者为了维护国际和平与安全，国家在货物、技术进出口方面可以采取任何必要的措施。另外，在一些国土狭小、耕地稀少而人口众多的国家，粮食安全问题始终是国家的头等大事，让这些国家放弃对农业的保护措施，使其粮食供应大部分依靠进口维持，无异于取消了生存的保障，是绝不会接受的。日本在历次全球农产品问题的贸易谈判中都保持了强硬的立场就充分说明了这一点。日本历届政府对农产品的进口设置了重重障碍，其非关税措施的苛刻与花样繁多在世界贸易中显得十分突出。

(三) 文化、宗教与意识形态方面的原因

(1) 文化与习惯方面的原因。国与国之间的文化差异有时是难以逾越的。例如，由于历史的原因，在美国，公民可以拥有武器，只要达到一定年龄的公民没有犯罪前科或犯有精神方面的疾病，均可以拥有武器或携带武器。而在其他国家，携带枪支，甚至携带受到管制的刀具即被视为违法，自然这些受管制的产品的进出口也受到严格的限制。

(2) 宗教原因。世界上许多宗教都有自己的禁忌。如在印度，主要有印度教徒和伊斯兰教徒。印度教徒信奉牛为神物，不吃牛肉；而伊斯兰教徒则将猪与狗奉为崇拜的图腾，自然也远离猪肉和狗肉。因此在对外贸易中，上述几种商品即被有关国家视为禁止贸易的对象。另如，不论是伊斯兰教徒还是佛教教徒都不得饮酒，因而在一个绝大多数为伊斯兰教徒或佛教教徒的国度，含酒精饮料的进口就受到严格的限制。例如，沙特阿拉伯是伊斯兰教的发源地，该国宗教气氛浓厚，凡违背宗教信仰和道德的商品、行为均遭受严格禁止。在该国，一切与猪有关的商品绝对禁止进口，各种酒类也一律不得进口。

(3) 意识形态方面的原因。意识形态的差异也可以影响到贸易的进行，对于有些涉及意识形态的产品也会进行抵制。例如，有些国家的一些政客或学者对我国肆意进行诋毁，或者故意歪曲历史，那么，这些人的著作，特别是涉及歪曲我国现状或历史的出版物就要禁止进口,以免其毒害我国的读者。此外,近年某些国家制作的一些网络游戏软件,也有歪曲历史或宣扬暴力的内容,就受到了我国有关部门的查禁。同理,我国一些研究西方国家的书籍,特别是揭露某些国家霸权主义或复辟军国主义的真面目,或评论其社会的腐朽或阴暗面的著作,以及一些宣传我国社会主义的优越性,宣传马克思主义、毛泽东思想和邓小平理论的书籍,出口到西方国家也会受到严格的限制甚至禁止。另外,有些产品,其形状或外表的图案带有强烈的政治或意识形态色彩,其出口或进口也会受到限制。例如,在阿拉伯国家,凡是产品上带有六角星形(以色列国旗上的图案)的商品一律不得进口。

(四) 社会与道德方面的原因

(1) 保护就业的需要。一般在经济萧条时期,各国都趋向于对进口商品实行限制,以确保其国民收入用在购买国内商品上,这样就能为国内就业提供机会。两次世界大战期间出现的“超贸易保护主义”思想和20世纪70年代后期出现的“新贸易保护主义”思想,其主要特点就是以非关税壁垒限制进口,保护国内就业。

(2) 保护人权。世界保护人权公约规定,不能强迫他人劳动。因此,有些国家对于监狱中的劳动产品的出口进行抵制,如果发现某些产品系监狱产品,则予以退货或罚款。但由于世界文化、传统、意识形态等方面的差异,不同社会、不同国家对人权的认识也不尽相同,在人权问题上没有统一的国际标准。因此,世界各国应该在人权的认识上求同存异,相互尊重基于不同文化背景的人权观,而不能以自己的人权标准去衡量他国的标准。例如,一些西方国家,特别是受宗教教义的影响,在刑法中废除了死刑,他们认为是人权观的体现,是人类文明的进步。而在另一国家,如东方国家,死刑的废除意味着有可能出现更大灾难,甚至社会的动乱、族群的屠戮、国家的灭亡。所以,某些国家以所谓的人权标准对他国的出口产品进行抵制,其背后的真实目的,并非什么保护人权,而是保护其经济利益。对这一点,我们必须有清醒的认识。

当然,对于劳工权利的保障,对于妇女、儿童的身心健康的保护等,世界各国的做法基本都是一致的。有些国际组织或某些国家也为此而制定了相应的标准,违反这些标准而生产的产品,在进出口时应依照国际义务对其进行限制或抵制。我国《对外贸易法》第十六条第十一款也就此规定,根据我国缔结或者参加的国际条约、协定的规定,应对违反规定的产品限制或者禁止进口或者出口。

(3) 保护社会公共利益或公共道德。对于违反社会公共利益或者违反公共道德的产品,许多国家制定了限制或禁止进口的规定。如,我国《对外贸易法》第十六条规定,为维护社会公共利益或者公共道德,可以限制或者禁止有关货物、技术的进口或者出口。社会道德责任标准(Social Accountability 8000,SA8000)是继ISO9000、ISO14000之后出现的又一个重要的国际性标准,在未来,美国、欧盟一些国家可能会开始强制推行SA8000标准认证,这对我国的产品出口将形成新的贸易障碍。

(五) 卫生与环境保护方面的原因

国际社会制定了近160个环境与资源保护条约,各国制定的环保法规也越来越多。有关食品安全的限量标准更是成千上万,国际食品法典委员会制定了近万个限量标准,美国、日本和欧盟关于农药和环境污染物的标准就有数千项。为了逃避环境恶化的责任,各国政府之间往往互相指责,而在贸易政策上的表现,则是制定更严格的标准,限制他国产品的进口。对于此类以环境保护为目的的各种措施,有时统称为环保壁垒。2002 年 1 月到 11 月,美国拒绝我国产品入境共计 1 283 批次,其中食品、农产品占一半以上。2003 年日本对我国蔬菜实行限制,多以农药残留超标、抗生素问题为借口,使我国蔬菜出口损失惨重。再加上发达国家对本国农业的巨额补贴等不利因素影响,可以预见,未来相当长的一段时间内,我国农产品出口面临的国际形势是十分严峻的。据《京华时报》报道,2006 年 6 月,深圳检验检疫局从日本输华鱼肉肠中检出山梨酸含量超标后,广东、山东、辽宁、天津、上海等地出入境检验检疫部门又陆续从近 30 批次的进口日本食品中发现质量问题,其违反我国卫生标准的原因见表 7-1。

表 7-1 不合格日本食品及其原因

产品名称	不合格原因
元大牌系列鱼肉肠	山梨酸含量严重超标
日本九州腌制萝卜	山梨酸含量超标
日本冻刀鱼	检出单增李斯特菌
日本冻章鱼	检出金黄色葡萄球菌
日本蛋糕	铝含量超标
日本马铃薯粉	二氧化硫严重超标
日本冷冻蚝豉	镉含量超标 5 倍多

保护生态平衡也是一些国家实施非关税措施的原因之一。由于生存环境的变化,和人类出于商业目的的大量捕杀或采集,某些珍稀的动植物资源已濒临灭绝。为了保护这些资源,一些国家或国际组织都制定了禁止或限制进出口某些动植物活体或制品的法规。

然而,对于那些借环保之名行保护主义之实的做法,则必须进行坚决的斗争,使有关国家废除那些不正当的做法。在这方面,可以采取外交的手段,也可以寻求有关国际组织的裁决。

(六)其他原因

在关税措施难以对国际贸易进行有效调节的时候,世界各国别无选择,只有乞灵于非关税措施。加之,非关税措施比关税措施在制定和实施上又具有更大的灵活性和方便性,这就为限制贸易措施的实施提供了极大的便利。非关税措施也常常被作为对其他国家贸易做法的一种报复手段。例如,我国《对外贸易法》第七条也规定,任何国家或者地区在贸易方面对中华人民共和国采取歧视性的禁止、限制或者其他类似措施的,中华人民共和国可以根据实际情况对该国家或者该地区采取相应的措施。当前,对外贸易在很大程度上已经成为一国经济发展的发动机,各国均十分重视,因此,为了限制他国发展,对他国贸易的发展实施限制也就毫不奇怪了。例如,印度对我国产品的出口设置了许多障碍,过度使用反倾销就是常用的手段之一。墨西哥在中国入世时也提出了十分苛刻的条件。

美国贸易代表办公室驳回针对中国的劳工权利的诉讼

2006 年 7 月 21 日,美国贸易代表办公室宣布,美国贸易代表决定驳回美国劳工联合会—工业组织联合会针对中国劳工权利所提起的 301 调查申请。

2004年4月,美国劳工联合会—工业组织联合会曾向美国贸易代表办公室提起类似申请,但被驳回。

美国贸易代表办公室发言人史派瑟表示,"与2004年4月我们驳回就中国劳工权利问题提起301申请时所解释的理由一样,我们认为美国政府没有必要花一年的时间去调查中国的劳动力状况。"

史派瑟认为,中国在劳工权方面确实需要采取许多措施,我们也利用最有效的机制要求中国改善劳工权利问题。但301调查既不能更清楚地说明该问题,也不能更有效地解决中国劳工的权利和劳动条件问题。

史派瑟表示,美国政府已经解决,并且将继续解决与中国的劳动力问题,确保中国的劳工权利机制得到完善。"尽管需要改善的方面很多,但已经取得了一定的进展。如中国的工资正在提高,劳动检查也开始改善。"

(资料来源:转载自蒋德恩编著.非关税措施.北京:对外经济贸易大学出版社,2006)

第二节 非关税措施的主要种类

下面对常见的十种非关税措施逐一介绍。

一、进口配额

进口配额(Import Quotas)是一国政府在一定时期以内,对于某些货物的进口数量或金额加以直接的限制,是发达国家实行进口数量限制的重要手段之一。进口配额又可分以下两种。

(一) 绝对配额

绝对配额(Absolute Quotas)是在一定时期内,对某些货物的进口数量或金额规定一个最高数额,达到这个数额后,便不准进口。在实施中又分以下两种:全球配额和国别配额。

1. 全球配额

全球配额(Global Quotas; Unallocated Quotas)属于世界范围的绝对配额,对于来自任何国家或地区的货物一律适用。主管当局通常按进口商申请的先后或过去某一时期的进口实际数额批给一定的额度,直至总额发放完为止,超过总配额就不准进口。由于全球配额不限定进口国别或地区,在限额的分配和利用上,难以贯彻国别政策。对地理位置近的国家有利一些。

2. 国别配额

国别配额(Country Quotas)是在总配额内按国别和地区分配给固定的配额,超过规定的配额便不准进口。为了区分来自不同国家和地区的货物,进口商必须提交原产地证明书。国别配额可以使进口国根据它与有关国家或地区的政治经济关系分配给不同的额度。一般来说,国别配额又可分为自主配额和协议配额。

(1) 自主配额(Autonomous Quotas)又称单方面配额,是由进口国家完全自主地、单方面强制规定在一定时期内从某个国家和地区进口某种货物的配额。这种配额不需征求出口国家的同意。一般参照某国过去某年的输入实绩,按一定比例确定新的进口数量或金额。

自主配额由进口国家自行制定，易引起某些出口国家或地区的不满或报复，因此，有些国家采用协议配额，以缓和矛盾。

(2) 协议配额(Agreement Quotas)又称双边配额，是由进口国和出口国政府或民间团体协商确定的配额。通过双方政府协议订立的协议配额，一般需在进口商或出口商中进行分配；双边的民间团体达成的配额，应事先获得政府许可，方可执行。

现在不少国家对进口配额规定得非常复杂，对配额商品订得很细，有的按商品不同规格规定不同配额，有的按价格水平差异规定不同配额，有的按原料来源的不同规定不同配额，有的按外汇管制情况不同规定不同配额，有的按进口商的不同规定不同配额等。绝对配额通常用完后便不准进口，但目前有些国家出于某种特殊需要，订有额外的特殊配额或补充配额，如展览会或博览会配额等。

(二) 关税配额

关税配额(Tariff Quotas)是对货物进口绝对数额不加限制，而对在一定时期内，在规定配额以内进口货物，给予低税、减税或免税待遇；对超过配额进口货物则征收附加税或罚款。

关税配额按货物进口的来源，也可分为全球性关税配额和国别关税配额。按征收关税的目的，可分为优惠性关税配额和非优惠性关税配额。

二、"自动"出口配额

"自动"出口配额又称自愿出口限制(Voluntary Restriction of Export)，是出口国或地区在进口国的要求或压力下，自动规定某一时期内某些货物对该国的出口数额限制，在限定的数额内自行控制出口，超过限额即禁止出口。"自动"出口配额带有明显的强制性。进口国往往以货物大量进口使其有关工业部门受到严重损害，造成所谓"市场混乱"为理由，要求有关的出口国自动限制货物出口，否则就单方面强制限制进口。在这种情况下，一些出口国家不得不被迫实行"自动"出口配额。

"自动"出口配额一般有以下两种形式。

(1) 单方"自动"出口配额，即由出口国单方面规定某种商品对某国的出口限额。这种配额大都由政府规定并予以公布，出口商必须向有关主管部门申请配额，在领取出口许可证或出口授权书等证明文件后才准予出口；也有的是由出口国的出口厂商或其同业公会、行会等根据政府的政策意向来规定。

(2) 协定"自动"出口配额，即由出口国与进口国双方通过谈判签订一项"自动限制协定"或"有秩序销售协定"，以规定某些商品在该协定有效期内的出口配额。出口国根据这一配额实行出口配额签证制、发放出口许可证，自行限制有关商品的出口；进口国则根据其海关对出口国输入有关商品的统计数字来进行监督检查。

目前在国际贸易中，"自动"出口配额大多采取出口国与进口国经谈判达成自动限制协定的方式，而且随着贸易保护主义的加强，这种自限协定的内容也日趋复杂。一般包括以下几个方面。

(1) 配额水平，即规定在协定有效期内出口国各年度的进口限额。通常是以协定签订前一年的实际出口量，或协定最后一年的出口配额为基础，来协商确定协定期内第一年的限额和以后各年度的增长幅度。它又有以下几种具体形式。

① 总限额,即自动限制协定项下所有商品总的限额。

② 组限额,即按不同的类别将商品进行分组,分别规定其限额。

③ 个别限额,即将某些所谓"敏感性产品"作为特别项目,另行规定其限额。

(2)"自动"出口配额商品的分类和细目。随着自限商品品种的增多,商品的分类和细目日趋复杂。

(3) 限额的融通,即协定中各种自限商品的限额相互间融通使用的权限与数额,主要有水平融通和垂直融通。水平融通是在同一年度内,某组或某项商品的配额拨给另一组使用的数额,也叫替换率,用百分比表示,一般在1%～15%之间,但有些商品的配额禁止调用;垂直融通包括留用额和预用额,前者是当年未用完的配额拨入下一年度使用的最高数额,后者是当年配额不足而预先使用下一年度配额的最高数额。

(4) 保障条款,进口国有权通过一定的程序,限制或停止某些造成"市场混乱"或使进口国生产者蒙受损害的商品的进口。这一条款的规定有助于进口国更有效地限制某些商品的进口,以保护国内的工业和市场。

(5) 出口管理的规定,即在协定中规定出口国对自限商品应进行严格的出口管理,以确保其实际输出不超过限额水平,并尽可能均匀输出。

(6) 协定期限。一般为3～5年,必要时可作延长。如一方要求终止协定,一般应提前60天通知对方。

"自动"出口配额是"二战"以后在国际贸易领域出现的一种新的非关税措施,而且随着贸易竞争的日趋激烈和进口国进口限制的日益增强,出口国被迫越来越多地采取"自动"出口配额的做法,启动出口配额商品的范围也越来越广。

"自动"出口配额制属于世界贸易组织(关贸总协定)在调整世界贸易关系、制定多边贸易协定时未涉及的,或规定不甚明确的"灰色区域"措施,它被进口国直接利用来代替总协定第十九条保障条款的规定,并构成违反总协定基本法律原则的行为。这种非关税措施具有很大的隐蔽性,它以出口国"自动"限制其商品出口的面目出现,而且往往具有双边协定的形式,从而逃避了世界贸易组织(关贸总协定)的监督和检查。

三、进口许可证制

进口许可证制(Import License System)是指为进口国家规定某些商品的进口必须事先申领进口许可证,否则一律不准进口。许可证制度可分为两种情况:

按许可程度,可分为自动许可证制和非自动许可证制。

(1) 自动许可证制是一种程序,通常用于两种目的,一是为统计目的,为海关当局提供进口货物情况的基础;二是被用于监督目的,即一个政府可以知道可能损害国内工业的大量的重要产品进口情况,这种监督制度又可称为事先保障制度,有些政府使用自动许可证就是为此目的。

(2) 非自动许可证制。非自动许可证制的透明度很低,因为许可证手续的管理是一种纯粹的行政手段。在发放或分配许可证时,推迟在申请表上盖章就可阻止外国货物的进口,尽管没有关税,没有数量限制,但这样却成为极为有效的障碍。

按与配额的关系,可分为有定额的进口许可证和无定额的进口许可证。

有定额的进口许可证是指国家有关机构预先规定有关商品的进口配额,在配额的限度内，根据进口商的申请对于每笔进口货物发给进口商一定数量或金额的进口许可证。

无定额的进口许可证是指进口许可证不与进口配额相结合，国家有关政府机构也不预先公布进口配额，颁发有关商品的进口许可证，只是在个别考虑的基础上进行。此种进口许可证没有公开的标准，因而给正常贸易造成更大困难，其限制进口的作用更大。

四、外汇管制

外汇管制(Foreign Exchange Control)是一国为平衡国际收支和维持本国货币汇价而对外汇买卖和国际结算实行的限制。

外汇管制对国际贸易的影响在于：当一国实施外汇管制时，出口商必须把出口所得到的外汇收入按官方汇率卖给外汇管制机构，不能截留外汇收入；进口商必须在外汇管制机构按官方汇率买入外汇。本国货币的携出入国境也有严格限制。这样，政府有关机关可以通过确定官方汇率，集中外汇收入和控制外汇供应数量来达到限制进口商品品种、数量和控制进口国国别的目的。

外汇管制的方式包括数量管制和汇率管制。数量管制是对外汇买卖的数量实行限制和分配。汇率管制是国家外汇管理机构利用外汇买卖成本差异影响不同商品的进口，方法是实行复汇率制度，即进出口的不同商品采用不同的汇率，鼓励或限制不同的商品出口和进口。

五、国家垄断经营

国家垄断经营(State Monopoly or State Trade)是指在对外贸易中，对某些或全部商品的进出口，规定由国家机关直接经营，或是把商品的进口或出口的垄断权给予某些组织。

世界各国对进出口商品垄断的情况不尽相同，归纳起来，主要集中在以下三类商品上：第一类是烟和酒。烟、酒是非生活必需品，但却是消费者众多、消费量很大的商品，国家对其实行垄断，既可以取得巨大的财政收入，又可以将其进口控制在一定的数量之内。第二类是农产品。农产品是敏感性商品，关系到国计民生，因此，许多国家对其进出口实行垄断。第三类是武器。武器直接关系到整个国防和社会的安定，几乎世界上所有的国家都由国家直接垄断武器的进出口，或委托一些大的跨国公司、国营公司来负责，以有效控制武器的进出口。

六、歧视性政府采购

政府采购又称公共采购，是指为了公共需要，由国家机构(包括中央和地方各级政府部门以及国有企业)以公开招标的方式从国内、国外市场上购买货物、服务和工程建筑的行为。歧视性政府采购(Discriminatory Government Procurement Policy)是指国家制定法令，规定政府机构在购买商品时要优先购买本国产品，进而限制进口商品销售的一种歧视性政策。政府采购购买的产品既包括日用品、办公设施，也包括建桥筑路、能源交通等公共基础设施。通过对政府采购制定一些有利于本国产品不利于进口产品的差别待遇措施，可以缩小进口商品的市场，这种采购政策既可能影响国内采购，也可能影响国际性采购。美国是世界上最早立法实行政府采购政策的国家，1920 年美国通过了《琼斯法》，该法律规定国内贸易的运输必须使用美国造船厂制造、由美国驾驶员驾驶、为美国人所有、在美国注册的船只，这一法律一直延续至今。美国在汽车销售上也规定，凡用做公务车，必须购买美国国产车。

政府采购的方式有招标、谈判以及招标、谈判相结合三种。招标是最主要的方式，招标又分为公开招标、选择性招标和限制性招标。

由于政府是各国经济中最大的货物与服务采购者，因而政府采购在各国经济发展中起着很重要的作用。据欧盟估算，政府采购的金额占其成员国国内生产总值的15%，发展中国家的比例更高。在乌拉圭回合谈判后期达成了《政府采购协议》，为全球的政府采购明确了方向。

七、国内税

利用国内各种课税制度来限制进口的办法，称为国内税(Internal Taxes)。采用征收国内税限制进口的做法的特点是：

首先，具有一定的灵活性。此方法比关税灵活得多，可以巧立名目。

其次，具有一定的伪装性。因国内税的制定和执行是属于本国政府机构，有时属于地方政府机构的事情，是一国的内政，不受贸易条约或多边协定的限制和约束。

最后，可以体现差别性。对同一种商品，因由不同国家生产，所征国内税可以差别很大。

法国曾对引擎为5匹马力的汽车每年征收养路费12.15美元，对于引擎为16匹马力的汽车每年征收养路费30美元，当时法国生产的汽车最大为12匹马力，可见，实行这种税率的目的在于抵制进口汽车。再如，美国、瑞士和日本进口酒精饮料的消费税都高于本国制品。

八、最低限价和禁止进口

最低限价(Minimum Price)是指一国政府规定某种进口商品的最低价格，若进口商品低于最低价，则禁止进口或征收进口附加税。例如，1985年智利对绸坯布进口规定每千克的最低限价为52美元，低于此限价，将征收进口附加税。

禁止进口(Prohibitive Import)是限制进口的一种极端措施。当一国政府认为一般的限制已不足以解救国内市场受冲击的困境时，就会颁布法令，公开禁止某些商品进口。但这种措施很容易引起对方国家的相应报复，引发贸易战，最终对双方都无好处，因此不宜贸然采用。

九、进口押金制

进口押金制(Advanced Deposit)又称进口存款制或进口担保金制，是指进口商在进口商品前，必须预先按进口金额的一定比率和规定的时间，在指定的银行无息存储一笔现金的制度。例如，意大利政府从1974年5月到1975年3月曾对400多种进口商品实行进口押金制度。它规定某些进口商无论是从任何一国进口，进口商都必须预先向中央银行交纳相当于货值一半的现款押金，无息冻结半年。据估计，这项措施相当于征收5%以上的进口附加税。又如巴西政府规定，进口商必须按进口商品船上交货价格预先交纳与合同金额相等的为期360天的存款方能进口。

十、专断的海关估价制

海关估价(Customs Valuation)是以所确定的进口货物的价格为依据，计算出应付进口关税额。根据世贸组织的规定，海关对进口货物的估价，应以进口货物或相同货物的实际价格，作为计征关税的依据，而不能采用武断的或虚构的估价以提高计征从价值。然而，一些进口国利用海关估价变相地提高进口商品价格，达到征收高关税，限制进口目的，就成为专断的海关估价。用专断的海关估价来限制商品的进口，以美国最为突出。长期以来，美国海关是按照进口商品的外国价格（进口货物在出口国国内销售市场的批发价）或出口价格（进口货物在来源国市场供出口用的售价）两者之中较高的一种进行征税。这实际上提高了缴纳关税的税额。此外，美国还对一些商品实行"美国售价制"这种特殊估价标准进行征税。例如，某种煤焦油产品的进口税率为从价税 20%，它的进口价格为每磅 0.5 美元，应缴进口税每磅 0.1 美元，而这种商品的"美国售价"为每磅 1 美元，按同样税率，每磅应缴纳进口税 0.2 美元，其结果是实际的进口税率不是 20%，而是 40%，税率增加了一倍，这就有效地限制了外国货的进口。

第三节　新兴的非关税措施

GATT 对推动世界贸易的自由化发展作出了巨大贡献，WTO 的成立进一步规范了世界贸易的秩序化和法制化，上述这些非关税壁垒措施也将在世贸组织的规则下逐步规范，为此，发达国家为了继续保有其国内外市场，纷纷以人类健康、生态环境、消费者权益、知识产权的保护为名推出新的非关税壁垒措施，如技术性贸易壁垒、绿色贸易壁垒、社会责任壁垒和知识产权壁垒等，本节就对这些新兴的非关税措施作一介绍。

一、技术性贸易壁垒

技术性贸易壁垒（Technical Barriers to Trade，TBT）是指一国或区域组织以维护国家或区域安全、保障人民健康和安全、保护动植物健康和安全、环境保护、防止欺诈行为、保证产品质量等理由对商品和服务进口以及外资进入所制定的复杂苛刻的技术标准、卫生检疫规定、商品包装和标签规定、环境壁垒和其他一些技术措施等。有些规定和措施非常复杂，而且经常变化，使外国产品难以适应，从而起到限制进口的作用。技术性贸易壁垒的产生与经济、技术和法律的发展有着密切联系。一方面，因为技术标准和法规等的制定和实施而成为阻碍贸易发展的障碍；另一方面，社会经济和科学技术的飞速发展需要技术标准和法规等规范生产、保证贸易产品质量、提高社会经济效益。

（一）技术性贸易壁垒的分类

目前，国内外对技术性贸易壁垒的含义理解不一，导致其分类也没有统一的标准。国外对技术性壁垒的研究较早，如阿兰·迪尔道夫和罗伯特·思恩特在《非关税壁垒的衡量》一书中，将技术性贸易壁垒分为 4 种类型：①健康、卫生规范和质量标准；②安全及工业标准和规范；③有关包装、标签以及商标的规定；④广告及传媒推广规章。

联合国贸易与发展委员会（UNCTAD）关于国际贸易管制措施分类（UNCTAD Classification of Trade and Control Measures）中，技术性措施是其中一类。根据贸发会贸易分析与信息系统（UNCTAD TRAINS）采用产品标准所覆盖的关税分类税目（HS6 位编码）进行了统计分析，技术性措施主要体现：技术法规；产品特性要求；商标要求；标签要求；包装要求、检查、检验和检疫措施；信息要求；装运前检验；特别海关程序；使用过的产品回收义务；循环或再利用义务等。

WTO《技术性贸易壁垒协议》中将 TBT 分为技术法规(Technical Regulations)、技术标准(Technical Standards)和合格评定程序(Conformity Assessment Procedures)三个方面。

1. 技术法规

技术法规是规定强制执行的产品特性或其相关工艺和生产方法，包括可适用的管理规定在内的文件，如有关产品、工艺或生产方法的技术规范、指南、准则、专门术语、符号、包装、标志或标签要求。技术规范一般涉及国家安全、产品安全、环境保护、劳动保护、节能等方面。如法国禁止进口含有红霉素的糖果，从而有效地阻止了英国糖果的进口。英国、日本、中国香港的交通规则是车辆和行人都靠左边行驶，因此，汽车的方向盘要求在右边。美国和日本的电压为 110 伏，而中国和许多国家的电压是 220 伏，因此，要求各国电器产品出口到美国、日本必须符合其要求。

2. 技术标准

技术标准是经公认机构批准的、供通用或反复使用的、非强制执行的产品或相关工艺和生产方法的规则、指南或特性的文件，可包括有关专门术语、符号、包装、标志或标签要求。技术法规与技术标准性质不同，其关键区别是前者具强制性，而后者是非强制性的。

3. 合格评定程序

合格评定程序是指任何直接或间接用以确定产品是否满足技术法规或标准要求的程序。主要包括：抽样、检验和检查，评估、验证和合格保证，注册、认可和批准，以及上述各项程序的组合。合格评定程序可分为认证、认可和相互承认三种形式。认证包括产品认证和体系认证两个方面：产品认证是指确认产品是否符合技术规定或标准的规定；体系认证是指确认生产或管理体系是否符合相应规定。当代最流行的国际体系认证有 ISO9000 质量管理体系认证和 ISO14000 环境管理体系认证。

下面介绍一些技术性贸易壁垒的典型例子。

(1) 法国建筑瓷砖。在欧洲各国中，建筑瓷砖的标准是不同的。法国政府规定，非法国标准的瓷砖不得用于公共建筑物(约占市场的 40%)。私人建筑虽然可以用非标准瓷砖，但他们也不愿意用，因为保险公司要求建筑物符合行业标准，否则不给保险。因此，外国同类瓷砖即使价格很低(如西班牙生产的瓷砖)也很难进入法国市场。

(2) 意大利空心粉。在意大利有一个“空心粉纯度法”，要求空心粉的制作原料必须是硬质小麦，而这种硬质小麦主要产于意大利南部。欧洲其他国家的空心粉大多由混合种类的小麦制成，不符合“空心粉纯度法”，很难进入意大利市场。

(3) 日本滑雪板。日本有很多滑雪场，本国也生产滑雪板。日本滑雪场对滑雪板有严格的技术标准，除了日本生产的滑雪板以外，外国的滑雪板基本都达不到这种标准，因为日本强调他们的雪质特殊，所以必须使用适应日本雪的滑雪板。如果使用不合标准的滑雪板，日本保险公司也不给保险，出现伤害事故自己负责。因此，日本就不会轻易进口外国产的滑雪板。

(4) 中国的小麦进出口检验。美国太平洋西北部的 7 个州小麦产区有一种称为“矮腥黑穗病”(TCK)的小麦病害，小麦感染 TCK 病害后会造成减产和商业价值损失。中国并没有这种小麦病害，为了防止 TCK 传入中国，从 1972 年开始中国一直对美国 7 州生产的小麦实行进口禁运，直到 1999 年 11 月的“中美农业合作协议”才对这项严格的禁运措施作出了调整。

（二）技术性贸易壁垒的发展及趋势

目前，国际贸易中的技术标准和法规等技术性要求和措施不断增加，已经从20世纪80年代的1 000多种上升到8 000多种，而且名目繁多、复杂，难以统一。因此，TBT被认为是继反倾销、反补贴和保障措施等使用频率较高的非关税壁垒之后又一主要保护措施。从TBT目前的存在状况看，可以得出以下结论。

(1) TBT以发达国家为主，发展中国家处于从属地位。20世纪90年代以来，技术性贸易壁垒在非关税措施中所占的比例大幅度上升，且发达国家是实施TBT措施的主要国家。最先意识到并研究技术标准差异造成贸易的技术性壁垒的是欧共体，于1969年通过了《消除商品中技术壁垒的一般纲要》。这一行动引起了美国的担心，在美国建议拟定"关于贸易中技术壁垒的协定"，并推动GATT拟定了防止贸易中技术壁垒的协定草案。另外，美国为维护本国的利益，以"合法"的名义推行"隐性"的贸易保护，限制外国竞争。如美国与委内瑞拉的"汽油摩擦案"，也成为WTO成立后争端解决机构(DSB)处理的第一案件。据WTO统计，自1995年成立到2003年年底，WTO争端解决机构受理的304件案件中涉及有关技术法规(TBT)和标准以及卫生检疫标准(SPS)的案件就有41起，占全部案件的13.48%，其中发达国家为被诉方24起，占所有TBT案件的58.54%，被起诉的国家主要集中于欧盟(12件)、美国(6件)、澳大利亚(5件)和日本(1件)。

(2) 发达国家在国际标准化制定工作和国际质量认证体系中处于领导地位。目前，全球与标准制定有关的国际性组织有28个，其中绝大多数来自发达国家，其中最主要的三个标准化组织(一是国际电气技术委员会(IEC)，二是国际标准化组织(ISO)，三是国际通信联盟(ITU)负责的通信标准化)制定的标准几乎占所有国际标准制定的85%，并负责每年平均约1 000项新标准的公布和标准的修订工作。截至2005年年底，ISO已经颁布的自愿性国际标准15 649个，如ISO9000质量标准管理体系和ISO14000环境管理标准体系，ISO建立的标准虽然是自愿的，而且每一项提议要由75%的ISO成员最终同意通过才能成为国际标准，但这些标准往往是发达国家提议的本国标准，因而是其他国家特别是发展中国家难以达到的。

表7-2 1980—2004年主要国家颁布标准的数量

国家	标准总数	公认标准
美国	32 886	8 848
德国	29 794	17 087
法国	26 309	141
斯洛伐克	26 106	17 751
捷克	25 052	19 511
荷兰	24 463	6
波兰	24 413	15 250
英国	23 094	18 598
土耳其	21 569	6 411
丹麦	19 644	19 085
奥地利	18 063	15 721

续表

国　家	标准总数	公认标准
西班牙	17 770	14 094
瑞典	15 940	12 641
瑞士	14 691	14 012
俄罗斯	14 686	3 176
日本	13 496	1 795
意大利	12 741	0
比利时	12 384	13
挪威	12 190	0
澳大利亚	8 469	0
南非	4 662	2 205

(3) 设限商品和行业日益增多。实施技术性壁垒的行业和商品，不仅涉及初级产品，几乎涉及每个产业，最集中的在机电产品、农产品、食品和化工产品。其他的有纺织品和服装、医药、轻工、冶金、环保(转基因产品、有机食品)、环境法规和标准等。从生产过程看，涵盖从研究与开发(R&D)、生产或加工、包装与标签、运输与销售，以及整个产品供应链；涉及的行业从有形商品扩大到金融、信息安全法规、服务业和知识产权等各个领域。如法国政府规定，凡进口或在法国销售的汽车或某些汽车设备型号、所有进口彩电、进口玩具都要符合法国政府颁布的强制性标准、法令中强制性安全标准等。在美国，FDA(美国食品和药物管理局)制定了相应的法规，该法规对各种药物的认证、包装、标识及检测试验的方法等都逐一进行了规定，就连非处方销售的药品和器械上的警告词句都做了具体规定。美国为了对商品的安全性能进行认证，设立了"保险商实验室"(UL)，外国商品必须通过 UL 认证后才能顺利进入美国市场，事实上，很多发展中国家的商品很难达到 UL 标准水平。日本有名目繁多的技术法规和标准，但只有极少数与国际标准一致，当外国商品进入日本市场时，不仅要符合国际标准，还要求与日本的标准吻合。

二、绿色贸易壁垒

绿色贸易壁垒(Green Barriers，GBs)，也称环境壁垒(Environment Barriers)，是指各国为了保护本国市场，借口为保护环境和国民健康，对进口商品提出带有歧视性、针对性的技术、安全和卫生标准，如果达不到这些标准，进口国有权扣留、退回、销毁、索赔等，或不规范地使用国际公认的标准。

(一) 绿色贸易壁垒的产生背景

绿色壁垒的产生是环境保护的国际需求以及国际贸易发展的必然产物。从国际背景来看，下列因素促进了绿色壁垒的产生和发展。

(1) 全球环境问题为"绿色壁垒"的出现提供了契机。第二次世界大战后，人类在享受经济高速发展带来的快乐时也在不断遭受日趋恶化的生态环境的报复。全世界每分钟有 28 人死于环境污染，每年有 1 500 万人因此而丧命；有 8 亿人因饮用污染水而患病，每天有 2.5 万人因此而死亡。面对环境灾难的种种恶果，人们也逐渐认识到，保护人类生存环境的重要性和紧迫性，国际社会掀起了强劲的环保浪潮，加强环境管理已经成为世界各国共同面临的首要任务之一。

(2) 环境问题在贸易领域的延伸使绿色壁垒的实施找到了合理借口。人们普遍认为，经济增长的代价之一即是环境恶化，特别是自由贸易，被看做加速环境恶化的因素。各国因此而制定了一些相应的环境法规和贸易政策，希望通过政府对贸易进行一定的干预，以保护和改善生态环境。事实上，合理的贸易自由化不仅不会对环境造成破坏，相反在环保方面，国际商品和服务贸易的进一步自由化可以发挥关键的作用。同时，一个健康安全的环境可以为经济的可持续发展和不断扩大的贸易市场提供必需的生态环境资源。

(3) 国际间的经济技术差距为绿色壁垒的迅速发展提供了重要基础。发达国家和发展中国家在环境和贸易问题上存在着许多矛盾，这些矛盾随着国际经济形势的发展和竞争的不断加剧而日趋尖锐化。发达国家利用这种由于经济水平差距造成的不同环境标准，一方面，加紧掠夺发展中国家的资源初级产品，同时把污染企业转移到发展中国家，使得发展中国家的环境更加恶化；另一方面，又极力将环境问题与贸易条约紧密挂钩，把环境问题作为新的贸易壁垒，从而抵消发展中国家资源与廉价劳动力方面的比较优势，限制发展中国家的经济发展，以保持其在国际多边经济贸易领域的主导地位。这种以“环境保护”名义在国际贸易中引入所谓“环境条款”，借以歧视乃至限制发展中国家的经济发展及其产品的市场准入的做法使绿色壁垒迅速发展。

(4) 国际组织为绿色壁垒的实施提供了合法性。1972 年 11 月，在 GATT 中设立了一个“环境措施与国际贸易工作组”。1994 年 4 月世界贸易组织决定成立一个贸易与环境委员会，协调贸易措施与环境措施之间的相互关系。面对公众对环境保护的强烈呼吁，各国不得不制定涉及生产、加工、运输、销售，包括进出口贸易在内的各个环节的环境标准和措施，从而使得绿色壁垒的实施具有良好的国际国内合理性。

(二) 绿色贸易壁垒的表现形式

绿色贸易壁垒层出不穷，目前，国际上常见的绿色贸易壁垒主要有以下一些形式。

1. 绿色标准

绿色标准是指在技术市场中，进口国以保护环境为名，通过立法制定严格的限制性环保标准，对外国产品进行检查，对一些污染环境或影响生态的进口产品限制或禁止其进口，从而保证进口产品能满足本国的环境标准。绿色标准包括环境技术标准和环境管理标准。目前，被环境技术标准所涉及的产品越来越多，且标准越来越高，标准的分类越来越细。绿色食品技术标准，如禁止在产品生产中使用人工合成肥料、农药、生长调节剂、饲料添加剂等，环境管理标准如 ISO14000 环境质量标准认证体系。如 2001 年 6～7 月间，英国停止销售来自中国大陆、香港地区、台湾地区和泰国的酱油，原因是因为这些商品的样品中检测出含有对人类有害的物质 MCPD 和不该含有的物质 DCP，这两种化学物质都能致癌。美国为保护本国工业，推行《污染防治法》，要求所有进口汽车必须安装防污染装置，并制定了苛刻的技术标准，而这些标准发展中国家根本无法达到，这种貌似公正实则歧视的环保标准，其结果势必是发展中国家的产品被排除于发达国家市场之外，形成一道绿色屏障。

2. 征收绿色(环境)附加税或生态税

环境附加税是根据“污染者付费”的原则征收的，即进口国对可能造成环境威胁及破坏的进口产品征收的一种进口附加税，这是绿色壁垒的初期表现形式。包括：对产品征收的税，如卷烟、一定种类的能源、化学品等征收的税；对使用环境资源所征的税，如对污水、废气排放征收的税；对生产过程投入的物质所征的税，如因为香水含有酒精而对其征税，对生产钢材使用的能源进行征税。北欧一些国家从1992年起对进口商品征收二氧化碳税。

3. 强制性绿色标志(签)

绿色标志(签)认证制度本身是非强制性的，各类企业可以根据自身的需要而决定是否申请，但是如果进口国政府把通过认证规定作为进口商品的必要条件或国内企业对外合作的必要条件，对于想要出口到对方国家的产品来说，就必须选择通过认证，取得标签这条路。各国的环境标志不尽相同，如德国的"蓝色天使"、加拿大的"环境选择"、日本的"生态标志"、美国的"再生标志"和欧盟的"欧洲环境标志"，此外，还有ISO14000环境标志国际认证。目前国际上已有美、欧、日本等30多个国家和地区实施了环境标志。环境标志在实践中可以分为三类：第一类是环境营销标志，是由商品的生产者、制造者、百货商店和连锁零售店自行设计使用，贴上这种标志的商品具有特定的环境品质和质量，在某些情况下，也给予消费者更高的信任度，保证消费者获得更准确的环境信息。第二类是由产业协会授予的标志，由行业联合组织对产品的环境程度进行检验后授予的合格标志。第三类是环境标志或称绿色标签(Green Label)，是由政府管理部门或独立的民间环境团体按严格的程序和环境标准颁发给厂商的"绿色通行证"。如，Tex Standard 100(目前最为流行的一种生态标签)是纺织品进入欧洲纺织品市场的"通行证"；CE是工业产品进入欧盟市场的"通行证"，自1996年1月1日起，欧盟各国海关拒绝未贴CE标志的产品入关。

4. 绿色包装制度

绿色包装又称环境包装或生态包装，发端于1987年联合国环境与发展委员会的《我们共同的未来》，通常指能节约能源、减少废弃物、用后易于回收再用或再生、易于自然分解、不污染环境的包装。国外有人形象地称之为4R(Reduce、Refill、Recycle、Recovery)。例如荷兰政府规定啤酒饮料一律采用可以回收利用的包装容器，实际上为进口的同类产品带来了极大的麻烦。日本制定强制包装再循环或利用的法律，如《再利用法》、《新废弃物法》等。如，20世纪80年代初，美国海关在我国出口到美国得克萨斯州地区的仿古瓷器中，发现有两笔货物用稻草包裹，当即责令将包装所用稻草就地烧毁，重新包装，要求我方出口公司赔付客户烧草费和重新包装费。这两笔费用约占该批货物进口价的40%。另一批出口瓷器也用稻草包扎，进入美国时未被海关发现，进入客户仓库后，开箱时发现稻草已受潮发霉，并滋生出许多小虫，客户大为紧张，立即对全部稻草作了处理。客户认为，如果入境时被海关发现，可能全部货物都要被销毁，因此要求今后绝对不得再用稻草包装。当时中国外经贸部曾通报全国，今后向美国市场出口的商品，切勿使用稻草作包装捆扎或作填充料。

5. 绿色卫生检疫制度

绿色贸易壁垒有很多是针对有毒有害物质的含量而设置的，为了达到限制进口的目的，进口国政府不惜重力研究制定了一整套严密的检验制度和烦琐的检验程序，利用其先进的检验设备和条件对进口货物实施检验，使进口货物难以通过。发达国家针对农药残留、重金属含量、放射性残留、动植物的病虫害等的要求日趋严格，如1986年美国借口我国的出口陶瓷铅含量超标而阻碍中国瓷器的进口。欧盟对在食品中残留的22种主要农药制定了最高残留限量标准，即严格控制其在食物中的残留量。在日本，有关农药残留限量方面的标准多达6 000多个。日本对我国出口的大米进行检测的农残项目从1994年的56项增加到1995年的64项、1996年的81项、1997年的91项……2004年的123项；2006年5月，日本还正式实施了《食品中残留农业化学品肯定列表制度》，对734种农药、兽药及饲料添加剂设定1万多个最大允许残留标准，对尚不能确定具体"暂定标准"的农药、兽药及饲料添加剂，设定0.01PPm(即亿分之一)的"一律标准"，一旦输日食品中残留物含量超过这一标准，将被禁止进口或流通。

6. 环境许可证制度

环境许可证制度要求在取得许可证的基础上才能允许进口或出口，也就是在出口前获得了进口国的"预先通知同意"。这种做法源于《濒危野生动植物物种国际公约》等国际绿色规范。该公约规定，对于不保护有消失危险的野生动植物的贸易应该受到严格的限制。

此外，进口国以污染环境、危害人类健康以及违反有关国际环境公约或国内环境法律、规章为由而采取了限制国外产品进口的措施，即绿色市场准入制度。如1994年美国环保署规定，进口汽油中硫、苯等有害物质必须低于有关标准，否则禁止进口。有的国家将国内标准国际化，对产品生产和加工过程制定了特定环境标准。有的国家怀疑进口产品的低价是由于接受了来自出口国政府的环境补贴或未将生产过程中的环境成本内在化，对进口商品采取的一种限制措施或给予相应的制裁，譬如征收"绿色反补贴"、"绿色反倾销"以及实施环境贸易制裁等。

（三）绿色贸易壁垒的现状与趋势

(1) 绿色贸易壁垒被使用的频率越来越高，随着人们绿色消费意识的进一步提升，绿色壁垒在国际贸易中还将继续盛行。在全球4 917种产品中，受绿色贸易壁垒影响的3 746种产品的贸易额达47 320亿美元，占1999年世界进口额的88%，其中直接受影响的达6 790亿美元，占13%，共计有137个进口国采用了绿色贸易壁垒措施。据欧盟环保机构的一项调查显示：仅1998年，欧盟国家禁止进口的"非绿色产品"价值就达300亿美元，其中90%来自发展中国家，涉及纺织、成衣、化妆品、日用品、玩具、家具和家用电器等几千种商品。又据中国首届国际绿色化学高级研讨会提供的资料，1997年我国至少有74亿美元的出口商品因环保因素而受阻。

(2) 绿色贸易壁垒措施涉及的行业越来越广泛。一方面绿色贸易壁垒本身也随着社会经济发展的需要在不断调整和补充，出现了层出不穷、变化多端的绿色贸易措施，涉及包括环境保护、人类健康、生物多样性、动植物安全等多个领域；另一方面，绿色贸易壁垒所管辖的对象范围越来越广泛，近年来，它不仅对产品(消费)本身提出绿色环保要求，还对产品的设计开发、原料投入、生产方式、包装材料、运输、销售、售后服务，甚至工厂的厂房、后勤设施、操作人员医疗卫生条件等整个生命周期的各个环节提出了绿色环保的要求。如美国实施的HACCP计划，其目的是更方便、更有效地实施其绿色贸易壁垒措施。更为严重的是，目前的绿色贸易壁垒不仅表现为环境技术规定、标准，而且这些规定的执行过程也逐渐成为外国商品进入市场的严重障碍，执行过程中的一些争议往往导致旷日持久的调查和取证，导致成本大大增加并延误了良好的商机。例如中国出口到韩国的活鱼，就遭到长达45天的批批检验待遇，致使大量的活鱼死在码头，几乎无法再出口。

(3) 绿色贸易壁垒设置的对象国具有一定的针对性。绿色贸易壁垒往往针对那些新兴的发展中国家，因其具备了一定的经济基础，能够利用本国资源及劳动力的优势大量生产并出口资源或劳动密集性的产品，其出口产品具备了一定的竞争优势，容易对进口国国内同类产业形成威胁。所以，这类发展中国家的出口商品最易遭到来自发达国家的绿色贸易壁垒阻挠。

(4) 绿色贸易壁垒措施具有动态性的特点。随着形势发展的需要,各国所确定的绿色贸易壁垒措施必将进行不断的调整,包括壁垒设置的内容、方式、手段、目标以及设置壁垒的程度等都在根据需要进行适当变动;另外,绿色贸易壁垒的动态性还表现在绿色贸易壁垒的实施往往会产生联动反应,一国实施立即会引起其他国家的纷纷效仿,由一个设限国扩散到多个设限国,给出口国造成重大的打击。

从以上分析可以看出,绿色贸易壁垒在当今国际贸易领域的广泛使用,已经严重影响到了国际贸易的正常开展以及各国经济的顺利发展。对于发展中国家,尤其是像我国这样的外向型经济发展中大国来说,绿色贸易壁垒无疑是一把“温柔”的利刃,“温情脉脉”地刺向发展中国家的经济命脉。

三、社会责任壁垒

社会责任是指企业在赚取利润时应该主动承担对环境、对社会和利益相关者的责任,做对员工、对社会道德负责任的企业。其中,社会责任管理体系(Social Accountability Management System 8000,SA8000)最具影响力,它是由美国劳工组织与联合国人权组织共同起草的一项将人权与贸易结合在一起的新的政策性贸易保护措施。其宗旨是为了维护员工的基本权益。SA8000 标准适用于不同国家、地区、行业和企业,审核的标准主要是根据所在国的有关法规及本标准中规定的具体内容。

(一) SA8000 标准的起源

据《企业文明》杂志 2004 年第 3 期报道:20 世纪 90 年代初,当美国服装制造商 Levi Strauss 在没有人性的工作条件下滥用年轻女工而被媒体曝光后,引起了公众极大反响。在社会公众的压力下,该公司为了挽救其社会形象,草拟出台了一份公司社会责任守则(也称生产守则),这大概是全球第一份企业社会责任守则。随后,美国不少大型跨国公司,如耐克、沃尔玛、迪斯尼等也纷纷效法。一时间,先后出现了一些相关的“企业社会责任”多边组织,逐渐形成了声势浩大的企业社会责任运动。

这一运动的核心要点是劳工问题,这个问题十分敏感地牵动着全球处于生产链环节上的发展中国家。1993 年,美国等发达国家在“乌拉圭回合”谈判的马拉喀什会议上,首先提出要在国际贸易规则中设立“社会条款”,把贸易和劳工标准联系起来,其目的是想利用政治性标准来限制发展中国家劳动密集型产品的出口。此举没有得到发展中国家的支持。1996 年 12 月,在 WTO 新加坡部长会议上,美国等国家又再一次倡议在世贸组织中成立一个社会条款工作组,但奋起反对的仍然是发展中国家和雇主组织。1999 年 11 月,美国不顾发展中国家反对,正式向世贸组织提出议案,建议在西雅图会议上成立“贸易与劳工”工作组。

1997 年,美国经济优先认可委员会(CEPAA)成立,积极关注劳工情况。2001 年,该会更名为社会责任国际(简称 SAI)。SAI 咨询委员会负责起草社会责任国际标准,其组成人员是来自 11 个国家的 20 个大型商业机构、非政府组织、工会、人权及儿童组织、学术团体、会计师事务所和认证机构的有关人士。该机构处心积虑地从用于第三方认证的角度出发,考虑设计了社会责任 8000(SA8000)标准和认证体系,同时加进了一些国际人权专家认为对社会审核非常重要的因素,并根据国际劳工组织公约、联合国儿童权利公约和世界人权宣言确定出主要内容。在第一次美国纽约 SAI 会议上,标准草案正式提出,最初暂定名为

SA2000，最终定名为SA8000社会责任国际标准，并于1997年11月公开发布。后经过18个月的公开咨询和深入研究，SAI正式发表了SA8000标准的第一个修订版，即SA8000：2001。SA8000标准是个通用标准，不仅适用于发展中国家，也适用于发达国家。

SA8000标准的问世，是全球经济发展史上的一件大事。它标志着人类社会从只重视资本、科技发展，转到了以人为本、以社会责任为己任的发展上来。它要求企业在赚钱的同时，必须承担起对环境和利益相关者的责任，其宗旨是确保供应商所供应的产品必须符合社会责任标准的要求，这无疑是人类社会发展史上的一个进步。

（二）SA8000标准的主要内容与重点推广领域

SA8000标准对企业在工作环境、员工健康与安全、员工培训、薪酬、工会权利等方面的具体责任，都有最低的规定。其主要内容包括9个方面：童工、强迫性劳动、健康与安全、结社自由及集体谈判权利、启示、惩戒性措施、工作时间、报酬、管理系统。

SA8000标准目前的重点推广领域是：①零售业；②跨国公司；③劳动密集型产业。我国现已成为世界上吸引外资最多的发展中国家，成为发达国家零售业的重要采购基地，相当多的企业已经成为跨国公司供应链上的重要一环。再说，我们的出口也主要集中在劳动密集型产业。由此可见SA8000标准的实施对于我国经济发展的重要影响。

劳工标准已成为全球买家的新标准

据《经理日报》2004年6月12日报道：1995年以来，中国出口欧美国家的纺织、服装、玩具、家具、运动器材、五金机械以及家用电器等消费品，越来越多地受到劳工标准的限制。欧美一些知名跨国公司都制定了供应商社会责任守则(COC)，建立相应的工厂检查制度。100多家跨国公司在内地开展工厂检查，有些公司还在内地设有专门的验厂部门。据专家估计，内地至少有1万家工厂每年接受这类检查，劳工标准已经成为全球买家的新标准。

“品质不高不行，价格不低不干，验厂不过就完蛋。”一句顺口溜道出了现时国际买家的态度。他们往往要到工厂检查，标准主要包括童工、强迫劳动、安全健康、工作时间和工资福利等内容。一些劳资关系和谐、遵守劳工标准的工厂得到更多订单；一些违反劳动法规、劳资关系恶劣的工厂因此失掉订单，有的被取消供应商资格，有的甚至被迫关闭；一些跨国公司还特别强调工厂必须通过SA8000、WRAP等标准认证。

据专业人士粗略估计，目前在中国采购货物的国外用户中，至少超过200家用户要求在下单前进行单独的验厂。他们大多来自美国、加拿大、英国、法国、德国、瑞士等国家，涉及行业包括服装、玩具、鞋业、通信器材、办公设备、家用电器以至汽车等。这些公司类别主要包括零售商、批发商、进口商以至代理商；还有相当一批公司是做玩具品牌、服装品牌、体育用品品牌、鞋业品牌等业务的品牌公司。另外，一些国际组织的采购代理商也要求验厂，如联合国项目服务署、儿童基金会，甚至有的银行也要对其贷款用户提供验厂报告，以确保其贷款用户中没有“血汗工厂”。

（资料来源：吴鹤松.SA8000社会责任标准认证解读[M].北京：中国商务出版社，2004）

四、我国应对新兴非关税壁垒的政策建议

当前和今后一个时期，我国对外贸易发展面对的重要考验之一是，认真研究各种非关税措施的演变及影响，积极应对非关税措施的滥用，妥善解决贸易摩擦，同时注意合理、有效地运用非关税措施，促进和保障我国相关产业和市场的发展，实现产业发展战略，维护自身贸易利益。为此，提出以下建议。

(1) 正确理解、客观认识非关税措施的“双重性”，冷静分析和甄别各种非关税措施的内容及其可能产生的影响，不可“泛壁垒化”。

贸易保护大量地存在于当今的国际贸易活动中。但是我们对非关税措施的认识尚存在一些偏差，甚至认为我国加入世贸组织后将取消所有非关税措施。在现实中，人们更多地是注意到非关税措施对贸易的限制作用，却忽视其对维护国际贸易秩序的积极作用。我们的舆论、研究等更多的是讲“技术壁垒”、“绿色壁垒”，而不是国际上通常使用的“技术标准”、“环境要求”。这种不同的表述实际上反映了不同的心态和贸易观。客观地认识非关税措施的存在及发展，是我们有效制定、正确实施、积极应对非关税措施的前提。我们应当用积极的思路，而不是消极对抗的态度去对待非关税措施的演变。对于受到的一些局部的不公平待遇，要在对外经济活动中耐心进行解释，据理力争，具体问题具体解决。

(2) 加强对非关税措施问题的研究，特别要认真研究世贸组织规则，提高运用和驾驭国际规则保护自己、发展自己的能力。

非关税措施发展快，其关注的焦点、实施的手段、采取的方式、保护的动机、产生的影响等，都会伴随国际经济形势的变化而呈现出新的特征和趋向。要应对非关税措施的演变及影响，必须加强对非关税措施的研究，不断深化认识，做到从容应对。目前，我们对非关税措施的关注很不够，基础性的数据不完整，研究缺乏全面性、前瞻性，往往是实际工作中出现问题在前，主动的应对性研究在后，不能适应我国对外贸易迅速发展的现实。

加强对非关税措施问题的综合性研究主要包括以下几个方面。

① 认真研究非关税措施发展态势，对其内容、结构、特征、法规的出台时机等进行深入、细致的研究和分析。

② 密切关注主要贸易伙伴特别是发达国家运用非关税措施的动向，对其进口制度、体系的信息进行系统收集、分析，对可能产生的影响进行详细而科学的评估和分析。

③ 深入研究世贸组织规则对非关税措施的原则和规范，要关注世贸组织等多边贸易体制谈判对非关税措施内容的谈判，了解其他成员的态度及提案。

④ 特别重视新形势下出现的与“标准”有关的非关税措施，了解与研究各种国际标准，包括质量标准、技术标准、环保标准等。

⑤ 加强对相关案例的研究和积累，从案件发生的萌芽、正式立案、最后结束、事后引起的连锁影响等多方面跟踪分析，积累典型案例，从中吸取有益的经验和教训。

(3) 制定总体的、积极的、长期的应对非关税措施的战略规划，而不仅是提出零散的、被动的、短期的解决办法，既要“避害”，也要“趋利”。

如何应对非关税措施的随意、武断使用已成为广大发展中国家现在和未来对外经济战略的重要组成部分。非关税措施的复杂性在于其具有多部门综合作用的趋势。这要求发展中国家做出战略性和积极的反应，而不是基于单个、被动和短期的解决方法。此外，面对将

政策和能力建设方面的措施融为一体的复杂性，也需要发展中国家必须做出一个战略性和前瞻性的响应，而不仅仅是提出一个零散的、被动的解决方案。因此，应对工作是一项综合工作，需要国内有关政府部门、行业中介、企业和学术机构共同参与完成，形成合作关系，制定出应对策略。

① 明确对待非关税措施的战略目标。一方面，要充分利用世贸组织框架下的贸易保护机制及允许采取的非关税措施保护本国市场。培育企业及产品的竞争优势，分享国际贸易利益；另一方面，通过加强双边或多边的交流和协调，提高对外谈判和磋商能力，有效应对其他国家对非关税措施的滥用，维护国家的长远利益。我们的战略目标是，无论是突破非关税壁垒的障碍，还是运用非关税壁垒，最主要的目标是提高相关产业的竞争力，而不是单纯地保护。

② 抓住重点，对待主要的非关税壁垒。在与欧美等发达国家的贸易中，重点关注技术性贸易壁垒、动植物卫生检验检疫标准、知识产权、反倾销、反补贴及服务贸易领域的壁垒；在与发展中国家的贸易中，重点关注进出口方面的限制、反倾销问题、通关环节中的壁垒。目前，我国已初步形成"四体联动"的反倾销和保障措施应诉工作机制。今后要进一步健全和充分利用该工作机制，积极引导、支持、鼓励企业参加反倾销应诉，特别是在关系我国重要产业出口的领域加大应诉力度。

我们面对的最具紧迫性的课题是加快建立健全自己的技术性贸易措施体系，对我国的市场或产业提供必要的保护，并引导企业积极、有效应对国外技术壁垒。我们要完善《对外贸易法》的有关配套法规和实施细则，加快建立健全有关市场准入以及技术、质量、环保、安全等方面的法律法规。要构建一整套高效的出口技术服务体系，采取多种形式支持和鼓励相关的技术管理部门和行业组织为企业出口经营活动提供技术支持和服务。加快对标准的研究和转化，着力构建基于世贸组织规则、符合中国国情、服务国家经济和对外贸易发展的标准体系。加强在标准化领域的国际合作，积极参与国际标准的制定、修改与协调工作，争取将我国具有优势项目的标准纳入到国际标准体系中。要制定和实施与国际接轨的检验监测标准，加大对动植物检疫监测基础设施建设投入，增强动植物检验监测能力，形成一套与国际接轨的产品安全管理模式。加快建设专业人才队伍，大量培养熟悉国内外法律法规和国情，了解国际商业法规和技术标准的综合型人才。

(4) 有效利用各种渠道和工具获取相关信息，大力加强对外贸易信息服务，向企业和进出口商提供及时、正确和有效的信息和咨询。

大量案例分析可以得出，我国企业尤其是中小企业对目标市场准入条件的变化不敏感，信息传递不及时，分享以及应对工作缺乏互动，是我国造成损失或造成被动局面的重要因素。因此，构建一个完善的、运行良好的信息机制，实现信息的有效收集、扩散和共享就显得尤为重要。面对错综复杂的国际经贸环境，有效地收集并发布有关新的非关税措施方面的信息非常重要。我们要关注对国外市场产生影响的技术规定和标准制定前的意见咨询，注意从双边或多边的渠道获得技术援助和能力建设方面的支持。有效地利用各种渠道获取信息，包括世贸组织各成员的《技术性贸易壁垒协议》和《动植物卫生检验检疫标准协议》的通报资料、各商业渠道发布的自愿性标准、买方要求和准则以及一些咨询网站发布的信息等。我们要借鉴国外的一些可行性的经验，加强对出口商多层次、多渠道、高效率的信息服务体系的建立，通过将有关的信息很好地加以处理，以快捷、有效的方式提供给企业和进出口商，提供较完善而系统的相关咨询和指导。

(5) 建立有效的应对预警机制，变被动为主动，将防范和应对工作前置化。

建立和健全风险防范机制是保证外贸持续增长和国家经济安全的重要条件。在风险防范机制中，有关非关税措施的内容应当是其重要组成部分。实际上，作为一种贸易救济的监控及快速反应机制，许多国家都有类似的运作机制。2004 年 7 月 1 日开始实施的新《对外贸易法》已将"外贸预警和应急机制"补充进来。我们要在已有的各类预警系统基础上，加强国际间的合作和数据交换，及时把握进出口变动情况，充分发挥中介组织在市场信息方面的优势，建立起多层次、多视角、多渠道的预警体系。

(6) 企业要提高标准化意识，积极开展国际认证，提高产品自检自控能力，避免低价竞争，通过产品的升级换代，提高产品的附加值。

企业在开拓国际市场过程中，必须苦练内功，不能永远凭借廉价劳动力的优势进行数量扩张，单纯追求规模。

① 企业要加快标准化生产步伐，从生产环境、生产过程到产品加工销售，严格按照标准进行，建立完善的产品质量安全监控体系。要重视产品的技术标准、质量与品牌，增强自身技术力量，积极采用国际和国外先进标准，使产品符合进口国技术标准的规定。

② 积极开展国际认证工作，做好出口产品原产地认证、国际质量认证、安全认证、环保认证等，获取产品在国际市场上的通行证。

③ 企业要结合国际市场发展的特点，积极调整产品结构，建立和完善出口食品、农产品基地备案制度，加强源头管理，提高自检自控能力。

④ 要把应对反倾销列入企业的常态管理中，规范自身的法律制度，重视日常经营管理，加强自律，积极主动申请市场经济地位，有效地参加反倾销应诉。

(7) 政府要在多边、双边的磋商和谈判中关注非关税措施问题，积极通过多边、双边渠道消除对我国歧视性的非关税措施，为企业争取相对公平的外部环境。

在实践中，各国都在努力通过交涉、磋商或谈判等途径，消除贸易壁垒。因此，我们要提高对外谈判和磋商的能力，通过各种机会和渠道，消除对我国歧视性的非关税措施，尽力消除和避免非关税措施的负面影响，努力为企业争取一个相对公平的外部环境。

① 支持和鼓励企业积极参与相关组织的活动和国际规定及标准制定的意见咨询和评议，力争在制定初期消除其中不合理的部分。

② 在多双边的磋商和谈判中关注非关税壁垒问题，争取与主要贸易伙伴在进出口产品市场准入方面建立合作磋商机制。

③ 通过推动和倡导贸易投资便利化，从局部率先消除或突破某些非关税壁垒的制约，并积极探索化解贸易摩擦同推进区域经济合作相结合的新思路和新途径，努力建立稳定、公平的对外经济环境。

(8) 有效利用世贸组织的机制减少非关税壁垒带来的不良影响，灵活处理国际贸易争端，改善对外贸易环境。

世贸组织机制的通报讨论、监督执行、特殊和差别待遇条款、争端解决机制、贸易政策审议机制等，是维持该组织正常运转的重要保障，也为我们参与和运用多边贸易体制，维护自身权益提供了可供选择的渠道。我们要利用参加世贸组织活动的机会，了解其他贸易伙伴贸易政策和具体措施的变化动向，同时对于违反世贸组织规则和制度的行为提出我们的关注和警告，尽力消除一些矛盾和对抗。对于隐蔽性的贸易壁垒，尤其是以各种标准为借口设置的壁垒、严重危害我国产业发展的重要案件，必要时运用世贸组织争端解决机制，切实维护我国企业的贸易利益。

1. 非关税措施是怎样产生与实施的？它们有哪些特点？

2. 分析新时期我国面临的国际贸易壁垒的特征和趋势。

3. 结合以下阅读材料，谈谈你对绿色壁垒及其对我国对外贸易影响的认识，并提出你对我国应对这一壁垒的政策建议。

近几年，因环境壁垒对我国外贸出口的影响相当于当年出口总额的20%左右，高达几百亿元。我国的禽肉、水产品、罐头食品、中药、茶叶、有机化工产品、纸制品、纺织品、皮革制品、空调冰箱、家电、玩具等大宗出口产品均受到国外贸易环境壁垒的挑战。此外，环境壁垒也给中国许多产品，尤其是有环境标志产品和有机食品的出口创造了新的市场机遇。

在世界上尤其是发达国家，消费者越来越关心饮食的安全，通过环保方式生产的绿色农产品和有机食品受到人们的广泛欢迎。但我国生态农业和有机食品的开发较晚，发展水平也较低，大多数地区农业生产和食品加工还处于过分追求数量的粗放型经营状态，质量标准不高，受环境污染影响严重，已危及我国农产品和食品的出口。蜂蜜是我国传统出口产品，1996年出口约10万吨，居世界首位。由于农药残留物超标，导致1997年我国蜂蜜出口降到4.8万吨，1998年又有所下降，使蜂蜜出口面临严峻形势。2000年开始，欧盟对茶叶实行新的农药残留标准，残留量仅为原来的1/200～1/100。而我国输出的茶叶农药残留量却逐年上升。若不采取措施，中国茶叶将被迫退出欧盟市场。我国的肉类、水果、蔬菜、粮食等出口将受阻于美国、欧盟、日本等国的“绿色门槛”。

由于纺织品在处理印染过程中要接触大量化学品，而纺织品又与人体健康和环境安全息息相关，所以在欧盟的纺织品技术法规和标准中，很注重对纺织品中有害化学物的限制和禁止。我国的纺织工业由于技术落后，加之相关的法规和环境标准不够健全，生产中还广泛使用一些国外禁用的对人体健康会造成危害的偶氮染料。1994年起德国已通过法律禁止生产和进口含有118种偶氮染料的纺织品，这一法规对我国纺织品出口德国造成严重影响。国际环保组织制定的《欧盟生态纺织品标准》要求组成服装产品的每一个部件都应通过有关检测和认证。据悉我国内衣行业当前仅有一家获此认证因而成功地进入东南亚和欧美市场。据不完全统计，我国纺织品和服装不符合基本“绿色”要求的大约在15%，按1999年的出口量计算，受影响的纺织品和服装出口约65亿美元。

机电产品贸易限制的法规主要是防止空气、噪声、电磁的污染和节约能源。其中许多条款涉及机电产品的性能、排污量限制、兼容性、可回收率、节能性能等众多方面，这些条款对我国机电产品的出口造成不少限制和困难。在机电市场，价格和产品性能已不再是竞争的唯一手段，节能与环保已渗透到这一领域，起到十分重要的作用，如果我国的有关生产企业和出口企业不能及时采取应变措施，推出自己的绿色机电新产品，将面临丧失进入这一市场的机会。

在国际市场上绿色包装已成为新产品包装的主流和发展方向。绿色包装的要求是节

材、可重复使用、可降解。在这种趋势下,国外有关法规也纷纷出台。在欧美等国的环保法规中,对商品包装材料的易处理性、可回收率都有较高的要求和标准。而且鼓励对商品进行合理的包装,不提倡重复包装和过度包装,以利于资源的节约。而我国包装材料落后,不易处理,可回收率低,对进口国的环境污染严重。这就造成了我国许多产品因为包装问题而不能出口。

(资料来源:中国网,2002年3月5日)

B&E

第八章 国际服务贸易与技术贸易

【本章导读】

随着科技技术的进步和传播以及世界各国服务业的发展，国际服务贸易、国际技术贸易已经成为国际贸易中越来越重要的贸易形式。此外，关贸总协定及世界贸易组织也已经将国际服务贸易和国际技术贸易纳入多边贸易体系中，并就国际贸易中的服务贸易和技术贸易问题达成了多个协定。本章主要介绍国际服务贸易的分类与地区格局，国际技术贸易的方式和技术贸易的内容，以及与国际服务贸易和国际技术贸易有关的贸易协定。

【学习目标】

1. 熟悉国际服务贸易的几种分类，了解当前国际服务贸易的发展趋势和特征。
2. 了解国际技术贸易的内容和贸易方式。
3. 熟悉与服务贸易和技术贸易有关的国际协定。

【关键概念】

国际服务贸易(International Service Trade)
许可证贸易(Licensing Trade)
特许专营(Franchising)
工程承包(Project Contract)
专利(Patent Right)
商标(Trade Mark)
版权(Copyright)
专有技术(Know-how)
技术咨询服务(Technology Consulting Service)
巴黎公约(Paris Convention on the Protection of Industrial Property)
马德里协定(Madrid Agreement for International Registration of Trade Marks)
华盛顿公约(Treaty on Intellectual Property in Respect of Integrated Circuits)

第一节 国际服务贸易

第二次世界大战以后，特别是进入20世纪70年代后，随着科学技术的发展，在世界经济结构特别是许多发达国家经济结构中，服务贸易获得了迅速的发展，国际服务贸易对世界经济增长和发展的重要性日益增强。

一、国际服务贸易的基本概念

服务是相对于产品的一个经济学概念，指以提供活劳动的形式满足他人某种需要并索取报酬的活动。

(一) 服务的特征

为了更好地了解国际服务贸易，首先通过与货物的对比来了解服务的8个特征。

(1) 服务的无形性,这主要是指服务在被购买之前是看不见、尝不到、抓不着、听不到也闻不出的。例如,人们在做美容手术之前是看不见成效的,航空公司的乘客除了一张飞机票和安全到达目的地的承诺之外什么也没有。为了降低不确定性,购买者纷纷寻找服务质量的"标志",如人们所能看到的场所、人员、设备和通信状况等。因此,服务提供者的任务是使服务在一个或几个方面有形化,即增加服务这一无形产品的有形成分。这一点与产品营销人员努力增加有形产品的无形成分正好相反。

(2) 服务的不可分性,指服务不能与服务提供者分离,不管这些提供者是人还是机器。如果服务人员提供了服务,那么这位服务人员便是服务的一部分。由于顾客在服务进行时也在场,所以提供者和顾客之间的相互作用成为服务营销的一大特色。提供者和顾客都会影响到服务的结果。有形产品通过生产,然后存储、销售,最终被消费掉。与此形成对比的是,服务是先被销售,然后同时被生产和消费。

(3) 服务的差异性或可变性(或不一致性、易变性),指服务的构成成分及其质量水平经常变化,很难统一界定,服务的质量取决于服务提供者和服务消费者两个方面。一方面,服务的人员,以及时间、地点和方式都会影响服务质量;另一方面,由于顾客直接参与服务的生产和消费过程,于是顾客本身的因素(如知识水平、兴趣和爱好等)也直接影响服务的质量和效果。比如香格里拉饭店,因提供较好的服务而著称,但即使在同一家香格里拉饭店中,一位登记台服务人员可能笑容可掬、效率很高,而离他几英尺远的一位服务人员可能正心情不佳,效率也很低。甚至同一个香格里拉服务人员的服务也会因他或她在接待不同的顾客而导致服务质量大不相同。

(4) 服务的不可存储性,因为服务是一次行动或一次表演,而不是顾客可以保留的一件有形的物品,所以它是"易腐的"和不能被储存的。当然,必要的场地、设备和劳动能够被事先准备好以创造服务,但这些仅仅代表生产能力,而不是产品本身。服务的不可存储性使得服务提供与服务需求之间很难保持平衡,因此,服务营销人员的一项重要任务就是要找到平衡需求水平的方法,以适应服务的供应能力。

(5) 缺乏所有权。既然服务是无形的又不可储存,服务在交易完成后便消失了,在服务的生产和消费过程中,基本不涉及任何东西的所有权转移,这就是缺乏所有权。

(6) 营销管理具有更大的难度和复杂性。从宏观上讲,国家对服务进出口的管理,不仅仅需要对服务自身的管理,还必须涉及服务提供者和消费者的人的管理,涉及包括人员签证、劳工政策等一系列更为复杂的问题。有的服务贸易如金融、保险、通信、运输以及影视文化教育等,还直接关系到输入国的国家主权与安全、文化与价值观念、伦理道德等极其敏感的政治问题。在微观上,突出表现在对服务的质量控制和供需调节这两个企业营销管理中最为重要的问题上。譬如,由于服务具有异质性,使得服务的质量标准具有不确定性。服务也难以通过包退包换等方式挽回质量问题造成的损失,从而增大了服务质量管理的难度。再如,企业在经营商品时,除了运用价格杠杆调节供需外,还可以通过仓储活动使商品从一个时间存续到另一个时间,通过运输活动使商品从一个地点位移到另一个地点等办法,解决供需在时空上分布不平衡的问题,调节供需矛盾。服务经营则往往难以通过时空变换的办法调节供需矛盾。

(7) 服务贸易市场的高垄断性和高保护性。由于服务业在发达国家和发展中国家的发展严重不平衡,加上服务市场的开放涉及一些诸如跨国银行、通信工程、航空运输、教育、自然人流动等直接关系到输入国主权、安全、伦理道德等极其敏感的领域和问题。因此，服务市场的垄断性很强。另外，全球服务贸易壁垒森严，据统计，全球服务贸易壁垒多达2 000多种，大大超过商品贸易。

(8) 统计复杂。服务产业本身复杂多样，统计体系尚未确立，统计难以准确。

(二) 国际服务贸易的含义

国际服务贸易在概念上有广义和狭义之分，狭义的国际服务贸易概念是指传统的为国际货物贸易服务的运输、保险、金融以及旅游等无形贸易。而广义的国际服务贸易概念还包括现代发展起来的，除了与货物贸易有关的服务以外的新的贸易活动，如承包劳务、卫星传送和传播等。服务贸易的出口主要是指一国劳动力向另一国消费者提供服务并获得外汇收入的过程；服务贸易的进口是指一国消费者购买他国劳动力提供的各项服务，各国服务贸易的总出口构成了国际服务贸易(International Service Trade)。

自从1986年9月开始的关贸总协定乌拉圭回合多边贸易谈判以后，服务贸易便成为国际贸易的一个新兴议题被提出，而最终达成的《服务贸易总协定》(General Agreements on Trade in Services，GATS，1994年4月15日)将服务贸易的概念定义为跨越国界进行服务交易的商业活动，即服务提供者从一国境内向他国境内，通过商业或自然人的商业现场向消费者提供服务并取得保持外汇报酬的一种交易行为。根据该协定对服务贸易的定义，国际服务贸易是指通过以下4种提供方式进行的国与国之间的服务交易。

(1) 过境交付：也称跨境交付，是指从一成员境内向任何其他成员境内提供服务。由于服务是无形的、不可存储的，其贸易的提供必须伴随着提供者、资本、信息或货物等要素的跨国移动，如电信服务和网络服务。

(2) 境外消费：是指在一成员境内向任何其他成员的服务消费者提供服务。如到国外看病、到国外学习，或外国来旅游等。

(3) 商业存在：是指一成员的服务提供者在任何其他成员境内通过商业现场提供服务。它是服务贸易活动中最主要的形式。如一国允许在其境内设立外国服务机构，如旅行社、银行、保险公司等。

(4) 自然人移动：是指一成员的服务提供者在任何其他成员境内通过自然人存在提供服务，如讲学等。

根据上述关于服务的含义和服务贸易的定义，理论上可以把服务贸易的方式归纳为4类。

第一类，分离的服务，即服务提供者和消费者都不需要移动。如信息的传递，包括卫星电视转播等就是这一类。

第二类，需求者定位服务，即仅仅由提供者移动产生的服务。如到别国去开办商场、金融分支机构等。

第三类，提供者定位服务，即仅仅由消费者移动产生的服务。这方面最好的例子就是旅游业。

第四类，非分离的服务，即服务提供者和消费者都移动到另一个地方所产生的服务。例如一些离岸金融中心的服务。

在现实生活中，服务贸易的范围包括第三产业中的很多部门，主要有运输、保险、银行业务、会计业务、旅游、设计和咨询服务、建筑工程、信息整理和传递、租赁、许可证与专利、教育、卫生、技术服务、广告、一些官方服务等。在统计上，国际货币基金组织把服务贸易分为4类：货运、其他运输服务、旅游、其他服务。为了更好地理解国际服务贸易的含义，这里还需要区分几组容易与服务贸易混淆的概念。

第一组，服务贸易与劳务贸易。服务贸易是指服务要素，即劳动力、资本和技术知识，任何一项发生移动就可实现，这包含着劳动力提供的服务、资本的转移、技术的转移；而劳务贸易通常称为国际劳务合作或劳务输出，或从事文化教育、医疗卫生、交通运输、工农业生产、邮电通信、法律、会计、咨询、旅游和信息传递工作。所以，劳务只是服务的一部分，是服务贸易中劳动力要素活动的结果。

第二组，服务贸易与货物贸易。货物贸易是将实物商品通过一定的方式交给或运抵商品的卖方，这时商品的需求者才能享受到该商品给其提供的服务，所以货物贸易是货物本身发生的真实移动，卖方提供商品与买方消费该商品是不同步的。对于服务贸易中的服务，要素提供的服务与消费者的消费可同时进行。如医生给患者提供服务、导游给旅客提供讲解服务等。这些可以从服务与货物的特征加以区分。服务贸易与货物贸易也存在着联系，如服务贸易常常是以货物贸易本身为载体，是货物贸易的延伸，如售后服务，所以服务贸易常被称为国际追加服务。

第三组，服务贸易与无形贸易。无形贸易是相对于有形产品的贸易形式。二者的概念大体相同，但范围有差别，无形贸易比服务贸易范围更广，无形贸易包括服务贸易中的所有项目，此外还包括国际直接投资收支、捐赠、侨汇、赔款等。在整个无形贸易中，直接投资项目所占比重最大，但直接投资有3/5收入构成服务贸易的内容。在国际货币基金组织中，有以下关系式：

服务贸易 = 无形贸易 － 投资收入

世界贸易总额 = 货物贸易 ＋ 无形贸易(20世纪80年代以前)

世界贸易总额 = 货物贸易 ＋ 服务贸易(20世纪80年代以后)

第四组，服务贸易中的服务业与第三产业。第三产业也称服务业，是相对于农业、采掘业等为主的第一产业和以加工制造业为主的第二产业而言的，一般把农业、工业、建筑业以外的产业都称为第三产业或服务业。第三产业的概念比服务贸易中的服务业的概念要广，凡提供国际服务贸易的产业部门都属于第三产业。

（三）国际服务贸易的分类

由于国际服务贸易的多样性和复杂性，目前尚未形成统一的分类标准，下面主要介绍三种具有代表性的分类。

1. 以部门为中心的服务贸易分类方法

乌拉圭回合服务贸易谈判小组在对以商品为中心的服务贸易分类的基础上，结合服务贸易统计和服务贸易部门开放的要求，并在征求各谈判方的提案和意见的基础上，提出了以部门为中心的服务贸易分类方法，将服务贸易分为12大类，分别如下。

(1) 商业性服务，指在商业活动中涉及的服务交换活动，服务贸易谈判小组列出的6类这种服务，既包括个人消费的服务，也包括企业和政府消费的服务，分别是专业性(包括咨询)服务、计算机及相关服务、研究与开发服务、不动产服务、设备租赁服务和其他服务。

(2) 通信服务，主要指所有有关信息产品、操作、储存设备和软件功能等服务、主要包括邮政服务、速递服务、电信服务、视听服务和其他电信服务。

(3) 建筑服务,主要指工程建筑从设计、选址到施工的整个服务过程,具体包括:选址服务,涉及建筑物的选址;国内工程建筑项目,如桥梁、港口、公路等的地址选择等;建筑物的安装及装配工程;工程项目施工建筑;固定建筑物的维修服务;其他服务。

(4) 销售服务,指产品销售过程中的服务交换,主要包括:商业销售,主要指批发业务;零售服务;与销售有关的代理费用及佣金等;特许经营服务;其他销售服务。

(5) 教育服务,指各国间在高等教育、中等教育、初等教育、学前教育、继续教育、特殊教育和其他教育中的服务交往,如互派留学生、访问学者等。

(6) 环境服务,指污水处理服务、废物处理服务、卫生及相似服务等。

(7) 金融服务,主要指银行和保险业及相关的金融服务活动。

(8) 健康及社会服务,主要指医疗服务、其他与人类健康相关的服务;社会服务等。

(9) 旅游及相关服务,指旅馆、饭店提供的住宿、餐饮服务、膳食服务及相关的服务;旅行社及导游服务。

(10) 文化、娱乐及体育服务,指不包括广播、电影、电视在内的一切文化、娱乐、新闻、图书馆、体育服务,如文化交流、文艺演出等。

(11) 交通运输服务,主要包括:货物运输服务,如航空运输、海洋运输、铁路运输、管道运输、内河和沿海运输、公路运输服务,也包括航天发射以及运输服务,如卫星发射等;客运服务;船舶服务(包括船员雇用);附属于交通运输的服务,主要指报关行、货物装卸、仓储、港口服务、起航前查验服务等。

(12) 其他服务。

2. 按照服务贸易中要素投入的密集程度分类

有的经济学家沿袭商品贸易中所密集使用某种生产要素的特点,按照服务贸易中对资本、技术、劳动力投入要求的密集程度,将服务贸易分为以下三大类。

(1) 资本密集型服务。如空运、通信、工程建设服务等。

(2) 技术与知识密集型服务。如银行、金融、法律、会计、审计、信息服务等。

(3) 劳动密集型服务。如旅游、建筑、维修、消费服务等。

3. 根据服务与生产过程之间的内在联系分类

根据服务与生产过程之间的内在联系,将服务贸易分为下列三类。这种以"生产"为核心划分的国际服务贸易,其本质涉及应用高新技术提高生产力的问题,并为产品的生产者进行生产前和生产后的服务协调提供重要依据。这使生产者能够对国际市场的变化迅速做出反应,以便改进生产工艺,进行新的设计或引入新的服务,最终生产出为消费者满意的产品或服务。

(1) 生产前服务,主要涉及市场调研和可行性研究等,这类服务在生产过程开始前完成,对生产规模及制造过程均有重要影响。

(2) 生产服务,主要指在产品生产或制造过程中为生产过程的顺利进行提供的服务,如企业内部质量管理、软件开发、人力资源管理、生产过程之间的各种服务等。

(3) 生产后服务,这种服务是联结生产者与消费者之间的服务,如广告、营销服务、包装与运输服务等。通过这种服务,企业与市场进行接触,便于研究产品是否适销,设计是否需要改进,包装是否满足消费者需求等。

二、国际服务贸易发展的特点

国际服务贸易是从国家内的服务经济基础上通过服务业的国际化和国际分工的出现而发展起来的，国际分工和合作是导致国际服务贸易发展的动因。“二战”以后，随着科学技术的发展，知识越来越社会化、国际化，世界经济正向全球一体化、服务一体化的知识经济迈进，这为现代国际服务贸易的发展提供了广阔的空间。此外，随着国际服务总协定的进一步实施，世界各国的服务贸易市场也将进一步开放和扩大，这也将成为刺激世界服务贸易发展的新动力。概括地说，当前，世界服务贸易已经形成了西欧服务贸易市场、北美服务贸易市场、中东服务贸易市场、东南亚服务贸易市场、非洲服务贸易市场和拉美服务贸易市场六大国际服务贸易市场。当代国际服务贸易发展呈现出以下一些特征。

(1) 国际服务贸易持续快速增长，服务贸易在世界总贸易中的比重不断提升。服务贸易总额在1970年为700多亿美元，1980年为6 500亿美元，1990年为7 804亿美元，2002年则上升到15 400亿美元，年平均增长速度达6.4%，超过了同期货物贸易5.9%的增长速度。2000—2006年国际服务贸易年均增长保持在10%以上(表8-1)，2008年世界服务贸易出口额更是达到了历史性的37 300亿美元，服务贸易日渐成为世界各国获取外汇收入，改善本国国际收支状况的重要手段。随着全球产业结构调整的加快，服务业在世界经济中的地位不断攀升，2004年全球服务业占全球GDP的比重突破60%，这标志着服务经济格局的形成。在发达国家，服务业占本国GDP的比重平均为70%，在发展中国家，这一比重也已上升到50%。服务贸易总额占全球贸易总额的份额从1980年的15.7%上升至2007年的19.37%。WTO的统计资料显示，世界服务贸易年出口规模从1万亿美元增加到2万亿美元，大约用了10年时间，而从2万亿美元扩大到3万亿美元，只用了4年时间。由此可见，当代国际服务贸易的发展非常迅速。

表8-1　1980—2006年世界服务贸易发展情况

	金额/亿美元			年增长率/%							
	1980	2000	2006	2000—2006	2000	2001	2002	2003	2004	2005	2006
服务出口	3 650	14 928	27 108	10.25	6.2	0.35	7.3	14.6	20	12.0	11.6
服务进口	4 024	14 766	26 195	9.63	6.5	1.2	5.9	14	18.9	10.6	10.3

资料来源：根据WTO，International Trade Statistics，2001—2006。

(2) 国际服务贸易结构加速调整升级。自20世纪80年代以来，由于新兴服务行业的不断兴起，服务贸易结构发生了很大变化，逐渐由传统的自然资源或劳动密集型服务贸易，转向知识、智力密集型或资本密集型的现代服务贸易。以2006年全球服务贸易出口为例(表8-2)，其他服务所占比重已经上升到接近一半的水平，这里所指的其他服务项目主要是指通信，建筑，计算机和信息，保险，金融，版税和许可证费用，个人、文化和休闲服务，会计、法律等专业性服务，政府服务等。

(3) 服务贸易的地区分布格局不平衡性继续存在，发达国家在国际服务贸易中占据绝对领先地位，尽管发展中国家(地区)服务贸易发展较快，在一些资源、劳动密集型服务领域具有相当的优势，但整体服务贸易能力仍然较低。

表 8-2 世界服务贸易部门构成

项目	出口额/亿美元	比重/%		进口额/亿美元	比重/%	
	2006	1980	2006	2006	1980	2006
全球服务贸易总额	27 108	100	100	26 195	100	100
其中：运输服务	6 359	36.5	23.4	7 463	41.7	28.5
旅游服务	7 371	28.4	27.1	6 921	26.9	26.4
其他服务	13 477	34.8	49.5	11 811	31.4	45.1

资料来源：WTO International Trade Statistics Database。

在国际服务贸易领域，发达资本主义国家是国际服务贸易的最大提供者和消费者，发达国家一致处于绝对领先地位，发达国家大都是服务贸易顺差国。据估计，美国、法国、英国、前联邦德国和日本这5个主要发达国家就占了国际服务贸易的大约一半。而美国又是这些国家中最大的服务出口国。2008年美国的服务贸易出口、进口就分别占到了世界服务贸易出口额和进口额的14%和10.5%，稳居世界第一，服务贸易连续30多年实现贸易顺差。发展中国家的服务贸易出口竞争力正在增强，特别是中国、印度的服务贸易正在迅速增长，但发展中国家大都是服务贸易逆差国，特别是在现代服务方面，绝大多数发展中国家在服务贸易上都处于逆差状态。2008年服务贸易出口额前30位的国家和地区中，作为发展中国家的中国大陆(第7位)、印度(第9位)、波兰(第26位)、土耳其(第27位)、泰国(第29位)、马来西亚(第30位)，分别占国际服务贸易出口额的3.7%、2.8%、0.9%、0.9%、0.9%、0.8%；在服务进口贸易中，中国大陆(第5位)、印度(第12位)、泰国(第19位)、巴西(第21位)、波兰(第30位)，分别占国际服务贸易进口额的4.4%、2.6%、1.3%、0.9%。

2008年世界服务进出口前10位的国家和地区参见表8-3。

表 8-3 2008年世界服务进出口前10位的国家和地区

排名	国家	出口额/10亿美元	占世界比/%	排名	国家	进口额/10亿美元	占世界比/%
1	美国	522	14.0	1	美国	364	10.5
2	英国	283	7.6	2	德国	285	8.2
3	德国	235	6.3	3	英国	199	5.7
4	法国	153	4.1	4	日本	166	4.8
5	中国	146	3.9	5	中国	158	4.6
6	日本	144	3.9	6	法国	137	3.9
7	西班牙	143	3.8	7	意大利	132	3.8
8	意大利	123	3.3	8	西班牙	108	3.1
9	印度	106	2.8	9	印度	103	3.0
10	荷兰	102	2.7	10	韩国	93	2.7

资料来源：WTO秘书处。

(4) 通过商业存在实现的服务贸易规模日益扩大。

在跨国公司新一轮产业调整中，资本向服务业转移的趋势越来越明显。20世纪90年代以来，FDI总额的一半以上流向了服务业。截至2005年年底，服务业在全球FDI总存量中占60%。从国际直接投资流量来看，2005年服务业对外直接投资流入量占FDI总流量比重上升为70%(表8-4)。

表8-4 外国直接投资存量产业分布 %

部门/产业	1990年			2005年		
	发达国家	发展中国家	全球	发达国家	发展中国家	全球
A. 对外直接投资流入存量	100	100	100	100	100	100
初级部门	9.68	7.42	9.26	3.67	7.62	4.70
制造业	40.65	45.16	41.47	32.97	30.84	32.47
服务业	49.67	47.42	49.27	63.36	61.54	62.83
B. 对外直接投资流出存量	100	100	100	100	100	100
初级部门	9.03	1.87	8.82	4.67	1.31	4.39
制造业	44.33	53.19	44.59	28.05	14.04	26.88
服务业	46.54	44.94	46.59	67.28	84.65	68.73

资料来源:根据UNCTAD,World Investment Report,2006,266~267页数据整理。

(5) 服务外包成为新的服务贸易方式。

随着跨国公司的战略调整以及系统、网络、存储等信息技术的迅猛发展,由业务流程外包(BPO)和信息技术外包(ITO)组成的服务外包正逐渐成为服务贸易的重要形式,服务外包市场规模将迅速扩大。据中国商务部预计,2010年全球服务外包市场规模有可能达到6 000亿美元,全球离岸服务外包市场规模未来几年将保持20%以上的增长速度。

第二节 国际技术贸易

随着科学技术直接转化为生产力,科学技术本身也逐渐成为国际贸易的交换对象,形成国际技术贸易。广义地看,技术贸易可列入服务贸易的范畴。但是由于技术进步对经济发展的重要作用,技术贸易在国际贸易中也就具有它的特殊地位。乌拉圭回合贸易谈判在达成"服务贸易总协定"的同时,还缔结了一个"与贸易有关的知识产权协议",很大程度上就是为促进技术的贸易。

一、技术贸易的特点

国际技术贸易与一般的商品贸易有很大区别,其主要特点如下。

(1) 从贸易的标的内容上看,技术贸易是一种以无形的技术知识作为贸易标的进入市场并进行转让的贸易活动。技术贸易的标的内容主要是专利(Patent Right)、商标(Trade Mark)和专有技术(Know-how)。专利贸易是指拥有专利权的一方将其专利技术通过签订专利许可协议或合同方式转让给另一方使用;商标贸易是指商标所有人通过商标许可协议或合同方式转让给另一方使用;专有技术通常是生产某种产品所需要的不公开的技术秘密和经验。拥有专有技术的一方将其专有技术通过签订专有技术许可协议或合同转让给另一人使用,称为专有技术贸易。在实践中,技术贸易往往把无形的技术知识和有关的机器设备结合起来进行。如果交易中只有机器设备而无技术知识的转让,就不是技术贸易,而只是商品贸易。商品贸易的标的都是有形的商品。

(2) 从贸易标的的使用权和所有权看,技术贸易是技术供应方在一定的条件下将技术贸易的标的使用权转让给接受方,而不是将其所有权转让。这就是说,技术接受方只能取得技术标的的使用权,而不能取得技术标的的所有权。因此,技术贸易原则上是一种标的所有权和使用权相分离的贸易;而商品贸易则是商品使用权和所有权同时转让的贸易。

(3) 从贸易双方当事人关系上看,技术贸易双方当事人签订技术合同的履约期限一般较长。有的国家规定为5～7年,甚至可达10年。合同有效期内,双方当事人在传授和使用技术方面构成长期的技术合作和技术限制与反限制的关系。而商品贸易合同的履约期限通常较短,从三四个月到1年。通过出口信贷的某些合同也只有二三年(不包括贷款合同)。同时,商品贸易合同双方当事人也不存在技术合同中的那种关系。

(4) 从贸易标的的作价原则上看,技术贸易接受方通常采取利润分成原则作为技术贸易标的的作价原则,即技术接受方在使用该技术后的经济效益高、利润大,则技术使用费(价格)也高;反之,如使用该技术所得经济效益低、利润小,则技术使用费低。而商品贸易标的的作价原则通常是商品生产成本加上一定的利润构成。

(5) 从贸易所涉及的法律上看,技术贸易合同所涉及的法律,除了适用国内外货物法和合同法外,还受到工业产权法、专利权法、商标法、反托拉斯法、公平贸易法等法律规范的制约。而商品贸易合同主要适用国内外的买卖法和合同法等。因此,技术贸易合同所涉及的法律比商品贸易合同更为广泛、更为复杂。

(6) 从贸易收支平衡表上看,技术贸易收入和支出一般都列入一国的对外贸易收入项目中,而且反映在国际收支平衡表中经常项目中的无形贸易项目上。而商品进出口则是一国对外贸易收支项目中的主要内容。

二、国际技术贸易的形式

国际技术贸易的形式很多,主要有许可证贸易、特许专营、技术咨询服务、工程承包等。

(一) 许可证贸易

许可证贸易(Licensing Trade)又称许可贸易,是指技术许可方将其交易标的的使用权通过许可证协议或合同转让给技术接受方的一种贸易方式。许可证协议交易的标的内容可以包括专利技术、商标和专有技术三方面中的一项、二项或全部三项。许可证贸易是当前国际技术贸易中最主要、最基本的方式。国际许可证协议种类很多,按照接受方取得使用许可项目的权限,可分为以下几种。

(1) 独占许可证协议,即在规定地区内,接受方在协议有效期内对许可证协议项下的技术享有独占的使用权。许可方不得在该地区内使用该项技术制造和销售商品,也不得把同样的技术授予该地区内的任何第三方。

(2) 排他性许可证协议,即在规定的地区内,许可方和接受方在协议有效期内对许可证协议项下的技术都享有使用权。但许可方不得将此种权利给予第三方,不得与第三方签订同一内容的许可协议。

(3) 普通许可证协议,即接受方在规定的地区内使用许可证项下的技术,但对许可方没有限制,许可方有权在该地区内使用该项技术或将这项技术使用权授予任何第三方。

(4) 分许可证协议,即在协议有效期内,接受方有权以自己的名义把协议项下的技术向第三方转让。这种协议一般也属于普通许可证协议。分许可一般要求在原许可合同中有相应的授权条款，且原许可方享受分许可费用。

(5) 交叉许可证协议，即双方在互利的基础上以各自技术相互交换使用权，一般要求各方权利对等，如技术价格相当一般都是不收费的。交叉许可可以是独占许可，也可以是排他的或普通许可。

对于不同种类的许可证协议，许可方所索取的技术使用费有所不同。一般地说，对独占许可证协议要价最高，排他性许可证协议次之，普通许可证或分许可证要价通常较低。在实践中，具体采用何种许可证协议，主要取决于潜在的市场容量、技术的性质和双方当事人的意图等。

（二）特许专营

特许专营(Franchising)是近年来发展较快的一种技术贸易形式。对于什么是特许专营，目前还没有一个统一的、确定的定义。一般认为，特许专营是指制造商品或提供服务的企业，将其商号、商标、服务标志、专利、专有技术以及经营管理的方法或经验转让给另一家企业，后者有权使用前者的商标、商号、专利、专有技术以及经营管理的方法或经验，并向前者支付一定金额的特许费(Franchise Fee)。特许专营交易中转让商号、工业产权、专有技术的一方称特许人或特许方，受让的一方称被特许人或被特许方。特许专营是通过特许专营合同转让商号、工业产权、专有技术和管理经验的，因此它具有许可证合同的性质，在这一点上它与许可证贸易相同。但是，两者仍有较大的差别，表现在以下几个方面。

(1) 转让范围和要求不同。许可证贸易转让的主要是生产领域的专利、商标和专有技术，而特许专营转让较多的是流通和服务领域的商号、商标、管理经验等。特许专营的一个特点是特许人和被特许人都经营相同的行业，出售相同的产品，提供相同的服务，使用相同的商号名称、商标或服务标志，甚至商店的门面装潢、职工工作服、产品制作方法、提供的服务式样都完全一样。例如，美国的麦当劳快餐店，在世界各地都有被特许人，但它们的门面装饰和所提供的服务同美国一样，汉堡包的味道也完全一样。许可证贸易则无此项要求，故许可人可以根据自己的生产条件吸收、消化、改造所转让的技术。

(2) 转让价款的支付方式不同，特许专营的另一个重要特点是，各个使用同一商号名称的特许专营企业并不是由一个企业主经营的，被特许人的企业不是特许人的分支机构或子公司，也不是各个独立企业的自由联合。它们都是独立经营、自负盈亏的企业。特许人不保证被特许人的企业一定能获得利润，对其企业的盈亏也不负责任。这一点同许可证贸易有所区别。在许可证贸易中，许可方一般向接受方保证其转让技术的适用性，一般规定许可证酬金的支付以使用该许可证项下技术所产生的经济效益为依据，因而许可方与被许可方之间存在着一种互相担保的关系。但是在特许专营贸易中，特许人和被特许人之间不存在这种经济上的利害关系。无论被特许人赢利与否，都要向特许人支付特许专营费。

(3) 转让期限和结果不同。许可证贸易期限一般为5～10年，转让期满后工业产权或专有技术既可能由转让人收回，也有可能留归在受让人手中。特许专营转让期限可长可短，转让期满后特许人收回特许权，被特许人不能再继续使用特许人的商号、商标及特许技术。

特许专营适用于工业、商业和服务业。目前，特许专营发展的一个重要趋势是服务部门的特许专营企业比例提高很快。除了传统快餐业外，特许专营已渗透到印刷、快运、出租代办、保险、私人邮政、家庭安全、计算机、电视系统、不动产等领域。这一趋势同世界服务贸易比例上升的趋势是相吻合的。特许专营最初出现于美国,现在已迅速发展到美洲、欧洲和亚洲,国际上也成立了国际特许专营联盟。

(三) 技术咨询服务

技术咨询服务(Technology Consulting Service)是咨询人向技术咨询公司提出技术课题,咨询公司根据咨询人的要求提供技术资料或技术服务,并收取一定金额的咨询费用。技术咨询服务也是技术转让的一种形式,它大体上有三个方面:①工程咨询;②产品和技术咨询;③经营管理咨询。由于咨询公司业务经验丰富,能提供最经济和最佳的工程技术方案,因而被誉为"智囊库",并越来越受到企业的重视。许多国家的企业在建造和引进大型工程技术项目时,通常都与技术咨询公司合作,利用它们提供最佳工程技术方案,以求得最理想的经济效益。目前,全世界已有上万家的各种类型的专业咨询公司和机构,还成立5个国际咨询行业协会,如国际咨询联盟、亚洲及南太平洋地区咨询联盟等,咨询业已成为世界经济活动的一个重要组成部分。

(四) 工程承包

工程承包(Project Contract)是指一个国家的政府部门、公司、企业或项目所有人(一般称为工程业主或发包人)委托国外的工程承包人负责按规定的条件承担完成某项工程任务。国际工程承包是一种综合性的国际经济合作方式,是国际技术贸易的一种方式,也是国际劳务合作的一种方式。之所以将这种方式作为国际技术贸易的一种方式,是因为国际承包工程项目建设过程中,包含有大量的技术转让内容,特别是项目建设的后期,承包人要培训业主的技术人员,提供所需的技术知识(专利技术、专有技术),以保证项目的正常运行。工程承包设计的项目领域有基础设施(交通、能源、通信、农业工程等)、土木工程(包括事业单位:学校、医院、科研机构、演剧院、住宅房产)、以资源为基地的工程和制造业工程等。由此可见,工程承包具有项目内容复杂广泛,工程周期长、风险大,对项目的水平要求比较高等特点。

按承包人承担责任的不同,工程承包可划分为以下几类。

(1) 分项工程承包合同:发包人将总的工程项目分为若干部分,发包人分别与若干承包人签订合同,由他们分别承包一部分项目,每个承包人只对自己承包的项目负责,整个工程项目的协调工作由发包人负责或其中一个主要承包商管理协调。分项承包合同的优点在于给项目法人充分的灵活性,获得最好的专业承包商以及缩短工期,节省由总承包商再分包的费用等。但若缺乏管理能力,就会带来严重困难和复杂问题。

(2) "交钥匙"工程承包(Turn Key Project Contract):"交钥匙"工程指跨国公司为东道国建造工厂或其他工程项目,一旦设计与建造工程完成,包括设备安装、试车及初步操作顺利运转后,即将该工厂或项目所有权和管理权的"钥匙"依合同完整地"交"给对方,由对方开始经营。因而,"交钥匙"工程也可以看成一种特殊形式的管理合同。要完成交钥匙工程,不等于组织大而全的集团公司,而是按市场经济规律,本着互惠互利、相互促进及相互支持的原则。要承担"交钥匙"工程,服务单位没有一定经济实力是不行的。

(3) "半交钥匙"工程承包(Semi-turn Key Project Contract):承包人负责项目从勘察一直到竣工后试车正常运转符合合同规定标准,即可将项目移交给发包人。它与"交钥匙"工程承包合同的主要区别是不负责一段时间的正式生产。

(4)"产品到手"工程承包(Contract for Products in Hand):承包人不仅负责项目从勘察一直到正式生产,还必须在正常生产后的一定时间(一般分为2、3年)内进行技术指导和培训、设备维修等,确保产品符合合同规定标准。

按合同的计价方式,工程承包可划分为以下两类。

(1)固定价格合同,或称总包价格合同:固定价格合同是指在约定的风险范围内价款不再调整的合同。双方需在专用条款内约定合同价款包含的风险范围、风险费用的计算方法以及承包风险范围以外的合同价款调整方法。

(2)"成本加费用"合同:是指承包人垫付项目所需费用,并将实际支出费用向发包方报销,项目完成后,由发包人向承包人支付约定的报酬。

三、国际技术贸易的内容

国际技术贸易是以无形的技术知识作为主要交易标的,这些技术知识构成了国际技术贸易的内容,它主要包括专利、商标、专有技术和版权。

(一)专利

专利(Patent Right)是世界上最大的技术信息源,据世界知识产权组织(World Intellectual Property Organization,WIPO)的有关统计资料表明,全世界每年90%～95%的发明创造成果都可以在专利文献中查到,其中约有70%的发明成果从未在其他非专利文献上发表过,科研工作中经常查阅专利文献,不仅可以提高科研项目的研究起点和水平,而且还可以节约60%左右的研究时间和40%左右的研究经费。

世界知识产权组织给"专利"下的定义是:专利是"由政府机构或代表几个国家的地区机构根据申请而发给的一种文件,文件中说明一项发明并给予它一种法律上的地位,即此项得到专利的发明,通常只能在专利持有人的授权下,才能予以利用(制造、使用、出售、进口)……"在这里,"专利"被理解为三层意思,一是指专利证书这种专利文件,指专利局颁发的确认申请人对其发明创造享有的专利权的专利证书或指记载发明创造内容的专利文献,指的是具体的物质文件;二是指专利机关给发明本身授予的特定法律地位,技术发明获得了这种法律地位就成了专利发明或专利技术;三是指专利权,即获得法律地位的发明的发明人所获得的使用专利发明的独占权利,它包括专有权(所有权)、实施权(包括制造权和使用权)、许可使用权、销售进口权利和放弃权。简言之,专利权就是专利持有人(或专利权人)对专利发明的支配权。在我国,专利权是以申请在先原则授予的。专利权受到专门法律《专利法》的保护。可见,专利、专利技术、专利权和专利权人这几个概念是有密切联系的。

根据专利技术的创造性程度的高低和其他特点,我国《专利法》常把专利分为三种类型。

(1)发明专利。所谓发明,是指对产品、方法或者其改进所提出的新的技术方案。它是利用自然规律解决实践中特定的技术问题的新方案。所谓产品是指工业上能够制造的各种新制品,包括有一定形状和结构的固体、液体、气体之类的物品。所谓方法是指对原料进行加工,制成各种产品的方法。发明是指对产品、方法或者其改进所提出的新的技术方案,主要体现新颖性、创造性和实用性。发明专利并不要求它是经过实践证明可以直接应用于工业生产的技术成果,它可以是一项解决技术问题的方案或是一种构思,具有在工业上应用的可能性,但也不能将这种技术方案或构思与单纯地提出课题、设想相混同,因单纯地课题、设想不具备工业上应用的可能性。发明可分为两类,一类是产品发明,其发明的结果是一种新产品(如机器、仪器设备、用具);另一类是方法发明,其结果是一种制造产品或测试或操作的新方法(如制造方法)。

(2) 实用新型专利。实用新型是指对产品的形状、构造或者其结合所提出的适于实用的新技术方案。同发明一样,实用新型保护的也是一个技术方案,它与上述发明专利不同之处在于,实用新型是一种仅适于产品的、创造性水平较低、能够直接应用的发明(有的国家称之为"小发明"),技术方案更注重实用性。在实践中,实用新型这种"小发明"为数众多,所以包括中国在内的世界上少数国家把它从发明中划分出来,单独加以保护。但实用新型专利保护的范围较窄,它只保护有一定形状或结构的新产品,不保护方法以及无一定形状的物品,如液体、气体或粉状之类的物品,这些不属于实用新型专利的范畴。与发明专利相比,实用新型专利申请条件较低,审批程序较为简单,收费也较少,这有利于鼓励众多的小发明者。

(3) 外观设计专利。外观设计是指对产品的形状、图案、色彩或其结合所作出的富有艺术性、具有美感并适于工业上应用的新设计。它与实用新型不同,外观设计对产品形状的设计主要是起装饰功能,而实用新型对产品形状的设计主要是为了增加产品的使用价值,使其有新功能,主要是图好用。专利中的外观设计实际上是工业外观设计,它与纯美术作品不同,造型、图案和色彩只有体现在有独立用途的制成品上,才是专利中的外观设计。它是在保证或不影响产品用途的前提下,通过外型、图案、色彩的设计来吸引消费者。

无论是发明专利还是实用新型专利和外观设计专利,专利权具有以下明显的特点。

(1) 专利权是法律赋予的权利。发明人通过申请,专利机关经过审查批准,使他的发明获得了法律地位而成为专利发明,而他自己同时也因之获得了专利权,这种权利的产生与物权的自然产生是不同的。

(2) 专利技术的财产权,是指专利是知识产权的一种,是一种无形的财产,专利权是一种特殊的财产权。

(3) 专利权是一种不完全的所有权。专利权的获得是以发明人公开其发明的内容为前提的。而公开了的知识很难真正为发明人所独有。

(4) 专利权的排他性,是指对特定的发明,只能有一家获得其专利权。也只有专利权人才能利用这项专利发明,他人未经专利权人的许可,不能使用该专利发明。

(5) 专利权的地域性,是指专利权只在专利权批准机关所管辖的地区范围内发生效力。除了在有些情况下,依据保护知识产权的国际公约,以及个别国家承认另一国批准的专利权有效以外,技术发明在哪个国家申请专利,就由哪个国家授予专利权,而且只在专利授予国的范围内有效,而对其他国家则不具有法律的约束力,其他国家不承担任何保护义务。但是,同一发明可以同时在两个或两个以上的国家申请专利,获得批准后其发明便可以在所有申请国获得法律保护。

(6) 专利权的时间性,是指专利只有在法规有效期内才受到保护。专利权的有效保护期限结束以后,专利权人所享有的专利权便自动丧失,一般不能续展,发明便随着保护期限的结束而成为社会公有的财富,其他人便可以自由地使用该发明来创造产品。专利受法律保护的期限的长短由有关国家的专利法或有关国际公约规定。目前世界各国的专利法对专利的保护期限规定不一,一般为15～20年。《知识产权协定》第三十三条规定专利"保护的有效期应不少于自提交申请之日起的第二十年年终"。我国发明专利和实用新型专利的最长有效期一般为20年,外观设计专利的最长有效期为10年。

(7) 专利的实施性，除美国等少数几个国家外，绝大多数国家都要求专利权人必须在一定期限内，在给予保护的国家内实施其专利权，即利用专利技术制造产品或转让其专利。专利实际上就是个人或企业与国家签订的一个特殊的合同，个人和企业的代价是公开技术，国家的代价是允许一定时间的垄断经营权利。

(8) 专利的独占性，是指专利权人依法对其发明创造享有的独占的权利，其他人如要使用，必须事先征得其许可或向其购买，否则就构成侵权。

（二）商标

商标(Trade Mark)是商品生产者或经营者为了使自己的商品同他人的商品相区别而在其商品上所加的一种具有显著性特征的标记。一般只有能够移动的重复性生产的商品才使用商标。商标须具有显著性特点，即相同或类似的商品不能使用相同或相似的商标。常见的商标是文字商标和图形商标。国外有立体商标，如“可口可乐”饮料瓶子的特殊形状、“派克”笔的笔夹、奔驰汽车前面的类似方向盘的圆星形立体标志、有的药品的特殊形状的胶囊，都是立体商标注册。立体商标标志，亦可以将其作为外观设计产品，申请外观设计专利保护。音响商标是以声音为要素的商标，以特定声音作为识别的特征，例如电台、电视台在特定的节目播放前，安排特定的前奏曲、钟声、乐曲片段等，也有某些商品在开启包装时会响起一段美妙的音乐，或商品本身每隔一段时间会自动重复作为商标的音乐。音响商标属于听觉商标，绝大多数国家不保护音响商标，只保护看得见的视觉商标。但随着音响技术的不断发展与更新，在一些特殊商品或特殊服务中，有可能与彩色光源图案等结合在一起，组成音光商标，或单独音响商标会逐渐地扩大其使用范围，并被人们所接受。气味商标是以特殊的气味作为商标，实际上是人们的一种设想，尚未付诸实践。气味商标又称为味觉商标，尽管在今天还不可能成为现实，但气味商标若能作为一种防伪商标应用于商品上，则是有其发展前景的。特别是与图文商标等结合使用，可能有助于制止假冒侵权商标。例如用特殊配方配制的具有特殊芳香的气味附着在图形商标的夹层中，消费者购买商品时除了识别图形商标外，撕下图形商标上的表层纸就闻到特殊的气味，而这种特殊气味是经商标局特许使用在该商品上的。也许有那么一天，气味商标会广泛地应用在商品上。音响商标和气味商标这两种商标在我国都是不受保护和申请的。色彩商标和立体商标在我国是有限制地保护，和普通的商标相比，色彩商标和立体商标由于显著性相对较弱，要求也比较高，所以申请难度也较大。

商标具有以下主要特征。

(1) 商标是具有显著性的标志，既区别于具有叙述性、公知公用性质的标志，又区别于他人商品或服务的标志，从而便于消费者识别。

(2) 商标具有独占性。使用商标的目的是为了区别于他人的商品来源或服务项目，便于消费者识别。所以，注册商标所有人对其商标具有专用权、独占权，未经注册商标所有人许可，他人不得擅自使用。否则，即构成侵犯注册商标所有人的商标权，违犯我国商标法律规定。

(3) 商标具有价值。商标代表商标所有人生产或经营的质量信誉和企业信誉、形象，商标所有人通过商标的创意、设计、申请注册、广告宣传及使用，使商标具有了价值，也增加了商品的附加值。商标的价值可以通过评估确定。商标可以有偿转让；经商标所有权人同意，许可他人使用。

(4) 商标具有竞争性,是参与市场竞争的工具。生产经营者的竞争就是商品或服务质量与信誉的竞争,其表现形式就是商标知名度的竞争,商标知名度越高,其商品或服务的竞争力就越强。

综上可见,理想的商标应具备5种特性:识别性、传达性、审美性、适应性、时代性。所谓识别性,是商标最基本的功能,商标的特殊性质和作用决定了商标必须具备独特的个性,不允许雷同混淆。传达性,即个性特色越鲜明,视觉表现感染力就越强,刺激的程度就越深。现代商标不仅仅是起到了商品的区别标记作用,还要通过商标表达一定的含义,传达明确的信息,包括企业的经营理念、产品性能用途等,从这个意义上讲,商标应如同信号一样确切,易于辨识了解。商标的审美性是指商标应该简洁、易读、易记,应具有简练清晰的视觉效果和感染力。商标的适应性是指,商标的表现形式还必须适应不同材质、不同技术、不同条件的挑战,无论黑白彩色,放大缩小如何变化,都要尊崇系统化和标准化的规定。商标的时代性是指商标必须适应时代的发展,在适当的时候进行合理的调整以避免被时代所淘汰。

商标通过确保商标注册人享有用以标明商品或服务,或者许可他人使用以获取报酬的专用权,而使商标注册人受到保护。具体来说,商标具有以下作用。

(1) 区别功能,即商标能标明产品的来源,把一企业的产品与另一同类企业的产品区别开来,这是商标的最基本也是最重要的功能。

(2) 间接标示产品质量的功能。产品的来源不同,其质量和信誉也会有差别。商标作为特定来源的产品的标记,它间接地反映了该产品的内在质量。人们选购商品时,一般无法当场检验其内在质量,而往往是根据自己的经验和商品的社会信誉凭商标来选购所希望的具有一定质量的商品。

(3) 广告功能。由于商标的简明性和"显著性",它最容易被消费者记住,从而使商标成为醒目的广告。

普通商标也称为非注册商标,一般是不受法律保护的,即不受商标法的保护,但若属于文字作品,可获得版权法保护。注册商标是经国家商标局审核批准给予正式注册的商标。使用注册商标应当标明"注册商标"字样或者标明注册标记"注"或R。有商品上不便标明的,应当在商品包装或者说明书以及其他附着物上标明。商标权是商标使用者向商标管理部门申请注册并得到批准的商标专用权。商标权受专门法律《商标法》的保护。在少数国家,商标权是由于商标的首先使用而获得的。在我国,商标权是以注册在先原则而取得的。商标权的内容包括使用权、禁止权(禁止他人使用)、转让权、许可使用权和放弃权。商标权是商标所有人享有的独占的权利,即商标权是一种排他性权利,商标权是一种无形的知识财产,是一种特殊的财产权。商标权是有时间性的,但又可无限延期的权利。与专利权期满不可延期不同,商标权到期可续展延期,且延期次数不限。商标权只在注册机构所管辖地区范围内有效。如果想把注册商标的商品出口到未注册的国家或地区时,必须在当地办理注册手续,才能得到当地法律的保护。

(三) 专有技术

专有技术的英文名称叫Know-how,意为"知道如何制造"。它有许多中文名称:技术诀窍、技术秘密、专门知识等,但最常用的名称是"专有技术"。各国对专有技术含义解释不尽一致,比较有代表性的定义有:1969年匈牙利代表团在布达佩斯召开的保护工业产权会议上提出的,"专有技术指享有一定价值的、可以利用的,为有限范围专家知道的,未在任何地方公开过其完整形式和不作为工业权取得任何形式保护的技术知识、经验、数据、方法或者上述对象的组合”；国际商会在其1957年10月17～18日的会议报告中曾提出，“专有技术系指生产某项产品的专门知识、操作经验和技术的总和”，“专有技术不仅指保密的配方和技术，而且也指与实施专利所必需的制造方法有关的技术，它还指制造商在研究中开发的，还未被其竞争者所掌握的实用和专有的方法及技术知识”。从现有人们对专有技术的定义可以这样理解专有技术，专有技术是指先进、实用但未申请专利的技术秘密，包括设计图纸、配方、数据公式，以及技术人员的经验和知识等。这里需要强调的是，专有技术是指在实践中已使用过了的没有专门的法律保护的具有秘密性质的技术知识、经验和技巧。专有技术可以是产品的构思，也可以是方法的构思，它同专利一样，都是一种技术知识，都具有可传授性和可转让性，都具有一定的商业价值或经济性，但它在不少方面与专利技术不同。下面对专有技术与专利技术做一对比(表8-5)。

表8-5　专有技术和专利技术的区别

比较内容	专有技术	专利技术
存在条件	保密	法律保护
时效性	无时间限制	有一定的有效期
保密性	技术内容保密	技术内容公开
技术要求	不一定是发明创造，但必须是成熟的、行之有效的技术知识	必须具有新颖性、创造性和实用性等特征
技术形态	是动态的，其内容可以发展改进，是可变的	是静态的，其内容是被专利法固定下来的
存在方式	以书面表示或存在于人们的头脑中	以书面表示

(1) 专利技术必须是可以通过语言来传授的，专有技术虽是可以传授的，但它未必都是可言传的，有些通过“身教”才能传授。

(2) 专有技术是处于秘密状态下的技术，而专利技术是公开技术。

(3) 专有技术没有专门法律保护，所以它不属于知识产权。但专利受《专利法》的保护，是重要的知识产权之一。

(4) 专利技术是被专利文件固定了的静态技术，而专有技术则是富于变化的动态技术。

(5) 专利技术受保护或被垄断的期限是有限的(最多20年)，而专有技术是靠保密而垄断的，因而它被垄断的期限是不定的。

专有技术也是一种无形的知识财产，它除需用保密手段得到保护以外，也需要法律的保护。在实际中，专有技术是《援引合同法》、《防止侵权行为法》、《反不正当竞争法》和《刑法》取得保护的，但专有技术受法律保护的力度远比专利技术受到《专利法》保护的力度小。

(四) 版权

版权(Copyright)即著作权，是知识产权的一种类型，是指文学、艺术、科学作品、音乐、戏剧、绘画、雕塑、摄影和电影摄影等方面的作者对其作品享有的权利(包括财产权、人身权)。可以受版权保护的作品包括小说、诗词、散文、论文、速记记录、数字游戏等文字作品；讲课、演说、布道等口语作品；配词或未配词的音乐作品；戏剧或音乐戏剧作品；哑剧和舞蹈艺术作品、绘画、书法、版画、雕塑、雕刻等美术作品；实用美术作品；建筑艺术作品；摄影艺术作品；电影作品；与地理、地形、建筑、科学技术有关的示意图、地图、设计图、草图和立体作品。需要特别说明的是，著作权要保障的是思想的表达形式，而不是保护思想本身，因为在保障著作财产权此类专属私人之财产权利益的同时，尚须兼顾人类文明之累积与知识及资讯之传播，从而算法、数学方法、技术或机器的设计均不属著作权所要保障的对象。

版权是法律上规定的某一单位或个人对某项著作享有印刷出版和销售的权利，任何人要复制、翻译、改编或演出等均需要得到版权所有人的许可，否则就是对他人权利的侵权行为。知识产权的实质是把人类的智力成果作为财产来看待。著作权是文学、艺术、科学技术作品的原创作者，依法对其作品所享有的一种民事权利。在学理上，根据性质不同，版权可以分为著作权及邻接权，简单来说，著作权是针对原创相关精神产品的人而言的，而邻接权的概念是针对表演或者协助传播作品载体的有关产业的参加者而言的，比如表演者、录音录像制品制作者、广播电视台、出版社等。

著作权分为著作人格权与著作财产权。著作人身权是指作者通过创作表现个人风格的作品而依法享有获得名誉、声望和维护作品完整性的权利。该权利由作者终身享有，不可转让、剥夺和限制。作者死后，一般由其继承人或者法定机构予以保护。根据我国《著作权法》的规定，著作人身权包括：公开发表权、姓名表示权，及禁止他人以扭曲、变更方式，利用著作损害著作人名誉的权利。著作财产权是无形的财产权，是基于人类智识所产生的权利，故属知识产权之一种，包括重制权、公开口述权、公开播送权、公开上映权、公开演出权、公开传输权、公开展示权、改作权、散布权、出租权等。著作财产权有时间限制，根据世界知识产权组织相关条约，该时限为创作者死后 50 年。但各国国情不同，各国国内法可规定更长的时限。这种时间上的限制使得创作者及其继承人能在一段合理的时期内就其著作获得经济上的收益。邻接权(Neighboring Right)的原意是与著作权相邻的权利，是在传播作品中产生的权利。邻接权是指作品传播者对其传播作品过程中所做出的创造性劳动成果所享有的权利。传播者传播作品而产生的权利被称为著作权的邻接权。邻接权与著作权密切相关，又是独立于著作权之外的一种权利。在我国《著作权法》中，邻接权包括出版者权、表演者权、录制者权和广播电视组织权。英美法系国家，著作权法很少引入邻接权的概念。例如英国著作权法，将录音制作者和广播电视组织的权利都视为著作权。在美国著作权法中，作者的权利、录音制作者的权利都属于著作权范畴。只有在欧洲大陆法系国家，才严格区分著作权与邻接权的概念。

四、保护工业产权的国际公约

工业产权是指法律赋予产业活动中的知识产品所有人对其创造性的智力成果所享有的一种专有权。专利权和商标权均属工业产权，工业产权和版权合称为知识产权，它们都受到专门法律的保护。首先是受到各国的国内法的保护。但由于国际间的货物和技术贸易，使得工业产权的国际保护成为必要。为此，便产生了保护工业产权的国际公约。下面简要介绍一下我国已经加入的有关国际公约。

(一)《世界知识产权组织公约》

世界知识产权组织(WIPO)是一个致力于促进使用和保护人类智力作品的国际组织。总部设在瑞士日内瓦的世界知识产权组织，是联合国组织系统中的 16 个专门机构之一。它管理着涉及知识产权保护各个方面的 24 项(16 部关于工业产权，7 部关于版权，加上建立世界知识产权组织公约)国际条约。该公约于 1970 年 4 月 26 日生效，其宗旨是：通过政府之间的合作，并与其他有关国际组织适当配合，促进在全世界保护知识产权，保证各知识产权联盟之间的行政合作。直到2007年6月15日为止，成员国有184个国家。1980年6月，我国正式成为《世界知识产权组织公约》的成员国。

（二）《保护工业产权巴黎公约》

《保护工业产权巴黎公约》(Paris Convention on the Protection of Industrial Property)简称《巴黎公约》，于1883年3月20日在巴黎签订，1884年7月7日生效。生效当时有14个成员国，成立了国际局来执行行政管理任务，诸如举办成员国会议等。这是第一部旨在使一国国民的智力创造能在他国得到保护的重要国际条约。《巴黎公约》的调整对象即保护范围是工业产权。包括发明专利权、实用新型、工业品外观设计、商标权、服务标记、厂商名称、产地标记或原产地名称以及制止不正当竞争等。该公约制定了工业产权保护的具体对象和适用的国民待遇原则、优先权原则，以及缔约国必须遵守的共同规则。优先权原则是为了便于缔约国国民在其本国提出专利或者商标申请后向其他缔约国提出申请。所谓"优先权"是指，申请人在专利商标一个缔约国第一次提出申请后，可以在一定期限内就同一主题向其他缔约国申请保护，其在后申请可在某些方面被视为是在第一次申请的申请日提出的。换句话说，在一定期限内，申请人提出的在后申请与其他人在其首次申请日之后就同一主题所提出的申请相比，享有优先的地位。到2004年12月底，缔约方总数为168个国家，1985年3月我国正式加入《保护工业产权巴黎公约》。

（三）《专利合作条约》

《专利合作条约》(Patent Cooperation Treaty，PCT)于1970年6月19日在华盛顿签订，并于1978年生效。它是附属于《保护工业产权巴黎公约》的一个特别协定，其目的是为了使获得发明保护的工作更加简化和经济。我国在1994年4月正式加入《专利合作条约》，同时中国专利局也成为PCT国际受理局、国际检察局、国际初审局。

（四）《商标国际注册马德里协定》

《商标国际注册马德里协定》(Madrid Agreement for International Registration of Trade Marks)简称《马德里协定》，是关于简化商标在其他国家内注册手续的国际协定。《马德里协定》保护的对象是商标和服务标志。该协定于1891年4月14日在西班牙马德里签订。《马德里协定》的主旨是解决商标的国际注册问题，其主要内容包括国际注册的申请程序、国际注册的申请文件、国际注册的有效期、国际注册与国内注册的关系、国际注册使用的语言等。它对商标国际注册的申请，申请人的资格，国际注册的效力、期限，以及申请国际注册的商标禁止使用的标记等内容作了具体规定。我国在1989年10月4日正式加入《商标国际注册马德里协定》。我国加入该公约后，我国注册商标所有人均可申请商标国际注册。

（五）《商标注册用商品和服务国际分类尼斯协定》

《商标注册用商品和服务国际分类尼斯协定》(Nice Agreement Concerning the International Classification of Goods and Services for the Purpose of the Registration of Marks)简称《尼斯协定》，该协定于1957年6月15日在法国尼斯签订，于1961年4月8日生效。《尼斯协定》主要规定的是商品与服务分类法，它将商品分为34大类，服务项目分为8大类，该分类为商标检索、商标管理提供了很大方便。1994年5月5日，我国正式加入《商标注册用商品和服务国际分类尼斯协定》，并于同年8月9日生效。

（六）《保护集成电路知识产权的华盛顿公约》

《保护集成电路知识产权的华盛顿公约》（Treaty on Intellectual Property in Respect of Integrated Circuits）简称《华盛顿公约》（Washington Treaty），1989 年 5 月 26 日缔结于美国华盛顿。我国是 1989 年在华盛顿通过的《关于集成电路知识产权保护条例》的首批签字国。《华盛顿公约》规定成员国应对集成电路的布图设计实行注册保护，注册申请无须具有新颖性，集成电路布图设计的所有人在其产品投入商业领域后两年之内提交申请即可，保护期至少为 10 年。受保护的条件除了“独创性”、“非一般性”之外，还有“非仅仅其有关功能的有限表达方式”。公约还规定了国民待遇，即各成员国对于其他成员国的国民或居民，只能要求与本国国民一样地履行手续，并给予同样的保护。这与诸版权公约中的国民待遇不同，而与《保护工业产权巴黎公约》相似。

复习思考题

1. 《服务贸易总协定》将国际服务贸易分成哪几种？并举例说明。
2. 国际技术贸易的主要内容包括什么？
3. 与货物贸易相比，国际服务与技术贸易有什么特点？
4. 我国的专利分哪几类？专利权具有哪些特点？
5. 我国已经加入哪些保护工业产权的国际公约，它们各自的保护重点是什么？
6. 当前国际服务贸易发展呈现出哪些特征与趋势？

B&E

第九章 国际投资与国际贸易

【本章导读】

经济全球化使世界经济以全球为版图配置资源,表现出了极强的经济活力。顺应这一趋势,世界正在经历史无前例的大规模重新分工。一方面,世界经济通过国际贸易快速增长,使国际分工的数量迅速增加;另一方面,国际分工的模式出现了重要变化,从不同产业的全球分工,到产业内全球分工,又发展到企业内的全球分工。以跨国公司为载体,资金、人才、技术的全球流动正深刻地改变着世界经济格局。一个国家无论是以对外投资为主还是吸引外资为主,都可以在更大范围、更广领域和更高层次上参与国际竞争与合作,更好地利用"两个市场、两种资源",以国际投资参与世界经济无疑具有重大而深远的战略意义。本章主要是从对外直接投资和对外间接投资两个方面来分析介绍不同投资方式的特点、影响因素和限制条件等,并对中国利用外资与对外投资的基本情况进行介绍。

【学习目标】

1. 了解国际投资的分类。
2. 熟悉几种常见对外间接投资类型,并了解它们的投资特点及限制条件。
3. 了解一些国际直接投资的基本概念。
4. 了解我国在利用外商直接投资方面的进展情况。

【关键概念】

国际投资(International Investment)
国际直接投资(International Direct Investment)
国际间接投资(International Indirect Investment)
证券投资(Securities Investment)　　政府贷款(Government Loan)
出口信贷(Export Credit)　　加工贸易(Processing Trade)
非股权安排(Non-equity Arrangement)　　BOT(build-operate-transfer)

第一节　国际投资概述

一、国际投资的含义与分类

国际投资(International Investment)是各类投资主体,如一国的个人、企业、金融机构、政府部门和国际组织等,为了取得未来的收入和资产使用权而在国际金融市场放弃当前的消费和转让自己的资产使用权的经济行为。

国际投资是投资主体、投资目标、投资要素、投资方式、投资流向、投入与产出间关系等诸因素的内在统一,因此,可以从多角度进行分类。

(1) 按投资主体类型划分,可将国际投资划分为民间投资和官方投资。民间投资是指资本的借方为私人、企业或公共机构,贷方则是私人或私人企业,如私人或私人企业购买外国股票或债券的行为,这类投资一直是国际投资的主要部分。官方投资是指资本的借方与民间投资相同,而贷方为一国政府或国际公共机构,如世界银行、国际货币基金组织等。官方资本的流向多是民间资本认为收益低且风险大的国家,如一国政府投资为第三国兴建机场、铁路、体育场所等。这类投资的主要目的有:为国际收支困难的国家提供援助,以避免因一国不景气而造成其他国家的连锁反应;提供商品出口信贷,这有利于出口国产业的发展;以援助借款国经济的恢复与发展为目的,典型的如"马歇尔计划"。因此,这类投资除自身的经济效益外,还带有一些国际经济援助性质或政治目的。

(2) 以时间长短为依据进行划分,国际投资分长期投资(Long-term Investment)和短期投资(Short-term Investment)。按照国际收支统计分类,一年以内的债权称为短期投资,一年以上的债权、股票以及实物资产称为长期投资。但在实践中,无论是官方还是民间投资,一般国际投资项目以一年以上的贷款居多,因此,也有以 3～5 年时间为中期投资的分类方式。

(3) 以有无投资经营权为依据,国际投资可划分为国际直接投资(International Direct Investment)和国际间接投资(International Indirect Investment),这种划分具有重要的现实意义。国际直接投资又称为海外直接投资(Foreign Direct Investment,FDI),是指投资主体在海外兴办企业,以取得或拥有国外企业的经营管理权为特征的投资,国际直接投资的投资者直接参与所投资的国外企业的经营和管理活动。国际间接投资(Foreign Indirect Investment,FII),又称为海外证券投资(Foreign Portfolio Investment,FPI),是指以取得利息或股息等形式的资本增值为目的,以被投资国的证券为对象的投资,不以控制经营权为目的的投资行为,其投资是通过国际资本市场(或称国际金融证券市场)进行的。

国际直接投资与国际间接投资的主要区别在于投资者是否对投资对象拥有实际控制权。目前,国际上对判断这一界限的数量范畴还没有形成统一标准。例如国际货币基金组织在《国际收支手册》中认为,在所投资的企业中拥有 25%以上的投票股可以认为在所投资的企业中拥有控制权;而美国商务部规定,美国公司对国外投资时如拥有某公司 10%以上的投票股,即可划为直接投资。但是,由于不同企业的组织形式和股权结构不同,取得有效控制权所需的股权比例也是不相同的。一般国际惯例认为,超过企业资本 10%的外国投资即可认定为国际直接投资。

二、国际投资的发展

国际投资是商品经济发展到一定阶段的产物,并随着国际资本的发展而发展。当商品经济发展到资本主义社会以后,银行资本与生产资本相融合并日益发展,促进了资本积累的进一步扩大,并形成了规模庞大的金融资本,出现了大量的资本过剩,以资本输出为早期形态的国际投资也随之产生。随着国际经济交易内容的不断丰富,投资的内容和形式也在不断地发生着演化。从国际资本活动的历史进程来看,国际投资活动首先表现为货币资本的运动,即以国际借贷、国际证券投资为主要形式的国际间接投资,其标志是跨国银行的出现;其次表现为生产资本的运动,即国际直接投资,其标志是跨国公司的出现。

(一) 国际投资的初始形成阶段(1870—1913年)

国际投资的初始形成阶段是资本主义的自由竞争阶段,以电力革命为标志的第二次科技革命出现后,生产力得到了快速发展,国际分工体系和国际垄断组织开始形成,银行资本和产业资本相互渗透融合,从而形成了巨大的金融资本,为资本输出提供了条件,以资本输出为特征的国际投资也随之形成。这一时期的国际投资,表现出如下特点。

(1) 投资国的数量很少,主要限于英国、法国、德国、美国、日本和荷兰等少数资本主义工业化国家,其中又是以英国占主导地位。东道国主要是资源丰富的亚洲、非洲和拉丁美洲国家以及收入较高的北美洲和大洋洲国家,目的突出地反映为寻找有力的投资场所,以便获得超额利润。

(2) 国际投资的形式以间接投资为主,私人资本占有较大比例。国际投资的主要形式是对外提供贷款、购买债券和股票等间接投资,对外生产性直接投资所占的比例较小,大部分投资来源于私人资本,官方资本居于次要地位。

(二) 国际投资的低速徘徊阶段(1914—1945年)

国际投资的低速徘徊阶段是两次世界大战之间的时期。由于两次世界大战和20世纪30年代的大危机,使资本主义国家不同程度地受到了战争的破坏,资金极度短缺,市场萎缩,使得国际投资活动虽有所发展但很缓慢。此时国际投资的主要特征体现为:

(1) 国际投资不甚活跃,规模较小,增长缓慢。这一阶段,由于受战争和经济萧条的影响,国际投资总额不但没有增长反而下降,主要投资国的对外投资都陷入停顿,美国、英国、法国、德国和日本等国家的对外投资总额从1938年的412亿美元下降到1945年的380亿美元。

(2) 私人投资仍占主体,但官方投资比重有所上升;间接投资仍为主流,但直接投资的比重有所上升。对外贷款和债券投资的迅速增加,使得官方投资规模扩大,在国际投资总额中所占比重有所上升。例如,1920年美国私人海外投资中60%为间接证券投资,1930年英国对外投资中有88%为间接投资。

(3) 主要投资国地位发生变化,美国取代英国成为最大的对外投资国,英国和法国的地位下降,由于德国和日本发动战争并最后失败,经济实力受到严重挫伤,对外投资额急剧下降。

(三) 国际投资的恢复和增长阶段(1946—1979年)

第二次世界大战以后,国际投资在国际经济中的地位得到了较大提高。战后伴随着旧的殖民主义体系的崩溃,自从1947年美国“马歇尔计划”的实施,大规模的对外投资活动拉开了序幕。进入20世纪70年代以后,德国和日本经济恢复,加之,这一阶段世界政治局势相对平稳以及第三次工业革命的兴起,使国际投资活动迅速恢复并快速增长。这一时期国际投资活动的基本特点可概括为:

(1) 投资规模迅速扩张。发达国家的对外投资累计总额由1945年的510亿美元增加至1978年的6 000亿美元。

(2) 对外投资方式由以间接投资为主转变为以直接投资为主。国际直接投资总额累计从1945年的200亿美元增至1978年的3 693亿美元,所占比重也由39.2%上升至61.6%。

(3) 出现了许多新的投资国。如亚洲的“四小龙”,以及许多发展中国家也加入到国际投资国的行列之中，特别是石油输出国，其“石油美元”成为国际对外投资的重要资金来源。

（四）国际投资，特别是国际直接投资，进入迅猛发展阶段（1980年以来）

1980年以来，由于科技革命、金融创新和跨国公司全球化经营等多种因素的共同作用，国际投资蓬勃发展，成为世界经济发展中最为活跃的因素。但不同国家的国际投资增长速度并不一致。其中美国的增长速度放慢，而日本的增长速度加快。这一时期国际投资活动的基本特点可概括为：

（1）国际直接投资继续高速增长。国际直接投资总额1982年为510亿美元，1986年为620亿美元，1990年增加至1 560亿美元，2000年出现了创纪录的高水平，达到13 880亿美元。但进入21世纪后，国际投资出现波动，从2001年开始，由于受世界经济和美国经济不景气等的影响，2001—2003年间全球直接投资额分别下降到8 176亿美元、7 161亿美元、6 326亿美元，2004年和2005年有所恢复，国际直接投资额分别为7 108亿美元和9 163亿美元。

（2）国际直接投资的产业分布和结构发生了变化。从资源开发和制造业转向服务业，由劳动密集型和低附加值行业转向技术密集型和高附加值行业。

（3）发达国家之间的资金对流，即相互投资成为国际投资的主流趋势。发达国家成为吸引外资最多的地区，每年全球一半以上的外资投向发达国家。

（4）国际投资的参与方式更加灵活。除股权参与外，还出现了非股权参与投资的方式，跨国并购成为国际投资的主要方式，“绿地投资”的地位有所下降。

（5）形成了美国、日本、西欧和新兴国家（地区）四足鼎立的投资格局。

可以预见，随着经济全球化和区域经济一体化的深化，国际投资将在波动中向前发展，国际投资的特征会出现新的变化，国际投资将对世界经济的发展产生越来越大的影响。

三、国际投资的世界格局

在国际投资活动中，发达国家既是最主要的投资国也是最主要的东道国，国际投资的总的流向是“北—北”，即从工业化国家流向工业化国家。对外投资的3/4流向发达国家。国际投资的支流是“北—南”，即从工业化国家流向发展中国家，发达国家对外投资的1/4流向发展中国家。国际投资的行业布局上，战前主要投向自然资源和基础产业，战后转向第二产业的制造业，20世纪80年代后又转向第三产业。

（一）国际投资的区域分布

1. 投资国的分布变迁

在第一次世界大战以前，国际投资的主要投资国是欧洲发达国家，资本投向主要集中于各自的殖民地附属国。当时英国是最大的资本输出国，其投向主要集中于亚洲和非洲。在二次大战中，老牌欧洲列强由于遭受战争创伤，其实力大大削弱，而美国在此期间积累了大量的资金，对外投资不断扩张，取代了英国成为最大的投资国。美国对外投资的主要投向：一是向欧洲国家发放巨额贷款；二是对拉美、亚洲进行经济扩张而发放政治性贷款。战后美国在国外的直接投资额也一直占据世界对外投资总额的绝大部分，1960年为71.7%，1970年为62.9%，20世纪70年代以后，随着西欧、日本的经济实力逐步恢复和发展，对外投资比重不断上升，美国的地位相对下降。最终形成了美国、日本、西欧三足鼎立的“大三角"格局。

2. 东道国的分布变迁

在第一次世界大战前，国际投资的流向主要在殖民地等发展中国家，而战后，国际投资的流向转向发达国家，1914 年发展中国家吸收的外来投资占国际直接投资总额的 62.8%，发达国家为 37.2%。到 1960 年，发展中国家所占比重下降到 32.7%，而发达国家所占比重上升为 67.3%。80 年代以后，美、日、欧"大三角"国家成为占主导地位的东道国，1980 年"大三角"国家吸收外资占国际直接投资的比重为 57%，1990 年这一比例上升到 66%。80 年代中期以后，发展中国家吸收的外国直接投资额不断上升，其中亚太地区与拉美加勒比地区占主导地位，尤其是东亚、东南亚及南亚地区的中国、印尼、韩国、新加坡、泰国、马来西亚和中国香港、台湾地区等，同期发展中国家的对外直接投资也不断上升。

（二）国际投资的行业分布

第一次世界大战前，国际投资的行业重心在于英、法、德、美等发达国家对殖民地附属国的初级产品产业投资，投向集中在铁路运输、矿物采掘、石油开采、热带植物种植等基础部门，对制造业的投资很少。两次世界大战之间，国际直接投资对制造业的投入有所增加，特别是化学、军工、电气设备等行业的投资规模增长迅速。战后国际直接投资的行业重点进一步转向第二产业。各发达国家都增加了制造业的对外投资，比如美国在制造业的对外投资比重不断上升，1938 年为 25%，1950 年为 32.5%，1960 年为 34.7%，1970 年为 41.3%，1980 年为 41.7%，1985 年为 44%。发达国家对制造业的投资主要集中在电子、飞机制造、计算机、汽车、化学、机械、仪器仪表、制药、石油化工等高新技术行业，即国际投资由原来的资源、劳动密集型行业转向资本、技术密集型行业。20 世纪 80 年代中期以来，国际投资的行业分布转向了第三产业——服务业。到 90 年代，投向服务业的直接投资存量比例已从 70 年代初的 25%上升至 1990 年的 50.1%。随着世界经济的发展，科技的进步，对现代化的服务业的国际投资增长越来越快，而随着发展中国家市场经济改革的深化，对服务业的开放也将为跨国公司对服务业的投资提供更多的机会。

四、国际投资对世界经济的影响

（一）国际投资推动了世界经济的一体化

1. 国际证券市场的一体化加快了世界经济一体化的形成

当前由于通信及电脑技术的突飞猛进，使全球的主要金融市场已连为一体，实现 24 小时全天候交易，从而打破了不同地区金融市场的"时间障碍"，促使国际间证券交易的联市。国际证券市场的一体化使得国际间接资本的流动大大加快，从而以资金的融通方式加强了世界各国的经济联系。

2. 跨国公司的发展加快了世界经济一体化进程

跨国公司的发展促使处于不同社会制度、经济制度及不同经济发展阶段的国家之间相互渗透，相互融合。跨国公司利用其资金、技术、管理等方面的优势，带动货币资本、生产资本、商品资本的国际流动，促使各国之间经济联系更加紧密。跨国公司实行全球化的经营战略、生产体系、营销体系以及属地化的人才策略，使得跨国公司的国籍逐渐淡化。种种事实表明，跨国公司正在成为一支全球性的经济力量，推动着世界经济朝一体化的方向发展。

（二）发达国家作为投资国向发展中国家（作为东道国）投资时对国别经济的影响

1. 对投资国经济发展的影响

有利的方面是：资本输出可以为投资国带来巨额的利润，在一定程度上改善投资国的国际收支状况；国际投资还能使投资国在东道国获得某些超经济权益，如资源开采权、资本输入权、驻军权等。

不利的方面是：过度的对外投资容易造成投资国国内产业空心化；资本的转移并没有带来劳动力的转移，从而造成国内失业率上升。

2. 对东道国经济发展的影响

有利的方面是：引进外资同时也引进了发达国家的生产方式，从而加速生产方式的迅速革新；引进外资能在一定程度上弥补国内资金的短缺；引进外资能促进新兴工业部门的建立，促进产业结构的调整；有利于出口总额的增加和出口结构的改善。

不利的方面是：国内工业发展的方向容易受发达国家的左右和影响；某些重要的工业部门会受到外资的控制，从而阻碍和摧残民族经济的发展；外债负担可能会日益加重。

（三）发展中国家作为投资国向发达国家（作为东道国）投资时对国别经济的影响

1. 对投资国经济发展的影响

有利的方面是：有利于发挥比较优势，开发新产品和新市场；有利于吸收和利用国外的先进技术和企业管理经验；有利于稳定国内市场，带动商品出口；有利于培养一批从事国外生产、经营、管理的国际人才，为发展跨国经营奠定基础。

不利的方面是：容易挤占国内经济增长所必要的资金，处于国际收支经常性项目逆差状态时，若动用外汇储备进行对外资本输出，必然会加大国际收支的逆差；国内经济容易受到世界经济波动的影响，而产生共振效应。

2. 对东道国经济发展的影响

有利的方面是：能为发达国家填补投资空隙，改善其投资结构；能为发达国家提供就业的空间。

不利的方面是：市场将由于外资的挤入而显得更加狭小；发达国家的技术垄断优势容易丧失。

（四）发达国家的相互投资对国别经济的影响

发达国家间相互投资的有利之处有：可以促进国家间更紧密合作，有效配置生产力；突破技术屏障，推进产业结构演进速度，抑制经济周期的过度波动。

发达国家间相互投资的负效应有：加剧了发达国家之间的经济矛盾和政治发展的不平衡，加重了发达国家内部的结构性失业。

外资对博茨瓦纳经济发展的影响

博茨瓦纳是非洲一个小国。1966 年独立时，它是世界上最贫穷的国家之一，后通过引进外资，该国经济获得了迅速增长。1965—1980 年间，该国经济年均增长率达到 14%，1980—1990 年间为 11%。到 1990 年，博茨瓦纳的人均国民收入达 2 040 美元。分析博茨瓦纳经济发展的原因，主要依赖于采矿业和采石业，这两大产业占据该国国内生产总值的

50%以上,并创造了50%以上的政府收入。其中钻石的出口占其出口总额的50%以上。博茨瓦纳的矿产开采主要依靠引进外国直接投资。如,南非的跨国公司 De Beers 与博茨瓦纳政府以50%∶50%的参股形式合办的企业 Debswana,拥有了该国所有经济增长率的一半。

试分析引进外资对博茨瓦纳经济发展的影响。

(资料来源:张蔚,徐晨,陈宇玲.国际投资学[M].北京:北京大学出版社,2002)

第二节　对外间接投资

对外间接投资包括证券投资和借贷资本输出,是指投资者不直接参与投资企业的经营和管理。

一、证券投资

证券投资(Securities Investment)是指投资者在国际证券市场上购买外国企业和政府的中长期债权或在股票市场上购买上市的外国企业股票的一种投资活动。现代经济生活中,证券投资的工具不断创新,在基础投资——股票投资、债权投资、基金证券投资的基础上,产生了证券衍生品,如期货、期权等。这里主要对前三种证券投资做一简单说明。

(一)股票投资

1. 股票投资的含义

投资者将资金投资于股票的经济行为称为股票投资。股票是一种有价证券,它是股份有限公司发给股东用以证明其投资入股并拥有一定资本所有权的证书,投资者可以凭借股票分享企业经营成果,获得股息和股利。

2. 股票的类别

按照股票持有的主体不同,股票可分为国家股、法人股、公众股和外资股。

国家股指的是有权代表国家投资的部门或机构以国有资产向股份公司投资形成的股份。国家股的来源主要有两种:一是通过对原有国有企业的资产评估折股转化而来;二是通过国家资产管理部门的参股或控股新创办的股份公司而形成。可以用货币资金直接认购,也可以用国有土地或其他财产、知识产权入股。国家股目前还不能上布流通。

法人股是指企业法人以其依法可支配的资产向股份公司投资形成的股份,或具有法人资格的事业单位和社会团体以国家允许经营的资产向股份公司投资形成的股份。我国目前的法人股有两种:发起人股和社会法人股。发起人股是指股份公司的法人发起人所持有的公司股份,社会法人股就是社会法人所认购的公司首次公开发行的法人股。法人股目前也不能上市自由流通。

公众股为个人投资者持有的股份。它包括两个部分:一是公司内部职工股,即股份公司向内部员工招募的股份。我国曾经有一些上市公司在上市前进行股份制改造时以内部集资的方式,将一部分股票出售给本企业的职工,形成了内部职工股,这些内部职工股在一定时间后可以上市流通。目前我国新的上市公司已经不再允许有内部职工股。二是社会公众股,即股份制企业直接向社会招募的股份。

外资股是外国投资者或我国香港、澳门、台湾地区的投资者以购买人民币特种股票等形式向我国公司投资所形成的股份，它有B股、H股等形式。B股是以人民币表明股票面值，仅供境外投资者以外汇买卖的特种股票。从2001年开始，我国已经放宽了对投资者身份的限制，内地投资者也可以利用外汇购买B股。B股有两种结算货币，在上海证券交易所用美元结算，深圳证券交易所用港币结算。H股是指中国内地企业在香港上市流通、专供境外投资者买卖交易的股票。除了B股和H股以外，我国还有在纽约上市流通的N股和在新加坡上市流通的S股。

（二）债券投资

债券是一种有价证券，是社会各类经济主体为筹借资金而向债券投资者出具的，并且承诺按一定利率定期支付利息和到期偿还本金的债权凭证。

债券和股票都是重要的投资工具，发行主体的目的都是为了筹措资金，都是可以转让的有价证券，但二者又有不同，其主要区别表现在以下几个方面。

(1) 性质不同。债券投资中的债权人与债务人之间是一种债权债务的契约关系，债权人通常不得直接干预债务人的生产经营决策，股票持有人与发行公司之间是所有权关系，股东可以凭借持有的相应股权就公司的经营决策表达自已的主张和行使自己的权利（如投票权等）。

(2) 期限不同。债券有到期日，期满时，债券发行者须还本付息。股票没有期限，除非公司停业清理或解散，股东不能向股份公司要求退股。

(3) 风险不同。与股票相比，债券的收益与企业的经营状况关联较弱，收益更为稳定。在企业破产时，债权人先于股东获得破产企业的资产清偿。因此，债券的收益较之股票更有保障。股票比债券承担更大风险的同时有机会获得更大的投资收益。

(4) 发行主体可能不同。股票发行者只能是股份有限公司，债券发行者可以是企业、公司、政府及政府有关部门。

（三）基金证券投资

基金证券是指由基金发起人向社会公开发行的表示持有人按其所持有的份额享有资产所有权、收益分配权和剩余资产分配权的凭证。从这一方面来看，它与股票和债券一样，也是一种有价证券。

投资基金证券是一种利益共享、风险共担的集合投资形式。即通过发行基金证券，集中投资者的资金，交由专家运作，以获取收益为目的，从事股票、债券、期权、不动产等投资，投资者按照比例分享其收益并承担风险的一种投资方式。

股票、债券和基金证券三者都属于有价证券范畴，但它们反映的关系不同。

股票反映的是一种产权关系，其收益受多种因素影响，因此其投资收益不固定，且风险较大。

债券反映的是债权人和债务人之间的一种借贷关系，双方通常事先确定利率，债务人到期必须还本付息于债权人。因此债权人的收益是固定的，风险较小。

基金证券反映的是一种信托关系。投资者投资基金证券不是为了取得发行公司的经营权，而是将资金委托给基金管理公司由投资专家进行操作，将风险降低到最低限度，把收益提高到最高程度。其投资风险一般小于股票投资的风险而大于债券投资的风险，其收益一般大于投资债券。

二、政府贷款

政府贷款(Government Loan)指一国政府利用自己的财政资金向另一国政府提供的优惠贷款,也称政府信用或政府信贷。此种贷款通常依据国家间的双边协定或国家间双边关系而提供。政府贷款一般是由各国的中央政府通过完备的立法手续批准后加以实施的。国家之间提供这种形式的贷款是为了表示政治上的友好和经济上的支援,同时也有利于贷款国推销本国的商品和劳务,发展对外贸易,扩大国际影响。因此,政府贷款是在政治关系良好的基础上配合外交活动的一种重要经济手段。如经合组织下属的工业发达国家对发展中国家提供的官方发展援助贷款、石油输出国根据"南南合作"原则对发展中国家提供的官方发展援助贷款。

(一) 政府贷款的方式

政府贷款一般采取三种方式：一是以出口信贷方式提供的贷款；二是以单纯的中长期贷款协议方式(基本形式)提供的贷款；三是以上述两种方式提供的混合贷款。

(二) 政府贷款的基本特征

典型的政府贷款具有以下基本特征。

(1) 政府贷款的借款人与贷款人均为特定的政府组织,贷款资金主要来自贷款人的国家财政预算收入。此类贷款本质上是国家行为和国家财政收入信贷,因而较少受商业原则的支配。

(2) 政府贷款具有利率低、附加费用少、赠与成分大的优惠性质。政府贷款的利息率一般为1%～3%,利息通常每6个月支付一次,支付日期在协议中进行具体的规定。有的政府贷款甚至是无息的,优惠程度更大。政府贷款的附加费通常限于承诺费和手续费或其中之一种。承诺费是指借款人没有按协议如期定额提取贷款造成贷款人资金闲置而向借款人收取的一种补偿性筹资费用,年费率一般为提取贷款金额的0.125%～0.25%。手续费是按贷款金额的一定比例向借款人收取,每年的手续费一般为贷款额的0.25%～0.5%。根据国际惯例,政府贷款一般至少应含有不低于25%的"赠与成分",这是根据贷款利率、偿还期限、宽限期间和综合贴现率等数据计算出的一种综合性指标。当然,国际上有些国家为了援助最不发达国家和某些发展中国家,有时还向这些国家政府提供赠款,即受赠国政府无须还本付息,这种赠款形式不属优惠性贷款,而属国际经济援助范畴。

(3) 政府贷款一般为中长期贷款。贷款期通常为10～30年,有的甚至长达50年,并有一定的宽限期。政府贷款的期限一般分为贷款使用期、偿还期和宽限期。贷款的使用期,一般规定在贷款协议当年或1～5年内按建设进度的实际需要提取贷款。偿还期是指贷款协议规定开始还款之日起到还清全部本息为止的整个时期,政府贷款协议一般规定开始偿还的年度和最后还清的年度日期,以及在偿还期内的年偿还次数与日期。宽限期,即还款期开始的若干年内,允许借款人只支付利息不还本金的期限,宽限期一般包含在偿还期内,政府贷款的宽限期通常为5～7年,最长可达10年。

(4) 政府贷款大多带有一定的附加条件,即附有限制性采购协议。所谓限制性采购协议是指借款国必须以贷款的一部分或全部用以购买贷款国的技术、物资、设备和劳务,以此增加贷款国的出口贸易；或者在政府贷款的同时,要求借款人连带使用一定比例的贷款国出口信贷，以带动贷款国民间金融资本的输出。随着国际资本竞争的激烈，西方国家对贷款的采购限制也逐步放松，如有的国家同意借款国采用国际招标的方式向其他国家购买货物和技术。

（5）政府贷款多数是与项目相联系的贷款。支付贷款的用途多限于符合双边协定或双方经贸关系的重要项目，超越这一范围将可能造成贷款申请上的困难，并且在通常情况下，贷款国的有关机构还将按协议对借款国的项目实施过程进行监督管理。如日本政府贷款主要用于基础设施建设及能源开发；法国政府贷款主要用于电话、电话交换机厂及微波项目的建设；丹麦政府贷款主要用于乳品、食品冷藏、糖厂、水泥制造等项目的建设。

综上所述，政府贷款比较适用于建设周期长、投资金额较大的基本建设项目，如能源开发、铁路、港口建设等。

（三）政府贷款的注意事项

尽管政府贷款具有利率低、期限长等优点，但在使用政府贷款时还需要考虑以下一些问题，否则可能会给借款国的经济发展和财政收入带来巨大的负面影响。

（1）利率。利率是借款国的成本，借款国筹措资金时首先要考虑利率的高低，因为它对借款国家的财政负担影响很大。

（2）币种选择。币种的选择非常关键，选择的货币若是软货币，借款负担较小，若是硬货币，借款负担加重。借款国利用外国政府贷款所采用币种有三种情况：使用贷款国货币，即原币；全部使用美元；原币与美元混合使用。

（3）贷款期限。从整体来讲，外国政府贷款均属于中长期贷款，因此，需与本国的中长期发展计划相结合，最终实现合理地使用国际政府贷款资金。

（4）数额。一国政府发放贷款一般根据本国的财政收入、国民收入、国际收支的具体情况而定。同时，还要取得贷款国立法机关或议会批准。因此，优惠性政府贷款金额不太大。与政府贷款混合使用的出口信贷各国的数额都有所不同，它一般根据贷款对象如单机、成套设备或劳务多少而定。由于政府贷款的每批数量较小，所以在利用外资时，可以考虑与其他类型的贷款相结合。

（5）还款。贷款的偿还方式有实物偿还和自由外汇偿还两种，通常都采用后者。

（6）采购。政府贷款往往以借款国向贷款国及与贷款国有关国家购买商品为条件。采购方式大致有5种：①自由采购，这一般仅仅适用于采购合同金额较小的商品，如日本规定为1亿日元。②国际招标。③从指定货源国采购。例如日本规定指定货源国为经济合作与发展组织所有成员国，以及经济合作与发展组织发展援助委员会所规定的发展中国家。④从贷款国采购，这种情况较为普遍。⑤从国内采购，这在政府贷款协议中常附加一些条件。

（7）使用条件。贷款国在发放贷款时，常对借款国的经济政策的实施、某一特定产业或部门的经营、或项目方案的落实施加一些条件。谈判项目贷款时，贷款国还常常要求复杂的合同和法律安排来保证债务偿还。另外，还对使用政府贷款的项目所涉及的领域有所限制，如芬兰限制资助带有军事性质或商业性质的项目。

（8）服务质量。一般贷款国出于贷款的经济方面考虑，它们除了贷款以外，还往往提供其他服务。借款国也可以借此机会引进先进技术，学习一些行之有效的管理手段。

（9）非财务代价。利用外国政府贷款，还需付出非财务代价：①政府贷款具有强烈的政治色彩，这种优惠贷款的分配更多是政治上的原因。因此，即使已达成的政府贷款协议，甚至已开始动用款项，也会因双方外交关系的变化而减少甚至中断贷款。②政府贷款的申请程序复杂。各国的政府贷款一般都由国家的财政部主管或通过财政部由政府设立的专门机构办理，如美国的"国际开发署"、日本的海外经济协力基金会、科威特的阿拉伯经济发展基金、德国经济合作部设立的"复兴信贷局"等。这就使得项目筹集资金所需的时间较长，建设项目时间效益较低。

拓展阅读

我国利用外国政府贷款始于1979年。目前我国同日本、德国、法国、西班牙、意大利、加拿大、英国、奥地利、澳大利亚、瑞典、科威特、荷兰、芬兰、丹麦、挪威、瑞士、比利时、韩国、以色列、波兰、俄罗斯、卢森堡及北欧投资银行、北欧发展基金共24个国家及机构建立了政府（双边）贷款关系。除英国、澳大利亚、俄罗斯三国外，其余上述国家及金融机构目前均有贷款余额。奥地利、荷兰、法国、意大利、芬兰、丹麦、西班牙、加拿大、韩国、以色列、科威特、北欧投资银行和北欧发展基金等国家和组织均支持农业及农产品加工项目。

1979—2000年，我国借用外国政府贷款累计生效额327.416亿美元，其中德国、法国、西班牙居前3位。总执行项目1 746个，其中建成项目1 654个，在建项目92个。从地区分布看，32%投向东部地区，68%投向中西部地区，其中47.6%投向中部地区，20.4%投向西部地区。农林水利项目占总量的6%左右。

我国对借用外国政府贷款项目按转贷类型划分为3类。

一类项目：地方财政作为项目借款人，并承担偿还责任的，为一类项目。

二类项目：项目单位作为借款人，并承担偿还责任，地方财政提供还款担保的，为二类项目。

三类项目：项目单位作为借款人，并承担偿还责任，转贷银行作为对外最终还款人，地方财政既不作为借款人，也不提供担保的，为三类项目。贷款项目的转贷类型由地方财政向财政部申报项目时确定。

三、国际金融组织贷款

（一）国际金融组织贷款的含义

成立于第二次世界大战后的世界银行和国际货币基金组织在世界经济生活中起着越来越重要的作用。它们为成员国提供了优惠的贷款，帮助借款国摆脱经济困境，扩大国际经济贸易，促进落后地区的开发与发展。国际金融组织贷款是由一些国家的政府共同投资组建并共同管理的国际金融机构提供的贷款，旨在帮助成员国开发资源、发展经济和平衡国际收支。常见的国际金融组织贷款多来自国际货币基金组织（International Monetary Fund，IMF）、世界银行（World Bank（WB），其前身为国际复兴开发银行（IBRD））、国际开发协会（IDA）、国际金融公司（IFC）、亚洲开发银行（ADB）、联合国农业发展基金会和其他国际性、地区性金融组织提供的贷款。

国际金融组织贷款的贷款发放对象主要有以下几个方面：对发展中国家提供以发展基础产业为主的中长期贷款，对低收入的贫困国家提供开发项目以及文教建设方面的长期贷款，对发展中国家的私人企业提供小额中长期贷款。

中国利用国际金融组织的贷款主要包括世界银行、国际货币基金组织、亚洲开发银行等。

（二）主要的几类国际金融组织贷款

1. 世界银行贷款

世界银行（世行）贷款主要指国际复兴开发银行（IBRD）贷款和国际开发协会（IDA）信贷，其目的是通过长期贷款的支持和政策性建议帮助会员国家提高劳动生产力，促进发展中国家的经济发展和社会进步，改善和提高生活水平。国际复兴开发银行主要是为发展中国家提供有息的中长期贷款，利率采用浮动制，利率水平与国际金融市场利率水平比较接近，贷款期限通常为20年，一般称为“硬贷款”。国际开发协会是专门向最贫穷的低收入会员国提供无息的长期开发信贷，它提供的贷款优惠表现在贷款期长和无息两个方面，贷款期限在35～50年，一般称为“软贷款”，不收取利息，只收取0.75%的手续费。世行从2000财政年度起不再向中国发放软贷款。国际金融公司对发展中国家会员国私人企业的新建、改建和扩建提供贷款资金，以促进发展中国家私营经济的增长和国内资本市场的发展，它的要求是只对会员国的生产型私营企业贷款，不要求会员国政府为贷款提供担保，贷款数额一般为200万至400万美元之间，最高不超过3 000万美元。

世界银行贷款具有如下特点。

(1) 必须具备实施项目的条件，如技术水平、出口情况、创汇能力、外债情况、资源情况等。一般要有工程项目计划，世界银行要进行详细审查，认为确属经济上最优先考虑的项目才提供贷款。世界银行贷款的手续严密，一般从提出项目到取得贷款需要1年半到2年的时间。

(2) 只贷给确实不能以合理条件从其他来源获得资金的项目。世界银行根据各国情况确定贷款占项目总投资的比例，借款国必须匹配配套资金。世界银行的贷款额度主要考虑的因素有借款国的人均国内生产总值、债务信用的强弱、借款国的发展目标和需要以及投资项目的可行性等。世界银行的贷款项目一般只提供所需投资的30%～40%，中国为35%左右，其余款项由借款人自行筹集。

(3) 世界银行的贷款对象只能是成员国，接受贷款的部门只能是成员国政府或必须经成员国政府、中央银行担保的公司机构。通常情况下，世界银行只贷给有偿还能力的成员国，世界银行严格审查贷款国的还债能力。

(4) 贷款的使用不能限定在某一个特定成员国中进行采购，而要通过国际招标，以保证贷款不被挪用，并保证所有的成员国和非成员国都有参加投标的机会，从而使世界银行的资金能周转于各成员国之间。

(5) 国际开发协会信贷的每年承诺额不得超过捐助国缴付票据的总额，世界银行鼓励借款国随着经济实力的增强，从依赖世界银行贷款中“毕业”，并从常规的资本渠道获得资金。

(6) 世界银行的贷款用途广泛，但必须与特定的工程项目或政策相联系，目前仍是以农业、农村发展和能源运输等基础设施项目，以及教育、环保等为重点贷款方向。

(7) 世界银行贷款都以美元计值，借款国如需使用其他货币，银行按贷款协议的美元数额，按当时的汇价付给借款国所需货币，借款国在还款时必须用同样的货币还本付息，按当时的汇价折合美元,汇价变动的风险由借款国承担。

(8) 世界银行贷款的期限较长,一般为20年,并有5年的宽限期。

(9) 世界银行的贷款利率参照资本市场利率,但一般低于市场利率,同时贷款收取的杂项费用较少,只对签约后未使用的贷款额收取0.75%的承诺费。

2. 国际货币基金组织贷款

国际货币基金组织(IMF)于1945年12月27日成立,1947年11月15日成为联合国的专门机构,在经营上有其独立性。国际货币基金组织与世界银行并列为世界两大金融机构之一,其职责是监察货币汇率和各国贸易情况,提供技术和资金协助,确保全球金融制度运作正常;国际货币基金组织的总部设在美国华盛顿。该组织的宗旨是通过一个常设机构来促进国际货币合作,为国际货币问题的磋商和协作提供方法;通过国际贸易的扩大和平衡发展,把促进和保持成员国的就业、生产资源的发展、实际收入的高水平,作为经济政策的首要目标;稳定国际汇率,在成员国之间保持有秩序的汇价安排,避免竞争性的汇价贬值;协助成员国建立经常性交易的多边支付制度,消除妨碍世界贸易的外汇管制;在有适当保证的条件下,基金组织向成员国临时提供普通资金,使其有信心利用此机会纠正国际收支的失调,而不采取危害本国或国际繁荣的措施;按照以上目的,缩短成员国国际收支不平衡的时间,减轻不平衡的程度等。

3. 亚洲开发银行贷款

亚洲开发银行(亚行或亚银,Asian Development Bank(ADB))贷款是亚行对亚洲和太平洋地区的发展中国家提供的长期性开发资金。亚洲开发银行是亚太地区国家和西方发达国家合资开办的一家金融机构,成立于1966年11月24日,12月开始营业。总部设在菲律宾首都马尼拉。它虽是根据联合国及远东经济委员会(现名联合国亚洲及太平洋经济社会委员会)的决议设立的,但不是联合国的下属机构。亚行的宗旨是,通过贷款和技术援助,促进和加强亚太地区发展中国家的经济与合作。资金来源主要靠各成员国(地区)认股或捐款、向世界金融市场借款和发行债券。贷款对象为亚太地区的成员国。贷款着重于农业、能源或为农业服务的工业项目。贷款形式有三种:其一是普通贷款(Ordinary Operation);其二是优惠贷款(Special Operation);其三是赠款。普通贷款也称为硬贷款,普通贷款占亚行贷款的70%,主要是提供给经济状况比较好的国家和地区,主要用于帮助成员国提高其经济发展水平,普通贷款的贷款利率为浮动利率,每半年调整一次,贷款期限为10～30年(2～7年宽限期)。优惠贷款又称为软贷款,主要是提供给贫穷的发展中国家和地区,通常只提供给那些人均国民收入低于670美元(1983年的美元)且还款能力有限的会员国或地区成员,这种贷款不收取利息,贷款期限为40年,10年宽限期,只收取1%的手续费。我国未使用过亚行的优惠贷款。亚行的赠款用于技术援助,资金由技术援助特别基金提供,赠款额没有限制。

4. 美洲开发银行贷款

美洲开发银行贷款(Inter-American Development Bank,IDB)成立于1959年12月30日,是世界上成立最早和最大的区域性、多边开发银行。总行设在华盛顿。该行是美洲国家组织的专门机构,其他地区的国家也可加入,但非拉美国家不能利用该行资金,只可参加该行组织的项目投标。其宗旨是“集中各成员国的力量,对拉丁美洲国家的经济、社会发展计划提供资金和技术援助”,并协助它们“单独地和集体地为加速经济发展和社会进步作出贡献”。中国于1993年向美洲开发银行正式提出了入行申请,并于2004年重申了这一申请。近年来中国与拉美经贸关系发展迅速,很多拉美国家也希望中国尽早加入美洲开发银行。但由于美国和日本的阻挠,中国的申请多次遭拒。2008年全球金融危机发生后,美洲开发银行迫切希望中国加入以共同应对金融危机,中国于2009年1月正式成为美洲开发银行第48个会员国,同时也是亚洲地区第四个参加该组织的国家。

美洲开发银行的一般资金主要用于向拉美国家公、私企业提供贷款,年息通常为8%,贷款期10～25年。特别业务基金主要用于拉美国家的经济发展优惠项目,年息1%～4%,贷款期20～40年。

综上分析可见,国际金融组织贷款通常都有一定的限制条件,概括起来主要涉及以下几个方面。

(1) 限于成员国。

(2) 用于工程项目。发放贷款的重点是:基础设施工程项目,如交通运输(铁道、公路、水运、民航)和公用事业(如电力、通信、供水、排水等);发展农村和农业建设项目以及教育、卫生事业项目等。只有在特殊情况下,才发放非项目贷款。凡非项目贷款,借款国只能用于满足进口某项物资设备所需的外汇、支持生产或用于克服自然灾害后维持经济发展计划的资金需求等。

(3) 专款专用。国际金融组织对使用款项、工程进度、物资保管、工程管理等进行监督。

(4) 贷款期限和利率。贷款期限一般为数年,最长可达30年。贷款利率分固定利率、浮动利率和可变利率3种。

(5) 贷款费用。国际金融贷款的贷款费用一般包括:先征费用,贷款生效时支付贷款额的1%;未支付余额承诺费,经借款人申请与贷款人协商批准后可有部分免除。

(6) 贷款货币。贷款货币可为美元、日元、欧元、英镑、瑞士法郎或国际金融组织可有效出资的其他货币。

四、出口信贷

(一) 出口信贷的定义

出口信贷(Export Credit)是指出口国政府为支持和扩大本国商品出口,尤其是大型机器设备的出口,以对本国的出口给予利息补贴并提供信贷担保的方法,鼓励本国的银行对本国出口商或外国进口商(或其银行)提供较低利率的中长期贷款。

(二) 出口信贷的主要类型

第二次世界大战以后,在银行与进出口商之间普遍采用的出口信贷形式,主要有买方信贷和卖方信贷两种类型。

1. 买方信贷

买方信贷(Buyer's Credit)是指由出口商所在国的银行(以下简称出口商银行)向进口商或进口商所在国的银行(以下简称进口商银行)提供贷款,用于支付进口所需货款的一种出口信贷形式。

买方信贷有两种方式,一种是由出口商银行向进口商银行提供贷款,再由进口商银行转贷给进口商;另一种是由出口商银行直接向进口商提供贷款,通常需要进口商银行提供担保。前一种方式通常要比后一种方式更多地被采用。在买方信贷协议中,通常都要规定进口商或进口商银行在信贷期间所需支付的利息、信贷保险费、承担费和管理费等有关费用的具体金额。

2. 卖方信贷

卖方信贷(Supplier's Credit)是指由出口银行向出口商提供贷款,以便出口商以延期付款方式出售商品的一种出口信贷形式。

在出口商向出口商银行取得卖方信贷后,出口商银行可以代替出口商按期向国外进口商收取货款(一次或数次付清)。如果出口商银行未能按期从国外进口商收到货款,出口商银行将对出口商保留追索权,即仍由出口商承担出口商银行所垫付的全部金额或国外进口商未付清金额。出口商向出口商银行获得卖方信贷时,要承担信贷期间的利息、信贷保险费、承担费和管理费等有关费用。这些费用均要附加于出口商品货价中,但是每项费用的具体金额国外进口商无从知晓,因此延期付款货价一般要高于现汇支付货价。

从形式上看,卖方信贷中的投资者为出口商银行,筹资者为出口商,他们属于同一国家或地区,因而可以判定卖方信贷属于国内投资,而非国际投资。但是从最终结果来看,卖方信贷中的最终筹资者为国外进口商,与作为投资者的出口商银行分属不同国家或地区,据此又可判定卖方信贷属于国际投资,而不是国内投资。

由于卖方信贷基本上属于商业信用,而买方信贷属于银行信用,所以各市场主体一般都更倾向于选择买方信贷。

(三) 出口信贷的特点

出口信贷与政府贷款有两点类似之处:一是信贷的发放有政府参与;二是投资者给予筹资者一定程度的优惠,作为投资者或投资者的支持者的政府并不看重信贷的直接经济利益。

出口信贷与政府贷款有许多不同之处,主要体现在以下几个方面。

(1) 在政府贷款中,贷款国政府是投资者,整个放贷业务由贷款国政府操办,放贷所需资金全部来自贷款国政府的财政资金,而在出口信贷中,出口商银行是投资者,整个放贷业务由出口商银行操办,放贷所需资金均由出口商银行自筹解决,出口国政府所起的作用只是对本国的出口给予利息补贴并提供信贷担保。

(2) 政府贷款一般含有25%以上的赠与成分,其优惠程度一般高于出口信贷。

(3) 从形式上看,政府贷款的筹资者为受信国政府,而出口信贷的筹资者则为出口商,或进口商,或进口商银行。

(4) 在出口信贷中,出口国政府非常关注信贷的间接经济利益,而在政府贷款中,贷款国政府虽然也关注贷款的间接经济利益,但是它更关注贷款的政治利益,因此,政府贷款有明显的政治性,而出口信贷则无明显的政治性。

五、国际金融市场贷款

在国际领域,国际金融市场显得十分重要,商品与劳务的国际性转移、资本的国际性转移、黄金输出入、外汇的买卖以至于国际货币体系运转等各方面的国际经济交往都离不开国际金融市场。国际金融市场上新的融资手段、投资机会和投资方式层出不穷,金融活动也凌驾于传统的实质经济之上,成为推动世界经济发展的主导因素。

国际金融市场可以按照不同的分类方法来划分,按照市场的功能来划分,国际金融市场包括国际货币市场、国际资本市场、国际外汇市场、国际黄金市场和国际租赁市场。按融资渠道划分,国际金融市场包括国际信贷市场和证券市场。国际信贷市场主要从事资金借贷业务,按照借贷期限长短又可划分为短期信贷市场和长期信贷市场。证券市场是股票、公司债券和政府债券等有价证券发行和交易的市场,是长期资本投资人和需求者之间的有效中介,是金融市场的重要组成部分。国际上各大商业银行在世界经济和贸易中都具有重要作用。

通过国际金融市场从商业银行贷款的最大特点是贷款利率较高,经常浮动,但是商业银行对贷款国使用贷款没有任何要求,对贷款的使用用途没有任何限制。中国在严格控制商业银行贷款规模的同时,通过国际金融市场使用了一部分国际商业银行贷款。

第三节　对外直接投资

对外直接投资(Foreign Direct Investment,FDI)是指企业以跨国经营的方式所形成的国际间资本转移。一般认为对外直接投资是一国投资者为取得国外企业经营管理上的有效控制权而输出资本、设备、技术和管理技能等无形资产的经济行为。

一、对外直接投资的主要形式

(一) 独资企业

独资企业是指投入企业的资本完全由一国投资者提供,投资者对投资企业的股权拥有的比例在95%以上的企业。独资企业包括分支机构、附属机构、子公司等方式,可以通过收买现有企业或新建企业来设立。

(二) 合资企业

合资企业是指两国或两国以上的投资者在一国境内根据投资所在国的法律,通过签订合同,按一定比例或股份共同投资、共同管理、分享利润、分担风险的股权式企业。合资企业分为股份公司、有限责任公司、无限责任公司等。

(三) 合作生产

合作生产是两个不同国家的企业之间根据所签署的协议,在某项或某几项产品的生产、销售上进行合作,由较强的一方将该产品的生产技术知识、管理经验等传授给另一方,双方按照协议规定分享利润,共同分担风险。如中国开展海上石油项目就是采取合作生产的方式取得了较好的经济效益。

(四) 补偿贸易

补偿贸易又称产品回购,是指在信贷基础上进行的进口与出口相结合的贸易方式,即进口设备,然后回销产品和劳务所得价款,分期偿还进口设备的价款及利息。补偿贸易又可以分三种形式。

(1) 产品返销,也称回购贸易或简称返销。在补偿贸易中,用进口的设备或其他物资生产的产品,通称为直接产品,用直接产品支付的叫产品返销。一般适用于设备和技术贸易。在国际上有人称之为"工业补偿"。在我国,一般称之为直接补偿。

(2) 商品换购,统称互购。首次进口的一方用于支付进口货款的商品不是由进口物资直接生产出来的产品,而是双方商定的其他商品,即间接产品。由于这种贸易有时候并不直接与其他生产相联系,故在发达资本主义国家有人称之为"商业性"补偿贸易。由于这种补偿贸易用间接产品偿还,在我国一般称之为间接补偿贸易。

(3) 多边补偿或叫转手补偿。这种形式的补偿贸易形式比较复杂。由第三国替代首次进口的一方承担或提供补偿产品的义务。

补偿贸易与易货贸易有以下区别:

补偿贸易与易货贸易都是买卖双方直接进行交换,一般不发生货币的流通,货币在这些贸易中仅仅是计价的手段。两者的不同之处是,易货贸易往往是一次性行为,买卖过程同时发生,大致同时结束。补偿贸易往往持续时间过长,有的3~5年,有的长达10年以上,每一笔交易往往包括多次的买卖活动。

补偿贸易与一般贸易具有以下区别。

(1) 一般贸易通常是以货币为支付手段。补偿贸易实质上是用商品支付的。

(2) 一般商品通常不用以信贷为条件,补偿贸易往往是离不开信贷,信贷往往是这种贸易的组成部分。

(3) 一般贸易中一方为买方,另一方为卖方,交易手续简便。补偿贸易双方既是买方,又是卖方,具有两重身份,有时供货或销售的义务还可让给第三方,交易手续比较复杂。

1931年德国首先采取补偿贸易,苏联和东欧国家在与西方的贸易中也常利用补偿贸易。中国改革开放后也开始采用这种方式。早期的补偿贸易主要用于兴建大型工业企业。如当时苏联从日本引进价值8.6亿美元的采矿设备,以1亿吨煤偿还;波兰从美国进口价值4亿美元的化工设备和技术,以相关工业产品返销抵偿。后期的补偿贸易趋向多样化,不但有大型成套设备,也有中小型项目。20世纪80年代,波兰向西方出口的电子和机械产品中,属于补偿贸易返销的占40%~50%。我国在20世纪80年代曾广泛采用补偿贸易方式引进国外先进技术设备,但规模不大,多为小型项目。近年来外商以设备技术作为直接投资进入我国,故补偿贸易更趋减少。但是,随着我国市场经济的发展,补偿贸易在利用外资,促进销售方面的优越性不容忽视。

(五) 加工贸易

加工贸易(Processing Trade)是指经营企业进口全部或者部分原辅材料、零部件、元器件、包装物料(以下简称料件),经加工或者装配后,将制成品复出口的经营活动。发展加工贸易的好处是投资少,时间短,见效快,有利于充分利用我国丰富的劳动力资源,有利于扩大出口,增加外汇收入。加工贸易是以加工为特征的再出口业务,其方式多种多样。常见的加工贸易方式有以下几种。

(1) 进料加工,又叫以进养出,指用外汇购入国外的原材料、辅料,利用本国的技术、设备和劳力,加工成成品后,销往国外市场。这类业务中,经营的企业以买主的身份与国外签订购买原材料的合同,又以卖主的身份签订成品的出口合同。两个合同体现为两笔交易,它们都是以所有权转移为特征的货物买卖。进料加工贸易要注意所加工的成品在国际市场上要有销路。否则,进口原料外汇很难平衡,从这一点看进料加工要承担价格风险和成品的销售风险。

(2) 来料加工,通常是指加工一方由国外另一方提供原料、辅料和包装材料,按照双方商定的质量、规格、款式加工为成品，交给对方，自己收取加工费。有的是全部由对方来料，有的是一部分由对方来料，一部分由加工方采用本国原料的辅料。此外，有时对方只提出式样、规格等要求，而由加工方使用当地的原、辅料进行加工生产。这种做法常被称为“来样加工”。

(3) 装配业务，指由一方提供装配所需设备、技术和有关元件、零件，由另一方装配为成品后交货。来料加工和来料装配业务包括两个贸易进程，一是进口原料，二是产品出口。但这两个过程是同一笔贸易的两个方面，而不是两笔交易。原材料的提供者和产品的接受者是同一家企业，交易双方不存在买卖关系，而是委托加工关系，加工一方赚取的是劳务费，因而这类贸易属于劳务贸易范畴。它的好处是：加工一方可以发挥本国劳动力资源丰裕的优势，提供更多的就业机会；可以补充国内原料不足，充分发挥本国的生产潜力；可以通过引进国外的先进生产工艺，借鉴国外的先进管理经验，提高本国技术水平和产品质量，提高本国产品在国际市场的适销能力和竞争能力。当然，来料加工与装配业务只是一种初级阶段的劳务贸易，加工方只能赚取加工费，产品从原料转化为成品过程中的附加价值，基本被对方占有。由于这种贸易方式比进料加工风险小，目前在我国开展得比较广泛，获得了较好的经济效益。

(4) 协作生产，是指一方提供部分配件或主要部件，而由另一方利用本国生产的其他配件组装成一件产品出口。商标可由双方协商确定，既可用加工方的，也可用对方的。所供配件的价款可在货款中扣除。协作生产的产品一般规定由对方销售全部或一部分，也可规定由第三方销售。

(六) 非股权安排

非股权安排(Non-equity Arrangement)即非股权参与式(Non-equity Participation)国际直接投资，是指跨国公司未在东道国企业中参与股份，而是通过与东道国企业签订有关技术、管理、销售、工程承包等方面的合约，取得对该东道国企业的某种管理控制权。这种投资方式正成为当代国际资本流动的一个主要形式。

非股权安排的特点是：没有货币资本注入，是一种合约投资，但有控制权，层次高，富有技术含量，有一定的条件，但风险较小。非股权安排具体又包括以下 5 种方式。

(1) 许可证合同(Technical Licensing)，又称特许权合同，或技术授权。指跨国公司(授权方)与东道国企业(被授权方)签订合同，允许东道国使用跨国公司独有的注册商标(Trademark)、专利(Patent)以及专有技术(Know-how)等。东道国企业应按合同约定的金额，向跨国公司支付专利权费。该费有两种支付方式，即定额支付和比率支付。通常，把定额支付的许可证合同，称为许可证贸易，属于国家贸易范畴；而比率支付的许可证合同，属于国际直接投资的非股权安排。跨国公司为了保护自身的利益，往往在许可证合同中加入一些限制性条款。这些条款主要有：产量及品质的限制，如对利用授权的商标、专利和技术诀窍生产的产品产量水平进行限制，并为了保证产品的质量，授权跨国公司拥有对东道国企业生产过程的监督权；产品销售地区的限制，如跨国公司为了防止东道国企业侵害自己在东道国以外地区的利益，通常在许可证合同中规定东道国企业不得越区从事生产和销售活动；对原材料、零部件采购的限制，如在许可证合同中，跨国公司规定东道国企业生产被授权产品时，应从跨国公司或由其指定的供给商，购置所需的原材料和零部件。

(2) 管理合约(Management Contract)，是指跨国公司与东道国企业签订协议，向东道国企业派出专业管理人员，从事日常管理工作，由此取得一定管理与控制权的投资方式。按具体情况，这种投资有两种形式：其一，跨国公司对自己不曾拥有股权的东道国企业，提供管理服务，借以在一定程度上控制该企业。例如，美国希尔顿国际公司（Hilton International），以管理合约的方式，专门为各国大宾馆提供总经理，代为管理。其二，对自己曾拥有股权的东道国企业，在面临征用或国有化政策时，以管理合约的方式，保持对原投资于公司的部分控制权。例如，委内瑞拉曾征用瑞士雀巢公司（Nestle）在委内瑞拉设立的子公司，经谈判，雀巢公司与委内瑞拉政府签订了管理合约，同意将雀巢公司的原经理人员留在委内瑞拉继续担任管理职务。

(3) "交钥匙"工程承包合同（Turn Key Project Contract），指跨国公司为外国企业或外国政府从事工程建设，在工程完工后，跨国企业负责试生产，在保证工程开工后的产品产量、质量等指标达到合同规定标准后，才将工程移交给工程的主人。在这种投资方式中，跨国公司不仅可获取一笔可观的工程承包费用，而且还可为以后公司产品进入工程项目所在国市场作免费广告。

(4) 销售协议（Sales Agreement），指跨国公司与东道国销售企业达成协议，利用东道国销售企业的销售网络，扩大跨国公司产品在东道国销售的范围。该协议一般采用以下三种形式：第一种，代理（Agent），指东道国企业为跨国公司产品寻找买方，成交后，跨国公司按合同向东道国企业支付佣金。第二种，寄售（Consignment），指东道国企业代售跨国公司产品。成交后，东道国企业在扣除应得佣金后，将货款交给跨国公司。第三种，分销（Distribution），指东道国销售企业从跨国公司低价购入产品，而后按跨国公司规定的价格在东道国销售。

(5) 技术援助或技术咨询合约（Technical Assistance or Technical Consulting Agreement），指跨国公司向东道国企业提供技术人员，为东道国企业提供所需的技术服务，并按合同规定，收取劳务费用。该合约既可以作为许可证合同或管理协议的一部分，也可以作为一个单独合同。与管理合约相区别，技术援助或技术咨询合同中的技术人员并未拥有对东道国企业的管理权，相反，跨国公司提供的技术人员必须在东道国企业的管理下进行工作。技术援助或技术咨询合同的劳务费支付方式，也有固定支付和比率支付两种。其中，比率支付方式，通常按投产后产品销售额的一定比例计算。

（七）特许经营

特许经营（Franchising）是指特许经营权拥有者以合同约定的形式，允许被特许经营者有偿使用其名称、商标、专有技术、产品及运作管理经验等从事经营活动的商业经营模式。在特许权人与被特许人之间达成的这种合同关系中，特许权人提供或有义务在诸如技术秘密和训练雇员方面维持其对专营权业务活动的利益；而被特许人获准使用由特许权人所有的或者控制的共同的商标、商号、企业形象、工作程序等，但由被特许人自己拥有或自行投资相当部分的企业。特许经营具有如下特征。

第一，特许经营是特许人和受许人之间的契约关系。

第二，特许人将允许受许人使用自己的商号和（或）商标和（或）服务标记、经营诀窍、商业和技术方法、持续体系及其他工业和（或）知识产权。

第三，受许人自己对其业务进行投资，并拥有其业务。

第四，受许人需向特许人支付费用。

第五，特许经营是一种持续性关系。

特许经营最早起源于美国，1851年Singer缝纫机公司为了拓展其缝纫机业务，开始授予缝纫机的经销权，在美国各地设置加盟店。撰写了第一份标准的特许经营合同书，在业界被公认为现代意义上的商业特许经营起源。商业特许经营按其特许权的形式、授权内容与方式、总部战略控制手段的不同，可以分为三种类型：生产特许、产品-商标特许和经营模式特许。目前，特许经营主要在服务业中广为使用，但特许经营是21世纪主流的商业经营模式，它可以向任何行业领域扩张。如通用汽车公司、福特公司、埃克森石油公司、壳牌公司、可口可乐公司、麦当劳公司等都采取特许经营从事经营活动。

（八）BOT工程

BOT(build-operate-transfer)投资方式，是指采用建设—运营—移交一揽子解决办法，吸引无须担保的民间资金投资基础设施项目的一种投资方式。在建设阶段，政府同私营部门(在我国表现为外商投资)的项目公司签订合同，由项目公司筹集资金和建设投资项目(一般为基础设施项目)。在经营期，项目建成后，项目公司拥有、营运和维护该项设施，通过收取使用费或服务费用，回收投资并取得相应的利润。最后，协议期满后，这项投资设施的所有权无偿移交东道国政府，即移交。

在国际融资领域BOT不仅仅包含了建设、运营和移交的过程，更主要的是项目融资的一种方式，具有有限追索的特性。所谓项目融资是指以项目本身信用为基础的融资，项目融资是与企业融资相对应的。通过项目融资方式融资时，银行只能依靠项目资产或项目的收入回收贷款本金和利息。在这种融资方式中，银行承担的风险较企业融资大得多，如果项目失败了银行可能无法收回贷款本息，因此项目结果往往比较复杂。为了实现这种复杂的结构，需要做大量前期工作，前期费用较高。上述所说的只能依靠项目资产或项目收入回收本金和利息就是无追索权的概念。在实际BOT项目运作过程中，政府或项目公司的股东都或多或少地为项目提供一定程度的支持，银行对政府或项目公司股东的追索只限于这种支持的程度，而不能无限地追索，因此项目融资经常是有限追索权的融资。由于BOT项目具有有限追索的特性，BOT项目的债务不计入项目公司股东的资产负债表，这样项目公司股东可以为更多项目筹集建设资金，所以受到了股本投标人的欢迎而被广泛应用。BOT具有以下特征。

第一，私营企业基于许可取得通常由政府部门承担的建设和经营特定基础设施的专营权(由招标方式进行)。

第二，由获专营权的私营企业在特许权期限内负责项目的建设、经营、管理，并用取得的收益偿还贷款。

第三，特许权期限届满时，项目公司须无偿将该基础设施移交给政府。

随着BOT的发展，又演变出如下一些形式。

(1) BOO(build-own-operate)，即建设—拥有—经营。项目一旦建成，项目公司对其拥有所有权，当地政府只是购买项目服务。

(2) BOOT(build-own-operate-transfer)，即建设—拥有—经营—转让。项目公司对所建项目设施拥有所有权并负责经营，经过一定期限后，再将该项目移交给政府。

(3) BLT(build-lease-transfer)，即建设—租赁—转让。项目完工后一定期限内出租给第三者，以租赁分期付款方式收回工程投资和运营收益，以后再将所有权转让给政府。

(4) BTO(build-transfer-operate),即建设—转让—经营。项目的公共性很强,不宜让私营企业在运营期间享有所有权,须在项目完工后转让所有权,其后再由项目公司进行维护经营。

(5) ROT(rehabilitate-operate-transfer),即修复—经营—转让。项目在使用后,发现损毁,项目设施的所有人进行修复、恢复、整顿—经营—转让。

(6) DBFO(design-build-finance-operate),即设计—建设—融资—经营。

(7) BT(build-transfer),即建设—转让。

(8) BOOST(build-own-operate-subsidy-transfer),即建设—拥有—经营—补贴—转让。

(9) ROMT(rehabilitate-operate-maintain-transfer),即修复—经营—维修—转让。

(10) ROO(rehabilitate-own-operate),即修复—拥有—经营。

二、对外直接投资的发展趋势

进入新世纪以来,发达国家和发展中国家都纷纷调整自己的国际化发展战略,以适应全球经济一体化的发展趋势,这种竞争使得新世纪的国际直接投资呈现出一系列新的特征。

(1) 国际直接投资流量剧增,增长速度加快

进入20世纪90年代以来,随着区域经济圈的兴起,圈内的贸易壁垒和非贸易壁垒不断强化,圈外的国家为打破这种无形的约束,先后选择绕过这种壁垒的对外直接投资来进入和占据圈内市场份额。这一动机促使跨国直接投资的发展成为当今世界经济中的一种重要趋势,且有愈演愈烈之势。1996年全球对外直接投资额为3 470亿美元,2007年全球对外直接投资流入量达到18 333亿美元,为历史最高水平,而且世界很多地区反映出强劲的经济表现,2007年发达国家的外国直接投资流入量增长45.5%,达到12 476亿美元,其中2007年美国的对外直接投资达到2 328亿美元,27个欧盟国家的外国直接投资达到16 921亿美元,美国和5个欧盟国家入围全球对外直接投资最多的10个经济体排名。而且,与早期的对外直接投资形成鲜明对照的是,这一时期的对外直接投资增长是普遍性的,几乎遍布所有发达国家和地区。在一定程度上意味着,随着全球经济国际化的发展,已经从国际贸易主导型国际分工阶段转变为国际直接投资主导型的国际分工阶段。

(2) 国际直接投资以流向发达国家为主,但发展中国家流入量不断增长

对外投资与对内投资一样,需要在一个稳定的、可预测的市场经济宏观环境中进行。社会稳定可以减少投资的非经营性风险,经济繁荣有利于增加投资预期的经济效益,市场体系完整、机制健全有利于提高投资的综合经济效益。从近年来国际直接投资的变化趋势看,直接投资大多流向社会相对稳定、市场经济体系较为完善的发达国家和经济增长速度较高的新兴工业化国家(地区)。据统计,1980—2002年期间流向发达国家的对外直接投资总量为42 494亿美元,约占同期全球国际直接投资流入量的65.6%,美洲和欧洲发达国家与亚洲和大洋洲发达国家相比,前者外商直接投资流入量明显占优。1980—2002年期间流入美洲发达国家国际直接投资14 576亿美元,占流入发达国家国际直接投资流入量的34.3%;流入欧洲发达国家国际直接投资25 686亿美元,占流入发达国家国际直接投资流入量的60.4%;流入大洋洲发达国家国际直接投资1 446亿美元,占流入发达国家国际直接投资流入量的3.4%;流入亚洲发达国家国际直接投资782亿美元,占流入发达国家国际直接投资

流入量的 1.8%。在发达国家中，美国是吸收国际投资最多的国家，近年来年均在 800 亿美元左右。进入 20 世纪 90 年代，流入发展中国家的资本掀起了一股新的高潮，其中亚太地区更是外国投资的热点。1980—2002 年期间，流入发展中国家和地区的外商直接投资总量为 20 407 亿美元，占全球外商直接投资流入量的 31.5%，其中，流入亚太地区发展中国家和地区的外商直接投资总量为 11 821 亿美元，占全球发展中国家和地区的外商直接投资流入总量的 57.9%；流入加勒比和拉美地区发展中国家和地区的外商直接投资总量为 7 193 亿美元，占全球发展中国家和地区的外商直接投资流入总量的 35.2%；流入非洲发展中国家和地区的外商直接投资总量为 1 393 亿美元，占全球发展中国家和地区的外商直接投资流入总量的 6.8%。中国内地在利用外商直接投资方面起步较晚，但发展很快，1980—2002 年期间，外商直接投资流入累计 4 416 亿美元，占全球发展中国家和地区外商直接投资流入总量的 21.6%，居各发展中国家和地区之首。

(3) 投资领域转向高新技术产业、金融保险等服务业及基础设施

国际投资的产业分布和结构，自 20 世纪 80 年代以来明显呈高度化的趋势。其突出表现是：跨国公司投资重心开始由原料工业转向加工工业，由初级产品工业转向高附加值工业，由传统工业转向新兴工业，由制造业转向服务业，高新技术产业、金融保险业、服务贸易业等正日益成为投资的重点，导致国际贸易也逐渐由产品贸易转向服务贸易，金融投资产业化。目前，全球金融资本已大大超过产业资本，产业化趋向日益突出。在国际金融市场上，98%的资金都在资本市场上进行投资和投机活动，在美国的外汇交易市场上，进出口贸易交易额已从 50 年代的 80%下降到 90 年代的 2%。也就是说，有 98%的资金都有可能被用来进行跨国股权和非股权投资。投资主体也由工商业资本举办合资、合作企业阶段，进入到金融资本和产业资本结合的新阶段。产权投资、证券投资、控股、购并及基金等已成为投资的主要形式。

目前，高新技术产业、信息产业、金融、保险等服务性行业的投资已占日本、欧洲对外投资的 80%以上，占投资美国和美国对外投资的 90%以上。

基础设施领域也成为投资的重点，但国际资本对发展中国家和发达国家的基础设施投资重点有很大差异，对发展中国家投资侧重于交通运输业、电力供应、通信设施等方面，对发达国家基础设施的投资主要集中在信息产业的设施建设方面。基础设施领域之所以能成为投资重点，一方面是需求大，发展中国家大都处于经济起飞阶段，基础设施建设需求缺口大；发达国家与新兴工业化国家的信息高速公路建设等也需要耗巨资才能完成。另一方面是基础设施投资回报率高。世界银行统计：在国际投资领域，基础设施投资回报率最高。如世界银行 1974—1992 年援助的基础设施项目，市场投资收益率达到 17%，高速公路高达 29%。

(4) 投资主体集团化，全球市场网络化

国际直接投资的载体是跨国公司。目前，跨国公司已成为集贸易、投资、金融和技术于一身的“无国籍”巨型经营主体，成为进行国际贸易和技术转让、扩大国际直接投资的主要力量。据统计，占世界企业总数 1%的 4 万多家跨国公司(其分支机构约 28 万家)所生产的产值相当于世界国民生产总值的 1/3，其投资额占世界投资额的 70%，它控制着国际商品贸易的 2/3、工艺研制的 80%、国际技术贸易的 75%、发展中国家技术贸易的 90%，销售额占世界出口额的 70%。跨国公司已形成了一个庞大的全球经济体系。据此，可以预料，跨国公

司凭借其雄厚的实力，在世界经济发展中，必将成为国际投资尤其是生产资本在全球范围内的主要载体和主导力量。

同时，跨国公司所占领的全球市场经营已实现网络化。20 世纪 70 年代以前，跨国公司的发展主要是拓展内部网络，所形成的全球网络公司是内部化扩张的结果。而 90 年代以来，国际竞争环境变化使跨国公司开始联合安排，组建战略联盟，发展外围网络。所建立的全球网络公司是外在的、外部战略联盟的结果。根据调查，美、日、欧的大型跨国公司 55％的业务来自公司外围合作网络，40％来自公司内部网络，5％来自非合作性交易。跨国公司内外网络相互渗透、相互补充，构成进行全球竞争的战略基础与经营体系。

(5) 投资方式多样化，但以购并和战略联盟为主

进入 20 世纪 90 年代以来，由于跨国公司自身的资金优势、管理优势、技术优势、人才优势、市场网络优势，使其对外直接投资已突破原来单一股权安排，逐步形成独立、合资、收购、兼并及非股权安排等多样化投资方式并举的格局(表 9-1)。非股权安排日益成为发达国家对发展中国家投资的重要方式，其形式有：技术授权、管理合同、生产合同、设备租赁、合作销售、共同投标、共同承包工程等。但随着近年来的发展，收购兼并、战略联盟又日益成为发达国家和发展中国家对外直接投资的主要方式。

表 9-1　2005—2007 年在不同东道国区域进行的绿地投资和跨国并购交易数

东道国区域	绿地投资			跨国并购		
	2005	2006	2007	2005	2006	2007
全世界	10 632	12 441	11 703	8 560	9 075	10 145
发达国家	5 150	6 198	6 037	6 830	7 151	7 878
欧洲	4 092	4 937	4 711	3 996	4 076	4 443
北美	783	915	953	2 161	2 368	2 647
其他发达国家	275	346	373	673	707	788
发展中国家	4 536	5 442	4 922	1 556	1 694	1 972

跨国界、跨洲界收购和兼并企业已成为绕过贸易壁垒、迅速进入他国市场的主要手段。1992 年，全球跨国企业收购与兼并 1 810 起，交易总额 726 亿美元。到 1997 年跨国购并总额达 3 400 亿美元，占对外直接投资总额的 85％。而现代跨国购并的一个显著特点是“强强联合”的合作竞争，而非破坏性竞争。在美、欧、日三大集团之间发生的“强强联合”很具代表性，如英国石油公司以 550 亿美元兼并美国第五大石油公司——阿莫科石油公司；德国戴姆勒—奔驰公司以 400 亿美元完成了对美国克莱斯勒公司的兼并；日产汽车公司与法国雷诺汽车公司的合并等。这些大公司之间的强强联姻，旨在发挥资金、技术、管理和人才等多种因素的优势互补作用，迎接世界经济全球化进程加快所带来的机遇和挑战。

三、对外直接投资的影响因素

影响对外直接投资的因素很多，包括政治、经济、法律和社会等各种因素。通过对这些因素的分析和评估，可以提高直接投资的有效性。

第一，政治环境。直接投资对东道国政治环境要求比较高，它是投资商的投资是否安全的关键。政治环境包括政治制度、政局稳定性、国有化政策与没收政策、政府对企业的干预等。

第二，经济环境。经济环境是关系投资者的投资回报的重要因素，主要包括经济增长或停止、外汇短缺、劳动力成本高低、通货膨胀、原材料准备、资本市场发达程度、数量限制措施、外汇管制、投资管制等。其中，宏观经济形势起着关键性作用。对于所有国家而言，决定跨境直接投资流向的首要因素是宏观经济形势，国际之间如此，一国之内同样如此。2004年，以中国为代表的东亚经济体系宏观经济欣欣向荣，吸收外商直接投资屡创佳绩；与此同时，西欧大陆国家宏观经济疲软，国际直接投资流入也委靡不振，原因就在于此。

第三，法律环境。外商投资法律、法规是否健全和东道国国内法律、法规是否透明是直接投资者的安全保障，如果出现禁止外汇进入某些行业等法律障碍，会对直接投资造成很大困扰。

第四，社会环境。社会环境包括自然环境，如投资国的地理位置、资源状况、气候环境；其次是基础环境，包括交通运输、通信系统、金融信息、能源供应以及其他服务设施等；此外，社会环境中还包括技术熟练工人的获得性、文化习俗、公共健康保障等，这些社会因素对直接投资所产生的影响也是非常大的，因此，营造良好的社会环境会对直接投资产生非常大的吸引力。

北美地区一直以来都是外国投资的首选地，一些学者通过对大量跨国公司的调查研究发现，跨国公司在发达国家和地区进行直接投资，可以充分利用当地巨大的国内市场、高素质的劳动力、进入金融市场的便利性、政府职能的有效性及其稳定的经济增长环境（表 9-2）。当然，同其他地区相比，发达国家和地区的劳动力成本较高、经济增长率偏低则是阻碍这些国家和地区吸引外国直接投资的主要因素。

表 9-2 发达经济体吸引外资的主要影响因素及其重要程度 %

东道国区域	跟随领导者	技术劳动力	低成本劳动力	市场规模	资本市场	自然资源	区域市场	市场增长	政府	基础设施	其他因素	所有因素
1	6	11	1	18	7	4	15	8	7	13	10	100
2	3	14	—	18	4	5	15	8	9	14	10	100
3	4	7	14	13	1	2	17	25	3	4	10	100
4	8	13	1	11	3	6	15	10	10	13	10	100
5	4	8	8	18	3	5	14	18	6	7	9	100

注：东道国区域中，1 指北美；2 指欧盟原 15 国和其他欧盟国家；3 指欧盟 12 个新成员国；4 指其他发达国家；5 指世界平均水平。

第四节 中国利用外资与对外投资

20 世纪 80 年代中国确立了对外开放的基本国策，其中，吸收利用国外资金和先进技术，鼓励中国企业对外投资成为中国对外开放政策的重要组成部分。

一、中国利用外资的方式

（一）合营（资）企业形式

合营企业基本方式主要有两种：一种是股权式合营企业，另一种是契约式合营企业。

在我国,前者称为合营企业,后者称为合作企业。

1. 股权式合资经营企业

股份制企业是我国,也是国际通用的企业模式,各种类型的股份制企业和公司,诸如有限责任公司、股份有限公司和集团公司是企业主要形式。

股份有限公司是指注册资本由等额股份构成,并通过发行股票(或股权证)筹集资本,股东以其所认购股份对公司承担有限责任,公司以其全部资产对公司债务承担有限责任的企业法人。在现阶段,我国组建的股份有限公司大多为以某一个大中型企业为主体,公开向社会发行股票形成,且股东仅以出资额为限承担公司责任的企业模式。

有限责任公司指由两个以上股东,经其所认缴的出资额对公司承担有限责任,公司以其全部资产对其债务承担责任的企业法人。有限责任公司的典型模式是中外合资公司。中外合资企业是指外国公司、企业或其他经济组织或个人,按照平等互利的原则,经中国政府批准,在中华人民共和国境内同中国的公司、企业或其他经济组织,共同投资、共同管理、共负盈亏,从事某种经营活动的有限责任公司。

2. 非股权式合营企业

非股权式合营企业在我国一般称为合作企业。在我国的合作经营企业是契约式的合营,指由中国的企业或其他经济组织与外国的企业、其他经济组织或个人在中国境内以实施联合经营为目的,双方以平等的地位通过签订合同,明确双方权利和义务,履行合同规定条款而产生的经济组织。在我国,中外合作企业既可以作为企业法人,负有限责任,也可以不是法人,类似于国外的合伙企业。

(二) 独资企业形式

在国际直接投资中,独资的主要企业形式为外资企业和外国企业。外资企业(外商独资企业)是指外国的企业、其他经济组织或者个人,依据中国法律,在中国境内设立的、全部资本由外国投资者投资的独立核算企业。外商独资企业的责任形式,由该企业的申请人依据中国法律确定,可以是有限责任公司,也可以是无限责任公司。目前在我国已批准的外商独资企业都是采用有限责任公司的形式。

而外国企业不属于外商独资企业,它不是独立的经济实体,主要指外国企业在我国设立的分公司和联络处等。在目前,外国企业主要是一些外资金融机构。例如,外国银行、保险公司在中国设立的分行、分公司。

(三) BOT 方式

BOT 方式从 20 世纪 80 年代初开始得到发展,主要用于发展收费公路、发电、铁路、废水处理设施和城市地铁等基础设施项目。BOT 方式的工作程序随着项目的不同而不同,但一般应包括“项目确定、项目准备、项目招标、合同谈判、项目建设、项目经营和项目产权移交”几个阶段。由于参与 BOT 方式的外国公司和金融机构较多,使谈判内容复杂、时间长。并且是项目公司直接与政府签订合同,政府往往要承诺保证外汇兑换以及根据通货膨胀指数调整项目服务价格等条件。所以,目前在我国对 BOT 方式的运用尚处于探索阶段。设立 BOT 项目,需要按现行外商投资企业的程序申请审批。

二、中国利用外资的优惠政策

利用外资的优惠政策是指一个国家(地区)根据本地情况,对外国投资给予一定政策上的优惠。一般来说，各国为了吸引外资所采用的政策优惠有以下几类。

(1) 特殊行业优惠：特殊行业优惠指对某些新兴行业或急需发展的行业，实行特殊优惠。例如，税收减免、贷款贴息、财政补贴等。

(2) 税收优惠：税收优惠是最普遍的优惠，已成各国普遍承认的吸引外资国际惯例。税收优惠主要有简化税制，如只征一种所得税，并辅以相应的优惠措施，包括减免所得税、规定免税期、减免关税等。

(3) 开发费用回扣优惠：开发费用回扣优惠指国家实行投资补贴，以鼓励外资企业再投资。如企业可以从应税所得逐年或逐期扣除固定资产投资额高于已提折旧费的差额。

(4) 加速折旧优惠：企业的固定资产由于技术进步、产品更新换代较快和常年处于强震动、高腐蚀状态等原因确需加速折旧的，可以缩短折旧年限或者采取加速折旧的方法。加速折旧是指按照税法规定，允许纳税人在固定资产使用年限的初期，提列较多的折旧，以后年度相应减少折旧额，从而使纳税人的所得税负得以递延的一种优惠方式。

中国政府为了加快改革开放的力度，除了实行以上常用的优惠政策之外，还有一些特别的优惠政策。

(一) 对经济特区引进外资的优惠政策

1. 土地使用年限与使用费政策

根据外资项目的需要，土地租用期最长可达：工业用地 30 年，商业用地 20 年；商品住宅用地 50 年；旅游事业用地 30 年；科教、医疗卫生用地 50 年。

土地使用费可根据不同地区条件、不同行业和使用年限分类确定，每年每平方米的收费标准为(人民币)：工业用地 10～30 元；商业用地 70～200 元；商品住宅用地 30～60 元；旅游建筑用地 60～100 元；土地使用费每 3 年调整一次，其变动幅度不超过 30%。

2. 税收优惠政策

进出口关税优惠：除对经济特区内的外商投资企业进口生产所必需的机器设备、零配件、原材料、运输工具和其他生产资料，免征进口关税外，对必需的生活用品，根据具体情况分别征税或者减免进口关税。对外资企业生产的外销产成品、半成品，免征出口税。

企业所得税优惠：特区内的外商投资企业所得税率为 15%。对于投资额达 500 万美元以上的企业，或技术先进、资金周转期较长的企业，给予特别优惠待遇，分别给予免税 20%～50%或者给予免税 1～3 年。特区一律免征地方所得税。鼓励再投资的政策有，若外商投资企业中外国合营者将利润用于特区进行再投资为期 5 年以上者，可申请减免用于投资部分的所得税。

3. 劳动工资政策

劳动服务费标准：特区合营企业雇用职工，应按人民币支付劳动服务费，其标准按照企业类别和工种，在签订劳动合同时议定，并根据职工劳动熟练程度，每年递增 15%。

(二) 沿海港口城市引进外资优惠政策

1. 经济开发区的优惠政策

外商投资所得税按 15%的税率征收，外商所得合法利润汇出免征汇出税。其他政策参照特区规定办理。

2. 城市老市区的优惠政策

(1) 外商投资企业所得税优惠：凡属能引进先进技术、推动全行业技术改造、产品能开拓外销市场、替代进口的技术密集型或知识密集型项目，且外商投资在 3 000 万美元以上的、回收投资长的项目，报财政部批准，企业所得税可按 15%的税率征收。

(2) 土地使用费、土地税由地方确定标准，从优征收。

(3) 投资总额内进口的生产和管理设备、建筑器材，为生产出口产品而进口的原材料、元器件、零部件、包装物料等，进口自用的交通工具(限合理数量)，均免征关税和进口工商统一税。产品内销应补税。

(4) 产品出口(不含国家限制出口产品)，免征出口关税和工业环节的工商统一税。

(三) 经济开发区和沿海对外开放区引进外资的优惠政策

非沿海港口城市的经济开发区，其政策与经济特区政策相近，如所得税为 15%等；沿海对外开放地区的优惠政策与沿海港口城市的老市区相近。

(四) 上海浦东经济技术开发区引进外资的优惠政策

1990 年 4 月，国务院决定设立浦东经济技术开发区，其优惠政策主要有：三资企业所得税均按 15%税率征收；经营期在 10 年以上的，从获利年度起，对企业所得税按两年免征、3 年减半征收；允许设立外资银行、外国银行的分行和财务金融公司等。

我国利用外资优惠政策的评价

我国对外资企业实行广泛的优惠政策，对促进外资数量的快速增长起到了积极的作用。不仅如此，外资优惠政策的作用更主要地体现在矫正市场失效，弥补由政府干预而给投资者带来的损失，以及辅助产业政策引导外商投资方向和区位选择等方面。

但我国这种以优惠为主的鼓励外商投资的政策弊端已经逐渐显露出来，主要表现在以下几个方面。

(1) 在优惠政策与地区政策结合方面，中国和其他发展中国家相比，做得不够理想，在地区政策上有两点显著不同。

① 东南亚国家对投资者的地区倾斜政策适用于所有的投资者，内外资一视同仁，而中国实行内外有别的政策，外国投资者所能拥有的投资优惠高于国内投资者，即外商投资的超国民待遇。

② 东南亚国家的地区优惠政策明显倾向于边远落后地区，而中国则倾向于经济特区、开发区，这种地区优惠政策的倾斜造成我国利用外资的“逆地区倾斜”分布模式，使得外商投资大多集中在东部沿海地区。

(2) 特别是税收优惠政策与我国产业政策目标相矛盾。我国目前采用的降低税率、减免税期、再投资退税、亏损结转等优惠政策手段存在偏向性，只对企业利润进行实质性的照顾，主要有利于赢利企业。只有那些投资规模小、经营周期短、见效快的劳动密集型企业，在短期内获利的企业才能享受到优惠，而对那些投资规模大、经营周期长、见效慢的资本密集型企业或技术密集型企业，则难以在短期内实现获利并享受到税收优惠利益，这就使投资难以按产业政策导向流动。

(3) 对港澳台外商投资企业的特殊优惠,使我国内地吸收的外资中,港澳台资本占相当大的比重,造成外资来源结构的不合理和外商投资企业规模偏小、技术水平低等问题。

(4) 优惠政策的制定忽视了优惠成本与效益的关系。我国外资政策中的优惠待遇是"身份赋予"性质的,毫无选择地对外资企业给予特殊优惠,从而造成许多问题,如降低了外资进入条件,加剧了产业结构矛盾,部分外资企业效益低下、假合资等。

(5) 外资优惠政策不统一,中央与地方优惠政策不统一,各地之间也不统一,也削弱了对国内市场的保护。地方政府进行优惠政策拍卖,使外商从中渔利,缺乏有力的政策规范地方政府行为,使产业政策得不到规范。

(6) 优惠政策造成了不公平的市场竞争。我国外资政策中,对外商投资企业优惠过多,形成内外资企业不平等和对外商投资企业的超国民待遇,这是造成我国内资企业与外商投资企业不公平竞争的原因。

三、中国利用外商直接投资的进程和现状

从发展趋势看,FDI在我国的投资已从20世纪80年代的小规模试探和起步阶段,经过90年代的快速发展,进入了现在的稳定发展时期。在整个发展过程中,我国外商直接投资在投资方式、区域分布、产业分布和资金来源等方面都具有自身的特点,并经历了一个逐步变革的过程。从目前看,外商直接投资的地区分布和产业结构似乎还需要进一步合理化,但FDI对我国经济的持续增长已经发挥出了十分重要的作用。

(一) 我国利用外资的发展进程

自1978年改革开放以来,我国利用FDI经历了起步发展、高速发展到调整发展三个阶段。

从80年代到90年代初,是我国引进外资的一个初尝期,有政策的变化和市场开放程度的限制,外资均采取小规模试探性投资方式进入中国市场,经营方式以合资为主,整个80年代实际投资总量不足60亿美元。

进入90年代中期以后,FDI的投资进入了一个快速扩张的时期,我国的国内市场不断开放,对外资的限制逐步被取消,引发了FDI投资的一个高潮。从90年代中期每年超过100亿美元,到2004年已突破500亿美元。

随着经济全球化的发展以及我国加入WTO,我国又迎来了利用FDI的一个全新的发展时期。到2005年年底,我国实际引进和利用的外资金额已超过5 500亿美元。总量仅次于美国,为世界第二大引资国。据统计,全球最大的500家跨国公司已有400多家来我国投资。2008年中国吸收外资水平继续提升,全年实际利用外资金额达923.95亿美元,同比增长23.58%,连续17年居全球发展中国家首位。2009年我国实际利用外资900.3亿美元,同比下降2.6%,在全球FDI仍然处于低迷的状态下,我国利用FDI能保持如此的增长势头,无疑证明了我国已成为全球外商投资的一块热土(表9-3)。

但从流入规模和增长趋势来看,增长势头已明显减缓。2005年以来,外资进入量的增速趋于下降,2006年的增长率进一步下降,尽管投资总量仍然保持在500亿美元以上的较大规模,但FDI的增长趋势在减缓,进入了一个稳定的投资阶段。

表 9-3 中国实际利用 FDI 亿美元

年度	实际利用 FDI	年度	实际利用 FDI
1979—1982	17.69	1995	375.21
1983	9.16	1996	417.26
1984	14.19	1997	452.57
1985	19.56	1998	454.63
1986	22.44	1999	403.19
1987	23.14	2000	407.15
1988	31.94	2001	468.78
1989	33.93	2002	527.43
1990	34.87	2003	535.05
1991	43.66	2004	606.30
1992	110.08	2005	724.06
1993	275.15	2006	727.15
1994	337.67	2007	835.21

资料来源：吕海霞.中国利用 FDI 规模的比较分析[J].亚太经济，2009(5)：85-90.

从资本流入结构来看，中国引进外资的最主要形式是 FDI，直接投资占整个利用外资量的 2/3 以上，债务融资和短期资本占较小比重。1998 年以后，随着中国对国内企业境外筹资管制政策的逐步放松，国内企业可以通过境外借款、境外私募基金发债、境外上市等多种方式筹集外资，使中国企业境外上市逐渐成为利用外资的一种重要方式。中国加入 WTO 后，引进外资政策发生了很大变化，逐步放宽利用外资的领域和方式，外资并购投资、资本市场合格投资者的投资开始发展，这意味着企业在利用外资的方式上有了更多的自主选择权，未来中国利用外资的方式将更趋多样化。

目前，投向中国的 FDI 90%以上是"绿地投资"，相反，发达国家则主要通过并购的方式实现直接投资。此外，统计数据还显示了 FDI 在中国的产业投向趋势。2005 年制造业吸引外资占全部外资 70%以上，高于世界平均水平 40%，高于发达国家平均水平 30%。这表明了在全球制造业的转移趋势下，中国已成为世界制造业重要的生产和出口基地之一(表 9-4)。

表 9-4 2005 年外商直接投资在中国的行业分布情况

行业名称	合同项目数		实际使用金额		
	总数/个	增长/%	总额/亿美元	占比/%	增长/%
总计	4 4001	0.8	603.2	100	−0.5
农、林、牧、渔业	1 058	−6.4	7.2	1.19	−35.5
采矿业	252	−9.7	3.5	0.58	−34.0
制造业	28 928	−4.8	424.5	70.37	−1.3
电力、燃气及水的生产和供应业	390	−14.3	13.9	2.30	22.7
建筑业	457	11.2	4.9	0.81	−36.5
交通运输、仓储和邮政业	734	15.1	18.1	3.00	42.4
信息传播、计算机服务和软件业	1 493	−8.0	10.1	1.67	10.7
批发和零售业	2 602	53.1	10.4	1.72	40.4
住宿和餐饮业	1 207	2.8	5.6	0.93	−33.4
金融业	40	−7.0	2.2	0.36	−13.0

续表

行业名称	合同项目数		实际使用金额		
	总数/个	增长/%	总额/亿美元	占比/%	增长/%
房地产业	2 120	20.0	54.2	8.99	−8.9
租赁和商务服务业	2 981	12.0	37.5	6.22	32.6
科学研究、技术服务和地质勘查业	926	47.2	3.4	0.56	15.8
水利、环境和公共设施管理业	139	−15.2	−1.4	−0.23	−39.3
居民服务和其他服务	329	31.1	2.6	0.43	64.6
教育	51	−13.6	0.2	0.03	−53.8
卫生、社会保障和社会福利	22	4.8	0.4	0.07	−55.1
文化、体育和娱乐业	272	0	3.1	0.51	−31.8

资料来源：中国商务部统计资料。

从FDI的来源来看，我国利用外资的来源呈现"一个重心，多方向拓展"的态势。"一个重心"是指我国外来资金的主要来源地是亚洲地区（表9-5、表9-6）。改革开放以来，亚洲一直是我国外来资金的重点地区，所占比例超过60%以上，部分年份甚至超过70%；其次是北美洲和欧洲，所占比例接近10%。亚洲地区的资金主要来自我国香港，占实际利用外资的比例超过40%；北美地区的资金主要来自美国，所占比例超过8%。2001年，我国实际利用外资432亿美元，其中，亚洲、欧洲、北美洲和大洋洲分别为259.9亿、40.9亿、37.2亿和2.43亿美元，所占比例分别为60.2%、9.5%、8.6%和0.6%。2003年，我国实际利用外资561.4亿美元，其中，亚洲为365.1亿美元，欧洲为43.13亿美元，北美洲为53.34亿美元，大洋洲为1.73亿美元，所占比例分别为65%、7.7%、9.5%和0.3%。从累计数据看，截至2005年，我国实际利用外资5 500多亿美元，其中我国香港资金占到40.4%，可见资金的集中程度非常高。

表9-5 截至2007年对华投资前15位国家和地区情况

国别/地区	项目数	比重/%	实际利用外资金额/亿美元	比重/%
总计	632 348	100	7 907.47	100
中国香港	285 763	45.18	3 085.33	39.02
维尔群岛	18 499	2.93	741.46	9.38
日本	39 688	6.28	617.24	7.81
美国	54 838	8.67	567.06	7.17
中国台湾	75 146	11.88	457.61	5.79
韩国	46 582	7.37	387.75	4.9
新加坡	16 615	2.63	333.91	4.22
英国	5 834	0.92	147.81	1.87
德国	5 886	0.93	141.76	1.79
开曼群岛	2 185	0.34	133.62	1.69
萨摩亚	5 123	0.81	97.65	1.23
荷兰	2 131	0.34	83.99	1.06
法国	3 539	0.56	82.71	1.05
中国澳门	11 553	1.83	76.51	0.97
毛里求斯	1 886	0.3	58.43	0.74
其他	57 080	9.03	894.62	11.31

资料来源：吕海霞.中国利用FDI规模的比较分析[J].亚太经济，2009，(5)：85-90.

表 9-6　2006 年全球 FDI 前 5 位国家或地区及欧盟、东盟在华投资情况对比表

国家/地区	FDI 输出额/亿美元	占全球总流量/%	2006 年在华投资额/亿美元	占中国吸收 FDI/%	占其 FDI 输出额/%
美国	2 166.14	17.82	30	4.13	1.38
法国	1 150.36	9.46	3.95	0.54	0.34
西班牙	896.79	7.38	2.43	0.33	0.27
瑞士	815.05	6.7	2.1	0.29	0.26
英国	794.57	6.54	7.55	1.04	0.95
欧盟	5 724.4	73.51	54.39	7.48	0.95
东盟	1 030.14	13.23	36.43	5.01	3.54

从外商的投资目标来看，20 世纪 80 年代初期到 90 年代中期，中国 FDI 基本上投向劳动密集型行业，多为“两头在外”的出口加工型企业(表 9-7)。而 90 年代中期以来，来自跨国公司的大规模资本投资显著增长。跨国公司基于其全球化战略的考虑，以长期占领国际和中国国内市场作为长期目标，主要投向国内资金较为薄弱和技术密集型的行业，并呈现出明显的市场竞争优势。

表 9-7　外商投资企业在中国出口中所占的比重　%

年份	比重	年份	比重
1986	1.88	1997	41
1987	3.07	1998	44.06
1988	5.18	1999	45.47
1989	9.35	2000	47.93
1990	12.58	2001	50.06
1991	16.75	2002	52.02
1992	20.44	2003	54.85
1993	27.51	2004	57.07
1994	28.69	2005	58.3
1995	31.51	2006	58.19
1996	40.71	2007	57.1

资料来源：吕海霞. 中国利用 FDI 规模的比较分析[J]. 亚太经济，2009，(5)：85-90.

FDI 在中国固定资产投资中的比重，在经过 1994—2000 年的高峰阶段后已开始下降，2003 年已趋向 1992 年的水平，估计在今后相当长的时期内会继续保持这个趋势。这种趋势表明，经过了一段时间的外资持续高速流入，随着国内产业技术的发展进步，产业结构的升级变迁以及资金状况的改善，国内投资的增长将更快，外商投资的结构、规模和进入方式等均有可能发生大的转变。

从我国外贸的分布区域看，目前外商直接投资的分布主要在东部沿海地区，尤其集中于珠江三角洲、长江三角洲地区和环渤海地区(表 9-8)。加入 WTO 以后，受我国西部大开发战略实施的影响，中西部地区吸引外资的速度在加快，在全国利用外资总量中的比重将出现较大上升。

(1) 西部大开发战略的启动和实施，有望使中西部地区的经济增长速度超过东部地区，

这将吸引到大量外商投资。

(2) 在西部大开发战略的推动下,中西部地区将加快改革开放的步伐,加强基础设施、生态环境建设,大力发展科技教育,投资环境将有较大改善。

(3) 中西部地区自然资源丰富,加上低廉的劳动力,将对国际资本产生较大的吸引力。

(4) 东部地区外资流入相对饱和,而中西部地区可投资的产业极为广泛。而且中西部地区尤其是西部地区有些投资领域的外资准入条件比东部更为宽松,政策也更为优惠。

表 9-8 截至 2007 年我国东部、中部、西部地区利用外资情况

地方名称	项目数	比重/%	实际使用外资金额/亿美元	比重/%
总计	632 348	100	7 907.47	100
东部地区	525 998	83.18	6 635.52	83.91
中部地区	67 684	10.7	657.24	8.31
西部地区	38 604	6.11	337.4	4.27
其他	62	0.01	277.31	3.51

(二) FDI 在我国经济发展中的地位

到目前为止,FDI 在中国经济发展中已经占据重要地位。外资企业不仅推动着中国经济的持续增长,而且改变着中国经济增长的方式,提高了中国经济增长的质量。具体表现在以下方面。

(1) 外商直接投资是中国经济增长的重要资金来源。

(2) 外资经济表现出投资少、产出多、效益高的特点,改善了中国的整体投资效益。

(3) 在中国的工业中,外商投资企业的产出已经占据重要地位,很大程度上扩大了产出。

(4) 外商在华投资项目引进比较先进的技术和产品,提高了国内产业的技术水平。

(5) 外商投资最密集的行业基本都是技术、资金密集型的行业,提升了我国的产业结构水平。

(6) 外商直接投资对出口总量和出口增量的贡献十分突出。

(7) 外商投资企业出口的高新技术产品和机电产品比例明显高于全国平均水平,提升了出口商品的结构。

(8) 增加税收。

(9) 大型跨国公司在我国设立独立研发机构,中国正在成为跨国公司的全球研发基地。

(10) 在中国渐进式改革中,外商投资企业在推动形成竞争性的市场结构、形成市场导向性的法律框架和宏观管理体制、形成符合市场经济要求的企业管理体制和经营理念等方面,发挥了重要作用。

四、中国对外投资

随着中国国内经济的持续快速发展,中国企业积极参与国际投资合作的步伐也在不断加快,2008 年中国对外直接投资首次突破 500 亿美元,达到了 2003 年中国实际利用外资的水平(表 9-9)。截至 2008 年年底,中国 8 500 家境内投资者设立对外直接投资企业(简称境外企业)12 000 家,分布在全球 174 个国家和地区,对外直接投资累计净额(存量)1 839.7 亿美元，境外企业资产总额超过1万亿美元。2008年年末中国国有商业银行共在美国、日本、英国等28个国家和地区设有43家分行、20家附属机构；2008年年末共在境外设立保险业金融机构12家。

表9-9　2008年中国对外直接投资流量、存量分类构成情况

指标 / 分类	流量			存量	
	金额/亿美元	同比/%	所占比重/%	金额/亿美元	所占比重/%
合计	559.1	111.0	100	1 839.7	100.0
金融类对外直接投资	140.5	741.0	25.1	366.9	19.9
非金融类对外直接投资	418.6	68.5	74.9	1 472.8	80.1

资料来源：《2008中国对外直接投资公报》。

从流向的主要国家和地区情况分析，中国对外直接投资主要流向中国香港、南非、英属维尔京群岛、澳大利亚、新加坡、开曼群岛，2008年中国对上述这些地区的直接投资流量达到505亿美元，占到流量的90.3%，其中：流向中国香港386.4亿美元，占当年流量的69.1%，主要流向商务服务业、批发零售业；流向南非48.08亿美元，占当年流量的8.6%，主要是银行业、商务服务业、批发零售业的投资。

从流向行业的分布来看，中国对外直接投资主要流向商业服务业、金融、批发零售业、采矿业、交通运输业，约占总投资的90%。2008年，中国对外直接投资流向商务服务业217.2亿美元，占对外直接投资总额的38.8%；金融业140.5亿美元，占对外直接投资总额的25.1%；批发和零售业65.1亿美元，占对外直接投资总额的11.7%；采矿业58.2亿美元，占对外直接投资总额的10.4%，主要是石油天然气开采业、有色金属开采业、黑色金属矿采选业。

从地区分布情况来看，亚洲是吸引我国对外直接投资最多的地区，非洲是我国对外直接投资增幅最大的地区。2008年，中国对亚洲的直接投资达到435.5亿美元，同比增长162.5%，占到流量的77.9%。主要分布在中国香港、新加坡、中国澳门、哈萨克斯坦、巴基斯坦、蒙古、缅甸、柬埔寨、越南、阿拉伯联合酋长国、阿富汗等国家和地区。2008年中国对非洲的直接投资达到54.9亿美元，较上年增长249%，占中国对外直接投资总额的9.8%，主要流向南非、赞比亚、尼日利亚、马达加斯加、阿尔及利亚、加蓬、毛里求斯、刚果等国家。

从各地市的对外直接投资来看，中部地区增速最快，西部地区次之，湖南、上海、山东名列各省市对外直接投资流量前三位。但从投资总量比较，东部沿海地区仍处于领先地位。具体到各地区的对外直接投资情况存在较大差异(表9-10)。

表9-10　2009年中国大陆各省(市)对外直接投资额

序号	省市名称	实际投资额/万美元	序号	省市名称	实际投资额/万美元
1	湖南省	101 628	7	江苏省	69 778
2	上海市	98 752	8	吉林省	33 841
3	山东省	90 934	9	山西省	32 576
4	辽宁省	88 076	10	福建省	31 080
5	浙江省	78 207	11	北京市	30 581
6	广东省	77 388	12	云南省	27 001

续表

序号	省市名称	实际投资额/万美元	序号	省市名称	实际投资额/万美元
13	四川省	26 093	23	广西	6 463
14	天津市	18 798	24	安徽省	5 720
15	内蒙	18 525	25	重庆市	5 194
16	河南省	17 832	26	江西省	4 038
17	新疆	15 234	27	甘肃省	1 637
18	河北省	15 152	28	宁夏	1 254
19	陕西省	13 230	29	贵州省	522
20	黑龙江省	12 936	30	青海省	208
21	湖北省	10 947	31	新疆生产建设兵团*	4 003
22	海南省	7 454	合计	全国	945 082

资料来源：中国商务部商务统计资料，* 新疆生产建设兵团单独统计，不包括在新疆的统计数据中。

五、影响中国对外投资的因素

(1) 产权障碍。在现代市场经济中，企业的竞争实质上是企业间制度的竞争，企业制度效率的高低决定了企业能否在激烈的竞争中立于不败之地。当代的市场经济理论认为，建立和健全现代企业制度是市场经济框架中的重要组成部分，而现代企业制度主要特点为产权清晰、责权明确、政企分开、管理科学。在发达国家和地区，企业普遍具备先进的现代产权制度。然而在我国，由于历史及现实的原因，多数大型企业仍是国有或国家控股，私营大企业的数量非常有限，而且至今缺乏促进私营企业成长的有效的体制、政策和资本市场的条件。因此，在相当长的一段时期内，我国发展对外直接投资将主要依托现有的国有大企业，但国有企业尚未建立起现代企业产权制度，导致的重要恶果是政企不分。这在我国对外直接投资领域表现为政府对企业发展海外直接投资干预过多，使得海外投资企业多数不是企业生产经营活动向国际市场的自然延伸，而是按照国家的指令性计划去经营事先选定的项目，是中国式企业在外国的延伸。并且我国对外直接投资企业主要集中在我国港澳地区和美国、澳大利亚、日本、加拿大等具有先进的现代企业制度的发达国家，在这种情况下，我国对外直接投资企业很难按照利益最大化原则，积极发挥自身优势，根据国际市场的变化组织跨国经营，从而导致我国跨国企业经营效率低下，在与东道国的竞争中处于劣势地位。

(2) 缺乏生产要素优势。根据垄断优势理论，跨国企业要在东道国中处于优势地位，应具有生产要素优势。而我国对外投资企业无论是资金、技术还是人才，都不具备竞争优势。首先，从资金筹集上来看，由于我国国企长期低效率运行，基本不具备依靠自有资金发展对外直接投资的实力。而我国的金融体系还很不健全，资本市场很不发达，大的国有银行体系并未与国际接轨，相当长的时间内将被巨额的不良资产问题所困扰。因此在对外直接投资资金筹集的过程中，企业本身和金融系统都难以发挥有效的作用。其次，我国企业的技术优势不足。对于许多引进技术的消化、创新不够，技术当地化的优势并不明显。技术优势的缺乏，将是制约我国企业跨国经营的长期性因素。最后，缺乏高素质的跨国经营人才。由于上述因素的制约，使得我国对外直接投资规模过小，集约化程度较低，不具备规模经济优势，与发达国家的大型跨国公司特别是世界500强相比，我国企业的规模普遍比较小，国际竞争能力不强。

(3) 缺乏内部化优势。根据内部化理论,内部化优势是通过建立企业内部市场,采用划拨价格来实现。然而我国多数跨国企业尚未建立起较完善的内部市场,还不善于通过划拨价格把整个世界作为经济舞台,在全球范围内进行资源优化配置和产品生产,而只是在国外进行孤立、单一和分散式的经营,跨国企业的经营内容、业务范围和产品结构往往与母公司的核心行业没有关联或关联很少,因此境内外母子公司的经营一体化和规模经济目标也难以实现。

(4) 政策支持不足。政府有责任和义务支持、鼓励和保护国内企业境外投资,为跨国企业的发展提供平台。但是与其他国家尤其是发达国家相比,我国政府对跨国企业的政策支持是相当不够的。首先,我国既缺乏有效的海外投资保证制度,又没有承保政治风险的专门机构,对境外投资的法律保障工作无法落到实处。其次,金融支持力度不够。在资金的使用权方面,不允许跨国企业内部资金自由调配,实施严格的利润和外汇管制,政府要求跨国企业的利润在当地会计年度终结后6个月内全部汇回境内,当境外企业面临强有力的市场竞争而需要扩大投资时,或当市场前景看好而需要扩大经营规模时,企业却没有自由支配的资金。再次,财税支持政策不完善。由于我国尚未制定税收属地化政策,出现了双重征税问题,极大地阻碍了我国跨国企业的发展。最后,政府对跨国企业提供的信息咨询工作力度不够。尚未建立起境外投资的信息库和信息反馈、情况交流、适时协调的机制,因此,企业靠着不全面的资料进行投资决策,投资的盲目性便会加大。

(5) 缺乏对外投资总体规划。在我国市场经济体制尚未健全的情况下,政府在经济运行中的地位还非常突出,因而管理体制对我国海外直接投资的发展具有决定性的作用。目前,我国尚未建立一个统一的管理机构,各部门纷纷参与管理,出现了所谓"多龙治水"的局面,由于各部门互相不买账,推诿扯皮问题不断出现,这进一步加剧了海外投资发展的难度;此外,由于对外投资的宏观管理工作还缺乏统一的部署和协调,导致我国对外投资无章可循,对外投资地区结构过分集中,企业间设点交叉重复,自相竞争的不正常局面。例如,我国在纽约就设立了贸易型企业130多家,其中90%以上经营一般商品的进出口业务,这些企业之间基本上处于相互竞争排挤的状态。

复习思考题

1. 对外直接投资有哪些形式?影响对外直接投资的因素有哪些?
2. 世界银行贷款的特点是什么?
3. 分析我国利用FDI有哪些有利之处和不利的地方。

B&E

第十章 跨国公司与国际贸易

【本章导读】

跨国公司在世界经济和国际贸易领域构成一股强大的力量，在一定程度上决定了世界经济的未来。据统计，世界500强企业平均每个企业的主要联盟有60个，这说明，越来越多的竞争发生在企业联盟之间，而不再是单个企业之间。因此，认识跨国公司、分析跨国公司在世界经济舞台上，尤其是在对外贸易领域占据的主要地位，对于学好国际贸易具有重要的作用。本章主要对跨国公司的基本概念、相关理论及其内部贸易进行介绍和分析。

【学习目标】

1. 了解跨国公司的特征、形成与发展，以及跨国公司在世界经济和国际贸易中的地位和作用。
2. 掌握跨国公司的相关理论及其经营战略。
3. 了解跨国公司在中国的发展。
4. 熟悉跨国公司的内部贸易对国际贸易的影响。

【关键概念】

跨国公司(Multinational Corporation; Transnational Corporations)

垄断优势理论(Monopolistic Advantage Theory)

产品生命周期理论(the Theory of Product Life Cycle,PLC)

内部化理论(the Theory of Internalization)

国际生产折中理论(the Eclectic Theory of International Production)

内部贸易(Intra Trade)

第一节　跨国公司概述

一、跨国公司的定义

跨国公司被作为一个概念名词提出，据说美国田纳西河管理局局长莱尔索尔是始作俑者。1950年年末，他在卡内基工业大学工业经营管理学院创立10周年纪念大会上说，这种公司已不再是单纯一国的企业，而是跨国的企业(Multinational Corporation)。接着不久，美国《商业周刊》(*Business Week*)出了一期有关跨国公司的专辑，于是，跨国公司这个概念便逐渐流行起来了。1965年，在美国的哈佛大学建立了一个由美国、英国等国经济学家组成的跨国公司研究中心。该中心在对美国和西欧跨国公司进行大规模调查基础上，汇编了许多系统资料，出版和发表许多专著与论文，由此开端了跨国公司的专门研究。而

Multinational Corporation 一词也被西方经济界、学术界大量沿用。

20 世纪 70 年代初，联合国经济与社会理事会也开始注意跨国公司问题的研究。在该会指定的知名人士小组编写的最早的一个报告(1973 年)，也是采用 Multinational 的叫法。第二年，当该理事会在讨论上述报告时，拉美国家的代表提出异议，他们提出在拉丁美洲一体化文件中，Multinational Corporations 这个名词是被用来专指那些在安第斯国家组织帮助下，由该组织的成员国共同创办和经营的公司。他们建议，那些主要以一国为基地、由一国企业所有并从事跨国经营的公司，应称为 Transnational Corporations。经济与社会理事会同意了拉美代表的建议，于是，从此以后，联合国有关组织的文件中，就一律使用 Transnational Corporations 来称呼这类企业，但在学术界仍混用上述两个词。

跨国公司指由两个或两个以上国家的经济实体所组成，并从事生产、销售和其他经营活动的国际性大型企业，又称国际公司(International Firm)、超国家公司(Super-national Enterprise)和宇宙公司(Cosmo-corporation)等。

跨国公司的主要特征有：

(1) 一般都有一个国家实力雄厚的大型公司为主体，通过对外直接投资或收购当地企业的方式，在许多国家建立有子公司或分公司；

(2) 一般都有一个完整的决策体系和最高的决策中心，各子公司或分公司虽各自都有自己的决策机构，都可以根据自己经营的领域和不同特点进行决策活动，但其决策必须服从于最高决策中心；

(3) 一般都从全球战略出发安排自己的经营活动，在世界范围内寻求市场和合理的生产布局，定点专业生产，定点销售产品，以谋取最大的利润；

(4) 一般都因有强大的经济和技术实力，有快速的信息传递，以及资金快速跨国转移等方面的优势，所以在国际上都有较强的竞争力；

(5) 许多大的跨国公司，由于经济、技术实力或在某些产品生产上的优势，或对某些产品、或在某些地区，都带有不同程度的垄断性。

二、跨国公司的经营特点

(1) 跨国公司具有全球战略目标和高度集中统一的经营管理。跨国公司作为在国内外拥有较多分支机构、从事全球性生产经营活动的公司，与国内企业相比较，是有一些区别的。这些区别表现在：

① 跨国公司的战略目标是以国际市场为导向的，目的是实现全球利润最大化，而国内企业是以国内市场为导向的。

② 跨国公司是通过控股的方式对国外的企业实行控制，而国内企业对其较少的涉外经济活动大多是以契约的方式来实行控制。

③ 国内企业的涉外活动不涉及在国外建立经济实体问题，国内外经济活动的关系是松散的，有较大偶然性，其涉外经济活动往往在交易完成后就立即终止，不再参与以后的再生产过程；而跨国公司则在世界范围内的各个领域，全面进行资本、商品、人才、技术、管理和信息等交易活动，并且这种“一揽子”活动必须符合公司总体战略目标而处于母公司控制之下，其子公司也像外国企业一样参加当地的再生产过程。所以，跨国公司对其分支机构必然实行高度集中的统一管理。

(2) 跨国公司从事多种经营。跨国公司的多种经营方式有横向型多种经营、垂直型多种经营和混合型多种经营。

① 横向型多种经营。此类公司主要从事单一产品的生产经营,母公司和子公司很少有专业化分工,但公司内部转移生产技术、销售技能和商标专利等无形资产的数额较大。

② 垂直型多种经营。此类公司按其经营内容又可分为两种。一种是母公司和子公司生产和经营不同行业的,但却相互有关的产品。它们是跨行业的公司,主要涉及原材料、初级产品的生产和加工行业,如开采种植→提炼→加工制造→销售等行业。另一种是母公司和子公司生产和经营同一行业不同加工程度或工艺阶段的产品,主要涉及汽车、电子等专业化分工水平较高的行业。如美国的美孚石油公司就是前一种垂直型的跨国公司,它在全球范围内从事石油和天然气的勘探、开采,以管道、油槽和车船运输石油和天然气,经营大型炼油厂,从原油中精炼出最终产品,批发和零售几百种石油衍生产品。而法国的雪铁龙汽车公司则是后一种垂直型的跨国公司,公司内部实行专业化分工,它在国外的 84 个子公司和销售机构,分别从事铸模、铸造、发动机、齿轮、减速器、机械加工、组装和销售等各工序的业务,实现了垂直型的生产经营一体化。

③ 混合型多种经营。此类公司经营多种产品,母公司和子公司生产不同的产品,经营不同的业务,而且它们之间互不衔接,没有必然联系。如日本的三菱重工业公司即是如此。它原是一家造船公司,后改为混合型多种经营,经营范围包括汽车、建筑机械、发电系统产品、造船和钢构件、化学工业、一般机械、飞机制造业等。

跨国公司重视多种经营的原因主要有以下几个方面。

① 增强垄断企业总的经济潜力,防止"过剩"资本形成,确保跨国公司安全发展,有利于全球战略目标的实现。

② 有利于资金合理流动与分配,提高各种生产要素和副产品的利用率。

③ 便于分散风险,稳定企业的经济收益。

④ 可以充分利用生产余力,延长产品生命周期,增加利润。

⑤ 能节省共同费用,增强企业机动性。

(3) 以开发新技术推动跨国公司的发展。战后以来,全世界的新技术、新生产工艺、新产品,基本上都掌握在跨国公司手中,这是跨国公司能够几十年不衰反而不断发展壮大的根本原因之一。通常跨国公司都投入大量人力物力开发新技术、新产品。例如,20 世纪 80 年代中后期,美国电话电报公司研究与开发中心平均每年的研究经费高达 19 亿美元,并聘用了 1.5 万名科研人员,其中 2 100 人获博士学位,4 人曾先后获得 4 项诺贝尔物理奖。又如,著名的 3M 公司,1994 年夏季就新上市近 400 种半组合式五金类用品,其新产品层出不穷,其原因用 3M 加拿大分公司 DIY 产品部门行销经理的话解释为:该公司每年营业额的 7% 用在研制新产品上,业务宗旨是每年必须有 30% 的销售收入来自 4 年前尚未上市的新产品。由此可见其研究的超前。跨国公司不仅注重开发新技术,而且非常善于通过对外转让技术获得高额利润及实行对分支机构的控制。

(4) 竞争是跨国公司争夺和垄断国外市场的主要手段。在国际贸易中,传统的竞争手段是价格竞争,即企业通过降低生产成本,以低于国际市场或其他企业同类商品的价格,在国外市场上打击和排挤竞争对手,扩大商品销路。而今,由于世界范围内尤其是发达国家生活水平的提高、耐用消费品支出占总支出比重的增大,及世界范围内的持续通货膨胀造成物价持续上涨，产品生命周期普遍缩短等因素影响，价格竞争已很难为跨国公司争取到最多的顾客，取而代之的是非价格竞争。事实证明，非价格竞争是当代跨国公司垄断和争夺市场的主要手段。非价格竞争是指通过提高产品质量和性能，增加花色品种，改进商品包装装潢及规格，改善售前售后服务，提供优惠的支付条件，更新商标牌号，加强广告宣传和保证及时交货等手段，来提高产品的素质、信誉和知名度，以增强商品的竞争能力，扩大商品的销路。目前，跨国公司主要从以下几方面提高商品非价格竞争能力：①提高产品质量，逾越贸易技术壁垒；②加强技术服务，提高商品性能，延长使用期限；③提供信贷；④加速产品升级换代，不断推出新产品，更新花色品种；⑤不断设计新颖和多样的包装装潢，注意包装装潢的"个性化"；⑥加强广告宣传，大力研究改进广告销售术。

(5) 跨国公司经营方式多样化。和一般的国内企业或一般的涉外公司相比较，跨国公司的全球性生产经营方式明显较多，包括进出口、许可证、技术转让、合作经营、管理合同和在海外建立子公司等。其中，尤以在海外建立子公司为主要形式开展和扩大其全球性业务。

三、跨国公司的形成与发展

跨国公司的雏形可以追溯到18世纪中叶。那时，西方工业革命较早的强国已出现个别企业到国外办企业从事生产经营活动。从19世纪末期，这类企业陆续出现。但是直到第二次世界大战前，这类企业数量明显不多，人们还未将它作为一种典型的经济现象加以考察。只是到了"二战"后，这类企业大量和普遍出现，才引起公众的注意。在20世纪的下半叶，在日益一体化的世界经济中，跨国公司已成为当代国际经济活动的核心组织者。到20世纪90年代，通过对外直接投资，通过无所不包的公司战略和错综复杂的网络结构，跨国公司将世界各国的经济紧密地联系在一起，形成一体化的生产经营体系。其经营规模不断扩大，其触角几乎涉及所有的行业，几乎遍及世界的每一个角落，涉及生产、流通、分配和消费的所有领域。21世纪更被人们称为"跨国公司时代"。

（一）早期跨国公司的兴起

跨国公司是与早期工业化国家的工业化进程相伴而生的产物。19世纪六七十年代，正是市场经济从自由竞争向垄断阶段过渡的时期，资本输出是垄断资本的一个重要特征。当时资本输出主要是英、法、德、美等早期工业化国家的间接对外投资，即通过购买外国发行的公债和公司不足以拥有控制权的股票而进行的证券投资。至于直接投资，其数额和比重都很小，远居于间接投资之下，并且主要是投资到落后国家的铁路修建和矿山开采等行业，这一时期制造业所占比重偏低。如在1914年美国的对外直接投资中，制造业仅占18%，而其他行业所占比例却高达72%。

近代的跨国公司始于德国的拜尔化学公司。1865年该公司投资购买了美国纽约州爱尔班尼的苯胺工厂的股票，并于不久后将它吞并为自己的工厂。1866年瑞典的阿佛列·诺贝尔公司在德国汉堡开办了一家炸药工厂。1867年美国胜家缝纫机公司在苏格兰设立了缝纫机装配厂。此外，还有英国的帝国化学公司、联合利华公司、爱迪生电器公司、瑞士雀巢公司等先后开始跨国生产和跨国销售。美国杜邦公司在加拿大设厂也是近代跨国公司的开端。

随后，在19世纪末和20世纪初，有更多的企业纷纷开始跨国经营，进行海外投资，设立海外制造厂及销售机构，其中包括美国的美孚石油公司、福特汽车公司、通用电气公司、西屋公司及欧洲的西门子、巴斯夫公司、英荷壳牌公司等。

（二）两次世界大战期间跨国公司的发展

两次世界大战期间，发达国家的对外直接投资停滞不前，数额增加极为有限，而美国对外直接投资的数额和比重却有相当程度的增加。1914年，全世界对外直接投资额为143亿美元，到1938年增加到2635亿美元。其中，英国由65亿美元增至105亿美元，仍为世界第一，但其比重已经由原来的45.5%下降到39.6%；美国由26.5亿美元增至73亿美元，其比重由18.5%增至27.7%。由此可见，在此期间，美国对外直接投资增加较快。1927年，在172亿美元的对外直接投资总额中，美国占75亿美元，仅次于英国而居世界第二位。美国的187家制造业大公司在海外的分支机构由1913年的116家增至1919年的180家，1929年为467家，1939年则达到715家。美国还大举向英国势力范围扩张。1922年，在加拿大的外国投资中，美国资本已超过英国；在拉丁美洲，美国资本所占比重也已接近英国。同时，美国资本还趁机打击德国，控制那里的汽车、石油、有色金属等部门。通用汽车公司和福特汽车公司向欧洲及其他地区的扩张尤为迅速。与此同时，各大石油跨国公司也大力扩展在世界各地的生产和销售网络。

两次世界大战期间，大部分向外扩张的跨国公司基本上是技术先进的新兴工业，或者是大规模生产消费产品的行业。为了向外扩张，它们往往先在国内进行合并，以壮大实力，加强自己的国际竞争地位。例如，帝国化学公司在国际市场上和德国的法本公司展开了激烈的争夺；维克斯·阿姆斯特朗公司在军火、船只、飞机和电气设备方面也大举向国外渗透；英伊石油公司、英荷壳牌公司等大石油公司1939年控制了中东石油生产的76%，成为美孚石油公司的最大竞争对手。

第一次世界大战后，跨国公司的海外分支机构虽有增长，但对外直接投资的总额到1930年才赶上战前水平。这一时期，跨国公司对外直接投资发展缓慢的原因有以下4个方面。

第一，战争造成投资的损失(尤以德、法两国为最)，战争负担重和重建费用高致使欧洲大陆由债权国变为债务国，除美国外，对外直接投资确有困难。

第二，1929—1933年，出于世界性经济危机，各国均实行贸易保护政策，鼓励自给自足，对外资采取差别待遇甚至排斥态度。

第三，这一时期货币制度紊乱。第一次世界大战后，金本位制陷入崩溃。1922年在意大利热那亚城召开的世界货币会议上，建议采取金汇兑本位制。但在1929—1933年的世界经济危机的沉重打击下，这种金汇兑本位制也彻底崩溃。正常的国际货币秩序不再存在，资本主义各国从其各自利益出发，组成英镑集团、美元集团和法郎集团等，各国纷纷实行外汇管制，以防止资本外流。这就限制了国际资本流动，直接投资因此不振，甚至招致相当多的投资从海外流回。

第四，两次世界大战期间，卡特尔制度盛行，分割世界市场，限定产量及销售价格，其控制的范围和程序已从流通领域发展到分割世界产地和投资场所等方面，阻碍了对外直接投资的发展。

（三）第二次世界大战后跨国公司的发展

第二次世界大战后，对外直接投资迅猛增加，跨国公司得到很大的发展。这一发展时期可分为4个阶段：战后初期至1958年欧洲经济共同体成立为第一阶段；1958年以后至20世纪60年代末为第二阶段；20世纪70年代初至80年代初为第三阶段；20世纪80年代初至今为第四阶段。

1.“二战”之后至1958年欧洲经济共同体成立阶段

这一阶段最显著的特征，就是美国公司在世界跨国公司舞台上的霸主地位。在经历了第二次世界大战之后，美国垄断资本利用对手和伙伴被战争削弱的机会，凭借在战争期间大大膨胀起来的经济、军事和政治实力，攫取了资本主义世界的霸主地位，加之战后西欧需要医治战争创伤，恢复经济，这都为美国公司对外直接投资创造了极好的条件。在“二战”后的10年间，美国的对外直接投资迅速增长，其跨国公司亦获得了空前的发展。这一时期，跨国公司几乎就是美国公司的代名词。到1950年，美国公司对外直接投资达118亿美元，为1940年的170%。1938年，美国的资本输出只占资本主义世界资本输出总额的21.8%，到1958年，这一比重上升到50.6%。

从对外直接投资的分布来看，战后10年间美国私人公司虽然加速了在西欧的投资，但投资总额仍落后于在加拿大和拉丁美洲的投资，到1957年，美国在加拿大的私人直接投资总额为88亿美元，在拉丁美洲为82亿美元，但在西欧却只有42亿美元。

2. 1958年以后至20世纪60年代末

这一时期，跨国公司的对外直接投资迅速发展，美国公司在国际投资方面继续处于支配地位。20世纪60年代是以美国为主的各国跨国公司迅速增加其对外直接投资的重要时期，跨国公司得到了空前的发展。

20世纪50年代以后，由于美国长期保持大量的贸易顺差，美国与欧洲和日本之间贸易收支的不平衡导致了资本存量的不平衡，最终导致了美国私人公司向外直接投资的迅速发展。另外，西欧和日本也迅速恢复了被战争破坏的经济。原联邦德国在战后的第六年（即1951年），工业生产就已达到战前1938年的水平，而日本也于1953年恢复到战前水平。由于西欧和日本经济的恢复和发展，它们的对外直接投资也很快发展起来，跨国公司迅速增加，从而开始动摇美国的霸主地位。表10-1反映出20世纪60年代西方主要发达国家对外直接投资的情况。

表10-1　20世纪60年代主要发达国家的对外投资额　　亿美元

年　份	日　本	原联邦德国	英　国	美　国
1960	2.89	7.58	119.88	327.65
1961	4.54	9.69	129.12	346.64
1962	5.35	12.40	136.49	371.49
1963	6.79	15.27	146.46	406.86
1964	8.00	18.12	164.46	443.86
1965	9.56	20.76	167.97	493.28
1966	11.83	25.13	175.31	547.11
1967	14.58 （1.3%）	30.15 （2.8%）	175.21 （16.2%）	594.86 （55%）

续表

年　份	日　本	原联邦德国	英　国	美　国
1968	20.15	35.87	184.79	649.83
1969	26.83	47.75	200.43	710.16
1971	44.80 (2.7%)	72.80 (4.4%)	240.20 (14.5%)	860.00 (52%)

注：括号中的数据表示该年直接投资额占西方发达国家对外直接投资总额的比重。

从表10-1可以看出，20世纪60年代前期，美国对外直接投资的年增长率超过10%，居领先地位。但在60年代后期，美国对外直接投资在西方发达国家中的比重略有下降，从1967年的55%降到1971年的52%，而同一时期原联邦德国和日本的地位开始上升，分别由1967年的2.8%和1.3%上升到1971年的4.4%和2.7%。

3. 20世纪70年代初至80年代末是跨国公司对外直接投资向多极化发展的阶段

总地来说，20世纪70年代以后，西方国家经济状况趋于恶化，美、英等国经济增长缓慢；与此同时，随着石油两次大幅度的涨价，石油输出国经常出现巨额的收支顺差，石油美元作为国际资本输出的一支新生力量而异军突起，发达国家中的原联邦德国和日本经济实力加强，其跨国公司继续崛起，而美国跨国公司的地位相对受到削弱；在这一时期，发展中国家的跨国公司也登上国际对外直接投资的舞台，并取得一定的发展。从20世纪70年代起，跨国公司进入多极化发展阶段。可以从两个方面分析这个时期跨国公司对外直接投资的发展情况。

一方面，美国公司在世界对外直接投资中的相对地位继续下降，西欧和日本的跨国公司对外直接投资的地位迅速上升。在20世纪70年代，美国的对外直接投资增长较前期迅速。10年间，其海外直接投资增长了近两倍，即从1970年的755亿美元(累积额)增至1980年的2 154亿美元(累积额)，平均每年递增11.1%，高于60年代的9.0%和50年代的7.0%。同期，西欧和日本对外直接投资的年增长率均达到20%左右。其中原联邦德国在1975年获得23.2%的增幅，1980年则为18.6%；日本在1975年获得25.9%的增幅，1980年为18.1%。随着其他国家对外直接投资的迅速增加，美国对外直接投资虽仍领先，但相对地位已大大下降。表10-2反映了经济合作与发展组织的13个成员国在1961—1967年和1974—1979年对外直接投资的比重。

表10-2　经济合作与发展组织主要成员国对外直接投资所占比率　　%

时期	美国	加拿大	日本	比利时	法国	澳大利亚	
1961—1967	61.1	2.3	2.4	0.3	6.9	0.7	
1974—1979	29.3	6.2	13.0	2.5	7.8	1.6	
时期	意大利	荷兰	瑞典	英国	西班牙	原联邦德国	挪威
1961—1967	3.6	4.4	2.0	8.7	0	7.2	0
1974—1979	2.0	9.6	3.7	9.2	0.6	170	0.9

数据来源：郭焱.跨国公司管理理论与案例分析[M].北京：中国经济出版社，2007.

20 世纪 70 年代以后,西欧跨国公司同美国跨国公司相比,不仅数量增加、规模扩大,而且经济实力和竞争能力也迅速加强。它们在资本数量、技术、管理和研究、开发等方面,同美国跨国公司的差距逐渐缩小。与此同时,日本跨国公司的力量也在加强,表 10-3 中可反映出来。

表 10-3 全世界最大的 100 家工业公司所属母国变动情况 %

公司所属国	1957	1967	1973	1980	1986
美国	79	69	49	44	43
英国	10	7	7	6	5
原联邦德国	7	9	12	11	11
法国	1	2	8	10	7
日本	0	0	11	8	13

数据来源:同表 10-2,转载自美国《财富》杂志。

另一方面,从 20 世纪 70 年代起,发展中国家打破了由西方发达国家垄断的对外直接投资领域。长期以来,发展中国家基本上是国际投资的输入地,它们虽然也有资本输出,但数量较少。从 20 世纪 70 年代开始,随着石油大幅度涨价和某些原材料价格上涨,发展中国家扩大了对外经济合作,经济实力得到加强,对外投资获得发展。据美国《财富》杂志 1977 年统计,世界最大的 500 家工业公司中(美国的除外),发展中国家占 33 家。20 世纪 90 年代初,发展中国家的跨国公司共有 963 家,拥有国外分公司、子公司 1964 家,累计直接投资额达 50 亿~100 亿美元,投资分布于 125 个国家和地区,参与直接投资的国家和地区大约有 41 个。科威特是一个对外直接投资较多的国家;巴西、阿根廷、印度和菲律宾,在 20 世纪 70 年代后期也有对外直接投资;韩国、新加坡等国和香港地区随后加入了这个行列。此外,拉丁美洲的一些国家对外投资亦有较快的发展。

当然,发展中国家跨国公司的活动能力毕竟有限,大部分至今还是区域性的。例如,东南亚国家的跨国公司在国外的分支机构,一半以上设在东南亚;拉丁美洲的国际企业的海外分公司或子公司,有 75%设在拉丁美洲。发展中国家跨国公司的经济实力更不如发达国家的大型跨国公司,但是,它们毕竟以崭新的角色登上了世界经济舞台,有些公司已经开始在一些局部领域同发达国家的大型跨国公司展开了竞争。

4. 20 世纪 90 年代以来跨国公司发展的新特点

20 世纪 90 年代世界经济发展的一大特征就是跨国公司进入新的发展时期。随着经济全球化浪潮的兴起,跨国公司既对经济全球化起到了推波助澜的作用,也借助经济全球化浪潮使自己更快地走向世界。

第一,经营迅速向条件好、成本低的地区转移。

追求高利润是跨国公司全球性经营的主要目标,这是任何经济界人士都不会否认的事实。因此,投资环境好、劳动力成本低的国家和地区近年成为跨国公司开展经营的首选。比如东亚和东南亚地区,近年来是美国和欧洲跨国公司青睐的理想投资地区。尤其是中国,随着国家越来越开放,投资环境优越,对西方跨国公司的吸引力也越来越大。据报道,在全球 500 强公司中,已经有近 400 家在中国投资。在这些跨国公司眼中,中国既是一个巨大的市场,也是它们在亚太地区的一个理想的出口基地。据有关统计显示,2000 年前 3 个季度中国出口的1 800多亿美元中，外资企业的出口就占860亿美元。1990年，中国吸收的外资约占亚洲发展中国家吸收外资总额的20%，东南亚占60%。而2000年这对数字基本上正好相互换了个位置。不但是生产，外国企业的研究和开发活动也逐步向环境更加有利的地方转移。如日本松下电器产业公司在北京开设的新一代手机技术研究所，2005年就拥有1 500名研究人员，成为该公司在海外最大的研发基地。经济专家们认为，跨国公司这种经营趋势的发展将对亚太地区的经济发展模式产生很大影响并使之发生深远的变化。

第二，新兴和传统企业结合的混合型企业是跨国公司发展的趋势。

近几年来，信息技术飞速发展，互联网浪潮汹涌澎湃。这对每个行业都无一例外地造成了冲击，顺之者昌，逆之者衰。虽然2008年的金融危机使美国经济面临巨大困难，进而使一些人对新经济产生了怀疑，但是信息技术对经济所产生的巨大推动力是有目共睹和不容置疑的。世界知名跨国公司在过去的十来年已经牢牢抓住这一时机，使自己得以快速发展，电子商务已经在许多公司的销售额中占有相当大的比例。且不说有着80多年历史的国际商用机器公司早已在电脑硬件和软件方面占据重要位置，连最传统的汽车工业也借助信息技术加速了发展。随着互联网上信息交流的加速，汽车制造商在设计和制造新型汽车方面将能节省大量的时间。比如，法国雷诺公司宣布，他们在15天内就能生产和销售出一种新的个性化的汽车。而福特公司的宣布则更进一步：10天。因此，尽管在股市上技术股老是在上下起落，但互联网仍然是有美好前途的。人们不应当将新老经济对立起来。事实上，它们的命运是联系在一起的。新兴企业需要攀附在老企业上来强壮自己，就像美国在线公司同时代华纳公司的联合一样。而那些老企业也需要从新兴企业中来吸收创造力以使自己获得新生。前途很可能将属于那些混合型企业，属于那些人们称为“鼠标加水泥”的企业。

第三，经济全球化使无国界经理大量涌现。

近年来，跨国公司发展的一大特点是公司的经营范围越来越广，业务越来越向全世界扩展，在某种意义上可以说是跨国公司的母国概念或者说界限越来越模糊。就拿美国的运动鞋大王耐克和快餐大王麦当劳来说，耐克公司目前基本上不在美国国内生产运动鞋，生产工厂主要集中在人力成本比较便宜的亚洲。而麦当劳国外销售额已经大大超过它在国内的销售额。全球性经营造就了许多跨国界的经营人员，他们有的是母国公司人，有的是子公司所在国人，也有的不是母国也不是子公司所在国人，西方经济学家们将他们称为“无国界经理”。现代经济的发展导致跨国公司从世界各地寻找适合为本公司工作的任何人，而没有必要去计较他是何方人士。无国界经理现象在经济全球化进程越来越快和全球化建设越来越完善的西欧更加明显。如一家法国咨询和软件业巨头公司的9名执行委员中，只有3名是法国人，其他分别是荷兰人、英国人、瑞士人和美国人。据一个调查咨询协会说，欧洲实力最雄厚的200个公司中，有40个目前由非本土首席执行官管理。此外，欧洲顶尖的商学院，如伦敦商学院和欧洲工商管理学院，从这里毕业的欧洲人至少有一半在国外工作。

对于跨国公司来说，近年来借助信息化浪潮而获得的飞速发展似乎使它们有点忘乎所以，这也就使它们面临着新的挑战。其表现包括：经济实力越来越雄厚使它们摆脱政府监管的欲望越来越强烈，而本身又缺乏自我约束力；片面追求利润使经济的发展未能使大多数人受益，相反造成劳动者工作压力加大和社会贫富悬殊拉大；大肆进行全球性业务扩展对不少国家的社会和传统文化造成冲击，导致人们对跨国大公司的反感日益增加，这些问题近年来已经越来越明显地表现出来。例如，2006年，美国佛罗里达州对烟草公司进行审判时，陪审团裁决烟草公司支付1 448亿美元的巨额惩罚性赔款，就是人们对大型公司的反感心理的明显体现。在世界，发生在西雅图、布拉格等地的大规模抗议示威活动中矛头所指的目标之一就是跨国公司。

因此，改革不合理的国际经济旧秩序，建立新的国际经济秩序，以此规范跨国公司的活动，使之有利于世界经济的稳定增长，实现各国经济的共同发展，是新世纪世界各国的共同责任。

四、跨国公司对国际贸易的影响

第一，跨国公司的发展促进了国际贸易和世界经济的增长。

1993年，全球跨国公司已达37 000家，其海外附属公司总计达17万家。自1982年以来，跨国公司成长非常迅速，至1992年年底止，全球海外直接投资额累计达2 000亿美元，其中1/3掌握在排名前100名的大企业手中。1992年全球跨国公司海外销售额总计达5.5万亿美元，比商品出口额高出1.5万亿美元。由此可见，跨国公司的海外投资在世界经济中发挥着比国际贸易更大的作用。事实上，跨国公司已成为当代国际经济、科学技术和国际贸易中最活跃、最有影响力的力量，而这种力量随着跨国公司投资总体上升的趋势还会得到增强。

第二，跨国公司制约着国际贸易地区分布。

从跨国公司的投资实践来看，跨国公司大规模向各地区渗透，进行跨国生产、经营和销售，大大促进了生产的国际化。跨国公司采取全球经营的战略，大大增加了东道国的对外贸易量。更为值得关注的是，跨国公司海外投资的3/4集中在发达国家，其设立的子公司有2/3也在发达国家，这也正是发达国家成为当今世界贸易主体的重要原因。

第三，跨国公司控制了许多重要的制成品和原料贸易。

目前，跨国公司控制了许多重要的制成品和原料的贸易。跨国公司的对外直接投资主要集中在制造业，特别是资本技术密集性行业，反映在世界货物贸易结构中，制造业所占的比重较大。跨国公司40%以上的销售总额和49%的国外销售集中在化学工业、机器制造、电子工业和运输设备4个部门。在拉美，以美国为主的跨国公司操纵了这一地区小麦贸易的90%、糖料贸易的60%、咖啡贸易的85%、玉米贸易的80%、茶叶贸易的80%。几大跨国公司控制了全球汽车贸易。

第四，跨国公司控制了国际技术贸易。

在世界科技开发和技术贸易领域，跨国公司，特别是来自美国、日本、德国、英国等发达国家的跨国公司，发挥着举足轻重的作用。目前，跨国公司掌握了世界上80%左右的专利权，基本上垄断了国际技术贸易；在发达国家，大约有90%的生产技术和75%的技术贸易被这些国家最大的500家跨国公司所控制。许多专家学者认为：跨国公司是当代新技术的主要源泉，是技术贸易的主要组织者和推动者。

西方跨国公司操纵技术转让，主要采取以下三种方式。

① 由母公司向国外子公司进行技术转让。在这种转移方式下，关键技术仍控制在母公司手里，只是将部分技术转移给国外的子公司。这样，既可以保持母公司对技术的垄断权，又可以通过向子公司出售技术和工艺获得收益，增加利润。

② 公司通过技术许可贸易向外转让技术。国际贸易中技术许可贸易主要由三部分内

容组成：一是技术专利使用权的转移；二是技术诀窍的转移；三是商标使用权的买卖，跨国公司通过技术许可贸易，有助于打入直接投资无法进入的市场和部门。

③ 公司向合资经营企业转让技术。跨国公司也向其国外合营企业提供技术转让，这样既可获得技术使用费收入，也可从合营企业的赢利中获得分成，甚至可获得东道国的一些优待。有时，跨国公司与东道国组成的合资企业本身就是以技术折价入股的。

第五，跨国公司对发达国家对外贸易的影响。

跨国公司的发展对战后发达国家的对外贸易起了极大的推动作用。这些作用表现在，使发达国家的产品能够通过对外直接投资的方式在东道国生产并销售，从而绕过了贸易壁垒，提高了其产品的竞争力；从原材料、能量的角度看，减少了发达国家对发展中国家的依赖；也使得发达国家的产品较顺利地进入和利用东道国的对外贸易渠道并易于获得商业情报信息。

第六，跨国公司对发展中国家对外贸易的影响。

首先，跨国公司对外直接投资和私人信贷，补充了发展中国家进口资金的短缺。其次，跨国公司的资本流入，加速了发展中国家对外贸易商品结构的变化。战后，发展中国家引进外国公司资本、技术和管理经验，大力发展出口加工工业，使某些工业部门实现了技术跳跃，促进了对外贸易商品结构的改变和国民经济的发展。最后，跨国公司的资本流入，促进了发展中国家工业化模式和与其相适应的贸易模式的形成和发展。战后，发展中国家利用外资，尤其是跨国公司的投资，实施工业化模式和与其相适应的贸易模式，大体上可分为初级产品出口工业化、进口替代工业化和工业制成品出口替代工业化三个阶段。进口替代工业化是指一国采取关税、进口数量限制和外汇管制等严格的限制进口措施，限制某些重要的工业品进口，扶植和保护本国有关工业部门发展的政策。实行这项政策的目的在于用国内生产的工业品代替进口产品，以减少本国对国外市场的依赖，促进民族工业的发展。出口替代工业化是指一国采取各种措施促进面向出口工业的发展，用工业制成品和半制成品的出口代替传统的初级产品出口，促进出口产品的多样化和发展，以增加外汇收入，并带动工业体系的建立和经济的持续增长。

第七，跨国公司在国际贸易发展中具有双重性。

跨国公司的发展一方面强化了世界市场的垄断，另一方面也加剧了国际贸易的竞争。此外，跨国公司在追求高额贸易利润的同时也促进了世界经济和贸易的发展，跨国公司高效的运营效率与不平等分配具有双重性。

第八，跨国公司的发展对传统贸易理论与概念提出了挑战。

传统理论将国际贸易理论和国际投资理论分别研究，但跨国公司的出现需要将两者一体化。此外，传统的贸易差额概念未能反映出跨国公司出现之后的国家之间的贸易利益，以及原产地规则等贸易统计体系都需要修正。

世界 500 强

“世界 500 强”，是中国人对美国《财富》杂志每年评选的“全球最大 500 家公司”排行榜的一种约定俗成的叫法。《财富》杂志还评选“美国最大 500 家公司”（也称为“《财富》500

强”)、美国和全球最受赞赏的公司、美国青年富豪排行榜、全球商界最具权势25位企业家等一系列排名。同时,《财富》杂志还举办“《财富》全球论坛”,截至2009年,已经在中国上海、香港和北京举办过3届。和同样推出公司排行榜的《福布斯》和《商业周刊》相比,《财富》的500强以销售收入为依据进行排名,比较重视企业规模。《商业周刊》则是把市值作为主要依据;而《福布斯》综合考虑年销售额、利润、总资产和市值。另外,《福布斯》的500强排名不包括美国公司。《商业周刊》的排名仅限于发达国家,而《财富》则将世界各国的企业都进行排名。

“世界500强”主要是根据上一年的营业收入和利润为主要参数,进行的一次评选,涉及制造业和服务业领域。自1955年开始,全球超过1 800家的企业出现在榜单上,大部分稳居榜单,只有30～40家企业落榜。前50名的企业因其雄厚的经济实力和获利能力,每年名次变化不大。而一些与新兴产业相关的企业,会因为产业结构尚不完善,排名发生变化。每一年的评选结果代表了各个行业和国家最新的发展状况,同时也在一定程度上代表了全球经济的发展趋势,揭示了产业结构的演变规律。入围的公司作为世界级的跨国公司,把握着世界的经济命脉,对他们的现状及分布进行简要分析,有助于我们研究跨国公司的经营模式。

从国家来看,美国、日本和欧洲的企业占据着榜单的重要位置,而发展中国家的企业虽然近年有强劲的上升趋势,但在总体上尚不能与上述国家抗衡。2000年以来,受全球经济格局的影响,亚洲企业的竞争力和影响逐步扩大,上榜企业不断增加,非洲也曾在2000年实现零的突破,但在2002年被淘汰出局。2009年,中国企业入围世界500强的企业数量首次超过英国,达到创纪录的34家(表10-4)。而美国企业2009年入围世界500强的有140家,比去年减少13家。随着世界经济的多样化,世界500强涉及的行业面不断扩大,从1955年的42个到2007年的72个,充分显示了世界经济的活力。

表10-4　2009年《财富》500强排名榜单前30名　　百万美元

排名	公司名称(中文)	总部所在地	主要业务	营业收入
1	皇家壳牌石油	荷兰	炼油	458 361
2	埃克森美孚	美国	炼油	442 851
3	沃尔玛	美国	一般商品零售	405 607
4	英国石油	英国	炼油	367 053
5	雪佛龙	美国	炼油	263 159
6	道达尔	法国	炼油	234 674
7	康菲	美国	炼油	230 764
8	荷兰国际集团	荷兰	银行	226 577
9	中国石化	中国	炼油	207 814
10	丰田汽车	日本	汽车	204 352
11	日本邮政	日本	邮政服务	198 700
12	通用电气	美国	多元化	183 207
13	中国石油天然气	中国	炼油	181 123
14	大众汽车	德国	汽车	166 579
15	国家电网	中国	公用事业	164 136
16	Dexia Group	比利时	银行	161 269

续表

排名	公司名称(中文)	总部所在地	主要业务	营业收入
17	埃尼	意大利	炼油	159 348
18	通用汽车	美国	汽车	148 979
19	福特汽车	美国	汽车	146 277
20	安联	德国	保险	142 395
21	汇丰控股	英国	银行	142 049
22	俄罗斯天然气工业	俄罗斯	能源	141 455
23	戴姆勒	德国	汽车	140 328
24	法国巴黎银行	法国	银行	136 096
25	家乐福	法国	食品、药品店	129 134
26	意昂	德国	能源	127 278
27	委内瑞拉石油	委内瑞拉	炼油	126 364
28	安赛乐米塔尔	卢森堡	金属	124 936
29	美国电话电报公司	美国	电信	124 028
30	西门子	德国	电子、电气设备	123 595

第二节 跨国公司理论

联合国的相关组织是从事跨国公司研究的一个重要机构和该研究领域的重要贡献者，特别是在提供全球跨国公司经营状况和国际直接投资权威数据方面。联合国经济及社会理事会早在 1974 年就编写了《世界发展中的跨国公司》，其后由联合国跨国公司中心(UNCTC)从 1978 年到 1990 年几乎每年都出版一本与跨国公司有关的报告。而从 1991 年起则由联合国贸发会议(UNCTAD)每年组织专家研究和编辑出版《世界投资报告》，其主题内容都是围绕跨国公司展开的。在学术界，以跨国公司为研究对象的著作，论文和出版物是很多的，涉及经济学、管理学、政治学、社会学、法学甚至历史学。但由于跨国公司本身是一个复杂的经济组织，它所面临的经营环境也是复杂多元的，况且跨国公司还随着经营环境的变化动态地调整和发展。所以跨国公司理论可说是道出多门，万象纷呈，理论的支撑重心更多地从经济学的产业组织理论、交易成本理论、国际贸易理论，向管理学的战略理论、组织理论和行为理论过渡。

一、垄断优势理论

20 世纪 60 年代以前，对跨国公司海外直接投资的理论解释是以要素禀赋论为基础的国际资本流动理论。这一理论认为，各国的产品和生产要素市场是完全竞争的，国际直接投资产生的原因在于各国间资本丰裕程度的差异，资本短缺的国家利率高，资本丰裕的国家利率低，利率的差异导致了资本从资本丰富的国家流向资本短缺的国家。因此，传统的要素禀赋论既可以解释国际贸易，也可以解释国际投资。

垄断优势理论(Monopolistic Advantage Theory)又称所有权优势理论或公司特有优势理论，是最早研究对外直接投资的独立理论。1960 年，斯蒂芬・海默(Stephen Hymer)在麻省理工学院完成的博士论文“国内企业的国际经营：对外直接投资研究”中率先对传统理论

提出挑战。海默认为,国际直接投资是市场不完全性的产物,要建立国际直接投资理论必须摒弃传统理论的完全竞争假设。海默以市场不完全性作为理论前提,将产业组织理论中的垄断原理用于对跨国公司行为的分析,形成了独树一帜的垄断优势理论。海默的导师金德尔伯格(Charles Kindleberger)在20世纪70年代对海默提出的垄断优势进行了补充和发展。它是一种阐明当代跨国公司在海外投资具有垄断优势的理论。此理论认为,考察对外直接投资应从"垄断优势"着眼。鉴于海默和金德尔伯格对该理论均做出了巨大贡献,有时又将该理论称为"海默-金德尔伯格传统"(H-K Tradition)。

(一) 垄断优势理论的主要思想

第一,市场的不完全性是对外直接投资的根本原因。

市场不完全性可能来自以下4个方面。

(1) 产品市场不完全。这主要与商品特异、商标、特殊的市场技能或价格联盟等因素有关。

(2) 生产要素市场的不完全。这主要是特殊的管理技能、在资本市场上的便利及受专利制度保护的技术差异等原因造成的。

(3) 规模经济引起的市场不完全。

(4) 由于政府的有关税收、关税、利率和汇率等政策原因造成的市场不完全。

第二,跨国公司的垄断优势是对外直接投资获利的条件。

跨国公司的垄断优势可以划分为两类:一类是包括生产技术、管理与组织技能及销售技能等一切无形资产在内的知识资产优势;另一类是由于企业规模大而产生的规模经济优势。

跨国公司的垄断优势可能来自以下几个方面。

(1) 市场垄断优势,如产品性能差别、特殊销售技巧、控制市场价格的能力等。

(2) 生产垄断优势,如经营管理技能、融通资金的能力优势、掌握的技术专利与专有技术。

(3) 规模经济优势,即通过横向一体化或纵向一体化,在供、产、销各环节的衔接上提高效率。

(4) 政府的课税、关税等贸易限制措施产生的市场进入或退出障碍,导致跨国公司通过对外直接投资利用其垄断优势。

(5) 信息与网络优势。

金德尔伯格对此作了进一步引申,列出了各种可能的补偿优势,如商标、营销技巧、专利技术和专有技术、融资渠道、管理技能、规模经济等。

垄断优势理论主要是回答一家外国企业的分支机构为什么能够与当地企业进行有效的竞争,并能长期生存和发展下去。海默认为,一个企业之所以要对外直接投资,是因为它有比东道国同类企业有利的垄断优势,从而在国外进行生产可以赚取更多的利润。

(二) 对垄断优势理论的评价

垄断优势理论突破了传统国际资本流动理论的束缚,指出对外直接投资是以不完全竞争为前提的,是一种企业寡头垄断和市场集中相联系的现象。这一理论既解释了跨国公司为了在更大范围内发挥垄断优势而进行横向投资,又解释了跨国公司为了维护垄断地位而将部分工序,尤其劳动密集型工序,转移到国外生产的纵向投资,因而对跨国公司对外直接投资理论发展产生很大影响。垄断优势理论对企业对外直接投资的条件和原因作了科学的分析和说明。该理论的最大贡献在于将研究从流通领域转入生产领域,摆脱了新古典贸易和金融理论的思想束缚,为后来者的研究开辟了广阔的天地。西方学者普遍认为,垄断优势理论奠定了当代跨国公司与对外直接投资理论研究的基础,并对以后的各种理论产生了深远的影响。

垄断优势理论的不足之处在于它缺乏普遍意义,由于研究依据的是20世纪60年代初对西欧大量投资的美国跨国公司的统计资料,因此对美国跨国公司对外直接投资的动因有很好的解释力,但却无法解释60年代后期日益增多的发展中国家跨国公司的对外直接投资。据《1997年世界投资报告》统计,1979—1981年间,发展中国家年均对外直接投资流量仅为13亿美元,占世界对外直接投资流量的比重为2.3%,可谓微不足道。然而,80年代中期以后,发展中国家的对外直接投资增长迅猛,北美一直是亚洲企业的主要投资地区。与此同时,亚洲企业对欧盟的投资也快速增长,1989—1991年间,亚洲发展中国家和地区对欧盟的投资每年平均1亿美元,到了90年代前期,年均对欧盟的投资上升到50亿美元。按照常理,发展中国家的企业并不比发达国家有更强的垄断优势,为什么缺乏垄断优势的发展中国家企业会对美、欧等发达国家投资呢?垄断优势理论无法解释不具有技术等垄断优势的发展中国家为什么也日益增多地向发达国家进行直接投资。此外,该理论偏重于静态研究,忽略了时间因素和区位因素在对外直接投资中的动态作用。

二、产品生命周期理论

美国哈佛大学教授雷蒙德·弗农(Raymond Vernon)1966年在《经济学季刊》上发表的"产品周期中的国际投资和国际贸易"(International Investment and International Trade in the Product Cycle)一文中提出了产品生命周期理论(the Theory of Product Life Cycle, PLC)。弗农认为,垄断优势理论还不足以说明企业在出口、许可证和国外子公司生产之间的选择,其理论是静态的,应该将企业的垄断优势和产品生命周期以及区位因素结合起来,从动态的角度考察企业的海外投资行为。

(一)产品生命周期理论的主要思想

产品生命是指市场上的营销生命,产品和人的生命一样,要经历形成、成长、成熟、衰退这样的周期,而这个周期在不同技术水平的国家里,发生的时间和过程是不一样的,其间存在一个较大的差距和时差,正是这一时差,表现为不同国家在技术上的差距,它反映了同一产品在不同国家市场上的竞争地位的差异,从而决定了国际贸易和国际投资的变化,为了便于区分,弗农把这些国家依次分成创新国(一般为最发达国家)、一般发达国家、发展中国家。

弗农还把产品生命周期分为3个阶段,即新产品阶段、成熟产品阶段和标准化产品阶段。弗农认为,在新产品阶段,创新国利用其拥有的垄断技术优势,开发新产品,由于产品尚未完全成型,技术上未加完善,加之,竞争者少,市场竞争不激烈,替代产品少,产品附加值高,国内市场就能满足其摄取高额利润的要求等,产品极少出口到其他国家,绝大部分产品都在国内销售。而在成熟产品阶段,由于创新国技术垄断和市场寡占地位的打破,竞争者增加,市场竞争激烈,替代产品增多,产品的附加值不断走低,企业越来越重视产品成本的下降,较低的成本开始处于越来越有利的地位,且创新国和一般发达国家市场开始出现饱和,为降低成本,提高经济效益,抑制国内外竞争者,企业纷纷到发展中国家投资建厂,逐步放弃国内生产。在标准化产品阶段,产品的生产技术、生产规模及产品本身已经完全成熟,这时对生产者技能的要求不高，原来新产品企业的垄断技术优势已经消失，成本、价格因素已经成为决定性的因素，这时发展中国家已经具备明显的成本因素优势，创新国和一般发达国家为进一步降低生产成本，开始大量地在发展中国家投资建厂，再将产品远销至别国和第三国市场。

由此得知，产品生命周期理论是作为国际贸易理论分支之一的直接投资理论而存在的，它反映了国际企业从最发达国家到一般发达国家，再到发展中国家的直接投资过程。

（二）产品生命周期理论的优缺点

产品生命周期理论首次将对外直接投资与国际贸易、产品生命周期纳入一个分析框架，同时将静态分析和动态分析有效地结合起来，因此具有一定的理论地位。该理论的特点是：第一，将垄断优势与区位选择结合起来作综合分析，较为全面地阐释了开展对外直接投资的动机、时机与区位选择之间的动态关系。第二，说明企业的比较优势会随着产品生命周期的阶段性发展而发生动态变化，旨在启发各国顺应产品生命周期，根据自身的资源禀赋和比较优势开展跨国生产和国际贸易。该理论还说明，由于新技术不断涌现，产品生命周期日益缩短，为保持技术领先地位，企业必须更加重视研究与开发，不断创新。

产品生命周期理论的不足在于：第一，理论的出发点是“二战”后美国跨国公司在西欧的直接投资，因此难以解释后起投资国如西欧、日本与发展中国家的对外直接投资行为与规律；第二，无法解释跨国公司全球生产体系建立起来以后遍及全球的投资行为，也无法说明非替代出口的投资增加以及跨国公司海外生产非标准化产品的现象；第三，从目前全球直接投资的存量和流量来看，其中大部分是发生在美国、欧盟与日本等发达国家产业内的双向投资行为，对这一现象该理论无法解释；第四，就产品生命周期本身而言，各阶段的起止点划分标准不易确认，且并非所有的产品生命周期曲线都是标准的S形，还有很多特殊的产品生命周期曲线，况且，该曲线只考虑销售和时间的关系，未涉及成本及价格等其他影响销售的变数，这些都会影响该理论的实践价值。

三、内部化理论

1976年，英国里丁大学教授巴克利(Peter J. Buckley)和卡森(Mark C. Casson)在《跨国公司的未来》一书中提出了一个带有综合性的跨国公司理论——内部化理论(the Theory of Internalization)，又称市场内部化理论，并由加拿大学者鲁格曼(Alan M. Rugman)等加以发展。该理论以发达国家跨国公司(不含日本)为研究对象，沿用了美国学者科斯(R. H. Coase)的新厂商理论和市场不完全的基本假定，主要回答了为什么和在怎样的情况下，到国外投资是一种比出口产品和转让许可证更为有利的经营方式。

（一）内部化理论的主要思想

内部化是指企业内部建立市场的过程，以企业的内部市场代替外部市场，从而解决由于市场不完整而带来的不能保证供需交换正常进行的问题。内部化理论认为，由于市场存在不完整性和交易成本上升，因此企业通过市场的买卖关系不能保证企业获利，并导致许多附加成本，建立企业内部市场，即通过跨国公司内部形成的公司内市场，就能克服外部市场和市场不完整所造成的风险和损失。

内部化理论的主要观点是：由于市场的不完全，若将企业所拥有的科技和营销知识等中间产品通过外部市场来组织交易，则难以保证厂商实现利润最大化目标；若企业建立内部市场，可利用企业管理手段协调企业内部资源的配置，避免市场不完全对企业经营效率的影响。企业对外直接投资的实质是基于所有权之上的企业管理与控制权的扩张，而不在于资本的转移。其结果是用企业内部的管理机制代替外部市场机制，以便降低交易成本，拥有跨国经营的内部化优势。

该理论认为，以前的有关跨国公司的著作缺乏综合的理论基础，特别是没有考虑企业除生产以外的许多活动，如研究与开发、市场购销、培训、建立管理班子等，这些都是相互依赖的，并且与中间产品有关。这些中间产品不只是半成品、原材料，较为常见的是结合在专利权、人力资本之中的各种知识。这些中间产品市场的不完全竞争，与最终产品市场的不完全竞争同样重要。为了寻求利润最大化，面对中间产品市场不完全性的企业将力求使这些中间产品在其体系内实行内部转移。因此，凡是发生跨国界内部化过程的地方，就会产生跨国企业。

（二）内部化理论的决定要素

(1) 产业特定因素，主要是指产品性质、外部市场结构以及规模经济。

(2) 地区特定因素，包括地理位置、文化差别以及社会心理等引起的交易成本。

(3) 国别特定因素，包括东道国政府政治、法律、经济等方面政策对跨国公司的影响。

(4) 企业特定因素，主要是指企业组织结构、协调功能、管理能力等因素对市场交易的影响。

在这几个因素中，产业特定因素是最关键的因素。因为如果某一产业的生产活动存在着多阶段生产的特点，那么就必然存在中间产品，若中间产品的供需在外部市场进行，则供需双方无论如何协调，也难以排除外部市场供需间的剧烈变动，于是为了克服中间产品的市场不完全性，就可能出现市场内部化。市场内部化会给企业带来多方面的收益。

只有当内部交易的边际收益大于边际成本时，市场内部化才是切实可行的。

（三）内部化理论的分析思路

内部化理论认为，由于外部市场的不完全性，如果将企业拥有的半成品、工艺技术、营销诀窍、管理经验和人员培训等“中间产品”通过外部市场进行交易，就不能保证企业实现利润的最大化。企业只有利用对外直接投资的方式，在较大的范围内建立生产经营实体，形成自己的一体化空间和内部交换体系，把公开的外部市场交易转变为内部市场交易，才能解决企业内部资源配置效率与外部市场的矛盾。这是因为内部化交易会使交易成本达到最小化，在内部市场里，买卖双方对产品质量与定价都有准确的认识，信息、知识和技术也可得到充分的利用，从而减少贸易风险，实现利润最大化。内部化理论认为，外部市场的不完全性体现在很多方面，主要有：

(1) 垄断购买者的存在，使议价交易难以进行；

(2) 缺乏远期的套期市场，以避免企业发展的风险；

(3) 不存在按不同地区、不同消费者而实行差别定价的中间产品市场；

(4) 信息不灵；

(5) 政府的干预等。

为了减少这些市场不完善所带来的影响，使企业拥有的优势和生产的中间产品有理想

的收益,企业一般都会投资于海外。

(四) 内部化理论的评价

内部化理论从内部市场形成的角度阐述了对外直接投资理论,对跨国公司的内在形成机理有比较普遍的解释力,与其他对外直接投资理论相比,它适用于不同发展水平的国家,包括发达国家和落后国家,因而在跨国公司理论研究中具有相当于"通论"和"一般理论"的地位,大大推进了对外直接投资理论的发展。更为重要的是,该理论强调了知识产品内部一体化市场的形成,更加符合当今国际生产的现实状况。

内部化理论的不足之处是该理论过分注重企业经营决策的内部因素,却忽略了对影响企业运作的各种外部因素的分析,对跨国公司的国际分工和生产缺乏总体认识,对对外直接投资的区位选择等宏观因素也缺乏把握。

四、国际生产折中理论

1977 年,英国瑞丁大学教授约翰·邓宁(J. H. Dunning)发表了"贸易、经济活动的区位和跨国企业:折中理论方法探索"一文,提出了国际生产折中理论(the Eclectic Theory of International Production),又称"国际生产综合理论"。1981 年,他在《国际生产和跨国企业》一书中对折中理论又进行进一步阐述。

邓宁认为,早期的国际直接投资理论是建立在对不同时期和不同国家对外直接投资的实证分析基础之上的,它们对各自国家特定时期的跨国公司行为具有较强的解释力,但都不具有普遍意义。邓宁认为,对外直接投资、对外贸易以及向国外生产者发放许可证往往是同一企业面临的不同选择,不应将三者割裂开来,应该建立一种综合性的理论,以系统地说明跨国公司对外直接投资的动因和条件。邓宁把自己的理论称为折中理论,其意图是要集百家之长,熔众说于一炉,建立跨国公司的一般理论。

邓宁把跨国公司拥有的优势分为三个方面的特定优势,用于系统地说明跨国公司对外直接投资的动因和条件,从而把自海默以来的国际直接投资理论以及赫克歇尔-俄林的新古典国际贸易理论结合成一个统一的分析框架。这三个方面的特定优势是所有权特定优势(Ownership Specific Advantages)、内部化特定优势(Internalization Specific Advantages)和区位特定优势(Location Specific Advantages)。

(一) 国际生产折中理论的主要内容

折中理论认为,企业对外直接投资需要满足以下三个条件。

(1) 所有权优势。所有权优势是发生国际投资的必要条件,主要表现为独占某些无形资产的优势和规模经济所产生的优势,例如技术方面的优势、企业规模的优势、组织管理的优势、金融货币的优势等。

(2) 内部化优势。企业自己使用这些所有权优势要比将其转让给外国企业去使用更加有利。即所有权优势使用的内部化要比通过与其他企业的市场交易将优势的使用外部化更为有利。例如:由于市场交易渠道不畅或有关信息不易获得而导致的市场交易失效或市场交易成本过高,企业将其内部化有助于减少交易费用和降低生产成本;此外,签订和执行合同需要较高费用,买者对技术出售价值的不确定,需要控制产品的使用等。概括地说,内部化优势是企业为了避免不完全市场给企业带来的影响将其拥有的资产加以内部化而保持企业所拥有的优势。

(3) 区位优势。区位因素包括东道国不可转移的要素禀赋优势以及对外国企业的鼓励或限制政策。形成区位优势的三个条件是自然条件、经济条件、国家政策和制度条件，例如东道国的自然资源、人力资源、市场容量、交通便利、基础设施良好等要素禀赋优势，以及退税、免税等优惠政策。

折中理论的核心是所有权优势、内部化优势和区位优势。企业必须同时兼备所有权优势、内部化优势和区位优势才能从事有利的海外直接投资活动。

(1) 情形一：如果企业仅有所有权优势和内部化优势，而不具备区位优势，意味着缺乏有利的海外投资场所，因此企业只能将有关优势在国内加以利用，而后依靠产品出口来供应当地市场。

(2) 情形二：如果企业仅有所有权优势和区位优势，而不具备内部化优势，说明企业拥有的所有权优势难以在内部利用，只能将其转让给外国企业。

(3) 情形三：如果企业仅有内部化优势和区位优势，而不具备所有权优势，意味着企业缺乏对外直接投资的基本前提，海外扩张无法成功。

(二) 国际生产折中理论的贡献与不足

邓宁的国际生产折中理论克服了传统的对外投资理论只注重资本流动方面的研究的不足，他将直接投资、国际贸易、区位选择等综合起来加以考虑，使国际投资研究向比较全面和综合的方向发展。

国际生产折中理论是在吸收过去国际贸易和投资理论精髓的基础上提出来的，既肯定了绝对优势对国际直接投资的作用，也强调了诱发国际直接投资的相对优势，在一定程度上弥补了发展中国家在对外直接投资理论上的不足。

国际生产折中理论可以说是几乎集西方直接投资理论之大成，但它毕竟仍是一种静态的、微观的理论。

五、战略联盟理论

所谓战略联盟，是指两个或两个以上企业相互之间合作的安排，通过共享资源改进它们的竞争地位和绩效。战略联盟是资源和知识的重要来源，也是竞争优势的重要来源，所以对战略联盟的研究有非常现实的意义。

自从美国 DEC 公司总裁简·霍普兰德(J. Hopland)和管理学家罗杰·奈杰尔(R. Nigel)提出战略联盟的概念以来，战略联盟就成为管理学界和企业界关注的焦点。在过去的十几年中，战略联盟的企业数量激增。战略联盟已成为最广泛使用的战略之一，它可以使来自不同国家的企业共同分担风险、共享资源、获取知识、进入新市场。例如，1986—1995年间美国合资企业的数目递增了 423%。战略联盟不仅包括了股权合资企业，还包含了涉及生产、营销、分销、R&D 的非股权协议。国际间的战略联盟是利用来自两个或多个国家的自立组织的资源和治理结构的跨国界合作协议。构建联盟现已成为进入新兴国际市场的常用方式，并成为企业实现快速成长的重要战略之一。据统计，世界 500 强企业平均每个企业的主要联盟有 60 个，这说明，越来越多的竞争发生在企业联盟之间，而不再是单个企业之间。例如，福特汽车公司与马自达公司从 1979 年以来共同研制 10 种新车型，福特负责大部分汽车式样设计，马自达负责关键部件。福特擅长市场营销和资金筹措，马自达善于开发制造，彼此吸引，相互合作，实现共赢。再如，IBM 与联想合作，销售个人电脑；IBM 与富士银行合作销售金融软件等。

美国管理咨询专家林奇（R. P. Lynch）认为，企业具有三种成长的基本方式，任何企业都必须从这三种战略方式中作出适当选择。其三种战略方式是：

(1) 内部扩张的成长方式。这一方式需要开发、应用先进技术和开拓市场。大多数的企业比较重视这种战略方式，因为它们能够有效地对其实施控制，并且一旦成功，会带来高收益。然而，内部扩张战略方式具有不可忽视的局限性。因为繁荣的市场、良好的毛利以及在人力资源招聘、培训、组织、控制等方面的能力都具有较大的不确定性，当外部竞争环境发生重要变化时，这种内生型的发展往往由于缺乏对外界变化的关注和适应能力，从而导致企业低效成长甚至陷于经营“陷阱”。

(2) 实施并购的成长方式。这种方式往往需要大量的资金和较高的利润。欧、美许多公司曾盛行这种方式。然而，无论它是一种注重核心技术的兼并与收购，还是作为多角化策略的一部分，据有人统计的结果显示，失败的比率往往大幅度超过成功的比率。

(3) 构建企业战略联盟的成长方式。泰吉（T. T. Tyejee）和奥兰德（G. E. Osland）等人提出了“战略缺口”假设以解释企业运用战略联盟的动机。他们认为，企业在分析竞争环境和评估自身的竞争力及资源时，往往会发现，在竞争环境中它们所要取得的战略绩效目标与它们依靠自有资源和能力所能达到的目标之间存在着一个战略缺口，而战略缺口的存在在一定程度上限制了企业走依靠自有资源和能力自我发展的道路，这就在客观上要求企业走战略联盟的道路。企业的战略缺口越大，参加战略联盟的动力越大。而且，企业只需投入相对较少的资金，战略联盟就可以在多个市场上纵向或横向建立起来。由于战略联盟的运作要求管理者具有创新的管理方法和技能，这对于初涉此道的企业和管理者来说是有些困难的。

（一）战略联盟的特征

(1) 战略联盟的伙伴关系一般只局限在某一或某些特定领域，技术合作和全球电子采购成为近年来跨国公司建立战略联盟的重点领域。

(2) 战略联盟伙伴在合作中是对等的。加入联盟的公司通过对等购买对方股权，或者签订联盟合约，共担风险，共享利益。

(3) 战略联盟的主要目的是为了增强企业未来的竞争地位，战略联盟有利于垄断企业相互联合，共同控制价格，谋取垄断利润。

（二）战略联盟理论

1. 邓宁的三因素论

邓宁在《解释国际生产》一书中对跨国公司热衷于建立联盟的原因作了分析，他认为，20 世纪 80 年代以来以下三个方面的发展促成了跨国公司在竞争战略上的转变。

(1) 技术进步。许多高科技的应用是为了实现多种目的，而不是单一目的，如机器人、芯片、通信技术等；这些技术的应用需要与其他技术结合；此外，这些技术的创新需要大量的财力、物力和人力。

(2) 跨国公司认识到它们的未来越来越不取决于国内而是取决于世界经济的发展趋势，与此同时，跨国公司也意识到所有经济体仍然是各个国家，协调它们的经济政策以保持国际经济正常运行是符合自己利益的。

(3) 企业活动范围的变化。20 世纪 80 年代以后,跨国公司为了使其经营链条上的各个环节以最低交易成本进行,越来越要求其在供应商和顾客之间采取更加合作的姿态。

2. 理查森的技术协调论

理查森(G. B. Richardgon)认为,公司之间的合作起因于对它们各自所从事的不同职能而又彼此关联的经济活动加以协调的需要。在市场机制的协调作用缺乏应有效率的情况下,合作性协调就不可缺少。

3. 市场权力论

持该观点的学者认为,联盟合作协定背后是大公司企图寻求凌驾于市场之上的权利,限制竞争并形成市场位置的有序结构。

4. 交易成本理论

交易成本理论(Transaction Cost)认为,战略联盟是介于市场和企业间的中间组织,是混合的管理结构。在给定生产要素的情况下,企业有三种选择:自己生产、从现货市场购买、和联盟伙伴合作生产。企业的所有者将根据交易成本和生产成本的最小值做出选择。虽然理论上市场机制是解决资源配置的最优办法,但是市场中存在着不完全竞争、信息不对称、不确定性和机会主义行为,所以企业会寻求资源的内部一体化。当完全内部一体化由于竞争的交易成本很高或者受到限制时,进行合作就是最好的选择。因此,形成联盟的最主要目的是通过组织公司边界上的活动,减少总的交易费用和生产成本。

5. 社会网络理论

社会网络理论(Social Network Theory)认为,公司所在的社会环境是一个关系网,公司和网络参与者之间直接和间接的联系以及它们之间的资源关系,都影响着公司各方面的能力,如创新能力、增长能力和可信度等。所以公司的社会关系、公司所在的社会网络特性和公司在网络中所处的地位,对公司绩效有着很大的影响,创建有利于公司竞争的社会环境,联盟是很好的选择。

根据社会网络理论,联盟的优越性主要体现在:联盟是一种较为稳固的社会关系,它是公司的一种社会资本,可以提供更多的发展新技术的资源储备。

社会网络理论为研究联盟参与者之间的双向关系、联盟内的一些复杂关系和结构,如知识的产生、转移和整合,学习网络的创建、实施和演化,网络的结构发展等,提供了有用的分析工具。社会网络理论还被用于分析公司在关系网络中地位的动态变化过程,这有助于更深入地理解联盟内各方联系的本质和一些结构特征。

除了上述的一些主要的理论外,对于联盟的研究还用到了技术创新论、投资诱发要素组合理论、汇率与对外直接投资相互关系论、战略管理理论、进化理论(Evolutionary Perspective)、组织间合作进化模型理论(Evolutionary Model of Interorg-anizational Collaboration)、复杂性理论(Complexity Theory)、社会事业理论(Institutional Theory)、基于合伙人交互模型的过程理论(Process Theory-interactional Model of Parntering)、基于合资企业的生命周期的过程理论(Process Theory-life Cycle Stages of Joint Ventures)等。

海尔与三洋的跨国市场交换战略联盟

跨国交换从而扩大市场式的战略联盟当以中国海尔同日本三洋的合作最为典型。作为

后到者，当海尔登上国际舞台，想打进入日本市场时，日本国内市场已座无虚席，对于日本家电市场上激烈的竞争，海尔直接进入日本市场争得一杯羹非常不容易，而且让消费者接受自己的产品需要花费很长的时间；与此相对应的是，日本三洋在日本同样是知名企业，技术方面具有很强的优势，有一定的市场客户群，然而开发中国市场，却没有好的销售渠道。双方均有意开发国外市场，于是在共同的发展目标下以市场换市场，通过市场共用的方式实施两个跨国公司之间的战略联盟。海尔在日本利用三洋的销售渠道销售自己的产品；同样，三洋在中国利用海尔的销售渠道销售自己的产品。双方不仅都赢得了更大的销售市场，拥有了更多的客户群，同时还带来了销售利润的增幅。从而这种方式成为海尔开辟国际化市场道路中的一条捷径，加速了企业国际化发展的进程。

海尔在实施了市场换市场之后，继而以市场换取三洋先进的生产技术，吸收并加以创新，增强了企业在市场中的竞争优势。三洋也赢得了更广阔的市场空间，实现了中国市场的拓展。

资料来源：中国商务网，2002-01-24

第三节　跨国公司的内部贸易

跨国公司的全球化目标要求跨国公司在全球范围内组织生产，以全球利益为目标，相互配合、相互依存，这不仅促进了传统的国际贸易，而且使国际贸易产生了新的内容，即跨国公司内部的国际贸易。

一、跨国公司内部贸易的含义

跨国公司内部贸易是指在跨国公司内部开展的国际贸易，即跨国公司母公司与分支机构之间，以及同一体系子公司之间产生的相互提供商品与劳务的交易。这种交易虽然导致商品的跨国流动，但是交易行为主体是同一个所有者。

联合国跨国公司中心提供的报告中指出，发达的市场经济国家的进出口额中有1/5～1/3是公司内部的交易，而不是市场上的交易。联合国贸发会跨国公司与投资司更是进一步指出：世界贸易中约有1/3属于企业内贸易（其构成主要是中间产品），约80%的技术转让费支付发生在同一企业内部，这样的事实证明了跨国公司的共同管理。

目前，国际上对跨国公司内部贸易范围的确定尚有争议，有观点认为，母公司与其所拥有的50%以上股权的子公司之间的贸易属于公司内贸易。但随着母公司在子公司的股权份额的减少，包括在股份充分分散基础上的相对控股，情况就不那么确定了。考虑到跨国公司的母公司更重要的是通过管理、生产技术和市场销售协定来控制子公司的经营活动，则母公司与其拥有少数股权的子公司之间的贸易活动也应该算到这一范畴中来。因此，只要跨国公司内部与其子公司有长期的“主顾关系”，两者之间的交易就应该看做内部交易。

二、跨国公司内部贸易的特征

跨国公司的内部国际贸易在本质上仍属于国际贸易，但实际上又不过是跨国经营的一种方式。它除了具有一般国际贸易的特征，又表现出一些特殊的特征。我们从以下几个方面来考察跨国公司内部贸易的特征。

(1) 内部贸易受跨国公司全球战略的统筹规划

随着跨国公司生产的进一步集中，公司规模的不断扩大以及跨国公司内部国际分工的日益深化，跨国公司更需要在公司范围内进行全面的计划管理，以保证内部再生产各个环节能彼此协调发展。因此，按跨国公司全球战略而确立和深化的内部分工就必须具有计划性。内部分工的计划性决定了内部贸易的计划性，主要表现在内部贸易的商品数量、商品结构以及地理流向等受跨国公司长期发展战略规划、市场销售计划、生产投资计划及资金和利润分配计划等的控制和调节。分支公司在交易过程中较少掌握自主权，交易的数量安排、销售方向、价格制度等大都掌握在母公司手中。

(2) 内部贸易不转移或不完全转移标的物的所有权

从理论上说，在跨国公司内部贸易中，商品或劳务在母子公司之间的流动意味着商品或劳务是从同一所有权主体的一个分支机构流向另一个分支机构，并没有流向其所有权之外的企业。然而，在内部贸易中虽然有的所有权并不转移或不完全转移，但由于跨国公司各个分支之间各自有不同的经济利益，并有各自的独立核算，彼此间仍然需要通过交换的形式来互通产品，即跨国公司的内部贸易仍然是国际贸易的一种形式。

(3) 内部贸易采取"转移价格"的定价策略

一般国际贸易中商品的定价往往是以该商品的成本为基础，并参照该种商品在国际市场上形成的价格水平做出的；而跨国公司的内部贸易一般采取"转移价格"的定价策略。所谓转移价格是指跨国公司根据全球战略目标，在母公司与子公司、子公司与子公司之间交换商品和劳务的交易价格。这种价格不是按照生产成本和正常的营业利润或国际市场价格水平来定价，而是按照子公司所在国的具体情况和母公司全球性经营战略，人为地加以确定。因此，它是一种大大高于或远远低于生产成本的价格，在有些情况下它与实际成本甚至没有直接联系。

三、跨国公司内部贸易的类型

（一）按内部贸易的性质分类

就内部贸易的性质来看，跨国公司的内部贸易可以分为以下三种类型。

(1) 投资性内部贸易，是指贸易的客体被折价并取得了资本的形式，被注入到海外投资项目，这些被当做资本使用的贸易客体一般是技术、相关设备、物品等。

(2) 经营性内部贸易，是指贸易的客体没有取得资本的形式，而仅仅因为满足跨国公司内部成员的日常经营秩序而进行的跨越国界流动。

(3) 管理性内部贸易，是指跨国公司内部的有关会计、法律、宣传、服务、会议及督导控制等活动的跨越国界的开展。

（二）按企业跨国经营的发展历程分类

从单个企业跨国经营的发展历程来看，其内部贸易大体要经历以下几个阶段。

1. 简单内部贸易

企业刚刚跨入跨国化经营的征程时，其海外投资的规模和范围很有限，海外分支机构的数量也很少，且其从事海外直接投资的初衷是绕过各种贸易壁垒、减少运输成本、提高产品在当地市场的竞争能力，或是为了弥补国内相关资源短缺。

简单内部贸易的基本特征是：

(1) 只是母公司与子公司的贸易往来，各子公司之间没有贸易往来，相互之间也没有任

何合作形式。

(2) 贸易的客体,母公司主要提供投入品,而子公司主要提供产出品。

(3) 以跨国公司实施两种海外投资战略为基本条件:市场寻求导向战略和自然资源开发导向战略。

(4) 若在跨国公司仅仅实施市场战略条件下,这种贸易仅仅是单向的,即只是母公司向子公司出售投入品,子公司的产出品在当地销售,不存在远销行为。

2. 纵向内部贸易

随着企业跨国化经营的发展,跨国公司为充分利用各个国家的优势资源,便以产品价值链的各个环节为基础分设海外分支机构,在其中,处于价值链前一环节的企业为后一环节的企业提供投入品,占主体的是大量的中间产品和单向贸易。这种纵向内部贸易是跨国公司实施垂直一体化的主要内容和重要的支持因素。

纵向内部贸易的基本特征是:

(1) 各子公司之间以垂直分工为基础,内部贸易又使其各自的业务联系在了一起。每一个子公司只集中从事产品价值链上的一个环节的业务,即一个子公司的产出形成另一个子公司的投入。

(2) 贸易的客体以中间产品为主。

(3) 贸易的流向主要是单向的。

在简单内部贸易中,母公司分别与其海外的各个子公司之间进行贸易,而各个子公司就像是一个个的散点,相互之间没有任何联系。然而,在纵向内部贸易中,进行的主要是海外的各个散点之间的贸易,是其供产销之间相互衔接的垂直型贸易,是其垂直型分工与协作的统一。当然,这中间也存在母公司与各个子公司之间发生的以垂直分工协作为主要目的的内部贸易。

3. 横向内部贸易

企业跨国化经营的程度进一步深化,跨国公司为了追求各个企业的规模效益,一方面,根据国际市场的差异性,在不同国家或地区各个子公司专门生产有特色的产品,即在同行业的最终产品生产上实行水平分工;另一方面,在中间产品的生产上,各个子公司之间也实行水平分工,分别专门生产不同的零部件或原材料;同时,为追求跨国公司主体的规模经济和范围经济,跨国公司特在全球范围内实行跨行业的生产与经营,各个海外分支机构生产不同的产品。由以上各种水平分工而产生的各子公司之间的产品交叉销售是一种横向内部贸易。

横向内部贸易的基本特征是:

(1) 跨国公司各子公司在相同的行业内生产有差别化的相似产品,或在不同行业间生产完全不同的产品,它们形成了横向内部贸易的客体。

(2) 横向内部贸易是在水平分工的基础上产生的,其中一方的产出并不构成另一方的投入。

(3) 子公司之间之所以要进行水平分工,从市场角度来看,是因为市场有相应的需求,从企业角度来看,是为了取得规模经济和范围经济。

(4) 尽管各个子公司根据当地的市场特征在行业内或行业间分别生产差异性产品,但它们也要根据各自市场需要,进行互通有无的交易。而这种交易通过内部化的手段,借助公司成员在当地的销售,更有利于产品的成功。

纵向内部贸易是在行业内垂直分工的基础上形成的,而横向内部贸易是在行业内或行业间横向分工的基础上形成的。其中,各子公司或母公司分别生产不同的产品,从而根据当地市场的需要进行产品的相互交易或交叉销售。

4. 混合内部贸易

在实际中,当跨国公司发展到相当的规模和水平时,以上三种内部贸易模式会同时存在,即既有母公司与子公司之间的投入品或产出品的简单内部贸易,也有子公司与子公司之间的价值链中前后各环节上的垂直协作的纵向内部贸易,同时更有建立在子公司与子公司之间的水平分工基础上的横向内部贸易。混合内部贸易是跨国公司实施全球一体化经营和全球战略的黏合剂,它使内部贸易发展到了极点。

5. 战略联盟内部贸易

国际战略联盟的产生,使一般的跨国公司内部贸易发生了变异。与一般的内部贸易相比,国际战略联盟内部贸易既有相同之处,又有不同的地方,这种变异的程度依据战略联盟内各跨国公司的联合形式及关系程度而定。

战略联盟具有以下几个特征:①地位的平等性。战略联盟双方是在资源共享、优势互补、相互独立的基础上,通过事先达成协议而形成的,尽管双方从总体上也许有经济实力的强弱之分,但在合作中双方的地位是平等的,即没有一方属于另一方,这与一般意义上的合资企业是不一样的。②目标的战略性。尽管任何业务都可以进行联盟,但其合作是公司出于战略考虑、为了长远的生存和发展而采取的重大举措。③合作的竞争性。由于联盟双方一般同属于一个行业,因此合作和竞争是共存的。双方合作领域的存在并不排斥非合作领域之间的竞争。④联合的优化性。在互补型的战略联盟中,合作的目的是为了建立一种趋向最优的联合体,以充分发挥各自的优势,并产生一种靠单方难以形成的合力,从而达到快速创新、扩张市场、降低风险的目的。

四、跨国公司内部贸易的动因

从理论上讲,内部贸易是外部市场内部化的结果;从经济实践看,跨国公司内部贸易的开展是现代国际经济发展的一种必然趋势。内部市场能够在一定程度上克服外部市场的缺陷,通过内部贸易,企业可以使其利益达到最大化。具体来说,跨国公司大力开展内部贸易的动因有这样几个方面。

1. 消除外部市场的不确定性

由于现实世界中的市场具有不完全性:一方面,存在着市场结构性缺陷,即少数大公司的市场垄断或政府的干预所造成的贸易障碍;另一方面,存在着市场交易性缺陷,即市场交易的额外成本及其引起的利润损失。正是外部市场的不完全性迫使跨国公司采取对策,以内部市场来发展跨国公司赖以生存的健全有效的市场网络,以降低交易成本和交易费用。

2. 满足跨国公司生产体系对中间产品、原材料的特定要求

在跨国公司的生产过程中,对有些中间产品的要求是特定的,如质量、性能、规格上都有特殊要求,而外部市场又难以提供这些中间产品,而且在价格和供应量上也存在不确定性或不稳定性。因此,为保证中间投入品的供给在质量、数量、规格、性能上符合要求,并保持稳定,跨国公司把这些中间产品纳入其生产体系,通过内部贸易而取得。与中间产品相似,在

原材料供应上存在地点分散、质量差异较大、供给波动、人为限制、自然条件各异等问题，于是，跨国公司也通过内部贸易来满足整个公司生产系统上的需要，消除这种不确定性。

3. 维持技术优势的需要

跨国公司通常都垄断地掌握着某种先进的技术知识，如果跨国公司将其技术产品和中间投入置于外部交易中，那么它拥有的技术优势很有可能会被竞争者所仿制，使其技术垄断优势不复存在。因此，跨国公司只有通过内部转移和内部出口才可以继续保持其技术优势。此外，将技术与资本和管理紧密结合，其中任何一个组成部分的价值经常远大于单独出售任何一个的市场价值。

4. 利用转移价格获得更多的利益

转移价格是跨国公司内部进行交易结算时所采用的价格，它在一定程度上不受市场供求关系法则的影响，而是取决于公司的经营管理上的需要。跨国公司在开展内部贸易时，通过控制转移价格，可以减少公司纳税负担，便于在各分支机构之间进行资金转移和利润调节。

5. 进一步保持跨国公司的经营一体化

内部贸易是跨国公司经营一体化的结果，但跨国公司的经营一体化也需要内部贸易予以支撑。通过内部贸易，跨国公司实现了各种资源在全球范围内的流动和最优配置，从而实现了全球范围内的一体化经营。

6. 增强了跨国公司在国际市场上的垄断地位

跨国公司通过市场内部化，实行差别性定价战略，充分地掌握市场力量，获取超额垄断利润。为了达到增强某一公司的竞争优势的目的，跨国公司可以统一安排，对公司内部资源进行调配。例如，它可以将向某子公司供应的原材料、中间产品或终端产品的价格压低，"资助"该子公司击败竞争对手，占据当地较大的市场份额。

五、跨国公司内部贸易对国际贸易的影响

跨国公司通过内部流通体系将许多不同政治和文化的国家经济联系起来，对全世界范围内的国际贸易正产生着越来越深刻的影响。

1. 促进国际贸易快速增长

战前，世界出口增长最快的1860—1870年的10年间，年均增长率不过5.6%，"二战"后的1948—1977年，世界贸易额以年均7%的速度增长，大大快于同期世界经济和工业生产的增长速度，这与跨国公司的内部贸易有着很大的关系。邓宁发现，在英国，85%的进口和80%的出口属于公司内贸易，而在彩色电视机制造业公司内部贸易的比率高达90%。利格鲁发现，日本在东南亚5国轻工业制造业的111家跨国公司的内部贸易比率高达79%。

2. 影响国际贸易的商品结构

由于跨国公司的内部贸易有着特殊的动因，如为了保持技术垄断优势，为了满足中间产品的特殊要求等，这就相应地导致了内部贸易中这部分商品的比重较大。一方面，跨国公司在高技术产品上的内部贸易比率较高，技术贸易比重较大；另一方面，内部贸易为跨国公司的全球生产起到连接作用，中间产品、半成品贸易额比重升高。随着跨国公司内部贸易的发展，国际贸易商品结构将在更大程度上受到跨国公司内部贸易的影响。

20世纪60年代，欧洲的汽车制造工业公司内部贸易比例很高，但已被美国、东南亚成

长起来的电子、计算机业、办公室机器业等新兴产业所取代。目前,跨国公司内部贸易密度最高的产品是技术含量高的新产品、半加工制成品、产品零件、二手的固定资产设备和无形产品(如技术诀窍、管理经验和新产品设计)等。

3. 影响国际贸易商品的流向

由于跨国公司一般采取各子公司分工制造零部件、集中装配、定向销售的方针,使得国际贸易商品的流动方向发生了很大变化。过去是在母国完成整个生产过程,制成品由母国流向世界市场,包括东道国市场;而现在,由于跨国公司把产品生产安排在东道国的子公司完成,原料、中间产品或零配件通过内部贸易从其他国家流入东道国,由于公司生产出产品再远销到母国公司或其他海外市场子公司,使得整个生产格局和物流方向发生转移。

4. 改变各国贸易顺逆差的含义

传统的贸易逆差是指外汇的净流失。在跨国公司广泛进行内部贸易的前提下,母公司的利润收入可以通过分公司产品回销额的增加而增加;分公司商品回销额在母国贸易账户上可能呈现为逆差增大,但这种逆差流失的外汇可以通过分公司利润汇回而流向母国。因此,这种逆差的扩大,往往是顺差的迂回方式。这是当今国际贸易中普遍存在的现象,如美国今天之所以有如此巨额的贸易逆差,很大程度是因为美国产业结构调整,把一些产品的生产由跨国公司安排在海外的子公司去完成,制成品再返销母国,造成美国进口的增加。

5. 改变了国际贸易的比较利益基础

传统的国际贸易理论是以比较利益为核心的,即认为国家间之所以会产生贸易是因为各国间生产不同产品具有不同的相对优势,如果按照相对优势进行分工、交换,各国就会获得比较利益。而从跨国公司的内部贸易的产生动因来看,内部贸易完全是与跨国公司的跨国经营战略相适应的,如建立内部市场网络,维持技术垄断,为中间产品的供应及利用转移定价等,这些都会在一定程度上削弱国际贸易的比较利益基础。与此相适应,贸易的特征与方式与传统的国际贸易相比也有了很大变化。

6. 改变了国际贸易的市场结构

跨国公司的内部贸易创造了一个内部一体化市场,使传统国际贸易中的国别市场界限在很大程度上消失,即传统的"自由市场"缩小,"封闭的市场"日益扩大。跨国公司通过内部贸易,采用歧视性定价策略,排挤竞争对手,垄断了国际市场。从某种意义上,公司内贸易同国际贸易中的保护主义倾向有密切关系。

7. 加快了科技转移和发展

跨国公司在内部进行技术转让,可以在没有泄密风险的同时获得数倍于技术本身价值的收益,产生技术贸易的倍数效应。基于这一原因,跨国公司必然热衷于进行内部技术贸易,从而推动了国际技术转让。事实上,跨国公司已经成为世界科技进步的主要推动力量,如美国全部专利的75%～85%被美国的跨国公司所拥有,西方国家90%的生产技术也被500家最大的跨国公司所控制。

中国农业银行的多元化经营和国际化发展的道路

(1) 积极创新,拓展业务

创新一——开通95599在线银行服务。95599在线银行(2001年新开通的),包括注册

账户信息、个人转账、借记卡内部转账、银证转账、外汇买卖、口头挂失、修改密码等服务内容,以后还会陆续增添代缴费、证券交易等新的内容。通过开展此项业务,农业银行不仅方便了用户,也为今后业务的继续拓展奠定了基础。

创新二——开展基金托管业务。1998年7月17日,农业银行托管的第一支基金——裕阳证券投资基金成功发行。目前,农业银行已与博时、富国、大成三家基金管理公司建立了良好的业务合作关系,分别托管了裕阳、裕隆、汉盛、景阳、景博等6个证券的投资基金,基金规模达120亿元人民币。

(2) 加强与其他金融机构的合作

合作一——与中国人保签署合作协议。2000年12月,农业银行与中国人民保险公司(简称"中国人保")签署全面合作协议,合作双方建立相互代理关系,即农业银行为中国人保代理保险业务,中国人保委托农业银行收取保险费及代理支付保险金。除此之外,双方还将开展资金结算、协议存款等合作业务。

合作二——2001年4月,农业银行与美国友邦保险有限公司(简称"友邦保险")签署了全面业务合作协议,为双方客户提供更全面的产品和服务。

(3) 通过国际合作推出符合国际标准的金融服务

金融服务一——1999年12月,农业银行与美国花旗银行集团合作发行国际旅行现金卡(又称VTM卡),VTM卡可在全球53万多台带有VISA /PLUS标志的ATM上提取当地货币,它无须担保,即买即用,使出国旅行和公务出差等变得更轻松、方便和安全。

金融服务二——农业银行在1998年建成了国际卡收单(EDC)业务处理系统,率先在国内开通与维萨(Visa)、万事达(Master Card)、运通(American Express)、大来(Diners Club)、JCB五大国际卡组织和公司的国际联网。这样农业银行的商户终端就能够自动受理全部5种国际卡之间的结算,并提供电子对账和清算服务。此外,农业银行还为与其合作的涉外宾馆、饭店、商场、航空售票、娱乐等社会各界商家,提供了方便、安全、快捷的国际卡授权和清算服务。

资料来源:湖南商学院国际贸易精品课程网站。

复习思考题

1. 什么是跨国公司? 20世纪90年代以来跨国公司发展呈现出哪些特点?
2. 跨国公司发展的主要理论有哪些? 各自的主要内容是什么?
3. 跨国公司内部贸易的动因是什么?
4. 跨国公司内部贸易对国际贸易产生怎样的影响?

B&E

第十一章 地区经济一体化

【本章导读】

随着国际分工的不断深化,各国之间相互联系、相互依赖的程度日益加强,世界经济正向区域性和集团化方向发展。地区一体化作为一种顺应时代发展的新型国际关系机制,已经成为各国维护自己经济贸易利益的重要手段。因此,研究国际贸易,揭示国际贸易的运行规律,还必须重视地区经济一体化的研究。本章首先介绍地区经济体一体化的基本概念;其次对地区经济一体化的相关理论,特别是关税同盟理论、大市场理论、协议性国际分工理论和综合发展战略理论,全球主要的地区经济体一体化组织和我国参与地区经济体一体化的现状与发展趋势进行介绍和分析。

【学习目标】

1. 了解地区经济统一化的产生与发展,及其对国际贸易的影响。

2. 掌握关税同盟理论、大市场理论、协议性国际分工理论和综合发展战略理论等地区经济一体化的相关理论。

3. 了解世界主要的地区经济一体化实践,以及我国参与地区经济一体化的现状与发展趋势。

【关键概念】

地区经济一体化(Regional Economic Integration)

优惠贸易安排(Preferential Trade Arrangement)

自由贸易区(Free Trade Area)

关税同盟(Customs Union)

共同市场(Common Market)

经济联盟(Economic Union)

协议性国际分工理论(Agreement of the International Division of Labor)

综合发展战略理论(Comprehensive Development Strategy Theory)

第一节 地区经济一体化概述

当今世界,随着经济全球化的发展,以WTO为代表的多边贸易体制和区域经济一体化两大潮流正在日益影响着国际贸易的规模和前途。从目前的状况看,几乎所有的世贸组织成员都参与了一个或多个区域贸易安排(RTAs),据统计,截至2006年9月15日,全世界向WTO报告并生效的RTAs共有211项,区域经济一体化已经成为当前全球经济发展的重要特征。它们对世界经济格局产生了全方位、多层次的影响,在世界贸易总额中所占的比重超过50%,在某种程度上看,区域经济一体化已经成为世界经济和贸易发展的重要趋势之一。

一、地区经济一体化的含义

一体化(Integration)是“综合、结合”的含义,它源于拉丁语的 Integratio(结合为一体)。20 世纪初,这个词在经济学领域主要用于表示企业结成的卡特尔、康采恩等经济垄断组织。20 世纪 50 年代以后,该词被用于表示将各个国家独立的国民经济逐渐结合为更大范围经济的一种活动进程。

经济一体化可以分为区域性的经济一体化和世界性的经济一体化。世界经济一体化是指世界各国相互对外开放,取消贸易壁垒,形成相互联系、相互依赖、共同发展的有机整体的过程。地区经济一体化是指两个或两个以上的国家或地区,通过协商并缔结经济条约或协议,实施统一的经济政策和措施,消除商品、要素、金融等市场的人为分割和限制,以国际分工为基础来提高经济效率和获得更大经济效果,把各国或各地区的经济融合起来形成一个区域性经济联合体的过程。简言之,地区经济一体化就是一些国家间通过谈判达成相互提供关税或非关税优惠的协议,进行某种程度的合作与协作,以促进参与国间的贸易经济发展。就目前经济一体化的实践和理论来看,经济一体化主要是地区性的或区域性的。

经济一体化不同于一般的国际经济合作和经济协调,它要求打破国界,实行紧密的国家合作和国际调节,并必须建立起一整套共同机构,这是经济一体化区别于其他国际组织的特点。如“经济合作与发展组织”、“77 国集团”、“24 国集团”等都只是国际间的协商组织,不宜称为国际经济一体化组织。再如,两国或多国合资经营某个企业,实行铁路联运等,因为它们只能局限在某个具体领域,也不能说是经济一体化组织。

综上可见,经济一体化组织有下列特征:①它是国家出面并让渡部分权力而形成的超国家的权力机构;②它是地区性的;③初期是市场一体化,然后逐步过渡到生产和发展的一体化。

二、地区经济一体化的主要形式

(一) 按照一体化程度分类

按照一体化程度的高低,地区经济一体化可划分成以下几种形式。

(1) 优惠贸易安排(Preferential Trade Arrangement):是最低级的地区经济一体化的形式。在成员国间通过协定或其他形式对全部商品或一部分商品规定其特别的关税优惠。

(2) 自由贸易区(Free Trade Area):成员国相互取消了关税和数量限制,但对非成员国各自征收关税。其基本特征是用关税措施突出了成员国与非成员国之间的差别待遇。

(3) 关税同盟(Customs Union):两个或两个以上的国家完全取消关税或其他壁垒,并对非同盟国家实行统一的关税率,使参加国的商品在统一关税的市场上处于有利竞争地位,排除非同盟国商品的竞争,它开始带有超国家的性质。

(4) 共同市场(Common Market):成员国之间废除了关税和数量限制,并对非成员国商品征收共同关税,而且还规定了成员国之间的商品和要素可以自由流动,允许劳动、资本在成员国之间自由流动。例如,“欧洲共同体”。

(5) 经济联盟(Economic Union):成员国之间除了商品与生产要素可以进行自由流动及建立共同对外关税之外,还要求成员国制定和执行某些共同经济政策与社会政策,逐步废除各国在政策方面的差异,使之形成一个有机的经济实体。如“欧洲联盟”属于此类经济一体化组织。

(6) 完全经济一体化(Complete Economic Integration)：经济一体化的最高级组织形式。各成员国在经济联盟的基础上，全面实行统一的经济和社会政策，使各成员国间完全废除商品、资金、劳动力等自由流通的人为障碍，各成员国在经济上形成单一的经济实体，而该经济实体的超国家机构拥有全部的经济政策制定和管理权。

综上可见，地区经济一体化的程度越高，主权国家让渡出的主权就越多，否则，地区经济一体化的形式就越松散，约束力越弱。表11-1对比了它们之间的差异。

表11-1 地区经济一体化6种形式的差异

合作特征	优惠贸易安排	自由贸易区	关税同盟	共同市场	经济同盟	完全经济一体化
内部关税优惠	是	是	是	是	是	是
内部关税完全取消	否	是	是	是	是	是
设立共同壁垒	否	否	是	是	是	是
对生产要素的流动	否	否	否	是	是	是
统一国家经济政策	否	否	否	否	是	是
统一国家各种政策	否	否	否	否	否	是

(二) 按照一体化涉及的范围分类

按照一体化涉及的范围可分为部门经济一体化和全盘一体化。

(1) 部门经济一体化，是指区域内各成员国的一种或几种产业或商品的一体化，如1952年成立的欧洲煤钢共同体和欧洲原子能共同体。

(2) 全盘一体化，是指区域内各成员国的所有经济部门的一体化，如现在的欧盟。

(三) 按照成员国的经济发展水平分类

按照成员国的经济发展水平，一体化可划分为水平一体化和垂直一体化。

(1) 水平一体化，是指经济发展水平大致相同或接近的国家或地区所组成的一体化组织，如欧洲经济共同体就是发达国家之间的一体化组织，南方共同市场是发展中国家之间的一体化组织。

(2) 垂直一体化，是指经济发展水平不同的国家组成的一体化组织，如北美自由贸易区就属于发达国家与发展中国家之间组成的一体化组织。

三、地区经济一体化产生原因和发展进程

地区经济一体化是世界经济发展的必然结果，是现代社会生产力发展和生产关系变革的客观反映与客观要求。地区经济一体化是伴随着经济全球化的推进而不断发展升级的。由于世界各国在生产力水平、经济结构等方面存在很大差异，达到完全的全球经济一体化还需要较长的发展过程。自20世纪50年代末以来，一些地理相近的国家或地区间为谋求风险成本和机会成本的最小化和利益的最大化，通过加强经济合作形成了一体化程度较高的区域经济合作组织或国家集团。

(一) 地区经济一体化发展的进程

纵观地区经济合作的发展，地区经济一体化出现了三次发展浪潮。

第一次浪潮发生在20世纪50—60年代，以1956年成立的欧洲经济共同体为标志。1958年1月1日欧共体组建并生效；1960年5月30日欧洲自由贸易联盟正式运行；1960年美洲共同市场建立；1961年6月拉丁美洲自由贸易联盟建立；1961年东非共同体建立；1964年中非各国联盟建立；1965年阿拉伯共同市场建立；1976年东南亚国家联盟建立。这一系列地区经济一体化组织主要是致力于贸易的自由化，即在参与多边贸易自由化的同时，寻求邻近地区内较高程度的自由化。尽管成效不同，这些一体化组织在客观上都起到了促进一体化组织内贸易和经济发展的作用。

第二次浪潮发生于20世纪80年代中期，其标志是欧洲统一市场的形成，北美自由贸易区和亚太经合组织的诞生。1985年6月欧共体决定，在1992年以前实现成员国商品、劳务、资本和人员的自由流动；1991年12月通过的《马斯特里赫特条约》于1993年11月1日正式生效，欧共体正式改为欧洲联盟；1992年2月7日签署了《欧洲联盟条约》决定在实现统一大市场的基础上加强经济政策的协调。在北美，1988年1月20日美国、加拿大签署了《美加自由贸易协定》，并于1989年1月1日正式生效，随后墨西哥加入，三国签署的《北美自由贸易协定》于1994年1月1日正式生效，从此北美自由贸易区宣告成立。在亚太地区，始于20世纪80年代初的太平洋经济合作会议(PECC)是一个非官方性质的论坛式的疏散组织，80年代后期，亚太国家和地区希望建立一个有关官员参与的组织，于是以太平洋经济合作会议为背景，1989年年末成立了亚太经济合作部长级会议，简称APEC组织。1973—1982年间，一方面，持续低速增长的经济刺激了各国贸易保护主义兴起，另一方面，也促进了各国试图通过扩大市场以推动经济的恢复和增长，这是这一时期的一体化组织形成的特殊背景。

第三次浪潮发生在20世纪90年代末期，全球区域经济一体化出现了迅速发展的态势，并一直延续至今。这次浪潮的特点是区域贸易协定特别是双边FTA在全球各地涌现。据WTO统计，到2003年5月，全球WTO/GATT的区域贸易协议已超过265个，其中190个目前已生效，138个是1995年1月1日后达成的，大部分属双边FTA性质。到2005年，正式生效的区域贸易协议达到300多个。1983年签署的《澳大利亚-新西兰紧密经济关系协定》在1989年以前，一直是亚太地区唯一的双边FTA。1997年，全球GDP排名前30位的国家和地区中，唯有东亚的日本、韩国、中国、中国台湾及香港地区没有加入任何双边FTA。但是，1997年以后，东亚各类双边FTA大量涌现，构成区域经济合作第三次浪潮在亚太的主角。据不完全统计，目前亚太地区处于不同阶段的双边FTA已超过50个。在美洲地区，加拿大与智利、欧洲自由贸易联盟等都达成了双边FTA；2000年7月墨西哥与欧盟达成了双边FTA；美国在2000年与约旦达成了双边FTA，与智利、韩国、新加坡和土耳其的双边FTA也相继谈判或已经生效。在加勒比地区，有13个成员的加勒比共同体与多米尼加和古巴达成了双边FTA。从经济全球化和全球区域经济合作发展的趋势看，未来的一段时期，区域经济一体化无论在广度、深度、影响力以及对全球经济发展的贡献等，都势必形成更加浩荡的潮流。

（二）地区经济一体化产生与发展的原因

尽管从GATT到WTO，国际社会一直在呼吁世界各国实行贸易开放，越来越多的国家也主张取消贸易壁垒，消除贸易歧视，以实现贸易自由化，但区域性经济贸易集团却日趋发展。从最大的、一体化程度最高的欧洲经济共同体到非洲的8个优惠关税集团，从世界第二大贸易集团北美自由贸易区到中南美的区域性组织，从拟议中的东亚经济圈、紧锣密鼓行动的东南亚自由贸易区到中东阿拉伯世界的经济一体化，甚至独联体各国以至于太平洋国家也在做这方面的努力。目前区域性经济贸易集团几乎遍及全球，这些区域性经济贸易集团相互交叉，相互渗透，相互制约与联合，使世界经济贸易形成一个由大大小小经济一体化组织形式不断变化和发展的大系统、大网络。可以说，世界上几乎没有任何一个国家能够摆脱这个系统与网络，游离于这些集团之外。而事实上，在国际贸易中，要想找到一个不从别的国家得到或给予别的国家优惠的国家也是不可能的。区域性贸易集团及经济一体化的形成与发展的原因是多种多样的。

1. 贸易保护主义是区域性经济一体化组织产生的主要原因

战后世界经济的高速发展促进了国际贸易与国际经济合作的发展，贸易自由化已成为当前国际贸易的主要趋势，WTO的贸易自由化原则得到更大范围的贯彻。但贸易保护主义也是当前世界经济的又一大特征。由于各国、各区域经济发展的不平衡，使贸易保护主义与贸易自由化的矛盾不断加剧，区域内经济一体化的形成可以使区域内贸易自由化程度不断扩大，各国在集团内部得到国际分工与比较利益的好处，促进了区域内各国经济的增长，使区域内各国的资源及其他生产要素得到优化配置。区域性集团的形成必然导致对外的排他性，而这种排他性就形成了区域性贸易保护主义，作为贸易自由化象征的WTO，对区域内贸易自由化的优惠政策采取的是例外原则，这就更助长了这一趋势的发展。

2. “冷战”是促进区域经济一体化的国际政治原因

从区域性经济产生的政治背景看，1957年成立的欧共体就是为了对付苏联东欧集团而产生的，这一外部压力促使长期处于对抗状态的法国和德国建立了欧洲的法德轴心，进而把西欧联合到一起，发展成为最有效的经济一体化组织。在“冷战”时期，东西方两大阵营不仅在政治、军事上各自实行联合，如东方的华沙条约组织和西方的北大西洋公约组织，同时在经济上也必须各自联合起来。东欧集团的“经济互助委员会”就是战后世界经济领域出现的第一个跨地区的经济一体化组织，几乎包括了社会主义阵营在世界各大洲的社会主义国家。该组织自1947年1月成立以来，为进一步发展生产力，巩固与发展社会主义制度，抵抗西方国家的经济封锁和禁运，发挥了重要作用。尽管进入20世纪90年代经互会解散了，但其在地区经济一体化的形成与发展中具有一定历史意义。欧洲经济共同体的产生，主要是在经济领域抗衡经互会，当然美国的经济援助和全球战略的影响也是促使这一组织形成与发展的重要原因。

欧洲共同体的一体化政策促进了西欧经济的高速增长，大大提高了欧洲在“冷战”中的政治、军事与经济实力，这也是促使东欧剧变，华约组织解体和经互会解散的重要原因。欧共体的成功，使世界其他各国看到了经济一体化的作用，从而带动了世界性的地区经济一体化的发展。

3. 世界经济的多元化促进了大区域经济一体化的发展

随着西欧经济的复苏与高速发展以及日本在东方创造的经济奇迹，使战后美国一统天下的世界经济格局发生了根本性的变化。在政治与军事实力上，随着苏联的瓦解，美国在重温统治世界的梦，但经济上却不得不面对日益强大的欧洲与日本。世界经济从一元化向多元化发展，以美国、西欧与日本为核心形成了三大经济势力圈。在“冷战”时期，西方世界尽管对东方社会主义阵营采取协调一致的政治与经济政策，但其内部也产生了相互利益的矛盾，这种既联合又斗争的形势，促进了这三个势力圈不断加强区域性的经济一体化，以增强相互抗衡的力量。随着东欧剧变和苏联的解体，"冷战"时期终告结束，其对外联合为主的政策逐步让位于集团之间的经济对抗，使各集团之间的矛盾逐渐表面化和激烈化，这就更加促进了地区经济一体化的快速发展，如《北美自由贸易协定》的签署，以日本为核心的东北亚经济圈的积极筹划，就是"冷战"结束后加快一体化进程的表现。

"冷战"结束后形成的国际社会新秩序的主要特征是：政治、军事上的联合与对抗让位于经济与贸易上的联合与竞争。国家与区域的总体实力，将主要取决于经济实力与贸易上的竞争优势。以美、欧、日为核心的三个主要经济区域集团所代表的世界性地区经济一体化，将会向更大的范围和更深的层次发展。21世纪，这一多元化的经济一体化特征会更加明显。

4. 关税及贸易总协定多边贸易谈判进程缓慢也促使世界区域经济一体化的发展

自关贸总协定提出贸易开放以后，尽管贸易自由化程度有所加强，但由于一些主要发达国家在贸易及经济利益上的矛盾过大，如美国与欧共体(特别是法国)在农产品贸易及补贴政策上的冲突，美国、欧共体、日本相互之间在市场准入上的障碍，以及在知识产权、非关税壁垒、服务贸易和灰色区域等复杂的议题上长期不能达成共识，致使乌拉圭回合谈判一拖再拖，时经8个年头才达成协议。面对这种形势，世界各国都在采取不同的联合方式，以避免一旦多边谈判破裂、保护主义兴起而造成的巨大损失。这也是地区经济一体化形成与发展的一个重要原因。

5. 次发达国家集团与发展中国家集团的经济一体化目的是为了加强对发达国家的抗衡力量和实现南南合作

以美、西欧和日本为核心的多元化区域性集团的发展，使这些经济发达国家的竞争能力不断加强。特别是欧共体一体化产生的利益效果，使其他各国也看到了经济贸易联合的巨大效应。在地理上靠近这三大经济圈的国家自然积极创造条件进入这些经济圈内，以获得最大的利益。远离这些经济圈的次发达国家为了减少对发达国家的依赖和外来的竞争也组成集团，以加强对发达国家讨价还价的力量。也有一些区域性集团的成立并非想得到什么收获，而主要是为了避免因其他国家集团的经济一体化而对自己造成市场及利益上的损失。

在这种世界经济与贸易发展的大趋势下，发展中国家也不得不加强南南合作，以维护发展中国家的利益。发展中国家长期以来关税与贸易壁垒十分严重，高度的贸易保护和经济封闭是发展中国家经济发展缓慢的一个重要原因。许多发展中国家已经深刻地认识到这一点，纷纷采取经济体制改革与对外开放的政策。但由于经济发展落后，缺乏竞争能力，在国际分工与国际贸易中处于不利地位，因而加强南南合作、组织一体化组织就成为发展中国家实现上述政策的一个有效手段。

6. 地区冲突的缓和与政治民主化、经济市场化使经济一体化的条件更加成熟

成立区域性集团的必要条件是：成员国的人均国民生产总值大体相等，经济结构类似；成员国的有关社会政治体制及有关法律与贸易政策不相互矛盾；成员国的地理位置接近；或成员国之间有相似的社会历史与文化背景和联系。其中，社会政治制度以及有关法律与贸易政策的趋同性是主要条件。"冷战"结束后，随着东西方由对抗转向对话与合作，促进了国际新秩序的形成，地区性的冲突在这一国际新秩序下也大大缓和。"冷战"后期，许多国家纷纷采取了政治民主化和经济市场化的改革，包括社会主义国家在内的绝大部分发展中国

家开始致力于经济的发展与对外经济开放。政治民主化、经济市场化与国际化显然是一个国家参与区域经济集团的前提条件。各国政治与经济政策上的趋同性使地理位置接近的国家在双边及多边关系上矛盾减少，这就为区域经济的一体化创造了条件。

7. 社会生产力的发展是经济一体化产生与发展的根本原因

战后，第三次科技革命推动了生产力的发展，生产社会化和国际化的趋势日益增强。这种趋势要求生产的发展突破国界，要求商品、资本、劳动力、科技情报进入国际交流，在国际范围内自由流动。第三次科技革命，从核能、电子计算机、宇航三大技术开始，而后汇入了一批批新技术，从而形成了一个宏大的技术群，数量之多、规模之大，是空前的，它使世界生产力发展到相当高的水平，这种巨大的生产力绝非一个国家可以驾驭和独享。这在客观上要求各国加强合作以适应生产力的飞速发展。如欧洲的"尤里卡"计划、国际空间站、人类基因图的绘制，都是国际合作的典型体现。

此外，在某区域的国家或经济实体之间的国际分工与经济合作，种族、宗教、语言、文化、习惯等的相似之处，还有产品销售、原材料采购、石油进口等方面的需要，这些都为地区经济一体化的发展奠定了基础。

四、地区经济一体化对国际贸易的影响

区域经济合作与经济一体化的趋势已是当今世界一个引起广泛注意的新趋向。经济一体化不仅在贸易上实施自由化，也包括生产资本和企业活动的国际化，甚至向货币、社会政治政策、外交与防务等更大范围的一体化方向发展。这一趋势反映了国际社会的新形势，也反映了现代生产力发展和经济生活国际化、全球化的要求，体现了通过国际经济合作发展经济、提高经济效益、维护地区经济与政治利益的愿望。因此，不论是大地区的还是小地区的经济一体化集团，都会对国际贸易和整个国际经济、政治形势产生一定的影响，而影响程度的大小则取决于不同集团经济一体化的发展程度和表现不同的一体化政策。

（一）地区经济一体化对区域内国际贸易的影响

1. 促进集团内部贸易自由化和内部贸易的增长

现有的和正在筹划建立的各种一体化贸易集团，都是从消除关税和减少贸易限制开始的，进一步形成区域性的统一市场，再使集团内国际分工向纵深化发展，不但经济上相互依赖性加强，而且成员国之间工业品的销售条件比第三国更为有利，通过分工使商品销售渠道稳定。有些一体化组织已把这种分工扩大到农产品及服务贸易、知识产权及投资等领域。这就使集团成员国之间贸易往来迅速增长，集团内部贸易在成员国对外贸易中所占的比重显著提高。欧洲经济共同体在建立关税同盟的过渡期中(1958—1969年)，进出口贸易总值年平均增长11.5%，其中区域内贸易额增长率则为16.5%。欧共体向区外工业品出口占世界贸易额比重60年代为30%，70年代末降至20%，80年代则低于20%；而区内工业品出口占共同体出口比重从60年代的40%上升到70年代的50%，目前大体保持在60%。

2. 有利于提高区域内的经济合作与经济增长

区域经济一体化集团贸易的增长，说明区域内市场扩大并向纵深发展为各国在国际分工中各展所长，发展专业化的大批量生产和各种形式的经济技术合作提供了有利条件，也使各国的投资有了一个良好的条件与环境，从而带动了区域内经济的增长。一体化集团的建立有利于成员国之间科学技术上的协调与合作，特别是在原子能利用、航天技术、超音速飞

机、大型计算机、人类基因等方面进行协调与合作。

在投资方面，经济一体化为国际投资创造了优惠条件，便利了成员国之间的资本流动。各大企业通过在集团内国家组织公司、收买企业和控股，以及建立合资合营企业等方式，使集团内部资本交织，加速了资本的集中与企业规模的扩大，从而提高了在国际市场上的竞争能力。

经济一体化还可以扩大各国的就业机会。因为一体化内的贸易自由化，显然会带动贸易的增长；投资的增加也是一个重要因素。如《美加自由贸易协定》，因美国增加对加拿大的出口，就可以为美国创造 200 万个就业机会，这对于缓解美国的经济衰退和刺激经济增长无疑会发挥重要作用。

经济一体化带来的另一个方面的直接经济效益是优化市场管理。据估计，欧洲大市场因取消边界行政手续、统一税收等简化经济管理制度的政策，便可每年获得节约开支 1 750 亿～2 550 亿欧洲货币单位的经济效益。

综合以上因素，经济一体化无疑将使区域集团经济有较大幅度的增加。

（二）地区经济一体化对集团外国际贸易的影响

1. 促进了新的世界经济关系格局的形成

区域经济一体化，特别是西欧、北美、东亚三大经济集团的形成和发展，使世界经济日益呈现“块式”结构和“网络”状态的新格局。所谓“块式”是指这三大区域一体化形成三个经济圈；这三个大区域经济集团又与非洲、中南美、中欧、北欧、东南亚等其他大、小区域一体化组织组成一个互相对峙、抗争而又联系合作的世界经济网络。

这样一种新的世界经济关系格局对世界各国的对内、对外经济都会发生重要影响，一方面，各国对外经济关系的重点发生转移，战后以原殖民地体系下各国关系为基础形成的国与国之间的经济关系和对外贸易格局，日益被区域经济合作以及区域国际贸易所代替。各国必须更多地以自己所处的区域经济的发展为依托，谋求自身的发展和构筑对外经济贸易格局。另一方面，这种经济关系格局促使各国更加注重自身经济的发展，经济发展成为各国的基本战略。

2. 推动经济国际化加速发展

经济一体化的发展最终的结果是形成一个商品、资本、人员与服务自由流动的经济区域。这不仅在集团内部使竞争机制更进一步完善，推动规模经济发展，以发挥潜在的效率，优化资源的配置，同时，也会加速国际经济技术合作，推动世界经济的国际化发展。因为，自由市场的建立也必然会推动和加强集团外国际垄断资本在这些市场的竞争，在一些大的区域经济一体化组织形成过程中，跨国直接投资高潮的兴起就是最好的证明，固然受益者首先是集团内部的企业，但外部的资本为了得到大市场的机会和担心大市场的形成而产生的排他性，也纷纷到这些大区域集团去投资。随着集团化的发展，目前西欧、北美、东亚已成为国际直接投资增长最快的地区。而且，发达国家跨国资本之间相互购买兼并，成为进入新市场的主要方式和手段。世界直接投资的高速增长，不仅推动了国际资本互相渗透和交融，也使国际化生产进入了一个新的发展时期。

3. 贸易保护主义加强，世界市场竞争更加激烈

经济一体化组织一般均以对内部商品自由流通和对外关税壁垒和非关税壁垒保护为条件，内外有别的贸易政策实质上是一种贸易歧视。以欧洲统一大市场为例，欧共体实施的补

贴、配额、反倾销规则等非关税壁垒，已妨碍了第三国对欧共体的出口，统一大市场形成以后，为保护其落后的成员国利益，保护措施将更为严重。又如，大市场内部行政、技术等标准的统一，势必造成一种新的壁垒，导致外来商品的竞争力下降。另外，内部市场的扩大和逐步完善，使投资和贸易更多地转入内部市场，对外投资和贸易增长缓慢也将会损害其他贸易伙伴的利益。

集团的贸易保护主义性质对贸易自由化的影响，较之某一国实施的保护主义更广泛，对世界贸易的自由发展危害更甚。值得注意的是，集团化贸易保护主义会导致区域间的贸易战，使新贸易保护主义更趋活跃，严重影响 WTO 所倡导的自由贸易。

由于三大经济区域的形成，国际垄断资本势必围绕这三大区域展开投资活动，这必然发展成一场新的世界市场竞争。由于 20 世纪 80 年代的科技革命不断创造了经济、科技等实力竞争的条件和基础，新一轮的世界市场竞争将围绕产品价格、质量及相关的金融、保险和其他服务全面展开。但应指出，不同的国家由经济一体化的发展所带来的竞争条件是不同的。统一市场创造和改善了投资、贸易环境，但这种环境的改善是在一种强化竞争的背景下实现的，因此绝大多数情况下，只有发达国家那些拥有雄厚资本和高新科技且富有竞争力的企业才能充分得利于一个广阔的市场中。而以原材料等初级产品出口为主且负债累累、资金短缺的发展中国家，则难以打入欧、美的贸易和投资市场，即便进入，也无法适应千变万化的市场要求，因此必然处于竞争的劣势。

4. 经济一体化将会拉大南北差距

经济一体化无疑会促进成员国的经济增长，由于成本降低，销售费用下降，竞争加剧所导致的效益提高、技术创新的加快、产业结构调整等因素，经济将会加速增长。对于发达国家这一效益是明显的，但对发展中国家则不同。虽然发展中国家经济一体化也有起色，但历史形成对发达国家市场、资金的依赖，短期内难以改变。而发达国家的市场，特别是欧共体和北美自由贸易区，如在统一大市场建成后更难进入，发达国家的资金又更多地流向欧美经济圈，即便是对劳动密集型的投资也从发展中国家转向其落后的成员国，如西班牙、葡萄牙、希腊和墨西哥。扩大对外贸易面对的保护主义和吸引外资的艰难，对增长迟缓的发展中国家经济无疑是雪上加霜，加上发展中国家固有的基础设施差、经济结构单一、人口众多而又素质差等问题，发展中国家经济增长的潜力远不如发达国家，造成南北之间经济差距进一步扩大，差距拉大又反过来影响世界经济格局及世界经济增长。

5. 区域经济一体化加剧了国际经济贸易关系的协调困难

区域经济一体化无疑加强了集团的力量，这一个个经济集团对外用同一个声音讲话，以同一种政策对外，势必增强了其在国际经济贸易协调中的地位，同时也增加了在协调中的困难。一方面，成员国在协调对外立场时，因经济发展水平、经济结构的差异所导致的利益而产生分歧，加大了国际经济协调的阻力。另一方面，市场的日益统一扩大了内部经济往来，对外依赖程度降低，增强了集团对外部压力的抵抗能力和市场竞争中的力量，在国际经济协调中不愿做出某些妥协与让步，例如关贸总协定乌拉圭回合贸易谈判之难，就可以反映这种负面影响。

21 世纪初，世界经济出现的美、欧、日三极将进一步扩大各自的势力范围，扩大以自己为中心的区域性集团，因此，世界经济区域集团化、一体化的趋势将进一步发展。这在一定程度上将助长贸易保护主义，对世界经济的发展产生一定的消极影响。但从发展的眼光看，区域集团化是世界经济一体化的一个阶梯。在区域化经济内部,生产要素自由流通,资本相互渗透,国际分工与相互依存加深,生产流通和资本国际化加快,从而也就加快了整个世界经济一体化进程。正因为如此,区域集团化、一体化趋势的发展,既对各国提出挑战,也给各国带来机会。趋利避害,争取主动,是当前许多国家必须认真加以研究,并采取相应对策的战略性问题。

第二节 地区经济一体化理论

经济一体化及世界经济中集团化的趋势发展的加强及对世界经济贸易的影响,已经引起了世界各国的注意,许多国家都对这一经济现象进行研究、探讨,形成了一些理论。其中比较有代表性的理论有关税同盟理论、大市场理论、协议性国际分工原理和综合发展战略理论等。

一、关税同盟理论

关税同盟是经济一体化的典型形式,除自由贸易区外,其他形式的经济一体化都是以关税同盟为基础逐步扩大其领域或内涵而成的。所以,在理论上,关于经济一体化的经济影响效果的分析,大都以关税同盟为研究对象。

系统地对关税同盟进行研究是在"二战"以后,其早期代表人物是美国经济学家雅各布·维纳(Jacob Viner)。1950年,维纳在其代表性著作《关税同盟理论》中系统地阐述了关税同盟理论。传统理论认为,关税同盟一定可以增加成员国的福利,维纳指出这并不总是正确的,他将定量分析用于对关税同盟的经济效应的研究,提出了贸易创造和贸易转移概念,奠定了关税同盟理论的坚实基础。继维纳之后,很多经济学家对关税同盟理论进行了补充和完善,使之发展成为一种较为成熟的经济理论。关税同盟理论的核心在于揭示关税同盟对成员国和非成员国带来的不同经济影响。对关税同盟的内部经济影响可以从动态和静态两个方面进行分析。

(一)关税同盟的静态效应

从静态效应来看,关税同盟突出的是其生产效应,包括贸易创造效应和贸易转移效应。

1. 贸易创造效应

贸易创造效应(Trade Creation Effect)是指建立关税同盟后,关税同盟某成员国的一些国内生产品被同盟内其他生产成本更低的产品的进口所替代,从而使资源的使用效率提高,扩大了生产所带来的利益;同时,通过专业化分工,使本国该项产品的消费支出减少,而把资本用于其他产品的消费,扩大了社会需求,新的贸易得以创造出来。原来国内用于生产成本高的商品的资源转向成本较低的商品生产,这就是比较利益原则所揭示的自由贸易所得来的经济利益。

图11-1描述的是关税同盟的贸易创造效应,它给该国带来的好处是:从生产者角度看,由于同盟国低成本产品代替了国内高成本产品的生产,相当于Q_0Q_2,使该国节约生产成本相当于EGH的面积。由于价格下降,国内生产者的收益损失为EP_0P_1G的面积。从消费者的角度看,消费规模扩大而增加的消费剩余相当于EP_0P_1F的面积。从国民利益看,关税同盟使该国增加的净利益为EGF的面积。图11-1表明,在建立关税同盟后,同盟内部

实行自由贸易,对外建立统一的关税壁垒,可以在比较优势基础上使生产更加专业化。关税同盟某一成员国国内生产的部分商品,会被同盟内部其他生产该产品成本较低的生产者取代,这样贸易就会被创造出来。因而,关税的下降如同减少运输成本一样使贸易规模得以扩大,有助于成员国之间的合理分工,实现规模经济效益。

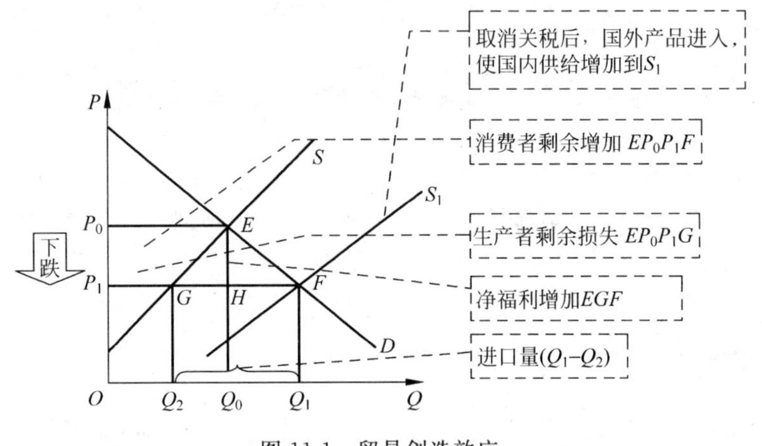

图 11-1　贸易创造效应

下面用一个实际例子来进一步说明关税同盟的贸易创造效应(图 11-2)。假设 A、B、C 三国,各自生产钢铁的单位成本分别是 250 元、200 元、150 元。A 国的钢铁进口关税为 200%,那么在 A、B 两国没有成立关税同盟之前,显然 A 与 B、C 两国之间没有钢铁贸易。如果 A、B 两国成立关税同盟,相互取消了进口关税,实行统一的对外关税 200%,那么 A 国将放弃钢铁生产,而是从 B 国进口钢铁,即 A 国国内生产成本高的钢铁被成员国成本低的钢铁生产所替代,A、B 两国之间产生了新的贸易,这就是贸易创造效应。

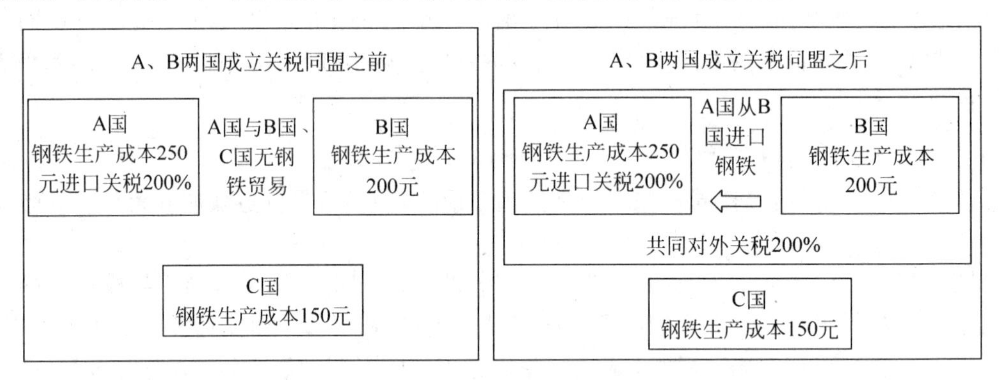

图 11-2　A、B 两国成立关税同盟的贸易创造效应

2. *贸易转移效应*

贸易转移效应(Trade Diversion Effect)是指缔结关税同盟之前,某个国家不生产某种商品而从世界上生产效率最高、成本最低的国家进口商品;建立关税同盟后,如果世界上生产效率最高的国家被排斥在关税同盟之外,则关税同盟内部的自由贸易和共同的对外关税使得该国该商品在同盟内的税后价格高于同盟某成员国相同商品在关税同盟内的免税价格,这样同盟成员国原来从非成员国进口的成本较低的商品转从关税同盟内部生产效率最

高、生产成本最低的国家来进口。

图 11-3 描述的是贸易转移效应。设有 A、B、C 三国，其价格水平分别为 P_A、P_B、P_C，且 $P_A>P_B>P_C$。一体化前，A 对 B 和 C 的产品都征收单位金额为 T 的关税。由于 $P_C+T<P_B+T$，且 $P_C+T<P_A$，所以 A 国从 C 国进口。A 与 B 一体化后，A 对 B 免税，由于 $P_B<P_C+T$，故 A 从 B 进口。进口量从 Q_1Q_2 增加至 Q_3Q_4，由此产生的经济效应，从消费者角度看，价格下降使消费者剩余增加，其数量相当于 $h+c+a+d$。从税收角度看，该国损失了相当于面积 $a+b$ 的关税收入。从生产者角度看，价格下降使生产者剩余减少，其数量相当于 h。从国民总利益看，由于进口增加和国内价格下降，$a+c+d$ 为该国新增加的消费者剩余，应视为福利的增加，但同时，关税收入损失了 $a+b$，如果 $a+c+d$ 部分大于 $a+b$ 部分，即 $c+d-b$ 大于零，则国民总福利增加，否则，国民总福利减少。该图表明，在建立关税同盟之前，各国从世界上生产效率最高、成本最低的国家进口产品，关税同盟以后，免去成员国之间的关税，某个成员国变为同盟内部成本相对较低的生产者，它就可以从同盟外部最低成本生产者的手中夺走市场，这就发生了贸易转移。因此，贸易转移虽然可以使成员国之间的贸易增加，但这是以牺牲非成员国之间的贸易为代价的。经济学家格雷尔(F. Gehrels)认为，贸易转移是否一定减少国际福利，还要取决于商品间有无替代性。如果商品间有替代性，则贸易转移也可能增加福利。他认为，维纳的分析只注意到国家间的替代性，而未注意到商品间的替代关系，如果商品有替代性，即存在消费无差异曲线，在线上的各点，两种商品的组合代表相同的福利量或福利水平，这时贸易转移就有可能增加福利。

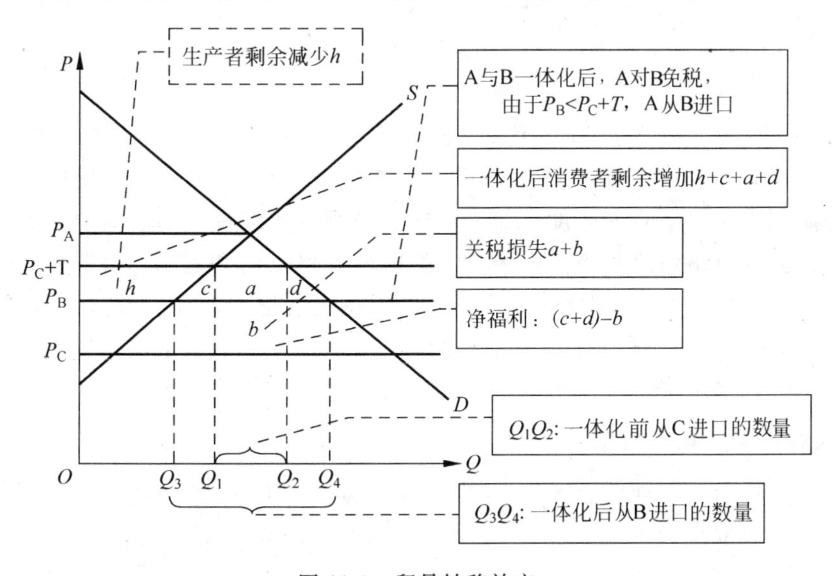

图 11-3　贸易转移效应

下面用图 11-4 说明贸易转移效应。假设 A、B、C 三国，各自生产钢铁的单位成本分别是 250 元、150 元、100 元。A 国的钢铁进口关税为 100%，那么在 A、B 两国没有成立关税同盟之前，显然 A、B 两国之间没有钢铁贸易，A 国从 C 国进口钢铁。如果 A、B 两国成立关税同盟，相互取消了进口关税，实行统一的对外关税 100%，那么 A 国将不从 C 国进口钢铁，而改为从 B 国进口钢铁，结果钢铁生产从成本低的 C 国转移至成本高的 B 国，这就是贸易转移。

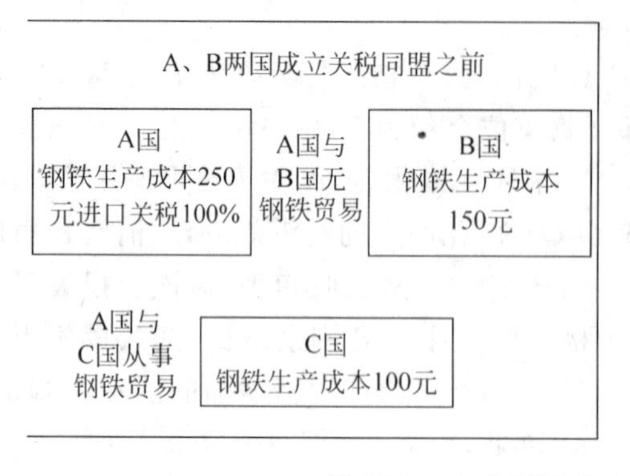

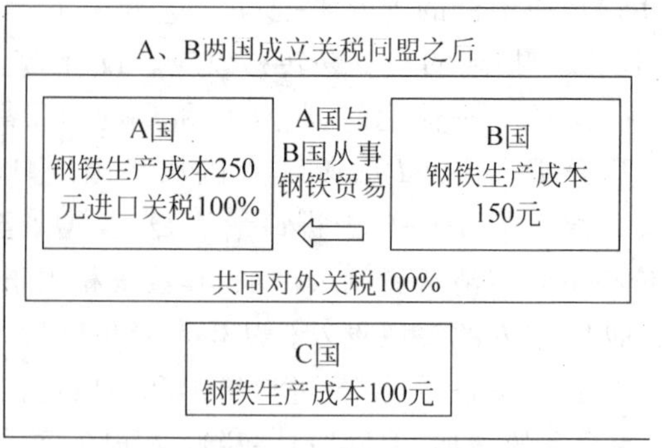

图 11-4 A、B 两国成立关税同盟的贸易转移效应

3. 贸易扩大效应

贸易扩大效应(Trade Expansion Effect)是指在成立关税同盟后，在贸易创造和贸易转移的综合影响下，产生贸易扩大结果。如前面的两个例子，成立关税同盟后的 A 国国内钢铁价格均比成立前要低。只要 A 国国内的钢铁需求弹性大于 1，A 国对钢铁的需求量就会增加，对钢铁的进口量也会增加，从而导致贸易扩大。

关税同盟建立后究竟是形成贸易创造还是贸易转移，主要取决于成员国之间经济结构和原来关税水平的高低。一般地，如果成员国之间的经济结构和产品结构比较接近，而原有关税水平又比较高，则形成贸易创造的机会较多。相反，如果成员国之间的经济结构和产品结构差异较大，而原有关税水平又较低，则形成贸易转移的机会较多。

4. 社会福利效应

社会福利效应(Social Welfare Effect)是指关税同盟的建立对一国的社会福利将带来怎样的影响。一般来说，一国加入关税同盟对一国福利变化主要受这样几种因素的影响：①加入同盟后国内价格下降的幅度。如果价格下降幅度足够地大，加入同盟后就能获得净福利增加。②国内价格供给和需求弹性。一国国内价格供给和需求弹性越大，该国加入关税同盟后获得的消费者剩余就越多，失去的生产者剩余就越少，从而就越有可能获得社会福利的净增加。③加入关税同盟前的关税水平。一国加入关税同盟前的关税水平越高，加入关税同盟后国内价格下降的幅度就越大，因而就越有可能获得福利的净增加。

(二) 关税同盟的动态效应

关税同盟不仅会给参加国带来静态影响，还会给它们带来某些动态影响。有时，这种动态效应比其静态效应更为重要，对成员国的经济增长有重要的影响。

1. 关税同盟的动态优势

(1) 规模经济效应。规模经济效应是指当企业规模扩大到一定程度时，单位产品生产成本的下降。美国经济学家巴拉萨(B. Balassa)认为，关税同盟可以使生产厂商获得重大的内部和外部经济利益。内部规模经济是指关税同盟建立以后，为成员国之间产品的相互出口创造了良好的条件。这种市场范围的扩大促进了企业生产的发展，使生产者可以不断扩大生产规模，降低成本，享受到规模经济的利益，并且可进一步增强同盟内的企业对外，特别是对非成员国同类企业的竞争能力。因此关税同盟所创造的大市场效应引发了企业规模经济的实现。外部规模经济则是来源于整个国民经济或一体化组织内的经济发展。关税同盟成立之后，使各成员国的国内市场连接成统一的区域市场，更大的区域市场将增加在经济范围内或产业范围内实现规模经济的机会。而且通过一体化的区域合作和市场扩大也有助于基础设施，如道路、运输、通信网络等实现规模经济，这些对于小国尤为明显。

(2) 市场结构效应。关税同盟的建立摧毁了原来各国受保护的市场，提高了市场的竞争性，促进了市场效率和透明度的提高，并促使资源配置效率的改善。在各成员国组成关税同盟以前，许多部门已经形成了国内的垄断，几家企业长期占据国内市场，获取超额垄断利润，因而不利于各国的资源配置和技术进步。组成关税同盟以后，由于各国市场的相互开放，各国企业面临着来自其他成员国同类企业的竞争。结果各企业为在竞争中取得有利地位，必然会纷纷改善生产经营效率，增加研究与开发投入，增强采用新技术的意识，不断降低生产成本，从而在同盟内营造一种浓烈的竞争气氛，提高经济效率，促进技术进步。竞争还将激励企业改组和产业合理化，推动先进技术的广泛应用，从而将促进现代化的进一步发展，最终有助于提高经济效率和增进社会效益。西托夫斯基(T. Scitovsky)认为，竞争加强是影响欧共体最重要的影响，他认为，关税同盟建立后，促进了商品流通，可以加强竞争、打破垄断，经济福利因此提高。不过也有一些经济学家认为，区域经济一体化的建立，消除了成员国之间的贸易壁垒，内部市场扩大，易于获得生产的规模经济，从而产生独占，导致效率和福利下降。

(3) 刺激投资效应。关税同盟的建立意味着对来自非成员产品的排斥，同盟外的国家为了抵消这种不利影响，可能会将生产点转移到关税同盟内的一些国家，在当地直接生产并销售，以便绕过统一的关税和非关税壁垒。这样客观上便产生了一种伴随生产转移而生的资本流入，吸引了大量的外国直接投资。当然，成员国市场变成统一的大市场后，需求的增加也会带动企业投资增加。此外，竞争引起的公司改组、合理化、现代化技术改进进一步提高了投资的水平和效益。但也有一些学者认为，关税同盟建立后，由于受贸易创造效应影响的产业会减少投资，且外部资金投入会使成员国的投资机会减少等原因，关税同盟内部的投资不一定会增加。

2. 关税同盟的动态劣势

关税同盟的建立促成了新的垄断的形成，如果关税同盟的对外排他性很大，那么这种保护所形成的新垄断又会成为技术进步的严重障碍。除非关税同盟不断有新的成员国加入，从而不断有新的刺激，否则由此产生的技术进步缓慢现象就不容忽视。此外，关税同盟的建立可能会拉大成员国不同地区之间经济发展水平的差距。关税同盟建立以后，资本逐步向投资环境比较好的地区流动，如果没有促进地区平衡发展的政策，一些国家中的落后地区与先进地区的差别将逐步拉大。

二、大市场理论

共同市场与关税同盟有所不同，它比关税同盟又进了一步。共同市场的目的就是把那些被保护主义分割的小市场统一起来，结成大市场，通过大市场的激烈竞争，实现大批量生产等方面的利益。提出大市场理论的代表人物是西托夫斯基(T. Scitovsky)和德纽(J. F. Deniau)。

大市场理论的核心是：①目的是通过扩大市场来获得规模经济，从而实现技术利益；②依靠因市场扩大而竞争激化的经济条件，实现上述目的。两者是目的与实现目的手段的关系。

西托夫斯基分析欧共体共同市场时认为：由于市场的分割，使市场狭窄，竞争不激烈，市场停滞和阻止新的投资等原因使高利润长期处于平稳停滞状态。因为价格高昂，耐用消费品等普及率低，不能进行大量生产，因而使西欧陷入高利润率、高价格、市场狭窄、低资本周转的恶性循环之中。而共同市场的建立，使贸易自由化得到贯彻，市场扩大，竞争激化，价格下降，就会使企业家转向大规模的高技术水平的生产。同时，由于消费者实际收入增加，使消费品需求增长。其结果是产生大市场向大量生产规模转化，生产成本下降，大众消费增加，竞争进一步激化，因而会出现一种积极发展的良性循环。

德纽对大市场理论做了如下表述："（由于大市场化）机器的充分利用、大量生产、专业化、最新技术的应用、竞争的恢复，所有这些因素，都会使生产成本和销售价格下降；再加上取消关税也可能使价格下降一部分。这一切必将导致购买力的增加和实际生活水平的提高。购买某种商品的人数增加之后，又可能使这种消费增加和投资进一步增加。"他认为，只有市场规模的扩大，才能产生经济滚雪球式的扩张。

三、协议性国际分工原理

协议性国际分工原理是由日本学者小岛清提出的。他认为：经济一体化组织内部如果仅仅依靠比较优势原理进行分工，不可能完全获得规模经济的好处，反而可能会导致各国企业的集中和垄断，影响经济一体化组织内部分工的发展和贸易的稳定。因此，必须实行协议性国际分工，使竞争性贸易的不稳定性尽可能保持稳定，并促进这种稳定。

所谓协议性国际分工，是指一个国家放弃某种商品的生产并把国内市场提供给另一个国家，而另一个国家则放弃另外一种商品的生产并把国内市场提供给对方，即两国达成相互提供市场的协议，实行协议性国际分工。协议性分工不能指望通过价格机制自动地实现，而必须通过当事国的某种协议来加以实现，也就是通过经济一体化的制度把协议性分工组织化。如拉美中部共同市场统一产业政策，由国家间的计划决定的分工，就是典型的协议性国际分工。

协议性分工原理是建立在长期成本递减理论基础上的。如图 11-5 所示，A、B 两国，X、Y 两种商品的成本递减曲线，其中纵轴表示两国分别生产两种商品时的成本。现假定 A 国和 B 国达成相互提供市场的协议，A 国把 Y 商品的市场、B 国把 X 商品的市场分别提供给对方，两国如此进行集中生产，实行专业化之后，如图中的虚线所示，两种商品的成本都明显下降。但这仅仅是每种商品的产量等于专业化前两国产量之和的情况，如果考虑随着成本的下降所引致的两国需求的增加，实际效果将更大。

从以上的分析可知，为了互相获得规模经济的好处，实行协议性国际分工是非常有利的，但达成协议性分工还必须具备下列条件。

(1) 两个或两个以上国家和地区的资本劳动禀赋比例差异不大，工业化水平和经济发展阶段大致相同，协议性分工的对象产品在每一个国家和地区都能生产。在这种条件下，互相竞争的各国之间扩大分工和贸易，既是关税同盟理论的贸易创造效应，也是协议性国际分工理论的目标。然而，在要素禀赋比例或经济发展阶段差异较大的国家间，某个国家可能由于比较成本差异较大或实现完全专业化，那比较优势原理仍起主导作用，则并无建立协议性国际分工的必要。

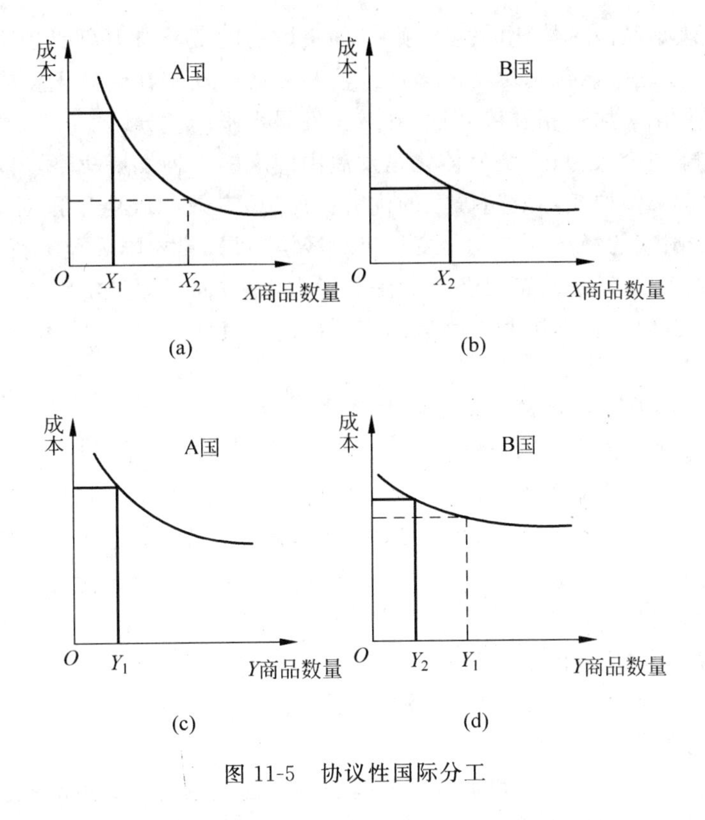

图 11-5 协议性国际分工

(2) 作为协议性分工对象的商品，必须是能够获得规模经济的商品。一般是重工业、化学工业等的商品。

(3) 每个国家自己实行专业化的产业和让给对方的产业之间没有优劣之分，否则不容易达成协议。这种产业优劣主要取决于规模扩大后的成本降低率和随着分工而增加的需求量以及增长率。

上述三个条件表明，经济一体化或共同市场必须在同等发展阶段的国家之间建立，而不能在工业国与初级产品生产国即发展阶段不同的国家之间建立；同时也表明，在发达工业国家之间，可以进行协议性分工的商品范畴的范围较广，因而利益也较大。另外，生活水平和文化等互相类似、互相接近的地区，容易达成协议，并且容易保证相互需求的均等增长。

四、综合发展战略理论

上述关税同盟、大市场理论和协议性分工等经济一体化理论主要产生于发达国家，其研究的对象是欧共体。一些经济学家认为，由于发展中国家国内与国外的经济与政治环境与发达国家有较大的差异，因而必须研究发展中国家经济一体化的理论。目前，对发展中国家经济一体化现象作阐述的比较有影响的是"综合发展战略理论"，它是由鲍里斯·塞泽尔基在《南南合作的挑战》一书中系统提出来的。鲍氏的理论认为，发展中国家由于经济结构、发展水平和政治社会制度有较大差异，与超级大国和大区域经济集团及前宗主国有不同程度的联系，因而在实行经济一体化中应根据这些基本条件采取不同的一体化政策。

综合发展战略理论认为，发展中国家实行经济一体化只能作为一种发展战略，不局限于市场的统一，主张经济的相互依存发展，必须以生产领域为基础，强调有效的政府干预。生产和基础设施应该是经济一体化的基本领域，而集团内的贸易自由只能是这个进程的补充，在形势允许时，一体化应该包括尽可能多的经济和社会活动。在一体化发展过程中，应特别重视通过区域工业化来加强相互依存性，并减少发展水平的差异。

综合发展战略理论认为，经济一体化是发展中国家的一种发展战略，要求有强有力的共同机构和政治意志来保护较不发达国家的优势。所以，有效的政府干预对于经济一体化是很重要的，发展中国家的经济一体化是变革世界经济格局、建立国际经济新秩序的要素。

发展中国家在制定经济政策时要进行综合考虑，一方面考虑经济因素，另一方面要注意政治和机构因素，密切结合本国和本地区的实际情况。具体来说，经济因素主要包括以下几个方面：

(1) 区域内经济发展水平及各国间的差异；

(2) 各国间经济的相互依赖程度；

(3) 新建经济区的最优利用情况，特别是资源与生产要素的互补性及其整体发展潜力；

(4) 与第三国经济关系的性质，外国经济实体(如跨国公司)在特定经济集团中的地位；

(5) 特定集团中的一定条件下选择的一体化政策模式和类型的适用性。

政治和机构因素如下：

(1) 各国间社会政治制度的差异；

(2) 各国间有利于实现一体化的“政治意志”状况及稳定性；

(3) 该集团对外政治关系模式；

(4) 共同机构的效率及其有利于集团共同利益的创造性活动的可能性。

综合发展战略理论比较切合发展中国家的实际，对于发展中国家发展经济一体化是一个重要的理论基础。

随着一体化的发展，发达国家与发展中国家的经济一体化，以至于全球性经济一体化都有可能产生和发展，因而，经济一体化的理论将会有更广泛、更丰富的内容。

第三节　地区经济一体化的实践

在众多的地区经济一体化组织中，欧洲联盟、北美自由贸易区和亚太经济合作组织最具影响力。

一、欧洲联盟

(一) 欧洲联盟概述

欧洲联盟简称欧盟(European Union，EU)，是由欧洲共同体(European Communities)发展而来的，现有27个成员国，约4.9亿人口，是一个集政治实体和经济实体于一身、在世界上具有重要影响的区域一体化组织。总部设在比利时首都布鲁塞尔。欧洲联盟的宗旨是“通过建立无内部边界的空间，加强经济、社会的协调发展和建立最终实行统一货币的经济货币联盟，促进成员国经济和社会的均衡发展”，“通过实行共同外交和安全政策，在国际舞台上弘扬联盟的个性”。

2003年7月，欧盟制宪筹备委员会全体会议就欧盟的盟旗、盟歌、铭言与庆典日等问题达成了一致。欧盟的会旗于1986年5月29日正式悬挂，会旗为天蓝色底，上面有12颗金

黄色的星，表示欧洲联盟12个成员国。制作会旗的目的是表示要建立一个统一的欧洲，增强人们对欧洲联盟和欧洲同一性的印象。欧盟的会徽于1988年1月开始使用，会徽的底呈蓝色，上面12颗星围成一个圆圈，象征着欧共体12个成员国，圆圈中间为各成员国国名。欧盟的盟歌为贝多芬第九交响曲中的《欢乐颂》。欧盟的铭言为“多元一体”。并将每年的5月9日定为欧洲日。

特别地，欧盟的统一货币——欧元于1999年1月1日正式启用。除英国、希腊、瑞典和丹麦外的11个国家于1998年首批成为欧元国，这些国家的货币政策从此统一交由设在德国法兰克福的欧洲中央银行负责。2002年1月1日零时，欧元正式流通。截至2008年1月1日，欧元区成员国有15个。2009年1月1日，斯洛伐克加入欧元区，欧元区扩大至16国。欧盟的主要出版物有《欧洲联盟公报》、《欧洲联盟月报》、《欧洲文献》、《欧洲新闻——对外关系》和《欧洲经济》等。

（二）欧盟的成立

1946年9月，英国首相丘吉尔曾提议建立“欧洲合众国”。1950年5月9日，当时的法国外长罗贝尔·舒曼（1886—1963年）代表法国政府提出建立欧洲煤钢联营。这个倡议得到了法、德、意、荷、比、卢6国的响应。1951年4月18日，法国、联邦德国、意大利、荷兰、比利时和卢森堡在巴黎签订了建立欧洲煤钢共同体条约（又称《巴黎条约》）。1952年7月25日，欧洲煤钢共同体正式成立。1957年3月25日，这6个国家在罗马签订了建立欧洲经济共同体条约和欧洲原子能共同体条约，统称《罗马条约》。1958年1月1日，欧洲经济共同体和欧洲原子能共同体正式组建。1965年4月8日，6国签订的《布鲁塞尔条约》决定将三个共同体的机构合并，统称欧洲共同体。但三个组织仍各自存在，具有独立的法人资格。《布鲁塞尔条约》于1967年7月1日生效，欧洲共同体正式成立。

（三）欧盟的发展过程

1973年后，英国、丹麦、爱尔兰、希腊、西班牙和葡萄牙先后加入欧共体，成员国扩大到12个。欧共体12国间建立起了关税同盟，统一了外贸政策和农业政策，创立了欧洲货币体系，并建立了统一预算和政治合作制度，逐步发展成为欧洲国家经济、政治利益的代言人。1991年12月11日，欧共体马斯特里赫特首脑会议通过了以建立欧洲经济货币联盟和欧洲政治联盟为目标的《欧洲联盟条约》，亦称《马斯特里赫特条约》（以下简称《马约》）。1993年11月1日《马约》正式生效，欧共体更名为欧盟。这标志着欧共体从经济实体向经济政治实体过渡。1995年，奥地利、瑞典和芬兰加入，使欧盟成员国扩大到15个。

2002年11月18日，欧盟15国外长会议决定邀请塞浦路斯、匈牙利、捷克、爱沙尼亚、拉脱维亚、立陶宛、马耳他、波兰、斯洛伐克和斯洛文尼亚10个中东欧国家入盟。2003年4月16日，在希腊首都雅典举行的欧盟首脑会议上，上述10国正式签署入盟协议。2004年5月1日，这10个国家正式成为欧盟的成员国。这是欧盟历史上的第五次扩大，也是规模最大的一次扩大。2007年1月，罗马尼亚和保加利亚两国加入欧盟，欧盟经历了6次扩大，成为当今世界上经济实力最强、一体化程度最高的国家联合体。

2009年4月28日，阿尔巴尼亚总理贝里沙在捷克首都布拉格向欧盟轮值主席国捷克总理托波拉内克正式递交加入欧盟申请。阿尔巴尼亚2006年6月与欧盟签署了《稳定与联系协议》，该协议已得到欧盟27个成员国的批准。

冰岛政府驻瑞典大使斯泰凡松2009年7月17日向欧盟轮值主席国瑞典外交部国务秘书正式递交加入欧盟的申请书。冰岛驻欧盟使团团长约翰松同时在比利时首都布鲁塞尔向欧盟委员会递交入盟申请。冰岛在2008年遭受经济危机重创后，民调显示冰岛人支持加入欧盟的呼声越来越高。经过谈判，社会民主联盟和左翼绿色运动最终在是否加入欧盟的问题上达成一致，并于2009年5月25日正式向议会递交了加入欧盟的提案。欧盟是冰岛最大的贸易伙伴，冰岛1994年加入欧洲经济区，2001年成为《申根协定》成员国，但由于担心欧盟共同渔业、农业政策损害自身利益以及不认同欧盟的管理方式，迟迟未加入欧盟。

2009年10月12日正在匈牙利访问的塞尔维亚总统塔迪奇在布达佩斯说，塞尔维亚加入欧盟是西巴尔干地区稳定的唯一途径。塔迪奇当天与匈牙利总统绍约姆举行了会谈，塔迪奇在会谈后举行的联合记者招待会上说，塞尔维亚与欧洲一体化可保障西巴尔干地区的稳定，这种稳定也构成地区经济发展的基础。绍约姆说，塞尔维亚努力融入欧盟符合整个地区的基本利益。图11-6展示了欧盟50年的发展历程。

图11-6　欧盟发展历程

(四)欧盟的组织机构

1. 欧洲理事会

欧洲理事会(European Council)即欧盟首脑会议，是欧盟的最高决策机构。它由欧盟成员国国家元首或政府首脑及欧盟委员会主席组成，理事会主席由各成员国轮流担任，任期半年。顺序基本按本国文字书写的国名字母排列。欧盟首脑会议主要负责制定“总的政治指导原则”，其决策采取协商一致的原则。自1975年起，欧盟首脑会议每半年举行一次正式会议，必要时举行特别会议。目前，欧盟首脑会议为每半年举行2次。

2009年11月19日，欧盟27国领导人在布鲁塞尔召开特别峰会，选举比利时首相赫尔曼·范龙佩为首位欧洲理事会常任主席，英国的欧盟贸易委员凯瑟琳·阿什顿为欧盟外交和安全政策高级代表。欧洲理事会常任主席和欧盟外交与安全政策高级代表是按照2009年11月3日通过的《里斯本条约》设立的。根据职务特点和内容，这两个职务还被形象地称为“欧盟总统”和“欧盟外长”。根据规定，范龙佩在2010年1月1日正式上任，而对阿什顿的任命还需要经过欧洲议会的批准。

2. 欧盟理事会

欧盟理事会(Council of European Union)即欧盟各国部长理事会,是欧盟的决策机构,由欧盟首脑会议和部长理事会组成。理事会实行轮值主席国制:每个国家任期半年。对外实行"三驾马车"代表制,由现任主席国、下任主席国以及欧盟机构代表组成。

欧盟首脑会议是欧盟最高决策机构,负责确定大政方针。欧盟部长理事会负责日常决策并拥有欧盟立法权。由成员国外长或专业部长组成。其中外长理事会称为"总务理事会",处理对外关系和总体政策,每月召开一次会议。

理事会日常办事机构包括:常驻代表团委员会,由各成员国驻欧盟的使团长和副使团长组成,每周举行例会;政治和安全委员会是处理欧盟共同外交与安全事务的"轴心",由各成员国驻欧盟代表(大使衔)、欧盟委员会代表和理事会秘书长的代表组成,实行轮值主席制,对外实行"三驾马车"代表制。秘书处设秘书长、副秘书长,下辖秘书长私人办公室、1个法律处和8个总司。索拉纳为欧盟理事会秘书长兼共同外交与安全政策高级代表,主要协助主席国协调成员国对外共同立场,在国际场合代表欧盟。

3. 欧盟委员会

欧盟委员会(Commission of European Union)是欧盟的执行机构,负责起草欧盟法规,实施欧盟条约、法规和理事会决定,向理事会提出立法动议并监督其执行情况。代表欧盟负责对外联系及经贸谈判,对外派驻使团,实行集体领导和多数表决制。委员会由1位主席、5位副主席、27位委员组成。欧盟现行的《尼斯条约》规定,欧盟委员会主席一职需要由欧盟27个成员国最高元首组成的理事会提出一个候选人,之后由欧洲议会批准通过。委员由成员国政府推荐,并征得欧洲议会同意,任期5年。委员会下设37个总司或专门的服务处。总部设在比利时首都布鲁塞尔法律大街200号一座十字形的大厦内。

4. 欧洲议会

欧洲议会(the European Parliament)是欧盟三大机构(欧盟理事会、欧盟委员会、欧洲议会)之一,为欧盟的立法、监督和咨询机构,其地位和作用及参与决策的权力正在逐步扩大。议会大厦设在法国斯特拉斯堡,议会秘书处设在卢森堡。欧洲议会成立于1958年,其前身是欧洲煤钢共同体议会,由法国、联邦德国、意大利、荷兰、比利时和卢森堡6个西欧国家的议员组成。1962年正式改称现名。欧洲议会是欧盟唯一的一个直选议会机构。但是与一般意义上的议会相比,欧洲议会拥有的职能却少了很多。它主要是考察欧盟成员国的人权状况、监狱虐待与酷刑事件等。欧洲议会的特别之处在于,自从1979年以来,它的成员是由欧盟成员国人民直选产生。

5. 欧洲法院

欧洲法院(European Court of Justice)是欧洲联盟法院的简称,是欧盟的仲裁机构,负责审理和裁决在执行欧盟条约和有关规定中发生的各种争执。欧洲法院与欧洲人权法院不是一回事,欧洲法院的所在地是卢森堡,它是欧洲联盟的一个机关;欧洲人权法院的所在地是斯特拉斯堡,它是欧洲议会的一个机关。欧洲法院的法庭语言可以是欧洲联盟成员国的任何一种官方语言以及爱尔兰语。法官及当事人的陈述被同步翻译。法庭的内部工作语言是法语。欧洲法院由各成员国协商一致任命的15名法官和9名检察官组成,任期6年,可以连任,每3年轮换一半。法院院长在法官中推选,任期3年。

6. 欧洲审计院

欧洲审计院(European Court of Auditors)于1977年成立,由12人组成。负责审计欧盟及其各机构的账目,审查欧盟的收支状况,并确保对欧盟财政进行良好的管理,对接受欧盟援助的非成员国进行调查等。其特权在受到挑战时,可通过欧洲法院得到保护。

7. 欧洲经济和社会委员会

欧洲经济和社会委员会(the European Economic and Social Committee)简称"经社委员会"(ESC),于1957年根据《罗马条约》成立,为欧盟咨询机构。经社委员会代表雇主、工会以及中小企业、环境组织等经济和社会集团的利益,可应欧洲议会、理事会和欧盟委员会的要求或自发地对欧盟决策在经济和社会方面的影响发表意见,对欧盟决策提供咨询并施加间接影响。欧盟当局在人员培训、就业、社会基金等问题决策前必须咨询经社委员会的意见。该委员会每年有150条有关欧洲一体化的意见被采纳,因此在欧盟决策过程中起着积极的作用。经社委员会总部设在比利时首都布鲁塞尔,但委员们均在所属成员国工作,只在召开经社委员会会议时才来布鲁塞尔。经社委员会设主席1名,副主席2名,由所有委员选出,任期2年。

8. 欧洲投资银行

欧洲投资银行(European Investment Bank,EIB)是欧洲经济共同体各国政府间的一个金融机构,成立于1958年1月,总行设在卢森堡。该行的宗旨是利用国际资本市场和共同体内部资金,促进共同体的平衡和稳定发展。为此,该行的主要贷款对象是成员国不发达地区的经济开发项目。从1964年起,贷款对象扩大到与欧共体有较密切联系或有合作协定的共同体外的国家。

9. 欧洲中央银行

欧洲中央银行(European Central Bank,ECB)是根据1992年《马斯特里赫特条约》的规定于1998年7月1日正式成立的,其前身是设在法兰克福的欧洲货币局。欧洲央行的职能是"维护货币的稳定",管理主导利率、货币的储备和发行以及制定欧洲货币政策;其职责和结构以德国联邦银行为模式,独立于欧盟机构和各国政府之外。欧洲中央银行是世界上第一个管理超国家货币的中央银行,独立性是它的一个显著特点,它不接受欧盟领导机构的指令,不受各国政府的监督。它是唯一有资格允许在欧盟内部发行欧元的机构,1999年1月1日欧元正式启动后,欧元国政府便失去制定货币政策的权力,而必须实行欧洲中央银行制定的货币政策。

(五)欧盟的经济实力

欧盟的诞生使欧洲的商品、劳务、人员、资本自由流通,使欧洲的经济增长速度快速提高。欧共体是世界上一支重要的经济力量。

欧盟成立后,经济快速发展,欧盟的经济实力已经超过美国居世界第一。据美国中央情报局(CIA)数据,2009年美国的GDP总量为142 600亿美元,欧盟的GDP总量为162 400亿美元。但欧盟内部的人均GDP差距悬殊,人均GDP最高的4个地区分别为英国伦敦中心区、比利时布鲁塞尔首都区、卢森堡和德国汉堡,人均GDP排在最后的6个地区均在波兰。排在首位的英国伦敦中心区人均GDP高达欧盟平均水平的278%,排在末位的波兰卢布林省只有欧盟平均水平的33%。欧盟的经济实力还将进一步加强,尤其重要的是,欧盟不仅因为新加入国家正处于经济起飞阶段而拥有更大的市场规模与市场容量,而且欧盟作为世界上最大的资本输出国和商品与服务出口国，再加上欧盟相对宽松的对外技术交流与发展合作政策，对世界其他地区的经济发展特别是包括中国在内的发展中国家至关重要。

（六）欧盟的主要政策与活动

在内部建设方面，欧共体实行一系列共同政策和措施。

(1) 实现关税同盟和共同外贸政策。1967 年起欧共体对外实行统一的关税税率。1968 年 7 月 1 日起成员国之间取消商品的关税和限额，建立关税同盟（西班牙、葡萄牙 1986 年加入后，与其他成员国间的关税需经过 10 年的过渡期后才能完全取消）。1973 年，欧共体实现了统一的外贸政策。《马约》生效后，为进一步确立欧洲联盟单一市场的共同贸易制度，欧共体各国外长于 1994 年 2 月 8 日一致同意取消此前由各国实行的 6 400 多种进口配额，而代之以一些旨在保护低科技产业的措施。

(2) 实行共同的农业政策。1962 年 7 月 1 日欧共体开始实行共同农业政策；1968 年 8 月开始实行农产品统一价格；1969 年取消农产品内部关税；1971 年起对农产品贸易实施货币补贴制度。

(3) 建立政治合作制度。1970 年 10 月建立。1986 年签署，1987 年生效的《欧洲单一文件》，把在外交领域进行政治合作正式列入欧共体条约。为此，部长理事会设立了政治合作秘书处，定期召开成员国外交部长参加的政治合作会议，讨论并决定欧共体对各种国际事务的立场。1993 年 11 月 1 日马约生效后，政治合作制度被纳入欧洲政治联盟活动范围。

(4) 基本建成内部统一大市场。1985 年 6 月欧共体首脑会议批准了建设内部统一大市场的白皮书，1986 年 2 月各成员国正式签署为建成大市场而对《罗马条约》进行修改的《欧洲单一文件》。统一大市场的目标是逐步取消各种非关税壁垒，包括有形障碍（海关关卡、过境手续、卫生检疫标准等）、技术障碍（法规、技术标准）和财政障碍（税别、税率差别），于 1993 年 1 月 1 日起实现商品、人员、资本和劳务自由流通。为此，欧共体委员会于 1990 年 4 月前提出了实现上述目标的 282 项指令。截至 1993 年 12 月 10 日，264 项已经理事会批准，尚有 18 项待批。在必须转化为 12 国国内法方可在整个联盟生效的 219 项法律中，已有 115 项被 12 国纳入国内法。需转化为成员国国内法的法律，平均已完成 87%。1993 年 1 月 1 日，欧共体宣布其统一大市场基本建成，并正式投入运行。

(5) 建立政治联盟。1990 年 4 月，法国总统密特朗和联邦德国总理科尔联合倡议于当年底召开关于政治联盟问题的政府间会议。同年 10 月，欧共体罗马特别首脑会议进一步明确了政治联盟的基本方向。同年 12 月，欧共体有关建立政治联盟问题的政府间会议开始举行。经过 1 年的谈判，12 国在 1991 年 12 月召开的马斯特里赫特首脑会议上通过了政治联盟条约。其主要内容是 12 国将实行共同的外交和安全政策，并将最终实行共同的防务政策。

此外还实行了共同的渔业政策、建立欧洲货币体系、建设经济货币联盟等措施。

在对外关系方面，欧共体同世界上许多国家和地区建立和发展了关系。欧洲议会全会在 2010 年 7 月 8 日通过欧盟“外交部”筹组方案。欧盟将在世界上 130 多个国家设立使团，派驻大使。这样，欧盟对外事务的体制建设与主权国家类似，形成一整套完整体系。欧盟将是第一个设立“外交部”的主权国家组织。

(1) 欧盟—俄罗斯首脑会议

20 世纪 90 年代，随着“冷战”结束，欧盟与俄罗斯之间的关系出现缓和并不断得到加强。1993年12月,双方在布鲁塞尔签署了《俄罗斯同欧洲联盟之间关于建立伙伴和合作关系的联合政治声明》,并宣布建立半年一次的首脑定期会晤机制。

1994年6月24日,俄罗斯总统叶利钦与欧盟领导人在希腊科孚岛签署了为期10年的《伙伴关系与合作协定》。经俄罗斯国家杜马和欧盟各成员国议会批准后,该协定于1997年12月1日正式生效,欧盟与俄罗斯关系从此进入一个新的发展阶段。

(2) 欧盟—美国首脑会议

长期以来,欧盟与美国不仅在政治上互为盟友,而且在经济上也互为最大贸易伙伴和最大投资方。早在1953年,美国就与欧共体(欧盟前身)建立和保持外交关系。双方随后互派使团,关系不断加强和发展。1990年2月,时任美国总统的乔治·H. W. 布什和欧共体执行主席、爱尔兰总理豪伊商定:美国总统和欧共体执行主席以及美国国务卿和欧共体12国外长双方定期举行会晤,讨论双边关系和政治合作等问题。同年11月,欧美双方发表《跨大西洋宣言》,确定双方伙伴关系的准则、共同目标、合作领域及磋商机制,为双方关系的发展提供了纲领性文件。

在欧盟关系发展中,欧盟-美国首脑会议已成为欧美双方高层交往的重要机制。它每年在美国和欧盟轮值主席国间轮流举行一次,由美国总统、欧盟委员会主席、欧盟轮值国主席、欧盟负责外交和安全事务的高级代表出席。

(3) 欧盟—非洲首脑会议

欧洲与非洲国家在历史渊源、社会制度和地缘政治方面都存在紧密的联系。为加强欧非之间的交流与合作,葡萄牙于1996年提议召开非洲统一组织与欧盟成员国首脑会议。1999年7月,非统组织第35届首脑会议采纳了这一建议。第三届非洲-欧盟首脑会议2010年11月29—30日在利比亚首都的黎波里举行,来自欧盟27个成员国和非洲53个国家的国家元首、政府首脑或代表与会。该会议通过了《的黎波里宣言》和《行动计划》(2011—2013年),强调非洲国家和欧盟将在8个领域加强合作,即和平与安全、民主治理与人权、贸易与区域一体化和基础设施建设、千年发展目标、能源与气候变化、移民与就业、科学与信息社会以及太空技术。与会的非盟委员会主席让·平和欧盟委员会主席巴罗佐表示,非洲和欧盟应改变传统上受惠与捐赠的关系,建立以平等和共同发展为目标的新型战略伙伴关系。第四届非洲-欧盟首脑会议计划于2013年在比利时布鲁塞尔举行。

(4) 欧盟—拉美国家首脑会议

由于欧盟与拉美国家的政治体制、宗教信仰和价值观相同,文化联系密切,双方的关系一直较好。自欧盟前身欧共体和拉美国家1971年建立大使级对话关系后,两地区之间的关系得到进一步发展。1997年3月,法国总统希拉克访问巴西时提出召开欧盟-拉美首脑会议,他的建议得到拉美国家的积极响应。

1999年6月28—29日,首届欧盟-拉美国家首脑会议在巴西里约热内卢举行。来自拉美32个国家和欧盟15个国家的元首或政府首脑通过了建立面向21世纪战略伙伴关系的《里约热内卢声明》和《行动计划》。这两个文件确定了欧盟与拉美国家未来关系的框架和基本原则,为发展两地区之间更广泛的关系和一体化确立了目标和领域。2008年5月16日和17日,第五届欧盟-拉美国家首脑会议在秘鲁首都利马举行,来自40多个国家的首脑和20多个国家的政府代表出席了会议,会议先期还举行了高官会议、外长会议等相关会议。

(5) 欧盟—中国的领导人会晤

1998 年 1 月，中欧领导人在第二届亚欧首脑会议期间举行会晤，决定建立领导人年度会晤机制。此后，中欧双方高层互访频繁，政治互信不断加强。中欧间各级别政治对话与磋商机制的不断完善，有力地推动了双边关系的健康发展。2001 年，双方决定建立全面伙伴关系。2003 年 10 月，第六次中欧领导人会晤后，双方决定发展全面战略伙伴关系。

在高层互访的推动下，中国与欧盟的经贸关系快速发展。2004 年中欧双边贸易提前两年超过 1 500 亿美元，欧盟成为中国最大的贸易伙伴和第四大外资来源地（前 3 位是中国香港、美国和日本），也是中国最大的技术引进来源地。而中国则是欧盟的第二大贸易伙伴（仅次于美国）。2005 年，双边贸易额达到 2 173 亿美元，首次突破 2 000 亿美元大关，2008 年中欧双边贸易额再突破 4 000 亿美元大关，达到 4 255.8 亿美元，欧盟连续 5 年成为中国第一大贸易伙伴。此外，中欧在科技、教育、财政金融及社会保障等各领域的合作也富有成果。双方还加强了在新型疾病防控、能源、气候变化等全球性问题上的交流与合作。

二、北美自由贸易区

（一）北美自由贸易区概述

美国、加拿大、墨西哥于 1992 年 8 月 12 日就《北美自由贸易协定》达成一致意见，并于同年 12 月 17 日由三国领导人分别在各自国家正式签署，1994 年 1 月 1 日协定正式生效。北美自由贸易区（North American Free Trade Area，NAFTA）在世界各大区域贸易组织中具有重要的地位和作用。它拥有 4.21 亿人口，包含两个发达国家和一个发展中国家，是世界上第一个由发达国家和发展中国家组成的经济集团。该自由贸易区成员间的政治、经济情况的差异非常大，因此具有比较典型的研究和参考价值与意义。

北美自由贸易区的宗旨是减少贸易壁垒，促进商品和劳务在缔约国间的流通；改善自由贸易区内公平竞争的环境；增加各成员国境内的投资机会；在各成员国境内有效保护知识产权；创造有效程序以确保协定的履行和争端的解决；建立机制，扩展和加强协定利益。

（二）北美自由贸易区发展历程

关于建立北美自由贸易区的设想，最早出现在 1979 年美国国会关于贸易协定的法案提议中，1980 年美国前总统里根在其总统竞选的有关纲领中再次提出。但由于种种原因，该设想一直未受到很大重视，直到 1985 年才开始起步。

1985 年 3 月，加拿大总理马尔罗尼在与美国总统里根会晤时，首次正式提出美、加两国加强经济合作、实行自由贸易的主张。由于两国经济发展水平及文化、生活习俗相近，交通运输便利，经济上的互相依赖程度很高，所以自 1986 年 5 月开始经过一年多的协商与谈判，于 1987 年 10 月达成了协议，次年 1 月 2 日，双方正式签署了《美加自由贸易协定》。经美国国会和加拿大联邦议会批准，该协定于 1989 年 1 月生效。

《美加自由贸易协定》规定在 10 年内逐步取消商品进口（包括农产品）关税和非关税壁垒，取消对服务业的关税限制和汽车进出口的管制，开展公平、自由的能源贸易。在投资方面两国将提供国民待遇，并建立一套共同监督的有效程序和解决相互间贸易纠纷的机制。另外，为防止转口逃税，还确定了原产地原则。美、加自由贸易区是一种类似于共同市场的区域经济一体化组织，标志着北美自由贸易区的萌芽。

由于区域经济一体化的蓬勃发展和《美加自由贸易协定》的签署，墨西哥开始把与美国开展自由贸易区的问题列上议事日程。1986年8月两国领导人提出双边的框架协定计划，并于1987年11月签订了一项有关磋商两国间贸易和投资的框架原则和程序的协议。在此基础上，两国进行多次谈判，于1990年7月正式达成了“美墨贸易与投资协定”(也称“谅解”协议)。同年9月，加拿大宣布将参与谈判，三国于1991年6月12日在加拿大的多伦多举行首轮谈判，经过14个月的磋商，终于在1992年8月12日达成了《北美自由贸易协定》。该协定于1994年1月1日正式生效，北美自由贸易区宣告成立。

(三) 组织机构

自由贸易委员会：由三个成员国的内阁级代表组成，是北美自由贸易协定的中央机构，统管协定的实施和争端的解决，监督各工作小组、委员会和其他附属机构的工作。

协调员：由分别来自三国的三位高级贸易官员构成，负责协定实施过程中的日常工作。

秘书处：负责根据协定相关条款解决争端。

另外，北美自由贸易区还设有30多个工作小组、委员会及附属机构。

(四)《北美自由贸易协定》的基本内容

针对三个成员国不同的经济发展情况，《北美自由贸易协定》在以下几个方面作了安排。

第一，在墨西哥占有劳动力优势的纺织品和成衣方面，除了取消一部分产品的关税外，对于墨西哥生产的符合原产地规则的纺织品和成衣，美、加取消其配额限制，并将关税水平从45%降到20%。

第二，对于汽车产品，美、加逐步取消了对墨西哥制汽车征收的关税，其中轻型卡车的关税从25%减到10%，并在5年内全部取消；对于重型卡车、公共汽车、拖拉机的关税则在10年内取消。墨则将在10年内取消美、加汽车产品的关税及非关税壁垒，其中对轻型卡车在5年内取消关税。

第三，美、加分别取消其对墨农产品征收的61%和85%的关税；墨则取消对美、加农产品征收的36%和4%的关税。另外，墨西哥拥有10～15年的时间来逐步降低剩余农产品的关税，并有权通过基础设施建设、技术援助以及科研来支持本国农业发展。

第四，在运输业方面，三国间国际货物运输的开放有一个10年的转换期。3年后，墨的卡车允许进入美边境各州，7年后所有三国的国境对过境陆上运输完全开放。

第五，在通信业方面，三国的通信企业可以不受任何歧视地进入通信网络和公共服务业，开展增值服务也无任何限制。

第六，在金融保险业方面，在协定实施的最初6年中，美、加银行只能参与墨银行8%～15%的业务份额；在第七年至第十五年间，如墨银行市场中外国占有率超过25%，墨则有权实行一些保护性措施；墨在美、加银行市场中一开始就可以享受较为自由的待遇。协定还允许美、加的保险公司与墨的保险公司组成合资企业，其中外国企业的控股权可逐年增加，到2000年在墨的保险企业中外国企业的股份可达到100%。

第七，在能源工业方面，墨保留其在石油和天然气资源的开采、提炼及基础石油化工业方面的垄断权，但非石油化工业将向外国投资者开放。另外，协定同时规定对投资者给予国民待遇，对投资者不得规定诸如一定的出口比例、原产品限制、贸易收支、技术转让等限制条件。作为补充，美、加、墨在1998年又就取消500种关税达成协议。该协议从1998年8月1

日生效，并规定美国免税进口墨西哥产的纺织品、成衣、钟表、帽子等，墨西哥则向美国的化工产品、钢铁制品、玩具等商品开放其市场。此协议实施后，使大约93%的墨西哥商品能享受到美国的免税优惠，使大约60%的美国商品直接免税进入墨西哥市场。这就形成了自由贸易区内比较自由的商品流通大格局。

（五）北美自由贸易区的特点

北美自由贸易区是典型的南北双方为共同发展与繁荣而组建的区域经济一体化组织，南北合作和大国主导是其最显著的特征。

(1) 南北合作。北美自由贸易区既有经济实力强大的发达国家（如美国），也有经济发展水平较低的发展中国家，区内成员国的综合国力和市场成熟程度差距很大，经济上的互补性较强。各成员国在发挥各自比较优势的同时，通过自由的贸易和投资，推动区内产业结构的调整，促进区内发展中国家的经济发展，从而减少与发达国家的差距。

(2) 大国主导。北美自由贸易区是以美国为主导的自由贸易区，美国的经济运行在区域内占据主导和支配地位。由于美国在世界上经济发展水平最高，综合实力最强；加拿大虽是发达国家，但其国民生产总值仅为美国的10.9%（2008年美国中央情报局数据），经济实力远不如美国；墨西哥是发展中国家，对美国经济的依赖性很强，因此，北美自由贸易区的运行方向与进程在很大程度上体现了美国的意愿。

(3) 减免关税的不同步性。由于墨西哥与美国、加拿大的经济发展水平差距较大，而且在经济体制、经济结构和国家竞争力等方面存在较大的差别，因此，自《美加自由贸易协定》生效以来，美国对墨西哥的产品进口关税平均下降84%，而墨西哥对美国的产品进口关税只下降43%；墨西哥在肉、奶制品、玉米等竞争力较弱的产品方面，有较长的过渡期。同时，一些缺乏竞争力的产业部门有10～15年的缓冲期。

(4) 战略的过渡性。美国积极倡导建立的北美自由贸易区，实际上只是美国战略构想的一个前奏，其最终目的是为了在整个美洲建立自由贸易区。美国试图通过北美自由贸易区来主导整个美洲，一来为美国提供巨大的潜在市场，促进其经济的持续增长；二来为美国扩大其在亚太地区的势力，与欧洲争夺世界的主导权。1990年6月27日美国总统布什在国会提出了开创“美洲事业倡议”，随后美国于1994年9月正式提出“美洲自由贸易区”计划，同年12月，在美国迈阿密举行了由北美、南美和加勒比海所有国家（古巴除外）共34个国家参加的“美洲首脑会议”，会议决定于2005年建成美洲自由贸易区。此后，虽然历次首脑会议一再重申2005年建成美洲自由贸易区，但谈判一直停留在议程和框架层面上，无从深入，但到2003年，美国已与美洲大陆34个国家中的14个签署或正在报签双边自由贸易协定。

（六）北美自由贸易区对美、加、墨三国经济的影响

北美自由贸易区的建立，在一定程度上达到了三国合作的初衷，给三国带来了巨大的经济利益。同时，北美自由贸易区的建立给南北国家在区域范围内利用自由贸易区进行合作开创了先河，从而给世人以巨大的启示，具有一定的示范效应。在经济利益方面，北美自由贸易区对美、加、墨三国的影响各有不同。

1. 北美自由贸易区对美国经济的影响

与加、墨的自由贸易使美国产品进入了一个更广阔的市场；为美国创造了更多的就业机会；从墨西哥进口的大量廉价劳动密集型产品使消费者大为受益；增强了对欧、日的国际竞争力。

2. 北美自由贸易区对加拿大经济的影响

贸易收益不如美国大,但是区内的自由贸易同样给其带来了贸易量的增长和规模经济利益。

3. 北美自由贸易区对墨西哥经济的影响

免除了关税,成为对美、加劳动密集型产品的主要出口国;美、加大量投资推动其国内经济的发展。然而也同样为贸易自由化付出了一定的代价:民族工业遭受巨大的冲击;金融体系的不稳定。

三、亚太经济合作组织

(一)亚太经济合作组织概述

亚太经济合作组织(Asia-Pacific Economic Cooperation,APEC)是亚太地区最具影响的经济合作官方论坛,是亚太地区的一个主要经济合作组织。1989年11月,亚太经合组织首届部长级会议在澳大利亚首都堪培拉举行,标志着亚太经合组织的正式成立。现有亚太地区21个成员,分别是中国、澳大利亚、文莱、加拿大、智利、中国香港、印度尼西亚、日本、韩国、墨西哥、马来西亚、新西兰、巴布亚新几内亚、秘鲁、菲律宾、俄罗斯、新加坡、中国台湾、泰国、美国和越南。1997年温哥华领导人会议宣布APEC进入10年巩固期,暂不接纳新成员。此外,APEC还有3个观察员,分别是东盟秘书处、太平洋经济合作理事会和太平洋岛国论坛。

APEC的合作方式:APEC采取自主自愿、协商一致的合作方式。所作决定须经各成员一致同意。会议最后文件不具法律约束力,但各成员在政治上和道义上有责任尽力予以实施。

亚太经济合作组织的宗旨是:相互依存,共同受益,坚持开放性多边贸易体制和减少区域内贸易壁垒。最迟不晚于2020年实现亚太地区的贸易和投资自由化,其中,发达国家不晚于2010年,发展中国家不晚于2020年。

(二)亚太经济合作组织的历史沿革

1989年1月,澳大利亚总理波比·霍克访问韩国时在首尔倡议召开“亚洲及太平洋国家部长级会议”。

1989年11月6—7日,12个创始会员国在澳大利亚堪培拉举行首届“亚洲太平洋经济合作部长级会议”。

1991年11月12—14日,第三届部长级会议在韩国首尔举行并通过《汉城宣言》,正式确定亚太经合的宗旨、目标、工作范围、运作方式、参与形式、组织架构、前景。亚太经合的目标是为本区域人民普遍福利持续推动区域成长与发展;促进经济互补性,鼓励货物、服务、资本、技术的流通;发展并加强开放及多边的贸易体系;减少贸易与投资壁垒。这次会议也正式将中华人民共和国、香港(回归中国后以“中国香港”的名义参与)、中国台湾三个经济体同时纳入亚太经合会。

1992年9月10—11日,第四届部长级会议在泰国曼谷召开,确定将亚太经合秘书处设于新加坡,并确立亚太经合运作基金的预算规则。1993年1月,亚太经合秘书处在新加坡成立,负责该组织的日常事务性工作。

1993年11月20日,首届亚太经合经济领袖会议在美国西雅图布莱克岛举行,并宣示

亚太经合的目的是为亚太人民谋取稳定、安全、繁荣。

1994年11月15日，在印度尼西亚茂物举行的经济领袖会议设立"茂物目标"：已开发成员在2010年前、开发中成员在2020年前，实现亚太地区自由与开放的贸易及投资。

（三）亚太经济合作组织的组织机构

APEC共有5个层次的运作机制：领导人非正式会议、部长级会议、高官会议及其下属委员会和工作组、秘书处。

1. 领导人非正式会议

自1993成立以来到2010年，领导人非正式会议共举行了18次，分别在美国西雅图、印尼茂物、日本大阪、菲律宾苏比克、加拿大温哥华、马来西亚吉隆坡、新西兰奥克兰、文莱斯里巴加湾、中国上海、墨西哥洛斯卡沃斯、泰国曼谷、智利圣地亚哥、韩国釜山、越南河内、澳大利亚悉尼、新加坡、秘鲁利马、新加坡和日本横滨举行。2011年的领导人非正式会议将在美国举行。

2. 部长级会议

部长级会议是亚太经合组织决策机制中的一个重要组成部分，部长级会议实际是"双部长"会，即由各成员的外交部部长（中国香港和中国台湾除外）以及外贸部部长或经济部部长、商业部部长等（中国香港和中国台湾派代表）出席，每年在领导人会议前举行一次。会议的主要任务包括：为领导人非正式会议召开进行必要的前期准备；贯彻执行领导人会议通过的各项指示，讨论区域内的重要经济问题，决定亚太经合组织的合作方向和内容。

3. 高官会议

高官会议是亚太经合组织的协调机构，始于1989年，通常由当年举办领导人非正式会议的东道主主办，每年举行3～4次会议，一般由各成员司局级或大使级官员组成。高官会议主要负责执行领导人和部长级会议的决定，审议各工作组和秘书处的活动，筹备部长级会议、领导人非正式会议及其后续行动等事宜。

4. 委员会和工作组

高官会下设4个委员会和11个专业工作小组。4个委员会是贸易和投资委员会(CTI)、经济委员会(EC)、经济技术合作高官指导委员会(SCE)和预算管理委员会(BMC)。CTI负责贸易和投资自由化方面高官会交办的工作；EC负责研究本地区经济发展趋势和问题，并协调结构改革工作；SCE负责指导和协调经济技术合作；BMC负责预算、行政和管理等方面的问题。此外，高官会还下设11个专业工作组，从事专业活动和合作，这11个专业工作小组分别为产业科技、人力资源开发、能源、海洋资源保护、电信、交通、旅游、渔业、贸易促进、农业技术合作和中小企业。

5. 秘书处

1993年1月在新加坡设立，为APEC各层次的活动提供支持与服务。秘书处负责人为执行主任，任期1年，由APEC当年的东道主指派。

（四）APEC与EU和NAFTA的差异

亚太经合组织和北美自由贸易区是由发达国家与发展中国家组成，欧盟全是由发达国家组成。欧盟不仅是一个经济组织，而且还是一个政治组织，该组织与其他经济组织相比，内部联系比较紧密，利益比较一致，已建成商品、人员、劳务和资本均可在内部自由流动的统一大市场。欧盟是世界上成立较早的政治经济一体化组织，也是一个比较完善的组织，其成员国共有27个。北美自由贸易区成立比欧盟晚；成员国少，只有美国、加拿大、墨西哥三国；相互间地位不平等，美国居主要地位。亚太经合组织是一个以发展中国家为主的区域经济组织，一些发达国家特别像美国也积极加入进来的原因是：美国等发达国家看到了亚太地区未来发展的巨大潜力；美国也是想以此来牵制欧盟。亚太经济组织与欧盟、北美自由贸易区等其他经济集团相比，没有组织首脑，没有常设机构，对成员国的约束力较小。亚太经合组织是由太平洋沿岸21个国家组成的区域经济集团，该组织的成立有利于推动全球经济一体化，有利于实现区域内的合作，实现共同繁荣，但该组织没有组织机构，没有首脑，是一个比较松散的非正式集团，目前还不能实现商品、人员、劳务和资本均可在内部自由流动。在21个成员国中，发达国家共有加拿大、美国、新西兰、澳大利亚、日本、俄罗斯6个国家，其中加拿大、美国、新西兰三国位于西半球。美国、加拿大、澳大利亚又是世界著名的商品谷物生产国。概括地说，与欧盟和北美相比，亚太经合组织具有下列特点：

(1) 亚太经合组织内各成员国经济发展水平差异巨大；

(2) 亚太经合组织内各国的社会结构差异也很大；

(3) 亚太经合组织内各国之间的人口规模、自然资源禀赋和国力强弱悬殊；

(4) 亚太经合组织各国的政治、经济、军事实力呈不对称结构；

(5) 亚太经合组织各国的文化背景、宗教信仰存在着差异；

(6) 亚太经合组织各国之间还存在着一些历史遗留的疑虑和问题。

第四节　我国区域经济一体化的发展现状与趋势

自从1958年欧共体开创区域组织先河以来，得到世界贸易组织认可的双边自由贸易协定已经有300多个，双边贸易自由化、区域经济一体化、洲际贸易自由化越来越成为全球化发展的一种趋势。在这一背景下，中国积极开展区域经济合作，与一些国家与地区建立自贸区的步伐加快，并已在多方面取得了实质性的进展。在我国政府的积极努力之下我国对外商开放的自由贸易区不断增加，2005年自贸区贸易额约为3 500亿美元，涵盖我国对外贸易总额的1/4(表11-2)。为扩大内地对港澳开放签署了《〈更紧密经贸关系安排〉补充协议二》、全面实施《中国-东盟自贸区货物贸易协议》、签署《中国-智利自贸协定》、签署《中国-巴基斯坦自贸区早期收获协议》，推进与海湾合作委员会、南部非洲关税同盟、新西兰、澳大利亚等国的自贸谈判，中国-冰岛自贸区联合可行性研究也在进行中。下面对我国参与的一体化组织做一简单介绍。

表11-2　中国-东盟自由贸易区部分关税削减时间

时　　间	关税税率	覆盖关税条目	参与的国家
2003年10月	中国与泰国果蔬关税降至0%	中泰全部果蔬	中国、泰国
2004年	农产品关税开始下调	农产品	中国与东盟10国
2005年1月	对所有成员国开始削减关税	全部	中国与东盟10国
2006年	农产品关税降至0%	农产品	中国与东盟10国
2010年1月	关税降至0%	除部分敏感产品外的产品	中国与原东盟6国
2015年	关税降至0%	除部分敏感产品外的产品	中国与东盟新成员国

一、参与亚太经合组织

亚太经合组织(APEC)成立以来,已发展成为亚太地区最有影响、成员最多、参与层次最高的区域经济合作组织,为推动亚太地区经济合作与交流、促进成员间贸易投资发展,发挥了重要作用。1991年,我国作为主权国家、中国香港和中国台湾作为地区经济体同时加入APEC。此后,我国外交部部长和外经贸部部长参加了历届部长级年会,高度重视参与亚太经合组织合作,积极推动了亚太经合组织的环太平洋区域合作,对APEC近年来的合作进程发挥了积极作用。

从1993年起,江泽民主席亲自出席了每年的领导人会议。我国还积极参与了APEC各类专业部长会议,高级官员会议,贸易投资委员会及其下属工作组、专家组会议。此外,在华主办了1次科技部长会议、10次工作组会议和诸多研讨会、培训班。我国已经成为APEC的重要成员。我国还于2001年成为APEC东道主,主办APEC领导人非正式会议、部长级会议等一系列会议和活动。在1994年印尼茂物第二次领导人会议上,江泽民主席就开展APEC经济合作阐述了我国政府的基本立场,即相互尊重、协商一致;循序渐进、稳步发展;相互开放、不搞排他;广泛合作、互利互惠;缩小差距、共同繁荣。在1995年日本大阪第三次领导人会议上,江主席进一步阐述了我国政府的5点主张:

(1) 要把世界和亚太经济的持续发展作为开放合作的根本目标;

(2) 要为发展中成员经济持续增长创造有利外部条件;

(3) 要坚持自主自愿原则;

(4) 要尊重差别,恰当把握贸易投资自由化的合理速度;

(5) 要坚持贸易投资自由化与经济技术合作并重的方针。

我国对APEC贸易投资自由化进程一直持积极态度。同时主张,APEC应坚持开放的区域主义,而不能变成一个封闭性的贸易集团;APEC成员间及APEC成员与非APEC成员间均应相互开放,摒弃经贸关系中的歧视性做法;实施贸易投资自由化应充分考虑各成员不同的经济发展水平和具体情况,坚持《大阪行动议程》中确定的自主自愿等基本原则,保持适当的速度;大力开展经济技术合作,以缩小成员间的差距,达到共同繁荣的目的。我国一贯认为,各成员的单边行动计划是APEC实现贸易与投资自由化的主渠道,并积极制订、实施和改进中国的单边行动计划。我国对15个部门的提前自由化问题也持原则支持态度,同时主张应坚持自主自愿、灵活性和协商一致等原则,充分照顾各成员的实际情况。

总之,中国领导人多次在经合组织领导人会晤时阐述了中国对促进全球经济平衡、稳定、持续增长的看法,以及对亚太经合组织合作重点和发展方向的主张,呼吁国际社会有效应对世界经济发展不平衡问题,共同推进多边贸易体制健康发展,推动贸易和投资自由化、便利化,深化和扩大经济技术合作。

二、建立"10+1"自由贸易区

2003年中国加入了《东南亚友好合作条约》。2004年11月中国与东盟签署了《中国-东盟全面经济合作框架协议货物贸易协议》,根据《货物贸易协议》的规定,中国与东盟全面开始关税减让,包括早期收获产品在内的7 000多个税目纳入降税计划。按照降税模式,从2005年7月20日起大幅降低关税,我国实际进行关税削减的税目共3 408个,约占全部税目的50%；到2010年，我国和东盟老成员绝大多数产品的关税将取消，东盟新成员将在2015年基本实现货物贸易自由化，在2010年实现零关税贸易。

中国-东盟自贸区是我国建立的第一个自贸区，是参与区域经济合作迈出的重要一步，标志着中国-东盟全面经济合作进入了一个崭新阶段。在过去10年中，中国与东盟的双边贸易保持着年均近20%的增长速度。近年来，双方的贸易增速大大加快。据东盟秘书处的估算，中国-东盟自由贸易区的成立，将使东盟对华出口增加48%，而中国对东盟的出口将增加55.1%。目前，中国-东盟自贸区全面降税进程已经启动，服务贸易和投资谈判正在加快进行。到2010年，这一目前涵盖18.5亿人口、2万亿美元国内生产总值、2.3万亿美元贸易总额的自贸区将最终建成。未来的中国-东盟自贸区将是亚洲地区最大的自贸区，也将是发展中国家之间最大的自贸区。它将有力地推动中国和东盟的经济发展，实现共同繁荣，谱写出中国-东盟全方位合作的新篇章。

三、中国智利缔结自由贸易协定

2004年12月中国、智利举行第一轮谈判。2005年11月18日，中智两国在韩国釜山签署了《中华人民共和国政府和智利共和国政府自由贸易协定》。中国国家主席胡锦涛和智利总统拉戈斯出席了签字仪式，并交换了协定文本。这是继《中国-东盟全面经济合作框架协议货物贸易协议》之后中国对外签署的第二个自由贸易协定，也是中国与拉美国家的第一个自由贸易安排。

两国将从2006年下半年全面启动货物贸易的关税减让进程，占我国税目总数97.2%的7 336个产品和占智利税目总数98.1%的7 750个产品将于10年内分阶段取消关税。其中，我国4 753种产品的关税将在协议生效后两年内降为零；智利对我国5 891种产品2006年10月1日起降为零关税。双方立即降为零关税的产品主要包括化工品、纺织品和服装、农产品、机电产品、车辆及零件等。此外，两国还将在经济、中小企业、文化、教育、科技、环保、劳动和社会保障、知识产权、投资促进、矿产、工业等领域进一步开展合作。

四、中国与巴基斯坦建立自贸区

2005年4月，温家宝总理访问巴基斯坦期间，与巴基斯坦总理阿齐兹共同宣布启动中巴自贸区谈判，并签署了《中巴自贸协定早期收获协议》(以下简称《协议》)。《协议》规定，中方将向原产于巴基斯坦的769个8位税目产品提供零关税待遇，主要涉及蔬菜、水果、石料、棉坯布和混纺布。同时，中方可享受巴方提供的486个8位税目产品的零关税待遇，主要涉及蔬菜、水果、石料、纺织机械和有机化工品。上述产品的关税将在2年内分3次，到2008年1月1日全部降为零。除零关税产品外，中方将对原产于巴基斯坦的1 671个8位税目产品实施优惠关税，平均优惠幅度27%；巴方将对原产于中国的575项6位税目产品实施优惠关税，平均优惠幅度22%。2005年12月9日，当时的商务部部长薄熙来与来访的巴基斯坦商务部部长胡马云签署换文，确认上述关税减让安排将从2006年1月1日开始实施。《协议》的实施，将为未来建立中巴自贸区打下良好的基础，扩大中巴双边贸易，实现互利共赢。

五、大湄公河次区域经济合作规划未来5年行动纲领

1995年，亚洲开发银行发起了大湄公河次区域经济合作。大湄公河次区域国家(包括

中国、柬埔寨、老挝、缅甸、泰国和越南)地缘相邻,文化相通,经贸往来密切,都处在发展的重要阶段,开展互利合作既有共同需要,也有许多有利条件。2005 年 7 月,大湄公河次区域经济合作第二次领导人会议在昆明成功举办,取得了多项实质性成果。其中之一是会议批准了《次区域贸易投资便利化战略行动框架》,决定次区域各国将在简化海关手续、协调检验检疫程序、促进贸易物流和便利商务人员流动这四大优先领域开展合作。次区域合作机制启动以来,各国在交通、能源、电信、贸易、投资、旅游、环境、人力资源、农业等领域不断加强合作,成功实施 100 多个合作项目,建成了一批标志性工程,促进了各国经济和社会发展。

六、《曼谷协定》提升为《亚太贸易协定》

《曼谷协定》签订于 1975 年,是在联合国亚太经济社会委员会主持下,在发展中国家之间达成的一项优惠贸易安排,现有成员国为中国、孟加拉国、印度、老挝、韩国和斯里兰卡。该区域贸易安排覆盖近 26 亿人口的大市场,2004 年 GDP 达到 3 万亿美元,贸易规模近 2 万亿美元。2005 年 11 月 2 日,《曼谷协定》第一届部长级理事会在北京举行,会上,各成员代表共同宣布协定正式更名为《亚太贸易协定》。从 2006 年 7 月 1 日起,各国将提供合计 4 000 多个税目产品的关税削减。根据 2005 年海关税则计算,我国将向 5 国的 1 697 项 8 位税目产品提供优惠关税,平均减让幅度 27%,同时向最不发达成员国孟加拉国和老挝的 161 项 8 位税目产品提供特别优惠,平均减让幅度 77%。我国则可享受印度 570 项 6 位税目、韩国 1 367 项 10 位税目、斯里兰卡 427 项 6 位税目和孟加拉国 209 项 8 位税目产品的优惠关税。

七、CEPA 扩大促进内地港澳经济进一步融合

2003 年 6 月 29 日温家宝总理在香港回归 6 周年之际签署了“内地与香港关于建立更紧密经贸关系的安排”(CEPA)协议,根据该协议,自 2004 年 1 月 1 日起输往内地的 273 种原产于香港的货物,进入内地时都可享受零关税优惠。随后,又签署了“内地与澳门关于建立更紧密经贸关系的安排”协议。2005 年 10 月,内地与香港和澳门特别行政区政府签署《〈更紧密经贸关系安排〉补充协议二》。根据该协议,在货物贸易方面,内地将自 2006 年 1 月 1 日起,对原产于港澳的货物全面实行零关税。在服务贸易方面,内地在法律、会计、建筑、视听、分销、银行、证券、旅游、运输和个体工商户 10 个领域进一步放宽对港澳的市场准入条件,进一步促进内地与港澳经济的融合。

随着中国参与区域经济合作的不断深入,其现实的好处和优势不断显现:对进口商来说,从东盟、中国香港、中国澳门等地进口的商品免除了关税,减少了进口成本;对生产厂家来说,生产成本降低了,出口市场扩大了,竞争力更强了;消费者也得到了实惠,他们在市场上买到了更多质优价低的泰国山竹、越南的龙眼、马来西亚的可可粉、香港的珠宝和时装……当然,自由贸易区的开放是相互的,在我们享受别的国家和地区市场开放带来的利益的同时,我们自己的关税也要削减,进口限制也要取消。中国企业一方面要充分利用自贸区带来的巨大商机;另一方面也要深入了解自贸区“游戏规则”,有效规避风险。

八、中国与其他国家建立自由贸易区动态

中国与南部非洲:2004 年 6 月,同意启动中国与南部非洲关税同盟(SACU,南非、纳米

比亚、博茨瓦纳、莱索托、斯威士兰)FTA谈判。

中国与海湾六国：2005年4月中国与海湾6国(沙特阿拉伯、阿联酋、科威特、阿曼、塔卡尔和巴林)启动第一轮谈判。一段时间以来，在互利双赢的基础上，中国和海湾地区国家的经贸合作日趋广泛。2008年中国与沙特的总贸易额达到420亿美元，已成为其第二大进口国。

中国与韩国：2005年3月中国与韩国就“启动中韩FTA可行性和政策提案民间共同研究”达成协议。

中国与印度：2005年4月中国与印度启动中-印区域贸易安排可行性研究。

中国与冰岛：2005年5月中国与冰岛同意就两国间签署自由贸易协议进行可行性研究。

中国与澳大利亚：2005年5月中国与澳大利亚正式启动谈判。2005年11月，第三轮结束，完成第一阶段。2006年9月双方就自由贸易协定(FTA)在北京进行了第六轮谈判。

中国与新西兰：2004年12月启动谈判，2005年7月第四轮。2005年12月1日第五轮取得进展。温家宝于2006年4月10日在新西兰访问期间表示，中国和新西兰自由贸易协定(FTA)将在两年内达成，2008年4月7日，《中华人民共和国政府和新西兰政府自由贸易协定》正式签署，这是中国与发达国家签订的第一个自贸协定。

展望未来，中国将继续加大参与区域经济合作的步伐，积极倡导贸易投资自由化与便利化，推动实现互利共赢。

但是，这些区域自由贸易区与美国的“北起阿拉斯加，南到阿根廷的美洲自由贸易区(FTAA)”以及作为一体化程度最高的区域经济组织欧盟所倡议的“欧盟-南方共同市场地区联盟(2008年以前建成)”和“欧盟-拉美自由贸易区”相比，无论是成员国的数量，还是区域内的贸易规模都要小得多。事实上，在当前贸易保护主义依然盛行时期，开展区域经贸合作具有非常重要的意义，一方面，区域贸易组织通过降低区域内关税及非关税贸易障碍，以促进贸易自由化，区域贸易组织对于促进成员国内部贸易和经济的发展发挥着越来越重要的作用，据世界贸易组织统计，区域贸易内部成员国之间的贸易额超过全球贸易总额的50%；另一方面，区域经济组织也是区域整合的一种制度创新，以区域经济合作为平台，在“共赢”、“平等”和“共存”的原则下广泛建立国家间、行业间、企业间等多个层次的经济合作和协调机制，有利于减少贸易壁垒、化解贸易摩擦、缓和贸易冲突、规避贸易风险，进而可以不断优化我国的外贸环境，通过区域贸易组织还可以使我国在国际贸易舞台中的地位由被动接受变为主动参与，从而使我国企业融入国际标准和竞争规则制定者的行列，提升我国企业决策者的能力。

欧盟区域政策在西班牙和葡萄牙的实践

位于伊比利亚半岛的西班牙和葡萄牙是欧盟中的穷国，均于1986年加入欧盟。在欧盟区域政策，尤其是欧盟结构基金的支持下，两国经济发展水平与欧盟平均水平的差距逐渐缩小。

一、欧盟区域政策

欧盟区域政策是逐步明确和形成的。1955年，欧洲共同体成立之初，虽然认识到富裕

地区和贫困地区的差距可能会威胁到欧洲一体化进程，在建立欧洲投资银行、共同农业政策和欧洲社会基金的文件中，也认识到消除地区发展不平衡的必要性，但当时欧共体尚无共同的区域政策概念。随着一体化进程的深入，欧共体内部的地区差距问题和其他区域问题日益突出。1969 年，欧共体委员会首次提出共同区域政策的概念。但至此，欧共体还没有地区政策的特殊工具。1973 年，严重存在区域发展失衡问题的英国和爱尔兰加入欧共体。随着欧共体在地域上的扩大，欧共体的地区差距等区域问题越来越显得重要，不可再等闲视之。1975 年，欧共体建立了共同区域政策的专门工具——欧洲区域发展基金。至 80 年代末 90 年代初，欧盟共同区域政策体系基本形成。欧盟区域政策有两个主要方向，其一，对问题区域（主要指发展落后的区域、衰退工业地区和乡村地区等）的发展提供直接的财政援助。其二，协调与控制成员国的地区政策（欧盟有权否决和改变成员国的区域政策），包括以下政策工具：结构基金（欧洲区域发展基金、欧洲社会基金、欧洲农业指导和保障基金三个基金，也有人将渔业指导金融工具包括其中，以下除特别说明者外，结构基金仅包括前三）、团结基金（Cohesion Fund）、欧洲经济区金融机制。其中，结构基金是最主要的政策工具。欧盟对问题区域的财政援助主要由结构基金分配，1989—1993 年，结构基金"重新分配"了 640 亿埃居（ECU，即欧洲货币单位，1 埃居约合 1.2 美元）；1994—1999 年，结构基金总预算 1 545 亿埃居；2000—2006 年，结构基金落后地区的援助额将达到 1 359 亿欧元。除结构基金外，团结基金对于欧盟 4 个最不发达国家——希腊、葡萄牙、爱尔兰及西班牙的经济发展也起着重要的援助作用。1993—1996 年，团结基金用于援助上述 4 个国家的资金大约为 80.13 亿埃居。2000—2006 年，团结基金的可分配资金为 180 亿欧元。

西班牙和葡萄牙是欧盟区域政策的两大受益者。根据欧盟确定的标准，1988 年，西班牙有 57.7%的人口属于落后地区，22.2%的人口在衰退工业地区，2.5%的人口在乡村地区，合计有 82.6%的人口享受结构基金的支持；葡萄牙 100%的人口属于落后地区，全部享受结构基金的支持。

1989—1993 年，西班牙共接受 120 亿埃居的结构基金支持，几乎占结构基金总支出的 1/4；结构基金投入占 GDP 比重在 1%以上。1995 年以来，西班牙已接受 16 亿埃居以上团结基金的支持，约占团结基金总支出的 50%。2000—2006 年，西班牙每年将接受 470 亿美元结构基金的支持，占结构基金投放总量的 26%，约占同一时期西班牙 GDP 的 1.5%。

葡萄牙接受共同体支持框架分为三个阶段（Community Support Framework，包括结构基金和团结基金）：第一阶段，从 1986 年到 1988 年，共接受 22 亿埃居的基金支持；第二阶段，从 1989 年到 1993 年，共接受 90 亿埃居的基金支持，其中结构基金支持约占 GDP 的 3%；第三阶段，从 1994 年到 1999 年，共接受 185 亿埃居的基金支持。从 1989 年至 1999 年，欧盟转移给葡萄牙的资金量平均占其 GDP 的 3.1%；结构资金投入占其固定资产投资的 8%，共同体支持框架投入估计占固定资产投资的 16%。

二、欧盟区域政策在西班牙和葡萄牙的实践取得明显成效

从国家层面上看，欧盟区域政策的实施缩小了西班牙和葡萄牙与其发达盟国之间的差距。1999 年，西班牙和葡萄牙的 GNP 分别达到 5 516 亿美元和 1 059 亿美元，约占欧盟 GNP 总量的 6.7%和 1.3%，比 1986 年提高约 0.9 和 0.6 个百分点；人均 GNP 分别达到 14 000 美元和 10 600 美元，约为欧盟平均水平的 64.1%和 48.5%，比 1986 年提高约 11.3 和 24.1 个百分点。

1998年，西班牙农业增加值占GDP的比重下降至3%，比1986年下降3个百分点；葡萄牙农业增加值占GDP的比重下降至4%，下降6个百分点。1999年，西班牙的城市化水平和1985年一样，仍为77%；葡萄牙的城市化水平比1985年上升32个百分点，达到63%。在第二分区层次上，至1996年，在人均GDP水平最低的10个区域中，属于西班牙和葡萄牙的区域由1986年的6个减少到3个；在人均GDP水平最低的25个区域中，属于西班牙和葡萄牙的区域由1986年的10个减少到7个。同时，与10年前相比，这三个地区人均GDP与欧盟最富裕地区人均GDP的相对差距也有所减小。1996年，埃斯特雷马杜拉人均GDP达到欧盟人均GDP最高区域的28.6%，比1986年上升4.8个百分点；亚速尔达到26.0%，上升4.4个百分点；马德拉达到28.1%，上升6.5个百分点。值得注意的是，西班牙加入欧盟后，其内部的区域差距却出现扩大趋势。1986年，西班牙人均GDP标准离差为13.7%。到1996年，这一离差扩大为16.8%，扩大3.1个百分点。

在欧盟诸国中，西班牙原是地区发展差距较大的国家之一。第二次世界大战结束之后，西班牙历届政府在缩小地区发展差距方面做出了艰苦努力。在佛朗哥统治时期，西班牙政府效仿法国，建立若干“发展极”并给予特殊的贷款和税收政策，以“发展极”的快速发展，促进各地区经济协调发展。在1978年之后的西班牙自治体制下，西班牙政府采取了以下措施促进地区经济均衡发展：①中央政府把原来属于中央的部分权限（如财政税收、教育文化等）分散给各区，由各自治区自主决定本区的经济政策和增长模式。②为平衡各地区发展，中央政府可采取地区差别税收政策，并在预算内安排2%左右的共同投资用于改造落后地区的工业结构、改善不发达地区的交通等基础设施状况。③成立促进地区经济领导委员会，在经济和财政部下设地区经济总司，负责落实西班牙政府促进地区经济发展的措施。西班牙政府根据人均收入、失业率等因素，把经济相对落后的地区或边远地区划为经济推动区，选择一系列农业、工业和旅游项目，给予投资这些项目的企业投资补贴、利息补贴和减征前2年社会保险税的50%等政策优惠。④设立地区补偿基金和地区鼓励基金。前者用于对自治区权限内的投资项目进行财政资助；后者用于对生产性投资进行财政和税收鼓励，并以之促进地区工业合理布局。

西班牙政府所采取的地区发展政策，在缩小地区差距方面起到了积极作用。分阶段看，1979年之前，地区政策的效应比较明显，人均收入（西班牙本币值）标准离差从1955—1964年的平均36.7%下降到1975—1985年的平均20.9%，下降15.8个百分点；1979年，地区政策的效应明显减弱，人均收入标准离差又从1975—1985年的平均20.9%扩大到21.1%，扩大0.2个百分点。在前一段时期，劳动力流动比较活跃，人口从落后地区流向发达地区对于缩小地区差距起到重要作用；而在后一个阶段，由于地区差距的缩小和发达地区就业机会增长的放慢，劳动力的流动趋于停滞，人口流动对于缩小地区差距的作用明显减小。据西班牙经济部资料表明，20世纪六七十年代，西班牙落后地区约有200万人流入发达地区，200万人流出国外，约占西班牙总人口的10%。近15年来，移民数量大为减少，甚至有少量移民回流现象。

入盟之后，西班牙内部地区差距的扩大，一方面可能与区域经济发展阶段有关，另一方面可能与入盟之后国家经济主权受到限制有关。根据威廉森的“倒U形”区域发展理论，在发展的第一阶段，优势区域发展快于劣势区域，地区差距扩大；在发展的第二阶段，由于“涓滴效应”的作用，劣势区域开始从国家的发展中受益，可能以快于优势区域的速度发展，区域发展差距缩小。根据这一理论，西班牙的地区发展有可能处于第一阶段。然而，这一理论不能解释西班牙佛朗哥时期地区差距缩小的现象。那时，西班牙经济发展虽然处于更低的阶段上，地区差距却呈现了明显缩小之势。所以如此，可能是因为，在佛朗哥时期，中央政府有更大的权力在全国分配经济资源，因而有更大的平衡各地区发展的能力。从这个角度来看，入盟之后西班牙的地区差距扩大，可能与西班牙政府在全国配置资源的权力受到削弱有关。

三、欧盟的两难抉择

欧盟的扩大将引发新旧成员国的利益之争。欧盟通过共同体支持框架对落后地区的支持，有着一定的标准。当然，这些标准并不是一成不变的。开始时，结构基金根据成员国的人均 GDP 和第二分区的人均 GDP，来确定支持对象。1993 年，结构基金放弃了成员国人均 GDP 标准，而将人均 GDP 连续 3 年低于欧盟平均水平 75%的第二分区，确定为需要援助的落后地区。至于团结基金，则规定只有那些人均 CDP 低于欧盟平均水平 90%的成员国，方有资格享受基金的支持。

由于那些拟加入欧盟的中东欧国家的发展水平普遍较低，欧盟扩大之后，一些原来享受结构基金或团结基金的地区或国家可能不再享受。目前，拟加入欧盟的国家有匈牙利、波兰、罗马尼亚、斯洛伐克、拉脱维亚、爱沙尼亚、立陶宛、保加利亚、捷克斯洛伐克和斯洛文尼亚 10 国。按照购买力平价计算，1997 年，除捷克斯洛伐克和斯洛文尼亚外，其他 8 国的人均 GDP 均低于欧盟平均水平 50%；而同年，西班牙的人均 GDP 达到欧盟平均水平的 78%，葡萄牙达到 70%。在 2001 年召开的欧盟外长理事会上，西班牙、葡萄牙等享受欧盟支持的国家，便对既有权利可能被剥夺忧心忡忡。

欧盟扩大之后，既要保证旧成员的利益不受到损害，又要使新成员能够得到相应水平的援助，必须扩大基金规模，而这将增加旧成员的负担，这便是欧盟东扩的两难选择。

欧盟区域政策的转向可能不利于区域差距的缩小。目前，在欧盟区域政策中，有两类明显不同的区域政策，一类是能动的区域政策(Active Regional Policies)；另一类是被动的区域政策(Reactive Regional Policies)。前者主要包括目前结构基金所实施的一系列援助政策，其特征是用欧盟的财政预算支持相关地区的发展。后者为竞争政策，并不影响欧盟的预算。其政策目标是，通过监控成员国中央政府和地方政府对落后地区和衰退产业的补贴行为，在欧盟内部创造一个公平竞争的市场环境。欧盟对补贴的监控将限制成员国基于结构目标和区域目标的补贴之运用。这种政策实际上是对成员国区域和结构政策的反应，因而被称为“从动的区域政策”。从区域政策发展的方向来看，随着时间的推移，欧盟以主动的区域政策为主的政策组合将让位于以从动的区域政策为主的政策组合。在欧盟 2000 年至 2006 年的规划中，已显著减少对企业直接支持的计划，增加了创造公平竞争环境方面的支持(如改善基础设施条件、促进人力资源开发等)。

在目前的框架下，欧盟竞争政策尚能容忍成员国中央或地方政府对落后地区或产业的支持，但同时，对补贴实行监控日益成为欧盟委员会强有力的政策工具。如 1997 年欧盟委员会裁定法国对于其纺织业的补贴不符合共同市场的原则。欧盟竞争政策禁止或监控成员国或有关地方政府对落后地区或落后产业的补贴，将对打算入盟的中东欧国家产生严重影响。目前，这些国家一些产业(如钢铁、能源和煤炭、造船、纺织、食品和农业)只有靠补贴才能生存。若入盟后不能对产业发展进行补贴，潜在的入盟者将狐疑满腹。

显然，对公平竞争的追求不利于区域差别的缩小。追求公平竞争还是追求均衡发展，是欧盟区域政策面临的第二个挑战。

四、缩小差距

应当看到，无论是欧盟的区域政策，还是西班牙和葡萄牙的区域政策，所针对的落后地区都是相对于该地区、该国家高度发达的城市化、工业化和市场化水平而言的。

在缩小地区差距方面，中央和地方政府要形成合理分工、协调运转机制。中央政府负有促进地区协调发展的主要责任，一般通过制订总体开发原则和开发计划、提供资金支持以及进行适当干预，来行使这种职责。同时，充分发挥地方政府的主动性和积极性。欧盟把对落后地区的开发和援助纳入其总体规划，并制定阶段性目标；每一个具体开发计划的制订和组织实施，都经过先自下而下、再自上而下两道程序，以使开发计划既符合地方实际、具有针对性，又做到点面兼顾，综合发展。西班牙中央政府不仅设立高层次的促进地区经济领导委员会以及专门的地方补偿基金和鼓励基金，而且在1978年实行民主制度后，将原属中央政府的部分权限分散到地方，由各个地区自主决定经济政策和发展模式，因而形成了有特色、有活力的多样化经济。

在经济自由化和全球化日益加深条件下，中央政府的地区政策应当以改善地区发展的基础条件为着力点。在20世纪六七十年代，西班牙主要以计划经济的调控方式缩小地区差距，例如，通过财政补贴、优惠贷款和税收政策，对国有企业、私有企业和特定产业进行直接干预，曾经起到重要作用。加入欧盟后，由于欧盟禁止成员国用国有资金帮助某一地区或产业发展，以防破坏自由竞争原则，西班牙不得不对原有的干预方式进行调整。新型的地区发展政策的核心，主要是分散管理，通过中间机构，支持有利于地区经济结构调整的投资计划，为企业提供融资等服务，增强其竞争力。现在，欧盟以直接财政补贴为主的区域政策组合正在转向以维护公平竞争为主的政策组合。欧盟新的发展规划更多地强调改善基础设施条件、促进人力资源开发和保护生态环境等，显著减少对产业或企业的直接支持，并对财政补贴加强监督。WTO规则要求一国政府着重创造良好的竞争环境，尽量采取普适性的一般性政策，而不采取部门倾斜性的产业政策（对发展中国家虽有一定例外，但限制也越来越多）。

大量的资金投入必须同严格的监督机制紧密结合，这是促进落后地区开发缺一不可的重要条件。西班牙和葡萄牙落后地区的开发，从国家设立的基金和欧盟财政补贴中获益匪浅。但是这些资金并非无偿赠与，而是要落实到具体项目，由项目法人承担责任和风险，中央政府和欧盟要进行调研和审批，欧盟并派专家组对项目进行独立的监督，以防资金被挪用或浪费。一旦发现违规行为，立即停止拨款，并追究责任。这种做法保证了欧盟和该两国地区发展政策取得实效。

加强人力资源开发和实现人口流动，对于改变落后地区面貌具有重大意义。在开发落后地区的人力资源方面，欧盟主要是投资培训各种层次的专业人才。1989—1993年，欧盟援款占葡萄牙职业培训公共开支的56%，从中受益的有25万人；1994—1999年上升为35万人。欧盟人力资源开发政策的成效是明显的：在西班牙和葡萄牙，未受过初中教育的25～59岁的人口比例分别下降到65%和75%，未受过初中教育的25～34岁的人口比例分别下降到50%和65%；1989—1996年，欧盟申请的专利整体上升12%，其中葡萄牙上升46%，西班牙上升100%。欧盟的实践证明，人力资源是一个地区总体资源中最关键的因素，只有人口素质提高了，才能增强吸引和消化外来投资的能力，也才能适应发达地区就业

岗位的需要，为落后地区带来汇款收入。人口从落后地区大量流向发达地区，也是改变落后地区面貌的重要因素。20世纪六七十年代，是西班牙地区差距明显缩小的时期，其间有400万人左右(约占总人口的10%)流向发达地区和国外，可以说对此起到了不可低估的作用。

思考题

(1) 运用地区经济一体化理论分析欧盟的区域政策效果。

(2) 欧盟的区域政策对中国西部开发有何借鉴作用？

(3) 欧盟东扩后对欧盟经济发展将带来怎样的挑战？

复习思考题

1. 地区经济一体化有哪几种形式？它们之间有什么区别？
2. 贸易创造和贸易转移的含义是什么？
3. 分析地区经济一体化对国际贸易的影响。
4. 与欧盟、北美自由贸易区相比，谈谈你对我国参与地区经济一体化组织的看法。
5. 分析中国-东盟自由贸易区的建立对各国乃至世界经济的影响。

B&E

第十二章 世界贸易组织

【本章导读】

20世纪三四十年代，世界贸易保护主义盛行。国际贸易的相互限制是造成世界经济萧条的一个重要原因。第二次世界大战结束后，解决复杂的国际经济问题，特别是制定国际贸易政策，成为战后各国所面临的重要任务。在国际货币基金组织和世界银行相继成立以后，旨在推进战后自由贸易的国际贸易组织便提到日程上来。本章主要是对关税与贸易总协定和世界贸易组织的产生与发展、宗旨、性质、职能机构和取得的成果等进行介绍，并对世界贸易组织的基本原则和例外作了特别说明，最后，对我国加入世界贸易组织应当承担的义务和享有的权利也做了简要介绍。

【学习目标】

1. 理解关税与贸易总协定的产生与发展。
2. 了解关税与贸易总协定的性质和谈判成果，以及中国复关的三大原则。
3. 掌握世界贸易组织的基本原则、职能机构。
4. 了解世界贸易组织宗旨、目标和职能、组织机构、争端解决机制、审议机制。
5. 了解中国与世界贸易组织的关系及相互的权利与义务。

【关键概念】

关贸总协定(General Agreement on Tariffs and Trade,GATT)
缔约国全体(Contracting Parties)
最惠国待遇(Most-favored-nation Treatment,MFN)
国民待遇原则(National Treatment Principle)

第一节　关税及贸易总协定

一、关税及贸易总协定的产生与发展

关税及贸易总协定(General Agreement on Tariffs and Trade,GATT)是一个政府间缔结的有关关税和贸易规则的多边国际协定和组织，简称“关贸总协定”。它的宗旨是通过削减关税和其他贸易壁垒，削除国际贸易中的差别待遇，促进国际贸易自由化，以充分利用世界资源，扩大商品的生产与流通。关贸总协定于1947年10月30日在日内瓦签订，并于1948年1月1日开始生效。

关贸总协定是美国设计的战后国际“新秩序”的重要组成部分。第二次世界大战后期，美国总统罗斯福及其政府精心设计了美国领导战后世界的蓝图，那就是建立国际政治组织

联合国和国际经济组织。

美国设计的国际经济"新秩序",是根据20世纪40年代美国的经济理论而来的。这种理论和要求是:贸易应在全世界范围内自由进行。之所以会出现这种理论,是因为在第二次世界大战中美国的经济获得了极大的发展,而大多数国家却继续保持高关税壁垒,严重妨碍了美国的向外经济扩张;同时罗斯福等也担心"二战"之后会重演20世纪30年代的经济危机。30年代罗斯福解决大危机的重要办法之一就是削减关税。1934年,美国通过了《互惠贸易协定法》。根据该法,美国与苏联、欧洲等21个国家签订了一系列贸易协定,把美国的进出口关税降低50%。这些协定在最惠国待遇的基础上又扩及其他国家。各国关税的降低促进了国际贸易的自由发展,对于缓解1929—1933年的世界经济危机起了重要作用。这给罗斯福等人留下了深刻的印象。正如当时一位美国政府官员所说:资本主义主要是一个国际体系,一旦在国际上活动不开,就要彻底完蛋了。

建立战后经济新秩序,首先在货币金融方面取得成果。1944年7月,美、英、中、苏等44国在美国新罕布什尔州的布雷顿森林举行国际货币金融会议,通过了"最后议定书",以及《国际货币基金组织协定》和《国际复兴开发银行协定》两个附件,总称为《布雷顿森林协定》。1945年年底,国际货币基金组织和世界银行在华盛顿宣告成立。两个机构均按资金份额决定各国投票权的大小。美国在国际货币基金组织中占有27%的投票权,在世界银行中占有23.81%的投票权,实际上这两个组织在当时均为美国所控制。

以美国为首的西方国家,在建成国际货币基金组织和世界银行之后,又致力于筹建一个以实现战后自由贸易为目标的国际贸易组织。第二次世界大战刚刚结束,美国随即向联合国经济及社会理事会提议召开世界贸易与就业会议并建立国际贸易组织。1946年2月,联合国经社理事会接受建议,成立了筹备委员会,在拟定该组织宪章过程中,参加筹委会的各国政府同意在该组织建立之前,先就减少关税和其他贸易限制等事项举行谈判。经过多次谈判,美、英、法、中等23个国家于1947年10月30日在日内瓦签订《关税与贸易总协定》,1948年1月1日生效。按照各国原来计划,《总协定》只是在国际贸易组织建立之前的一种临时性安排。但后来(1947年11月至1948年3月)在古巴哈瓦那召开的联合国贸易与就业会议(36国代表参加)通过的《国际贸易组织宪章》即《哈瓦那宪章》未被各国政府批准,鉴于各国对外经济政策方面的分歧以及多数国家政府在批准"国际贸易组织宪章"时所遇到的法律困难,使得该宪章在短期内难以被通过,成立国际贸易组织的计划成为泡影,《总协定》也就成为各国在贸易政策方面确立某些共同遵守的准则和推行贸易自由的一项多边协定,《总协定》的有效期一再延长,并为适应情况的不断变化,多次加以修订,直至1996年。

关贸总协定的宗旨为:各缔约国本着提高生活水平,保证充分就业,保障实际收入和有效需求大量稳定增长,充分利用世界资源,扩大商品生产和交换,促进经济发展为目的,来处理它们在贸易和经济发展方面的相互关系;彼此减让关税,取消各种贸易壁垒,实现贸易自由化。

二、关税及贸易总协定的性质

首先,关贸总协定是一个开放性的多边国际条约。尽管它叫做"协定",但它是由各国政府签署的,并且规定着贸易方面的权利与义务的书面协议,而且对世界各国和特定的关税区开放,任何国家和地区,只要承担总协定所要求的关税减让与自由贸易的义务,就可以加入总协定，获得总协定给予缔约国的一切权利。关贸总协定的序文申明“经各国代表谈判达成协议如下”。这说明了关税与贸易总协定是由各缔约国政府授权的代表签订的协议，以区别于其他非官方的国际组织与协议。这就是总协定从 1948 年的 23 个成员国发展到后来的 105 个缔约方的原因。

其次，关贸总协定是一个事实上的国际组织。由于试图设立一个全球性的国际贸易组织的计划流产，临时生效的关贸总协定在其运行过程中，逐步成为一个事实上的国际组织。关贸总协定缔结后，缔约各国逐渐形成每年开会的惯例，并建立了代表理事会和常设秘书处等组织机构。缔约国大会每年通常在 11 月或 12 月举行一次。大会一般采取一致同意而非投票表决方式作出决议，个别情况如吸收新的成员和选举主席、总干事，才使用投票表决，实行一国一票。任何对总协定的违犯，有关缔约国可向大会申诉。大会设有受理申诉小组。大会闭会期间，由代表理事会负责处理重大问题，并监督大会所属 18 个委员会和专家小组的工作。处理日常事务的为常设秘书处，约有 400 名工作人员，秘书处还组织在总协定范围内的各种多边谈判，总协定设有主席和总干事，主席主持缔约国大会和代表理事会会议，总干事管理日常事务并指定常设秘书处的工作人员。总协定的经费主要来源于各缔约国的捐款。捐款数额按各缔约国进出口贸易额在所有缔约国贸易总额中所占比例摊派。总协定总部设在瑞士的日内瓦。总协定虽不是联合国的专门机构，但它与联合国保持联系。总协定同联合国贸易和发展会议(简称“贸发会议”)、国际货币基金组织共同建立了一个咨询委员会，对国际贸易和货币问题进行磋商，互派代表出席对方会议，以协调贸易与货币政策。

再次，关贸总协定是最大的国际经济贸易的谈判和对话场所。关贸总协定为世界各国通过多边和双边谈判，发展彼此间的经济贸易关系提供了场所。从 1948 年 1 月关贸总协定临时生效到 1993 年，关贸总协定已经主持过 8 轮全球性的多边关税和贸易谈判。关贸总协定发起的多边关税与贸易谈判，不仅对缔约方开放，而且还对非缔约国开放。在东京回合中，就有 18 个非关贸总协定成员国参加了东京部长会议，其中有 12 个还参加了谈判。

最后，关贸总协定是全球性贸易争端的解决机构。磋商、调解和争端解决是关贸总协定的最根本性的工作。当缔约方觉得总协定赋予它们的权利受到其他缔约方忽视或损害时，可以要求总协定进行公平的争端解决。《总协定》第 22 条规定：当一缔约国对影响本协定执行的任何事项向另一缔约国提出要求时，另一缔约国应给予同情的考虑，并应给予适当的机会进行协商。经一缔约国提出请求，缔约国全体对经本条第 1 款协商但未达成圆满结论的任何事项，可与另一缔约国或另几个缔约国进行协商。第 23 条规定：如有关缔约国在合理期间内尚不能达成满意的调整办法，这一问题可以提交缔约国全体处理。缔约国全体对此应立即向有关缔约国提出适当建议，或者酌量对此问题作出裁决。缔约国全体如认为必要，可以与缔约各国、联合国经社理事会和任何国际机构进行协商。如缔约国全体认为情况严重以至有必要批准某缔约国斟酌实际情况对其他缔约国暂停实施本协定的减让或其他义务，它可以如此处理。总协定的这些条款特别强调双方磋商为解决争端的第一步。事实上，大多数争端不会超出双边磋商阶段。当争端不能通过双边协商加以解决时，可以利用关贸总协定调查小组制度。专家小组成员一般由来自与争议双方无利害关系国家的 3～5 名专家组成，他们以听证的形式听取案件双方和利益方的观点。专家小组向理事会提出调查报告，内容包括关于案件的是与非的结论及专家小组的建议。其裁决构成对总协定本身的解释，成为判例。如果理事会通过了专家小组的报告——以协商一致形式通过，那么有关缔约方就有义务执行裁决。如果违约方不执行此建议,受损方可以向其他关贸总协定缔约方要求授权采取报复行为。总协定成员为保持多边贸易制度中谈判的可信程度而施加的压力,是保证执行的最有效的手段。

三、关税及贸易总协定的职能机构

(一) 缔约国全体

关贸总协定是一个事实上的政府间的国际组织。说它是事实上的,是因为总协定最初只是临时生效,并无成立国际组织的本意,当时的23个缔约国谁也没有表示要使总协定成为《哈瓦那宪章》中所称的那种政府间的国际组织。由于建立国际贸易组织计划的流产,总协定在生效之初,建立了一个"临时贸易委员会"权充其职能机构,但由于"临时贸易委员会"的存在没有法律依据,就改称"缔约国全体"这一总协定反复赋予职权的名称。1955年,缔约各国曾一度想扩大总协定的职权,想在总协定的基础上,建立一个新的国际贸易组织,但没有成功。随着总协定在关税减让、消除非关税壁垒、发展服务贸易方面作用的加强和作为贸易争端裁决机构的存在,总协定越来越成为一个国际组织,它不仅与联合国有密切的联系,而且有自己完备的职能机构,以缔约国全体最为重要。

"缔约国全体"是关贸总协定的权力机构,相当于我们通常所说的"缔约国大会",一般每年11月或12月举行大会,它是关贸总协定所有机构中唯一在总协定条文中基本规定其职权的机构。总协定规定"本协定中谈到各缔约国采取联合行动时,一律称为缔约国全体"。每一缔约国在缔约国全体的各种会议上,应有一票投票权。缔约国全体的决议通常通过协商一致的方式作出,而不是通过投票,只有在很少情况下才进行投票,如果投票,要求简单多数通过。在个别情况下,如对豁免、授权、总协定待定义务进行投票时,要求以所投票数的2/3以上的多数通过,而且这一多数应包括全体缔约国的半数以上。具体说来,缔约国全体的职权有如下几个方面。

(1) 立法权。缔约国全体有权在经过谈判以后对总协定进行增加,当然这种增加不违背总协定的宗旨和目的。

(2) 解释权。缔约国全体有权对总协定的条款作权威的解释,而其他任何机构都没有这样的权力。一般说来,缔约国全体对总协定所作的解释就如同总协定本身,二者具有同等的效力。

(3) 调查权。缔约国全体有对缔约国之间发生争端的事实与性质进行调查了解的权力。《总协定》第12条规定,如果缔约国认为另一缔约国实施的限制(包括为保障国际收支而实施的限制和非歧视地实施数量限制)与总协定的规定不符,并认为因此它的贸易受到不利的影响,经这一缔约国提出要求,缔约国全体应邀请实施限制的缔约国与其进行协商。第18条规定,缔约国全体应在确定的某一日期,检查在那一日期在总协定许可的情况下仍在实施的限制。第28条规定,有争议的缔约国把问题提交缔约国全体后,缔约国全体应迅速对此进行调查,并应向主要有关缔约各国提出意见,谋求解决办法。

(4) 协商权。缔约国全体有权就涉及国际贸易的有关问题与某一缔约国或国际组织进行协商。如第12条规定,如一缔约国因为保障国际收支而实施进出口的数量限制,而另一缔约国认为这种限制与总协定的规定不符合的话,那么,缔约国全体应邀请实施限制的缔约国与其进行协商。第22条规定,经一缔约国的请求,缔约国全体对影响总协定执行的任何事项，可与另一缔约国或另几个缔约国进行协商。第 15 条规定，缔约国全体如果被请求考虑或处理有关货币储备、国际收支或外汇安排的问题，它们应与国际货币基金组织进行充分的协商。第 23 条规定，缔约国全体如认为必要，可以与缔约各国、与联合国经社理事会或任何国际机构进行协商。

(5) 批准权。缔约国全体有权批准总协定各个委员会、工作组以及专家小组的建议，有权批准总协定的预算，有权批准某一缔约国暂停实施总协定规定的义务。《总协定》第 23 条规定，如缔约国全体认为情况严重以至有必要批准某缔约国斟酌实际情况对其他缔约国暂停实施本协定规定的减少或其他义务，它可以如此办理。缔约国全体还有权批准非成员国所提出的要求取得观察员资格的请求，取得观察员资格的国家和地区可以参加缔约国全体的大会，也可以参加关贸总协定理事会及其附属机构的会议。

(6) 建议权。缔约国全体有权就缔约国之间的争端或国际贸易中的其他问题向有关缔约国及国际组织提出建议。《总协定》第 12 条规定，缔约国全体认为某一缔约国还在实施的限制与总协定的有关规定不符，则缔约国全体应建议撤销或修改这项限制。

(7) 裁决权，这是缔约国全体的一种准司法职能的体现，即缔约国全体应缔约国的请求，对在它们之间所发生的争议，它们的贸易政策是否与总协定的条款相一致，以及建立与总协定规定不完全一致的关税同盟和自由贸易区的方案等问题作出裁决。

(二) 代表理事会

代表理事会是根据缔约国全体 1960 年 6 月 4 日所作出的一项决定成立的，它是缔约国全体大会在闭会期间的常设组织，同时也是缔约国全体的一个执行机构。理事会由所有愿意成为其成员的缔约国代表组成。理事会与总协定秘书处同设在日内瓦，各缔约国政府在理事会所在地都有常驻代表。理事会每年大约开会 9 次，也可以就某些问题临时举行会议。理事会自 1960 年成立以来，一切决定都是基于"一致原则"作出的，从未进行过投票。因此，理事会作出的决定，缔约国全体一般都会批准。理事会设有主席一人，它由缔约国全体选出，任期一年。具体说来，代表理事会有以下权力。

(1) 理事会有权在缔约国全体大会闭会后对在大会期间所议及的所有问题进行讨论，并对缔约国全体大会闭会期间所发生的任何紧急情况加以审议。主要是讨论解决双边贸易争端、新成员加入豁免和工作组报告这类事项，并负责筹备缔约国全体大会，向大会提交讨论的议题等。

(2) 理事会有权根据需要成立附属机构，并决定它们的职权范围。

(3) 理事会根据总协定争议解决程序的规定，有权任命专家小组成员。专家小组的职权范围由理事会决定，其报告也提交理事会进行审议，专家小组成员以独立的专家身份进行工作，并不代表某国政府。

(4) 理事会有权组建工作组。工作组是为处理一些重要问题而成立的一种临时性机构，如为中国入关而成立的"中国工作组"。其职权范围由理事会决定，工作组将工作报告及其审议结论提交理事会批准。工作组的成员一般与各国政府有关。

(三) 十八国协商集团

十八国协商集团又称"十八国集团"，是 1965 年 7 月 1 日成立的一个临时组织，1979 年起改为常设组织。该集团的成员限制为十八国，由关贸总协定中一些有代表性的国家和地区组成,包括发达国家、发展中国家和一些原“中央计划经济国家”,其中欧共体作为一个成员参加,因此它具有较强的代表性。作为总协定下的一个协商组织,它的级别较高,参加集团会议的是成员中负责贸易政策的高级官员。集团每年召开三四次会议,对一些重大的政策问题进行协商,并且每年由集团主席向理事会提交一份报告。总协定的总干事应集团的请求担任主席。由于协商集团的国家较少,因而较易代表各方面的利益形成一致的意见,而集团的意见一般也容易在缔约国全体或代表理事会上获得通过。正因为如此,所以十八国集团虽然既不是权力机构又不是执行机构,但在总协定中却有着重要地位。

(四)委员会

与其他许多政府间国际组织一样,关贸总协定在缔约国全体或理事会下面设有一些对涉及国际贸易等方面的重大问题进行长期系统的考察、研究、协商的专门工作机构——委员会。总协定有18个委员会。如为保障各缔约国国内财政地位和国际收支实施进口限制而成立的国际收支限制委员会,负责关税减让的有关税减让委员会,负责财政工作的有预算委员会,还有贸易与发展委员会、贸易谈判委员会以及根据有关协议设立的各种专门委员会,如纺织品委员会、反倾销委员会等。这些委员会五花八门,职权各不相同。各委员会只对总协定缔约国全体或代表理事会负责。贸易和发展委员会的主席由缔约国全体从发展中国家的人士中选举产生,其他委员会的主席可由代表理事会任命。

(五)秘书处

关贸总协定的秘书处与作为联合国行政机构的联合国秘书处不同,它不是由总协定规定的,而是在工作中逐步建立起来的。秘书处的工作人员由总协定的总干事兼执行秘书长指定。秘书处是总协定的工作机构,一般说来,秘书处有如下职权:

(1) 对总协定的其他常设机构和多边贸易谈判负责;

(2) 对发展中国家提供技术援助;

(3) 帮助解决贸易争端;

(4) 对缔约国及非缔约国的贸易实绩与贸易政策进行分析;

(5) 对涉及总协定的规则和先例作出解释。

(六)总干事

关贸总协定最初并未设立总干事这一机构,总协定规定联合国秘书长是总协定保管人,并负责召开第一次缔约国全体大会。1957年,一些原由联合国秘书长代行的职权改由总协定执行秘书长负责。1965年3月,缔约国全体决定设立关贸总协定总干事,兼任总协定执行秘书长。关贸总协定没有对总干事的职权作出具体的规定,但总干事处理各种事务仍具有法定的权力,只是这种权力来自惯例。总干事是总协定中权力很大的一个机构。具体说来,有如下职权。

(1) 总干事可以最大限度地向缔约各方施加影响,以保证总协定的各种规则得到有效的遵守。但他只有规劝权,没有发号施令权。

(2) 总干事只对总协定负责,不受任何一国国内日常政治事务的干扰,对关贸总协定及其成员国目标的实现问题作深入的研究,以指引采取最佳方式来实现目标。

(3) 总干事是各个谈判委员会的当然主席。当缔约国在谈判中发生利益冲突时,从中进行公正的裁判。当缔约国之间发生贸易纷争时,帮助缔约国解决它们之间的争执。

(4) 总干事负责总协定秘书处的工作，管理预算和所有与缔约国有关的行政事务。总干事是总协定实际上的最高行政负责人。

四、关税及贸易总协定的成果

关贸总协定的主要目标，是通过多边贸易谈判，大幅度地削减关税和其他贸易障碍，取消国际贸易中的歧视待遇，从而实现提高生活水平，保证充分就业，保证实际收入和有效需求的持续增长，扩大世界资源的充分利用和扩大商品生产和交换。关贸总协定在其生效的近半个世纪里，已经举行了8轮多边贸易谈判，每轮多边贸易谈判叫"回合"。从谈判开始到达成协议为止，时间有长有短。如第八轮乌拉圭回合谈判，因美欧在农产品问题上意见分歧，特别是植物油问题难以达成协议，从1986年开始数度延迟，并于1993年12月15日草签了乌拉圭回合最后文件。有的谈判还以谈判建议人姓名或首次部长会议召开地命名。如第七轮谈判称为"东京回合"或"尼克松回合"。从影响和结果的角度来看，关贸总协定发起的历届多边贸易谈判在一定程度上缓解了当时国际贸易中所存在的主要矛盾，不同程度地维护并促进了国际经济贸易制度的进步与发展。表12-1概括性地介绍了8轮回合的谈判成果。

表12-1　8轮回合的谈判成果

届次	谈判时间	谈判地点	参加国或地区总数	谈判内容和议题	谈判主要成果
1	1947年4—10月	瑞士日内瓦	23	关税减让	达成45 000项商品的关税减让，使占资本主义国家进口值54%的商品平均降低关税35%，涉及100亿美元的贸易额，导致总协定临时生效
2	1949年4—10月	法国安纳西	33	关税减让	达成147项双边协议，增加5 000项商品的关税减让，使占应税进口值5.6%的商品平均降低关税35%
3	1950年9月—1951年4月	英国托奎	39	关税减让	达成8 700项商品的关税减让，使占应税进口值11.7%的商品平均降低关税26%
4	1956年1—5月	瑞士日内瓦	28	关税减让	达成近3 000项商品的关税减让，使占应税进口值16%的商品平均降低关税15%，相当于25亿美元的贸易额
5	1960年9月—1961年7月	瑞士日内瓦又称"狄龙回合"	45	关税减让	达成4 400项商品的关税减让，使占应税进口值20%的商品平均降低关税20%，相当于49亿美元的贸易额
6	1964年5月—1967年6月	瑞士日内瓦又称"肯尼迪回合"	54	关税统一减让	涉及关税减让商品项目达60 000项；经合组织成员间工业品平均削减关税35%，涉及贸易额400多亿美元
7	1973年9月—1979年4月	瑞士日内瓦又称"东京回合"	99	关税减让；消除非关税壁垒	以一揽子关税减让方式就影响世界贸易额约3 000亿美元的商品达成关税减让与约束，使关税水平下降35%；9个发达国家工业制成品关税降至4.7%左右；发展中国家的平均关税税率也同期降低至13%左右，达成多项非关税壁垒协议和守则；通过了给予发展中国家优惠待遇的"授权条款"

续表

届次	谈判时间	谈判地点	参加国或地区总数	谈判内容和议题	谈判主要成果
8	1986 年 9 月—1993 年 12 月	瑞士日内瓦又称“乌拉圭回合”	117(1986 年 103 个；1993 年年末 117 个；1995 年年初 128 个)	关税减让；非关税壁垒；总协定规章；与贸易有关的投资和知识产权问题；服务贸易	达成内容广泛的协议共 45 个；减税商品涉及贸易额高达 1.2 万亿美元；减税幅度近 40%，近 20 个产品部门实行了零关税；发达国家平均税率由 6.4% 降为 4%；农产品非关税措施全部关税化；纺织品的歧视性配额限制在 10 年内取消；服务贸易制定了自由化原则；建立了 WTO 取代 GATT

从 8 轮回合的谈判可以概括出总协定的贸易谈判具有如下特点。

第一，参加总协定的国家不断增加。总协定临时生效之初，只有 23 个缔约方，到 1994 年已有 117 个缔约方；而且，每次多边贸易谈判的国家和地区数目都在增加。这从一个侧面说明了战后贸易自由化在世界范围的扩大。

第二，历次谈判中，发达国家居于主要地位。发达国家，尤其是美国、欧洲经济共同体、日本等是谈判主角，也是谈判的主要受益者。每一次多边贸易谈判实际上是各国经济实力的一次较量，发达国家在所谓“平等、互惠、互利”的基础上获得较多利益，而发展中国家尽管其权益日益受到重视，但由于经济实力弱，实际上从中获得的实惠较少。如在第六轮回合谈判“肯尼迪”回合谈判前，对全部制成品的平均关税为 10.3%，而对从发展中国家进口制成品征收的平均关税为 17.1%，在“肯尼迪”回合谈判后，这两项税率分别下降到 6.5% 和 11.3%，二者之间的税率幅度并未缩小。在乌拉圭回合谈判中，广大发展中国家特别关注的市场准入、纺织品贸易自由化等方面远未达到它们的要求，而在发展中国家处于劣势的服务贸易、知识产权、投资等领域却不得不承担许多新的义务。

第三，美国在总协定中的作用举足轻重，但其作用呈下降趋势。美国是总协定的积极倡导者和支持者，总协定是在美国的积极策动下产生的，并且总协定的历次多边贸易谈判也是在美国的提议下进行的，所以一些多边贸易谈判以美国人名命名，如第五、第六、第七轮回合的谈判。但自 20 世纪 70 年代末期以来，由于美国经济实力衰退，欧洲经济共同体和日本等经济实力的增强，美国的权威地位开始动摇，谈判实力不断削弱。如在“尼克松”回合谈判中，美国所谓的等比例关税削减方案就受到欧洲经济共同体的抵制。在乌拉圭回合谈判中，由于欧洲经济共同体的强硬立场，使美国在谈判开始时提出的对农产品“取消一切补贴”的“世界农业改革长期目标”暂时搁置。

第四，发展中国家的利益逐步受到重视。随着 GATT 中发展中国家缔约方的增多，逐步改变了 GATT 缔约方的构成，由于发展中国家的争取和斗争，加上其贸易地位和利益逐步受到 GATT 的注意，GATT 采取了一些有利于发展中国家对外贸易发展的措施。例如：①1964 年，在第六轮回合谈判中，增加了第四部分(第 36 条至第 38 条)，专门针对发展中国家的贸易与发展问题做出规定，反映了发展中国家的利益。与此同时，成立了贸易和发展委员会，负责执行《关贸总协定》第四部分以及与发展中国家利益有关的工作。②在第七轮回合谈判中，通过“解除义务”和“授权条款”为发展中国家取得普遍优惠制提供法律依据。即授权发达国家缔约方无须申请解除义务，就可给发展中国家普惠制待遇，而不受《关贸总协定》第1条最惠国待遇条款的约束。所谓普惠制是指发达国家对来自发展中国家的商品，特别是工业制成品或半成品给予关税减免的优惠待遇。它是普遍的、非歧视的、非互惠的。“授权条款”的好处：一是给予普惠制以法律地位；二是给予发展中国家之间实行优惠待遇以法律地位；三是取消了必须满足GATT的严格要求或申请解除义务的规定。③发展中国家利用GATT的“例外条款”得到益处。GATT制定的许多协议大都给予发展中国家“例外”的优惠待遇。不过，由于历史和经济的原因发展中国家从GATT中得到的利益少于发达国家。

第五，多边贸易谈判的内容增多，谈判时间拉长。随着世界经济结构的变化、国际贸易的范围日益扩大，加之各缔约方经济贸易发展的不平衡，使得谈判的内容从关税减让扩展到非关税壁垒。在第六轮多边贸易谈判中首次涉及非关税措施；在第七轮谈判中达成了6项有关非关税壁垒的协议和守则，它们是海关估价守则、补贴与反补贴守则、反倾销守则、进口许可证程序守则、政府采购协议、技术贸易壁垒协议。乌拉圭回合谈判达成了“与贸易有关的投资措施协议”和“与贸易无关的知识产权协议”。谈判过程所涉及的商品从有形商品扩展到无形商品和服务贸易。也正是由于谈判内容增多、范围日益扩大、牵涉面越来越广，每次谈判的时间逐渐拉长。早期的谈判几个月就可以完成，到乌拉圭回合则历时7年之久。

中国与关贸总协定

一、中国是总协定的创始缔约国

关贸总协定起初只是一项调整缔约国在国际贸易政策方面相互权利和义务的多边条约。此条约以美国、英国为主要起草国，我国也是23个创始缔约国之一。1916年12月6日，在筹建“国际贸易组织”的同时，美国邀请了15个国家进行关税减让谈判，当时的国民党政府代表中国接受邀请参加了谈判。1947年4—10月，中国南京国民党政府参加了在瑞士日内瓦举行的，由联合国经社理事会召开的国际贸易与就业会议第二届筹委会。会议期间，中国与美国、英国、法国、荷兰、比利时、卢森堡等18个国家进行了关税减让谈判，达成了关税减让协议，并参加了拟订关贸总协定的工作。这次谈判实际上就是总协定的第一轮多边关税减让谈判。经过谈判，在当时的672个税则号列中，中国就188个税号的商品项目作了减让。减让最多的是五金、机械、化工原料等项商品，其中汽车降低关税40%，收音机关税从100%降至30%。1947年10月30日，包括中国在内的各参加国在该次谈判的基础上，共同签署了《关税与贸易总协定》。1948年3月，当时的中国政府又签署了联合国世界贸易与就业会议的最后文件，从而成为国际贸易组织临时委员会执行委员之一，同年4月21日按《关贸总协定临时议定书》第3条和第4条(乙)款所定规程，中国作为最后文件签字国之一签署了该议定书，5月21日，中国成为关贸总协定正式创始缔约国之一。到1949年，关贸总协定发起第二轮谈判时，当时的中国政府又对66个税号的商品项目作了减让。按照关税对等减让原则，其他缔约国也对各自的关税作了减让，但中国多在制成品上作了减让，而美、英等国对中国所作的减让商品项目多为钨、丝、茶、桐油和蛋品等原料和初级产品，这种减让实际上并不是建立在真正的互惠原则之上的。这是因为当时的中国虽属第二次世界大战后战胜国和五强之一，但经济落后，财政匮乏，所以与发达国家美、英进行减让关税谈判，不可能实现真正的平等。

二、台湾当局的非法退出

1949年10月1日，中华人民共和国成立，开辟了中国历史的新纪元。新中国的崛起向世人昭示：中华人民共和国是中国唯一合法政府，台湾只是中国的一个组成部分，它不能代表中国。但当时，台湾当局仍留在关贸总协定内。1950年3月6日，台湾当局以“中华民国”名义，照会联合国秘书长决定退出关贸总协定，次日，联合国秘书长致函总协定执行秘书长(1955年改为“总干事”)，他已答复台湾退出关贸总协定，于1950年5月5日起生效，并用电报向总协定缔约国分别作了通知(当时捷克斯洛伐克代表对台湾当局退出的法律效力提出质疑)。随后便有12个缔约国援引关贸总协定第27条撤回了对中国的关税减让，还有几个国家仍保留对中国的减让。台湾非法退出总协定，正值美国对中国封锁、禁运，我国抗美援朝之际，我国中央政府对台湾当局盗用中国名义退出总协定未作出反应，这与新中国当时所处的异常险恶的国际环境不无关系。

三、新中国与关贸总协定

1971年10月，中华人民共和国恢复了在联合国中的合法席位，多边外交获得突破性进展。根据联合国2758号决议，关贸总协定主动终止了台湾当局的“观察员”资格。不幸的是，当时中国还处于“文革”内乱之中，我国的对内、对外政策均受到极左路线的影响，加上与总协定的关系长期中断，我们对总协定本身缺乏了解，对中国重返总协定后的权利和义务也没有能进行系统全面的分析研究，结果对于中国恢复关贸总协定的缔约国地位问题没能列入政府的议事日程。

党的十一届三中全会后开辟了新中国与总协定关系新的历史。1980年我国首先恢复了在国际货币基金组织和世界银行的合法席位。之后，又相继成为联合国贸易发展会议和关贸总协定下属机构国际贸易中心的成员，由此逐步恢复了与关贸总协定的联系。1980年8月，中国代表出席了国际贸易组织临时委员会执委会会议，投票选举了该委员会的执行秘书即关贸总协定总干事。1982年11月，中国首次派代表团以观察员身份列席了关贸总协定第38届缔约国大会，并与关贸总协定秘书处就中国重返总协定等法律问题交换意见。1984年1月18日，中国政府正式签署第三个国际纺织品贸易协议，并成为关贸总协定纺织品委员会的正式成员。同年11月，中国又申请并获准列席关贸总协定理事会及其下属机构会议，并参加各项有关活动。此外，我国还全面参加了总协定乌拉圭回合所有议题的谈判，在多项议题上单独与发展中国家一起提出议案，发挥了积极的作用。

综上所述，中国与关贸总协定的关系确实经历了曲折的发展过程。这一历程，也是中国人民逐步摸索建设有中国特色的社会主义经济道路的过程，更是中国由封闭走向开放，从国内市场走向国际市场，从而逐步与国际贸易规则靠拢的过程。从20世纪80年代初开始，中国与关贸总协定开展积极活动，为我国重返总协定做了许许多多的铺路工作。至此，中国正式申请恢复关贸总协定缔约国地位的时机已经成熟。

四、中国正式申请重返关贸总协定

1986年7月11日，中国常驻日内瓦联合国代表大使照会关贸总协定总干事阿瑟·邓克尔，正式申请恢复中国在关贸总协定的创始缔约国地位。照会指出：中国实行对外开放，对内搞活的经济政策，并将继续坚持这一政策。中国的经济改革进程将有助于扩大它同缔约国各方的经济贸易关系，中国作为关贸总协定缔约国参加总协定的工作将有助于促进关贸总协定宗旨的实现。中国在正式提出申请的同时，就确定了恢复关贸总协定缔约国地位的三原则。

原则一：中国是以恢复方式参加关贸总协定，而不是重新加入。我国政府认为，中华人民共和国成立并没有改变中国作为国际法主体的地位，国民党政府自1949年10月1日新中国成立之日起无权代表中国，因此，1950年台湾当局盗用中国名义退出总协定是非法的也是无效的。既然中国是总协定的创始缔约国，那么作为主权国家的中华人民共和国政府理所当然有权要求恢复在总协定的缔约国地位。1949年9月20日，中国人民政治协商会议第一届全体会议通过的《共同纲领》中指出："对于国民党政府与外国政府所订立的各项条约和协定，中华人民共和国中央人民政府应加以审查，按其内容，分别予以承认，或废除，或修改，或重订"，这就意味着，我们既不认为一切旧条约当然无效，也不认为其当然有效，而是要根据各个条约、协定的性质和内容，分别审查决定。这表明了中国对国民党政权代表中国的非法性和无权在国际组织中代表中国的严正立场，同时也阐述了中国政府对如何处理新中国成立前国民党政权所订条约，包括关贸总协定的明确态度。反过来说，中国如果按照《总协定》第33条重新加入，这就等于中国默认台湾的退出是合法而有效的，这在政治上对中国不利，中国不可能采取这一方式。

原则二：中国以关税减让作为"入门费"加入总协定。在以何种方式入关问题上，关贸总协定对实行市场经济的工业发达国家和中央计划经济国家采取不同的方式，体现出对社会主义国家的歧视政策。如波兰在1967年加入总协定时，就作出了每年从总协定成员国的总进口增加7%的承诺，同时波兰还接受了关贸总协定规定的一项有选择的保障条款，即允许总协定的缔约国在从波兰的进口对其国内生产商造成或者可能造成严重损害时，对波兰进口实施限制。就是说市场经济国家可以对中央计划经济国家的进口采取特别的保护措施。罗马尼亚后来入关时，也被要求接受有选择的保障条款，向其他缔约国承担增加进口的义务。自苏联解体、东欧国家剧变后，中国成了唯一具有根本性影响的社会主义大国，因而在恢复创始缔约国地位时，很难不受总协定的歧视。但是中国的经济绝非传统的中央计划经济。中国的经济体制正从有计划的商品经济向社会主义市场经济体制过渡，中国的经济体制也日益符合国际市场规律的要求。如果仍从偏见出发，对我国重返总协定予以歧视，那是不明智的，更是错误的。究竟以何种方式取得入关的"入场券"，中国应向关贸总协定其他缔约国承担什么义务，这直接涉及总协定缔约国的切身利益。不少缔约国虽然在原则上积极欢迎中国入关，但对中国恢复缔约国地位后，能否对等地获得中国给予的种种优惠抱有疑虑。在此问题上，中国政府采取了一套比较灵活的办法，即以承担关税减让义务为主，并有条件地接受选择性保障条款。尽管这种有选择的保障条款带有一定的歧视性，可是接受它并不会给中国经济造成实质性的歧视。因为我国并不像波兰、匈牙利这类严重依赖外贸的小国，而是一个经济资源丰富的大国，拥有报复力量。当别国利用有选择的保障条款来限制我国产品出口时，我国可以用其他经济手段加以报复。

原则三：坚持以发展中国家的地位加入总协定。中国是一个发展中的大国，从总体上看，新中国成立以来特别是实行改革开放后，经济建设取得了重大成就，经济面貌已有很大改观，但目前我国仍是一个人口众多的低收入的发展中国家，人均国民生产总值仍居世界后列。按照世界银行公布的数字，人均国民生产总值在370美元以下的国家为低收入国家，人均国民生产总值在275美元以下的则为赤贫国家。《1992年世界发展报告》所公布的数字，中国的人均国民生产总值1989年为350美元，可见，中国仍处在经济发展初级阶段。我国必须经历一个很长的经济发展阶段，去实现许多国家已经实现了的工业化和生产的商品化、社会化和现代比，彻底改变贫穷落后的面貌。有鉴于此，中国在恢复关贸总协定缔约国地位时，应该享受总协定为发展中国家规定的有差别的更加优惠的待遇，包括可以保持关税结构方面的弹性，可以为平衡国际收支和保护幼稚工业发展而实施的必要的进口限制等权利，在多边谈判中可以不做对等减让。

第二节 世界贸易组织

由于世界经济贸易关系的迅猛发展和原来的关贸总协定存在的诸多先天性的缺陷与不足，关贸总协定在调整日益复杂的经贸关系所提出的各种新问题时越加显得力不从心，特别是20世纪70年代末80年代初以来，贸易保护主义的重新抬头使国际经济和贸易环境有渐趋恶化的可能，关贸总协定的原则和规则不断遭到破坏和侵蚀，因此，以关贸总协定为基础的多边贸易体制亟待改进与发展。有鉴于此，新一轮多边贸易谈判被提上了议事日程。

一、世界贸易组织的诞生

《关贸总协定》自签订以来，先后举行了8轮多边贸易谈判。1986年9月15日至20日在乌拉圭埃斯特角城举行部长级大会，决定发动第八轮多边贸易谈判(又称“乌拉圭回合”)，1993年12月15日，历经8年的乌拉圭回合谈判终于宣告结束。这轮谈判所达成的多边贸易协议，是国际社会为开放全球贸易所做出的最大努力。长达400多页的《乌拉圭回合最后文件》不仅对加强国际贸易的管理、知识产权的保护以及贸易争议的解决等做出了详尽的规定，而且首次规定了服务贸易问题和与贸易有关的投资措施问题。1994年4月15日，在摩洛哥马拉喀什会议上，乌拉圭回合谈判的125个参加方(包括中国)签署了《乌拉圭回合最后文件》(俗称“一揽子协议”，共约28个协议)和《建立世界贸易组织的协定》。正如马拉喀什宣言所指出的，最后文件的签署标志着一个包括“更为有效而又可信”的争端解决机制在内的“更有力、更明了”的国际贸易法律框架已经建成。在乌拉圭回合谈判于1993年12月15日正式结束的最后时刻，在美国的提议之下，多边贸易组织(Multilateral Trade Organization，MTO)改为世界贸易组织(WTO)。时任总干事的萨瑟兰(Arhtur Sutherland)决定采纳美国代表的提议，对这个即将成立的新的贸易组织采用WTO这个称谓。《建立世界贸易组织协定》是一项关于一个世界性经济与贸易组织的“宪章性”条约，其内容主要是规定世贸组织与结构方面的事项以及某些程序规则，在很大程度上弥补了关贸总协定的缺陷。世界贸易组织在经历了半个世纪的艰苦努力之后，终于在1995年1月1日宣告成立。关贸总协定作为国际贸易法律制度，从1995年1月1日起，通过乌拉圭回合协议的生效从而结束其近50年的“临时适用”的过程。世界贸易组织的建立是乌拉圭回合多边贸易谈判的结果，世贸组织的成立，从根本上改变了原关贸总协定在法律上不是正式国际组织的尴尬局面，标志着关贸总协定临时性多边贸易体系的正式结束，强化了监督和执行条约的组织基础。以《WTO协定》为核心的近30个协议所组成的宏大的国际贸易法典使得国际贸易规则日益强化，从而构成了当代国际贸易领域里一种最有效的法律制度。正如长期担任世贸组织法律顾问的著名经济学家彼得斯曼(Peterman)所言,“WTO 协定为 21 世纪的国际经济秩序奠定了法律基础。”由于 WTO 容纳了占世界贸易总额 95%以上的国家和地区,因而被誉为“经济联合国”。据预测,WTO 的成立将使世界经济以每年 3.5%的速度增长,世界出口量将以每年 2 130 亿～2 750 亿美元的速度递增,到 2009 年,世界进出口贸易总额为 248 950 亿美元,其中出口(包括转口贸易)123 180 亿美元,进口(包括欧盟内部的进口及进口再出口)125 770 亿美元。

二、世界贸易组织对关税贸易总协定的继承和发展

世贸组织对关贸总协定的继承和发展主要表现在如下几个方面。

(1) 世贸组织具有独立的法律人格。

与关贸总协定不同,WTO 一开始便具有独立的法律人格(Legal Personality)。作为一个正式的国际组织,它与国际货币基金组织(IMF)、世界银行(IBRD)形成了“三足鼎立”之势。WTO 协定明确规定:“WTO 具有法律人格,每个成员方都要赋予 WTO 以行使其职能所必需的法律能力。”每个成员方都要赋予 WTO 充分行使其各项职能的权力,协定还赋予了其必需的特权与豁免以及缔约能力。此外,为促进和发展全球范围内国际贸易的合作与交流,最终实现贸易自由化的目标,WTO 形成了系统的组织机构和较为健全的机制。因此,世贸组织是具有完备法律人格的正式国际组织。

(2) 世贸组织的宗旨更科学,更具时代性。

《建立世贸组织协定》完整地规定了 WTO 的宗旨,从本质上讲,世贸组织的宗旨与 GATT 的宗旨完全一致,但是它根据当代国际贸易的新形势,作了更科学、更合乎时代的扩展。

世贸组织的宗旨:提高生活水平,保证充分就业,大幅度和稳定地增加实际收入和有效需求,扩大货物和服务的生产与贸易,按照可持续发展的目的,最优运用世界资源,保护环境,并以不同经济发展水平下各自需要的方式,加强采取各种相应的措施;积极努力,确保发展中国家,尤其是最不发达国家在国际贸易增长中获得与其经济发展需要相称的份额。

(3) 世贸组织的法律体系更加完备和统一。

世贸组织法律体系是一个庞然大物。这一非常复杂、庞大的法律体系由作为基本法的《建立世贸组织协定》及其附件①:货物、服务与贸易有关的知识产权法律制度;附件②:关于解决争端的规则与程序的谅解;附件③:贸易政策审议机制;附件④:诸边贸易协议,共五大部分所组成。世贸组织各部门法基本原则一致、管理机制协调、争端解决机制统一、具有内在的统一性。除了附件④(诸边贸易协议)只对接受其的成员方具有拘束力以外,其他协议对所有成员均具有强制的拘束力。WTO 协定也明确规定了司法的强制管辖权和对成员方贸易政策的监督机制,“各成员方需保证其法律、规章与管理办法均符合本协定附件中规定的义务”,从而确定了 WTO 的法律制度优于各国国内法的宪法性原则,为国际贸易制定了更强有力的、更清晰的法律结构。

(4) 世贸组织调整的领域更加广泛。

乌拉圭回合谈判与关贸总协定前 7 轮谈判相比,最显著的区别就在于:该轮谈判首次将服务贸易、知识产权以及与贸易有关的投资措施列入谈判的议程。此外,还探讨了有关环境与贸易的问题、劳工问题等。经过谈判分别达成了《服务贸易总协定》(CATS)、《TRIPS 协议》、《TRIMS 协议》。而且还设立了相关的理事会或委员会,负责监督协议的实施和各

国政府执行协议的情况。将这些议题纳入乌拉圭回合谈判议题范围并达成相关协议是贸易自由化过程中的一个重大突破，标志着当代国际贸易格局发生了实质性的变化，也表明WTO建立起来的多边贸易体制的日臻完善。

(5) 世贸组织的争端解决程序更完善、更权威。

任何一种条约都有争端解决条款，任何一种组织化的法律体系，均应建立相应的争端解决机制以保证其实体法规则的实施。世贸组织的伟大成就之一就是其完善并发展了一套独一无二的国际司法机制，在管辖权、争端解决模式、报复的程序等方面对传统国际贸易争端解决制度作了突破性的发展。主要表现在：

① 建立了统一的争端解决机构，并赋予其强制的管辖权。在GATT1947中，争端解决机构不是唯一和稳定的，解决争端的是专家组，而专家组是从许多具有任职资格的人士中挑选出来的人选所组成的临时性机构，仅负责一个特定的案件。同一类的案件，由不同的专家组处理，这必然造成专家组对同样的法律规则解释不一致，尽管后来的专家组在审案时总要参考并引用前面同类案件的专家组报告，但由于缺乏一个权威的机构，规则解释的不一致和潜在的传统是存在的。而在WTO中，设置了一个统一的争端解决机构DSB，由DSB来负责案件的审理和执行的监督工作。案件受理后则由专家组来审理。虽然DSB专家组也是一个临时性的机构，但在专家组之上却设有一个常设上诉机构。这一机构的设置，有利于司法解释的统一和稳定。

② 确立了政治方法和法律方法相结合的滚动式争端解决程序。WTO争端首先通过政治方法(如协商、斡旋、调解和调停)予以解决，如果无法解决，则进入法律解决的程序。

③ 确立了争端解决程序各个步骤的时间期限，提高了争端解决的效率。GATT争端解决机制并未对争端解决的程序时限予以明确规定。

④ 专家组程序的自动性和DSB报告通过的自动性。WTO彻底改革了表决方式，在WTO中，一旦协商未能解决问题，争端各方就可以把争端提交专家组处理，专家组的组成人员不是由双方来控制的，而是由秘书处提名的，若没有令人信服的理由，双方不能对该提名提出反对意见。专家组的设立是完全自动的，一旦申诉方提出请求，即在DSB最近的一次会议上设立，除非DSB一致同意不设立专家组——这几乎是不可能的，因为至少申诉方同意设立专家组。这样，就完全排除了在GATT1947中被诉方阻挠专家组设立、避免司法性解决争端的不良状况。另外，一旦一方提起上诉，上诉庭的组成也是自动的。专家组和上诉机构的报告一旦做出，DSB就自动通过，除非DSB一致不予通过——这也是不可能的，理由同上。自动通过的报告是具有法律效力的，如果被诉方不履行报告所确定的义务，则会招致来自申诉方的贸易报复。

⑤ 首创了"交叉报复"机制，强化了争端解决机制的力度。在国际法中，由于没有一个类似于国内立法中那样的强制执行机构。因此，如果国际法主体不履行义务，对方成员只能通过报复来实施自力救济，这是国际法自身的特点所决定的。WTO争端解决机制首创的贸易报复的做法给予实施报复的当事方更多的选择，通过最有效的办法和途径来达到自力救济的目的。可以说，交叉报复的引入是WTO争端解决机制中适应国际法的特征而走出的较为成功的一步，应当予以充分肯定。

⑥ 争端解决程序的二审级制是国际法中的创举。在国际法领域，无论是国际法院还是欧盟法院，都没有实行如同WTO的二审级制度。这一二审级的程序设计，在国际法中是绝

无仅有的,也是有史以来第一例。不过,它有别于国内法中的二审设置,是一审加纯粹的上诉审。这对于今后国际组织完善争端解决机制具有较高的模式价值。WTO 中所实行的两个审级制度极具特色,一审和二审机构的管辖权及所有的争端案件,既有利于发挥专家组及时解决争端的优越性,又有利于发挥上诉机构及时纠正适用协定或协议错误的优越性。因此,这样既能够保障法律的有效性,又有利于保障法律的稳定性和司法的统一性。

三、世界贸易组织的组织结构

WTO 拥有一个被详细划分的组织结构,在《建立世贸组织的协定》中提到的有三个主要机构:作为代表机构的部长会议(第 4 条第 1 款)、作为执行机构的总理事会(第 4 条第 2 款)和负责行政事务的秘书处(第 5 条)。

首先,WTO 的最高机构是部长会议,它对全体成员开放,至少两年举行一次会议。它有广泛的职责范围以及应成员要求做出决定的权力(《建立世贸组织的协定》第 4 条第 1 款)。其次,部长会议还有特别的权力,其中有些权力要求在特别程序和多数表决程序下行使。它有义务任命 WTO 的总干事,并且制定工作条例。它负有义务设立贸易与发展委员会、限制国际收支委员会以及预算、财务和行政委员会(《建立世贸组织的协定》第 4 条第 7 款),并有权设置其他委员会。它拥有的重要权力还体现在对多边贸易协定的解释(《建立世贸组织的协定》第 9 条第 2 款)与修改(《建立世贸组织的协定》第 10 条第 1 款),以及允许规则例外的职权上(《建立世贸组织的协定》第 9 条第 3 款)。再次,部长会议有权赋予多边协定以复边协定的地位,或者相反将复边协定宣布为多边协定(《建立世贸组织的协定》第 10 条第 9 款)。最后,它有义务对是否进行新主题下的谈判、协调以及是否接受新成员做出裁定(《建立世贸组织的协定》第 12 条第 2 款)。

在部长会议闭幕期间,总理事会作为履行部长会议职能的常设行政机构,除此之外,总理事会也独自承担其他职责(《建立世贸组织的协定》第 4 条第 2 款)。它由各成员代表组成,必要时总是以开会的方式来履行职责。据此,在特定职能上,总理事会与部长会议的区别并不在于出席成员的范围,而在于其地位。部长会议旨在达成高层的政治性磋商。理事会有权制定自己的议事规则,并且根据《建立世贸组织的协定》第 4 条第 5 款还具有批准委员会议事规则的职能。特别在争端解决和审查成员的贸易政策方面,总理事会履行着重要职能。然而,它的这一职能并不是被直接授予的,从形式上看,是随着机构的设置而独立出来的:《关于争端解决规则和程序的谅解》和贸易政策审议机制(Trade Policy Review Mechanism,TPRM)都旨在从组织上实现机构独立,因此按规定设置了争端解决机构(Dispute Settlement Body,DSB)或者贸易政策审议机构(Trade Policy Review Body,TPRB)。然而,这种机构独立并不是通过在 WTO 现存机构中另外组建机构的方式来实现的。更确切地说,根据《建立世贸组织的协定》第 4 条第 3 款和第 4 款,这两个机构的职责被指派给总理事会来履行,但是可以就此制定特别的程序规则,选举自己的主席。

和部长会议不同,总理事会享有组织自己的下属机构的权力。总理事会下属设有货物贸易理事会、服务贸易理事会和知识产权理事会,分别履行一般性义务,它们对全体成员开放,在必要时召开会议。它们经总理事会同意可以制定各自的议事规则,可以根据需要设置下属的小组,这些小组在征得各自的理事会同意后,也可以对自己内部的议事规则享有制定权。

这些特别的理事会机构的一般职责是对各个协定的生效方式和运行进行监督,包括《货物贸易多边协定》、《服务贸易总协定》以及《与贸易有关的知识产权协定》。其他特别的职责,一方面来源于所涉及的协定本身,另一方面来自总理事会对特别理事会机构的授权。

WTO的秘书处在部长会议任命的总干事领导下工作。由于唯一的决定权掌握在成员手中,所以秘书处主要是为理事会和委员会、发展中国家、媒体和国际社会的信息服务以及部长会议的召开提供后勤上、技术上和专业上的支持。除此之外,秘书处还为有意参加WTO的国家提供咨询,并且为解决争端提供法律服务。秘书处的预算经费由各成员国根据他们在国际货物贸易、服务贸易和知识产权贸易中所占的比例来分担。此外,WTO所支配的其他超出预算的款项由发达国家自愿捐赠。这些款项将被用于对发展中国家与转型国家提供技术帮助,也就是说,主要用于人员的培训和进修。

总干事的权力、职责、服务条件和任期由部长会议来决定。总干事在秘书处人员任免上有广泛的职权,这里部长会议有权对一般性的规则做出决议。根据一般性规则,总干事和秘书处的工作人员享受国际官员的身份。其完整性和独立性体现在他们不得寻求或接受外界的任何指示,各成员国不得设法对他们施加影响。另外,总干事和秘书处的工作人员要自我克制,不做出任何足以影响其国际官员身份的事情。

其他在各种协定中规定的、或在总理事会和部长会议内部设立的组织和机构,补充了根据《建立世贸组织的协定》建立起来的组织结构。其中还包括那些在复边贸易协定中规定的机构;他们在WTO的组织框架内工作,并且应定期向总理事会通报其活动。

四、世界贸易组织的加入程序

(1) 呈交申请。希望加入WTO的国家,应首先向WTO的部长会议呈交一份书面申请,说明该国想成为WTO一员的意向。提出申请的必须是非协定缔约政府和"单独关税领土"的政府,前者是一般主权国家,后者是指诸如中国的香港、澳门这类不拥有主权的特定地区。

(2) 成立工作组。部长会议接到加入国的申请后须经过无异议通过,然后成立工作组,商定工作组的职权范围,指定工作组主席。工作组是由对申请国加入WTO有兴趣的国家人员组成的。

(3) 递交备忘录审议。在工作组成立之后,申请国向缔约国递交一份对外贸易方面的备忘录,说明本国的对外贸易政策、管理措施、工业政策、价格体制、外汇安排等情况。工作组对政策和规章的审议就是基于申请方提供的备忘录进行的。工作组审议备忘录之后,请各缔约国提出疑难问题并汇总,由申请国对这些问题作出口头或书面的答复,找出差距,作出承诺。

(4) 起草和通过报告书和议定书。工作组对申请国答复的问题进行综合考虑汇总后,起草工作组报告书和加入议定书提交部长会议审议。议定书的内容包括加入条件、关税税率、减让表等,它相当于一个贸易协定,规定了一个新加入国家所承担的WTO各项义务以及可采取的各种灵活措施。报告书和议定书经部长会议无异议通过后即进入下一个程序。

(5) 表决和申请国签字。这是正式接纳WTO新成员的决定性步骤。如果部长会议交付表决得到缔约国全体的2/3多数通过,该申请国方能成为WTO的正式成员,申请国在加入议定书上签字。

总之，在加入WTO过程中，关税减让谈判是贯穿WTO加入全过程的不可缺少的重要环节，它也是WTO最基本、最核心的问题。除了关税减让谈判以外，非关税措施也是国际贸易中的一个重要问题，它已列入谈判的审查事项之中，WTO要求申请加入者尽可能少地利用非关税措施保护其进口。

中国申请入世的进程

1995年11月，中国政府照会世贸组织总干事鲁杰罗，把中国复关工作组更名为中国"入世"工作组；与此同时，台湾当局也"照会"世贸组织把关贸总协定中国台北问题工作组更名为世贸组织中国台北工作组。

1996年3月22日，龙永图率团赴日内瓦出席世贸组织中国工作组第一次正式会议并在会前和会后与世贸组织成员进行双边磋商。

1997年8月6日，中国与新西兰在北京就中国"入世"问题达成双边协议。

1997年8月26日，中国与韩国在汉城就中国"入世"问题达成双边协议。

1997年10月13—24日，外经贸部首席谈判代表龙永图副部长率团在日内瓦与欧盟、澳大利亚、挪威、巴西、印度、墨西哥、智利等30个世贸组织成员进行了双边磋商；与匈牙利、捷克、斯洛伐克、巴基斯坦签署了结束中国"入世"双边市场准入谈判协议，并与智利、哥伦比亚、阿根廷、印度等基本结束了中国"入世"双边市场准入谈判。

1998年6月17日，江泽民接受美国记者采访时提出"入世"3原则：①WTO没有中国参加是不完整的；②中国毫无疑问要作为一个发展中国家加入WTO；③中国的"入世"是以权利和义务的平衡为原则的。

1999年5月8日，以美国为首的北约袭击中国驻南斯拉夫大使馆，中国政府被迫中断了"入世"谈判。1999年9月6日，中美恢复谈判。

1999年11月15日，中美双方就中国加入世贸组织(WTO)达成协议。这意味着中国与美国就此正式结束双边谈判。

2000年5月19日，中国与欧盟就中国加入世界贸易组织达成双边协议。

2001年6月14日，中美就中国加入世界贸易组织所遗留问题的解决达成了全面的共识。

2001年6月20日，中国与欧盟就中国入世问题达成全面共识。

2001年7月3日，外经贸部副部长、中国入世谈判首席谈判官龙永图7月3日表示，有关中国入世的所有重大问题都已解决。

2001年7月3日，世界贸易组织(WTO)成员国就中国于2001年11月正式"入世"问题达成一致，中国在提出申请15年后终于实现加盟。

第三节 世界贸易组织的基本原则和例外

世界贸易组织各项多边贸易协议涉及货物贸易、服务贸易、知识产权以及贸易政策审议和争端解决等诸多内容，作为其制定和执行各种规则的基础，世贸组织的基本原则贯穿于所

有多边贸易体制的文件中。但同时多边贸易体制还规定了种种例外和免责条款，使得这些基本原则在实施中具有灵活性，任何成员不会因其在世界贸易组织体制中权利和义务的不平衡而不得不退出世界贸易组织。因此，这些基本原则和例外条款是世界贸易组织的精髓和核心，“原则中有例外，例外中有原则”是世界贸易组织各项协定、协议的突出特点。认真研究这些基本原则和例外条款，对于运用世界贸易组织的多边贸易规则极为重要。

一、非歧视原则

非歧视原则是世界贸易组织各项协定、协议中最重要的原则。它是指在世界贸易组织管辖的领域内，各成员应公平、公正、平等、一视同仁地对待其他成员的包括货物、服务、服务提供者或企业、知识产权所有者或持有者等在内的与贸易有关的主体和客体。在世界贸易组织中，非歧视原则主要是通过最惠国待遇和国民待遇来实现的。在非歧视原则下，各成员本着互惠原则，对等地进行双边减让谈判，互惠得到的好处通过最惠国待遇无条件地适用于所有成员，使双边的互惠成为多边互惠，使一成员对各成员的进口产品均无歧视。国民待遇保障了互惠的好处不受减损，使进口产品和国内产品同样在一国国内不受歧视。最惠国待遇的目的是一成员平等地对待其他任何成员，在不同成员之间实施非歧视待遇。国民待遇的目的是平等对待外国和本国的贸易活动主体和客体，实施非歧视待遇。

这一条款也有一些例外，最著名的有适用于关税同盟和自由贸易区的例外。此外，最惠国待遇条款一般来说都要保证发展中国家及其他经济力量薄弱的国家在任何时候任何地方谈判时都能自由地享受到最好的贸易条件。世贸组织的服务贸易总协定允许一些特别列举的最惠国待遇的豁免，但这些豁免 5 年后必须予以评审，且其最长的期限不能超过 10 年。另一方面，服务贸易总协定规定，只有当第一国向第二国明确提供国民待遇的适用范围后，国民待遇才成为第二国的一种义务。这意味着服务贸易的国民待遇主要是成员国之间谈判的结果。

（一）最惠国待遇

1. 最惠国待遇的含义

最惠国待遇（Most-favored-nation Treatment，MFN）是国际经济贸易关系中常用的一项制度，指双边贸易协定中的一项承诺，规定缔约国的一方若给予第三国某种优惠待遇，缔约国的另一方即时获得相同的优惠待遇。它通常指的是缔约国双方在通商、航海、关税、公民法律地位等方面相互给予的不低于现时或将来给予任何第三国的优惠、特权或豁免待遇。条约中规定这种待遇的条文称“最惠国条款”。

2. 最惠国待遇的主要内容

最惠国待遇范围广泛，其中主要的是进出口商品的关税待遇。在贸易协定中一般包括以下内容。

（1）有关进口、出口或者过境商品的关税和其他捐税。

（2）在商品进口、出口、过境、存仓和换船方面的有关海关规定、手续和费用。

（3）进出口许可证的发给。在通商航海条约中，最惠国待遇条款适用的范围还要大些，把缔约国一方的船舶和船上货物驶入、驶出和停泊时的各种税收、费用和手续等也包括在内。

在特殊条件下，最惠国待遇源于自由贸易原则，即各国在世界市场上享有平等的、不受歧视的贸易机会，是用来作为对付重商主义保护关税政策的一种手段。到自由资本主义时期，为各资本主义国家普遍采用。后来帝国主义国家往往利用它们签订的最惠国条款，在殖民地、附属国中享受各种特殊优惠，而后者则由于所处的从属地位，实际上难以享受到相应的优惠。第二次世界大战后，许多发展中国家为了改变这种不合理状况，要求发达国家对所有发展中国家的出口商品实行单方面的、普遍的关税减免，即实行关税普遍优惠制。

3. 最惠国待遇原则

最惠国待遇原则包含以下 4 个要点。

(1) 自动性。当一成员国给予其他国家的优惠超过其他成员享有的优惠时，其他成员便自动享有这种优惠。

(2) 同一性。当一成员给予其他国家的某种优惠自动地转给其他成员方时，受惠标的必须相同。

(3) 相互性。任何一成员既是受惠方，又是给惠方，即在享受最惠国待遇权利时，也承担最惠国待遇义务。

(4) 普遍性。最惠国待遇适用于全部进出口产品、服务贸易的各个部门和所有种类的知识产权的所有者和持有者。

4. 最惠国待遇的例外

以下情况可以不执行最惠国待遇。

第一，某发达国家给予发展中国家出口的工业品及半成品以更加优惠的差别的关税待遇；在非关税措施方面给予发展中国家更为优惠的差别的待遇；发展中国家之间实行的优惠关税；对最不发达国家的特殊优惠；可不给予其他发达国家成员。

第二，自由贸易区、关税同盟及边境贸易所规定的少数国家享受的待遇和经济一体化组织内部的待遇，可不给予其他世贸组织成员。

第三，一些成员为保障动、植物及人民的生命、健康、安全或一些特定目的对进出口采取的所有措施，不受最惠国待遇的约束。

第四，当一国的国家安全受到威胁时，可以不受最惠国待遇的约束。

第五，反补贴、反倾销及在争端解决机制下授权采取的报复措施，不受最惠国待遇的约束。

第六，货物贸易中的政府采购不受世贸组织管辖，所以不受最惠国待遇的约束。

第七，不属世贸组织管辖范围的诸边贸易协议中的义务。主要指在民用航空器贸易、奶制品及牛肉贸易等方面，世贸组织成员彼此间可以不给予最惠国待遇。在服务贸易中，根据最惠国待遇原则，WTO 规定在服务和服务的提供者方面，各成员应该立即和无条件地给予任何其他成员的服务及服务提供者相同的待遇。但鉴于服务贸易发展的水平参差不齐，WTO《服务贸易总协定》允许少数成员在 2005 年以前，存在与最惠国待遇不符的暂时性措施。在 2005 年之后，最惠国待遇原则上应是无条件地、永久地在所有成员间实施。在与贸易有关的知识产权方面，最惠国待遇原则要求除有关国际条约规定的外，某一成员提供给其他成员国民的任何利益、优惠、特权或豁免，均应立即无条件地给予全体世贸组织其他成员的国民。

5. 最惠国待遇的分类

最惠国待遇可分为无条件最惠国待遇和有条件最惠国待遇两种。前者指缔约国的一方

现在或将来给予第三国的一切优惠，应无条件地、无补偿地、自动地适用于缔约国的另一方；后者指缔约国的一方现在或将来给予第三国的优惠，缔约国的另一方必须提供同样的补偿，才能享受。

（二）国民待遇

1. 国民待遇原则的含义

国民待遇原则（National Treatment Principle）是指外国产品进入到另一成员方领土时，不应对它直接或间接征收高于对相同的本国产品所征收的国内税或费用，在关于商品的国内销售、推销、购买、运输、分配或使用的全部法令、条例和规定方面，进口产品所享受的待遇不应低于相同的本国产品所享受的待遇。

2. 国民待遇原则的特点

(1) 多同时采用对等原则。

(2) 总规定某些限制，即国民待遇所确定的只是内、外国人同等的权利，而非完全相同的权利。

(3) 适用于船舶遇难施救、专利申请商标注册、版权以及民事诉讼方面。

3. 国民待遇原则的例外

(1) 检验检疫：为维护公共道德，为保障人类或动植物的生命或健康，对进口产品实施有别于本国产品的待遇，如商品检验、检疫等。

(2) 政府采购：所购货物供政府使用，未参加《政府采购协议》的成员政府，在为自用或为公共目的采购货物时，可优先购买国内产品。

(3) 只给予某种产品的国内生产者的补贴：符合《补贴与反补贴措施协议》和《农业协议》规定的只给予某种产品的国内生产者补贴。发展中国家成员提供的以使用本国产品为条件的补贴，自1995年起，最不发达国家成员将此项补贴保留8年，其他发展中国家成员可保留5年。

(4) 有关电影片的国内放映数量规定：成员可要求本国电影院只能放映特定数量的外国影片。

(5) 服务贸易：《服务贸易总协定》规定，对于未作出承诺的服务部门，则无须实施国民待遇原则，即使在已经作出承诺的部门，也允许对国民待遇采取某些限制。

(6) 知识产权：在《知识产权协定》未作规定的有关表演者、录音录像制品作者和广播组织的权利可不适用国民待遇。

二、市场准入原则

各国政府共同建立多边贸易体制的目的在于，向投资者、雇主及雇员、消费者提供一个有益于鼓励贸易、投资，创造就业的商业环境及具有可选择性和低廉价格的市场。这样一个环境，对于商业活动，特别是对于繁荣投资来说必须是稳定的和可预见的。

有保障的、可预见的市场准入主要取决于关税措施的使用，因为数量限额在世贸组织中一般来讲是非法的。关税虽然是合法的但却必须受到约束。这是指世贸组织成员承诺了某一特定产品的关税水平后在未与其主要贸易伙伴进行补偿谈判前不得提高该关税水平。也就是说，如果某一关税同盟的扩大可能导致关税上升，就必须进行补偿谈判。

乌拉圭回合所达成的关税减让，规定发达国家工业品的平均关税在未来5年内从

4.7%降至3.8%，在发达国家享受零税率待遇的工业品的进口额将在5年内从20%增至44%；对于关税结构中税率较高的部分，从各种来源进入发达国家市场的面临15%以上税率的进口的比例，将从7%降至5%，其中来源于发展中国家的进口面临此种情况的比例，将从9%降至5%。

乌拉圭回合谈判使发达国家受关税约束的产品范围由78%扩大到99%，发展中国家从21%扩大到73%，经济转型国家从73%扩大到98%。这使将关税作为贸易保护手段的可能性大大降低，投资和贸易的安全程度大大提高。

农产品非关税进口限制措施全部关税化，实质性地提高了农产品市场的可预见性。30%以上的农产品原来受制于配额或者进口限制，乌拉圭回合后基本上改成关税调节，并将不断降低关税水平。根据成员国的承诺，以前对某些产品的进口禁令也被取消。

服务贸易方面，各成员国政府也承诺不断扩大市场准入和取消妨碍公平竞争的国内规章。

乌拉圭回合还通过了许多其他协议，使得成员国政府任意修改竞争规则变得非常困难，从而确保了投资与贸易的市场环境具有更高的可预见性。在几乎每一个涉及贸易环境的领域，成员国寻求多变的、歧视性和保护性的政策都将受到世贸组织规则的制约。

保证贸易环境可预见性的关键在于国内法律、规章与各种实际做法的透明度。许多世贸组织协议都有透明度条款，要求通过官方公报或开设咨询站的形式在全国范围公开贸易政策法规，并以正式通告世贸组织的方式向各国公开。世贸组织的许多工作都涉及评审此类通告。通过贸易政策审议机制来定期监督各国贸易政策，进一步提高了贸易政策在国内外的透明度。

开放市场原则的例外情况有如下两种。

(1)《服务贸易总协定》的市场准入例外是未谈判达成协议的部门，即为限制或禁止的。也就是说，成员认为国内的服务贸易某些部门尚无竞争能力，即列入幼稚产业，而不对外开放。

(2) 实施数量限制例外。在特殊情况下，成员可以实行数量限制，但世界贸易组织要求其成员在实施数量限制时，同时做到“非歧视性”，即“除非对所有第三国的相同产品的输入或对相同产品向所有第三国的输出同样予以禁止或限制”，否则不得进行数量限制。

三、促进公平竞争原则

在世界贸易组织规则框架下，公平竞争原则是指成员国应避免采取扭曲市场竞争的措施，纠正不公平的贸易行为，在货物贸易、服务贸易和知识产权领域，创造和维护公开、公平、公正的市场环境。

公平竞争原则包括三个要点：①公平竞争原则体现在货物贸易、服务贸易和知识产权贸易领域；②公平竞争原则既涉及成员的政府行为，也涉及成员的企业的行为；③公平竞争原则要求成员维护货物、服务或服务提供者以及知识产权所有者或持有者在本国市场的公平竞争，不论他们来自本国或其他任何成员国。

在货物贸易领域的公平竞争原则主要体现在各成员不得采取不公平的贸易手段，进行或扭曲国际贸易竞争，尤其不能采取倾销和补贴的方式在其他成员市场销售产品。服务贸易领域的公平竞争原则主要体现在要求成员保证本国的垄断和专营服务提供者的行为符合最惠国待遇原则及该成员在服务贸易承诺表中的具体承诺，不得滥用其垄断地位。要求成员在其他成员的请求下，就限制服务贸易、抑制竞争的某些商业惯例进行磋商，交流信息，以最终取消这些商业惯例。在知识产权领域，公平竞争原则主要体现为对知识产权的有效保护和反不正当竞争。知识产权协定允许成员采取适当措施，防止或限制包括排他性返授条件、强制性一揽子许可等商业做法。各成员在发展对外贸易活动时应建立在比较优势的基础上，在《关贸总协定》、《服务贸易总协定》、《与贸易有关的知识产权协定》中，反对各成员滥用反倾销、反补贴和知识产权保护以达到贸易保护主义的目的。

由于世贸组织允许特定情况下的关税和其他形式保护，因此它并不是完全意义上的"自由贸易"机构。确切地讲，它是一套旨在保护公开、公平、公正竞争的规则体系。非歧视规则、倾销与补贴规则都旨在保护公平的贸易环境，这些规则为各国政府对倾销和补贴这两种不公平竞争行为征收补偿性关税提供了依据。

公平竞争原则的例外情况有：当进口成员受到某产品进口数量急剧增加，对该成员相同产品或与它直接竞争的产品的国内生产者造成严重损害或有严重损害的威胁时，受损害的成员可采取进口限制的保障措施，以保护国内市场或国内产业。例如，《农业协议》规定了特殊保障条款，《纺织品与服装协议》规定了过渡性保障机制。

四、透明度原则

为保证贸易环境的稳定性和可预见性，世界贸易组织除了要求成员方遵守有关市场开放等具体承诺外，还要求成员方的各项贸易措施（包括有关法律、法规、政策及司法判决和行政裁决等）保持透明。这也是世贸组织的三个主要目标之一（即贸易自由化、透明度和稳定性）。

（一）透明度原则的含义

透明度原则是指，成员方应公布所制定和实施的贸易措施及其变化情况（如修改、增补或废除等），不公布的不得实施，同时还应将这些贸易措施及其变化情况通知世界贸易组织。成员方所参加的有关影响国际贸易政策的国际协议，也在公布和通知之列。

（二）透明度原则的主要内容

透明度原则的主要内容，包括贸易措施的公布和贸易措施的通知两个方面。

1. 贸易措施的公布

公布有关贸易措施是世界贸易组织成员最基本的义务之一。如果不公布有关贸易措施，成员方就很难保证提供稳定的、可预见的贸易环境，其他成员就难以监督其履行世界贸易组织义务的情况，世界贸易组织一系列协议也难以得到充分、有效的实施。比如，成员方决定对进口产品进行反倾销调查，出口方企业需要获得该成员方有关反倾销的法律、法规及程序、计算方法等信息，否则就无法有效应诉。因此，世界贸易组织要求，成员方应承担公布和公开有关贸易措施及其变化情况的义务。关于公布的具体内容和公布的时间，世界贸易组织都有具体规定。成员方除了公布有关贸易措施之外，还承担应其他成员要求提供有关信息和咨询的义务。

世界贸易组织不要求成员披露可能会导致影响法律执行，或违背公共利益，或损害某些企业合法商业利益的机密信息。比如，一国汇率、利率的调整在实施之前，通常不要求予以公布。

公布的具体内容包括以下方面：产品的海关分类和海关估价等海关事务；对产品征收的关税税率、国内税税率和其他费用；对产品进出口所设立的禁止或限制等措施；对进出口支付转账所设立的禁止或限制等措施；影响进出口产品的销售、分销、运输、保险、仓储、检验、展览、加工、与国产品混合使用或其他用途的要求；有关服务贸易的法律、法规、政策和措施；有关知识产权的法律、法规、司法判决和行政裁定，以及与世界贸易组织成员签署的其他影响国际贸易政策的协议等。

2. 贸易措施的通知

世界贸易组织对成员方需要通知的事项和程序作了规定，以保证其他成员能够及时获得有关成员在贸易措施方面的信息。世界贸易组织关于通知的规定是在实践中不断完善的。乌拉圭回合的谈判结果，进一步强化了世界贸易组织成员方承担的通知义务，通知的范围从货物贸易扩大到服务贸易和知识产权领域。为便于成员方履行通知义务，世界贸易组织相继制定了100多项有关通知的具体程序与规则，包括通知的项目、通知的内容、通知的期限、通知的格式等。各项协议对通知的期限作出了不同的规定，有的要求不定期通知，有的要求定期通知。成员方还可进行"反向通知"，监督有关成员履行其义务。反向通知是指其他成员方可以将某成员理应通知而没有通知的措施，通知世界贸易组织。

此外，为提高成员方贸易政策的透明度，世界贸易组织要求，所有成员的贸易政策都要定期接受审议。这已成为世界贸易组织的一种机制，即贸易政策审议机制。贸易政策审议的内容，一般为世界贸易组织成员最新的贸易政策，它可从一个侧面反映出被审议成员履行世界贸易组织义务的情况。

五、给予发展中国家和最不发达国家优惠待遇原则

3/4以上的世界贸易组织成员国都是发展中国家或是经济转型国家。在乌拉圭回合谈判的7年中，60多个上述类型国家实施了贸易自由化改革。一些国家是把实行贸易自由化改革作为其入关谈判工作的一部分，另一些国家则是主动进行改革。同时，发展中国家及经济转型国家在谈判中发挥了比以往任何一轮谈判都重要的作用。

这种趋势有力地反驳了关于世贸组织这一贸易体制只能存在于工业化国家的说法，并改变了原来一味强调免除发展中国家在关贸总协定中的某些义务的做法。乌拉圭回合的谈判结果表明发展中国家准备承担大部分与发达国家同样的义务。但是，为使其适应更陌生或者更困难的世贸组织条款，发展中国家特别是"最不发达国家"仍被允许有一段过渡期。另外，关于帮助"最不发达国家"的部长决议同意这些国家在实行世贸组织协议时拥有"特别的弹性"，并呼吁加快实施对这些国家出口商品的市场准入承诺以及努力增加对它们的技术援助。尽管世贸组织认为实施上述优惠政策的速度需要有弹性，但关贸总协定旨在发展中国家提供优惠的条款仍存在于世贸组织协定中，特别是"关贸总协定1994"第四部分仍包括以下条款：鼓励工业化国家把帮助发展中国家当做一种自觉的有目的的行动，并在谈判中不要求发展中国家对其做出的减让给予互惠。1979年达成的"授权条款"在世贸组织中也依然有效，它为发达国家向发展中国家在普惠制下给予市场准入减让提供了永久的法律基础。

第四节 中国加入WTO后的权利、义务和承诺

《中华人民共和国加入议定书》(以下简称《中国加入议定书》)本身由序言、3个部分正文和9个附件组成。第一部分,总则,包括18个条款。第1条,总体情况;第2条,贸易制度的实施;第3条,非歧视;第4条,特殊贸易安排;第5条,贸易权;第6条,国营贸易;第7条,非关税措施;第8条,进出口许可程序;第9条,价格控制;第10条,补贴;第11条,对进出口产品征收的税费;第12条,农业;第13条,技术性贸易壁垒;第14条,卫生与植物卫生措施;第15条,确定补贴和倾销时的价格可比性;第16条,特定产品过渡性保障机制;第17条,WTO成员的保留;第18条,过渡性审议机制。第二部分减让表。第三部分最后条款。此外,还有9个附件:附件1A,中国在过渡性审议机制中提供的信息;附件1B,总理事会依照《中国加入议定书》第18条第2款处理的问题;附件2A1,国营贸易产品(进门);附件2A2,国营贸易产品(出口);附件2B,指定经营产品;附件3,非关税措施取消时间表;附件4,实行价格控制的产品和服务;附件5A,根据《补贴与反补贴措施协议》第25条作出的通知;附件5B,需逐步取消的补贴;附件6,实行出口税的产品;附件7,WTO成员的保留;附件8,第152号减让表——中华人民共和国;附件9,服务贸易具体承诺减让表,第2条最惠国待遇豁免清单。

《中国加入工作组报告书》由8个部分342段构成。一、导言;二、经济政策;三、政策制定和执行的框架;四、影响货物贸易的政策;五、与贸易有关的知识产权制度;六、影响服务贸易的政策;七、其他问题;八、结论。

《中国加入议定书》及其附件和《中国加入工作组报告书》是中国与世界贸易组织成员经过谈判达成的协议,对中国与其他世界贸易组织成员均具有约束力,现已成为《建立世界贸易组织的协议》的组成部分。《中国加入议定书》与《中国加入工作组报告书》对中国加入世界贸易组织后的主要权利与义务进行了具体规定。

一、基本权利

我国在世界贸易组织中应享受的权利与应尽义务首先是体现在世界贸易组织的各项协议、协定中,也就是说,世界贸易组织的成员,包括发展中国家成员的权利与义务,我国都享受和承担;世界贸易组织其他成员的货物贸易与服务贸易承诺减让,也是我国享受的权利。但我国作为一个新成员,与加入前相比,也有一些新的或暂时的或过渡性的权利和义务,主要有:

(1) 享受非歧视待遇

中国加入世界贸易组织后,将充分享受多边无条件的最惠国待遇和国民待遇,即非歧视待遇。加入前双边贸易中受到的一些不公正的待遇已被取消或逐步取消。其中包括:美国国会通过永久正常贸易关系(PNTR)法案,结束对华正常贸易关系的年度审议;根据《中国加入世界贸易组织议定书》附件7的规定,欧盟、阿根廷、匈牙利、墨西哥、波兰、斯洛伐克、土耳其等成员对中国出口产品实施的与世界贸易组织规则不符的数量限制、反倾销措施、保障措施等将在中国加入WTO后5～6年内逐步取消;根据世界贸易组织《纺织品与服装协议》的规定,发达国家成员的纺织品配额在2005年1月1日取消,我国能享受世界贸易组织纺织品一体化的成果;美国、欧盟等在反倾销问题上对我国使用的“非市场经济国家”标准

将在规定期限内取消。

(2) 享受发展中国家权利

除一般世界贸易组织成员所能享受的权利外，我国作为发展中国家还享受世界贸易组织各项协议协定规定的发展中国家成员的特殊和差别待遇。其中包括：我国经过谈判，获得了对农业提供的占农业生产总值8.5%的"黄箱补贴"，补贴的基期采用相关年份，而不是固定年份，使我国今后的农业国内支持有继续增长的空间；在涉及补贴与反补贴措施、保障措施等问题时，享有协定规定的发展中国家成员待遇，包括在保障措施方面享受10年保障措施使用期；在补贴方面享受发展中国家成员的微量允许标准(即在该标准下其他成员不得对我国采取反补贴措施)；在争端解决中，有权要求世界贸易组织秘书处提供法律援助；在采用国际标准方面，可以根据经济发展水平拥有一定的灵活性等。

(3) 全面参与多边贸易体制

加入WTO前，我国作为观察员参与多边贸易体制，所能发挥的作用受到诸多限制。加入WTO后，我国将充分享受正式成员的权利，全面参与WTO各理事会和委员会的所有正式和非正式会议，维护我国的经济利益；全面参与贸易政策审议，对美、欧、日、加等重要贸易伙伴的贸易政策进行质询和监管，督促其他WTO成员履行多边义务；在其他WTO成员对我国采取反倾销、反补贴和保障措施时，可以在多边框架下进行双边磋商，增加解决问题的渠道；充分利用WTO争端解决机制解决双边贸易争端，避免某些双边贸易机制对我国的不利影响；全面参与新一轮多边贸易谈判，参与制定多边贸易规则，维护我国的经济利益；对于现在或将来与我国有重要贸易关系的申请加入方，将要求与其进行双边谈判，并通过多边谈判解决一些双边贸易中的问题，包括促其取消对我国产品实施的不符合WTO规则的贸易限制措施、扩大我国出口产品和服务的市场准入机会和创造更为优惠的投资环境等，从而为我国产品和服务扩大出口创造更多的机会。

(4) 获得市场开放和法规修改的过渡期

为了使我国相关产业在加入世界贸易组织后获得调整和适应的时间和缓冲期，并对有关的法律和法规进行必要的调整，经过谈判，我国在市场开放和遵守规则方面获得了一定的过渡期。例如：在开放贸易权的问题上，享有3年的过渡期；关税减让的实施期限可到2008年；逐步取消400多项产品的数量限制(包括进口配额、许可证、特定招标等)，最迟可在2005年1月1日取消(即汽车整车及部分关键件)；服务贸易的市场开放可在加入后1～6年内逐步取消；在纠正一些与国民待遇不相符的措施方面，包括针对进口药品、酒类和化学品等的规定，保留1年的过渡期，以修改相关法规；对于进口香烟实施特殊许可证方面，我国有2年的过渡期修改相关法规，以实行国民待遇；对汽车产业与投资政策的修改有2年的过渡期。

(5) 对国内产业提供WTO规则允许的补贴

经过谈判，我国保留了对国内产业和地区进行与WTO有关规则相符的补贴权利。其中包括：中央预算和地方预算提供给某些亏损国有企业的补贴视出口业绩为基础优先获得贷款和外汇；根据汽车生产的国产化率给予优惠关税税率；经济特区的优惠政策；经济技术开放区的优惠政策；上海浦东经济特区的优惠政策；外资企业优惠政策；国家政策性银行贷款；用于扶贫的财政补贴；技术革新和研发基金；用于水利和防洪项目的基础设施基金；出口产品的关税和国内税退税；特定企业某些产品进口关税和进口税减免；对特殊产业部门提供的低价投入物；对某些林业企业的补贴；高科技企业优惠所得税待遇；对废物利用企业优惠所得税待遇；贫困地区企业优惠所得税待遇；技术转让企业优惠所得税待遇；受灾企业优惠所得税待遇；为失业者提供就业机会的企业的优惠所得税待遇；投资政府鼓励领域的投资者进口技术和设备的关税和增值税免除等补贴项目。但这些支持措施要履行向世界贸易组织通知的义务，其中，中央预算提供给某些亏损国有企业的补贴、以出口业绩为基础优先获得贷款和外汇、根据汽车生产的国产化率给予优惠关税税率要逐步取消。

(6) 保留国家定价或政府指导价的权利

经过谈判，我国保留了对重要产品及服务实行政府定价和政府指导价的权利。其中包括：烟草、食盐、天然气、药品等产品，民用煤气、自来水、电力、热力、灌溉用水等公用事业，邮电、旅游景点门票、教育等服务实行政府定价；粮食、植物油、成品油、化肥、蚕茧、棉花等产品，运输服务、专业服务、服务代理、银行结算、清算和传输收费、住宅销售和租用、医疗服务等服务保留政府指导价；但要取消对此类货物和服务的多重定价做法，应尽最大努力减少和取消这些控制，并在官方刊物上公布实行国家定价的货物和服务的清单及其变更情况；承诺除非特殊情况，不再增加国家定价产品和服务的范围。在特殊情况下，向世界贸易组织作出通报后，可增加政府定价和政府指导价的产品和服务。除此以外，货物和服务的价格应由市场决定。

(7) 保留对进出口商品进行检验的权利

经过谈判，我国保留了对进出口商品进行检验的权利。

二、基本义务

(一) 遵守非歧视原则

非歧视原则包括最惠国待遇原则和国民待遇原准则。我国加入 WTO 前对与我国签订双边优惠贸易协定的国家实施了双边最惠国待遇，因此加入法律文件中有关非歧视原则的问题主要是指对进口产品的国民待遇问题。目前，除个别情况外，我国已基本实现了对进口产品实行国民待遇原则。我国承诺在进口货物、关税、国内税等方面，给予外国产品的待遇不低于给予国产同类产品的待遇，并对目前仍在实施的与国民待遇原则不符的做法和政策进行必要的修改和调整。

(二) 贸易政策统一实施

WTO 要求其成员实施统一的贸易政策。1994 年经全国人大通过的《中华人民共和国对外贸易法》已经确立了实施统一的贸易政策的原则，据此，我国承诺在中国整个中国关税领土内统一实施贸易政策。

(三) 贸易政策的透明度

我国承诺在一家官方刊物(《国际商报》)公布所有法律、法规及其他措施，未经公布的不予执行；在实施或执行前，最迟在实施时，世界贸易组织成员、个人和企业可容易获得有关或影响货物贸易、服务贸易、知识产权保护或外汇管理的法律、行政法规及其他措施。在法律、法规及其他措施实施前，提供草案，并允许提出意见。设立“世界贸易组织咨询点”，对有关成员咨询应在 30 天(最迟 45 天)内答复，答复应该完整，并代表中国政府的权威观点，对企业和个人提供准确、可靠的信息。

（四）为当事人提供司法审查的机会

我国承诺建立司法审查的制度和程序，设立或指定并维持独立的、公正的审查庭，审查世界贸易组织各项协定相关规定所指的法律、法规，普遍适用的司法决定和行政决定的实施有关的所有行政行为，给予受须经审查的任何行政行为影响的当事人提供司法上诉的机会，包括最初须向行政机关提出行政复议的当事人有向司法机关上诉的选择权，且不因上诉而受到处罚。

（五）特定产品过渡性保障机制

我国加入世界贸易组织后12年内，如我国某出口产品相对或绝对增长对世界贸易组织成员国内市场造成市场扰乱，双方应磋商解决，在磋商中，双方一致认为应采取必要行动时，我国应采取补救行动。如磋商未果，该世界贸易组织成员只能在补救冲击所必需的限度内，对中方采取撤销减让或限制进口措施。但如该措施是由于进口相对增长而采取，并持续有效期超过2年，或是因进口绝对增长而采取，并持续有效期超过3年，则我国有权对采取该措施的成员暂停实施关贸总协定项下实质相当的减让或义务。

（六）过渡性审议机制

我国同意在加入世界贸易组织后8年内，世界贸易组织相关委员会对我国履行世界贸易组织协议的义务和实施加入议定书相关规定的情况进行年度审议，然后在第十年完全终止审议。中方有权就其他成员履行义务的情况向委员会提出质疑，要求WTO成员履行承诺。

此外，我国还将在取消非关税措施、开放贸易权、与贸易有关的投资问题等方面履行中国入世的承诺。

复习思考题

1. 简述关贸总协定的作用。
2. WTO的基本原则有哪些？存在哪些例外？
3. WTO对关贸总协定的哪些内容进行了继承？哪些内容被改进？
4. 中国“入世”坚持了哪些原则？为什么？
5. 评述你对中国“入世”的看法。

B&E

第十三章 国际贸易术语

【本章导读】

在国际贸易中，买卖双方所承担的义务，会影响到商品的价格。在长期的国际贸易实践中，逐渐形成了把某些和价格密切相关的贸易条件与价格直接联系在一起，形成了若干种报价的模式，每一模式都规定了买卖双方在某些贸易条件中所承担的义务，用来说明这种义务的术语叫国际贸易术语。本章主要是介绍国际贸易有关的国际惯例和常见的几种国际贸易术语的具体规定。

【学习目标】

1. 掌握国际贸易术语的含义与作用。
2. 了解国际贸易有关的国际惯例。
3. 掌握FOB、CIF、CFR这三种常用的国际贸易术语的具体内容和规定。
4. 熟悉FCA、CPT、CIP这三种国际贸易术语的主要内容。

【关键概念】

国际贸易术语(Trade Terms)
EXW(工厂交货)
FCA(货交承运人)
FAS(船边交货)
FOB(船上交货)
CFR(成本加运费)
CIF(成本保险费加运费付至)
CPT(运费付至)
CIP(运费保险费付至)
DAF(边境交货)
DES(目的港船上交货)
DEQ(目的港码头交货)
DDU(未完税交货)
DDP(完税交货)

第一节 国际贸易术语概述

国际贸易术语(Trade Terms)又称价格术语(Price Terms)或贸易术语，它不仅是一种价格规定，而且也是国际贸易实践中用来规定买卖双方的责任与义务，以及费用和风险划分的重要依据。

一、国际贸易术语的产生与发展

贸易术语是国际贸易发展到一定历史阶段的产物。由于国际贸易涉及国际运输、保险银行、海关等方方面面的工作，需要办理货物装卸、投保、报关、纳税等手续，并需支付运费、保险费、关税以及其他各项费用，同时货物在运输、装卸过程中，还可能遭遇到自然灾害、意外事故和各种外来风险，有关这些事项由谁办理？费用由谁支付？风险由谁承担？买卖双方需要交接哪些单据？在什么地方，以什么样的方式办理交货？等等这一系列问题在每次的国际贸易中几乎都有涉及，如果每次都要求买卖双方反复洽商双方的责任、费用、风险，不仅费时费力，还阻碍国际贸易的发展。因而，在长期的国际贸易实践中，各种不同的为买卖双方所熟悉的国际贸易术语便产生了。

据有关史料记载，中世纪时的海外贸易都是商人自己将货物运往国外市场销售，并从国外市场采购商品。不论进口还是出口，都是货主自己承担货物的全部风险、责任和费用。

18 世纪末 19 世纪初，出现了装运港船上交货术语，即 Free on Board(FOB)。当时，该术语的含义仅仅是指由进口商事先在装运港租订一条船，要求出口商将其销售出的货物交到进口商租好的船上。

19 世纪中叶，随着科学技术的进步，运输和通信工具的发展，国际贸易的条件发生了很大变化。为国际贸易服务的轮船公司、保险公司纷纷成立，银行也参与了国际贸易结算业务，从而导致了以 CIF 为代表的单据买卖方式的产生，并逐渐成为国际贸易中最常用的贸易做法。

国际商会(the International Chamber of Commerce，ICC)于 1936 年首次公布了一套解释贸易术语的国际规则，名为《1936 年国际贸易术语解释通则》(即 Incoterms 1936)，以后又于 1953 年、1967 年、1976 年、1980 年、1990 年和 2000 年进行了多次修订与补充，国际贸易术语由最初的 9 种发展到 13 种，目前通行的是 2000 年修订之后的版本，简称《2000 年通则》，它于 2000 年 1 月 1 日生效。

二、国际贸易术语的性质与作用

贸易术语具有两重性，一方面贸易术语表明了买卖双方的交货地点和交货条件，另一方面贸易术语也表明了成交货物单位价格的构成因素，正是由于贸易术语具有这两方面性质，所以也有人称之为“价格交货条件”(Pricre Delivered Terms)，我们必须从贸易术语的全部含义来理解它的性质。

首先，贸易术语是用来表示买卖双方各自承担义务的专门用语，每种贸易术语都有其特定的含义，采用某种专门的贸易术语，主要是为了确定交货条件，即说明买卖双方在交接货物方面彼此承担的责任、费用和风险的划分。例如，使用装运港船上交货条件(FOB)成交同按目的港船上交货条件(DES)成交，由于交货条件不同，买卖双方各自承担的责任、费用和风险就有很大区别。在 FOB 条件下，买方要负责派船到约定的装运港接运货物，并承担货物越过船舷后的一切费用和风险，而卖方则负责按时把约定的货物交到买方指定的船上，并承担货物越过船舷以前的一切费用和风险。在 DES 条件下，却由卖方负责派船将约定的货物运至指定的目的港，并承担货物在目的港船上交货之前的一切费用和风险，而交货后的一切费用和风险，则转由买方负担。

其次，贸易术语也可用来表示价格构成因素，特别是货价中所包含的从属费用。例如，按 FOB 价成交与按 CIF 价成交，由于其价格构成因素不同，所以成交价应有区别。具体地说，前者不包括从装运港到目的港的运费和保险费，而后者则包括从装运港到目的港的通常运费和保险费，所以买卖双方确定成交价格时，FOB 价应比 CIF 价低。

最后，不同的贸易术语表明买卖双方各自承担不同的责任、费用和风险，而责任、费用和风险的大小又反过来影响成交商品的价格。一般地说，凡使用出口国国内交货的各种贸易

术语,如工厂交货(EXW)和装运港船边交货(FAS)等,卖方承担的责任、费用和风险都比较小,所以商品的售价就低;反之,凡使用进口国国内交货的各种贸易术语,如目的港码头交货(DEQ)和完税后交货(DDP)等,卖方承担的责任、费用和风险则比较大,这些因素,必然要反映到成交商品的价格上,所以,在进口国国内交货比在出口国国内交货的价格高,有时甚至高出很多。由于贸易术语体现出商品的价格构成,按不同的贸易术语成交,会表示出成交商品具有不同的价格,所以,有些人便把它当做单纯表示价格的用语,而称其为“价格术语”或“价格条件”。

贸易术语在国际贸易中起着积极的作用,主要表现在下列三个方面。

(1) 有利于买卖双方简化交易磋商的内容和节约交易费用。由于每种贸易术语都有其特定的含义,而且一些国际组织对各种贸易术语也作了统一的解释与规定,这些解释与规定在国际上被广为接受,并成为惯常奉行的做法或模式。因此,买卖双方只需要洽商按何种贸易术语成交,即可明确彼此在交接货物方面应承担的责任、费用和风险,这就简化了交易手续,缩短了洽商交易的时间,节约了交易费用,从而有利于买卖双方迅速达成交易和订立合同。

(2) 有利于买卖双方进行国际价格对比和成本核算。由于贸易术语表示价格的构成因素,所以买卖双方确定成交价格时,必须要考虑采用的贸易术语包含哪些从属费用,如运费、保险费、装卸费、关税、增值税和其他费用,这就有利于买卖双方进行比价和加强成本核算。

(3) 有利于解决国际贸易合同履行过程当中的争议。买卖双方商订合同时,如对合同条款考虑欠周,使某些事项规定不明确或不完备,致使履约当中产生的争议不能依据合同的规定解决。在此情况下,可以援引有关贸易术语的一般解释来处理,因为,贸易术语的一般解释已成为国际惯例,并被国际贸易界从业人员和法律界人士所理解和接受,从而成为了国际贸易中公认的一种类似行为规范的准则。

三、有关贸易术语的国际惯例

国际贸易惯例,是指在国际贸易实践中逐步形成的、具有较普遍指导意义的一些习惯做法或解释。其范围包括:国际上的一些组织、团体就国际贸易的某一方面,如贸易术语、支付方式等问题所作的解释或规定;国际上一些主要港口的传统惯例;也有不同行业的惯例;此外,各国司法机关或仲裁机构的典型案例或裁决,往往也视做国际贸易惯例的组成部分。有关贸易术语的国际贸易惯例主要有 3 个,它们是:《1932 年华沙-牛津规则》(Warsaw-Oxford Rules 1932)、《1941 年美国对外贸易定义修订本》(Revised American Foreign Trade Definition 1941)、《2000 年国际贸易术语解释通则》(International Rules for the Interpretation of Trade Terms 2000,INCOTERMS2000)。

(1)《1932 年华沙-牛津规则》:1928 年国际法协会曾在波兰华沙开会,制定了有关 CIF 买卖契约统一规则,称为《1928 年华沙规则》,后经 1932 年牛津会议,对华沙规则进行了修订,定名为《1932 年华沙-牛津规则》,全文共 21 条。这一规则主要说明 CIF 买卖合同的性质和特点,并具体规定了采用 CIF 贸易术语时,对有关买卖双方责任的划分,同时对货物所有权转移的方式等问题作了比较详细的解释。

(2)《1941 年美国对外贸易定义修订本》:1919 年美国的 9 个商业团体制定了《美国出

口报价及其缩写条例》(the U. S. Export Quotation and Abbreviations),1941年又对它作了修订,并改称《1941年美国对外贸易定义修订本》。该修订本在同年为美国商会、全国进口商协会和全国对外贸易协会所采用,它对Ex Point of Origin、FOB、FAS、C&F、CIF、Ex-Dock 6种术语作了解释。这6个贸易术语,除"原产地交货"(Ex Point of Origin)和"码头交货"(Ex-Dock)分别与INCOTERMS中的Ex-Work和Ex-Quay大体相近外,其他4种与INCOTERMS相应的贸易术语的解释有很大不同。上述"定义"多被美国、加拿大以及其他一些美洲国家所采用,因此,在与美洲国家交易中,要注意正确使用该贸易术语。近年来美国的商业团体或贸易组织也曾表示放弃他们惯用的这一"定义",将尽量采用国际商会制定的《国际贸易术语解释通则》。

(3)《2000年国际贸易术语解释通则》:《2000年通则》是在《1990年通则》基础上修订的,目前,该规则已经成为国际贸易实践中应用最为广泛和最受认可的国际惯例,其影响极大。

《国际贸易术语解释通则》(以下简称INCOTERMS)的宗旨是为国际贸易中最普遍使用的贸易术语提供一套解释的国际规则,以避免因各国不同解释而出现的不确定性,或至少在相当程度上减少这种不确定性。需要强调的是,INCOTERMS涵盖的范围只限于销售合同当事人的权利义务中与已售货物(指"有形的"货物,不包括"无形的"货物,如计算机软件)交货有关的事项。

首先,INCOTERMS只涉及销售合同中买卖双方的关系,而且,只限于一些非常明确的方面。对进口商和出口商来讲,考虑那些为完成国际销售所需要的各种合同之间的实际关系仍然是非常必要的,这是因为,完成一笔国际贸易不仅需要销售合同,而且需要运输合同、保险合同和融资合同,而INCOTERMS只涉及其中的一项合同,即销售合同。另外,当双方当事人同意使用某一个具体的贸易术语时,将不可避免地对其他合同产生影响。譬如,卖方同意在合同中使用CFR和CIF术语时,他就只能以海运方式履行合同,因为在这两个术语下他必须向买方提供提单或其他海运单据,而如果使用其他运输方式,这些要求是无法满足的。而且,跟单信用证要求的单据也必然将取决于准备使用的运输方式。

其次,INCOTERMS涉及为当事方设定的若干特定义务,如卖方将货物交给买方处置,或将货物交运或在目的地交货的义务,以及当事人双方之间的风险划分。此外,INCOTERMS还涉及货物进口和出口的清关手续、货物包装的义务,买方受领货物的义务,以及提供证明各项义务得到完整履行的义务。这里需要强调的是,INCOTERMS对销售合同中可能引起的许多问题却并未涉及,如货物所有权和其他产权的转移、违约、违约行为的后果以及某些情况下的免责等,这就是说,INCOTERMS不涉及违约的后果或由于各种法律阻碍导致的免责事项,这些问题必须通过销售合同中的其他条款和适用的法律来解决。

INCOTERMS将所有的术语分为4个基本不同的类型,共13种贸易术语(表13-1)。

第一组为E组。

EXW(Ex Work):工厂交货(……指定地点)。

这个贸易术语是指卖方仅在自己的地点为买方备妥货物(发货),即卖方将货物从工厂(或仓库)交付给买方,除非另有规定,卖方不负责将货物装上买方安排的车或船,也不办理出口报关手续。买方负担自卖方工厂交付后至最终目的地的一切费用和风险。

表 13-1 《2000 年国际贸易术语解释通则》基本内容简表

组别		简称及含义（英文全称）	交货地点	风险转移	运费	保险	海关清关手续	运输方式
E组	内陆交货	EXW 工厂交货（Ex Work）	卖方工厂	交货时	买方	买方	买方办理	各种运输
F组 装运合同	主要运费未付	FCA 货交承运人（Free Carrier）	交承运人（买方指定）	交货时	买方	买方	卖方办理出口，买方办理进口	各种运输
		FAS 船边交货（Free Alongside Ship）	指定装运港船边	交货时	买方	买方	同上	海运内河
		FOB 船上交货（Free on Board）	指定装运港船上	装运港船舷	买方	买方	同上	海运内河
C组 装运合同	主要运费已付	CFR 成本加运费（Cost and Freight）	装运港船上	装运港船舷	卖方	买方	同上	海运内河
		CIF 成本、保险费加运费（Cost、Insurance and Freight）	装运港船上	装运港船舷	卖方	卖方	同上	海运内河
		CPT 运费付至（Carriage Paid to ）	货交第一承运人	交货	卖方	买方	同上	各种运输
		CIP 运费保险费付至（Carriage and Insurance Paid to）	货交第一承运人	交货	卖方	卖方	同上	各种运输
D组 到货合同	主要运费已付	DAF 边境交货（Delivered at Frontier）	边境指定地点（不卸货）	交货时	卖方	卖方	同上	陆上运输
		DES 目的港船上交货（Delivered Ex Ship）	目的港船上（不卸货）	交货时	卖方	卖方	同上	海运内河
		DEQ 目的港码头交货（Delivered Ex Quay）	目的港码头（货从船上卸到码头）	交货时	卖方	卖方	同上	海运内河
		DDU 未完税交货（Delivered Duty Unpaid）	指定目的地（不卸货）	交货时	卖方	卖方	同上	各种运输
		DDP 完税交货（Delivered Duty Paid）	指定目的地（不卸货）	交货时	卖方	卖方	进出口全由卖方办理	各种运输

第二组为 F 组，共有下列 3 个术语。

FCA(Free Carrier)：货交承运人(……指定地点)。

FAS(Free Alongside Ship)：船边交货(……指定装运港)。

FOB(Free on Board)：船上交货(……指定装运港)。

这三个 F 组的贸易术语是指卖方需将货物交至买方指定的承运人(主要运费未付)。具体来说，FCA 术语是指卖方必须在合同规定的交货期内在指定地点将货物交给买方指定的承运人监管，并负担货物交由承运人监管前的一切费用和货物灭失或损坏的风险。FAS是指卖方将货物运至指定装运港的船边或驳船内交货，并在需要办理海关手续时，办理货物出口所需的一切海关手续，买方承担自装运港船边（或驳船）起的一切费用和风险。FOB术语规定卖方必须在合同规定的装运期内在指定的装运港将货物交至买方指定的船上，并负担货物越过船舷为止的一切费用和货物灭失或损坏的风险。

第三组为C组，共有下列4个术语。

CFR(Cost and Freight)：成本加运费（……指定目的港）。

CIF(Cost、Insurance and Freight)：成本、保险加运费付至（……指定目的港）。

CPT(Carriage Paid to)：运费付至（……指定目的地）。

CIP(Carriage and Insurance Paid to)：运费、保险费付至（……指定目的地）。

这4个C组的贸易术语是指卖方须订立运输合同，但对货物灭失或损坏的风险以及装船和启运后发生意外所发生的额外费用，卖方不承担责任（主要运费已付）。具体来说，CFR术语是指卖方必须在合同规定的装运期内，在装运港将货物交至运往指定目的港的船上，负担货物越过船舷为止的一切费用和货物灭失或损坏的风险，并负责租船订舱，支付至目的港的正常运费。CIF术语是指卖方必须在合同规定的装运期内在装运港将货物交至运往指定目的港的船上，负担货物越过船舷为止的一切费用和货物灭失或损坏的风险，并办理货运保险，支付保险费，以及负责租船订舱，支付从装运港到目的港的正常运费。CPT术语是指卖方自付费用并订立货物运至指定目的地的运输合同，在货物被交由承运人保管时，货物灭失或损坏的风险，以及在货物交给承运人后发生的事件而引起的额外费用由买方承担。CIP术语是指卖方自付费用并订立货物运至目的地的运费，并对货物在运输途中灭失或损坏的买方风险取得货物保险，订立保险合同，支付保险费用，在货物交由承运人保管时，货物灭失或损坏的风险，以及由于在货物交给承运人后发生的事件而引起的额外费用，即从卖方转移至买方。

第四组为D组，共有下列4个术语。

DAF(Delivered at Frontier)：边境交货（……指定地点）。

DES(Delivered Ex Ship)：目的港船上交货（……指定目的港）。

DEQ(Delivered Ex Quay)：目的港码头交货（……指定目的港）。

DDU(Delivered Duty Unpaid)：未完税交货（……指定目的地）。

这4个D组的贸易术语是指卖方须承担把货物交至目的地所需的全部费用和风险（货到）。具体来说，DAF术语是指卖方将货物运至买方指定的边境地点，将仍处于交货的运输工具上尚未卸下的货物交付买方，并办妥货物出口清关手续，承担将货物运抵边境上的指定地点所需的一切费用和风险，该地点为毗邻边境的海关前，包括出口国在内的任何国家边境（含过境国）。进口清关手续则由买方办理。DES术语是指卖方将货物运至买方指定目的港的船上，并交给买方，但不办理进口清关手续，卖方负担将货物运抵指定卸货港为止的一切费用和风险，买方负担货物从船上开始卸货起的一切费用和风险。DEQ术语是指将货物交付给买方，但不办理货物进口清关手续，卖方负担将货物运抵卸货港并卸至码头为止的一切费用与风险，买方负担随后的一切费用和风险。DDU术语是指卖方将货物运至进口国指定的目的地交付给买方，不办理进口手续，也不从交货的运输工具上将货物卸下，即完成交货。卖方应该承担货物运至指定目的地为止的一切费用与风险，不包括在需要办理海关手续时在目的地进口应缴纳的任何“税费”(包括办理海关手续的责任和风险,以及交纳手续费、关税、捐税和其他费用)。买方必须承担此项“税费”和因其未能及时办理货物进口清关手续而引起的费用和风险。DDP术语是指卖方将货物运至进口国指定地点,将在交货运输工具上尚未卸下的货物交付给买方,卖方负责办理进口报关手续,交付在需要办理海关手续时在目的地应缴纳的任何进口“税费”。卖方负担将货物交付给买方前的一切费用和风险。如卖方无法直接或间接地取得进口许可证时不宜采用该术语。DDP是卖方责任最大的贸易术语。

在国际货物贸易合同中,在贸易术语的缩写字母后面,写上规定的装运地(港)或目的地(港)。例如:每吨1 000美元FOB上海,此处上海应为装运港;每吨1 100美元CIF纽约,此处纽约应为目的港;每吨1 200美元CIP巴黎戴高乐机场,此处巴黎戴高乐机场为空运目的地。

尽管国际贸易惯例在解决贸易纠纷时起到一定的作用,但应注意以下几个问题。

第一,国际贸易惯例并非法律,因此,对买卖双方没有约束性,可采用也可不采用;买卖双方有权在合同中做出与某惯例不符的规定。只要合同有效成立,双方按合同的规定履行各自的权利与义务。

第二,如果买卖双方在合同中明确表示采用某种惯例时,则被采用的惯例对买卖双方均有约束力。

第三,如果合同中明确采用某种惯例,但又在合同中规定与所采用的惯例相抵触的条款,只要这些条款与本国法律不矛盾,就将受到有关国家法律的承认和保护,即以合同条款为准。

第四,如果合同中既未对某一问题做出明确规定,也未订明使用何种惯例,当发生争议付诸诉讼或提交仲裁时,法庭和仲裁机构可引用惯例作为判决或裁决的依据。可见,国际惯例在促进贸易发展、解决贸易纠纷方面具有非常重要的作用。因此,在进出口业务中,多了解和掌握一些国际贸易惯例,对交易洽商、签订合同、履行合同和解决争议等是完全必要的。当然发生争议时,可以援引适当的惯例据理力争;对对方提出的合理论据,可避免强词争辩,影响争议的顺利解决或造成不良影响。特别要注意的是,在进出口业务中,引用惯例时一定要有根据,以免造成被动。

第二节 主要的国际贸易术语

国际贸易中使用的贸易术语有十多种,但迄今为止采用最多的仍是装运港交货的三种贸易术语:FOB、CIF和CFR。此外,随着集装箱多式联运业务的普及,FCA、CPT和CIP贸易术语也将成为国际贸易中的常用贸易术语。掌握这些主要贸易术语的含义、买卖双方承担的义务以及在使用中要注意的问题,十分重要。

一、FOB术语

(一) FOB术语的含义

FOB,即船上交货(……指定装运港),习惯上称为装运港船上交货。

FOB术语是指卖方在约定的装运港按合同规定的装运时间将货物交到买方指派的船

上。按照《2000年通则》规定，此术语只能适用于海运和内河运输。但是，在海运和内河航运中，如果要求卖方在船舶到达装运港之前就要将货物交到港口货站，则改用FCA术语更为适宜。

(二) 采用FOB术语时买卖双方各自承担的基本义务

卖方的基本义务如下。

(1) 在约定的装运期间内和指定的装运港，将合同规定的货物交到买方指派的船上，并及时通知买方。

(2) 承担货物在装运港越过船舷之前的一切费用(包括检查、包装、刷唛费用、出口应付的通关费用、捐税及其他官方费用)和风险(如货物灭失或损毁等风险)。

(3) 自负风险和费用并办理货物出口所需要的一切海关手续，包括取得出口许可证或其他官方批准证件。

(4) 负责提交商业发票和证明自己按规定交货的清关单据，或具有同等作用的电子信息。

买方的基本义务如下。

(1) 负责签订从指定装运港装运货物的运输合同，并支付运费，将船名、装货地点和装货日期通知卖方。

(2) 承担货物在装运港越过船舷之后发生的各种费用以及货物灭失或损坏的一切风险。

(3) 根据买卖合同规定受领货物并支付货款。

(4) 自负风险和费用，取得进口许可证或其他官方证件，并负责办理货物进口和必要时从他国过境所需的一切海关手续。

(三) 使用FOB术语时应注意的问题

(1) "船舷为界"的确切含义。以"船舷为界"表明货物在装上船之前的一切风险，如在装船时货物跌落码头或海中所造成的损失，均由卖方承担。货物装上船之后，在启航前和在运输过程中所发生的损坏或灭失，则均由买方承担。以装运港船舷作为划分风险的界限是历史上形成的一项行之有效的规则，这种划分风险的规则，其界限分明，易于理解和接受。但"船舷为界"并不表示买卖双方的责任和费用划分的界限。因为装船作业是一个连续过程，在卖方承担装船责任的情况下，他必须完成这一全过程，而不可能在船舷处办理交接。关于费用划分问题，《2000年通则》中也有相应的规定："卖方必须支付与货物有关的一切费用，直至货物在指定装运港已越过船舷时为止。"这实际上是指，在一般情况下，卖方要承担装船的主要费用，但不包括平舱费和理舱费。但在实际业务中，买卖双方可根据实际需要进行协商，做出不同的规定。以装运港船舷作为风险划分的界限也是最常用的FOB、CFR、CIF三种贸易术语同其他贸易术语的重要区别之一。必须正确掌握以船舷为界划分风险的含义。

(2) 船货衔接问题。在FOB术语成交的合同中，卖方的一项基本义务是按约定的时间和地点完成装运。然而，由于在FOB条件下，是由买方负责安排运输，所以就存在一个船货衔接问题。根据有关法律和惯例，如买方未能按时派船，包括未经卖方同意提前派船或延迟派船，卖方都有权拒绝交货，而且由此产生的各种损失，如空舱(Dead Freight)、滞期费

(Demurrage)及卖方增加的仓储费等,均由买方负担。如果买方所派船只按时到达装运港,而卖方没能按时备妥货物,那么,由此产生的各种费用则要由卖方负担。有时买卖双方按FOB价格成交,而买方又委托卖方办理租船订舱,卖方也可酌情接受。但这属于代办性质,由此产生的风险和费用仍由买方承担。

(3) 装船费用的负担问题。由于FOB术语历史较悠久,各个国家和地区在使用时对"装船"概念解释上有一定的差别,做法上也不完全一致。为了说明装船费用的负担问题,往往在FOB术语后面加列附加条件,这就形成了FOB的变形。FOB的变形只说明装船费用由谁负担,而不影响买卖双方所应承担风险的划分界限。

FOB的变形有以下几种。

① FOB Liner Terms(FOB班轮条件),是指装船费用是按照班轮的做法办理,该费用包含在运费中,由支付运费的买方来负担。值得注意的是,FOB班轮条件并不是要求用班轮运输货物。

② FOB Under Tackle(FOB吊钩下交货),是指卖方负担的费用只到买方指派船只的吊钩所及之处,吊装入舱以及其他各项费用由买方负担。

③ FOB Stowed(FOB理舱费在内),是指卖方负责将货物装入船舱并承担包括理舱费在内的装船费。理舱费是指货物入舱后进行安置和整理的费用。

④ FOB Trimmed(FOB平舱费在内),是指卖方负责将货物装入船舱并承担包括平舱费在内的装船费。平舱费是指对装入船舱的散装货物进行平整所需要的费用。

⑤ FOB ST(FOB Stowed and Trimmed),在许多标准合同中,为明确表示由卖方承担包括理舱费和平舱费在内的各项装船费用,常采用FOB ST来表示。

(4) 个别国家对FOB术语的不同解释。以上有关对FOB术语的解释都是按照国际商会的《2000年通则》做出的。然而,不同的国家和不同的惯例对FOB术语的解释并不完全统一。它们之间的差异在有关交货地点、风险划分界限以及卖方承担的责任义务等方面的规定都可以体现出来。例如在北美洲的一些国家采用的《1941年美国对外贸易定义修订本》中将FOB概括为6种,其中前3种是在出口国内指定地点的内陆运输工具上交货,第四种是在出口地点的内陆运输工具上交货。上述4种和第五种在使用时应加以注意,因为这两种术语在交货地点上可能相同。比如,都是在旧金山(San. Francisco)交货,如果买方要求在装运港口的船上交货,则应在FOB和港口之间加上Vessel(船)字样,变成"FOB Vessel San. Francisco",否则,卖方有可能按第四种,在旧金山市的内陆运输工具上交货。即使都是在装运港船上交货,关于风险划分界限的规定也不完全一样。按照美国的《1941年美国对外贸易定义修订本》(以下简称《定义》)的解释,买卖双方划分风险的界限不是在船舷,而是在船上。卖方由此"承担货物一切灭失或损毁责任,直至在规定日期或期限内,已将货物装载于轮船上为止"。另外关于办理出口手续问题也存在分歧。按照《2000年通则》解释,FOB条件下,卖方应"自担风险及费用,取得任何出口许可证或其他官方证件,并在需要办理海关手续时,负责办理出口货物所需的一切海关手续"。但是,按照美国的《定义》解释,卖方只是"在买方请求并由其负担费用的情况下,协助买方取得由原产地及/或装运地国家签发的、为货物出口或在目的地进口所需的各种证件",即买方要承担一切出口捐税及各种费用。鉴于上述情况,在我国对美国、加拿大等北美洲国家的业务中,采用FOB术语成交时,应对有关问题做出明确规定,以免发生误会。

FOB术语中卖方的义务

案情介绍：我某公司以FOB条件出口一批冻鸡。合同签订后接到买方来电，称订舱较为困难并委托我方代为订舱。为了方便合同履行，我方接受了对方的要求。但由于船期比较紧张，时至装运期我方在规定装运港仍无法订到合适的舱位，且买方又不同意改变装运港。因此，到装运期满时货仍未装船，买方因销售季节即将结束便来函以我方未按期订舱履行交货义务为由撤销合同。

试问：我方应如何处理？

案情分析：要求买方必须付款。因为FOB项下办理运输是买方义务，卖方只是代为办理，风险和费用由买方承担。

二、CIF术语

（一）CIF术语的含义

CIF(...named port of destination)，即成本加保险费、运费(……指定目的港)。

CIF是在装运港交货的贸易术语，只适用于海运和内河运输。采用CIF术语成交时，卖方的基本义务是自负费用办理货物的运输及海运保险，并在规定的装运期及指定的装运港将货物装船。因此，成交价格的构成因素中包括有运费和保险费。在业务上，有人误认为CIF为"到岸价"，这是一种误解。按CIF条件成交时，卖方是在装运港完成交货义务，卖方承担的风险仍是在装运港货物越过船舷之前的风险。在货物装船后，自装运港到目的港的通常运费和保险费以外的费用也由买方负担。卖方只需提交约定的单据，并不保证货物将按时到达指定目的港。

（二）采用CIF术语时买卖双方各自承担的基本义务

卖方的基本义务如下。

(1) 自付费用签订运输合同，按合同规定的装运期在指定装运港将合同要求的货物装船，并及时通知买方。

(2) 承担货物在装运港越过船舷之前的一切风险和费用。

(3) 按照合同的约定，自负费用办理货物运输保险。

(4) 自负风险和费用，取得出口许可证或其他官方证件，并办理货物的出口手续。

(5) 提交商业发票和在目的港提货所需的运输单据，或具有同等作用的电子信息，并向买方提供保险单据。

买方的基本义务如下。

(1) 接受卖方提供的有关单据，受领货物，并按合同规定支付货款。

(2) 承担货物在装运港越过船舷之后的一切风险和费用。

(3) 自负风险和费用，办理货物进口和必要时从他国过境所需的一切海关手续。

(4) 负担除正常运费和保险费以外的货物在海运过程中直至目的港为止所产生的额外费用。

（三）使用CIF术语应注意的问题

(1) 保险的险别问题。CIF术语的价格构成中包含有保险费，卖方有义务办理货运保险。但是投保不同的险别，保险人承保的责任范围不同，收取的保险费率也不相同。那么，按CIF术语成交，卖方应该投保什么险别呢？一般的做法是，在双方签约时，在合同中明确规定保险的险别、保险金额等内容，卖方在投保时按合同的约定办理即可。但是，如果买卖双方在合同中没有明确的规定，则按有关惯例来处理。按照《2000年通则》对CIF的解释，卖方只须投保最低险别，但在买方的要求下，并由买方付费时，可加保战争、罢工、暴乱和民变险。按照《1941年美国对外贸易定义修订本》的解释，双方应明确投保水渍险(WPA)或平安险，以及其他属于特定行业应保的其他险别，或是买方需要获得单独保障的险别。而《1932年华沙-牛津规则》规定，需要按照不同行业惯例或在规定航线上对应投保的一切风险进行投保，但不包括投保战争险。

(2) 租船订舱问题。根据《2000年通则》规定，"卖方必须自付费用，按照通常条件订立运输合同，经由惯常航线，将货物用通常可供运输合同所指货物类型的海轮(或依情况适合内河运输的船只)装运至指定的目的港"。《1941年美国对外贸易定义修订本》中只是笼统地规定卖方"负责安排货物至指定目的地的运输事宜，并支付其费用"。《1932年华沙-牛津规则》中规定："如买卖合同未规定装运船只的种类，或者合同内使用'船只'这样笼统名词，除依照特定行业惯例外，卖方有权使用通常在此航线上装运类似货物的船只来装运。"因此，除非合同另有规定外，如果买方提出关于船籍、船型、船龄、船级以及指定船公司的船只等额外要求时，卖方有权拒绝接受，也可根据实际情况给予通融。

(3) 卸货费用负担问题。CIF是指卖方应将货物运往合同规定的目的港，并支付正常的费用。但货物运至目的港后的卸货费由谁承担也是一个需要考虑并明确规定的问题。由于各国做法不尽相同，通常采用CIF变形的形式来做出具体规定。CIF变形后的形式主要有：

① CIF Liner Terms(CIF班轮条件)，这一变形是指卸货费由谁负担，按照班轮的做法来办，即由支付运费的卖方来负担卸货费。

② CIF Landed(CIF卸至岸上)，是指由卖方负担将货物卸至岸上的费用，包括可能支付的驳船费和码头费在内。

③ CIF Ex Ship's Hold(CIF舱底交货)，是指货物由目的港船舱底起吊至卸到码头的卸货费用均由买方负担。

④ CIF Under Ship's Tackle(CIF船舶吊钩下交货)，是指卖方负担的费用中包含了将货物从船舱吊起卸到船舶吊钩所及之处(码头上或驳船上)的费用。CIF的变形只说明卸货费用的划分，并不改变CIF的交货地点和风险划分的界限。

(4) 象征性交货问题。CIF合同的特点在于，它是一种典型的象征性交货(Symbolic Delivery)，即是卖方凭单据交货，买方凭单据付款，只要卖方所交单据齐全与合格，不管货物是否能完好地到达目的港，卖方就算完成了交货义务，卖方无须保证到货。在此情况下，买方都必须履行付款义务。反之，如果卖方提交的单据不符合要求，即使货物完好无损地到达目的地，买方仍有权拒付货款。CIF术语的象征性交货性质，要求卖方必须保证所提交的单据完全符合合同的要求。否则，将无法顺利地收回货款。但是，必须指出，按CIF术语成交，卖方履行其交单义务只是得到买方付款的前提条件。除此之外，卖方还要履行交货义务。如果所交货物与合同规定不符，只要买方能证明货物的缺陷在装船前就已经存在，而且这种缺陷在正常检验中很难发现，买方即使已经付款，只要未超过索赔期，仍然可以根据合同的规定向卖方提出索赔。

CIF 条件下的风险转移地点

案情介绍：我某出口公司按 CIF 条件、凭不可撤销即期议付信用证支付方式向科威特 ABC 公司出售货物一批。ABC 公司按合同规定开来不可撤销即期议付信用证，并经我方审核无误。我出口公司在信用证规定的装运期限内将货物在装运港装上开往目的港的海轮，并在装运前向中国人民保险公司办理了货物运输保险。但装货海轮在开航后不久起火爆炸沉没，该批货物全部灭失。

试问：我出口公司该如何处理？并说明理由。

案情分析：凭相符单据要求买方付款，因为 CIF 的风险转移点在装运港船舷，货损发生在我方交货之后，因此风险由买方承担。不过买方付款后，我方可将单据交给买方，并对保险单背书，协助买方向保险公司索赔。

三、CFR 术语

（一）CFR 术语的含义

CFR(...named port of destination)，即成本加运费(……指定目的港)，在《2000 年通则》之前曾用 C&F 来表示 CFR。

CFR 术语也是国际贸易中常用的术语之一，只适用于海运和内河运输，交货地点仍在装运港。与 FOB 术语相比，卖方承担的义务中多了一项租船订舱，即卖方要自负费用订立运输合同。

（二）使用 CFR 术语成交时买卖双方各自承担的基本义务

卖方的基本义务如下。

(1) 自负费用签订运输合同；在合同规定的装运期内，在指定的装运港将合同要求的货物装船；并及时通知买方。

(2) 承担货物在装运港越过船舷之前的一切风险和费用。

(3) 自负风险和费用，取得出口许可证或其他官方许可证件，并办理货物的出口和必要时从他国过境所需的一切海关手续。

(4) 提交商业发票和在目的港提货所需的运输单据，或相应的电子信息。

买方的基本义务如下。

(1) 接受卖方提供的有关单据，受领货物，并按合同规定支付货款。

(2) 承担货物在装运港越过船舷之后的一切风险和费用。

(3) 自负风险和费用，办理货物的进口手续。

（三）使用 CFR 术语时应注意的问题

(1) 卖方的装运义务。采用 CFR 贸易术语成交时，卖方负责在装运港按规定的期限把货物装上运往目的港的船只。除了不负责投保和支付货物保险费之外，其他义务均与 CIF

相同。包括在解决卸货费负担问题而产生的变形形式方面。

(2) 卖方要及时发出装船通知。按惯例不论是FOB还是CFR合同,卖方在货物装船后,都必须立即向买方发出装船通知。但是,对于CFR合同来说,这一点尤为重要。因为这将直接影响到买方是否能及时地办理货物运输保险。如果由于卖方没有及时发出装船通知,使买方未能及时办理货物运输保险,货物在海运途中的风险将由卖方承担。因此,在CFR条件下的装船通知具有更为重要的意义。

(四) FOB、CFR、CIF三种术语的对比

综上所述,FOB、CIF和CFR三种术语都是只适用于水上运输的贸易术语;卖方均在装运港完成交货;买卖双方承担的风险划分界限均是在装运港货物超过船舷时由卖方转移给买方。因此,就卖方承担的风险而言,有CIF=CFR=FOB。它们之间的区别是,卖方承担的责任和费用有所不同。CFR与FOB相比,卖方的责任增加了货物运输的办理,价格构成上相应增加了一笔正常的货物运输费用;而CIF与CFR相比,卖方的责任增加了货运保险的办理,价格构成上也相应增加了一笔保险费。因此,就卖方承担的责任和费用而言,则有CIF＞CFR＞FOB。

CFR术语下卖方的装运通知义务

案情介绍:我方以CFR贸易术语与新西兰的某公司达成一批婚庆礼品的出口合同,合同规定装运时间为2010年7月15日前。我方备妥货物,并于7月10日装船完毕,由于遇星期六休息,我公司的业务员未及时向买方发出装运通知,导致买方未能及时办理投保手续,而货物在7月8日晚发生了火灾被烧毁。

试问:货物损失责任由谁承担?为什么?

案情分析:货物损失的责任由我方承担。因为,在CFR术语成交的情况下,租船订舱和办理投保手续分别由卖方和买方办理,因此,卖方在装船完毕后应及时向买方发出装运通知,以便买方办理投保手续,否则,由此而产生的风险应由卖方承担。本案中,因为我方未及时发出装运通知,导致买方未能及时办理投保手续,未能将风险及时转移给保险公司,因而,风险应由我方承担。

四、FCA术语

(一) FCA术语的含义

FCA(...named place),即货物交承运人(……指定地点)。它指卖方应在合同规定的交货期内将其移交的货物办理出关后,在指定的地点交付给买方指定的承运人照管,并负责货物交由承运人监管为止的一切费用和风险。若买方未指明确切地点,卖方可在指定的交货地或地段内选择在何处由承运人将货物接管。该术语适用于任何运输方式,包括多式联运。随着集装箱等运输工具的发展和普及,这种贸易术语在国际贸易中必将发挥越来越大的作用。

(二) 按FCA术语成交时买卖双方的基本义务

卖方的基本义务如下。

(1) 办理出口结关手续,在指定地点按约定日期将货物交给买主指定的承运人,并给予买方货物已交付的充分通知。

(2) 承担货物交给承运人以前的一切费用和风险。

(3) 向买方提供约定的单据或相等的电子信息。

买方的基本义务如下。

(1) 自负费用订立自指定地点承运货物的合同,并将承运人名称及时通知卖方。

(2) 从卖方交付货物时起,承担货物灭失或损坏的一切风险。

(3) 按合同规定受领交货凭证或相等的电子信息,并按合同规定支付货款。

按 FCA 术语成交,本应由买方自行负担费用,订立从指定地点承运货物的合同,并指定承运人,卖方并无订立运输合同的义务。但若根据国际贸易惯例,当卖方被要求协助与承运人订立合同(如铁路或航空运输)时,只要买方承担费用和风险,卖方也可以办理。当然,卖方也可以拒绝订立运输合同,如若拒绝,则应立即通知买方,以便买方另作安排。

(三) 使用 FCA 术语应注意的问题

(1) 卖方交货义务问题。《2000 年通则》对 FCA 下卖方的交货义务做了如下规定:①若指定的地点是卖方所在地,则当货物被装上买方指定的承运人或代表买方的其他人提供的运输工具时,卖方的交货义务才算完成。②若指定的地点不是卖方所在地,而是其他任何地点,卖方负责将货物运至指定地点,将货物置于买方指定的承运人或其代理人的支配之下,卖方的交货义务就算完成。这里需要说明的是,卖方将货物运至指定地点尚未卸货前就算完成交货义务,卖方没有卸货义务。③若在指定的地点没有约定具体交货点,且有几个具体交货点可供选择时,卖方可以在指定的地点选择最适合其目的的交货点;若买方没有明确指示,则卖方可以根据运输方式或货物的数量和/或性质将货物交付运输。

(2) 风险转移问题。FCA 与装运港交货的 FOB、CIF、CFR 三种贸易术语不同,风险转移不是以船舷为界,而是以货交承运人为界,这不仅是在海运以外的其他运输方式下如此,即使在海洋运输方式下,卖方也是在将货物交给海运承运人时即算完成交货,风险就此转移。但是,由于在 FCA 术语条件下,由买方负责订立运输契约,并将承运人名称及有关事项及时通知卖方,卖方才能如期完成交货义务,并实现风险的转移。如果买方未能及时通知卖方,或由于买方的责任,使卖方无法按时完成交货,其后的风险是否仍由卖方承担?按《2000 年通则》的解释,如发生上述情况,则自规定的交付货物的约定日期或期限届满之日起,买方要承担货物灭失或损坏的一切风险。可见,对于 FCA 条件下,风险转移的界限问题不能简单化理解。一般情况下,是在承运人控制货物后,风险由卖方转移给买方,但是如果由于买方的责任,使卖方无法按时完成交货义务,只要“该项货物已正式划归合同项下”,那么风险转移的时间可以前移。

(3) 责任和费用问题。FCA 适用于包括多式联运在内的各种运输方式。卖方的交货地点因采用的运输方式的不同而不同。有时须在出口国的内陆办理交货,如车站、机场或内河港口。不论在何处交货,根据《2000 年通则》的解释,卖方都要自负风险和费用,取得出口许可证或其他官方批准证件,并办理货物出口所需的一切海关手续。随着我国对外贸易的发展,内地省份的出口货物有一些不一定在装运港交货,采取就地交货和交单结汇的做法会越来越多,为适应这一需要,FCA 术语的使用将逐渐增多。

按照 FCA 术语成交,一般是由买方自行订立从指定的地点承运货物的合同,但是,如果

买方有要求，并由买方承担风险和费用的情况下，卖方也可代替买方指定承运人并订立运输合同。当然，卖方也可以拒绝订立运输合同，如果拒绝应立即通知买方，以便买方另行安排。

按照 FCA 术语成交，买卖双方承担费用的划分也是以货交承运人为界，即卖方负担货物交给承运人控制之前的有关费用，买方负担货交承运人之后所发生的各项费用。但是买方委托卖方代办一些属于自己义务范围内的事项所产生的费用，以及由于买方的过失所引起的额外费用，均应由买方负担。

五、CPT 术语

（一）CPT 术语的含义

CPT(...named place of destination)，即运费付至(……指定目的地)。它指卖方支付货物运至指定目的地的运费。关于货物灭失或损坏的风险以及货物交至承运人后发生事件所产生的任何额外费用，自货物已交付给承运人照管之时起，从卖方转由买方承担。另外，卖方须办理货物出口的结关手续。该术语适用于各种运输方式，包括多式联运。

CPT 术语适用于包括多式联运在内的任何运输方式，按此术语成交，卖方交货地点可以为出口国内陆任何装运地点，也可以为出口国沿江、沿海港口，不论在何处交货，卖方都要办理货物出口的结关手续。

（二）按 CPT 术语成交买卖双方的基本义务

卖方的基本义务如下。

(1) 办理出口结关手续，负责订立运输合同，将货物运至指定目的地约定的地点，并给予买方货物已交付的充分通知。

(2) 承担货物交给承运人以前的一切费用和货物灭失与损坏的一切风险，以及装货费、从装运地至目的地的通常运费和在目的地的卸货费用。

(3) 向买方提供约定的单证或相等的电子信息。

买方的基本义务如下。

(1) 从卖方交付货物时起，承担货物灭失和损坏的一切风险和费用及卸货费。

(2) 支付除通常运费之外的有关货物在运输途中所产生的各项费用及卸货费。

(3) 自付费用和风险，取得进口许可证，办理货物进口的一切海关手续。

(4) 在目的地从承运人那里受领货物，并按合同规定受领单据和支付货款。

（三）使用 CPT 贸易术语应该注意的问题

(1) 风险划分的界限。在 CPT 条件下，货物交给承运人或第一承运人照管时起，货物发生灭失或损坏的一切风险，即由卖方转移给买方，可见货物在运输途中的风险，概由买方承担。

(2) 报价与费用核算问题。按 CPT 条件成交时，由于卖方要负担从装运地到约定目的地的运输责任和通常运费，故卖方对外报价时，要认真核算运费，务必将运费因素考虑到货价中去。在核算运费时，应考虑运输距离的远近、通常运输路线和各种方式的收费情况或运价变动趋势，以免对外盲目报价，出现偏高或偏低现象。关于 CPT 条件下的装卸费是否包括在运费中，以及卖方协助买方办理有关事项而产生的费用等，买卖双方均应事先予以明确。

(3) 卖方及时发出交货通知。《2000年通则》规定,CPT条件下,卖方必须在货物交给承运人或其他人接管后,向买方发出交货的详尽通知。在实际业务中,此类通知亦称为"装运通知"(Shipping Notice)。如果买方在CPT条件下需要卖方提供特殊信息,应在买卖合同中约定或在信用证中做出规定。若CPT条件下卖方未按惯例规定发出或未及时发出交货通知,使买方投保无依据或造成买方漏保,货物在运输过程中一旦发生灭失或损坏,应由卖方承担赔偿责任。

(4) 卖方应买方请求提供投保信息。CPT术语规定由卖方根据买方的请求,提供投保信息,这是卖方合同义务中的通知义务。买方在选择保险公司的地点和保险公司时完全是自由的,买方有可能选择卖方所在国家的保险公司办理保险,所以要求卖方将指定保险公司的保险条款等情况提供给买方。按惯例规定,CPT条件下,若买方提出请求卖方提供投保信息,卖方未能提供该信息,致使买方来不及或无法为货物投保,一旦货物在运输途中出现灭失或损坏的风险,卖方应承担过错损害赔偿责任。

(5) CPT和CFR的异同点。CPT和CFR有许多相似之外,如分别按这两种术语成交,货价构成因素都包括运费,故卖方都要负责安排运费,将货运往约定目的地,而货物在运输途中的费用由卖方负担。它们都属装运地交货的术语,按这两种术语签订的合同,都属装运合同,但这两种术语也有不同之处,如CFR仅适用于水上运输方式,而CPT则适用于包括多式联运在内的任何运输方式。此外,在交货的具体地点,费用和风险划分的具体界限以及运用的单据等方面也存在着一些差异。

六、CIP术语

(一) CIP术语的含义

CIP(...named place of destination),即运费及保险费付至(……指定目的地)。

按此术语成交,货价构成因素中包括从装运地运至约定目的地的通常运费和约定的保险费,因此,卖方除负有与运费付至(……指定目的地)术语相同的义务外,还须办理货物在运输途中应由买方承担的货物灭失或损坏风险的海运保险,并支付保险费。由此可见。使用CIP术语成交时,卖方除应订立运输合同和支付通常运费外,还应负责订立保险合同并支付保险费。不过,买方还需注意,按CIP条件成交,只能要求卖方取得最低的保险险别。CIP术语的适用范围同CPT术语完全一样,它适用于各种运输方式,包括多式联运。

(二) 按CIP术语成交买卖双方的基本义务

卖方的基本义务如下。

(1) 办理出口结关手续,自费订立运输合同和保险合同,按期将货物交给承运人,以运至指定目的地,并向买方发出货物已交付的充分通知。

(2) 承担货物交付承运人以前的一切费用和货物灭失与损坏的一切风险。

(3) 向买方提交约定的单证或相等的电子信息。

买方的基本义务如下。

(1) 从卖方交付货物时起,承担货物灭失和损坏的一切风险。

(2) 支付除通常运费之外的有关货物在运输途中所产生的各项费用和卸货费用。

(3) 在目的地从承运人那里受领货物,并按合同规定受领单据和支付货款。

（三）使用 CIP 术语应注意的问题

(1) 报价与费用核算问题。按 CIP 条件成交时，由于卖方要负担货物从装运地至目的地通常运费和约定的保险费，故卖方对外报价时，应当认真核算成本和价格，把将要支付的运费和保险费计到货价中去。卖方核算成本和价格时，应考虑运输距离、保险险别、各种运输方式和各类保险的收费情况，以及运价和保险费率的变动趋势，以防止对外盲目报价。买方对卖方的报价也应认真分析研究，切实做好比价工作，以免盲目成交。

(2) 风险划分的界限与风险险种的选择。在 CIP 条件下，货物运输和保险的责任和费用虽由卖方负责，但货物在运输途中灭失或损坏的风险却由买方负担，由此可见，卖方是为买方的利益代办保险，卖方之所以自费办理运费是因为货物的售价中包括运费，卖方之所以自费办理保险则是因为货物的售价中包括保险费。在一般情况下，卖方只按约定的险别投保，如未约定险别，卖方也按惯例投保最低限度的险别，保险金额一般在合同基础上加成10%投保。如有可能，卖方应按合同货币投保。按 CIP 条件成交，是否加保战争、罢工、暴乱及民变险，由买方决定，卖方并无加保此险的义务，但若买方要求加保，卖方应予办理，不过，加保此险的费用如事先未约定计入售价中，则应由买主另行负担。

(3) CIP 与 CPT、CIF 的异同点。CIP 等于 CPT 加保险费，或者等于 FCA 加运费和保险费。CIP 与 CIF 这两种术语有许多相似之处。如在其价格构成因素中，都包括通常的运费和约定的保险费，故卖方都应承担运输、保险的责任，并支付有关的运费与保险费。而且按这两种术语成交，都属装运地交货，其合同性质都为装运合同，故货物在运输途中的风险，均由买方承担。CIP 与 CIF 这两种术语的不同之外，主要是适用范围不同，CIF 仅适用于水上运输方式，而 CIP 则适用于任何运输方式，其中包括多式联运。此外，在交货和风险转移的具体部位以及运用的单据等方面存在一些差异。

第三节 其他国际贸易术语与贸易术语的选择

一、其他贸易术语

（一）EXW 术语

EXW(...named place)，即工厂交货(……指定地点)。它指卖方负有在其所在地即车间、工厂、仓库等把备妥的货物交付给买方的责任，但通常不负责将货物装上买方准备的车辆或办理货物结关。买方承担自卖方的所在地将货物运至预期的目的地的全部费用和风险。

（二）FAS 术语

FAS(...named port of shipment)，即船边交货(……指定装运港)。它指卖方在指定的装运港码头或驳船上把货物交至船边，从这时起买方须承担货物灭失或损坏的全部费用和风险，另外买方须办理出口结关手续。该术语适用于海运或内河运输。

（三）DAF 术语

DAF(...named place)，即边境交货(……指定地点)。

"边境交货(……指定地点)"是指当卖方在毗邻国家海关边界的指定的地点，将仍处于交货的运输工具上尚未卸下的货物交给买方处置，办妥货物出口清关手续但尚未办理进口清关手续时，即完成交货。“边境”一词可用于任何边境，包括出口国边境。因而，用指定地点和具体交货点准确界定所指边境，是极为重要的。但是，如当事各方希望卖方负责从交货运输工具上卸货并承担卸货的风险和费用，则应在销售合同中明确写明。该术语可用于陆地边界交货的各种运输方式，不适用于海运或内河运输，当在目的港船上或码头交货时，应用 DES 术语或 DEQ 术语。

（四）DES 术语

DES(...named port of destination)，目的港船上交货(……指定目的港)。

按 DES 术语成交，卖方应将其出售的货物运至约定的目的港，并在船上交货，买卖双方责任、费用和风险的划分，以目的港船上办理交接手续为界，卖方承担在目的港船上将货交由买方处置以前的一切费用和风险，买方承担船上货物交由其处置时起的一切费用和风险，其中包括负责卸货和办理货物进口结关手续。DES 术语的适用范围和 CIF 术语一样，也只适用于海运和内河航运，但 DES 与 CIF 术语还存在一定区别，具体表现在下列几个方面。

第一，交货地点不同。CIF 是装运港船上交货，而 DES 是目的港船上交货。

第二，风险划分界限不同。在 CIF 中的风险是在装运港越过船舷时由卖方转移给了买方，而 DES 中的风险是在目的港的船上交货时，风险由卖方转移给买方。

第三，交货方式不同。CIF 合同属装运合同，是象征性交货，而 DES 合同属到达合同，属实际交货。在 CIF 条件下，卖方须负担货物运抵目的港交货前的一切费用，但不保证货物实际到达目的港，故将 CIF 称为“到岸价”是不合适的。在 DES 条件下，卖方在目的港船上将货物实际交给买方才算完成交货义务，因而，在海船能直接靠岸的情况下，DES 是名副其实的“到岸价”。

采用 DES 术语时，卖方须自付费用订立保险合同，并承担货物在运输途中的风险，故卖方必须通过向保险公司投保来转嫁这方面的风险，可见，卖方及时办理货运保险是关系到其自身利益的一项不可缺少的重要工作，卖方投保时，应根据船舶所驶航线的风险程度和货物特性，投保适当的险别。按 DES 条件成交，卖方须自费订立运输合同或派船送货，故卖方应将船舶预期到达时间通知买方，以方便买方做好受领货物的准备，如买方未按规定受领货物和办理进口清关手续，则由此引起的额外费用和风险应由买方承担。

（五）DEQ 术语

DEQ(...named port of destination)，目的港码头交货(关税已付)，(……指定目的港)。

按此术语成交，一般由卖方在约定目的港办理进口结关手续和支付关税、捐税及其他有关费用，将船上货物卸到码头上并交付买方，履行其交货义务。卖方应承担因交货而产生的一切责任、费用和风险，买方则承担卖方在目的港码头交货后的一切责任、费用和风险。采用 DEQ 术语时，经常在 DEQ 后加注 Duty Paid(关税已付)字样，但是，如当事人希望买方办理货物进口手续并支付关税，同样在 DEQ 后应加注 Duty Unpaid(关税未付)一词。合同当事人要求排除卖方承担货物进口时征收的某项费用(如增值税)的义务，则应加注“Delivered Ex Quay VAT. Unpaid(...named port of destination)”(目的港码头交货，增值税款未付)。DEQ 术语如同 DES 术语一样，仅适用于海运和内河航运。按 DEQ 条件成交时，卖方应自负费用和风险取得进口许可证或其他官方批准证件，并办理货物的进口手续，如卖方不能直接取得进口许可证，在费用和风险由卖方负担的情况下，卖方可要求买方协助，以间接取得这些证件，如卖方有直接或间接取得进口许可证，就不应采用 DEQ 术语。

(六) DDU 术语

DDU(...named place of destination)，"未完税交货(……指定目的地)"。它是指卖方在指定的目的地将货物交给买方处置，不办理进口手续，也不从交货的运输工具上将货物卸下，即完成交货。卖方承担将货物运至指定的目的地的一切风险和费用，不包括在需要办理海关手续时在目的地国进口应交纳的任何"税费"(包括办理海关手续的责任和风险，以及交纳手续费、关税、税款和其他费用)。买方负责办理进口报关手续、证件和费用，以及未能及时办理货物进口清关手续而引起的费用和风险。但是，如果双方希望卖方办理海关手续并承担由此发生的费用和风险，以及在货物进口时应支付的一切费用，则应在销售合同中明确写明。

该术语适用于各种运输方式，但当货物在目的港船上或码头交货时，应使用 DES 术语或 DEQ 术语。

(七) DDP 术语

DDP(...named place destination)，完税后交货(……指定目的港)。

按此术语成交，卖方要负责把货物运至进口国指定的目的地并交付买方支配，以履行其交货义务，此术语是 13 种贸易术语中卖方承担责任、费用和风险最大的一种。在货物交由买方处置以前的所有责任、费用和风险，其中包括关税、捐税、有关交货的其他费用、货物在运输途中发生灭失或损坏的风险以及办理货物出口和进口手续的费用风险概由卖方承担。如果当事人愿由卖方承担货物进口应支付的某些费用(如增值税)，则应明确规定："Delivered Duty Paid，VAT. Unpaid(...named place destination)"(含义是：完税后交货，增值税未付，指定目的地)。DDP 术语可适用于各种运输方式。按 DDP 术语成交，卖方应自行承担费用和风险直接取得进口许可证或其他官方批准证件。

二、国际贸易术语的选择与运用

在国际货物买卖中，由于一方面买卖各方都不愿意承担在对方国家内所发生的风险，另一方面为开展业务方便和节省费用起见都希望不必到对方国家去办理交接货物的手续。因此，国际货物买卖中，贸易术语的选用要考虑到以下几个方面。

(1) 增收节支外汇运保费。在出口业务中最好采用 CIF 术语或 CIP 术语，而少使用 FOB 术语或 FCA 术语，进口业务则正好相反。这样有利于为我国增加运费、保险费的收入和节省外汇运费、保险费的支出。

(2) 适合所使用的运输方式。主要是出口业务中要推广使用 FCA、CPT、CIP 三种贸易术语，这不仅仅是因为这三种贸易术语适合任何运输方式，而且因为使用这三种贸易术语能够减少我国出口方所承担的风险，同时能够提前运输单据的出单时间，有利于出口方早日收汇。

(3) 按照实际需要灵活选择。贸易术语只是合同诸多贸易条件中的一个方面，它的选用必须和其他贸易条件相适应，应该在综合考虑各种交易条件的基础上灵活选择贸易术语。

(4) 要考虑到出口安全收汇和进口安全收货的问题。在出口业务使用 FOB 术语或进口业务使用 CFR 术语时，要谨防不法商人可能同国外承运人勾结对我方进行合谋欺诈。

1. 简述 FCA、CPT、CIP 三种价格术语同 FOB、CFR、CIF 三种价格术语的联系和区别。
2. 有关国际贸易术语的三个国际惯例有哪些区别?
3. FOB 价格术语后加列一些附加条件,形成哪些 FOB 变形?
4. 采用 FCA 术语时应注意哪些问题?
5. 采用 CIF 术语时卖方和买方各自的责任与义务是什么?
6. 在具体业务中,贸易术语的选用要考虑哪些因素?
7. 怎样理解国际贸易术语中的"到岸价格"和"离岸价格"。
8. 按照《2000 年通则》的规定填写表 13-2 中的各个栏目。

表 13-2 《2000 年通则》对 6 种常用价格术语的主要解释

贸易术语	交货地点	安排运输的责任与承担运费	投保责任与承担保险费	出口报关责任费用由谁承担
FOB				
CFR				
CIF				
FCA				
CPT				
CIP				

9. 案例分析题

我国某出口企业按 FCA Shanghai Airport 条件向澳大利亚 A 商出口手表一批,货价 5 万美元,规定交货期为 3 月。自上海运往悉尼。支付条件:买方凭由悉尼某银行转交的航空公司空运到货通知即期全额电汇付款。我出口企业于 3 月 31 日将该批手表运到上海虹桥机场交由航空公司收货并出具航空运单。我方随即用电传向澳商发出装运通知。航空公司于 4 月 2 日将该批手表空运至悉尼,并将到货通知连同有关发票和航空运单交悉尼某银行。该银行立即通知澳商收取单据并电汇付款。此时,国际手表价格下跌,澳商以我交货延期,拒绝付款、提货。我出口企业坚持对方必须立即付款、提货。双方争执不下,遂提交仲裁。

问题:如果你是仲裁员,你认为应如何处理?说明理由。

10. 案例分析题

印度孟买一家电视机进口商与日本京都电器制造商洽谈买卖电视机交易。从京都(内陆城市)至孟买,有集装箱多式运输服务,京都当地货运商以订约承运人的身份可签发多式运输单据。货物在京都距制造商 5 公里的集装箱堆场装入集装箱后,由货运商用卡车经公路运至横滨,然后再装上船运至孟买。京都制造商不愿承担公路和海洋运输的风险;孟买进口商则不愿承担货物交运前的风险。试对以下问题提出你的意见,并说明理由:

(1) 京都制造商是否可以向孟买进口商按 FOB、CFR、CIF 术语报价?

(2) 京都制造商是否应提供已装船运输单据?

(3) 按以上情况,你认为京都制造商应该采用何种贸易术语?

B&E

第十四章 商品的品质、数量、包装与价格

【本章导读】

国际货物买卖合同条款包括三大款：第一，首部；第二，基本条款；第三，尾部，其中第二部分就是合同的核心部分。本章主要就商品的名称、品质、数量、包装和价格等交易条件进行阐述，这些内容都是交易合同的基础，直接关系到交易合同的签订和买卖双方的基本义务。

【学习目标】

1. 理解货物买卖合同中的品名、品质条款的意义与内容。
2. 了解制定商品品名、品质条款时应注意的事项。
3. 掌握品质的表示方法。
4. 熟悉货物买卖合同中的数量、包装条款的意义与内容。
5. 了解制定商品数量、包装条款时应注意的事项。
6. 掌握国际贸易中商品重量的计算方法，了解数量机动幅度的基本内容。

【关键概念】

商品品质(Quality of Goods)　凭样品买卖(Sale by Sample)
凭规格买卖(Sale by Specification)　凭等级买卖(Sale by Grade)
凭标准买卖(Sale by Standard)　良好平均品质(Fair Average Quality)
凭品牌或商标买卖(Sale by Brand or Trade Mark)
凭说明书和图样买卖(Sale by Description and Illustration)
品质公差(Quality Tolerance)　习惯皮重(Customary Tare)
公量(Conditoned Weight)　理论重量(Theoretical Weight)
法定重量(Legal Weight)　溢短装条款(More or Less Clause)
外包装(Duter Paking)　运输标志(Shipping Mark)
指示性标志(Indicative Mark)　警告性标志(Warning Mark)
内包装(Inner Package)　中性包装(Neutral Packing)
定牌(Named Brand)　计价货币(Money of Account)
支付货币(Money of Payment)　佣金(Commission)
折扣(Discount)　单价(Unit Price)　总值(Total Amount)

第一节 商品的品质

一、商品的品名

商品的名称(Name of Commodity)或者“品名”是指能使某种商品区别于其他商品的一种称呼或概念。商品的名称在一定程度上体现了商品的自然属性、用途以及主要的性能

特征。

从法律角度，在合同中明确规定买卖标的物的具体名称，关系到买卖双方在交接货物方面的权利和义务。按照有关法律和商业惯例的规定，对交易标的物的具体描述，是构成商品说明(Description of Goods)的一个主要组成部分，是买卖双方交接货物的一项基本依据。若卖方交付的货物不符合约定的品名或说明，买方有权拒收货物或撤销合同并提出损害赔偿。从进口业务看，品名的规定是买卖双方交易的物质内容，是交易赖以进行的物质基础和前提条件。只有在明确规定具体内容的前提下，卖方才能安排生产、加工或收购，买卖双方才能据此决定包装和运输方式，承保险别和支付费方式，并在此基础上就价格问题进行具体的磋商，进而达成交易，订立买卖合同。

国际货物贸易中标的物(Subject Matter)都是具体的商品。由于商品的种类繁多，即使是同一种商品，也可因品种、品质、产地、花色、外形设计、型号等的不同而存在千差万别。按照我国和国际上的通常做法，贸易合同中规定的商品名称的条款就是品名条款(Quality Clause)，合同中的品名条款比较简单，通常是在“商品名称”或“品名”的标题下，列明交易双方成交的商品名称。有时为了方便起见，也可不列标题，只在合同的开头部分列明交易双方同意买卖某种商品的文句，例如“计算机、通信设备”等。由于成交商品的品种、型号、等级和特点的不同，为了明确起见，可以把品名条款与品质条款合并，即把商品名称与有关具体品种、产地、等级或型号的概括性描述包括进去。

目前，世界各国的海关统计、普惠制待遇等都按 HS 编码(即《协调商品名称及编码制度》)进行，因此，我国企业在从事国际贸易时也应采用与 HS 编码规定的品名相适应的商品名称。不过，关于合同品名的规定并没有统一的、固定不变的格式，如何规定，可根据双方当事人的意思予以确定。在规定商品品名条款时应注意以下几点。

(1) 用词必须明确具体，应选用商品的科学名称，避免笼统地概括和形容，避免产生误解，造成贸易纠纷。

(2) 针对商品实际做出实事求是的规定。

(3) 尽可能使用国际惯用的名称。世界各地甚至一个国家的不同地区对同一种商品的名称可能有不同的叫法。为避免误解，尤其一些不是以样品或实物交易的商品名称，应使用国际上通用的叫法。如果有不同叫法，双方应提前有所约定。

(4) 选择有利于减低关税或方便进口的名称。商品品名的不同会带来缴纳关税税额的不同和运费不同，有时会出现所受到的配额约束不同的现象。因此，在确定品名时，应注意有关国家的海关税则和进出口限制的有关规定。为节省开支、减少关税负担和避免非关税壁垒的限制，应选择恰当的、对我方有利的名称。

二、商品品质的表示方法

商品品质(Quality of Goods)是合同的要件(Condition)之一。商品品质是指商品的“内在素质”和“外观形式”的综合。商品的“内在素质”是指商品的物理性能、化学成分、生物特征、技术指标和要求等，一般需借助各种仪器、设备分析测试才能获得。商品的“外观形态”是指通过人们的感觉器官可以直接获得的商品的外形特征，如外形、色泽、款式、感觉等。在国际贸易中，商品品质的优劣不仅关系到商品的使用效能，影响着商品售价的高低、销售数量和市场份额的增减、买卖双方经济利益的实现程度，而且还关系到商品信誉、企业信誉、国家形象和消费者的利益。因此，合同中的品质条件是构成商品说明的重要组成部分，是买卖双方交接货物的基本依据之一。下面介绍合同中用来约定商品品质的具体表示方法。

（一）以实物表示商品的品质

以实物表示商品的品质(Sale by Actual Quality or Sample)是指买卖双方在洽商时，由卖方或由买方提出少量足以代表商品质量的实物作为样品，要求对方确认，样品一经确认便成为买卖双方交接货物的质量依据。以实物表示商品的品质既可能是凭成交商品的实际品质也可能是凭样品，前者称看货买卖，后者称"凭样品买卖"(Sale by Sample)。这是由于这些商品本身的特点，难以用文字说明表示商品质量，或者出于市场习惯而采用的一种方法。

1. 看货买卖

当买卖双方采用看现货成交时，则买方或其代理人通常在卖方存放货物的场所验看货物，一旦达成交易，卖方就应按对方验看过的商品交货。只要卖方交付的是验看过的货物，买方就不得对品质提出异议。这种做法多用于寄售、拍卖和展卖业务中。

2. 凭样品买卖

样品通常是指从一批商品中抽出来的，或由生产、使用部门设计、加工出来的，足以反映和代表整批商品品质的少量实物。当提供样品的一方为买方时，称为买方样(Buyer's Sample)，我国出口业务中称为"来样制作"或"来样成交"，此时合同中可以订明："品质以买方样品为准(Quality as per Buyer's Sample)"。当提供样品的一方为卖方时，称为卖方样(Seller's Sample)。一般说来，国际货物买卖中的样品，大多由卖方提供。当然凭买方样品达成交易的也不少见。这里值得注意的是，不管是买方样品还是卖方样品，样品的选择均要有代表性。凭样品成交分以下 4 种表示方法。

(1)"凭卖方样品(Sale by Seller's Sample)"："凭卖方样品"买卖时，卖方所提供的能充分代表日后整批交货品质的少量实物，可称为原样(Original Sample)，也称代表性样品(Representative Sample)，或称标准样品(Type Sample)。向买方送交样品时，卖方应留存的一份或数份同样的样品，称为复样(Duplicate Sample)，也称留样(Keep Sample)，以备将来组织生产、交货或处理质量纠纷时作核对之用。否则，会给日后交货带来困难，或容易因其品质产生纠纷。

(2)"凭买方样品(Sale by Buyer's Sample)"："凭买方样品"买卖时，在我国也称为"来样成交"。由于买方熟悉目标市场的需求状况，买方提供的样品往往更能直接地反映出当地消费者的需求。买方出样在我国出口交易中有时也有采用，但在确认按买方提交样品成交之前，卖方必须充分考虑按来样制作特定产品所需要的原材料供应、加工技术、设备和生产安排的可行性，以确保日后得以正确履行合同。

(3) 对等样品(Counter Sample)成交：在实际业务中，如卖方认为按买方来样供货没有十分把握，卖方可根据买方来样仿制、或从现有货物中选择品质相近的样品提供给买方。这种样品称为对等样品或回样(Return Sample)。如买方同意采用回样交易，就等于把"凭买方样品买卖"转变为"凭卖方样品买卖"。

(4) 凭封样(Sealed Sample)成交：为了避免买卖双方在履约过程中产生质量争议，必要时还可使用封样，即由第三方或由公证机关在一批货物中抽取同样质量的样品若干份，每份样品采用铅丸、钢卡、封条等各种方式加封识别，由第三方或公证机关留存一份备案，其余供当事人使用。

凭样品买卖时,买方必须交付与样品品质完全一致的货物,如果卖方对自己的交货品质没有把握,不宜采用此法。有时候,也可酌情将几种方法结合使用,如款式样、色彩样等。

凭样品买卖

凭样品买卖是一种特殊买卖,其特殊性表现在以货物样品来确定标的物。因此,凭样品买卖的关键在于对样品的认定,即一定要确定样品是什么情况,什么状态,是否有隐蔽瑕疵,如果双方对样品目前的状态认可,应当封存样品,最后交货以样品为准。而一般的买卖合同购买的一般是通用货物,交付以双方商定的标准为准,或者按照国标、企标,不必以样品为准。

为了判断出卖人交付的标的物是否与订立合同时的样品保持同一质量,避免双方当事人在发生争议时各执一词、口说无凭,《合同法》第一百六十八条规定,凭样品买卖的当事人应当封存样品,并可以对样品质量予以说明。出卖人交付的标的物应当与样品及其说明的质量相同。《合同法》第一百六十九条规定,凭样品买卖的买受人不知道样品有隐蔽瑕疵的,即使交付的标的物与样品相同,出卖人交付的标的物的质量仍然应当符合同种货物的通常标准。换言之,出卖人不能借口凭样品买卖,而不承担标的物瑕疵担保责任。当然,如果样品瑕疵是表面瑕疵,买受人知道瑕疵而又不要求出卖人消除实际交付标的物瑕疵的,出卖人是否承担瑕疵担保责任,《合同法》未作规定。依据瑕疵担保责任法理,该损失应由买受人承担。

(二)以说明表示商品的品质

以说明表示商品的品质(Sale by Description)即以文字、图表、照片等方式说明商品品质。

1. 凭规格买卖

规格是用来反映商品品质的若干主要指标,用规格确定商品品质,作为交货依据的交易称为凭规格买卖(Sale by Specification)。商品的规格(Specification)是指用来反映商品品质的若干主要指标,如化学成分、含量、纯度、长短、性能、容量、粗细等。各种商品,由于品质的特点不同,规格的内容也各不相同。在国际贸易中,买卖双方洽谈交易时,对于适于凭规格买卖的商品,应提供具体规格来说明商品的基本品质状况,并在合同中订明。凭规格买卖时,说明商品品质的指标因商品不同而异,即使是同一商品,因用途不同,对规格的要求也会有差异。例如,买卖大豆时,如作榨油用,就要求在合同中列明含油量指标;而作食用者,则不一定列明含油量,但蛋白质的含量,就成为应当列明的重要指标。用规格表示商品品质的方法,具有简单易行、明确具体,且可根据每批成交货物的具体品质状况灵活调整的特点,故这种方法在国际贸易中被广为运用。例如:电视机的主要规格是电压、功率等;管状商品的规格是直径、内径、外径的尺码。下面是一些凭规格成交的商品品质说明示例。

金星牌彩色电视机:型号:SC374,制式PAL/BG,电压220V,双圆头插座带遥控。

中国芝麻:水分(最高)8%,杂质(最高)2%,含油量(湿态,乙醚浸出物)52%。

印花布	(支数)	(每英寸)	(英寸)
	30×36	72×69	35/36″
	纱支	纱线密度	幅度

2. 凭等级买卖(Sale by Grade)

等级是指同一类货物，按质地的差异或尺寸、形状、重量、成分、构造、效能等的不同，用文字、数字或符号所作的分类。如用：大、中、小，甲、乙、丙，一、二、三等文字、数字或符号所做的分类。这种方法，简化了交易手续，有利于促进成交并体现了按质论价的原则。但是，当双方对等级内容不熟悉时，最好明确每一等级的具体规格。

例如，我国出口的钨砂，按其三氧化钨和锡、砷、硫的含量的不同，分为特级、一级、二级。

3. 凭标准买卖

国际贸易中，使用某种标准作为说明和评价货物品质的依据，称做凭标准买卖(Sale by Standard)。标准(Standard)是指商品规格和等级的标准化。商品的标准一般是指经标准化组织、政府机关或商业团体等统一制定和公布的规格或等级。世界各国都有自己的标准，如英国为BS，美国为ANSI，法国为NF，德国为DIN，日本为JIS等，我国有国家标准、专业标准、地方标准和企业标准。另外，还有国际标准和国外先进标准。国际标准是指国际标准化组织(ISO)标准、国际电工委员会(IEC)制定的标准以及其他国际组织规定的某些标准，例如，ISO9000质量管理和质量保证系列标准以及ISO14000环境管理系列标准等。

我国是国际标准化组织的理事国，1992年10月，我国技术监督局将ISO系列标准等效转化为GB/T19000系列国家标准，于1993年1月1日起实施。一般地说，在加工贸易业务中，只要在政治上无不良影响，我方加工贸易产品又能达到外商所规定的国外品质标准和检验方法，就可以接受国外客户的加工贸易合同，按照国外规定的品质标准检验。应当注意的是，由于标准常随生产技术的发展而进行修改和变动，同一国家颁布的某类商品的标准有不同年份的版本，版本不同，品质标准往往也不相同。因此，在援引标准时，必须标明所用标准的版本年份，以免发生纠纷。

有时厂商也自行制定产品标准，经买卖双方洽商采用。但买卖一些质量容易变化、标准难以统一的农副产品以及品质构成条件复杂的某些工业制成品时，一般采用“良好平均品质”或“上好可销品质”来表示商品的品质。

(1) 良好平均品质

良好平均品质(Fair Average Quality，F. A. Q.)是指一定时期内某地出口货物的平均品质水平，一般是指中等货，也称大路货。确定良好品质有两种抽样法：其一，从各批出运的货物中抽样，然后混合、调配，取其中者作为良好平均品质的标准；其二，是指生产国在农副产品收获后，对产品进行广泛的抽样，从中制定出该年度的“良好平均品质”的标准。两种抽样可由买卖双方联合进行，也可以委托检验人员进行。为了避免发生争执，双方应订明是何年或何季度的F. A. Q.，或者同时规定具体规格作为品质依据。由于这种标准比较笼统，除了注明F. A. Q字样以外，还要订明商品的具体规格指标。

例如：1992年新产马来西亚大豆良好平均品质；中国花生仁F. A. Q.，水分不超过13%，不完善粒最高5%，含油量最低44%；中国大米2000年F. A. Q水分(最高)15%，杂质(最高)1%，碎粒(最高)35%。

(2) 上好可销品质

上好可销品质(Good Merchantable Quality，G. M. Q)是指卖方保证交货的商品品质良好，合乎销售条件，在成交时无须以其他方式证明产品的品质。显然这种标准太过于笼统，一般只适用于木材或冷冻鱼类等物品。我国在对外贸易中很少使用这种方法。

4. 凭品牌或商标买卖

凭品牌或商标买卖(Sale by Brand or Trade Mark)是指买卖双方在确定交易商品的品质条款时以商品的商标或品牌为准,以简化对品质的描述。在国际贸易中,有些商品的牌名(Brand)或商标(Trade Mark)所代表的商品品质较好、较为稳定且在市场上已形成一定声誉时,贸易双方可据以成交。牌名是指工商企业给其制造或销售的商品所冠的名称。商标是指生产者或经营者用来说明其所生产或出售的商品的标志,商标可以由文字、数字、字母、图形或某几种符号组成。凭品牌或商标买卖适用于日用消费品、耐用消费品、品质稳定的其他工业制成品以及经过加工的农副产品,如加工食品等。如果同一种品牌和商标的商品具有不同的型号或规格,则合同中除了使用品牌和商标外,还应订明型号或规格。

例如:耐克鞋(Nike)、美加净牌牙膏(MAXAM Brand Dental cream)。

5. 凭产地名称或凭地理标志买卖(Sale by Name of Origin,or Sale by Geographical Indication)

在国际贸易中,有些商品,特别是农副土特产品,受产地的自然条件和传统的生产技术影响较大,一些历史较长、条件较好地区的产品,由于品质优良并且具有其他产地所无法取代的独特风格或特色,这些产品在销售时,产地名称就成为代表该项产品品质的重要标志。

例如:法国香水(France Perfume)、中国东北大豆(Chinese Northeast Soybean)、四川榨菜(Shichan Preserved Vegetable)。

6. 凭说明书和图样买卖(Sale by Description and Illustration)

在进出口贸易中,有些机电、仪器,特别是成套设备等技术密集型商品,由于功能与结构复杂,型号繁多,安装、使用和维修要求严格,所以确定此类商品品质不能简单地使用几项指标来说明其品质全貌。因此,在这类商品的国际贸易合同中,除规定牌名、规格外,还需要有详细的说明书、技术图表、设计安装图纸或照片等来完整说明其具有的质量特征。

例如,在合同中规定"品质和技术数据必须与卖方所提供的产品说明书相符合"。

以上几种表示商品品质的方法,可以单独运用,也可以根据商品的特点、市场或交易的习惯,将几种方式结合运用。例如,有的交易既使用商标、牌名或地名,又列有商品的规格等。实践中在选用商品品质的表示方法时,应该注意以下几点。

(1) 一般只采用样品或者文字说明中的一种方式来表示。如果有些商品既用文字说明又用样品表示商品的品质,那么一旦成交,卖方必须承担交货质量既符合文字说明又符合样品的责任,这对出口方而言,相当于多承担了责任,因此,特别是出口商应注意选用合适的商品品质表示方法。

(2) 在实际业务中,可以使用一种文字说明的方法,也可以同时使用两种或两种以上文字说明表示质量的方法,但要注意文字上不能有冲突。

(3) 有些特殊商品(如珠宝、工艺品等)的交易可按照"看货成交"方式进行。

总之,卖方应根据商品的特点、市场习惯和实际需要,适当地选用适合于有关商品的表示质量的方法,以利销售,并维护其自身利益。同时,应严格把好进出口商品的质量,这对于提高出口商的经济效益、开拓国际市场、提高企业竞争能力都具有重要意义。

三、商品品质条款的规定

国际货物买卖合同中的品质条款是买卖双方交接货物时的品质依据,并且是合同的主

要条款。为了防止品质纠纷，合同中的品质条款应该尽量明确具体，避免笼统含糊。一般地，为避免因交货品质与买卖合同稍有不符违约，可以在买卖合同中使用一些变通规定，具体有以下一些变通的做法。

（一）品质公差

品质公差(Quality Tolerance)指国际上公认的产品品质的误差。对于品质公差，合同制不作规定，只要卖方交货的商品品质在品质公差允许范围内就不能算违约。但为了避免不必要的纠纷，可根据买卖商品的特点，在合同中订明品质公差的允许变动幅度。一般来说，工业制成品，国际公认品质公差用价格调整来控制交货品质的变化，在合同中订立品质增减价条款。

（二）品质机动幅度条款

品质机动幅度条款是指，对特定质量指标在一定幅度内可以机动。特别是一些初级产品，由于品质不稳，为了便于交易，在规定品质指标的同时可订立一定的品质机动幅度。品质的机动幅度的具体规定方法有以下三种。

(1) 规定品质机动的范围

例如：棉坯布，幅宽41/42(即布的幅阔只要在41英寸到42英寸的范围内，均为合格)

(Cotton grey Shirting Width 41/42)

例如：灰鸭毛，含绒量，18%，允许上下差异1%

(Gray Duck Down 18%，allowing 1% more or less)

(2) 规定品质机动的极限

规定极限的表示方法常用的有：最大；最高；最多(Maximum，缩写为Max.)；最小；最低；最少(Minimum，缩写为Min.)。

例如：白籼米，长形，碎粒(最高)25%，杂质最高1%

(White Rice，Long-shaped，Broken Grains(max.)25%)，Admixtures 1%(max.)

(3) 规定品质机动范围内按质论价

例如：中国芝麻水分(最高)8%，杂质(最高)2%，含油量(湿态，乙醚浸出物)52%基础。如果实际装运货物的含油量高或低1%，价格相应增减1%，不足整数部分，按比例计算。

（三）合同中订立弹性品质条款

在实际交易中，如果卖方在制造技术上确有困难，很难做到货样一致的话，可在合同中特别订立一些弹性品质条款，例如，“品质与样品大致相同”(Quality shall be about equal the sample)，“品质与样品相近”(Quality is nearly same as the sample)，以留有一定的余地。但买方有时不太愿意接受这种笼统含糊的字眼，所以在订立合同条款时，应尽可能明确、具体，并力求实事求是，切实可行。

总之，品质条件应明确具体，要有科学性和合理性，不宜偏高或偏低，应合理规定影响品质的各项重要指标，并且要注意各指标之间的联系。

国际贸易合同条款中商品品质的表示

出口合同规定的商品名称为“手工制造书写纸”(Hand Writing Paper)。买主收到货物后，经检验发现该货物部分工序为机械操作，而我方提供的所有单据均表示为手工制造，按该国法律应属“不正当表示”和“过大宣传”，遭用户退货，致使进口人(即买主)蒙受巨大损失，要求我方赔偿。我方拒赔，主要理由有二：①该商品的生产工序基本上是手工操作，在关键工序上完全采用手工制作；②该笔交易是经买方当面先看样品成交的，而实际货物质量又与样品一致，因此应认为该货物与双方约定的品质相符。后经有关人士调解后，双方在友好协商过程中取得谅解。

第二节 商品的数量

商品的数量也是合同要件之一，按约定的数量交付货物是买方应尽的基本义务，如果卖方交付的数量与合同约定的数量不一致，买方有权拒收或要求赔偿。

一、商品数量的计量单位

在国际贸易业务中常用的商品数量的计量单位有以下6种。

(1) 按重量(Weight)计算。按重量计算是当今国际贸易中广为使用的一种，例如，许多农副产品、矿产品和工业制成品，都按重量计量，按重量计量的单位有公吨、长吨、短吨、公斤、克、盎司、克拉等。黄金、白银或钻石一般用克、盎司、克拉表示其重量。这些重量单位的换算关系如下。

美制：1短吨＝907公斤＝0.907公吨＝2 000磅

公制：1公吨＝1 000公斤＝2 205磅

英制：1长吨＝1 016公斤＝1.016公吨＝2 240磅

1磅＝0.453 5公斤　1盎司＝28.35克

(2) 按数量(Number)计算。大多数工业制成品，尤其是日用消费品、轻工业品、机械产品，以及一部分土特产商品，习惯按数量进行买卖，所使用的计量单位有件(piece)、双(pair)、套(set)、打(dozen)、卷(roll)、令(ream)、罗(gross)，以及个、台、组、张(piece)、袋(bag)、箱(case)、桶(bucket)、包(bale)等。

(3) 按长度(Length)计算。在金属绳索、钢丝、丝绸、布匹等类商品的交易中，通常采用米、英尺、码等长度单位来计量。这些长度单位的换算关系如下：

1码＝0.9144米　1英尺＝30.48厘米

1英寸＝2.54厘米　1码＝3英尺

1英尺＝12英寸

(4) 按面积(Area)计算。在玻璃板、木板、地毯等商品的交易中，一般习惯以面积作为计量单位，常用的有平方米、平方英尺、平方码等。

(5) 按体积(Volume)计算。在国际贸易业务中，按体积成交的商品比较有限，仅适用于木材、天然气和化学气体等，属于这方面的计量单位有立方米、立方尺、立方码等。

(6) 按容积(Capacity)计算。各类谷物和液体货物，往往按容积计量，常用的容积单位有蒲式耳(Bushel)、升、加仑等。

美国以蒲式耳(Bushel)作为各种谷物的计量单位。但蒲式耳所代表的重量因谷物不同而有差异，例如，每蒲式耳亚麻籽为56磅，燕麦为32磅，大豆和小麦为60磅。此外，加仑主要用于酒类和油类商品的计量,例如1加仑=3.785升。

国际贸易中常用的度量衡制度

世界各国的度量衡制度不同,致使计量单位上存在差异,即使是同一计量单位所表示的数量差别也很大。国际贸易中常用的度量衡制度有以下4种。

(1) 公制(the Metric System),基本单位为千克和米。为欧洲大陆及世界大多数国家所采用。

(2) 美制(the U.S. System),基本单位为磅和码,但有个别派生单位不一致。如英制的长吨,美制的短吨。此外,容积单位加仑和蒲式耳,英美制名称相同,大小不同。

(3) 英制(the British System),基本单位和美制相同,为磅和码。为英联邦国家所采用,而英国因加入欧盟,在一体化进程中已宣布放弃英制,采用公制。

(4) 国际单位制(the International System of Units),由国际标准计量组织在公制基础上颁布的国际单位制。其基本单位包括千克、米、秒、摩尔、坎德拉、安培和开尔文7种。是我国的法定计量单位。

国际单位制实行公制的国家一般采用公吨,实行英制的国家一般采用长吨,实行美制的国家一般采用短吨。例如,以表示重量的吨而言,实行公制的国家一般采用公吨,每公吨为1 000公斤;实行英制的国家一般采用长吨,每长吨为1 016公斤;实行美制的国家一般采用短吨,每短吨为907公斤。此外,有些国家对某些商品还规定有自己习惯使用的或法定的计量单位。以棉花为例,许多国家都习惯于以包(bale)为计量单位,但每包的含量各国解释不一,如美国棉花规定每包净重为480磅,巴西棉花每包净重为396.8磅,埃及棉花每包为730磅。又如糖类商品,有些国家习惯采用袋装,古巴每袋糖的重量规定为133公斤,巴西每袋糖的重量规定为60公斤等。由此可见,了解各不同度量衡制度下各计量单位的含量及其计算方法是十分重要的。

世界上许多国家的海关一般对货物进口都实行严格的监管,如进口商申报进口货物的数量与到货数量不符,进口商必然受到询查,如果属于到货数量超过报关数量,就有走私舞弊之嫌,海关不仅可以扣留或没收货物,还可追究进口商的刑事责任。因此,签订国际贸易合同时,商品的计量单位特别重要,忽略这些细节,将为日后埋下隐患。为了解决由于各国度量衡制度不一带来的弊端,以及为了促进国际科学技术交流和国际贸易的发展,国际标准计量组织在各国广为通用的公制的基础上采用国际单位制(SI)。国际单位制的实施和推广,标志着计量制度日趋国际化和标准化,现在已有越来越多的国家采用国际单位制。

二、商品重量的计算方法

根据一般商业习惯,计算重量的方法有以下几种。

(一) 毛重

毛重(Gross Weight)是指商品的实际重量加上包装材料的重量,后者又称为皮重,这种计重方法一般适用于低值商品。其计算公式为

毛重=净重+皮重(包装的重量)

（二）净重

净重(Net Weight)是指商品本身的重量，按照国际惯例，如合同中对重量的计算没有其他规定，则应以净重计量。其计算公式为

净重＝毛重－皮重

有的商品需经包装后才能称量，所得重量为毛重。对价值较低的商品，可以在合同中规定以毛重计量，即所谓"以毛作净"(Gross for Net)。如果需以净重计算，则必须从毛重中减去包装物的重量，即皮重。

例如，蚕豆100公吨，单层麻袋包装以毛作净。

在国际贸易中，计算皮重主要有下列5种做法。

(1) 实际皮重(Actual Tare or Real Tare)。即称量每件包装物的重量，就可以得到实际皮重。

(2) 平均皮重(Average Tare)。在包装物比较整齐划一的情况下，可从全部商品中抽取一定件数(通常为1/10)的包装物，加以称量，然后求出平均每件包装物的重量。随着包装技术的改进，包装方式和材料日趋标准化，计算平均皮重的方法正在被广泛采用，有人也称之为"标准皮重"(Standard Tare)。

(3) 习惯皮重(Customary Tare)。适用于规范化的包装方式，适用于包装的重量已为人所共知，习惯上有了一定标准，所以计算皮重时，无须称量，只需按照习惯上认定的皮重乘以总件数即可。

(4) 约定皮重(Computed Tare)。双方事先约定包装重量，然后以这一推定的皮重乘以该批商品的总件数，就可以求得该批商品的皮重。

(5) 装运皮重(Shipping Tare)。又称卖方皮重(Shipper's Tare)，指卖方于装运时将过秤所得的皮重记录于商业发票上，并由买方予以承认的皮重。

国际上有多种计算皮重的方法，究竟采用哪一种方法来求得净重，应根据商品的性质、所使用包装的特点、合同数量的多寡以及交易习惯，由双方当事人事先在合同中订明，以免事后引起争议。

（三）公量

公量(Conditoned Weight)指用科学方法抽去商品中的水分，再加上标准含水量所得的重量。对于一些经济价值较大、含水率不稳定，容易受到空气中的温度或湿度影响的商品，如羊毛、生丝、棉花等有比较强的吸湿性，所含的水分受客观环境的影响较大，为准确计算这类商品的重量，国际上通常采用按公量计算的方法，即以商品的干净重(即烘去商品水分后的重量)与1加上国际公定回潮率的乘积所得出的重量，即为公量。计算公式如下：

公量＝商品干净重×(1＋公定回潮率)

公量＝商品净重×(1＋公定回潮率)÷(1＋实际回潮率)

例14-1 甲国的A公司与乙国的B公司签订了一份生丝的出口合同，合同中规定以公量来计算商品的重量，国际上生丝的公定回潮率是11%，货物到达目的港后为30公吨，经抽样检测所得的实际回潮率是12%。

问题：该批商品的公量是多少？

解　公量$=30\times(1+11\%)\div(1+12\%)$
$=29.73$(公吨)

(四) 理论重量

对一些具有固定规格尺寸的商品，只要尺寸符合、规格一致，每件商品的重量基本一致，如马口铁、钢板等，因而，可以从件数推算出总重量，即所谓理论重量(Theoretical Weight)，以方便买卖双方交接货物。表14-1所示为计算不同规格的钢板的总重量。

表14-1　计算不同规格的钢板的总重量

	钢　板	
规格	1m×1m×1mm	2m×1m×1mm
重量	7.85kg	15.7kg
张数	200	400
总重量	1 570kg	6 280kg

(五) 法定重量

法定重量(Legal Weight)是指商品加上直接接触商品的包装物料(如内包装)的重量。例如，香烟盒、罐头之类的商品，这种装饰材料的重量习惯上并不剔除，而是视为商品的一部分。按照一些国家海关法的规定(尤其是南美国家)，在征收进口从量税时，商品的重量是以法定重量计算的。

三、商品数量条款的规定

合同中的数量条款(Quantity Clause)主要包括成交商品的数量和计量单位，以重量计算的商品，还需明确计算重量的方法。特别地，以“吨”作为计量单位时，合同中要明确是长吨、短吨还是公吨；以“罗”为计数单位时，要注明每“罗”的打数；对于“溢短装”和“约”量必须在合同中订明增减或伸缩幅度的具体百分比，力求避免使用含混不清和笼统的字句，以免引起争议。

(一) 正确掌握进出口商品的成交数量

(1) 在确定出口商品的成交数量时应考虑以下4个方面的因素。

① 国外市场的供求情况。要正确运用市场供求变化规律，按照国外市场实际需要合理确定成交量，以保证我国出口商品卖得适当的价钱，对于我方主销市场和常年稳定供货的地区与客商，应经常保持一定的成交量，防止因成交量过小，或供应不及时，使国外竞争者乘虚而入，使我们失去原来的市场。

② 国内货源情况。在有生产能力和货源充足的情况下，可适当扩大成交量。反之，则不应盲目成交，以免给生产企业和履行合同带来困难。

③ 国际市场的价格动态。当价格看跌时，应多成交，快脱手；价格看涨时，不宜急于大量成交，应争取在有利时机出售。

④ 国外客户的资信状况和经营能力，对资信情况不了解和资信欠佳客户，不宜轻易签订成交数量较大的合同，对小客户也要适当控制成交数量，而大客户成交数量过小，将缺少吸引力。总之，要根据客户的具体情况确定适当的成交数量。

(2) 确定进口商品的成交数量时要考虑以下3个方面的因素。

① 国内的实际需要。应根据实际需要确定成交量,以免盲目成交。

② 国内的支付能力。当外汇充裕而国内又有需要时,可适当扩大进口商品数量。如外汇短缺,应控制进口,以免浪费外汇和出现不合理的贸易逆差。

③ 市场行情的变化。当行情对我方有利时,可适当扩大成交数量;反之,应适当控制成交数量。

(二) 合理规定数量的机动幅度

在实际业务中,由于某些商品的特性,如大宗散装的农副产品和工矿产品,或者舱容和装载技术的限制等,难以严格控制装船数量,结果卖方实际交付的数量与合同规定的数量往往难以完全一致。此外,某些商品由于货源变化、加工条件限制等,往往在最后出货时,实际数量与合同规定数量也不相同。因此,为了便于卖方履行合同,通常可在合同中规定溢短装条款(More or Less Clause),即明确规定卖方交货的数量可在一定幅度内增减。常用的方式为规定允许多装或少装合同规定数量的某一百分比,只要卖方交货数量在约定的增减幅度范围内,就算作按合同规定数量交货,买方不得以交货数量不符为由而拒收或提出索赔。

例如:钢丝绳20 000米,卖方可溢短装5%。

溢短装条款一般由卖方决定(at seller's option),但在FOB条件下也可由买方决定(at buyer's option)。

在以信用证支付方式成交时,按《跟单信用证统一惯例》的规定,在金额不超过信用证规定时,对于仅用度量衡制单位表示数量的,可有5%的增减幅度。如果在数量上加有"大约"一类的词语,则可有10%的增减幅度。

在规定短溢装时对价格的处理,可以规定在允许幅度内,多交多收,少交少收。但为了防止有权选择多装或少装的一方利用市场行情变化有意多装或少装来牟利(如果交货时市价下跌,多装对卖方有利;如果交货时市价上涨,多装则对买方有利),也可以规定增减部分以装船时或到货时的市价计算,而不是按合同价计算,以体现公平合理的交易原则。

在进出口合同中,应尽量减少使用大约、近似、左右等伸缩性的字样来使具体的交货数量做适当机动,因为,国际上对"约"的理解不一,有的理解为2%,有的理解为5%或10%。为了便于明确责任和有利于合同履行,最好在合同中不要采用这样的字眼,而是具体规定数量的机动幅度。如果因特殊原因,需要采用"约量",也应该由双方明确其确切含义。

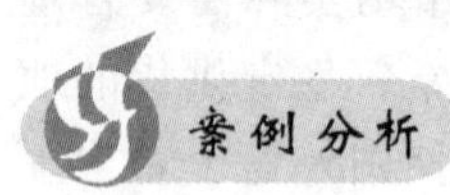

国际贸易合同中的数量条款

我某公司在交易会上与外商当面谈好出口中国东北大米10 000公吨,每公吨USD275FOB大连。但我方公司签约时,只是笼统地写了10 000吨(ton),我方主观上认为合同上的吨就是公吨(Metric ton)。后来,外商来证要求按长吨(Long ton)供货。如果我方照证办理则要多交大米160公吨,折合美元为44 000美元。于是,双方发生争议。

本案争议主要是由于我方签约人员对计量单位的无知造成的。1公吨=1 000公斤,1长吨=1 016公斤,公吨和长吨是两种度量衡制度。所以业务人员在订立货物的数量条款时,一定要明确是何种度量衡制度,以免成交时陷入被动。掌握计量单位等知识,对于订立

数量条款非常重要。在国际贸易中，货物的数量是买卖合同中的主要交易条件之一，合同中的数量条款是双方交接货物的数量依据。不明确卖方应交付多少货物，不仅无法确定买方应该支付多少货款，而且，不同的量有时也会影响到价格及其他交易条件。因此，正确把握成交数量，合理订定数量条款，准确把握计量单位，对于买卖双方顺利达成交易、履行合同，都具有十分重要的意义。

第三节　商品的包装

在进出口贸易实务中，除了少数商品难以包装，或不值得包装而采用裸装(nude packed)或散装(in bulk)外，绝大多数商品都需要适当的包装。随着市场化程度的不断提高，人们对包装的认识已不仅局限在保护货物品质完好和数量完整的装运水平上，而是上升到了树立产品及企业形象的促销高度上。包装不仅是保护货物、说明货物和满足目标市场需要的重要因素，而且也是买卖合同中的重要条款，违反合同有关包装的规定，或制定包装条款不严密，将给日后双方履约带来诸多麻烦，从而引起争议和纠纷。因此，为了提高对包装的认识，进而选用好包装和熟练运用包装条款，避免贸易争端，有必要详细了解有关国际贸易中商品包装的相关知识。

一、商品包装的功能

随着人类社会的发展，包装从无到有，从简单到复杂，现在已经演变成为独立的、具有内涵的现象。商品包装从原来单纯保护商品发展到推销商品，即销售包装，随着生产经济的不断改进和消费需求的不断提升，对商品包装的功能也在不断提高。下面就包装的功能做一介绍。

（一）防护功能

有些商品离开生产线到消费者手中需要几个月，乃至几年。在储运零售的过程当中，要经历不同的人的搬运，包括消费者在内的搬运。若要保证商品完好地到达消费者手中，通常要做到防潮、防挥发、防污染和防变质和腐烂。在不同的地方，还要防热、防冷、防曝光和防氧化。商品的流通必须符合法规规定的标准，包装必须起到它的作用，比如食品和鲜活商品，包装必须保证其化学成分稳定，以及其鲜活的生理特征。包装还必须有防震和防挤压的功能设计，以便商品的损坏降到最低。还有很多商品需要“双重包装”，比如香水、高级糖果等，为了防止阳光照射导致的变质，必须做外层包装。对于那些易燃、易爆、易挥发、易腐蚀、易氧化的商品，特别是其中对人体有害、对环境造成污染的商品，应该进行特殊包装，并且打上危险标志和说明性文字，这样才有利于储运、装卸、使用和保护环境。

包装的防护功能主要是为实现以下目的。

(1) 防止商品的破损变形。为了防止商品的破损变形，包装必须能承受在装卸、运输、保管等过程中的各种冲击、震动、颠簸、压缩、摩擦等外力的作用，形成对外力的防护，而且具有一定的强度。在搬运装卸作业中，由于操作不慎，包装跌落，造成落下冲击；仓库储存堆码，使最低层货物承受强大的压力；由于运输和其他物流环节的冲击震动，都要求包装具有足够的强度。

(2) 防止商品发生化学变化。为防止商品受潮、发霉、变质、生锈等化学变化，商品包装必须能在一定程度上起到阻隔水分、潮气、光线以及空气中各种有害气体的作用,避免外界不良因素的影响。

(3) 防止有害生物对商品的影响。包装封闭不严,会给细菌、虫类造成侵入之机,鼠、虫以及其他有害生物对商品有很大的破坏性,导致变质、腐败,特别是对食品危害性更大。

(4) 防止异物混入、污染物污染、丢失、散失等。

(二) 方便功能

(1) 空间方便性。商品应该做到便于生产、容纳、库存和运输。商品和所有的物质一样,有固体、液体、气体三种状态,固体中还有粉末形式的比较特殊的状态,它们有不同的性质。所以,要考虑用什么形态、什么材料的包装更合理、更经济,以便保证商品便于运输、储存和节省费用。商品在流通过程中要被搬运几十次之多,设计包装就必须考虑在不同的地点和不同的条件下搬运的方便性和安全性。尤其对于商品种类多、流通速度快的大型超级市场,包装很重要。合理的包装有利于货架的利用率,实现更高的效益。现在规格化的包装、挂式包装、压缩包装、大型商品拆卸包装及集合包装等都比较合理地利用了物流空间。

(2) 时间方便性。科学的包装可以为在快节奏生活下的人节约时间。比如,快餐包装、易开包装、配套包装和自动加热包装,此外可以延长商品寿命的包装、适合便于大规模生产的包装,都可以创造时间效益。包装的规格、形状、重量等与货物运输有着密切的关系,包装尺寸规格与运输车辆、船舶、飞机等运输工具箱、仓容积的吻合,方便了运输、提高了运输效率、节约了时间。从物资的验收角度上看,易于开包,便于重新打包的包装方式为验收提供了方便性。包装的集合方法等,对于节约验收时间,加快验收速度也会起到十分重要的作用。

(3) 销售方便性。市场上的商品琳琅满目,品种繁多,销售方式也多采用开架式的无人销售方式。如何去适应这种销售方式的变化,达到促销目的,包装的展示形式便要考虑方便性了,如挂式包装、开窗包装、透明包装等形式。同样的产品如果在使用上给消费者带来许多方便,则更会受到消费者的欢迎。20 世纪 30—40 年代,包装的促销功能开始形成,即销售包装。在商品交易中,优美的商品包装不仅要比较真实地反映商品的性质和用途,而且还要间接地反映商品的潜在效果,引发消费者的种种联想,激发其购买兴趣,坚定其购买信心。如彩色食品包装图案,逼真地显示了内装食品的形状、色泽、质感,使消费者很容易根据这些外观形象去联想商品的质量、口感、味道,以及想象食用之后的满足感。

总之,好的包装应该做到方便生产、方便装填、方便储运、方便陈列、方便销售、方便开启、方便使用、方便处理和在仓储时能够牢固地存放。

二、商品包装的种类

根据包装在流通过程中的作用,可以将包装分为运输包装、销售包装、中性包装与定牌。

(一) 运输包装

1. 运输包装的含义

运输包装是商品的最外层包装,又称外包装(Duter Paking)、大包装。运输包装以强化运输,保护商品,便于运输、装卸和储存等为主要目的。

2. 运输包装的类型

运输包装可以从不同的角度进行分类,下面介绍一些常用的分类方法。

(1) 按包装方式，运输包装可分为单件运输包装和集合运输包装。单件包装是指货物在运输过程中作为一个计件单位的包装，常用的有箱、桶、袋等。集合运输包装是指将一定数量的单件商品组合成一大件或者装入一个大的包装容器中，这样可以更好地保护商品，提高港口的装卸速度，降低运输成本，促进包装的标准化。集装箱或集装袋、集装包是常见的集合运输包装。集装箱包装的优点是：安全、简便、节约、迅速，便于机械操作，能长期使用，可提高装卸效率6～50倍。

(2) 按包装的材料，运输包装可分为纸制、木制、塑料、金属、玻璃、棉麻、草制品包装、陶瓷包装以及复合材料包装。这里需要强调的是，复合材料作为包装材料是现代材料科学发展的结果，它虽然现在不能取代传统的包装材料，但是它弥补了很多传统材料的不足，并已经在包装领域被推广应用。目前已经开发的能应用于包装的复合材料很多，使用较多的是塑料与玻璃复合材料、塑料与金属复合材料、塑料和塑料复合材料等。

(3) 按包装的质地，运输包装可分为软性包装、硬性包装、半硬性包装。软性包装是在填充或者取出商品时，外形发生变化的包装，该种包装一般为纸纤维、塑料薄膜、铝箔、复合材料等制成。硬性包装是在填充或者取出商品时，外形不发生变化的包装，该种包装一般为金属、木材、玻璃、陶瓷、硬质塑料等材料制成。半硬性包装采用具有一定硬度但弹性较大的材料制成的包装容器，该类包装在较小的挤压条件下能保持其固有形态，这类包装具有轻便及成本低廉的优点，多用来盛装能稍耐挤压的商品。

此外，按包装的外形，运输包装可分为包、箱、桶、袋、篓、笼等不同外形的包装。按包装的程度，运输包装可分为全包装和局部包装。

3. 运输包装标志

运输包装标志，是在商品外包装上印刷的简单图形和文字或字母，其主要作用是方便储运过程中识别货物，合理操作，便于运输、检验、仓储和收货。按其用途，运输包装标志可分成运输标志（Shipping Mark）、指示性标志（Indicative Mark）和警告性标志（Warning Mark）。

(1) 运输标志，习惯上称为唛头或唛，是一种识别标志。运输标志主要包括以下三项内容。

① 收货人或发货人名称的英文缩写或简称，如ABCD——收货人名称。

② 目的地（港），如LONDON——目的港。

③ 件号，说明一批货物的总件数与本件货物的顺序号，如No. 4—20，说明总件数为20件，这是第四件。

此外，还列有原产国名称，称为“原产国标志”，商品产地是海关统计和征税的重要依据，由产地证说明。一般在内外包装上均注明产地，作为商品说明的一个重要内容，如Made in China。运输包装外通常都标明包装的体积和毛重，以方便储运过程中安排装卸作业和舱位，有时还有信用证、合同或进口许可证号码。运输标志在国际贸易中还有其特殊的作用。按《公约》规定，在商品特定化以前，风险不转移到买方承担。而商品特定化最常见的有效方式，是在商品外包装上标明运输标志。此外，国际贸易主要采用的是凭单付款的方式，而主要的出口单据如发票、提单、保险单上，都必须显示出运输标志。商品以集装箱方式运输时，运输标志可被集装箱号码和封口号码取代。

(2) 指示性标志是一种操作注意标志，是根据商品的特性，用简单的、醒目的、易懂的图形和文字在商品的外包装上标出，以提醒人们在装卸、运输和保管过程中要注意的事项，如小心轻放、由此起吊、禁止翻滚、防湿防潮等。常见的国际运输包装的指示性标志见图 14-1。

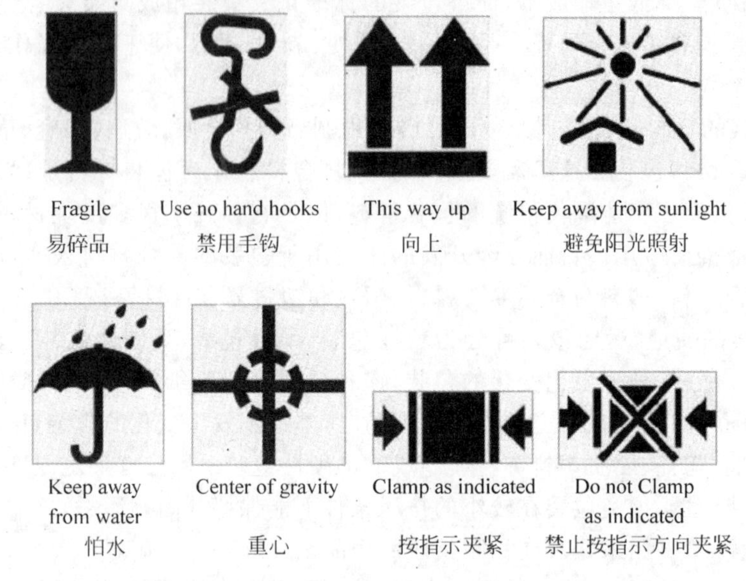

图 14-1 常见的国际运输包装的指示性标志

(3) 警告性标志又称危险品标志，以醒目的方式在危险物包装上刷上各种危险性指示，用以说明该商品系易燃、易爆、有毒、腐蚀性或放射性等危险性货物。对危险性货物的包装储运，各国政府都制定有专门的法规，应严格遵照执行(图 14-2)。根据国际海上危险运输货物分类及中华人民共和国 GB12268《危险货物品名表》标准，将危险货物划分为以下 9 类。

第一类：爆炸品；

第二类：压缩气体和液化气体；

第三类：易燃液体；

第四类：易燃固体、自燃物品和遇湿易燃物品；

第五类：氧化剂和有机过氧化物；

第六类：毒害品和感染性物品；

第七类：放射性物品；

第八类：腐蚀品；

第九类：杂类。

(二) 销售包装

1. 销售包装的含义

销售包装又称内包装(Inner Package)或小包装(Minor Package)，是直接接触商品并随商品进入零售网点和消费者或与用户直接见面的包装。

2. 销售包装的功能

销售包装能保护商品，延长货物寿命；能方便消费者购买，甚至有的销售包装本身就构成了产品的一部分，如附赠品包装、拍套包装等。由此可见，销售包装是保护功能和艺术美

图 14-2　常见的危险品标志

感的融合，是实用性和新颖性的创新结合。商品销售包装只有把握消费者的心理，迎合消费者的喜好，满足消费者的需求，激发和引导消费者的情感，才能够在激烈的商战中脱颖而出，稳操胜券。为了适应市场竞争和消费者多样化、多层次的需要发展，销售包装也要不断改进和创新。

3. 销售包装的形式

从形式上分，销售包装有便于陈列展销的包装、便于识别商品的包装、便于携带和使用的包装和有利于增加销售的包装。

4. 销售包装的说明

在销售包装上应有必要的文字说明，如商标、品名、产地、数量、规格、成分、用途和使用方法等，文字说明要同画面紧密结合，互相衬托，彼此补充，以达到宣传和促销的目的，使用的文字必须简明扼要，并让销售市场的顾客能看懂，必要时也可以中外文同时并用。在销售包装上使用文字说明或制作标签时，还应注意有关国家的标签管理条件的规定。此外，随着条形码技术的推广与应用，条形码也成为销售包装上必不可少的重要标记。商品包装上的条形码是由一组带有数字的黑白及粗细间隔不等的平行条纹所组成的，这是利用光电扫描阅读设备为计算机输入数据的特殊的代码语言。目前，世界许多国家都在商品上使用条形码。只要将条形码对准光电扫描器，计算机就能自动地识别条形码的信息，确定品名、品种、数量、生产日期、制造厂商、产地等，并据此在数据库中查询其单价，进行货款结算，打出购货清单，这就有效地提高了销售管理的效益和准确性，也方便顾客购买。目前，许多国家的超级市场都使用条形码技术进行自动扫描，如商品包装上没有条形码，即使是名优商品，也不能进入超级市场而只能当做低档商品进入廉价商店。

（三）中性包装与定牌

1. 中性包装

中性包装(Neutral Packing)是指既不标明生产国别、地名和厂商名称，也不标明商标或品牌的包装。也就是说，在出口商品的内外包装上均无生产国别和生产厂商名称。这种中性包装的做法是国际贸易中常见的方式，在买方的要求下，可酌情采用。

中性包装包括无牌中性包装和定牌中性包装两种，前者是指包装上既无生产国别和厂商名称，又无商标、品牌；后者是指包装上仅有买方指定的商标或品牌，但无生产国别和厂商名称。

采用中性包装是为了打破某些进口国家与地区的关税和非关税壁垒以及适应交易的特殊需要(如转口销售等)，它是出口国家厂商加强对外竞销和扩大出口的一种手段。对于我国和其他国家订有出口配额协定的商品，则应从严掌握，因为万一发生进口商将商品转口至有关配额管理的国家，将对我国产生不利影响，出口商千万不能因图一己之利而损害国家的声誉和利益。

2. 定牌

定牌(Named Brand)是指卖方按买方的要求在其出售的商品或包装上标明买方指定的商标和牌号，称为定牌生产。在国际或国内贸易中，有许多大百货商店、超级市场和专业商店，在其经营的商品中，有一部分商品使用该店专有的商标和牌名，这部分商品即是由商店要求有关厂商定牌生产的。许多国家的出口厂商，为了利用买主的经营能力及其商业信誉和品牌声誉，以提高商品售价和扩大销路，也愿意接受定牌主产。

我国目前接受外商定牌的出口产品很多，大部分均标明“中国制造”。

三、商品包装条款及注意事项

由于国际货物一般都需要经过长距离辗转运输和多次转装，因此，在国际贸易中的商品包装比国内贸易商品的包装就更为重要。

（一）国际贸易合同中的商品包装条款

包装是进出口交易的重要内容，买卖双方必须认真洽商，对商品包装取得一致意见，并在合同中做出明确具体的条款规定。国际货物买卖合同中的包装条款主要包括包装材料、包装方式、包装规格、包装费用和包装标志等主要内容。而且，包装条款规定内容要尽量具体明确，不能含混不清或错列。如尽量避免使用“海运包装”、“习惯包装”或“卖方惯用包装”等词语，因为这些术语含义模糊且各国理解不一，容易引起争议。

(1) 明确包装材料和包装方法，要订明容器(如纸箱、木箱、金属盒等)，有时还要订明包装的内含量。

(2) 明确包装供应和包装费用。包装由谁供应，通常有下列三种做法：其一，由卖方供应包装，包装连同商品一块交付买方。其二，由卖方供应包装，但交货后，卖方将原包装收回，关于原包装返回给卖方的运费由何方负担也应作具体规定。其三，由买方供应包装或包装物料。采用此种做法时，应明确规定买方提供包装或包装物料的时间，以及由于包装或包装物料未能及时提供而影响发运时买卖双方所负的责任。关于包装费用，一般包括在货价之中，不另计收。但也有不计在货价之内而规定由买方另行支付的。

(3) 包装标志一般是卖方设计确定，但如果买方要求由其指定包装标志，卖方也可接受，但必须在包装条款中订明买方提供包装标志的时间，否则卖方可自行决定。

(4) 对包装技术要求很强的商品，一般要在货物单价条款中注明“包括包装费用”，以免日后发生纠纷。

（二）国际货物出口时包装的一些注意事项

由于商品的形状、规格、种类繁多，因而商品的包装也千差万别，对出口商品包装总的要求是要做到科学、牢固、美观、适用、经济，使出口商品畅销国际市场，为国家获取更大的经济效益。具体来说，主要要求有：

(1) 出口商品包装要符合商品性能的要求。由于商品性能不同，对包装强度、结构形式、包装方法等要求也不同，必须根据需要选用适当的包装材料和包装方法，确保出口商品较长时间的储运安全。

(2) 出口商品包装要满足国际运输环节的要求。绝大多数出口商品都要经过一次或几次运输、储存、装卸、搬运、转船，而且历时时间较长。因此，要求商品包装结构要科学，形状、体积、重量要有利于装卸和堆码以及转船的相应配套设备要求，包装标志要清晰明确，包装还要适应国际运输条件及沿途自然气候，空运商品要求包装轻巧、牢固等。

(3) 出口商品包装要适应国外市场销售和消费习惯。尊重各国各地区的宗教、风俗习惯、文字以及当地人民对于包装造型、装潢图形、色彩、文字的喜好的不同要求。

(4) 出口商品包装要切合人们对商品物美价廉的意愿。对出口商品包装的样式、图案、色彩、商标、广告宣传等，要力求做到美观大方，显示我国民族特色、风格，以吸引顾客和满足消费者的需要，同时，包装材料也要做到节约、环保等。

(5) 出口商品包装要跟上科技发展步伐。随着科学技术的进步，新材料、新技术层出不穷，为商品包装的发展开辟了广阔的前景，如包装材料向轻型化发展，合成材料越来越多，包装技术向机械化、自动化发展，在包装作业方面使用集合包装的方式日益增多，如集装箱、集装包、集装袋、托盘等。

国际贸易合同中的数量与包装条款

2005 年我国某食品进出口公司出口一批驴肉到日本，合同规定，每箱净重 16.6 千克，共 1 500 箱，总重量应为 24.9 公吨。但货物运抵日本港后，日本海关发现每箱净重不是 16.6 千克而是 20 千克，此批货物实际装了 30 吨。但是所有单据上都注明了 24.9 吨，日本海关认为这批货物单货不符，进口商以多报少。

试问：这将会出现何种后果？

案情分析：我方损失的原因是没有按照合同或信用证上规定的数量装货，深究原因系我们工作脱节，管理不善造成的。因为数量是买卖双方签订合同时定下来的重要交易条件，少了买方不干，多了进口国家海关也不会放行。如果进口商申报的数量与到货数量不符，海关会认为进口商企图偷逃关税，海关有权罚没，至追究刑事责任。此案告诉我们，不按合同规定办理，违约方必然要承担责任。我方只能按照单据上标注的24.9吨收款，余下的5.1吨驴肉白白送给了客户。这样惨重的教训应当汲取。

第四节　商品的价格

商品的价格条款是国际贸易中最重要的条款之一，正确把握进出口商品的作价原则，采用合理的作价方法，选择有利的计价货币，使用合适的价格术语，恰当使用与价格有关的佣金和折扣，对于提高对外经济效应具有十分重要的作用。

一、商品价格的确定原则

在对外贸易中，我国进出口商品的作价原则是，在贯彻平等互利的原则基础上，根据国际市场价格水平，结合国别（地区）政策，并按照我们的经营意图确定适当的价格。由于价格构成因素不同，影响价格变化的因素也是多种多样的。因此，在确定进出口商品价格时，必须充分考虑影响价格的种种因素，加强成本和盈亏核算，并注意同一商品在不同情况下应有合理的差价。

确定进出口商品价格除遵循上述原则外还应考虑下列因素。

(1) 交货地点和交货条件。在国际贸易中，由于交货地点和交货条件不同，买卖双方承担的责任、费用和风险也不同，在确定进出口商品价格时，必须首先考虑这一因素。例如，在同一距离内成交的同一商品，按CIF条件成交与按DES(到货港船上交货)条件成交，其价格应当不同。

(2) 运输距离。国际商品买卖一般都要经过长途运输，运输距离的远近关系到运费和保险费的开支，从而影响到商品价格。因此，在确定商品价格时，必须核算运输成本，作好比价工作。

(3) 商品的品质和档次。在国际市场上一般都是按质论价，即优质高价，劣质低价。品质的优劣，包装装潢的好坏，款式的好坏，款式的新旧，商标、牌名的知名度等都会影响商品价格。

(4) 季节因素。在国际市场上，某些节令性商品，如赶在节令前到货，抢行应市，即能卖上好价。过了节令商品往往售价很低，甚至以低于成本的“跳楼价”出售。因此，应充分利用节令因素，争取在有利的时机成交。

(5) 成交量。按国际贸易的习惯做法，成交量的大小直接影响商品价格，成交量大，在价格上应予适当优惠，或采用数量折扣办法；反之，成交量小，则可以适当提价。

(6) 支付条件和汇率变动的风险。支付条件是否有利和汇率变动风险的大小也会影响商品的价格。例如，在其他条件相同情况下，采取预付货款同采取凭信用证付款方式，其价格应有区别。同时，确定商品价格时，一般应采用对自身有利的货币成交。如采用不利货币成交时，应把汇率风险考虑到商品价格中去，即适当提高价格降低买价。

二、商品价格的作价方法

国际贸易中的商品价格一般采用固定作价和非固定作价两种作价方法。

(一) 固定价格

固定价格是国际贸易采用较多的作价方法,即在双方协商一致的基础上,在进出口合同中明确地规定商品的单价,合同价格一旦确定,双方都必须严格执行。

例如:121号男鞋,CIF纽约,每双单价35美元。

采用固定价格作价时,应至少具备如下5个方面:

(1) 计价的数量单位,例如"每双";

(2) 单位价格,例如35;

(3) 计价货币,例如"美元";

(4) 贸易术语,例如"CIF纽约";

(5) 其他约定。

(二) 非固定价格

非固定价格或暂不固定价格,即一般业务上所说的"活价",非固定价格比较适合于某些国际市场价格变动频繁、幅度较大,或交货期较远、市场价格难以预测的商品交易。大体上非固定价格可分为下述几种。

(1) 具体价格待定:在价格条款中明确规定作价时间和定价方法,如"按交货或装运时的国际市场行情再行确定价格","以×年×月某地的有关商品交易的收盘价格为基准加(或减)××美元"。也有的只规定定价时间而未对定价方法做出明确规定,如"由双方在×年×月×日在某地协商确定价格"。该方式给合同的执行带来了很大的不稳定性,较多适用于买卖双方有长期的交往合作,已建立比较良好的交易习惯的情况,但一定要明确在协商无结果时采用何种价格。

(2) 暂定价格:在合同中先订立一个初步价格,作为开立信用证和初步付款的依据,待双方确定最后价格后再进行最后清算,多退少补。该方法有利于尽快达成交易,且无须承担价格变动的风险。

(3) 部分固定价格,部分非固定价格:买卖双方仅对近期交货的部分商品采用固定价格,而远期或后期交货的商品价格采取暂不固定价格的做法。这种方式适用于大宗交易或分几批交易的国际贸易。

三、商品价格的计价货币和支付货币

(一) 计价货币和支付货币的含义

计价货币(Money of Account)是指合同中规定用来计算价格的货币。支付货币(Money of Payment)是双方当事人约定的用来清偿货款的货币。

计价货币和支付货币往往是同一种货币,但有时也可以是不同的货币。如合同中的价格是用一种双方当事人约定的货币来表示,没有规定用其他货币支付,那么,合同中规定的货币既是计价货币,又是支付货币。如果除一种货币计价外,还规定了用其他货币(如马克)支付,那么,马克就是支付货币。在这种情况下,用什么汇率把马克折成等值的美元,是一个关系到买卖双方利害得失的一个重要问题。

计价货币和支付货币可以是出口国或进口国的货币，也可以是第三国的货币，具体采用哪种货币由双方协定。对那些与我国签订支付协定并限定使用某种货币的国家，可使用规定的货币。但并不是说计价货币必须选择可自由兑换货币，从2003年10月1日起，我国边贸企业与境外贸易机构进行边境贸易时，允许用可自由兑换货币、毗邻国家货币或者人民币等多种方式进行计价结算。从这里可以看出，人民币虽然还不是完全可自由兑换货币，但这点并不影响它作为计价货币。

（二）计价货币的选择

由于世界各国的货币价值并不是一成不变的，特别是在世界许多国家普遍实行浮动汇率的条件下，通常被用来计价的各种主要货币的币值更是相当不稳。国际货物买卖通常的交货期都比较长，从订约到履行合同，往往需要有一个过程。在此期间，计价货币的币值会发生变化，甚至会出现大幅度的起伏，其结果必然直接影响进出口双方的经济利益。因此，如何选择合同的计价货币就具有重大的经济意义，是买卖双方在确定价格时必须注意的问题。

在我国进出口业务中，多数情况下计价和支付采用同一种货币，在选择计价货币时应考虑以下因素。

(1) 货币的可兑换性。在确定计价货币时，主要应从国际上通用的可自由兑换的货币中去选择。一般来说，如果交易双方国家之间签订有贸易支付协定，则应以协定所规定的货币为计价货币。如没有规定，则一般多采用"可兑换的货币"，即在国际外汇市场上自由兑换的外汇，如美元、英镑、马克、日元等。

(2) 货币的稳定性。应充分考虑汇率波动可能带来的风险，尽量选用对自己有利的货币。一般原则是，出口应选择那些币值相对比较稳定或呈上浮趋势的硬币，进口应使用币值有下浮趋势的软币。如果为达成交易而不得不采用对我方不利的货币，可设法采取一些办法补救，例如根据该种货币今后可能的变动幅度，相应提高出口报价，或者在可能的情况下订立保值条款，以避免汇兑风险。

四、佣金和折扣的使用

在国际贸易中，有些交易是通过中间代理商进行的。因代理商、经纪人或者中间商介绍生意或代买代卖而要向其支付一定的酬金，这项酬金就叫做佣金(Commission)，有时候也称佣金为"手续费"(Brokerage)。折扣(Discount)是指卖方在一定条件下给予买方的价格减让。佣金和折扣是国际贸易价格谈判的基本内容之一，是否支付佣金或折扣以及佣金或折扣的比例大小会影响到买卖双方以及中间商的利益分配和买卖能否达成，因此，合理使用佣金和折扣是国际贸易实践中非常重要的内容。

（一）佣金

1. 明佣和暗佣

佣金有明佣和暗佣之分。所谓明佣是指在买卖合同、信用证或发票等相关单证上公开标明的金额。在单证中，通常表示在贸易术语后面，习惯上表示为成交价格的百分比，如CIF C5% HONGKONG，或者CIF HONGKONG including 5% Commission，其中的C就是 COMMISSION，即佣金。除了用百分比显示外，佣金也可以用绝对数来表示，例如“每公吨付佣金 30 美元”。当然，有时为了强调成交价格是不含佣金的，也可以在价格术语后面注明“净价(Net)”。而暗佣的金额则是对真正买主保密，由卖方(出口商)暗中支付给中间商的费用，它的数额一般不在发票等相关单据上显示，等到卖方货款收妥之后，另行支付给中间商。

2. 佣金的计算方法

通常，佣金的计算方法有以下几种。

(1) 佣金按成交金额的百分率计算，即佣金=含佣价×佣金率。

例如，每公吨 500 港元，佣金为 3%，其计算方法就是 500×3%=15 港元，那么，每公吨需要支付的佣金就是 15 港元。

(2) 按成交数量支付佣金，即佣金=交货数量×单位数量付佣额。

例如，某商品共 1 000 件，每件付给佣金 8 美分，1 000×0.08=80 美元，那么该批商品付给的佣金数额就是 80 美元。

(3) 按 FOB 净价为基数计算，即运费(F)和保费(I)不付佣。如果该商品是以 CIF 成交的话，支付佣金时需要把保费(I)和运费(F)减除，公式为：

佣金=CIF×(1-运、保费率)×佣金率

例如，某商品以 CIF 价格条件成交，出口金额为 100 万美元，运费占发票金额的 10%，保险费占发票金额的 4%，佣金率为 5%，求得 FOB 净价为基数的佣金。

计算方法是：[100-(100×10%)-(100×4%)]×5%=4.3(万美元)，那么应付的佣金是 4.3 万美元。

(4) 按累计佣金办法计算，累计佣金对销售商具有一定的刺激作用，因累计销售额越大，佣金额也就越高。

累计佣金又可分为全额累进佣金和超额累进佣金两种。全额累进佣金是指按一定时期内推销金额所达到的佣金等级计算佣金。

例如，某代理协议，佣金一年累计结付，按全额累进方法结算，推销额和佣金率如表 14-2 所示。

表 14-2 全额累进的佣金等级

等级	推销额	佣金率/%
A 级	100 万元以下	1
B 级	100 万～200 万元	1.5
C 级	200 万～300 万元	2
D 级	300 万元以上	2.5

(二) 折扣

1. 折扣的含义

折扣是卖方在原价格的基础上给予买方的一定比例的价格减让。使用折扣方式减让价格，而不直接降低报价，使卖方既保持了商品的价位，又明确表明了给予买方的某种优惠，是一种促销手段，如数量折扣、清仓折扣、新产品的促销折扣等。

2. 折扣的规定办法

在国际贸易中，折扣通常在合同价格条款中用文字明确表示出来。例如，“CIF 伦敦每公吨 200 美元，折扣 3%”(US $ 200 per Metric ton CIF London including 3%discount)。此例也可这样表示：“CIF 伦敦每公吨 200 美元，减 3%折扣”(US $ 200 per metric ton CIF London Less 3% discount)。此外，折扣也可以用绝对数来表示。例如，“每公吨折扣 6 美元”。在实际业务中，也有的用 CIFD 或 CIFR 来表示 CIF 价格中包含折扣，这里的 D 和 R 是 Discount 和 Rebate 的缩写。鉴于在贸易往来中加注的 D 或 R 含义不清，可能引起误解，故最好不使用此缩写语。

交易双方采取暗扣的做法时，则在合同价格中不予规定，按交易双方暗中达成的协议处理，这种做法属于不公平竞争。公职人员或企业雇佣人员拿“暗扣”属贪污受贿行为。

3. 折扣的计算与支付方法

折扣通常是以成交额或发票金额为基础计算出来的。例如，CIF 伦敦，每公吨 2 000 美元，折扣 2%，卖方的实际净收入为每公吨 1 960 美元。其计算方法如下：

单位货物折扣额 = 原价(或含折扣价) × 折扣率

卖方实际净收入 = 原价 − 单位货物折扣额

折扣一般是在买方支付货款时预先予以扣除。也有的折扣金额不直接从货价中扣除，而按暗中达成的协议另行支付给买方，这种做法通常在给“暗扣”或“回扣”时采用。

五、商品价格条款的规定

国际贸易合同中的价格条款一般包括单价和总值两项基本内容。单价(Unit Price)通常由 4 部分组成，即计量单位、计价货币、单位价格金额和价格术语。

例如，每公吨 2 000 美元，CIF 纽约(US $ 200 PER M/T CIF New York)

总值(Total Amount)是指单价与成交商品数量的乘积，即一笔交易的总金额。

此外，计量单位、作价方法、佣金与折扣等也是价格条款的重要内容。

六、价格换算与成本核算

(一) 价格换算

在与外商洽谈时，往往因报价术语不同而需要将不同的价格术语相互转换，这时就必须了解各个价格术语之间的换算关系。这里以最常用的 FOB、CFR、CIF 三种价格术语的相互转换为例进行说明。出口商品价格一般由成本、费用和利润三个部分组成，以出口商品的 FOB 报价为例：

FOB 报价 = 出口总成本 + 国内费用 + 预期利润

CFR 报价 = FOB 报价 + 出口运费

CIF 报价 = FOB 报价 + 出口运费 + 出口保险费

式中，出口总成本是指出口商品的进货成本加上出口前的一切费用和税金。用公式表示为：

出口总成本=出口商品进货成本(含税货价)+定额费用−出口退税额

定额费用一般包括银行费用、经营管理费用、商品储运费用等。各家企业的定额费用不同，由企业根据各自经营情况自行核定。出口退税额的计算公式为：

出口退税额=不含税货价×退税率=购货成本×(1+增值税率)×退税率

国内费用有包装费、仓储费、运杂费、损耗费、邮电通信费、交通费、码头费以及其他管理费等。

出口保险费一般是在CIF价格基础上计算的，具体计算如下：

出口保险费＝CIF价格×110％×保费率

投保加成是指投保费不按原来的货值而是以高于原先的货值投保，这样当出现损失时买方还能得到一定的利润，一般是按CIF的110％投保，因此，可以得到CIF价格如下：

CIF＝(FOB＋运费)÷[1－保险费率×(1＋投保加成率)]

或者

CIF＝CFR÷[1－保险费率×(1＋投保加成率)]

按照前面价格术语的换算关系，也可以在得知CIF报价的基础上计算出FOB、CFR价格如下：

FOB＝CFR－运费
FOB＝CIF×[1－保险费率×(1＋投保加成率)]－运费
CFR＝CIF×[1－保险费率×(1＋投保加成率)]

（二）成本核算

进出口业务一定要做好成本核算，常用的成本核算指标有3个：出口商品盈亏率、出口商品换汇成本、出口换汇率。

1. 出口商品盈亏率

出口商品盈亏率是指出口商品盈亏额与出口总成本的比率。出口盈亏额是指出口销售人民币净收入与出口总成本的差额。

例14-2 某公司出口某商品，出口总价为USD75500 CIF London，其中：运费为USD9500，保险费USD500。商品进价为574 980元人民币(含增值税17％)，费用定额率为6％，出口退税率为9％，当时银行牌价美元买入价为8.26元人民币。求：出口商品盈亏率为多少？

解 出口销售人民币净收入＝(75 500－9 500－500)×8.26＝541 030(元人民币)

因为：出口总成本＝购货成本＋定额费用－出口退税收入
出口退税收入＝不含税货价×出口退税率

所以，本例中出口退税收入为：574 980÷(1＋17％)×9％＝44 229.23(元人民币)
本例中定额费用为：574 980×6％＝34 498.8(元人民币)
本例中出口总成本为：574 980＋34 498.8－44 229.23＝565 249.57(元人民币)

因为：出口盈亏额＝出口销售人民币净收入－出口总成本

所以，在本例中出口盈亏额为：541 030－565 249.57＝－24 219.57(元人民币)
出口商品盈亏率＝－24 219.57÷565 249.57×100％＝－4.28％

2. 出口商品换汇成本

出口商品换汇成本指以某种商品的出口总成本与出口所得的外汇净收入之比，得出用多少人民币换回1美元。如果出口商品的换汇成本高于银行的外汇牌价，则出口为亏损；反之，则说明出口有赢利。出口商品换汇成本的计算公式为：

出口商品换汇成本＝出口总成本(人民币)÷出口所得的外汇净收入(美元)

例14-3 某公司出口健身椅子1 000只，每只17.30美元CIF纽约，总价为17 300美元，其中运费2 160美元，保险费112美元。总进价为人民币117 000元(含增值税17%)，定额费率为10%，出口退税率为9%，当时银行美元买入价为8.28元。求该笔业务的出口换汇成本。

解 出口销售外汇净收入＝收入－运费－保险费

＝17 300－2 160－112

＝15 028(美元)

出口总成本＝购货成本＋定额费用－出口退税额

＝117 000＋117 000×10%－117 000÷(1＋17%)×9%

＝119 700(元人民币)

出口商品换汇成本＝出口总成本(人民币)÷出口所得的外汇净收入(美元)

＝119 700÷15 028

＝7.965(人民币/美元)

该笔业务的出口换汇成本为7.965元人民币换回1美元，低于银行的美元买入价，因此，该笔出口有赢利。

3. 出口换汇率

出口换汇率又称外汇增值率，是指加工后成品出口的外汇净收入与原料外汇成本的比率。由此来反映产品出口的创汇情况，从而确定产品出口是否有利，特别是在进料加工贸易中，核算出口创汇率这一指标很有必要。进口原料无论以何种价格术语成交，一律折算为CIF价；若原料是国产品，其外汇成本可按出口原料的FOB价计算。用公式表示为：

出口换汇率＝(出口的外汇净收入－原料外汇成本)÷原料外汇成本

例14-4 某商品出口价为USD3000 Per M/T FOB Shanghai，每公吨成品耗用原材料1.5公吨，加工所用原材料当时出口价为USD1000 Per M/T FOB Shanghai。求出口换汇率。

解 出口成品外汇净收入＝3 000(美元/公吨)

原材料外汇成本＝1 000×1.5＝1 500(美元/公吨)

出口创汇率＝(3 000－1 500)÷1 500×100%＝100%

由此可见，通过将原材料加工后出口，创汇率为100%。

复习思考题

1. 什么是数量机动幅度？为什么在某些商品的买卖合同中要规定溢短装条款？

2. 如果卖方按每箱150美元的价格售出某商品1 000箱，合同规定“数量允许有5%上下，由卖方决定”。

试问：(1) 这是一个什么条款？

(2) 最多可装多少箱？最少可装多少箱？

(3) 如实际装运1 040箱，买方应付货款多少？

3. 一位新西兰客商前来购买童车，他看中我某公司货号为173的款式，约定纸箱包装，每箱装两辆，纸箱尺码80厘米×50厘米×42厘米，计算一个40英尺货柜可装多少箱。

4. 对于国际贸易中的商品包装应注意哪些事项？

5. 国际贸易业务中的成本核算主要有哪些指标？各自的含义是什么？

6. 我国某毛纺厂从澳大利亚进口羊毛 10 公吨，双方约定标准回潮率为 11%，用科学仪器抽出水分后，羊毛净剩 8 公吨。计算该批羊毛的公量为多少，实际回潮率为多少。

7. 案例分析题

我国某外贸公司出口打字机 1 000 台，来证规定不许分批装运。但是货物集港准备装船时才发现有 45 台包装及质量有一定的问题。临时更换已经来不及，为了保证质量，出口商认为，根据《跟单信用证统一惯例》规定，即使不准分批，在数量上也允许有 5% 的伸缩。少装这 45 台，也未超过 5%。于是，我方实际装船 955 台打字机，当我方去银行议付时，却遭到银行的拒绝。

问：银行拒绝议付的原因是什么？如果是你，将会如何处理这个案例？

B&E

第十五章 国际货物运输

【本章导读】

国际货物贸易与国际货物运输之间存在着非常紧密的关系，一方面，国际货物贸易最终都将通过货物的国际运输来实现，因此，国际贸易的发展对国际货物运输提出了新的要求，进而促进了国际货物运输的不断发展；另一方面，国际货物运输的发展水平也会影响和制约国际货物贸易的进一步发展。与国内货物运输相比，国际货物运输过程的环节之多、路线之长、情况之复杂、风险之大都远远超过国内货物运输。因此，熟悉和掌握国际货物运输的基本知识，不仅有利于贸易合同的顺利履行，也有助于买卖双方在签订国际贸易合同时充分考虑到国际货物运输方面存在的问题，进而制定更加科学、合理和可行的装运条款，保障进出口商的利益。本章主要介绍有关国际货物运输的运输方式、装运合同条款和运输单据。

【学习目标】

1. 了解国际货物运输的主要方式，并熟悉各种运输方式的优缺点。
2. 掌握国际货物运输装运条款的主要内容。
3. 掌握国际海运提单。

【关键概念】

海洋运输(Ocean Transport)　班轮运输(Liner Transport)
租船运输(Shipping by Chartering)　航空运输(Air Transport)
国际铁路货物联运(International Through Railway Transport)
管道运输(Conduit Transport)　集装箱运输(Container Transport)
国际多式联运(International Multimodal Transport)
装运时间(Time of Shipment)　装运港(Port of Shipping)
目的港(Port of Destination)　分批装运(Partial Shipment)
转运(Transshipment)　装运通知(Shipment Advice)
装卸时间(Lay Time)　日或连续日(Days or Running Days)
累计24小时好天气工作日(Weather Working Days of 24 Hours)
连续24小时好天气工作日(Weather Working Days of Consecutive Hours)
滞期费(Demurrage Money)　速遣费(Dispatch Money)
海运提单(Bill of Lading,B/L)　清洁提单(Clean B/L)
指示提单(Order B/L)　海牙规则(Hague Rules)
不清洁提单(Unclean B/L,Foul B/L)
多式联运单据(Multimodal Transport Documents,M. T. D.)

第一节 国际货物运输方式

国际货物的运输方式很多,包括海洋运输、铁路运输、航空运输、河流运输、邮政运输、公路运输、管道运输、大陆桥运输以及由各种运输方式组合的国际多式联运等。各种运输方式都有自己的特点和经营方式,因此,选择合适的国际货物运输方式不仅关系到运费的高低、速度的快慢以及货物的安全等多个方面,而且运输方式的选择还与国际贸易术语紧密相关,最终关系到国际贸易合同的履行。

一、国际运输与国际贸易的关系

国际贸易和国际运输是国际经济发展不可或缺的两个方面,国际贸易使商品所有权发生了交换,而国际运输则体现了商品在国际间的实体转移,两者之间呈现出相互依赖、相互促进和相互制约的关系。国际运输是国际贸易的一个重要组成部分,国际贸易最终将通过国际运输来实现。国际运输伴随着国际贸易的发展而产生和发展,国际运输的发展水平又反过来影响和制约国际贸易的进一步发展,国际贸易与国际运输之间存在着非常紧密的关系。

(1) 国际运输是国际贸易发展的基础。各种不同的贸易术语都对应一定的国际运输方式,如 FAS、FOB、CFR、CIF、DES、DEQ 都适合于海运和江河运输,而 EXW、FCA、CPT、CIP 等贸易术语则适合于各种运输方式。由此可见,在选定贸易术语时也就相应地约定了运输方式,反过来,选择运输方式时也要考虑使用的贸易术语。国际运输是国际贸易合同的重要组成部分。从国际贸易的最终表现来看,是货物的国际流动,只有国际运输工作做好了,并确保各种商品及时、适地、按质、按量地送达,才能保证各项交易的履行与成功,进而提高本国商品在国际市场上的竞争能力,扩大对外贸易。因此,从这个意义讲,国际运输是国际贸易的基础。

(2) 国际贸易的发展促进运输国际化。伴随着世界经济的持续稳定增长,国际贸易也迅速发展,贸易伙伴的全球化必然要求运输的国际化,即运输设施国际化、运输技术国际化、运输服务国际化、货物运输国际化、包装国际化和流通加工国际化等。在国际运输活动中,"门到门"的运输方式越来越受到货主的欢迎,使得能满足这种需求的国际复合运输方式得到迅速发展,逐渐成为国际运输中的主流。全球复合运输方式的目的是追求整个物流系统的效率化和缩短运输时间。而且,现代运输是在传统的运输仓储基础上将装卸、包装、流通加工、配送、信息处理等多种服务功能有机结合,从而降低了企业成本,提高了世界经济的运行效率,促进了国际贸易的发展。

(3) 国际贸易的发展对国际运输提出新的要求。国际贸易的迅速发展也对国际运输提出了更新、更高的要求,这些新的趋势和要求主要有:

① 质量控制。现代国际贸易中,除传统的初级产品、原料等贸易品种外,高附加值、高精密商品流量不断增加,因此,运输工作的完成质量也面临更高的要求。由于国际贸易需求的多样化,国际货物运输也相应地呈现出多品种、小批量、快速化的特点,这就要求国际运输能够提供更加优质和多样化的服务。

② 效率提高。国际贸易合约履行的可靠性和效率是由国际运输的可靠性和效率来保

证的。根据国际贸易的商品不同,采用与之相适应的专业化运输和服务,对提高运输效率起着重要作用。

③ 安全保证。组织国际运输时,必须选择适当的运输方式和运输路径,密切注意相关地区的气候、地理条件,以及有关政治局势、经济状况等因素,防止因人为因素和不可抗拒的自然力造成货物灭失。

④ 经济效益。控制运输成本对于降低贸易成本具有很大影响。选择最佳运输方案提高国际货物运输的经济性,可以降低运输成本,对于国际贸易双方而言都具有很高的经济效益。

(4) 国际运输成本与国际贸易利益紧密相关。与国内贸易相比,国际贸易中商品的运输成本占商品价格比重明显增大,按照比较优势理论,只有那些比较优势足以克服国际运输成本的商品才可以进入国际市场。因此,从这个角度分析,国际运输成本缩小了国际贸易的规模,国际运输成本一方面减少了出口国的出口量,另一方面增加了进口国的国内供给量。而且,从贸易得益来看,国际运输成本减少了国际贸易得益,国际运输成本也使国际间的完全分工难以实现,国际运输成本提高了出口商品的成本及其在进口国市场的销售价格,因而,国际运输也被视为国际贸易间同类竞争性商品的天然保护壁垒。

二、海洋运输

(一) 海洋运输的特点

海洋运输(Ocean Transport)是国际货物运输中运用最广泛的运输方式。目前,海运量在国际货物运输总量中约占80%以上。海洋运输之所以被如此广泛采用,是因为它与其他国际货物运输方式相比,主要有下列明显的优点。

(1) 运量大。海洋运输船舶的运输能力远远大于铁路运输车辆。如一艘万吨船舶的载重量一般相当于250～300个车皮的载重量。随着国际航运业的发展,现代化的造船技术日益精湛,船舶日趋大型化。超巨型油轮已达60多万吨,第五代集装箱船的载箱能力已超过5 000TEU(Twenty-feet Equivalent Units,TEU,指集装箱计算单位)。

(2) 运费低。海上运输航道为天然形成,港口设施一般为政府所建,经营海运业务的公司可以大量节省用于基础设施的投资。船舶运载量大、使用时间长、运输里程远,按照规模经济的观点,因为运量大、航程远,分摊于每吨运输货物的运输成本就少,因此运价相对低廉,为低值大宗货物的运输提供了有利条件。

(3) 通过能力大。海洋运输不像火车、汽车受轨道和道路的限制,海洋运输可以利用四通八达的天然航道。随着政治、经贸环境以及自然条件的变化,可随时调整和改变航线完成运输任务。

海洋运输虽具有上述优点,但也存在一些缺点。例如,海洋运输受气候和自然条件的影响较大,航期不易准确,而且风险较大,如遇台风,就有可能把一艘大船卷入海底,而且还有可能遭遇海盗的袭击等。此外,海洋运输的速度也相对较慢,海洋运输只是整个国际运输过程的一个环节,它的两端的港口必须依赖其他运输方式的衔接和配合。

(二) 海洋运输的分类

按照海洋运输船舶经营方式的不同,海洋运输可分为班轮运输和租船运输两种。下面

对这两种经营方式分别加以介绍。

1. 班轮运输

班轮运输(Liner Transport)又称定期船运输,是指船舶在特定航线上和固定港口之间,按事先公布的船期表进行有规律的、反复的航行,以从事货物运输业务,并按照事先公布的费率收取运费的一种海洋运输方式。班轮运输具有下列特点。

(1) 四固定:固定的船期表(Sailing Schedule)、固定的航线和港口、固定航期、固定的运费率。

(2) 船方管装管卸,装卸费包括在运费中,货方不再另付装卸费,船货双方也不计算滞期费和速遣费。

(3) 船、货双方的权利、义务与责任豁免,以船方签发的提单条款为依据。

班轮运输的服务对象是非特定的、分散的众多货主,班轮公司具有公共承运人的性质。班轮承运货物的品种、数量比较灵活,货运质量较有保证,且一般采取在码头仓库交接货物,故为货主提供了较便利的条件。

班轮公司运输货物所收取的运送费用是按照班轮运价表(Liner's Freight Tariff)的规定计收的。不同的班轮公司或班轮工会各有不同的班轮运价表。班轮运价表一般包括货物分级表、各航线费率表、附加费率表、冷藏货及活牲畜费率表等。目前,我国海洋班轮运输公司使用的是“等级运价表”,即将承运的货物分成若干等级(一般分为 20 个等级),每一个等级的货物有一个基本费率。其中 1 级费率最低,20 级费率最高。

班轮运费包括基本运费和附加费两部分。前者是指货物从装运港到卸货港所应收取的基本运费,它是构成全程运费的主要部分;后者是指对一些需要特殊处理的货物,或者由于突然事件的发生或客观情况变化等原因而需另外加收的费用。

基本运费按班轮运价表规定的计收标准计收。在班轮运价表中,根据不同的商品,对运费的计收标准通常采用下列几种。

(1) 按货物毛重,又称重量吨(Weight Ton)计收运费,运价表内用 W 表示。

(2) 按货物的体积/容积,又称尺码吨(Measurement Ton)计收,运价表中用 M 表示。

(3) 按毛重或体积计收,由船公司选择其中收费较高的作为计费吨,运价表中以 W/M 表示。

(4) 按商品价格计收,又称为从价运费,运价表内用“A. V. ”或“Ad. Val”表示,从价运费一般按货物的 FOB 价格的百分之几收取。

(5) 在货物重量、尺码或价值三者中选择最高的一种计收,运价表中用“W/M or ad val. ”表示。

(6) 按货物重量或尺码选择其高者,再加上从价运费计算,运价表中以“W/M Plus ad val. ”表示。

(7) 按每件货物作为一个计费单位收费,如活牲畜按“每头”(per head),车辆按“每辆”(per unit)收费。

(8) 临时议定价格。即由货主和船公司临时协商议定。通常适用于承运粮食、豆类、矿石、煤炭等运量较大、货值较低、装卸容易、装卸速度快的农副产品和矿产品。议价货物的运费率一般较低。

在实际业务中,基本运费的计算标准以按货物的毛重和按货物的体积或按重量、体积选择的方式为多，贵重物品较多的是按货物的 FOB 总值计收。

上述计算运费的重量吨和尺码吨统称为运费吨(Freight Ton)，又称计费吨。现在国际上一般都采用公制(米制)，其重量单位为公吨(Metric Ton，M/T)，尺码单位为立方米(Cubic Metre，C/M)。计算运费时 1 立方米作为 1 尺码吨。

附加费是指除基本运费外，另外加收的各种费用。附加费的计算办法，有的是在基本运费的基础上加收一定百分比，有的是按每运费吨加收一个绝对数计算。附加费名目繁多，而且会随着航运情况的变化而变动。在班轮运输中常见的附加费有下列几种。

(1) 超重附加费(Extra Charges on Heavy Lifts)，是指由于货物单件重量超过一定限度而加收的一种附加费。

(2) 超长附加费(Extra Charges over Lengths)，是指由于单件货物的长度超过一定限度而加收的一种附加费。

(3) 选卸附加费(Additional on Optional Discharging Port)，又称"选卸费"，是指船公司对在运输合同所约定的卸货区域内选择卸货港而卸载的货物所加收的费用。船方对于选卸货物，须在积载(对货物在船上所作的正确合理的配置与堆装)方面给予特殊的安排，以避免翻舱捣载并造成损失，因此，对此种货物，船方除收取基本运费之外，追加一定数额的费用也是较为合理的。托运人预先指定的选择卸货港，必须是船舶该航次原定的停靠港。

(4) 直航附加费(Additional on Direct)，当运往非基本港的货物达到一定的货量，船公司可安排直航该港而不转船，这时所加收的附加费为直航附加费。

(5) 转船附加费(Transshipment Additional)，如果货物运往非基本港，需要转船运输至目的港，船公司必须在转船港口办理换装和转船手续，由于上述作业所增加的费用称为转船附加费。

(6) 港口附加费(Port Additional)，由于某些港口的情况比较复杂、装卸效率较低或港口收费较高等原因，船公司特此加收一定的费用，称为港口附加费。

除上述各种附加费外，船公司有时还根据各种不同情况临时决定增收某种费用，例如燃油附加费、货币附加费、绕航附加费、港口拥挤费、超重附加费等。

班轮运费的具体计算方法是：先根据货物的英文名称从货物分级表中查出有关货物的计费等级和其计算标准；然后再从航线费率表中查出有关货物的基本费率；最后加上各项须支付的附加费率，所得的总和就是有关货物的单位运费(每重量吨或每尺码吨的运费)，再乘以计费重量吨或尺码吨，即得该批货物的运费总额。如果是从价运费，则按规定的百分率乘 FOB 货值即可。

2. 租船运输

租船运输(Shipping by Chartering)又称不定期船(Tramp)运输，它与班轮运输有很大差别。在租船运输业务中，没有预定的船期表，船舶经由航线和停靠的港口也不固定，须按船租双方签订的租船合同来安排，有关船舶的航线和停靠的港口、运输货物的种类以及航行时间等，都按承租人的要求，由船舶所有人确认而定，运费或租金也由双方根据租船市场行市在租船合同中加以约定。

租船运输的方式包括定程租船、定期租船、光船租船和航次期租。租船运输通常适用于大宗货物的运输，因此，我国大宗货物如粮食、油料、矿产品和工业原料等进出口通常采用租船运输方式。就外贸企业来说，使用较多的租船方式是定程租船。

(1) 定程租船(Voyage Charter)又称航次租船，是指由船舶所有人负责提供船舶，在指定港口之间进行一个航次或数个航次，承运指定货物的租船运输。定程租船就其租赁方式的不同还可以进一步分为单程租船(也称单航次租船)、来回航次租船和连续航次租船、包运合同4种。

(2) 定期租船(Time Charter)是指由船舶所有人将船舶出租给承租人，供其使用一定时期的租船运输。承租人也可将此期租船充作班轮或程租船使用。定程租船与定期租船有许多不同之处，主要表现在下列几方面。

① 定程租船是按航程租赁船舶，而定期租船则是按期限租赁船舶。关于船、租双方的责任和义务，前者以定程租船合同为准，后者以定期租船合同为准。

② 定程租船的船方直接负责船舶的经营管理，他除负责船舶航行、驾驶和管理外，还应对货物运输负责。但定期租船的船方，仅对船舶的维护、修理、机器正常运转和船员工资与给养负责，而船舶的调度、货物运输、船舶在租期内的营运管理和日常开支，如船用燃料、港口费、捐税以及货物装卸、搬运、理舱、平舱等费用，均由租船方负责。

③ 定程租船的租金或运费一般是根据装运货物的数量计算，也有按航次包租总金额计算的。而定期租船的租金一般是按租期每月每吨若干金额计算。同时，采用定程租船时要规定装卸期限和装卸率，凭以计算滞期费和速遣费，而采用定期租船时，则船、租双方不规定装卸率和滞期速遣费。

(3) 光船租船(Bareboat Charter)，光船租船是船舶所有人将船舶出租给承租人使用一个时期，但船舶所有人所提供的船舶是一艘空船，既无船长，又未配备船员，承租人自己要任命船长、船员，负责船员的给养和船舶营运管理所需的一切费用。这种光船租船，实际上属于单纯的财产租赁，与上述定期租船有所不同。这种租船方式，在当前国际贸易中很少使用。

(4) 航次期租(Time Charter on Trip Basis，TCT)，这是近年来国际上发展起来的一种介于航次租船和定期租船之间的租船方式，它以完成一个航次运输为目的，但租金按完成航次所花的时间和约定的租金率计算的一种租船方式。

三、铁路运输

铁路运输(Rail Transport)在国际货物运输中是一种仅次于海洋运输的主要运输方式，海洋运输的进出口货物大多也是靠铁路运输进行货物的集中和分散的。

铁路运输有许多优点，一般不受气候条件的影响，可保障全年的正常运输，而且运量较大，速度较快，有高度的连续性，运输过程中可能遭受的风险也较小。办理铁路货运手续比海洋运输简单，而且发货人和收货人可以在就近的装运站和目的站办理托运和提货手续。

铁路运输可分为国际铁路货物联运和国内铁路货物运输两种。

(一) 国际铁路货物联运

1. 国际铁路货物联运的含义

国际铁路货物联运(International Through Railway Transport)是指在两个或两个以上国家铁路运送中，使用一份运送单据，以连带责任办理货物的全程运送，并且在由一国铁路向另一国铁路移交货物时，无须发、收货人参加。

2. 国际铁路货物联运的优点

国际铁路货物联运具有以下优点：简化手续，方便收、发货人；便于在国际贸易中充分利用铁路运输的优势；可以及早结汇；促进铁路沿线外向型经济及铁路运输企业的发展。

3. 国际铁路货物联运的程序

国际铁路货物联运托运前的工作包括：

在托运前必须将货物的包装和标记严格按照合同中有关条款、国际货协和议定书中条/项办理。特别地，货物包装应能充分防止货物在运输途中灭失和腐坏，保证货物多次装卸不致毁坏。在货物标记或表示牌及运输标记、货签上标注的内容主要包括商品的记号和号码、件数、站名、收货人名称等。所有标注的字迹均应清晰，不易擦掉，保证多次换装中不致脱落。

货物托运和承运的一般程序如下：

发货人在托运货物时，应向车站提出货物运单和运单副本，以此作为货物托运的书面申请。车站接到运单后，应进行认真审核，对整车货物应检查是否有批准的月度、旬度货物运输计划和日要车计划，检查货物运单各项内容是否正确，如确认可以承运，车站即在运单上签证时写明货物应进入车站的日期和装车日期，即表示接受托运。发货人按签证指定的日期将货物搬入车站或指定的货位，并经铁路根据货物运单的记载查对实货，认为符合国际货协和有关规章制度的规定，车站方可予以承认，整车货物一般在装车完毕，发站在货物运单上加盖承运日期戳，即为承运。发运零担货物，发货人在托运时，不需要编制月度、旬度要车计划，即可凭运单向车站申请托运，车站受理托运后，发货人应按签证指定的日期将货物搬进货场，送到指定的货位上，经查验过磅后，即交由铁路保管。从车站将发货人托运的货物，连同货物运单一同接收完毕，在货物运单上加盖承运日期戳，即表示货物已承运。铁路对承运后的货物负保管、装车发运责任。总之，承运是铁路负责运送货物的开始，表示铁路开始对发货人托运的货物承担运送义务，并负担运送上的一切责任。

19世纪，铁路运输方式在欧洲获得了空前的发展。由于欧洲各国疆域狭小、领土相连，而各国彼此间的贸易往来又非常频繁，因此铁路运输常常成为对外贸易的重要运输方式。为协调各国间国际铁路运输有关问题，国际铁路常设机构“国际铁路协会”成立。1890年，各国代表又在瑞士举行会议，签署了《国际铁路货物运送规则》，即《伯尔尼公约》。该公约于1893年施行，后经过多次的修改，成为《国际铁路货物运送公约》，简称《国际货约》，现有欧洲、亚洲、非洲的33个国家加入了该公约。

我国与相邻的俄罗斯、蒙古、朝鲜、越南等分别签有《国境铁路协定》，该文件规定了办理联运货物交接的国境站、火车站、货物交接的条件和方法、交接列车的运行方法等(表15-1)。中国、朝鲜、蒙古、俄罗斯、哈萨克斯坦的铁路部门之间还定期召开联运会议，定期商定过境货物年度计划，制定相应措施。

（二）国内铁路货物运输

国内铁路货物运输(Domestic Railway Transportation)是指仅在本国范围内按《国内铁路货物运输规程》的规定办理的货物运输。我国出口货物经铁路运至港口装船及进口货物卸船后经铁路运往各地，均属国内铁路运输的范畴。供应港、澳地区的物资经铁路运往香港、九龙，也属于国内铁路运输的范围。

表 15-1　我国通往邻国的铁路干线

邻　国	我国铁路干线	我国国境站	邻国国境站	交接、换装地点		附　注
				出口	进口	
中国-俄罗斯	滨洲线	满洲里	后贝加尔	后贝加尔	满洲里	中-俄、蒙的铁路轨距不同，货物需要换装；蒙、俄的铁路轨距差 4 毫米，可直接过轨；中朝铁路轨距相同，昆河线为米轨，货车可以直接过轨；越南铁路连接我国凭祥一段为准轨和米轨的混合，经凭祥可以直接过轨
	滨绥线	绥芬河	格罗迭科沃	格罗迭科沃	绥芬河	
	珲马线	珲春	卡梅绍娃亚	卡梅绍娃亚	珲春	
中国-哈萨克斯坦	北疆铁路	阿拉山口	德鲁日巴	德鲁日巴	阿拉山口	
中国-蒙古	集二线	二连	扎门乌德	扎门乌德	二连	
中国-朝鲜	沈丹线	丹东	新义州	新义州	丹东	
	长图线	图们	南阳	南阳	图们	
	梅集线	集安	满浦	满浦	集安	
中国-越南	湘桂线	凭祥	同登	同登	凭祥	
	昆河线	山腰	老街	老街	山腰	

资料来源：王晓东.国际运输与物流[M].北京：高等教育出版社，2006.

这里重点就对港铁路运输做一说明。概括地说，对港铁路运输是由国内段运输和港段铁路运输两部分构成，它是一种特殊的租车方式的两票运输，由中国对外贸易运输公司各地分支机构和香港中国旅行社联合组织。具体做法是：从发货地至深圳北站的国内段运输，由发货人或发货地外运机构，依照对港铁路运输计划的安排，填写国内铁路运单，先行运往深圳北站，收货人为中国对外贸易运输公司深圳分公司。深圳分公司作为各外贸企业的代理，负责在深圳与铁路局办理货物运输单据的交换，并向深圳铁路局租车，然后申报出口，经查验放行后，将货物运输至九龙港。货车过轨后，由深圳外运分公司在香港的代理人——香港中国旅行社向香港九广铁路公司办理港段铁路运输的托运、报关等工作，货车到达九龙目的站后，由香港中国旅行社将货物卸交给香港收货人。如属去澳门的货物，则发至广州，由广州外运公司办理中转手续，其他手续与对香港运输货物的手续相同。

港澳运输单证主要有：

(1) 出口物资工作单，这是基本的必备单证之一。它是发货人委托深圳外运分公司和中旅社办理货物转运报关接货等的书面文件，也是被委托人的工作依据和核收运杂费的凭证。

(2) 出口货物报关单。

(3) 启运电报。货物装车后 24 小时内发出。

(4) 承运货物收据，这是结汇收款凭证。

(5) 根据出口货物性质，有时还要提供商检证书、文物出口证明书、许可证等证件。

四、航空运输

航空运输(Air Transport)又称飞机运输，它是在具有航空线路和航空港(飞机场)的条件下，利用飞机作为运载工具进行货物运输的一种运输方式。航空运输的设施主要包括航空港、飞行器和航空设施。飞机在空中飞行没有有形的线路，需要根据空中管制系统的指令在一定的空中走廊内飞行。空中管制系统一般是由国家拥有，航空港通常也由政府投资，航空公司使用这些设施需缴纳使用费。

传统的民航服务以客运为主，货运服务只是一种副产品。但在近年来航空货运发展迅猛，已经成为国际贸易运输的重要方式。据测算，航空货运虽然到目前为止只占全球贸易运量的2%，但由于航空运输的货运多高价值商品，因此运输的货物总值超过全球贸易货运总值的40%。

（一）航空运输的优点

航空货运虽然起步较晚，但发展异常迅速，特别是受到现代化企业管理者的青睐，原因之一就在于它具有其他运输方式所不能比拟的优越性。概括起来，航空货物运输的主要优点有：

(1) 高速直达运输。航空运输的运输速度远远快于其他运输方式，到目前为止，飞机仍然是最快捷的交通工具，常见的喷气式飞机的飞行速度大都在每小时600～900公里，而且两点之间的航空运输通常取最短的路径，所以能实现两点间的高速直达运输，从而大大缩短了货物在途时间。对于那些易腐烂、变质的鲜活商品；时效性、季节性强的报刊、节令性商品；抢险、救急品的运输，这一特点显得尤为突出。快速加上全球密集的航空运输网络才有可能使我们从前可望而不可即的鲜活商品开辟远距离市场，使消费者享有更多的利益。

(2) 受地面条件影响小，空间跨度大。航空运输利用天空这一自然通道，不受地理条件的限制。对于地面条件恶劣、交通不便的内陆地区非常适合，有利于当地资源的出口，促进当地经济的发展。航空运输使本地与世界相连，对外的辐射面广。例如，常见的跨洋、跨海运输，即使是陆地运输也可以到达的地区，航空运输与公路运输和铁路运输相比，占用土地较少，对于寸土寸金、地域狭小的地区发展对外交通也是十分适合的。

(3) 安全性高。按单位货运周转量或单位飞行时间损失率统计，航空运输的安全性比其他任何运输方式都高。2004年，我国各航空公司共执行航班1188419架次，仅发生重大事故3起，旅客死亡50人，每万次飞行的事故率在1.9%，每万小时的事故率在1.2%，相对于每年公路上数以万计的伤亡事故，航空运输被认为最安全的运输方式之一。虽然美国"9·11"恐怖袭击对人们的心理冲击较大，但直至目前为止，航空运输仍然被认为是最为安全的运输方式。航空运输公司的运输管理制度也比较完善，货物的破损率较低，如果采用空运集装箱的方式运送货物则更安全。所以，航空运输也往往成为易碎品长距离运输的重要方式。

(4) 节约包装、保险、利息等费用。与其他运输方式相比，航空运输的包装简单，包装成本减少。航空货物运输安全准确，货损、货差少，保险费用较低。采用航空运输方式，货物在途时间短，周转速度快，企业存货可以相应地减少。一方面有利于企业资金的回收，减少利息支出；另一方面也可以降低企业的仓储费用。

（二）航空运输的缺点

(1) 载运量小。航空运输不能承运大型、大批量的货物，只能承运小批量、体积较小的货物。此外，还要考虑物品的有效折叠、飞机平衡等因素，导致实际装运空间较小。

(2) 运输成本高。由于飞机的造价高，航空燃油消耗大，因此航空运输是所有运输方式中最昂贵的一种运输方式，航空运输成本是公路或海运成本的数倍到数十倍的代价。

(3) 受天气条件影响较大。航空运输受恶劣天气影响较大，在大雾、雷雨等天气条件下，航空运输经常发生延误甚至取消航班。有时地面天气较好，但上空天气却达不到飞行标准。

(4) 可达性差。通常情况下，航空运输难以实现"门到门"的运输，必须借助其他运输工具(主要为汽车)转运才能实现"门到门"的运输。

五、公路运输

公路运输(Road Transport)所使用的设施包括公路、公路车站和行驶在公路上的车辆。由于公路的投资和保养成本较高，各国的公路建设主要由政府负责，通过收取燃油税或养路费等收回投资，而车站和车辆则通常由运输公司自行建设和购买。

(一) 公路运输的优点

(1) 公路覆盖面广。公路网的密度居于各种运输方式的首位，同时公路运输的适应能力较强，几乎可以在各种路面进行运输，因此，利用公路运输几乎可以将货物运输到任何地点。

(2) 公路运输具有直达性，有"门到门"的特点。汽车运输的直达性可转换为三个效益，即：距离差效益，主要指汽车运输可以抄近路，而使运距少于铁路和水运；时间差效益，指公路运输的送达速度比铁路、水运速度快而带来的经济效益；质量差效益，主要表现为汽车直达运输只要一装一卸，货物损伤少，而铁路运输通常需要多次装卸，货物损伤要大得多。

(3) 公路运输机动灵活。灵活性强，这是公路运输的最大优势之一。公路运输以一人一车为基本特点，体形小，操作方便，又无须铁路那样的专门轨道，对各种自然条件有较强的适应性，机动灵活，农村运输、城市内部运输、城乡联系、铁路和水运港、旅客和货物的集散、日用百货和鲜货的定期运输，主要由汽车承担。总之，高密度的公路运输网络，加上汽车的较强通过能力和相对较小的单位运量，使得公路运输在绝大多数情况下都可以实现从托运人到收货人的"门到门"运输。

(4) 投资小，效益高。修建公路的材料和技术较容易解决，易在全社会广泛发展；而且，建设周期短，经济效益高。一般公路运输的投资每年可以周转1～2次，而铁路运输3～4年才周转一次。

(5) 快捷精确。与铁路运输和航空运输不同，公路运输免去了运输工具的转换和其中不必要的停留，因此，公路运输可以直接实现"门到门"的运输，进而可以更加精确地控制运输时间。

(二) 公路运输的缺点

(1) 运输能力偏小。与铁路运输和水运相比，公路运输的运载能力明显处于劣势，不适合重型和大型的货物运输。一般地，一辆普通载货汽车每次只能运送5吨货物，长途客车一般只能运送50位旅客，仅相当于一列普通铁路客车的1/36～1/30。

(2) 运输能耗较高。汽车运输能耗分别是铁路运输能耗的10.6～15.1倍，沿海运输能耗的11.2～15.9倍，内河运输能耗的13.5～19.1倍，管道运输能耗的4.8～6.9倍，但比航空运输能耗低，只有航空运输能耗的6%～8.7%。

(3) 运输成本高。公路运输工具的运载能力偏低使得公路运输的单位货物运费较高。公路运输成本分别是铁路运输成本的11.1～17.5倍，沿海运输成本的27.7～43.6倍，管道运输成本的13.7～21.5倍，但比航空运输成本低，只有航空运输成本的6.1%～9.6%。

(4) 劳动生产率低。公路运输的劳动生产率只有铁路运输的10.6%，是沿海运输的1.5%，是内河运输的7.5%，但比民航运输劳动生产率高，是民航运输的3倍。

(5) 安全性差。虽然公路运输拥有密度最高的公路网，但是公路交通仍在日益拥挤，公路交通事故的发生率远高于其他运输方式。

由于汽车体积小，无法运送大件物资，不适宜运输大宗和长距离货物，而且公路建设占地较多，随着人口的增长，占地多的矛盾将表现得更为突出。因此，公路运输适用于内陆地区近距离的独立运输，一般50～200公里以内的中、短途运输适宜使用公路运输。不过，由于高速公路的广泛修建，公路运输将会逐渐形成从短途运输到短、中、长途运输并举的格局。此外，公路运输可以补充和衔接其他运输方式，公路运输适合于完成其他运输方式到达不了的地区的运输任务，如铁路、水路、航空运输方式担负主要运输，由汽车担负起点和终点处的短途集散运输；公路运输可以深入山区及偏僻的农村进行旅客和货物运输；在远离铁路的区域从事干线运输。

六、内河运输

内河运输(Inland Water Transport)是指使用船舶通过国际内江湖河川等天然或人工水道，运送货物和旅客的一种运输方式。它是水上运输的一个组成部分，是内陆腹地和沿海地区的纽带，也是边疆地区与邻国边境河流的连接线，在现代化的运输中起着重要的辅助作用。

内河航运是现代综合运输体系中重要组成部分，是水资源合理开发和综合利用的主要内容之一。与铁路、公路相比，内河航运存在着速度慢、时效性不强的弱点，但内河运输业具有投资少、运力大、成本低、能耗低的优势。对于那些运送没有时效性要求的大宗货物和集装箱货物，尤其是需要量稳定，连续发送就能满足其需要，且价格不高，运输费用占整个售价较大比例的大宗货物，内河航运具有明显的优势。

内河运输早期在我国南方就存在，主要用于"盐"、"茶叶"、"丝绸"的货物运输。近几年，西北欧内河运输发展迅速，特别是荷兰，欧洲内河船队有一半是荷兰籍的。在荷兰，超过一半的货物和40%的集装箱使用内河水运。干货船运输最为普遍，但近年来邮轮和集装箱船增长较快。目前西北欧地区有超过50个内河集装箱码头在运营，其中荷兰、德国各20个，还有新的内河集装箱码头不断开工建设。所有码头都开设了内河集装箱定期班轮服务。欧洲正在逐步建立内河集装箱班轮运输网，密集的集装箱水运网络可以提供到西北欧全部地区的运输服务，今后这个网络甚至要发展为涵盖50公里以内的极短距离的运输线路。

七、管道运输

管道运输(Conduit Transport)是一种新型的运输方式，它是随着石油的生产和运输而发展起来的一种特殊的货运方式，其设施仅包括管道线路和管道两端的气泵站。采用管道运输，货物凭借高压气泵的压力在管道内移动，到达目的地。目前，管道主要有三种：液体管道(主要运送石油及其制品)、气体管道(主要运送天然气)、浆质管道(运送煤浆)。

（一）管道运输的优点

(1) 运输量大。一条油管线可以源源不断地运送油料，根据其管径的大小不同，每年的运输量可达数百万吨到几千万吨，甚至超过亿吨。

(2) 能耗小，成本低。由于管道运输采用密封设备，在运输过程中可避免散失、丢失等损失，也不存在其他运输设备在运输过程中消耗动力所形成的无效运输问题。所以，在各种运输方式中，管道运输能耗最小，每吨・公里的能耗不足铁路运输的1/7。此外，管道运输的运输工具就是其运输通道本身，是固定不动的，因此在运输中不会产生回空问题，节省了运输成本。

(3) 节省包装费用。管道运输是运输通道与运输工具合二为一的一种运输方式，货物在运输过程中直接导入管道进行运输，因而不需要进行包装，节省了包装费用。

(4) 不受地面条件影响。管道运输是通过封闭的管道进行运输的，因此不会受到地面条件的影响，也不会受到天气状况的影响。从而确保了运输系统长期稳定地运行，使送达货物的可靠性大大提高。

(5) 安全性好，连续性强。由于石油天然气易燃、易爆、易挥发、易泄漏，故采用管道运输，不仅安全可靠，减少货损，又可避免对空气、水源、环境的污染，能较好地满足运输对绿色环保的要求。运输管道建成以后，货物只需在工作人员的监控下进行运输，而不需要工作人员直接参与运输活动，因此可以连续作业。

（二）管道运输的缺点

(1) 运输货种单一。管道运输的主要货物是原油、天然气等液体和气体货物，虽然现在已经可以运送一些固体货物了，但总的来说货物种类还是比较单一。

(2) 灵活性差。管道运输单向运输的特性使得管道运输不存在回空问题，但是只能单向运输使得管道运输灵活性差，经常不能通过一条运输管道满足货主的需求。

(3) 固定投资大。管道的铺设需要数额很大的一笔固定投资。

管道运输适合于单向、定点、量大的流体状且连续不断货物（如石油、油气、煤浆、某些化学制品原料）的运输；另外，在管道中利用容器包装运送固态货物（如粮食、砂石、邮件等）也具有良好的发展前景。

中国石化原油管道运输量近1.5亿吨

截至“十一五”期末，西至新疆、东抵舟山群岛、北达曹妃甸、南临雷州半岛，中国石化在役原油管道已达到6 710公里，已分布16个省（直辖市），在东部沿海、沿江、沿黄和环渤海地区，建设了甬沪宁进口原油、仪长原油管道和华北管网。11座大型原油码头镶嵌在渤海、黄海、东海、南海之滨，建设的国家储备基地、商业储备库、生产中转库等相继落成投用。

2010年12月19日，中国石化原油管道运输量达到近1.5亿吨，加工原油3/4以上实现了管道运输。

目前，中国石化已有95%以上的主力炼厂与长输管道相连接，原油进厂已基本实现管道化。

（资料来源：中国管道商务网，2010-12-20）

八、邮包运输

邮包运输(Parcel Post Transport)是一种简便的运输方式,具有“门到门”的特点。卖方只需按规定的时间将商品包裹送交邮局,付清邮资并取回收据,就完成了交货义务,邮件到达目的地后,收件只可凭邮局到件通知提取。邮包运输一般适合于量轻体小的货物,邮件一般不能超过20千克,长度不能超过1米。从各国的普遍情况来看,邮包运输由国家邮政部门负责,通过万国邮政联盟(Universal Postal Union,UPU)实现国际邮路的连接。

万国邮政联盟简称“万国邮联”或“邮联”,它是商定国际邮政事务的政府间国际组织,其前身是1874年10月9日成立的“邮政总联盟”,1878年改为现名。万国邮联自1948年7月1日起成为联合国一个关于国际邮政事务的专门机构,总部设在瑞士首都伯尔尼,宗旨是促进、组织和改善国际邮政业务,并向成员提供可能的邮政技术援助。中国(时为中华民国)于1914年加入该联盟,由于台湾(代表中华民国)占据了席位,中华人民共和国1953年与该联盟断绝往来。1972年4月在万国邮政联盟承认中华人民共和国为该组织的唯一合法代表后,与该组织关系开始正常。

九、集装箱运输

集装箱运输(Container Transport)是指以集装箱这种大型容器为载体,将货物集合组装成集装单元,以便在现代流通领域运用大型装卸机械和大型载运车辆进行装卸、搬运作业和完成运输任务,从而更好地实现货物“门到门”运输的一种新型、高效率和高效益的运输方式。

集装箱运输具有以下特点。

(1) 高效率和高效益。集装箱运输完全改变了传统运输方式的装卸环节多、劳动强度大、装卸效率低、船舶周转慢等缺点。集装箱运输的高效率和高效益体现在以下几方面。

① 简化包装,节约包装费用。为避免货物在运输途中受到损坏,必须有坚固的包装,而集装箱具有坚固、密封的特点,其本身就是一种极好的包装。采用集装箱运输可以简化商品包装,有的甚至无须包装,可大大节约包装费用。

② 减少货损、货差,提高货运质量。由于集装箱是一个坚固密封的箱体,集装箱本身就是一个坚固的包装。货物装箱并铅封后,途中无须拆箱倒载,一票到底,即使经过长途运输或多次换装,也不易损坏箱内货物。此外,集装箱运输还可减少被盗、潮湿、污损等引起的货损和货差,深受货主和船公司的欢迎,并且由于货损货差率的降低,减少了社会财富的浪费,也具有很大的社会效益。

③ 减少营运费用,降低运输成本。普通货船装卸,一般每小时为35t,而集装箱装卸,每小时可达400t左右,装卸效率大幅度提高。同时,由于集装箱装卸机械化程度很高,因而每班组所需装卸工人数很少,平均每个工人的劳动生产率大大提高。此外,集装箱的装卸基本上不受恶劣天气的影响,且装卸效率高,装卸时间缩短,因而,船舶在港停留时间大大缩短,因而船舶航次时间缩短,船舶周转加快,航行率大大提高,船舶生产效率随之提高,从而,提高了船舶运输能力,在不增加船舶艘数的情况下,可完成更多的运量,增加船公司收入,这样高效率导致高效益。对于集装箱港口而言,可以提高泊位通过能力,从而提高吞吐量,增加港口收入。

(2) 高投资。集装箱运输虽然是一种高效率的运输方式，但是它同时又是一种资本密集型行业。

① 船公司必须对船舶和集装箱进行巨额投资。根据有关资料表明，集装箱船每立方英尺的造价约为普通货船的3.7～4倍。开展集装箱运输所需的高额投资，使得船公司的总成本中固定成本占有相当大的比例，高达2/3以上。

② 集装箱运输中的港口投资也相当大。集装箱泊位的码头设施包括码头岸线和前沿、货场、货运站、维修车间、控制塔、门房，以及集装箱装卸机械等，都是专用的，不同于普通的船舶泊位设施，耗资巨大。

③ 为开展集装箱多式联运，还需有相应的内陆中转站及内陆货运站等，为了配套建设，需要兴建、扩建、改造、更新现有的公路、铁路、桥梁、涵洞等，这方面的投资更是惊人。可见，没有足够的资金开展集装箱运输，实现集装箱化是困难的，必须根据国力量力而行，最后实现集装箱化。

(3) 高协作的运输方式。集装箱运输涉及面广、环节多、影响大，是一个复杂的运输系统工程。集装箱运输系统包括海运、陆运、空运、港口、货运站以及与集装箱运输有关的海关、商检、船舶代理公司、货运代理公司等单位和部门。如果互相配合不当，就会影响整个运输系统功能的发挥，如果某一环节失误，必将影响全局，甚至导致运输生产停顿和中断。因此，要求搞好整个运输系统各环节、各部门之间的协作。

(4) 适于组织多式联运。由于集装箱运输在不同运输方式之间换装时，无须搬运箱内货物而只需换装集装箱，这就提高了换装作业效率，适于不同运输方式之间的联合运输。在换装转运时，海关及有关监管单位只需加封或验封转关放行，从而提高了运输效率。此外，由于国际集装箱运输与多式联运是一个资金密集、技术密集及管理要求很高的行业，是一个复杂的运输系统工程，这就要求管理人员、技术人员、业务人员等具有较高的素质，才能胜任工作，才能充分发挥国际集装箱运输的优越性。

我国在相当长的时间内，沿海地区仍将是集装箱的主要货源地，现已规划和在建的18个集装箱中心站，沿海各省占了8个，它们是北京、上海、天津、广州、深圳、宁波、青岛、大连。在这些省区内，因为有充足的货源，比较适合发展中心式的多式联运网络，同时近海运输也是要重点开拓的业务模式。在内陆地区的10个中心站中，重庆和武汉仍将以长江水运作为主要的运输方式，其余的8个中心站分别是成都、西安、沈阳、乌鲁木齐、兰州、昆明、郑州、哈尔滨。

十、国际多式联运

国际多式联运(International Multimodal Transport)简称多式联运，是在集装箱运输的基础上产生和发展起来的，是指按照多式联运合同，以至少两种不同的运输方式，由多式联运经营人将货物从一个国境内的接管地点运至另一个国境内指定交付地点的货物运输。国际多式联运适用于水路、公路、铁路和航空多种运输方式。在国际贸易中，由于85%～90%的货物是通过海运完成的，故海运在国际多式联运中占据主导地位。

(一) 国际多式联运的优点

国际多式联运是今后国际运输发展的方向，这是因为，开展国际集装箱多式联运具有许多优越性，主要表现在以下几个方面。

(1) 简化托运、结算及理赔手续,节省人力、物力和有关费用。在国际多式联运方式下,无论货物运输距离有多远,由几种运输方式共同完成,且不论运输途中货物经过多少次转换,所有一切运输事项均由多式联运经营人负责办理。而托运人只需办理一次托运,订立一份运输合同,一次支付费用,一次保险,从而省去托运人办理托运手续的许多不便。同时,由于多式联运采用一份货运单证[必须使用全程多式联运单据(Multimodal Transport Documents,M. T. D.),我国现在使用的是联合运输提单(Combinecl transport B/L,C. T. B/L)],该单据既是物权凭证,也是有价证券,统一计费,因而也可简化制单和结算手续,节省人力和物力。此外,一旦运输过程中发生货损货差,由多式联运经营人对全程运输负责,从而也可简化理赔手续,减少理赔费用。

(2) 缩短货物运输时间,减少库存,降低货损货差事故,提高货运质量。在国际多式联运方式下,各个运输环节和各种运输工具之间配合密切,衔接紧凑,货物所到之处中转迅速及时,大大减少货物的在途停留时间,从而可从根本上保证货物安全、迅速、准确、及时地运抵目的地,因而也相应地降低货物的库存量和库存成本。同时,多式联运系通过集装箱为运输单元进行直达运输,尽管货运途中须经多次转换,但由于使用专业机械装卸,且不涉及槽内货物,因而货损货差事故大为减少,从而在很大程度上提高了货物的运输质量。

(3) 降低运输成本,节省各种支出。由于多式联运可实行"门到门"运输,因此对货主来说,在货物交由第一承运人以后即可取得货运单证,并据以结汇,从而提前结汇时间,这不仅有利于加速货物占用资金的周转,而且可以减少利息的支出。此外,由于货物是在集装箱内进行运输的,因此从某种意义上来看,可相应地节省货物的包装理货和保险等费用的支出。

(4) 提高运输管理水平,实现运输合理化。对于区段运输而言,由于各种运输方式的经营人各自为政,自成体系,因而其经营业务范围受到限制,货运量相应也有限。而一旦由不同的运营人共同参与多式联运,经营的范围可以大大扩展,同时可以最大限度地发挥其现有设备作用,选择最佳运输线路,组织合理化运输。

(5) 其他作用。从政府的角度来看,发展国际多式联运有利于加强政府部门对整个货物运输链的监督与管理;保证本国在整个货物运输过程中获得较大的运费收入比例;有助于引进新的先进运输技术;减少外汇支出;改善本国基础设施的利用状况;通过国家的宏观调控与指导职能,保证使用对环境破坏最小的运输方式,达到保护本国生态环境的目的。

(二) 国际多式联运与一般国际货物运输的区别

实践中,国际多式联运极少由一个经营人承担全部运输,往往是接受货主的委托后,联运经营人自己办理一部分运输工作,而将其余各段的运输工作再委托给其他的承运人。但这又不同于单一的运输方式,这些接受多式联运经营人转托的承运人,只是依照运输合同关系对联运经营人负责,与货主不发生任何业务关系。因此,多式联运经营人可以是实际承运人,也可是"无船承运人"(Non-Vessel Operating Carrier,NVOC)。国际多式联运与一般国际货物运输的主要不同点有以下几个方面。

(1) 货运单证的内容与制作方法不同。

国际多式联运大都为"门到门"运输,故货物于装船或装车或装机后应同时由实际承运人签发提单或运单，多式联运经营人签发多式联运提单，这是多式联运与任何一种单一的国际货运方式的根本不同之处。多式联运提单上除列明装货港、卸货港外，还要列明收货地、交货地或最终目的地的名称以及第一程运输工具的名称、航次或车次等。

(2) 多式联运提单的适用性与可转让性与一般海运提单不同。

一般海运提单只适用于海运，从这个意义上说多式联运提单只有在海运与其他运输方式结合时才适用，但现在它也适用于除海运以外的其他两种或两种以上的不同运输方式的连贯的跨国运输(国外采用"国际多式联运单据"就可避免概念上的混淆)。多式联运提单把海运提单的可转让性与其他运输方式下运单的不可转让性合二为一，因此，多式联运经营人根据托运人的要求既可签发可转让的也可签发不可转让的多式联运提单。如属前者，收货人一栏应采用指示抬头；如属后者，收货人一栏应具体列明收货人名称，并在提单上注明不可转让。

(3) 信用证上的条款不同。

根据多式联运的需要，信用证上的条款应有以下三点变动：

①向银行议付时不能使用船公司签发的已装船清洁提单，而应凭多式联运经营人签发的多式联运提单，同时还应注明该提单的抬头如何制作，以明确可否转让。②多式联运一般采用集装箱运输(特殊情况除外，如在对外工程承包下运出机械设备则不一定采用集装箱)，因此，应在信用证上增加指定采用集装箱运输条款。③如不由银行转单，改由托运人或发货人或多式联运经营人直接寄单，以便收货人或代理能尽早取得货运单证，加快在目的港(地)提货的速度，则应在信用证上加列"装船单据由发货人或由多式联运经营人直寄收货人或其代理"之条款。如由多式联运经营人寄单，发货人出于议付结汇的需要应由多式联运经营人出具一份"收到货运单据并已寄出"的证明。

(4) 海关验放的手续不同。

一般国际货物运输的交货地点大都在装货港，目的地大都在卸货港，因而办理报关和通关的手续都是在货物进出境的港口。而国际多式联运货物的起运地大都在内陆城市，因此，内陆海关只对货物办理转关监管手续，由出境地的海关进行查验放行。进口货物的最终目的地如为内陆城市，进境港口的海关一般不进行查验，只办理转关监管手续，待货物到达最终目的地时由当地海关查验放行。

2004 年我国各种货物运输方式的使用情况

2004 年，我国各种运输方式中，如果按运量计算，公路运输是最易频繁使用的货运方式，占总运量的 73%；其次，是铁路和水路运输，分别占总运量的 15%和 11%；而航空运输由于运输能力有限，且运价偏高，使用较少；管道运输由于服务的专属性比较强，完成的货运量也比较少。如果按货运周转量计算，水路运输和铁路运输分别达到总货运周转量的 60%和 28%，它们通常被用于完成远距离运输任务，特别是水运，主要是以远洋运输为主，2004 年水运周转量的 77.9%、货运量的 21.1%都是远洋运输。图 15-1 总结了国际货物运输的方式。

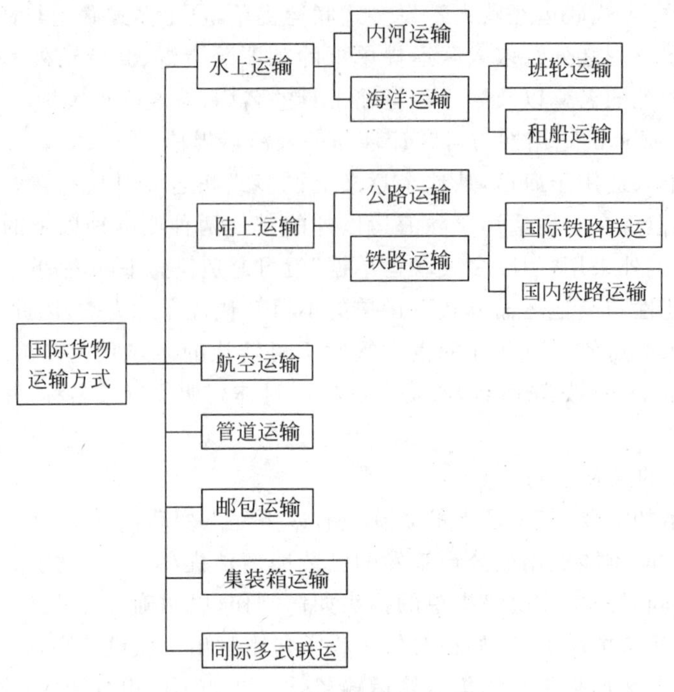

图 15-1 国际货物运输方式

第二节 进出口合同中的装运条款

国际货物买卖合同中的装运条款通常包括运输方式、装运时间、装运港(地)和目的港(地),这是最基本的条件,此外,分批装运和转运、装运通知、滞期和速遣条款、运输单据等内容因运输方式的不同会有所差异。本章第一节介绍了国际货物的运输方式,这里重点对装运条款的其他内容进行阐述。

一、装运时间

装运时间(Time of Shipment),又称装运期,是买卖合同的主要交易条件之一,卖方必须严格按照规定时间装运货物,如果提前或延迟,均构成违约,买方有权拒收货物、解除合同,同时提出损害赔偿要求。在 FOB、CIF、CFR、FCA、CIP 和 CPT 等贸易术语签订的买卖合同中,卖方在装运港或装运地将货物装上船只或交付给承运人监管,就算完成交货义务。因此,按照上述贸易术语订立的合同,交货和装运的概念是一致的。但是,当采用 D 组贸易术语,如 DES(目的港船上交货)等达成交易时,交货时间是指货物运到目的港交给买方的时间,装运时间是指卖方在装运港将货物装上船或其他运输工具的时间。所以,按照 D 组贸易术语成交的合同,交货和装运是两类完全不同的概念。因此,在签订合同时,要注意不要将二者混淆,以免引起不必要的纠纷。

随着国际贸易和运输方式的发展,国际惯例对装运时间的最新解释是:装船(Loading on Board Vessel)、发运(Dispatch)、收妥待运(Accepted for Carriage)、邮局收据日期(Date of Post Receipt)、收货日期(Date of Pick-up)以及在多式联运方式下承运人的接受监督

(Taking in Charge)均可理解为装运日期。

目前常用的装运时间有以下几种规定方法。

(1) 明确规定具体装运时间。明确规定具体的期限,如“Shipment during March 2008(2008年3月装运)”,或规定跨月、跨季度装运,如“Shipment during March/April/May 2009(2009年3/4/5月装运)”,或者“Shipment not later than July 31st 2010(不迟于2010年7月31日装运)”。这种规定,卖方可有一定时间进行备货和安排运输,因此,在国际贸易中应用较广。

(2) 规定在收到信用证后一定时间内装运。如规定“Shipment within 30 days after receipt of L/C(收到信用证后30天装运)”。对某些外汇管制较严的国家和地区,或专为买方制造的特定商品,为了防止买方不按时履行合同而造成损失,可采用这种规定方法。不过须同时订立“买方必须不迟于某月某日将信用证开到卖方”。

(3) 笼统规定近期装运。这种规定方法不规定具体期限,只是用“立即装运”、“尽速装运(Shipment as soon as possible)”等词语表示。由于这类词语在国际上无统一解释,为了避免不必要的纠纷,应尽量避免使用。

总之,装运时间的规定应明确具体,同时注意货源和运输情况,如雨季一般不易装运烟叶,夏季一般不易装运沥青、易腐性肉类及橡胶等;应注意船货衔接的问题,以免造成有货无船或有船无货的局面。

二、装运港和目的港

装运港(地)是指货物起始装运的港口,装运港一般由出口方提出,经进口方同意后确定。目的港是货物最后卸货的港口,目的港则由进口方提出,经出口方同意后确定。装运港和目的港(Port of Shipping & Port of Destination)可分别规定一个,如“Port of shipment: Shanghai”,“Port of Destination: Singapore”,也可分别规定两个或两个以上,如“Port of shipment: shanghai/Qingdao/Dalian”。在确定唯一一个或几个有困难时还可以规定选择港,例如“地中海主要港口”,即最后交货则选择地中海的一个主要港口为目的港。例如,“CIF London, Optional Hamburg/Rotterdam(CIF 伦敦,选择港汉堡或鹿特丹)”或者“CIF London/Hamburg/Rotterdam(CIF 伦敦/汉堡/鹿特丹)”。

在规定装运港和目的港时应注意:装运港或目的港的规定应力求明确具体,不要笼统规定;不接受内陆城市为装运港或目的港;应注意装卸港的具体条件,如装卸条件、运输条件、规章制度等;应注意国外港口有无重名问题,如维多利亚港有12个之多;选择港口不宜过多,并在一条航线上等。

三、分批装运和转运

分批装运又称分期装运(Shipment by Installment),是指一个合同项下的货物分若干期或若干次装运。在实际业务中,凡成交数量大,或受运输、市场销售、资金等条件的限制,都可在买卖合同中规定分批装运条款。根据国际商会《跟单信用证统一惯例》(UCP600)规定,以下两种情况不视为分批装运。

(1) 表明经由同一运输工具并经由同次航程运输的数套运输单据在同一次提交时,只要显示相同的目的地,将不视为部分发运,即使运输单据上标明的发运日期不同或装货港、接管地或发运地点不同。

(2) 含有一份以上快递单据、邮局收据或投邮证明的交单，如果单据看似由同一块地区邮政机构在同一地点和日期加戳或签字并且表明同一目的地，将不视为分批装运。

UCP600 还规定："如信用证规定在指定的时期内分期支款及/或分期装运，任何一期未按信用证所规定期限支款/或装运时，信用证对该期及以后各期均告失效。"对这类条款受益人应严格遵守，必须按信用证规定的时间装运货物。

转运是指货物无直达船舶或者一时无合适的船舶运输，而需要中途港转运，即转运是指货物从装运港或发货地到目的港或目的地的运输过程中，从一种运输工具卸下，再装上同一运输方式的另一种运输工具；或在不同运输方式的情况下，从一种方式的运输工具卸下，再装上另一种方式的运输工具的行为。根据 UCP600 规定，除非信用证有相反的规定，可准许转运。

分批装运和转运(Partial Shipment and Transshipment)直接关系到买卖双方的利益，因此，是否允许分批装运和转船对卖方较为主动，除非买方坚持不允许分批装运与转船，一般应在合同中加一条允许分批装运与转船的条款。在实践中，买卖合同中分批装运和转运条款一般有以下三种情况：其一，允许分批但不允许转船；其二，允许分批及允许转船；其三，允许转船但不允许分批。

下面是一些买卖合同中转运条款的示例：

- 2008 年 10/11/12 月份装运，允许分批和转运；
- 2007 年 3/4 月份分两次装运，禁止转运；
- 2007 年 3/4 月份分两次平均装运，禁止转运；
- 2007 年 3/4 月份分两次每月平均装运，由香港转运；
- 2007 年 3/4/5 月份每月平均装运；
- 2007 年 5 月份装运，由伦敦至上海。卖方应在装运月份前 45 天将备妥货物可供装船的时间通知买方。允许分批装运和转船。

四、装运通知

按照国际贸易的习惯做法，如使用 FOB、CFR、CIF 术语签订的国际贸易合同，买方应在货物装船后，按约定的时间(一般在装船后 3 天内)，发送装运通知(Shipment Advice)给买方或其指定的人，从而方便买方办理保险和安排接货，准备进口报关手续等事宜。如使用 FCA、CPT、CIP 术语签订贸易合同，卖方应在把货物交付承运人接管后将交付货物的具体情况及交付的日期电告对方。如卖方未及时发送上述装运通知给买方而使其不能及时办理保险或接货，卖方就应负责赔偿买方由此而引起的一切损害及/或损失。

装运通知的内容通常包括合同、货物名称、装运数量、重量、发票金额、船名、装船日期等。

五、装卸时间和装卸率

在航次租船合同下，船舶的时间损失是由船东承担的，因此，船东总是期望尽量缩短每个航次的时间，以便提高船舶的营运效率。因此，装卸时间和装卸率(Lay Time & Loading/Discharging Rate)就自然成为装运合同中的重要内容。

装卸时间是指允许完成装卸任务所约定的时间。常见的装卸时间的规定方法有下列几种。

(1) 规定装卸货物的天数或小时数。当装卸时间以"日"计算时,对"日"的理解在合同中应加以说明。在航运业务中,"日"的算法有:日历"日"和"日",即1天24小时为1日。因此,在实践中,对天数的规定有以下几种。

① 日或连续日(Days or Running Days):此处的"日"是指此日午夜至下1日午夜连续24小时,即自然日长度,时钟走1小时就算1小时,走24小时算做1日,不做任何扣除。这种方式对负责装卸的一方不利。

② 累计24小时好天气工作日(Weather Working Days of 24 Hours):此处的1"日"为好天气情况下(不影响货物正常装卸作业的天气就算好天气),累计24小时作业为1个好天气工作日。工作日是指除去星期日和法定假日之外的时间。因此,如果遇到不能作业的坏天气,或港口习惯工作日每天作业8小时,则此处1"日"可跨几个自然日。此时对承担装卸责任的一方有利。

③ 连续24小时好天气工作日(Weather Working Days of Consecutive Hours):此时,除坏天气不能工作需要扣除外,以连续作业24小时计1日。该方法适用于昼夜作业的港口,我国及世界上大部分国家均采用这种方法。

(2) 规定每天装卸货物的数量。装卸率是指每天卸货的数量,就一批货物而言,装卸时间与装卸率成反比例关系。采用这种做法时,在合同中签订一个装卸率,如规定每天装货或卸货若干吨、规定每日每舱口装货和卸货若干吨等。装卸率应当合理,过高或过低都不宜采用。

(3) 按港口习惯速度尽快装卸。这一做法的依据是双方长期形成的习惯做法,否则,不宜采用。

在计算装卸时间时,还会牵涉到许多细节问题,如星期日或节假日是否计入装卸时间,装卸时间能否合并计算等,这些细节最好在合同中一并说明,以免发生争议。

六、滞期费和速遣费

滞期费(Demurrage Money)是指在规定的装卸期限内,租船人未完成装卸作业,给船方造成经济损失,租船人对超过的时间向船方支付一定的罚金。滞期费按船舶滞期时间乘以合同规定的滞期费率计算,滞期时间等于实际使用的装卸时间与合同规定的装卸时间之差。

速遣费(Dispatch Money)是指在规定的装卸期限内,租船人提前完成装卸作业,使船方节省了在港开支,船方向租船人支付一定的奖金。速遣费按船舶速遣时间乘以合同规定的速遣费率计算。按惯例,速遣费率一般为滞期费率的一半。

滞期、速遣条款的规定要与租船合同规定的内容协调起来,避免出现一面支付滞期费,另一方面又要支付速遣费的矛盾局面。

发装运通知

罗宾逊先生:

感谢你方2010年11月1日催装圣诞蜡烛的信函。关于380号合同,我们高兴地通知你方,货物已于2010年10月25日装运,详情如下。

你方信用证号码:A436

商品名称:圣诞蜡烛

数量:货号201,500箱;货号301,500箱;共计1 000箱

包装:货号201,200根/箱;货号301,100根/箱

毛重:19 810千克

净重:18 810千克

体积:55 234立方米

船名:"东风"轮085航次

开航日:2010年10月25日

装运港:中国上海

目的港:加拿大温哥华

预计抵达时间:2010年11月15日

运输标志:

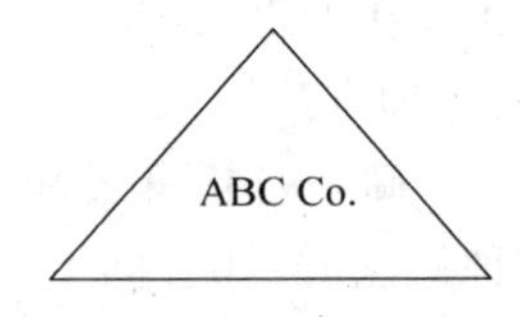

Vancouver,Canada
No.1-1000
Made in China

现随函附寄一套副本装运单据供你方参考。我方相信货物将完好无损地抵达你方港口。盼望明年这个时候再次收到你方的订单。

谨上

第三节 国际货物运输单据

运输单据是承运人收到承运货物签发给出口商的证明文件,它是交接货物、处理索赔与理赔以及向银行结算货款或进行议付的重要单证。在国际货物运输中,运输单据的种类很多,其中常见的有海运提单、铁路运单、航空运单、邮包收据和多式联运单据等。

一、海运提单

海运提单(Bill of Lading,B/L)是船方或其代理人在收到承运的货物时签发给托运人的货物收据,也是承运人与托运人之间的运输契约的证明,法律上它具有物权证书的效用。收货人在目的港提取货物时,必须出示并提交正本提单。

(一)海运提单的性质和作用

海运提单的性质和作用可以概括为以下4个方面。

1. 货物收据

海运提单是承运人或其代理人签发的货物收据(Receipt for the Goods),证明承运人已

经收到或接管提单上所列的货物。不仅对已装船货物,承运人负有签发提单的义务,而且根据托运人的要求,即使货物尚未装船,只要货物已在承运人掌管之下,承运人也有签发一种被称为"收货待运提单"的义务。所以,提单一经承运人签发,即表明承运人已将货物装上船或已确认接管。

提单作为货物收据,不仅证明收到货物的种类、数量、标志、外表状况,而且还证明收到货物的时间,即货物装船的时间。本来,签发提单时只要能证明已收到货物和货物的状况即可,并不一定要求已将货物装船。但是,将货物装船象征卖方将货物交付给买方,于是装船时间也就意味着卖方的交货时间。而按时交货是履行合同的必要条件,因此,用提单来证明货物的装船时间是非常重要的。

2. 物权凭证

海运提单是一种货物所有权的凭证(Document of Title),在法律上具有物权证书的作用,船货抵达目的港后,承运人应向提单的合法持有人交付货物。提单可以通过背书转让,从而转让货物的所有权。提单被连续背书就可以连续转让。提单所代表的物权可以随提单的转移而转移,提单中所规定的权利和义务也随着提单的转移而转移。即使货物在运输过程中遭受损坏或灭失,也因货物的风险已随提单的转移而由卖方转移给买方,只能由买方向承运人提出赔偿要求。

3. 运输契约的证明

海运提单是承运人与托运人之间订立的运输契约的证明(Evidence of the Contract)。提单条款明确规定了承运人和托运人之间的权利、责任与豁免,一旦发生争议,双方据此进行解决。在实践中,常被人们认为提单就是运输合同。但按照严格的法律概念,提单并不具备经济合同应具备的基本条件:它不是双方意思表示一致的产物,约束承运人与托运人双方的提单条款是承运人单方拟定的。它履行在前,而签发在后,早在签发提单之前,承运人就开始了托运货物和将货物装船的有关货物运输的各项工作。所以,与其说提单本身就是运输合同,还不如说提单只是运输合同的证明更为合理。

4. 提单的流通性

提单作为物权凭证,只要具备一定的条件就可以转让,转让的方式有两种:空白背书和记名背书。但是提单的流通性小于汇票的流通性,其主要表现为:提单的受让人不像汇票的正当持票人那样享有优于前手背书人的权利。具体来说,如果一个人用欺诈手段取得一份可转让的提单,并把它背书转让给一个善意的、支付了款项的受让人,则该受让人不能因此而取得货物的所有权,不能以此对抗真正的所有人。相反,如果在汇票流通过程中发生这种情况,则汇票的善意受让人的权利仍将受到保障,他仍享有汇票上的一切权利。鉴于这种区别,有的学者认为提单只具有"准可转让性"。

(二) 海运提单的签发

1. 提单签发人

我国《海商法》第72条规定:"货物由承运人接收或者装船后,应托运人的要求,承运人应当签发提单。提单可以由承运人授权的人签发。提单由载货船舶的船长签发的,视为代表承运人签发。"由此可见,提单的签发人包括承运人、承运人的代理人和船长。但如提单由承运人的代理人签发,则代理人必须经承运人的合法授权委托。

2. 提单签发的地点和日期

海运提单是根据大副签署的收货单，在与提单记载的各项内容核对无误后才签发的。如果收货单上有批注，则提单签发人就应如实转批在提单上。提单签发的地点应在货物的装船港。提单签发的日期应当是货物实际装船完毕的日期，并且与大副签署的收货单签发的日期相一致。

3. 海运提单的份数

提单有正本提单和副本提单之分。正本提单一般是一式数份，以防提单的遗失、被窃或迟延到达或在传递过程中发生意外事故造成灭失。各国海商法和航运习惯都允许签发数份正本提单，并且各份正本提单都具有同等效力，但以其中一份提货后，其他各份自动失效。副本提单的份数视需要而定，它虽然没有法律效力，不能据以提货，但却是装运港、中转港及目的港的代理人和载货船舶不可缺少的补充货运文件，可以补充舱单上不足的内容和项目。

（三）海运提单的内容

海运提单内容分为正面内容和背面内容。海运提单正面主要是提单的基本信息，包括货物的描述、当事人、运输事项等；海运提单背面内容主要是各种条款，分为强制性条款和任意性条款。

1. 海运提单的正面内容

通常，海运提单正面都记载了有关货物和货物运输的事项。这些事项有的是有关海运提单的国内立法或国际公约规定的，作为运输合同必须记载的事项，如果漏记或错记，就可能影响提单的证明效力；有的则属于为了满足运输业务需要而由承运人自行决定，或经承运人与托运人协议，认定应该在提单正面记载的事项。前者称为必要记载事项，后者称为任意记载事项。

我国《海商法》第73条第1款规定，海运提单内容(正面)包括下列各项。

(1) 关于货物的描述：货物的品名、标志、包数或者件数、重量或者体积，以及运输危险货物时对危险性质的说明。

(2) 关于当事人：托运人和收货人的名称、承运人的名称和主营业所。

(3) 关于运输事项：船舶名称和国籍、装货港和在装货港接收货物的日期、卸货港和运输路线、多式联运提单增列接收货物地点和交付货物地点。

(4) 关于提单的签发：提单的签发日期、地点和份数；承运人、船长或者其代理人的签字。

(5) 关于运费和其他应付给承运人的费用的记载。

一般地，关于提单的签发和其他应付给承运人的费用等几项记载由承运人填写，其他都由托运人填写。除上述必要记载的事项外，如承运人与托运人协议，同意将货物装于舱面；或约定承运人在目的港交付货物的日期；或同意提高承运人的责任限额；或同意扩大承运人的责任；或同意放弃承运人的某些免责；或其他有关法律规定的事项等，都应在提单正面载明。

2. 海运提单的背面内容

提单的背面印有各种条款，一般分为两类：一类属于强制性条款，其内容不能违背有关国家的海商法、国际公约或港口惯例的规定，违反或不符合这些规定的条款是无效的。另一类是任意性条款，即上述法规、公约和惯例没有明确规定，允许承运人自行拟定的条款。所有这些条款都是表明承运人与托运人以及其他关系人之间承运货物的权利、义务、责任与免责的条款，是解决他们之间争议的依据。各船公司的提单背面条款繁简不一，但内容大同小异。

除了以上介绍的提单正背面的内容外，需要时承运人还可以在提单上加注一些内容，也就是批注。

表 15-2 所示为海运提单范本。

表 15-2 海运提单范本

BILL OF LADING

<table>
<tr><td colspan="2">托运人
Shipper</td><td colspan="4" rowspan="6">B/L No.
COSCO
中国远洋运输(集团)总公司
CHINA OCEAN SHIPPING(GROUP) CO.
ORIGINAL
COMBINED TRANSPORT BILL OF LADING</td></tr>
<tr><td colspan="2">收货人或指示
Consignee or Order</td></tr>
<tr><td colspan="2">被通知人
Notify Party</td></tr>
<tr><td>船名
Ocean Vessel</td><td>收货地点
Place of Receipt</td></tr>
<tr><td>航次
VOYAGE NO.</td><td>装货港
Port of Loading</td></tr>
<tr><td>卸货港
Port of Discharge</td><td>交货地点
Place of Delivery</td></tr>
<tr><td colspan="6">标志和号码 件数和包装种类 货名 毛重(千克) 尺码(立方米)
Marks and Numbers. Number & kind of Packages Description of Goods Gross Weight(KG) Measurement(m³)</td></tr>
<tr><td colspan="6">总的集装箱数或件数(大写)
TOTAL NUMBER OF CONTAINERS OR PACKAGES(IN WORDS)</td></tr>
<tr><td>运费支付
Freight and Charges</td><td>计费吨
REVENUE TONS</td><td>费率
RATE</td><td>每
PER</td><td>预付
PREPAID</td><td>到付
COLLECT</td></tr>
<tr><td colspan="2">预付地点
PREPAID AT</td><td colspan="2">运费到付地点
PAYABLE AT</td><td colspan="2">签单地点和日期
PLACE AND DATE OF ISSUE</td></tr>
<tr><td colspan="2">预付总金额
TOTAL PREPAID</td><td colspan="2">正本提单份数
NUMBER OF
ORIGINAL B(s)/L</td><td colspan="2">署名
Signature</td></tr>
<tr><td colspan="4">装船日期
DATE</td><td colspan="2">承运人
BY</td></tr>
<tr><td colspan="6">为证明以上各节，承运人或其代理人已签署本提单一式　　份，其中一份经完成提货手续后，其余各份失效。
IN WITNESS whereof the number of original Bills of Lading stated above have been signed, one of which being accomplished, the other(s) to be void.</td></tr>
</table>

（四）海运提单的种类

海运提单可以从各种不同角度予以分类，主要有以下几种。

1. 根据货物是否已装船分类

根据货物是否已装船，分为已装船提单和备运提单。

(1) 已装船提单(On Board B/L，Shipped B/L)：已装船提单是指承运人已将货物装上指定船舶后所签发的提单，其特点是提单上必须以文字表明货物已经装在某具名船舶上，并记载装船日期，同时还应由船长或其代理人签字。根据《跟单信用证统一惯例》规定，如信用证要求以海运提单作为运输单据，银行将接受注明货物已装船或已装指名船舶的提单。所以，在国际贸易中，一般都要求卖方提供已装船提单。

(2) 备运提单(Received for Shipment B/L)：备运提单又称收讫待运提单，是指承运人已收到托运货物等待装运期间所签发的提单。在签发备运提单的情况下，发货人可在货物装船后凭以调换已装船提单；也可经承运人或其代理人在备运提单上批注货物已装上某具名船舶及装船日期，并签字后使之成为已装船提单。

2. 根据提单上对货物有无不良批注分类

根据提单上对货物有无不良批注分清洁提单和不清洁提单。

(1) 清洁提单(Clean B/L)：清洁提单是指货物在装船时"表面状况良好"，在提单上不带有承运人明确宣称货物及/或包装有缺陷状况的文字或批注的提单。根据《跟单信用证统一惯例》规定，除非信用证中明确规定可以接受的条款或批注，银行只接受清洁提单。清洁提单也是提单转让时所必备的条件。

(2) 不清洁提单(Unclean B/L，Foul B/L)：不清洁提单是指在承运人签发的提单上带有明确宣称货物及/或包装有缺陷状况的条款或批注的提单。例如，提单上批注"×件损坏"(...packages in damaged condition)等。

3. 根据收货人抬头的不同分类

根据收货人抬头的不同分为记名提单、不记名提单和指示提单。

(1) 记名提单(Straight B/L)：记名提单是指提单上的收货人栏内填明特定收货人名称的提单，只能由该特定收货人提货。由于这种提单不能通过背书方式转让给第三方，不能流通，故其在国际贸易中很少使用。

(2) 不记名提单(Bearer B/L)：不记名提单是指提单收货人栏内没有指明任何收货人，只注明提单持有人(Bearer)字样的提单。承运人应将货物交给提单持有人，谁持有提单，谁就可以提货。不记名提单无须背书转让，流通性极强，但采用这种提单风险大，故其在国际贸易中很少使用。

(3) 指示提单(Order B/L)：指示提单是指提单上的收货人栏填写"凭指定"(To order)或"凭某某人指定"(To order of...)字样的提单。这种提单可经过背书转让，故其在国际贸易中广为使用。背书的方式又有"空白背书"和"记名背书"之分。前者是指背书人(提单转让人)在提单背面签名，而不注明被背书人(提单受让人)名称；后者是指背书人除在提单背面签名外，还列明被背书人名称。记名背书的提单受让人如需再转让，必须再加背书。目前在实际业务中使用最多的是"凭指定"并经空白背书的提单，习惯上称其为"空白抬头、空白背书"提单。

4. 根据运输方式分类

根据运输方式分为直达提单、转船提单和联运提单。

(1) 直达提单(Direct B/L)：直达提单是指货物运输途中不经过换船而驶往目的港时

承运人所签发的提单。凡合同和信用证规定不准转船者,必须使用这种直达提单。

(2) 转船提单(Transshipment B/L):转船提单是指从装运港装货的轮船,不直接驶往目的港,而需在中途换装另外船舶时承运人所签发的提单。在这种提单上要注明“转船”或“在××港转船”字样。

(3) 联运提单(Through B/L):联运提单是指经过海运和其他运输方式联合运输时由第一程承运人所签发的包括全程运输的提单。它如同转船提单一样,货物在中途转换运输工具和进行交接,由第一程承运人或其代理人向下一程承运人办理。应当指出,联运提单虽包括全程运输,但签发联运提单的承运人一般都在提单中规定,只承担其负责运输的一段航程内的货损责任。

5. 根据船舶营运方式的不同分类

根据船舶营运方式的不同分为班轮提单和租船提单。

(1) 班轮提单(Liner B/L):班轮提单是指由班轮公司承运货物后所签发给托运人的提单。

(2) 租船提单(Charter Party B/L):租船提单是指承运人根据租船合同而签发的提单。在这种提单上注明“一切条件、条款和免责事项按照×年×月×日的租船合同”或批注“根据××租船合同出立”字样。这种提单受租船合同条款的约束。银行或买方在接受这种提单时,通常要求卖方提供租船合同的副本。

此外,还可以根据使用提单的效力,将提单分为正本提单(Original B/L)和副本提单(Copy B/L);根据提单的签发日期分为预借提单(Advanced B/L)、倒签提单(Anti-dated B/L)和过期提单(Stale B/L);根据提单的繁简程度分为繁式提单(Long Form B/L)和简式提单(Short Form B/L)。

(五) 关于海运提单的国际公约

1.《海牙规则》

《海牙规则》是1924年8月,国际法协会海洋法委员会在布鲁塞尔由欧美26个航运国签订的,全名为《统一提单的若干法律规则的国际公约》(International Convention for the Unification of Certain Rules of Law Relating to Bills of Lading,简称Hague Rules)。该公约草案是1921年在荷兰的海牙通过的,因此定名为《海牙规则》。该公约于1931年6月正式生效。目前,有80多个国家接受了这个规则,它是海上货物运输领域影响最为广泛的国际公约。

《海牙规则》共有16条,主要规定了承运人的义务、承运人的免责和责任限制、货物灭失或损坏的通知时间与诉讼时效、托运人的义务等内容。《海牙规则》首先以国际公约的形式规定了承运人最低限度的义务,限制了承运人的“缔约自由”权利,允许承运人与托运人就承运人(或船舶)在货物装船前或卸船后,关于保管、照料和搬运货物的义务,以及对于货物灭失或损害的责任,订立任何协议、保留或免责条款。这些都在一定程度上调解了船货双方的风险责任关系。《海牙规则》适用于在任一缔约国签发的提单,包括根据租船合同或在船舶出租情况下签发的提单,但不适用于租船合同本身。

《海牙规则》对船主或承运人有利的规定一直受到货主方面的批评和航运业不发达国家的反对。《海牙规则》存在的主要问题有:较多地维护了承运人的利益,在免责条款和最高赔偿责任限额上表现尤为明显,造成了风险分担上的不均衡;未考虑集装箱运输形式的需要;责任期间的规定欠周密,出现装船前和卸货后两个实际无人负责的空白期间,不利于维护托运人的合法权益；单位赔偿限额太低；诉讼时效期间过短；适用范围过窄等。

2.《维斯比规则》

随着国际政治经济形势的变化和国际航运业的发展，《海牙规则》渐渐显露出部分内容落后、规定不全面、适用范围过于狭窄的缺陷。1968 年，国际海事委员会在第 12 届海洋法外交会议上通过了《有关修改统一提单的若干法律规则的国际公约的议定书》(Protocol to Amend the International Convention for the Unification Certain Rules of Law Relating to Bills of Lading)，简称《维斯比规则》(Visby Rules)，于 1977 年生效，也是目前国际海上货物运输方面的重要公约。因该议定书的准备工作在瑞典的维斯比完成而得名《维斯比规则》。

《维斯比规则》共 17 条，主要对海牙规则的适用范围、赔偿金额、集装箱运输的赔偿计算单位、承运人的责任限制、提单的证据效力等内容做出了修改。但对于诸如承运人的不合理免责条款等实质性问题没有改动。

《维斯比规则》扩大了适用范围，适用于在缔约国签发的提单和从某个缔约国起运货物的提单，并且当提单证明或者提单所证明的海上货物运输合同规定受公约约束，或者受实施该公约的任一国家立法的约束时，也适用于该提单。该公约不适用于租船合同，适用于根据租船合同签发、转让给第三人的提单。

3.《汉堡规则》

由于《维斯比规则》仍沿用了《海牙规则》的承运人责任体制，因而并未满足许多国家以及美国、加拿大等代表货方利益的国家的要求。此外，上述两个规则的内容也不够完善、清楚和明确。因此，1978 年 6 月，联合国海上货物运输会议在德国汉堡通过了《联合国海上货物运输公约》(United Nations Convention on the Carriage of Goods by Sea)，简称《汉堡规则》(Hamburg Rules)，该公约于 1992 年 11 月生效。

《汉堡规则》对上述两个规则做了全面的修改，废除了一些对货主不合理的条款，比较合理地规定了托运人与承运人之间对货物运输所承担的责任。

该公约共有 34 条，其中关于承运人责任的主要内容有两方面；承运人对于货物灭失或损坏的赔偿限额为货物每件或每一其他装运单位 835SDR(special drawing right，特别提款权)或者按货物毛重计算每千克 2.5SDR，二者之中以高者为准。该公约增加了“迟延交付”的概念，规定承运人对于迟延交付货物的赔偿责任，以所迟延交付的货物应付运费的 2.5 倍为限，但是不得超过海上货物运输合同中规定的应付运费的总额。《汉堡规则》的制定对国际贸易、国际航运等业务的发展都产生了较大的影响。

二、铁路运单

铁路运输可分为国际铁路联运和国内铁路运输两种方式，前者使用国际铁路联运运单，后者使用国内铁路运单。通过铁路对港、澳出口的货物，由于国内铁路运单不能作为对外结汇的凭证，故使用“承运货物收据”这种特定性质和格式的单据。

(一) 国际铁路联运运单

国际铁路货物联运所使用的铁路运单和运单副本是发、收货人与铁路之间缔结的运输契约，对双方都具有法律效力。运单随同货物自始发站到终点站运行，货到终点站，运单作为通知、清点和交付货物的凭证连同货物一并交给收货人。运单副本在始发站经铁路加盖承运日期戳后，退回给发货人，它是发货人连同其他单证向银行办理结汇的主要单据之一。

铁路运单及其副本，不同于海运提单，它不是代表货物所有权的物权凭证。

（二）承运货物收据

承运货物收据是在特定运输方式下所使用的一种运输单据，它既是承运人出具的货物收据，也是承运人与托运人签订的运输契约。我国内地通过铁路运往港、澳地区的出口货物，一般都委托中国对外贸易运输公司承办。当出口货物装车发运后，当地外运公司即签发一份承运货物收据给托运人，以作为对外办理结汇的凭证。承运货物收据的格式及内容和海运提单基本相同，主要区别是它只有第一联为正本。在该正本的背面印有“承运简章”，载明承运人的责任范围。该简章第二条规定由该公司承运的货物，在铁路、轮船、公路、航空及其他运输机构范围内，应根据各机构的规章办理。可见，这种承运货物收据不仅适用于铁路运输，也可用于其他运输方式。

三、航空运单

航空运单(Airway Bill)是承运人与托运人之间签订的运输契约，也是承运人或其代理人签发的货物收据。航空运单还可作为核收运费的依据和海关查验放行的基本单据。但航空运单不是代表航空公司的提货通知单。在航空运单的收货人栏内，必须详细填写收货人的全称和地址，而不能做成指示性抬头。

四、邮包收据

邮包收据(Parcelpost Receipt)是邮包运输的主要单据，它既是邮局收到寄件人的邮包后所签发的凭证，也是收件人凭以提取邮件的凭证，当邮包发生损坏或丢失时，它还可以作为索赔和理赔的依据。但邮包收据不是物权凭证。

五、多式联运单据

多式联运单据(Multimodal Transport Documents，M. T. D.)是指证明多式联运合同以及证明多式联运经营人接管货物并负责按照合同条款交付货物的单据。多式联运单据由承运人或其代理人签发，其作用与海运提单相似，既是货物收据也是运输契约的证明、在单据做成指示抬头或不记名抬头时，可作为物权凭证，经背书可以转让。多式联运单据表面上和联运提单相似，但联运提单承运人只对自己执行的一段负责，而多式联运承运人对全程负责；联运提单由船公司签发，包括海洋运输在内的全程运输，多式联运单据由多式联运承运人签发，也包括全程运输，但多种运输方式中，可以不包含海洋运输。

一、单项选择题

1. 某出口商品每件净重 30 千克，毛重 34 千克，体积每件为 45cm×35cm×22cm，如班轮运价运费计算标准为 W/M10 级，船公司计算运费时（　　）。

A. 按净重计收运费　　B. 将由托运人自由选定

C. 按体积计收运费　　D. 将由承运人自由选定

2. 必须经过背书方可转让的提单是(　　)。

A. 记名提单　　B. 不记名提单　　C. 指示提单　　D. 倒签提单

3. 对港铁路货物运输,发货人凭以向银行结汇的运输单据为(　　)。

A. 铁路运单正本　　B. 铁路运单副本　　C. 承运货物收据　　D. 到货通知

4. 班轮从价运费的计算是按货物的(　　)。

A. CIF 价　　B. FOB 价　　C. CFR 价　　D. 进货成本

5. 根据《跟单信用证统一惯例》(国际商会第 500 号出版物)的规定,如买卖合同规定立即装运,开来信用证的装运期规定为"尽速"装运,该装运期应理解为(　　)。

A. 开证行开出信用证之日起 30 天内装运　　B. 通知行通知信用证之日起 30 天内装运

C. 受益人收到信用证之日起 30 天内装运　　D. 银行将不予受理

6. 以下属于货权单据的是(　　)。

A. 空运运单　　B. 海运提单

C. 货物收据　　D. 最后一程为海运的多式联运提单

7. 海运提单做成指示抬头,CONSIGNEE 一栏可以填成(　　)。

A. TO ORDER　　B. TO ORDER OF SHIPPER

C. TO CONSIGNED　　D. TO ORDER OF ISSUING BANK

二、简答题

1. 海上运输的优点是什么?

2. 装运条款主要包括哪些内容?

3. 在实践中对装卸时间的天数的计算有哪几种方法?各自的含义是什么?

4. 海运提单的正面内容包括哪些?

5. 国际多式联运有哪些优点?你如何看待国际多式联运的发展趋势?

三、案例分析题

案情介绍:我国某内陆出口公司于 2009 年 8 月向日本出口 30 吨甘草膏,每吨 40 箱共 1 200 箱,每吨售价 1 800 美元,FOB 新港,共 54 000 美元,即期信用证,装运期为 8 月 25 日之前,货物必须装集装箱。该出口公司在天津设有办事处,于是在 8 月上旬便将货物运到天津,由天津办事处负责订箱装船,不料货物在天津存仓后的第二天,仓库午夜着火,抢救不及,1 200 箱甘草膏全部被焚。办事处立即通知内地公司总部并要求尽快补发 30 吨。否则无法按期装船。结果该出口公司因货源不济,只好要求日商将信用证的效期和装运期各延长 15 天。

分析:本案中选择运输方式需要考虑哪些因素?你对我出口方有何建议?

B&E

第十六章 国际货物运输保险

【本章导读】

国际货物的运输过程中可能会遇到各种各样的风险，并使货物遭受不同程度的损失，为了转嫁国际运输途中的各类风险，在国际贸易业务中一般都有国际货物运输保险条款，以保障货物在受损后能得到经济上的补偿。这样，国际货物运输保险便应运而生了，它通过补偿货主的经济损失，保证了国际贸易的正常进行。国际货物运输保险合同也是国际贸易实务中非常重要的内容之一。本章重点介绍国际货物运输的海上风险与海上损失、我国及伦敦保险协会的主要险别与做法、国际货物的保险程序和保险条款。

【学习目标】

1. 熟悉国际货物运输过程中的海上风险和海上损失的主要内容。
2. 掌握全部损失与部分损失、共同海损与单独海损的含义并能举例说明。
3. 熟悉我国海运货物保险的主要险别。
4. 熟悉伦敦海协会海运货物保险的主要险别与做法。
5. 了解进出口货物的投保、索赔与理赔的程序。
6. 理解保险金额与保险价值的关系。
7. 掌握办理海运货物保险时的一些注意事项。
8. 了解航空运输和陆上运输货物保险的主要险别。

【关键概念】

海上风险(Perils of the Sea)　海上损失(Maritime Loss)
全部损失(Total Loss)　部分损失(Partial Loss)
共同海损(General Average)　单独海损(Particular Average)
实际全损(Actual Total Loss)　推定全损(Constructive Total Loss)
基本险(Basic Risk)
附加险(Additional Risks or Extraneous Risks)
平安险(Free from Particular Average)
水渍险(With Particular Average or With Average)
保险金额(Insured Amount)　保险费率(Premium Rate)
保险价值(Insured Value, Agree Value)　索赔(Insurance Claim)
理赔(Insurance Settling)　航空运输险(Air Transportation Risks)
航空运输一切险(Air Transportation All Risks)

第一节　海上运输货物保险

在国际货物运输途中，货物可能遭遇自然灾害，船舶可能发生意外事故，这些都会给货主带来损失。为了维持贸易的正常进行，货主通常希望能通过一定的方式将风险转嫁给他人。国际货物运输保险是指保险人（保险公司）与投保人（国际贸易中的买方或卖方）签订合同约定，投保人支付规定的保险费，在货物遭受国际运输途中约定的保险事故损害时，由保险人负责给予约定的保险受益人（被保险人）补偿的行为。国际货物运输保险属于财产保险的范畴。

国际货物运输保险的种类很多，其中包括海上运输货物保险、陆上运输货物保险、航空运输货物保险和邮包运输保险等，其中以海上运输货物保险起源最早、历史最久。尽管各种不同运输方式的货物保险的具体责任有所不同，但它们的基本原则、保险公司保障的范围等基本一致。因此，本章将重点介绍海上运输货物保险。

一、海上运输保险保障的范围

货物在海运途中可能遭遇的风险种类繁多，但保险人并不是对所有的风险都给予承保。一般地，海运货物所保障的风险可分为海上风险和外来原因引起的外来风险两类。

（一）海上风险

海上风险（Perils of the Sea）也称海难，是指海上航行中发生的或随附海上运输所发生的自然灾害和意外事故。自然灾害是指自然界的原因所造成的灾害，它一般是人力所无法抗拒的，包括恶劣气候、雷电、海啸、地震和洪水等。意外事故是指外来的、偶然的、非意料中的原因所造成的事故，包括运输工具遭受搁浅、触礁、沉没、互撞、与流冰或其他物体碰撞以及失火、爆炸等。

海上风险有其特定的范围，一方面，它并不包括所有发生的海上风险，对于经常发生的事件或必然事件，例如海上的一般风浪作用，并不包括在海上风险之内；另一方面，它并不局限在航海中所发生的风险。现代海运保险都将与海运相连的包括陆上、内河、驳船运输过程中的风险作为海上风险给予承保。

（二）外来风险

外来风险（Extraneous Risks）是指海上风险以外的其他外来原因的风险。外来风险必须是意外的、偶然的、难以预防的，而且必须是外部因素所致的。例如，自然损耗具有偶然性，不属于外来风险；货物的腐败若是由于其内在特性造成的，并不是外部因素所致，同样不属于外来风险。海运货物保险承保的外来风险可分为一般外来风险和特殊外来风险。

1. 一般外来风险

一般外来风险是指一般外来的意外因素所致的货物损失，通常包括偷窃、短量、提货不着、淡水雨淋、沾污、渗漏、碰损、破碎、串味、发霉、受潮受热、钩损、包装破裂和锈损风险等。

2. 特殊外来风险

特殊外来风险是指一般外来风险以外的其他外来原因所致的货物损失，它往往是与政治、军事、社会动荡以及国际行政措施、政策法令等有关的风险。常见的特殊外来风险主要

有战争、罢工、进口国有关当局拒绝进口或没收等。

二、海上运输保险保障的损失

按照损失的程度，海运保险货物的损失可分为全部损失和部分损失两大类。

（一）全部损失

全部损失（Total Loss）简称全损，是指整批或不可分割的一批货物全部灭失或视同全部灭失的损害。全部损失可进一步分为实际全损和推定全损。

1. 实际全损

实际全损（Actual Total Loss）也称绝对全损，是指保险标的发生保险事故后灭失，或者受到严重损坏完全失去原来的形体、效用，或者不能再归被保险人所有。保险标的发生实际全损时，被保险人无须办理任何法律手续即可向保险人请求全损赔偿。

2. 推定全损

推定全损（Constructive Total Loss）是海上保险中特有的制度。它是指货物发生保险事故后，认为实际全损已经不可避免，或者为避免实际全损所支付的费用与继续将货物运抵目的地的费用之和超过保险价值的损失。发生推定全损时，被保险人有权选择按照保险标的的实际损失索赔部分损失，也可以选择索赔全部损失。如果被保险人要求保险人按照全损赔偿，应首先向保险人委付保险标的，表明愿将本保险承保的被保险人对保险标的的全部保险利益转让给保险人。

（二）部分损失

凡保险标的物的损失没有达到全部损失的程度，即为部分损失（Partial Loss）。按照损失性质，部分损失可分为共同海损和单独海损。

1. 共同海损

共同海损（General Average）是指同一海上航程中，船舶、货物和其他财产遭遇共同危险，为了共同安全，有意采取合理措施所直接造成的特殊牺牲、支付的特殊费用。共同海损包括两个组成部分：一是共同海损行为导致的船舶、货物等本身的损失，称为共同海损牺牲；二是为采取共同海损行为而支付的费用，称为共同海损费用。共同海损行为是一种非常措施，这种措施在正常航行中是不会采用的。

根据共同海损的定义，共同海损的成立必须具备下列各项条件。

(1) 危险必须是危及船货的共同安全的，导致共同海损的危险必须是真实存在或不可避免的。例如，船舶在航行中触礁，船底出现裂缝，海水涌入舱内，无法继续航行，危及船货的共同安全，只好驶往附近港口修理，所支付的费用，属于共同海损。

(2) 所采取的措施必须是为了解除船舶和货物的共同危险，而且是有意和合理的。如果只是为了船舶或货物一方的利益而采取的行为，不能作为共同海损。如船舶在海上因遭遇暴风雨，船身严重倾斜，海水进入某一船舱，使该舱内的贵重物品受损，为了船舶和货物的共同安全，船长下令把舱面上一侧的货物部分抛入海中以使船舶平衡，同时又组织人员对受损的贵重货物进行抢救整理。这种情况下，抛货所导致的货物牺牲就是共同海损，而组织人员对贵重货物进行抢救整理是为该货主单方面考虑，不属于共同海损行为。

(3) 损失必须是共同海损措施的直接或合理的后果，是特殊性质的，费用又是额外支付的。例如船舶搁浅，为脱浅而开动主机以致超过负荷造成主机损坏，这种损失在正常情况下是不会发生的，是特殊性质的，费用是额外支付的，属于共同海损牺牲。

(4) 共同海损行为必须是最终有效的。采取共同海损行为，必须是最后有效地避免了船舶和货物的全损，共同海损才成立。因为共同海损将要由各受益方进行分摊，所以必须以船舶和货物获救为前提，如果共同海损行为无效，船舶和货物最后全损，便不存在共同海损分摊的基础。

以上各项是共同海损成立的必需条件，只有同时符合上述条件，才能构成共同海损。共同海损的费用与牺牲由船方、货物所有人与付运费方三方按最后获救价值的比例分摊，这种分摊称为共同海损分摊(G. A. Contribution)。

2. 单独海损

单独海损(Particular Average)是指纯粹由保险风险直接造成的保险货物的部分损失，是特定利益方的部分损失。它由受损的货主自行负担，并不影响他人的利益，而且单独海损只包括保险货物的损失，并不包括由此引起的费用。例如海运途中，船舶遭遇暴风雨，海水灌入某舱，其中的部分服装遭水浸泡受损，贬值30%，该损失只是该货主自己的损失，与其他货主和船东无关，属于单独海损。

单独海损的损失仅由受损者单独分担，各自由责任人与保险公司联系保险理赔事宜。

三、海上运输保险保障的费用

发生海上危险事故时，往往需要采取一定措施以避免损失的发生或扩大，由此会引起费用的支出，对这些费用，保险人根据其性质规定了不同的赔付原则。在海运货物保险中，保险人负责赔偿的费用主要有以下几种。

(一) 施救费用

施救费用(Sue and Labour Expenses)是指保险货物遭遇保险责任范围内的事故时，被保险人或其代理人、雇佣人员和受让人为了避免或减少损失而采取各种抢救、保护、整理措施而产生的合理费用。施救费用由保险人在保险标的的损失赔偿之外另行支付。

(二) 救助费用

救助费用是指海上保险财产遭遇海上事故时，由保险人和被保险人以外的第三者自愿采取救助行为，使船舶和货物免除或减少损失，由被救助方付给救助人的报酬。在海上救助中，国际上普遍采用"无效果，无报酬"为原则的救助合同。

(三) 额外费用

额外费用包括保险标的受损后，对其进行查勘、公证、理算或拍卖等支付的费用以及运输在中途中止时所支付的货物卸下、存仓及续运至目的地的费用等。如果保险标的遭遇保险责任范围内的事故，额外费用可由保险人负责赔偿；反之，如果保险标的损失的赔偿不能成立，额外费用也不能获赔。

四、海上运输保险保障的期间

保险期间亦称保险期限(Period of Insurance)，是指保险人承担保险责任的起讫期间，保险人只对保险期间内发生的保险事故或事件承担赔偿或给付的义务。在海上保险中，保

险期间的规定，可以以一定的时间为标准，也可以以一定的航程为标准。通常前者多应用于船舶保险，后者多应用于货物保险。海上运输货物保险的保险期间一般按“仓至仓”原则规定。

仓至仓条款

“仓至仓条款”(Warehouse to Warehouse Clause)是海上货物运输保险合同中规定保险责任起止期的条款。保险期间自货物从保险单载明的起运港(地)发货人的仓库或储存处开始运输时生效，到货物运达保险单载明目的港(地)收发人的最后仓库或被保人用作分配、分派或非正常运输的其他储存处所为止。如货物从目的港卸离海轮时起满60天，不论被保险货物有没有进入收货人的仓库或储存所，保险责任均告终止。在货物未经运抵收货人仓库或储存处所并在卸离海轮60天内，需转运到非保险单载明的目的地时，以该项货物开始转运时终止。海洋运输冷藏货物保险责任起止基本遵循“仓至仓条款”，但货物到达保单所载明的目的港。如在30天内卸离海港，并将货物存入岸上冷藏仓库后，保险责任继续有效，但以货物全部卸离货轮起算满10天为限。如在上述期间货物一经移出冷藏仓库，保险责任即告终止。海运散装保险责任起止也按“仓至仓条款”进行，但若在目的港不及时卸装，则自海轮抵港时起算满15天，保险责任即告终止。“仓至仓”条款所指的运输包括海上、陆上、内河和驳船运输的整个运输过程。伦敦保险人协会已于1982年1月1日将此条款内容列入“运输条款”中。

第二节 与海运货物有关的国际运输货物保险

以海洋运输货物保险为核心的国际运输货物保险，作为支持国际货物贸易和国际航运业及风险管理的手段，对于国民经济的发展，尤其是外向型经济的发展至关重要。为了适应对外贸易的发展，各国都设有国际运输货物保险机构，并制定了相应的保险条款。本节主要介绍我国海运货物保险条款及国际保险市场上通用的英国伦敦海协会所制定的“协会货物条款”。

一、我国海运货物保险条款

中国人民保险公司(PICC)根据我国保险业务和国际保险市场的习惯做法，制定了各种保险条款，俗称“中国保险条款”(China Insurance Clause，CIC)。其中包括《海运货物运输保险条款》和《海运运输货物战争险条款》。PICC于1981年1月1日修订的《海运货物运输保险条款》，其主要内容有保险公司的承保责任范围、除外责任、责任起讫、被保险人的义务和索赔期限等。海运货物运输保险的险别很多，但按照能否单独投保，可分为基本险和附加险两大类，以不同险别来划分所保障的范围的大小，投保人在投保时，只需声明投保险别的名称，即可获得所需的保障。

(一) 基本险

基本险(Basic Risk)又称主险，是可以单独投保的险别，承保海上风险(自然灾害和意外事故)所造成的损失。被保险人必须投保基本险,才能获得保险保障。我国海运货物保险条款的基本险有平安险、水渍险和一切险三种。

1. 平安险

平安险(Free from Particular Average, F. P. A.)的英文意思是“单独海损不保”,即保险人仅对货物的全部损失和共同海损承担责任。随着国际贸易和国际海运的发展,保险人对某些意外事故造成的损失也承担责任。平安险的责任范围主要包括:

(1) 自然灾害造成的被保险货物的整批全损或推定全损;

(2) 由于意外事故造成货物全损或部分损失;

(3) 货物遭受意外事故前后,又遭受自然灾害造成的部分损失;

(4) 装卸或转运中一件、数件或整件货物落海造成的全部或部分损失;

(5) 被保险人为抢救遭受承保责任范围内危险的货物,采取抢救、防止或减少货损的措施而支付的合理费用,但以不超过该批货物的保险金额为限;

(6) 运输工具遭遇海难后,在避难港卸货所引起的损失以及在中途港、避难港卸货、存仓以及运送货物所产生的特别费用;

(7) 共同海损的牺牲、分摊和救助费用;

(8) 运输契约如订有“船舶互撞责任”条款,根据条款规定应由货方偿还船方的损失。

2. 水渍险

水渍险(With Particular Average or With Average)是我国保险业务的习惯称谓,它的英文意思是“包括部分海损”。水渍险除承保平安险的一切风险外,还包括自然灾害造成的部分损失。由此可见,水渍险与平安险的主要区别是:水渍险承保责任范围比平安险大。

3. 一切险

一切险(All Risks, A. R.)的责任范围包括水渍险的全部责任,另外还包括货物在运输途中由于一般外来原因所造成的被保险货物的全部或部分损失。

根据《海运货物运输保险条款》规定,上述基本险别承保责任的起讫,均采用国际保险原则惯用的“仓至仓条款”规定的办法处理。

(二) 附加险

附加险(Additional Risks or Extraneous Risks)不能单独投保,它是对基本险的补充和扩大,它可在投保一种基本险的基础上,根据货运需要加保其中的一种或若干种。投保了一切险后,因一切险中已包括了所有一般附加险的责任范围,所以只需在特殊附加险中选择加保。

附加险承保由外来风险所造成的损失,可分成一般附加险(General Additional Risks)和特殊附加险(Special Additional Risks),分别对应于一般外来风险和特殊外来风险。一般附加险的责任范围包括偷窃提货不着险、淡水雨淋险、渗漏险、短量险、钩损险、破碎碰损险、锈损险、混杂沾污险、串味险、受潮受热险、包装破裂险 11 种。特殊附加险的责任范围主要有战争险、罢工险、舱面险、拒收险、交货不到险、黄曲霉素险、进口关税险以及货物出口到港、澳地区的存仓火险责任扩展条款 8 种。已投保战争险后另加保罢工险时不再另外收费,一般同时投保。战争险的责任起讫不是“仓至仓”,保险人只负水面责任。

特别附加险与一般附加险一样,都不能独立投保,必须附加于基本险项下。它与一般附加险的根本区别在于:特别附加险不包括在一切险的责任范围以内,不属于一切险的责任范畴。特别附加险所承保的风险，往往同政治、国家行政管理、政策措施、航运贸易习惯等因素相关联。中国海运货物保险中承保的特别附加险主要有以下几种：交货不到险、进口关税险、舱面货物险、拒收险、黄曲霉素险、出口货物到香港（包括九龙在内）或澳门存仓火险责任扩展保险等。

二、伦敦保险协会的海运保险

伦敦保险协会货物保险条款是根据1906年英国《海上保险法》和1779年英国国会确认的“劳埃德船、货保险单价格”所制定，经多次修改后于1963年1月1日定型为“协会货物条款”（Institute Cargo Clause，ICC）。现行的ICC是1982年1月1日修订而成的版本。目前，世界上有2/3的国家在海运保险业务中直接采用了该条款。“中国保险条款”（CIC）也是参照该条款制定的，因此，两者基本一致。

（一）ICC的险别

伦敦保险协会货物保险条款共包括6种险别，它们对世界各国运输货物保险条款的制定有着重要的指导意义。

(1) 协会货物条款(A)(Institute Cargo Clause A，ICC(A))，责任范围最广，相当于CIC的“一切险”。

(2) 协会货物条款(B)(Institute Cargo Clause B，ICC(B))，相当于CIC的“水渍险”。

(3) 协会货物条款(C)(Institute Cargo Clause C，ICC(C))，相当于CIC的“平安险”。

(4) 协会战争险条款(货物)(Institute War Clause-Cargo，IWCC)。

(5) 协会罢工险条款(货物)(Institute Strikes Clause-Cargo，ISCC)。

(6) 恶意损害险(Malicious Damage Clause)，承保的是被保险人以外的其他人的故意破坏行为导致的损失。ICC(A)包括这一险别，也可以在ICC(B)和ICC(C)中加保这一险别。

6种险别中，只有恶意损害险属于附加险别，不能单独投保，其他5种险别的结构相同，体系完整。

（二）ICC主要险别的承保风险与除外责任

1. ICC(A)的承保风险与除外责任

(1) ICC(A)的承保风险

ICC(A)的承保范围较广，采用了“一切风险减去除外责任”的规定办法，即除了“除外责任”项下所列风险保险人不予负责外，其他风险均予负责。具体来说，ICC(A)承保风险如下。

① 承保“除外责任”各条款规定以外的一切风险所造成的保险标的损失。

② 承保共同海损和救助费用。

③ 根据运输契约订有“船舶互撞”条款应由货方偿还船方的损失。

(2) ICC(A)的除外责任

ICC(A)的除外责任包括一般除外责任，即非意外的、偶然性的或比较特殊的风险或损失。例如，被保险人故意的不法行为造成的损失或费用；不适航、不适货除外责任；战争除外责任和罢工除外责任。但条款(A)的除外责任中不包括“海盗行为”和“恶意损害条款”。

“恶意损害”是指被保险人之外的任何人或数人故意损害和破坏标的物或其他任何部分的损害。

2. ICC(B)的承保风险与除外责任

(1) ICC(B)的承保风险

ICC(B)的承保风险是采用“列明风险”的方式,其承保风险内容如下。

① 火灾、爆炸所造成的灭失和损害。

② 船舶或驳船触礁、搁浅、沉没或倾覆。

③ 运输工具倾覆或出轨。

④ 船舶、驳船或运输工具同任何外界物体碰撞。

⑤ 在避难港卸货所造成的灭失和损害。

⑥ 地震、火山爆发、雷电。

⑦ 共同海损的牺牲引起保险标的的损失。

⑧ 抛货或浪击落海引起保险标的的损失。

⑨ 海水、湖水或河水进入船舶、驳船、运输工具、集装箱、大型海运箱或储存处所引起保险标的的损失。

⑩ 货物在装卸时落海或跌落造成整件的全损。

(2) ICC(B)的除外责任

ICC(B)的除外责任是ICC(A)的除外责任再加上ICC(A)承保的“海盗行为”与“恶意损害险”。

3. ICC(C)的承保风险与除外责任

(1) ICC(C)的承保风险

ICC(C)的承保风险比ICC(B)更少,它只承保“重大意外事故”的风险,即不承保ICC(B)中的自然灾害(如地震、火山爆发、雷电等)和非重大意外事故(如装卸过程中的整件灭失等)。具体承保风险如下。

① 火灾、爆炸。

② 船舶或驳船触礁、搁浅、沉没或倾覆。

③ 陆上运输工具倾覆或出轨。

④ 在避难港卸货。

⑤ 共同海损牺牲。

⑥ 抛货。

(2) ICC(C)的除外责任

ICC(C)的除外责任与ICC(B)完全相同。

综上所述,伦敦保险协会制定的条款从保险责任范围大小的顺序来看,ICC(A)、ICC(B)、ICC(C)依次减小,类似于我国的一切险、水渍险、平安险,但是ICC(C)的责任范围比平安险要小得多。

(三) ICC主要险别的保险期限

英国伦敦保险协会海运货物条款与前面所述我国海运货物保险期限的规定大体相同,也是“仓至仓条款”,但比我国条款规定得更为详细。在我国进出口业务中,特别是以CIF条件出口时,有些国外商人如要求我出口公司按伦敦保险协会货物条款投保,我国出口企业和中国人民保险公司也可通融接受。

保险责任的认定与索赔

案情介绍：我国A公司以FOB代租船条件外销日本一批工艺品，当货至日本后发现货损而导致索赔，后经查明货损是由包装不良导致的。

试问：(1) 可否向保险公司索赔？

(2) 若保险公司要求其先向船运公司索赔是否合理？

(3) 最后客户向我公司索赔，且调查报告显示，客户要求我方索赔的金额已超过FOB全部价格。你认为是否合理？

(4) 调查报告内的数额可否讨价还价？

(5) 国际贸易中的索赔方式有哪些？

案情分析：(1) 可以向保险公司索赔。

(2) 保险公司的要求是合理的。因为进口货物如属于运输中发生损失，通常应由被保险人先向船运公司索赔，如船运公司依法可减免者，再向保险公司索赔并交船运公司证明、保险公司方予以考虑。但有时船运公司迟迟不予理赔，被保险人为保留索赔时效，只好一面向船运公司索赔，另一面向保险公司索赔。

(3) 因查明货损确系包装不良造成，其一切损失应由卖方即我方负责。在此情况下，进口商所受损失除货价款外，还有运费、公证费、开证费、利息等。所以索赔金额自然超过FOB价，我方应予理赔。

(4) 对于索赔金额自然可以讨价还价，但成功与否很难预料。

(5) 目前国际贸易中常见的方式有金钱的索赔，包括赔款、折价、延期付款及拒付货款等，非金钱的索赔包括补充、修复、替换、退货等。

第三节 进出口货物的保险程序

海上保险合同的订立和履行因涉及很多专门知识和技术，需要很多熟谙保险业务和有关技术知识的人予以扶助，但掌握国际贸易保险合同订立的基本流程尤为重要。

一、确定投保人

在出口货物从卖方运到买方的长途运输和装卸过程中，常常会由于自然灾害、意外事故或其他外来原因遭受损失，为了在货物受损后获得经济补偿，货主在货物出运前就必须及时向保险公司办理投保。采用不同的贸易方式出口，办理投保的人就不同。凡采用FOB及CFR条件成交时，在买卖合同中，应订明由进口方投保(to be effected/covered by the buyers)。凡以CIF条件成交的出口合同，均需卖方向保险公司按保险金额、险别和适用的条款投保。我国进口货物大多采用预约保险的办法，各专业进出口公司或其收货代理人同保险公司事先签有预约保险合同(Open Cover)。签订合同后，保险公司负有自动承保的责任。

海运货物保险合同中的当事人，一个是被保险人(Insured)，另一个是承保人或保险人

(Insurer),保险人通常是保险公司,被保险人通常是国际货物的买方或卖方。

我国对外贸易业务中,应努力争取出口贸易以CIF、CIP贸易术语成交,这是因为,争取以CIF或CIP贸易术语成交不仅可为国家多收外汇,扩大我国的保险业务,而且有利于出口商。

(1) 海洋运输货物保险的责任范围是"仓至仓",由出口商投保,货物从仓库出口开始,保险公司就承担责任。相反,以CFR、FOB或CPT、FCA术语成交,保险由进口商自行购买,由于买卖双方的风险划分是以货物越过发货港船舷为界,所以保险责任也就从这一点开始,这样,从仓库到装上海轮前这一段风险要么由出口商自负,要么由出口商再向保险公司购买保险,陡然增加了出口商的风险或保费负担。

(2) 以CFR或CPT成交,出口商在发货装船时,应向进口商发出"装船通知",以便进口商及时办理保险手续。如果出口商由于疏忽或其他原因漏发、迟发通知,以致进口商未能及时办理投保手续,那么根据国际贸易惯例和某些国家的国内法,在此期间发生的一切风险损失,再由出口商承担责任。因此,按CFR或CPT条件成交明显增加了出口商的费用和责任。

(3) 采用D/P(Documents against Payment,付款交单)、D/A(Documents against Acceptance,承兑交单)付款方式的出口交易,更应以CIF或CIP成交。由于已在国内买了保险,即使出口货物在运输途中遭到重大损失,进口商拒绝付款或承兑,出口商也能从保险人手中获得相应的经济补偿。

二、选择投保险别

根据货物的特点、运输工具、航运路线及国际政治、经济形势的变化,由买方(FOB、CFR)或卖方(CIF、CIP及D组贸易术语等)在协商的基础上办理投保适当的保险险别,防止漏保。对于某些特别附加险或超出保险公司所规定范围的险别,被保险人需要事先与保险公司联系,经保险公司同意后才能办理投保。

三、填写运输保险单

被保险人根据出口合同或信用证规定,在备妥货物并已确定装运日期和运输工具后,按规定格式逐笔填制《运输保险投保单》(Application For Transportation Insurance)或其他名称的投保申请单。投保单主要内容和项目要正确、齐全,因为保险公司系根据该投保申请单出具正式保险单(Insurance Policy)。如果有差错、不完整则影响将来安全、及时收汇,甚至造成国外拒付的事故。

投保申请单主要内容有(图16-1):

(1) 被保险人名称(the Insured's Name)。一般是出口企业名称。如信用证要求以进口商名称投保或指明要过户给银行,在投保单上明确标明,以便保险公司按要求制作保险单据。

(2) 标记(Marks & Nos.)。与发票、提单上的标记一致,如标记繁杂,可以简化,如"与×号发票同"(as per invoice No. ×××)。

(3) 货物名称(Description of Goods),以及包装及数量(Package & Quantity)。投保单上应填写货物的具体品名,如服装、大米等,也可写统称,但不能将货物写成百货、食品,不能与发票所列货名相抵触。同时还应注明货物的包装性质,如箱、捆、包以及具体数量,以集装箱装运的也要注明。

中国人民保险公司南京分公司

The People's Insurance Company of China Nanjing Branch

PICC

总公司设于北京　　一九四九年创立

Head Office Bejing　　Established in 1949

货物运输保险单

CARGO TRANSPORTATION INSURANCE POLICY

发票号(INVOICE NO.)

合同号(CONTRACT NO.)　　　　保单号次 POLICY NO.

信用证号(L/C NO.)

被保险人：

Insured:

中国人民保险公司(以下简称本公司)根据被保险人的要求，由被保险人向本公司缴付约定的保险费，按照本保险单承保险别和背面所载条款与下列条款承保下述货物运输保险，特立本保险单。

THIS POLICY OF INSURANCE WITNESSES THAT THE PEOPLE' S INSURANCE COMPANY OF CHINA (HEREINAFTER CALLED "THE COMPANY")AT THE REQUEST OF THE INSURED AND IN CONSIDERATION OF THE AGREED PREMIUM PAID TO THE COMPANY BY THE INSURED, UNDERTAKES TO INSURE THE UNDERMENTIONED GOODS IN TRANSPORTATION SUBJECT TO THE CONDITIONS OF THIS POLICY ASPER THE CLAUSES PRINTED OVERLEAF AND OTHER SPECIL CLAUSES ATTACHED HEREON.

标　记 MARKS&NOS	包装及数量 QUANTITY	保险货物项目 DESCRIPTION OF GOODS	保险金额 AMOUNT INSURED

总保险金额

TOTAL AMOUNT INSURED:

保费：PERMIUM:　　启运日期：DATE OF COMMENCEMENT:　　装载运输工具：PER CONVEYANCE:

自 FROM:　　经 VIA　　至 TO

承保险别：

CONDITIONS:

所保货物，如发生保险单项下可能引起索赔的损失或损坏，应立即通知本公司下述代理人查勘。如有索赔，应向本公司提交保单正本(本保险单共有______份正本)及有关文件。如一份正本已用于索赔，其余正本自动失效。

IN THE EVENT OF LOSS OR DAMAGE WITCH MAY RESULT IN A CLAIM UNDER THIS POLICY, IMMEDIATE NOTICE MUST BE GIVEN TO THE COMPANY'S AGENT AS MENTIONED HEREUNDER. CLAIMS,IF ANY,ONE OF THE ORIGINAL POLICY WHICH HAS BEEN ISSUED IN ORIGINAL(S) TOGETHER WITH THE RELEVENT DOCUMENTS SHALL BE SURRENDERED TO THE COMPANY. IF ONE OF THE ORIGINAL POLICY HAS BEEN ACCOMPLISHED. THE OTHERS TO BE VOID.

中国人民保险公司南京市分公司
The People's Insurance Company of China
Nanjing Branch

赔款偿付地点
CLAIM PAYABLE AT

出单日期
ISSUING DATE　　制单：　　复核：　　Authorized Signature

地址(ADD)：中国南京石鼓路 225 号　　电话(TEL)：(025)6521049

邮编(POST CODE)：210029　　传真(FAX)：(025)4404593

图 16-1　中国人民保险公司保险单范本

(4) 保险金额(Insured Amount)与保险费(Premium)。按买卖合同规定的加成比例计算保险金额,所用币制应与发票一致。

① 保险金额是被保险人对被保险货物的实际投保金额,也是被保险人据以计算保险费和赔偿的最高数额,即全损赔偿的最高限度。保险金额的计算可采用下面的公式:

保险金额=CIF(或 CIP)发票金额×(1+加成率)

中国人民保险公司承保的出口货物的保险金额原则上是出口成本加运费、保险费,再加成10%计算,即按CIF发票金额的110%计算。10%的保险加成是作为买方的费用和利润,但买方要求保险加成超过10%的保险费也可酌情考虑。

中国人民保险公司承保的进口货物的保险金额原则上一般按照货物的CIF价计算。如果在按FOB、CFR条件下成交进口时,为计算简便起见,预先议定了平均运费率和平均保险费率,其保险金额的计算公式为:

FOB进口合同的保险金额=FOB价×(1+平均运费率+平均保险费率)

CFR进口合同的保险金额=CFR价×(1+平均保险费率)

保险金额与保险价值的联系

保险价值(Insured Value,Agree Value)是双方约定并在保险单上注明的保险标的的实际价值。保险单注明的保险价值是终结性的。但是,如果保险价值是在投保人有欺诈行为的情况下达成的,或该价值大大超出保险标的的实际价值时,不论在承保时,还是在承保后,保险人都可以对保险标的重新估价,商议合理的保险价值。保险价值允许包括合理的利润,目的在于使被保险人在保险事故发生后得到的保险补偿相当于海上商务活动顺利完成时的经济状况,而不是处于海上商务活动尚未开始时的经济状况。保险价值是保险责任开始时保险标的的实际价值和保险费的总和。对照之下,货物的保险价值是保险责任开始时货物在起运地CIF发票价格或者非贸易商品在起运地的成本加上运费和保险费的总和。

保险价值与保险金额之间存在的关系,表现为以下三种情况:

(1) 保险价值等于保险金额(称为"足额保险")。保险标的发生全部损失时,由保险人赔偿全部保险金额;发生部分损失时,则由保险人按实际损失给予足额的赔偿。

(2) 保险价值大于保险金额(称为"不足额保险")。当保险标的发生全部损失时,保险人的赔偿以保险金额为限,其保险金额与保险价值之间的差额,视为被保险人自保;当发生部分损失时,则由保险人按损失金额×(保险金额/保险价值)的比例赔偿。因此,在这种情况下,被保险人必须自行负担一部分损失。

(3) 保险价值小于保险金额(称为"超额保险")。在保险标的发生损失时,除了投保人或被保险人有欺诈行为,使保险合同无效外,保险人只按保险标的发生损失时的实际价值赔偿,赔偿金额的计算方法与足额保险相同。

因此,在海上运输货物保险中,被保险人通常都按保险标的的保险价值投保;保险金额不得超过保险价值,如果超过,超过部分无效。

② 保险费是保险人因承担保险赔偿责任而向被保险人收取的费用,它通常按保险金额的一定百分比收取,这一百分比即为保险费率(Premium Rate)。计算公式是:

保险费＝保险金额×保险费率

保险费率是按照不同货物、不同目的地、不同运输工具和投保险别，由保险公司根据货物损失率和赔付率，参照国际保险费水平，并结合具体情况而制定的，这里保费的确定将影响到发票中CIF价格和FOB价格之间的换算值。一般地，对于那些在运输途中容易丢失或损坏的货物收费较高，反之，就相应较低。

一般附加险属于一切险范围内，所以投保一切险后一般附加险不另加费，特别附加险则加费。投保货物运输战争险和罢工险中的任何一项时，要另收保险费。如果两者同时投保，只收一项，两者不重复收费。

(5) 船名或装运工具(Per Conveyance)、开航日期(Sig. on or abt.)，以及起讫地和目的地。保险单上应写明装货船舶的具体名称、装运港、卸货港及最终目的地名称，如转内陆，则要写明内陆城市名称，不能笼统写“内陆城市”，以及写明具体的开航日期(有时也可以写大约某月、日开航，但一定要与提单所列开航日期一致)。

(6) 保险险别(Conditions)。要明确具体险别，如“承保海运一切险和战争险”、“承保海运平安险和战争险”，而不能笼统地写“海运保险”(Marine Clauses)。

(7) 赔款地点(Claim Payable at...)。赔款偿付地点一般由投保人提出，偿付机构由保险人根据投保人所提出的偿付地点指定。通常是在货运目的地，如果在目的地之外的地点，要加以注明。中国人民保险公司在世界各大港口，都设有赔款偿付机构。

(8) 投保日期(Applicant's Date)。保单上载明的出单日期，投保日期不能迟于提单上的开航日期。

一般地，投保申请单也会附有保险人的除外责任条款。除外责任是保险合同中约定的保险人不负赔偿责任的范围。如保险合同通常把被保险人的故意行为、战争或军事行动、保险标的的自然损耗、危险事故发生后的间接损失、欺诈、犯罪行为等列为除外责任。在保险合同中列入除外责任主要是根据法律、社会公德或防止消极因素等需要，将道德危险、不可保的风险明确列入除外责任中，从而进一步明确保险人的承保责任。

投保申请单内容如发现差错、遗漏等情况，应及时通知保险公司更正，或已出具保险单者，如发现保险单上任何内容有错误、遗漏或变更项目等现象，应及时向保险公司重新出具保险单或签发批单(Endorsement)，作为更改保险单的书面文件，以防止可能产生的被动和不良后果。批单应粘贴在原保险单上，并经保险公司骑缝盖章，作为保险单不可分割的一部分。如保险单已寄交收货人，应按原寄单路线寄交收货人，要求粘贴在原保险单上。如投保申请单有虚假或隐瞒真实情况，发生损失，保险公司可以不负责赔偿。

一般说来，以信用证付款的合同，当卖方将出口货物装上海轮后，风险已转移给买方。倘若保险单是以卖方为被保险人的，按商业习惯，卖方在将单证送到银行结汇前，在保险单正本加盖签章(即背书)。于是这份保险单的权益随同被保险货物权利的转移而转给单据持有人。

四、交付保险费，领取保险单证

订立海上保险合同，须先由投保人提出书面申请。在海上保险中，这种申请一般以投保人填写投保单的形式提出。投保单列明了订立保险合同所必需的内容和项目，投保单作为主要附件，应视做保险合同的一部分，也是签发保险单的前提和基础。投保人将填制好的保险单送保险公司投保，如果保险人同意接受投保人的申请，也需用书面形式签发暂保单、保险单或保险凭证来证明。根据中国《海商法》的规定，被保险人应当在保险合同订立后立即支付保险费，在被保险人支付保险费前，保险人可以拒绝签发保险单据。投保人在缴纳完保险费后领取保险公司的保险单证。

暂保单、保险凭证和保险单三种单据的申领方式、法律效力存在一定差异，这里对其做一对比。

(1) 暂保单：在海上保险合同正式签订之前，由于业务上的需要，保险人在出具正式保险单之前签发临时凭证，称为暂保单，表示保险人已同意给予投保人以保险保障。暂保单的效力与正式保险单一样，但最长有效期一般为 30 天，当正式保险单出具后，暂保单即自动失效。

(2) 保险凭证：又称"小保单"，保险凭证是保险人签发给投保人的一种凭证，证明保险合同已经订立。保险凭证是一种简化的保险合同，除载明被保险人名称、被保险货物名称、数量、船名、开航日期、险别、保险期限和金额等必要内容外，合同背面并没有列明保险人与被保险人双方的权利与义务的详细条款。保险凭证一般都应注明以同类保险单所载明的条款为准，或注明与保险单具有同等效力等说明。

(3) 保险单：又称"大保单"，是保险人已接受投保的正式凭证，即正式的保险合同。在保险单中除载明投保单的各项内容之外，还列有保险公司的责任范围以及保险公司与被保险人双方各自的权利、义务等方面的详细条款。目前，我国按 CIF 条件出口的货物，中国人民保险公司在承保时均可出具这种保险单。

保险人对提出的投保单表示同意，即可认为合同已告成立，但并非同时生效。海上保险合同的生效通常是在投保人或被保险人履行了缴付保险费的义务后，保险人才开始承担对被保险人的赔偿责任。可见，被保险人缴付保险费是合同生效的必要条件。

根据最大诚信原则，海上保险合同订立前被保险人应当将其知道或者在通常业务中应当知道的有关影响保险人据以确定保险费率或者确定是否同意承保的重要情况如实告知保险人。由于被保险人的故意或重大过失，未将重要情况如实告知保险人的，保险人有权解除合同。不是由于被保险人的故意或重大过失，未将重要情况如实告知保险人的，保险人有权解除合同或者要求相应增加保险费。

五、保险索赔与理赔

若出现被保险货物遭受承保范围内的损失，被保险人应及时向保险人提出补偿要求，这一行为称为索赔(Insurance Claim)。保险公司或其代理人检验并确定损失程度，处理保险索赔事宜，并对被保险人在保险责任范围内的损失予以赔偿，这就叫做理赔(Insurance Settling)。索赔与理赔是一个问题的两个方面。

被保险人在向保险人或其代理人索赔时，应提交索赔所必需的各种单证，按照中国货物运输保险条款的规定，被保险人在索赔时应提供以下单证。如果涉及第三者责任，还须提供向责任方追偿的有关函电及其他必要单证或文件。

(1) 正本保险单(Original Policy)：保险单中规定的保险人的责任范围、保险金额等内容是确定保险人赔偿与否及赔偿金额的直接依据。

(2) 运输单据(Transportation Document)：运输单据上记载着关于货物的数量及交货

时是否外表状况完好等内容，对于保险人确定货物损失是否发生在保险期内，以及承运人是否承担货损责任有很重要的参考作用。

(3) 发票(Invoice)：保险人通过核对发票与保险单及提单的内容是否相符，以确定赔偿金额。

(4) 装箱单(Packing List)和重量单(Weight Memo)：保险人据以核对货物在数量及重量上的损失。

(5) 货损证明(Certificate of Loss Damage)：货损证明是指货物运抵目的港或目的地卸下船舶或其他运输工具时出现残损或短少时，由承运人、港口、车站、码头或装卸公司等出具的理货单据，如货物残损单、货物溢短单和货运记录等，这类单据须由承运人或其他责任方签字认可。它既是被保险人向保险人索赔的证据，又是被保险人和保险人据以向责任方追偿的重要依据。

(6) 检验报告(Survey Report)：检验报告是检验机构出具的货物质量和数量检验单据，是保险人据以核定保险责任及确定保险赔款的重要文件。检验报告的内容包括对受损货物的损失原因、损失程度、损失金额、损失价值判断或鉴定及处理损失经过等的记录。

(7) 索赔清单(Statement of Claim)：索赔清单是被保险人提交的要求保险人赔偿的详细清单，主要列明索赔的金额和计算依据，以及有关费用的项目等。

(8) 海事报告(Master's Report or Marine Accident Report)：是载货船舶在航行途中遭遇恶劣天气、意外事故或其他海难，可能对保险货物造成损害或灭失时所应提供的一个重要证件，是船长据实记录的报告。其内容主要证明航程中遭遇海难，船舶或货物可能遭受损失，并声明船长及船员已经采取一切必要措施，是人力不可抗拒的损失，船方应予免责。海事报告对于海上遭受风险的情况、货损原因以及采取的措施都有记载，对于确定损失原因和保险责任具有重要参考作用。

除上述各种证明和单据外，保险人还可根据损失情况和理赔的需要，要求被保险人提供与确认保险事故性质和损失程度有关的证明和资料。所有这些证明和资料是被保险人提赔的依据，保险人是否承担赔偿责任，除根据现场调查搜集的资料外，主要是依据这些证明和资料进行判断。

六、办理海运货物保险时的一些注意事项

在采用信用证方式结算货款的交易中，单证一致是出口收汇的重要条件之一。但在实际业务中，往往由于境外进出口商开出的信用证中保险条款与买卖合同中保险条款不一致，如果处理不当，小则增加出口费用，大则影响按时出口结汇。常见的问题有下列几种。

(1) 来证要求投保任何原因的损失或损坏。保险所承担的责任一般是意外的、外来的原因致使保险货物受到损失或损坏，如果投保不论任何原因的损失，则包括了货物自身的品质、质量以及自然损耗等，保险公司一般不予接受。此外，外商还会提出一些特殊险别，如拒收险等，保险公司即使接受了投保，也会大大增加保险费用。凡遇到不能接受的保险要求，应及时通知客户修改信用证。

(2) 来证扩大了投保险别。来证要求投保的险别，其责任范围超过了买卖合同的规定，则应视不同情况区别对待。例如合同订明是水渍险，来证要求投保一切险。一般可以按一切险投保，发生的保费差额可请保险公司另行出具保费收据，向进口商收取。至于合同订明

投保一切险，来证列出要附加一些附加险，因为这些险别已经包括在一切险范围内，所以可向保险公司提出加列这些内容，保险公司不会另行加费。

(3) 保险金额加成的幅度。目前，按照国际习惯，保险金额一般都是按 CIF 金额的 110%计算。有的进口商来证要增加保额，甚至高达发票金额的 150%以上。为避免道德风险，对过高的保险加成要慎重，一般掌握在发票金额的 130%～150%，如合同订明按 110%投保，来证要求提高保额，在征得保险公司同意后，可请保险公司对于增加的费用另行出具收据，向进口商收取。

(4) 延长保险期限。如进口商要求货物卸离海轮后增加在码头仓库的保险期限，可要求保险公司对原保险单加批，这里也存在保险公司会加收保费的问题。

(5) 转运内陆目的地。买卖合同未订明保险到内陆某地，而信用证规定保险要延伸至内陆某地时，可在加费的基础上接受。但保险公司不会接受无确定起点的"转内陆"要求，遇到这种情况，则要求对方修改信用证予以明确。

(6) 贸易术语更改后的保费扣除问题。合同签订时使用 CIF 术语，但来证改成 CFR 或 CPT，进口商要求价格中扣除保险费，这时出口商照例应按合同条款办事，要求对方改证。如果客户坚持，一般也应维持原来的货价，至少要注意对方扣除的保险费不能高于我国保险公司实收保险费的金额。

总之，要顺利处理来证上的保险条款与合同不一致的问题，要及时做好信用证的预审工作，以便及早发现问题，有较充裕的时间采取相应的措施。否则，可能造成被动局面。

共同海损分摊费用之争

乙船公司"琴海"轮承运甲公司货物，自马来西亚槟城港运至中国北海港。该提单背面的共同海损条款载明："共同海损应根据承运人的选择在任何港口或地点根据 1974 年约克·安特卫普规则理算。""琴海"轮驶离槟城港开往中国北海途中主机停车，船舶向南漂航。主机停车后船员立即投入抢修，但因条件所限，经两天多抢修，仍无法修复主机。船舶发出求救信息，越南派出拖轮将"琴海"轮拖进金兰湾港。越方收取了拖轮费、救助费。船长代表船东发表共同海损声明，宣布共同海损；轮机长出具海事报告。由于能力及条件所限，在金兰湾无法将主机修复。乙船公司请广州救捞局将"琴海"轮拖至中国北海，并支付了拖带费。

在北海港经验船师检验，认定主机不能启动的原因是由于各缸的空气启动阀启动活塞的密封环失去弹性，气密较差，已存在隐患，加上第七缸启动空气阀阀盘断裂，该气缸完全失去气密，导致进入各缸的启动空气压力不足而无法启动。

保险公司为甲公司的货物向乙船公司出具共同海损担保函，承诺"如果共同海损牺牲及/或费用被证明是因共同海损行为而合理产生的，且经确认下述货物应参加分摊，我司保证支付相应的共同海损分摊金额"。

乙船公司委托中国贸促会海损理算处对"琴海"轮进行共同海损理算，根据该处出具的理算书，确认共同海损的船货各方分摊金额。

甲公司与保险公司以共同海损事故是乙船公司不可免责过失造成为由拒绝分摊共同海损费用，乙船公司请求法院判令甲公司分摊该共同海损费用，保险公司承担连带责任，并由两被告承担本案诉讼费用。

案情分析：法院认为，本案为共同海损分摊纠纷。根据目的港验船师的检验报告，以及原被告对该故障原因均予以认可，予以采信。"琴海"轮主机共有9个缸，其9个缸的密封环全部失去弹性，而密封环失去弹性乃是一个渐进的过程，即可以肯定这一现象在开航前和开航当时已经存在，此即意味着船舶在开航前和开航当时是不适航的。"琴海"轮主机的每一个缸之密封环全都老化和不气密，是一个长期的、渐进的过程。很明显，这是一个谨慎的专业人员以惯常方法检查船舶所能够发现的缺陷，因而显然不属于船舶的潜在缺陷。由此非潜在缺陷而造成的船舶不适航，承运人不能免除赔偿之责任。而据轮机长事故报告，主机发生故障后船上无相应备件可备更换，根据《海商法》第47条"承运人在船舶开航前和开航当时，应当谨慎处理，使船舶处于适航状态，妥善配备船员、装备船舶和配备供应品"的规定，上述情况亦表明船舶是不适航的，且该不适航与共同海损事故之间有显而易见的法律上的因果关系。由于原告不可免责过失而导致的共同海损损失，当然地应由其自行承担，而不能将该损失转嫁给非过失方，否则既对非过失方不公平，亦有悖法律关于承运人最低责任的规定。被告以共同海损事故是原告不可免责过失造成为由进行抗辩，并拒绝分摊共同海损损失，符合法律规定，本院依法予以支持；原告诉讼请求被告分摊共同海损损失，没有法律依据，依法予以驳回。

根据《海商法》第193条、第47条以及第197条之规定，判决如下：驳回乙船公司对甲公司、保险公司的诉讼请求。案件受理费由原告乙船公司负担。

第四节 其他运输方式的货物保险

一、航空运输货物保险

（一）航空运输货物保险的险别

航空运输保险分为航空运输险和航空运输一切险两种。被保险货物遭受损失时，按保险单上订明的承保险别的条款负赔偿责任。

航空运输险(Air Transportation Risks)负责承保被保险货物在运输途中遭受雷电、火灾、爆炸或由于飞机遭受恶劣气候或其他危难事故而被抛弃，或由于飞机遭受碰撞、倾覆、坠落或失踪意外事故所造成的全部或部分损失。被保险人对遭受承保责任范围危险的货物采取抢救、防止或减少货损的措施而支付的合理费用，但以不超过该批被救货物的保险金额为限。从以上内容可以看出，航空运输险的承保责任范围与海运货物保险的水渍险大致相同。

航空运输一切险(Air Transportation All Risks)的承保责任范围是除包括上列航空运输险的责任外，还负责被保险货物由于一般外来原因(如偷盗、短少等)所致的全部或部分损失。

（二）航空运输货物保险的除外责任

航空运输货物保险订立了除外责任规定，下列损失不负责赔偿。

① 被保险人的故意行为或过失所造成的损失。

② 属于发货人责任所引起的损失。

③ 保险责任开始前，被保险货物已存在的品质不良或数量短差所造成的损失。

④ 被保险货物的自然损耗、本质缺陷、特性以及市价跌落、运输延迟所引起的损失或费用。

⑤ 本公司航空运输货物战争险条款和货物运输罢工险条款规定的责任范围和除外责任。

（三）航空运输货物保险的起讫期限

(1) 航空运输货物保险的责任起讫也采用“仓至仓条款”责任，即：自被保险货物运离保险单所载明的起运地仓库或储存处所开始运输时生效，包括正常运输过程中的运输工具在内，直至该项货物运达保险单所载明目的地收货人的最后仓库或储存处所或被保险人用作分配、分派或非正常运输的其他储存处所为止。如未运抵上述仓库或储存处所，则以被保险货物在最后卸载地卸离飞机后满30天为止。如在上述30天内被保险的货物需转送到非保险单所载明的目的地时，则以该项货物开始转运时终止。

(2) 由于被保险人无法控制的运输延迟、绕道、被迫卸货、重行装载、转载或承运人运用运输契约赋予的权限所作的任何航行上的变更或终止运输契约，致使被保险货物运到非保险单所载目的地时，在被保险人及时将获知的情况通知保险人，并在必要时加缴保险费的情况下，航空运输货物保险仍继续有效。保险责任按下述规定终止。

① 被保险货物如在非保险单所载目的地出售，保险责任至交货时为止。但不论任何情况，均以被保险的货物在卸载地卸离飞机后满30天为止。

② 被保险货物在上述30天期限内继续运往保险单所载原目的地或其他目的地时，保险责任仍按上述(1)条款的规定终止。

（四）航空运输货物保险的索赔与理赔

被保险人在向保险人索赔时，必须提供下列单证：保险单正本、提单、发票、装箱单、磅码单、货损货差证明、检验报告及索赔清单。如涉及第三者责任还须提供向责任方追偿的有关函电及其他必要单证或文件。

索赔时效，从被保险货物在最后卸载地卸离飞机后起计算，最多不超过2年。

二、陆上运输货物保险

（一）陆上运输货物保险的险别

陆上运输货物保险分为陆运险和陆运一切险两个基本险种，承保货物标的在陆上运输过程中(以火车、汽车运输方式或联运)由于保险责任范围内的事故造成的损失。

(1) 陆运险(Overland Transportation Risks)：保险人负责赔偿被保险货物在运输途中遭受暴风、雷电、洪水、地震等自然灾害，或由于运输工具遭受碰撞倾覆、出轨或在驳运过程中因驳运工具遭受搁浅、触礁、沉没、碰撞，或由于遭受隧道坍塌、崖崩或失火、爆炸等意外事故造成的全部损失或部分损失。被保险人对遭受承保责任内危险的货物采取抢救、防止或减少货损的措施而支付的合理费用，但以不超过该被救货物的保险金额为限。其承保范围类似于海运货物保险的“水渍险”。

(2) 陆运一切险(Overland Transportation All Risks)：陆运一切险的责任范围除了陆运险的责任外，保险人还负责被保险货物在运输途中由于外来原因所致的全部损失或部分损失。其承保范围类似于海运货物保险的“一切险”。

中国人民保险公司的陆上运输货物保险条款以火车和汽车为限，其主要险别分为陆运险和陆运一切险，陆上运输货物战争险是陆上运输货物保险的附加险。

（二）陆上运输货物保险的除外责任

对下列损失不负赔偿责任。

(1) 被保险人的故意行为或过失所造成的损失。

(2) 属于发货人责任所引起的损失。

(3) 在保险责任开始前,被保险货物已存在的品质不良或数量短差所造成的损失。

(4) 被保险货物的自然损耗、本质缺陷、特性以及市场跌落、运输延迟所引起的损失或费用。

(5) 陆上运输货物战争险条款和货物运输罢工险条款规定的责任范围和除外责任。

(三) 陆上运输货物保险的起讫期限

陆上运输货物保险也采用"仓至仓条款",即自被保险货物运离保险单所载明的起运地仓库或储存处所开始运输时生效,包括正常运输过程中的陆上和与其有关的水上驳运在内,直至该项货物运达保险单所载目的地收款人的最后仓库或储存处所或被保险人用作分配、分派的其他储存处所为止,如未运抵上述仓库或储存处所,则以被保险货物运抵最后卸载的车站满 60 天为止。

(四) 陆上运输货物保险的索赔与理赔

在向保险人索赔时,必须提供下列单证:保险单正本、提单、发票、装箱单、磅码单、货损货差证明、检验报告及索赔清单。如涉及第三者责任还须提供向责任方追偿的有关函电及其他必要单证或文件。索赔期限从被保险货物在最后目的地车站全部卸离车辆后计算,最多不超过 2 年。

1. 海上运输保险保障的风险、损失和费用都有哪些?

2. 我国海上运输货物保险(CIC)有哪些基本险和附加险?

3. 共同海损成立需要具备哪些基本条件?

4. 举例说明什么是实际全损,什么是推定全损。

5. 进出口双方以 CIF 条件达成了一笔交易,投保了平安险,保险金额为 150 万美元。载运该批货物的船在海上发生了撞船事故,导致船沉没,货物全部灭失。

问:(1) 此类损失保险公司是否赔付,为什么?

(2) 若赔付的话,按惯例被保险人可以得到多少补偿?

6. 国内某单位按 CIF 条件从中东地区进口某批货物,由于海湾战争,货轮于途中被扣。合同规定投保水渍险附加偷窃、提货不着险。我方在提货不着后便向保险公司提出索赔。

问:(1) 保险公司是否应给予赔偿?为什么?

(2) 如我方投保的是水渍险加交货不到险,则保险公司是否应给予赔偿?

7. 某货轮在航行途中因设备起火,该船的第四舱内发生火灾,经灌水灭火后统计损失,被火烧毁货物价值 5 000 美元,因灌水救火被水浸坏货物价值 6 000 美元。船方宣布为共同海损,试根据上述案例分析回答下列问题。

(1) 该轮船长宣布损失为共同海损是否合理?

(2) 被火烧毁的货物损失 5 000 美元船方是否应负责赔偿?理由是什么?

(3) 被水浸的货物损失 6 000 美元属什么性质的损失?应由谁负责?

B&E

第十七章 国际贸易货款结算

【本章导读】

国际贸易业务中，货款的收付是买卖双方的基本权利和义务，它直接关系到买卖双方的切身利益及风险，也是买卖双方在交易过程中特别关注的重点问题。所以有关国际贸易货款结算的条款是交易双方在商务磋商时考虑的主要问题之一，也是国际贸易合同的要件之一。本章主要介绍国际贸易的结算工具、收付方式以及在结算过程中的注意事项，通过本章学习旨在对国际贸易货款的收付过程有一个较为清晰的理解，为防范国际贸易收付风险、保障贸易利益奠定一定的基础。

【学习目标】

1. 熟悉国际贸易货款的结算工具。
2. 掌握国际贸易货款的收付方式。
3. 熟悉国际贸易信用证结算的基本流程。

【关键概念】

票据结算(Settlement by Negotiable Instrument)
凭单付款结算(Payment against Documents for Trade)
电子化结算(Settlement through Electronic Means)
跟单汇票(Documentary Draft,Documentary Bill)
银行汇票(Bank's Draft)　即期汇票(Sight Bill)
远期汇票(Time Bill,Usance Bill)　本票(Promissory Notes)
支票(Cheque,Check)　汇付(Remittance)
托收(Collection)　托收行(Remitting Bank)
代收行(Collecting Bank)

第一节　国际贸易结算工具

国际结算的产生与发展同国际贸易、国际运输、国际金融和国际通信科学技术的发展进步有着密切的联系，并随着后者的不断发展而产生了不同的业务种类。

一、国际结算的发展

在国际贸易中，卖方交货与买方付款是互为条件的，但总以买卖双方一手交钱一手交货、货款当面结算的方式来完成当今货物数量巨大、款项巨额的国际交易几乎是不可能的。因此，在国际贸易中，大多采用卖方先交货、买方后付款，相互给付不同时进行的交易方式。

随着国际贸易的日益扩大，到 18 世纪时，国际结算中已开始普遍使用票据结清国际债权债务关系，从而使国际结算从现金结算发展到非现金的票据结算。在使用票据结算的发展过程中，贸易、运输、保险逐步分离开来成为独立的行业，因而发票、提单和保险单也相继出现。到 19 世纪末和 20 世纪初，凭单据付款的结算方式已初步完善，这种结算方式的最大特点是银行信用参与到国际贸易结算中来，银行在国际贸易结算中发挥着重要的作用。

归纳起来，国际结算业务经历了以下 4 种类型。

(一) 现金结算

现金结算(Cash Settlement, Cash on Delivery, COD)又称货币结算，是最原始的国际结算业务。在早期的国际贸易中，卖方一手交货，买方一手交钱，货款两清。随着国际贸易量的不断增加，这种结算业务的弊端越来越多，如运送货币的风险较大、成本过高、点数和识别真伪的困难等。因此，在当今的国际贸易中极少使用这种结算业务，它通常适用于金额较小的非贸易结算中。

(二) 票据结算

票据结算(Settlement by Negotiable Instrument)是指以票据(如汇票)流通代替现金流通，债务人(如受票人、出票人)以票据清偿其债务。例如，在国际贸易中，卖方发货后，开立汇票指示买方付款；进口方开立以银行为付款人的即期付款汇票，向债权人支付一定金额。汇票、本票和支票均为可流通票据，可以背书转让。远期汇票和远期银行本票可以贴现，发挥其融资作用。

在国际贸易结算中，多采用逆汇法结算，即票据的流动方向与资金的流动方向相反。例如，在信用证和托收业务中，债权人(卖方或受益人)开立汇票，通过银行将其传递给债务人(开证银行、付款银行或买方)指示其付款；债务人将票款以相反方向再传递给债权人，履行其付款义务。

在非贸易结算中，一般采用顺汇法结算，即票据的流动方向与资金的流动方向相同。例如，在汇付的票汇业务中，债务人的代理人(汇出银行)收取债务人的资金，并开立以银行(汇入银行)为付款人的汇票，连同债务人的资金，以相同方向传递给债权人和汇入银行，结清债权债务关系。

(三) 凭单付款结算

在采用票据结算的发展过程中，贸易、运输、保险等逐渐成为各自独立的行业、运输单据(如海运提单)、保险单、产地证明也逐渐问世，成为贸易中的主要商业单据，贸易商的履约实行了单据化。因此，凭单付款结算(Payment against Documents for Trade)，是指卖方凭商业单据要求买方付款，买方也只凭商业单据而非凭货物向卖方履行付款义务。在多数信用证和托收业务中，作为受益人或卖方通常将票据结算与凭单付款结算相结合，即受益人或卖方开立汇票，指示开证银行或买方付款，同时还必须提交履行交货义务凭证的商业单据，开证银行或买方凭汇票和商业单据履行付款义务。在即期付款信用证和延期付款信用证业务中仅采用凭单付款结算。

(四) 电子化结算

随着科学技术的不断发展和进步，目前国际结算已开始进入电子化结算(Settlement through Electronic Means)阶段，即在国际结算过程中的各个环节，采用电子方法处理理业务，如使用 SWIFT（Society for Worldwide Interbank Financial Telecommunication）或 CHIPS(Clearing House Interbank Payment System)方式开立信用证，使用 EDI(Elechonic Data Interchange)制作和传递发票、提单等商业单据，以电子方式审核有关单据，传递一切有关的信息，结清债权债务关系。

二、汇票

汇票(Bill of Exchange，Draft)是国际贸易结算中使用最为广泛的一种信用工具和支付工具，在信用证、托收或票汇的结算方式中，通常需要提交汇票，特别在承兑信用证、议付信用证业务中则必须有汇票。

（一）汇票概述

中国《票据法》第 19 条规定：汇票是出票人(Drawer)签发的，委托付款人(Payer)在见票时或者在指定日期无条件支付确定金额给收款人(Payee)或者持票人的票据。英国《票据法》关于汇票的定义是：汇票是由一人向另一人签发的，要求即期或定期或在可以确定的将来的时间，对某人或其指定人或持票人支付一定金额的无条件书面支付命令。

尽管各国对汇票内容的规定有所不同，但一般认为汇票应包括下列基本内容。

(1) 载明“汇票”字样，如 Bill of Exchange。

(2) 汇票编号：一般填写发票号码。

(3) 出票人：就是签发命令或委托付款的人，在国际贸易结算中，一般为出口商或其指定的银行。

(4) 付款人(受票人)：就是接受出票人命令或委托支付汇票金额的人，在国际贸易结算中，一般为进口商或信用证中的开证申请人、开证银行或付款行或承兑行。付款人一栏在汇票右下角的 TO 栏，根据合同规定填写买方(进口商名称和地址)。

(5) 收款人(受款人)：就是凭汇票享有受领票据金额的人，在国际贸易结算中，一般为出口商或信用证中的受益人或议付银行，一般填写托收银行。收款人与出票人一致，但由于汇票可以自由转让，因此，收款人也可能是与进出口双方毫无关系的第三方。

(6) 付款的金额(Certain Paying Money)：就是托收总金额，汇票规定的受票人须无条件支付的确定金额，也就是发票金额，填写时先写币种后写金额，汇票的大写金额(Amount in Words)和汇票的小写金额(Amount in Figures)都要写明。

(7) 出票时间和地点(Place and Data of Issue)：出票日期是指形式上记载于汇票上的开立日期，一般由银行代填。出票日期与后面提到的见票即付汇票、出票后定期付款汇票、见票后定期付款汇票等紧密相关。

(8) 支付方式和付款期限(Tenor and Mode of Payment)：支付方式一般为 D/P 或者 D/A，填写在 AT 的前面，付款期限应填写在 AT 与 SIGHT 的中间。如远期见票后 60 天，则填 AT 60 DAYS SIGHT；如为“即期”，则为 ATSIGHT。

(9) 书面的无条件支付命令(Unconditional Order)：所谓支付命令(或委托)是指出票人命令或委托付款人支付汇票金额的意思表示。无条件则是指仅为单纯的命令或委托，不得附加其他行为或事件为前提；若附加了前提条件来限定金额的支付则为有条件的付款。有条件付款是各国票据法所不允许的，因而该汇票无效。为了简化票据关系，提高票据的流通性及付款的确定性，各国票据法都强调付款不得带有任何条件。在中国，无条件支付委托的文句已统一印制在汇票上,无须出票人自己填写。若汇票上没有记载任何条件,则视为无条件。

(10) 出票人签字(Signature of the Drawer):在汇票右下角打出或盖上出口方公司名称并由负责人签字或盖章。出票人签字则意味着他承担签发汇票的责任。

(11) 出票条款(Drawn Clause)。

除上述项目外,汇票上还记载一些其他内容,如利息与利率条款、付一不付二、禁止转让等。

(二) 汇票分类

汇票从不同角度可分成以下几种。

1. 按出票人不同分类

按出票人不同,可分成银行汇票和商业汇票。

银行汇票(Bank's Draft):银行汇票的出票人是银行,付款人也是银行。

银行汇票由银行签发后,交汇款人,由汇款人寄交国外收款人向付款行取款,此种汇款方式称为顺汇法。

商业汇票(Commercial Draft):商业汇票的出票人是企业或个人,付款人可以是企业、个人或银行。在国际贸易结算中,出口商用逆汇法,向国外进口商收取货款并签发的汇票,即属商业汇票。

2. 按是否附有包括运输单据在内的商业单据分类

按是否附有包括运输单据在内的商业单据,可分为光票和跟单汇票。

光票(Clean Draft,Clean Bill):指不附带商业单据的汇票。银行汇票多是光票。

跟单汇票(Documentary Draft,Documentary Bill):又称信用汇票和押汇汇票,是指附有与国际贸易有关的包括运输单据在内的商业单据的汇票。跟单汇票多是商业汇票。

国际贸易结算中使用最为普遍的是跟单汇票。在国际贸易结算中,跟单汇票又可分为三种:信用证押汇汇票、付款交单汇票(用于D/P付款方式)、承兑交单汇票(用于D/A付款方式)。

3. 按付款日期不同分类

按付款日期不同,汇票可分为即期汇票和远期汇票。

汇票上付款日期有4种记载方式:见票即付(at sight,on demand)、见票日后定期付款(at a determinable date after sight)、出票日后定期付款(at a determinable date after the date of drawing a draft)、定日付款(at a fixed day)。若汇票上未记载付款日期,则视做见票即付。见票即付的汇票为即期汇票。其他三种记载方式为远期汇票。

即期汇票(Sight Bill):即期汇票是在提示或见票时立即付款的汇票。

远期汇票(Time Bill,Usance Bill):指在一定期限或特定日期付款的汇票。依约定日期方法的不同,远期汇票又可分为以下几种。

① 定日付款汇票(Bill Payable at a Fixed Date):又称为定期汇票、板期汇票或定日汇票,是指出票人签发汇票时,载明一个固定日期为到期日的汇票。如"于某年某月某日付款"。

② 出票后定期付款汇票:又称计期汇票,是指以出票日后一定时间为到期日的汇票。如"自出票日后30天付款"(at thirty days after data of draft sight)。

③ 见票后定期付款汇票：又称注期汇票，是指出票人载明见票日后一定期间付款的汇票。如“见票后60天付款”(at sixty days after sight)。“见票”是指持票人请求付款人承兑时，付款人记载“承兑”(accepted)并签名的行为，即该汇票的到期日自承兑日起算。因此，付款人承兑时必须在汇票上记载承兑日期，否则到期日无法确定。

④ 提单签发日后若干天付款汇票：是指出票人在汇票上记载在提单签发日后一定期限内付款的汇票，如“提单签发日后60天付款”(at sixty days after data of Bill of Lading)。

4. 按承兑人不同分类

按承兑人的不同，汇票可分为商业承兑汇票和银行承兑汇票。

商业承兑汇票(Trader's Acceptance Bill)：指经企业、商号或个人为付款人并由其进行承兑的远期汇票。商业承兑汇票是建立在商业信用基础上的，若承兑人拒付，持票人的权利可能难以得到保障。这种汇票一般用于托收付款方式。

银行承兑汇票(Banker's Acceptance Bill)：指经企业、商号或个人开立的以银行为付款人并经银行承兑的远期汇票。银行承兑汇票是建立在银行信用基础上的，通常比商业承兑的汇票信用高，因而易于流通转让。这种汇票一般用于远期信用证付款方式。

5. 按记载权利人的方式不同分类

按记载权利人的方式不同，汇票可分为记名汇票、指示汇票和无记名汇票。

记名汇票：又称抬头汇票，是指出票人在汇票上明确载明收款人的姓名或商号的汇票。出票人签发这种汇票后，必须将汇票交付给票载的收款人才产生票据的效力。同时，收款人若要转让票据仅能依背书交付的方式进行。该汇票可记载“禁止转让”等文句。

指示汇票：是指出票人不仅明确载明收款人的姓名和商号，而且还要附加“或其指定的人”字样的汇票。这种汇票，持票人可以背书转让，在国际贸易中使用较广。出票人对这种汇票不得禁止持票人背书转让，否则与其记载相矛盾。

无记名汇票：是指出票人在出票时没有在票据上载明收款人姓名或商号，或仅载明将票据金额付给“来人”或“持票人”字样的汇票。收款人仅凭交付而无须背书即可转让该汇票，持票人也可以在此汇票上记载自己或他人的姓名，使之变为记名汇票。在此应注意，依中国《票据法》第22条的规定，未载明“收款人名称”的汇票无效，因此，在中国不承认无记名汇票。另外，中国《票据法》对指示汇票没有明文禁止。

6. 按汇票当事人不同分类

按汇票当事人的不同，汇票可分为一般汇票和变式汇票。

一般汇票：是指汇票关系中的三个基本当事人，即出票人、付款人和收款人(受款人)分别由三个不同的人充当，互不兼任。

变式汇票：汇票关系中的某个当事人同时充当两个以上的汇票当事人，如出票人同时兼任收款人。变式汇票又分为以下几种。

① 指己汇票：又称己受汇票，是指出票人开立以自己为收款人的汇票。在国际贸易中通常使用这种汇票。出口商发货后，开立一张以进口商或银行为付款人，以自己为收款人的汇票，因此，出口商既是出票人又是收款人。此时，出口商既可以将该汇票背书转让，发挥票据的信用作用；又可以请求付款人承兑，到期日再请求承兑人付款，发挥票据的支付作用；还可以将承兑的汇票贴现，提前获得支付，发挥其融资作用。

② 付受汇票：是指付款人与收款人为同一人的汇票。例如，出票人对某公司拥有一笔

债权，之后又与该公司的子公司发生贸易关系而需支付一笔货款给该子公司，于是则签发一张以子公司为收款人，以母公司为付款人的汇票。在这一汇票关系中，付款人和收款人实际上为同一人，即母公司。这种汇票对付款人的内部结算比较便利，同时对外也可背书转让。

③ 对己汇票：又称已付汇票，是指出票人开立以自己为付款人的汇票，即出票人同时又是付款人的汇票。这种汇票常用于总公司签发一张以分布于不同地区的分公司为付款人的汇票。这种汇票由于是出票人付款，其与本票性质类似。在我国银行业务中，银行汇票均为对己汇票。

④ 己付己受汇票：是指出票人、付款人和收款人均为同一人的汇票。这种汇票一般用于同一银行的各分行之间、同一公司的各分公司之间签发的汇票和仅以流通为目的而签发的汇票。

依据《中华人民共和国支付结算办法》规定，银行汇票均采用对己汇票；商业承兑汇票可以采用对己汇票和指己汇票；银行承兑汇票不能采用对己汇票和己付己受汇票，但可采用另外两种变式汇票。

（三）汇票的使用

在国际贸易结算业务中，汇票的使用一般需经过出票、提示、承兑、背书、贴现、拒付与追索等程序。

1. 出票

汇票的出票(Issue，Draw)也称汇票的发票、签发或开立，是指出票人签发(或开立)汇票并将其交付给收(受)款人，从而产生汇票的权利与义务的票据行为，由此可见，出票包括制作汇票(Act of Drawing)和交付汇票(Giving out a B/E)两个行为。制作汇票是指出票人依据《票据法》的规定在汇票上记载前面所述汇票内容中的各种事项。交付汇票是指出票人出于自己的意愿将汇票交付给受票人。

2. 提示

提示(Presentation)是持票人将汇票提交付款人要求承兑或付款的行为，是持票人要求取得票据权利的必要程序。付款人见到汇票称见票(Sight)。提示又分付款提示和承兑提示。前者是指持票人向付款人提交汇票，要求付款；后者是指远期汇票持票人向付款人提交汇票，付款人见票后办理承兑手续，到期时付款。

3. 承兑

汇票的承兑(Acceptance)是指远期汇票的付款人同意并记载于汇票正面上的在到期日支付汇票金额的一项承诺。在汇票关系中，由于出票人签发汇票是单方面的命令或委托付款人向持票人付款，但付款人没有绝对付款的义务，即付款人是否对持票人支付汇票金额是不确定的。为了使汇票的权利确定下来，《票据法》特设承兑制度。其手续是由付款人在汇票正面写明“承兑”字样并签字，同时注明承兑日期，然后交给持票人。付款人一经承兑，即成为承兑人(Acceptor)。承兑人负有在远期汇票到期时付款的责任。日内瓦《统一法》和中国在内的各国票据法均规定，见票后定期付款的汇票应承兑，否则无法确定汇票的到期日，进而无法行使汇票的权利。在中国《票据法》中还规定，定日付款汇票和出票后定期付款汇票也应当提示承兑，但多数国家的票据法规定这两类汇票可以承兑也可以不承兑，承兑只是持票人的权利而不是义务。由于见票即付的汇票第一次向付款人提示时，付款人即应付款或拒付，因此，承兑没有任何意义。在中国，银行汇票均为见票即付，因而无须承兑。

4. 背书

背书(Endorsement)是转让汇票权利的一种法定手续。记名汇票和指示汇票的转让必须以背书的方式进行,无记名汇票可以通过交付的方式转让。中国《票据法》不承认无记名汇票的效力,因此,背书便成为汇票转让的唯一方式。汇票的背书是指持票人将汇票的权利转让给他人或将一定的汇票权利授予他人行使,在汇票的背面或粘单上记载有关事项并签名,然后将汇票交付被背书人(受让人)的一种票据行为,被背书人无须签字。一般地,被背书人可以再做背书,这样持票人可以将一张汇票持续转让下去,从而实现汇票的流通(表 17-1)。

表 17-1 完全背书格式示意

Endorser(背书人)	Endorsee(被背书人)	Date(日期)	背书次序
A(签章)	B	×年×月×日	第一次背书
B(签章)	C	×年×月×日	第二次背书
C(签章)	D	×年×月×日	第三次背书

依据中国《票据法》第 30 条,不承认空白背书的效力,即在中国,汇票背书时不仅由背书人在汇票背面签上自己的名字(或签章),而且还必须要有被背书人的记载(完全背书)。但在日内瓦《统一法》、美国《统一商法典》、中国台湾《票据法》等大多数国家和地区的相关法规中承认空白背书的效力。在国际贸易中,汇票的背书多采用空白背书。这种背书的优点是,其持票人转让汇票的权利时,仅将汇票交付即可,而不必签名,使汇票易于流通。

5. 贴现

贴现(Discount)是指汇票持有人向受让人(一般是银行)背书,受让人受让时,扣除从转让日起到汇票付款日止的利息及一定的手续费后,将余额付给持票人的行为。作为受让人的银行可以继续转让,也可以要求受票人在到期日付款。一种远期汇票的持有人如果想在汇票到期日至付款人付款之前先取得票款,可以经过背书转让汇票,即汇票贴现。

6. 拒付与追索

持票人向付款人提示,付款人拒绝付款或拒绝承兑,均称拒付(Dishonour)。另外,付款人逃匿、死亡或宣告破产,以致持票人无法实现提示,也称拒付。出现拒付,持票人有追索(Recourse)权,即有权向其前手(背书人、出票人)要求偿付汇票金额、利息和其他费用的权利。按照一些国家的法规,在追索前,持票人必须按规定做成拒绝证书(Protest)和发出拒付通知。拒绝证书用以证明持票人已进行提示而未获结果,由付款地公证机构出具,也可由付款人自行出具退票理由书,或有关的司法文书。拒付通知用以通知前手关于拒付的事实,使其准备偿付并进行再追索。汇票的出票人或背书人为了避免承担被追索的责任,也可以在出票或背书时加注"不受追索"(Without Recourse)。但加注了此类字样的汇票流通性大大降低,在市场上难以贴现。

三、本票

本票(Promissory Notes)是一个人向另一个人签发的,保证即期或定期或在可以确定的将来的时间,对某人或其指定人或持票人支付一定金额的无条件书面承诺。我国《票据法》第 73 条规定本票的定义是:本票是由出票人签发的,承诺自己在见票时无条件支付确定的金额给收款人或持票人的票据。第2款接着规定，本法所指的本票是指银行本票，不包括商业本票，更不包括个人本票。根据日内瓦《统一法》和英国《票据法》的规定，本票可按出票人的不同分为一般本票和银行本票两种，一般本票可以开成即期的和远期的，而银行本票是见票即付，是不列明收款人或其指定人的大额本票。由此可见，本票是出票人对受款人承诺无条件支付一定金额的票据。

（一）本票的特征

（1）本票是无条件的支付承诺。本票的基本当事人只有出票人和收款人两个。本票的付款人就是出票人，本票是出票人承诺和保证自己付款的凭证，一旦出票人拒付，持票人即可立即起诉出票人。

（2）自付票据，不必办理承兑。本票是由出票人本人对持票人付款。本票本来就是付款承诺和保证，因此不必办理承兑，即使是远期本票也不必办理承兑。除承兑和参加承兑外，关于汇票的其他规定，如出票、背书、保证等适用于本票。

（3）本票只有一张。汇票可以有一式几张，通常是两张，而债权债务只有一笔，因此，要注明“付一不付二”或“付二不付一”的字样。本票如同承兑后的汇票，只有一张。

（二）本票的基本内容

本票要求具备以下必要项目：

（1）标明“本票”字样；

（2）无条件支付一定的金额承诺；

（3）付款时间和地点（未列明付款地点的，出票地点即为付款地点）；

（4）出票日期和地点；

（5）受款人或其指定人姓名；

（6）出票人签字。

四、支票

支票（Cheque，Check）是出票人签发，委托办理支票存款业务的银行或者其他金融机构在见票时无条件支付确定的金额给收款人或持票人的票据。可见，支票是以银行为付款人的即期汇票，可以看做汇票的特例。支票出票人签发的支票金额，不得超出其在付款人处的存款金额。如果存款低于支票金额，银行将拒付。这种支票称为空头支票，出票人要负法律上的责任。

（一）支票的基本内容

一张支票的必要项目包括：

（1）“支票”字样；

（2）无条件支付命令；

（3）出票日期及出票地点（未载明出票地点者，出票人名字旁的地点视为出票地点）；

（4）出票人名称及其签字；

（5）付款银行名称及地址（未载明付款地点者，付款银行所在地视为付款地点）；

（6）付款人；

（7）付款金额。

（二）支票的分类

1. 按受款人的不同分类

按受款人的不同，支票可分为记名支票和不记名支票。

记名支票(Cheque Payable to Order)：收款人是记名当事人，即在支票的收款人一栏，写明收款人姓名，如“限付某甲”(Pay A Only)或“指定人”(Pay A Order)，取款时须由收款人签章，方可支取。

不记名支票(Cheque Payable to Bearer)：也称来人支票或空白支票，支票上不记载收款人姓名，只写“付来人”(Pay bearer)。取款时持票人无须在支票背后签章即可支取。此项支票仅凭交付而转让。

2. 按出票人不同分类

按出票人的不同，支票可分为银行支票和私人支票。

银行支票(Banker's Check)：当支票的出票人是银行时，表明一家银行在另一家银行开立账户，从而开出的是银行支票。

私人支票(Personal Check)：当支票的出票人是个人时，开出的支票称为私人支票。

3. 按支票是否划线分类

按支票是否划线，支票可分为划线支票和开放支票。

划线支票(Crossed Check)：是指在支票正面划两道平行线的支票。划线支票与一般支票不同，划线支票非由银行不得领取票款，故只能委托银行代收票款入账。使用划线支票的目的是为了在支票遗失或被人冒领时，还有可能通过银行代收的线索追回票款。

开放支票(Open Check)：也称未划线支票(Uncrossed Check)，可以现金付款。

4. 按支票是否保付分类

按支票是否保付，分为保付支票和普通支票。

保付支票(Certified Check)：是指为了避免出票人开出空头支票，保证支票提示时付款，支票的收款人或持票人可要求银行对支票“保付”。保付是由付款银行在支票上加盖“保付”戳记，以表明在支票提示时一定付款。支票一经保付，付款责任即由银行承担。出票人、背书人都可免于追索。付款银行对支票保付后，即将票款从出票人的账户转入一个专户，以备付款，所以保付支票提示时，不会退票。

普通支票(Common Check)：未经保付的支票。

（三）支票与汇票的区别

支票是汇票的一种，所以支票与汇票有很多共性。但支票要发挥其支付作用，它又具有不同于汇票的特殊性。

(1) 支票是以银行存款客户作为出票人、以他的开户行作为受票人而签发的书面支付命令，授权他借记出票人账户，支付票款给收款人。因此出票人是银行客户，受票人是开户银行，支票是授权书。汇票的出票人、受票人是不受限定的任何人，汇票是委托书。

(2) 支票是支付工具，只有即期付款，无须承兑，也没有到期日的记载。汇票是支付和信用工具，它有即期、远期之分，有承兑行为，也可有到期日的记载。

(3) 支票的主债务人是出票人，汇票的主债务人是承兑人。如在合理时间内未能正当提示要求付款，支票的背书人解除责任，但出票人不能解除责任。如遇延迟提示受到损失时，出票人只能解除受到损失的数额，而汇票的背书人和出票人均被解除责任。

(4) 支票可以保证付款。为了避免出票人开出空头支票，保证支票在提示时付款，美国《票据法》规定：受票行可应出票人或持票人的请求，在票面写上“证明”(CERTIFIED)字样并签字。这张支票就成了保付支票。保付银行的责任等于远期汇票受票行承兑时所负的责任，它要将票款借记出票人账户，贷记在一个备付账户，准备用来付款，这时出票人和背书人的责任即告解除，完全由保付行承担付款责任。这样，商业信用转为银行信用。汇票没有保付的做法，但有第三者保证(Guaranteed)的做法。

(5) 划线支票的受票行要对真正所有人负责付款，而即期汇票或未划线支票的受票行要对持票人负责付款。

(6) 支票只能开出一张，汇票可以开出一套。

图 17-1 为银行转账支票的样本。

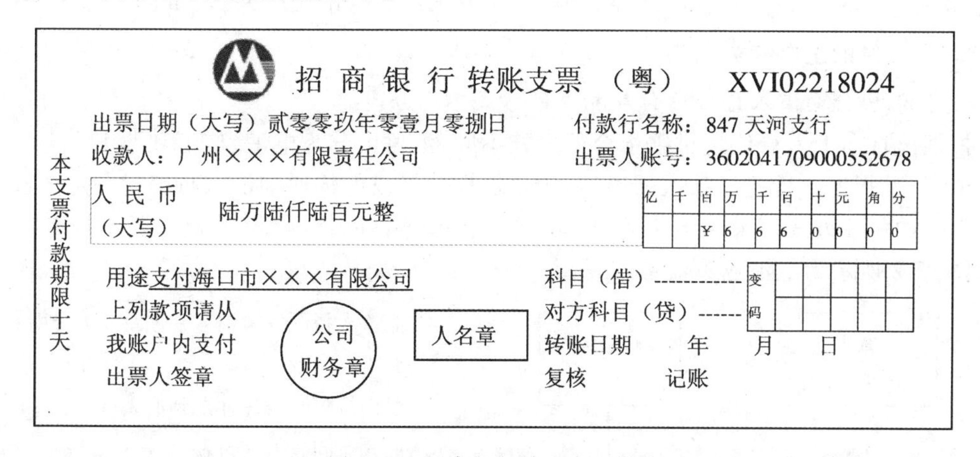

招商银行 转账支票 （粤） XVI02218024

出票日期（大写）贰零零玖年零壹月零捌日　　付款行名称：847 天河支行

收款人：广州×××有限责任公司　　出票人账号：3602041709000552678

本支票付款期限十天

人民币（大写）　陆万陆仟陆百元整

亿	千	百	万	千	百	十	元	角	分
		¥	6	6	6	0	0	0	0

用途支付海口市×××有限公司　　科目（借）

上列款项请从我账户内支付　　对方科目（贷）

出票人签章　　公司财务章　　人名章

转账日期　年　月　日

复核　记账

图 17-1　招商银行转账支票样本

【知识点】

在国际贸易结算中票据的使用非常重要，汇票是其中最为重要的票据。票据之所以能够获得广泛的使用，是因为它在经济上有独特的作用，能为当事人提供一定的方便或好处。票据的作用主要表现在以下三个方面：汇兑作用、信用工具作用和支付工具作用。

第二节　国际贸易结算方式

汇付、托收和信用证是国际贸易结算中的三种基本方式，汇付和托收是较为简单的方式，信用证结算是随着国际贸易的发展在银行参与国际结算的过程中逐步形成的，是现在国际贸易结算中使用最为广泛、最重要的支付方式。本节主要就这三种支付方式进行介绍。

一、汇付

汇付(Remittance)又称汇款，是最简单的国际贸易货款结算方式。采用汇付方式结算货款时，卖方将货物发运给对方后，有关货运单据由卖方自行寄送买方，而买方则径自通过银行将货款交给卖方。

（一）汇付方式的当事人

汇付的当事人主要有4个。

（1）汇款人，是承担付款义务的人，在国际贸易中通常为买方。

（2）汇出行，是接受汇款人的申请，代其汇出款项的银行，通常是进口地买方所在国的银行。

（3）汇入行，是受汇出行的委托，对收款人付款的银行，通常是出口地卖方所在国的银行。

（4）收款人，是接受款项的人，在国际贸易中通常是卖方。

汇出行与汇入行之间事先有代理合同，汇入行按代理合同和付款委托书规定承担解付汇款的义务。为了便于开展业务和证实付款凭证的真实性，银行之间建立代理关系时，均须约定“密押”（Test Key）与交换“签字样本”（Authorized Signature Specimen）。

（二）汇付的主要种类

1. 按汇出行向汇入行传达付款指令的方式不同分类

按汇出行向汇入行传达付款指令的方式不同，汇付可分为电汇、信汇和票汇。

电汇，是指汇出行应汇款人的申请，拍发加押电报或电传通知汇入行解付一定金额给收款人的一种付款方式。采用电汇方式，收款人能迅速收取款项，但付款人要承担较多的费用。图17-2所示为电汇业务流程示意图。

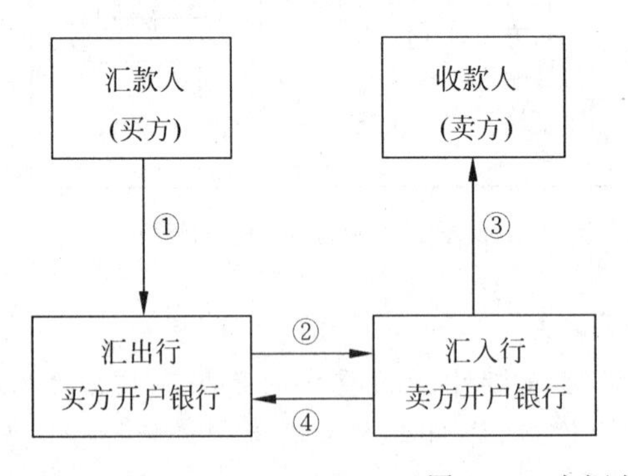

① 汇款人将汇付申请、款项及有关费用交给汇出行。

② 汇出行电汇委托通知到汇入行。

③ 汇入行向收款人付款。

④ 汇入行向汇出行发出付讫借记通知。

图17-2 电汇业务流程示意图

信汇，是指汇出行按照汇款人的申请，以邮递方式将信汇委托书寄交汇入行，指示其解付一定金额给收款人的一种汇付方式。采用信汇方式，信汇的费用较小，但汇款的速度较慢。

票汇，是指汇款人应汇款人申请开具以汇入行为付款人的银行即期汇票，由汇款人自行邮寄或携带给收款人，收款人凭票向汇入行取款的一种付汇方式。票汇是以银行即期汇票作为结算工具的，因此汇票的优点在于收款人可以通过背书转让所持有的银行汇票。图17-3所示为票汇业务流程示意图。

2. 按照交货与支付的时间先后分类

按照交货与支付的时间先后，汇付可分为预付货款、货到付款和款到交货。

预付货款，即买方先期汇付货款而后得到货物，如订货时即付款，也称订货付现。

货到付款，即卖方先交货后买方即汇付货款，也称见单付现。

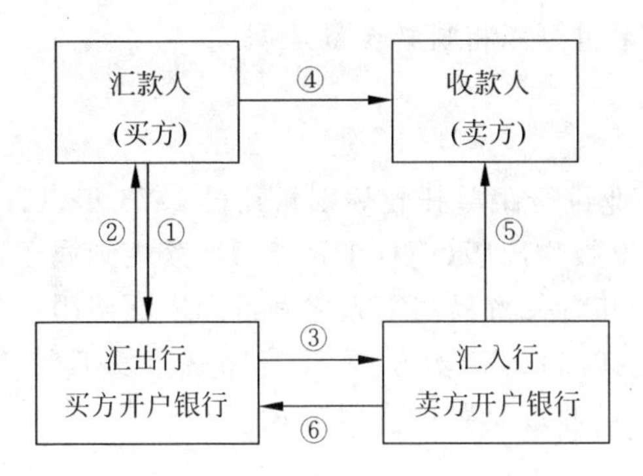

① 汇款人将汇付申请、款项及有关费用交给汇出行。
② 汇出行向汇款人开出银行即期汇票。
③ 汇出行向汇入行寄票汇通知。
④ 汇款人向收款人寄交即期汇票。
⑤ 汇入行凭银行即期汇票向收款人付款。
⑥ 汇入行向汇出行发出付讫借记通知。

图 17-3　票汇业务流程示意图

款到交货，即买方付汇货款后，卖方即交货，也称交单付现。

（三）汇付风险表现形式及防范风险的措施

1. 汇付风险表现形式

(1) 赊销(Open Account，O/A)：是出口商将货物发送给进口商，在没有得到付款或付款承诺的情况下，就将货物运输单据交给进口商，让进口商提取货物的一种结算方式。这种先货后款的方式是一种给了进口商较大信用、较长融资时间的结算方式。在这种情况下，出口商能否得到货款，完全依赖于进口商的信誉，一旦进口商违约，就会出现钱货两空的局面。而进口商则在没有支付任何货款的情况下得到了货物，并且可以按照自己的意愿处理货物。

(2) 货到付款：出口商先行将货物出运，在进口商收到货物后再将货款汇付给出口商。货到付款具体又可以分为寄售和售定两种，在付款时间点上两者有细微的差别，但是都是出口商向进口商提供的单方融资渠道，并且出口商还要承担进口商拒付的风险。在国际贸易实务中，多用售定方式，即买卖双方签订合同，在进口商收到货物后立即将全部货款以电汇的形式付给出口商。

(3) 预付货款：进口商先将货款汇交出口商，出口商在收到货款后再发货给进口商的方式，多见方式为预付订金。

2. 防范风险的措施

面对汇付存在的种种风险，应做好风险防范准备工作，具体如下。

(1) 对客户进行有效的资信调查，弄清对方的资信情况，仅和那些资信可靠、经营作风正派的贸易商采用汇付结算方式。

(2) 在预付货款的交易中，进口人为了减少预付风险，采用凭单付汇的做法。进口人将货款汇付给汇入行，并指示汇入行凭出口人提供的某些指定的单据和装运单据付款给出口人。因此对进口人来说，比一般的汇付方式多了一层保障，对出口人来说，只要按时交货交单就可以拿到全部货款。

(3) 对于预付订金，一般为合同总值的25%～30%，或者是起运地到目的港所需运输费用的两倍或者略高一点。这样做，首先预付金并不算多，如果是有一定信用的进口商，这种方式并不会触及其根本利益，从而体谅出口商的苦衷而给予配合；其次，进口商预付了货款，就在一定程度上受到了牵制，即使日后想毁约，也会考虑其预付金而勉强履约。退一步而言，就算进口商到时真的不提货、不付款，出口商还可以降价销售或用其他办法处理，其损失的部分可用进口商的预付金来补偿，最坏结果也可以将货物全部运回。

二、托收

国际商会1958年拟定，1967年修订的《商业银行跟单托收规则》，经过1978年、1995年修订为《托收统一规则》，在国际商会第522号出版物出版（简称URC522），该规则属于国际惯例。URC522已在我国银行和其他各国银行和有关贸易当事人之间得到广泛使用。

根据《托收统一规则》，托收（Collection）是指出口商（卖方）发运货物后签发汇票，委托当地银行通过其在国外的往来行向进口商（买方）收取货款的支付方式。

（一）托收的当事人及其法律关系

在托收关系中一般有4个当事人，他们分别是：

(1) 委托人（Principal），即委托银行代收货款的卖方。

(2) 托收行（Remitting Bank），又称委托行，是指接受委托人的委托，再转托买方所在地银行代为收款的卖方所在地银行。

(3) 代收行（Collecting Bank），是指接受托收银行委托代向付款人收款的买方所在地银行。

(4) 付款人（Payer），就是债务人，也是汇票上的受票人，在国际贸易中通常为买方（进口商）。

这4个当事人之间的法律关系分别如下。

(1) 委托人与托收行的关系是代理关系。他们之间的代理合同，就是委托人填写的并经托收行确认的托收申请书。托收申请书除写明了双方在托收业务中的权利义务外，往往还规定对一些具体问题的处理办法。如对有关拒付、收款后的通知、托收费用、委托人承担风险等也有详细规定。

委托人的义务主要有3项：其一，委托人有义务支付托收费用。如托收申请书规定托收费用由买方承担，那么在买方拒付托收票款时，托收费用仍应由委托人负担。其二，委托人承担托收的一切风险。如付款人拒付以及由于外汇管制或外贸管制所造成的托收延误或不能托收等。其三，根据外国法律或惯例对银行规定的义务和责任，委托人应受其约束并负赔偿的责任。

托收行的主要义务是：其一，托收行应以善意和合理的谨慎态度办理托收事务。其二，托收行必须核实所收到的单据在表面上与托收批示所列一致，如发现任何单据有遗漏，应立即通知发出指示书的一方。托收行对以下情形不承担义务或责任：①对由于任何通知、信件或单据在寄送途中发生的延误或失落所造成的一切后果，或对电报、电传、电子传送系统在传递中发生延误、残缺和其他错误，或对专门性术语在翻译和解释上的错误，概不承担义务或责任；②对由于天灾、暴动、骚乱、叛乱、战争或银行本身无法控制的任何其他原因，或对由于罢工或停工致使银行营业间断所造成的一切后果，概不承担义务和责任。

(2) 托收行与代收行之间也是代理关系。托收行与代收行之间往往建立了长期的代理关系。然后，在办理具体某一个委托业务时，托收行一般在向代收行发出的托收委托书中对某些具体事项加以明确规定。托收委托书的内容不得违背委托人在托收申请书中的指示。作为托收行的代理人，代收行应按托收行的指示，及时向汇票上的付款人作付款提示或承兑提示。在遭到拒付时，代收行应及时把详细情况通知托收行。在权利方面，根据《托收统一规则》的规定，适用于托收行的不承担责任情形，也适应于代收行。

（3）委托人与代收行之间不存在直接的合同关系。委托人与代收行之间无权利义务可言。即使代收行未按托收委托书行事，致使委托人遭受损失，委托人也不能对代收行起诉。在这种情况下，委托人只能通过托收行追究代收行的责任。

（4）代收行与付款人之间也不存在直接的合同关系。代收行与付款人（买方）彼此之间并不承担任何义务。代收行只是以托收行的代理人的身份向付款人提示汇票并收取货款。因此，他们之间的关系实际上是代理关系中代理人与第三人之间的关系。如果付款人拒绝承兑或拒绝付款，代收行只能把拒付情况通知托收行，由委托人根据货物买卖合同的规定向付款人索要货款。代收行不能直接以自己的名义追究付款人的责任。

（5）委托人与付款人之间是货物买卖合同中的卖方和买方之间的关系。在托收关系中，委托人和付款人之间的关系仍然是货物买卖合同中的卖方和买方之间的关系。通过托收支付价款是货物买卖合同履行的一部分内容。如果付款人拒绝付款或承兑，委托人可以根据货物买卖合同追究付款人的责任并可要求损害赔偿。

（三）托收的分类

根据是否随附货运单据，托收分为光票托收和跟单托收。

（1）光票托收是指卖方只开立汇票，不附带货运单据委托银行向买方收款的托收方式。光票托收多用于国际贸易中的货款尾数和从属费用的收取。光票可以使即期汇票，也可以使远期汇票。若是即期汇票，代收行应要求付款人见票即付；若是远期汇票，代收行应向付款人提示汇票，要去承兑，待到期日再向付款人收取票款。

（2）跟单托收，是指卖方开立汇票并连同货运单据一起交给银行，委托银行向买方收取货款的托收方式。在国际贸易中，货运单据（其中的提单就是物权证书）代表着货物的所有权，交单就是象征性交货。

根据交单条件的不同，跟单托收又可分为付款交单和承兑交单。

①付款交单（Documents against Payment，D/P）：出口方在委托银行收款时，指示银行只有在付款人（进口方）付清货款时，才能向其交出货运单据，即交单以付款为条件，称为付款交单。按付款时间的不同，又可分为即期付款交单和远期付款交单。即期付款交单（D/P Sight），出口方按合同规定日期发货后，开具即期汇票（或不开汇票）连同全套货运单据，委托银行向进口方提示，进口方见票（和单据）后立即付款。银行在其付清货款后交出货运单据。远期付款交单（D/P after Sight），出口方按合同规定日期发货后，开具远期汇票连同全套货运单据，委托银行向进口人提示，进口方审单无误后在汇票上承兑，于汇票到期日付清货款，然后从银行处取得货运单据。

远期付款交单和即期付款交单的交单条件是相同的：买方不付款就不能取得代表货物所有权的单据，所以卖方承担的风险责任基本上没有变化。远期付款交单是卖方给予买方的资金融通，融通时间的长短取决于汇票的付款期限。通常有两种规定期限的方式：一种是付款日期和到货日期基本一致。买方在付款后，即可提货。另一种是付款日期比到货日期要推迟许多。

买方必须请求代收行同意其凭信托收据（Trust Receipt，T/R）借取货运单据，以便先行提货。所谓信托收据，是进口方借单时提供的一种担保文件，表示愿意以银行受托人身份代为提货、报关、存仓、保险、出售，并承认货物所有权仍归银行。货物售出后所得货款应于汇票到期时交银行。代收行若同意进口方借单，万一汇票到期不能收回货款，则代收行应承担偿还货款的责任。但有时出口方主动授权代收行凭信托收据将单据借给进口方。这种做法将由出口方自行承担汇票到期拒付的风险，与代收行无关，称为“付款交单，凭信托收据借单(D/P，T/R)”。从本质上看，这已不是“付款交单”的做法了。

② 承兑交单(Documents against Acceptance，D/A)：是指出口方发运货物后开具远期汇票，连同货运单据委托银行办理托收，并明确指示银行，进口人在汇票上承兑后即可领取全套货运单据，待汇票到期日再付清货款。

承兑交单和上面提及的“付款交单，凭信托收据借单”一样，都是在买方未付款之前，即可取得货运单据，凭以提取货物。一旦买方到期不付款，出口方便可能钱货两空。因而，出口商对采用此种方式持严格控制的态度。

（三）托收业务的基本流程

采用托收方式进行国际贸易结算的基本流程如图 17-4 所示。

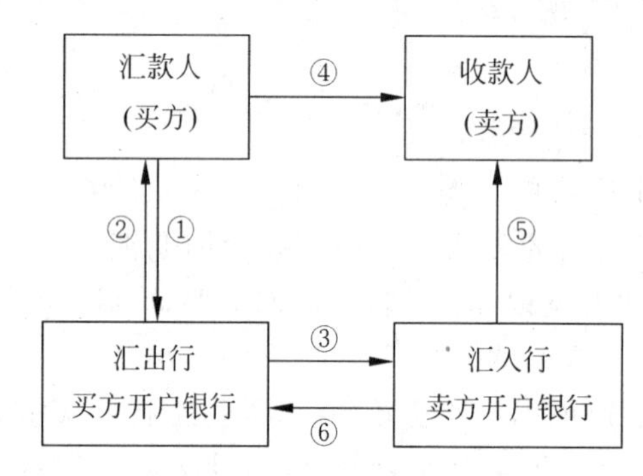

① 汇款人将汇付申请、款项及有关费用交给汇出行。
② 汇出行向汇款人开出银行即期汇票。
③ 汇出行向汇入行寄票汇通知。
④ 汇款人向收款人寄交即期汇票。
⑤ 汇入行凭银行即期汇票向收款人付款。
⑥ 汇入行向汇出行发出付讫借记通知。

图 17-4　托收业务流程示意图

（四）托收的风险表现及防范措施

托收风险的表现形式如下。

(1) 进口商的信用风险和代收行的银行风险。在市场行情不好的情况下，进口商会找借口拒收货物拒付货款；还有可能与代收行串通，或者伪造代收行骗取提货单据。

(2) 进口国的政治风险。进口商可能会因为进口国的战争骚乱、罢工、未能取得出口许可证、进口国的外汇管理等原因造成不能按时付款。这些都属于出口商需要考虑的进口商所处国家的政治风险。

(3) 财务风险。一旦进口商拒绝付款收汇失败，出口商即使在掌握物权的情况下，也不得不独自承担相关的财务损失。例如，货物转售的价格损失；目的港的仓储、提取和保险费等，货物存储时间过长还可能腐败变质；如不能转售，还不得不承担往返的运费等。

托收风险的防范措施有以下几点。

(1) 加强对进口商和进口商银行的信用审查。详细调查客户的信用状况及代收行的可靠程度。

(2) 投保出口信用险以转嫁出口收汇风险。出口信用保险是一国政府为鼓励和扩大出口而以财政资金做后盾，由专门保险机构向出口商提供的保证其收汇安全的一种政策性风险保障制度，是一种政策性保险业务，它所保障的风险是一般商业保险公司不愿或不能承保的境外商业信用风险或政治风险等。

(3) 多种结算方式结合，预收部分货款以降低收汇风险。根据委托代理理论的观点，为使代理人有足够的激励去自动选择有利于委托人的行动，就必须在合同的设计中让代理人也承担一部分不确定的风险，并从这种风险承担中获得相应的补偿。所以，为了确保托收方式下的收汇安全，出口商可以预收一定的预付金，余额用D/P即期的方式收汇。预付金的比例和汇付一样，一般应为合同总值的25%～30%。

代收行对托收指示的态度

1995年11月，荷兰A银行通过国内B银行向C公司托收货款，B银行收到单据后，将远期汇票提示给付款人承兑。据付款人称，出票人已告知，货物已抵达香港，必须承兑汇票后，出票人才肯交货。付款人为尽快取得货物，遂承兑了汇票。1996年1月，B银行收到已承兑的汇票后，遂对外发出承兑电，称汇票已经付款人承兑，到期我行将按贵行指示付款。

1996年5月，汇票到期，B银行要求付款人(C公司)付款，C公司称，由于未完全收到货物，不同意付款，B银行就此电告A银行，付款人不同意付款。

几天后，A银行回电称：在我行的托收指示中，我们要求贵行：①承兑交单(汇票期限为出票后180天)；②承兑的汇票由贵行担保；③如果已承兑的汇票没有由贵行担保，请不要放单。贵行1996年1月来电通知，客户已承兑汇票，到期时，将按我行指示付款。因此，请贵行立即安排付款。

案情分析：B银行收到A银行寄交的托收单据，必须按托收指示中的指示和国际商会522号出版物《托收统一规则》行事，对不能履行或不愿履行的指示，必须毫无延误地通知寄单行。国际商会522号出版物《托收统一规则》第一条C款规定："无论出于何种原因，如果银行决定不办理它收到的托收或任何有关指示，它必须无延误地以电信或在不可能采用电信方式的情况下，以其他快捷的方式通知向他发出托收指示的一方。"B银行收到A银行寄交的托收单据，既没有执行托收指示中的指示，又没有将不执行的决定及时通知寄单行，这种做法是不对的。

三、信用证

根据国际商会《跟单信用证统一惯例》的解释，信用证(Letter of Credit)是指银行(开证行)依照客户(申请人)的要求和指示或自己主动，在符合信用证条款的条件下，凭规定单据，向第三者或其指定人付款，或承兑和(或)支付受益人开立的汇票；或授权另一家银行进行该项付款、或承兑和支付该汇票；或授权另一家银行议付。简言之，信用证是一种银行开立的有条件的承诺付款的书面文件。当然，信用证也可能不经客户申请，由开证行根据自身业务需要，直接向受益人开立，这种情况主要是银行为了向他人融资或购买物品时开立的备用信用证。

(一) 信用证的当事人

1．开证申请人

开证申请人(Applicant)是指向银行申请开立信用证的人，在信用证中又称开证人

(opener)。一般为进口商或实际买主。如果是开证行主动开立信用证,这时就没有开证申请人了。开证申请人需向银行交付一定比例押金及手续费,并且负有及时付款赎单的义务。

2. 开证行

开证行(Opening Bank,Issuing Bank)是指接受开证申请人的委托开立信用证的银行,它承担保证付款的责任。一般是进口商所在地的银行。开证行有权拒绝受益人或议付行的不符单据,付款后如开证申请人无力付款赎单时开证行可处理单、货,货不足款时可向开证申请人追索余额。

3. 通知行

通知行(Advising Bank,Notifying Bank)是指受开证行的委托,将信用证转交出口人的银行。通知行一般是出口地所在银行,它只负责鉴别信用证的表面真实性,不承担其他义务。

4. 受益人

受益人(Beneficiary)是指信用证上所指定的有权使用该证的人,是信用金额的合法享受人,一般是出口人或实际供货人。受益人在收到信用证后应及时与合同核对,不符者尽早要求开证行修改或拒绝接受或要求开证申请人指示开证行修改信用证;如接受则发货并通知收货人,备齐单据在规定时间向议付行交单议付;受益人对单据的正确性负责,不符时应执行开证行改单指示,并仍在信用证规定期限交单。受益人有权对被拒绝修改或修改后仍不符的信用证在通知对方后单方面撤销合同并拒绝信用证;交单后若开证行倒闭或无理拒付可直接要求开证申请人付款;收款前若开证申请人破产可停止货物装运并自行处理;若开证行倒闭时信用证还未使用可要求开证申请人另开。

5. 议付银行

议付银行(Negotiating Bank)是根据开证行的付款保证和受益人的要求,对受益人交来的符合信用证规定的跟单汇票垫款或办理贴现的银行。一般来说,议付行就是通知行。议付行议付后,开证行倒闭或借口拒付,议付行可以向受益人追回垫款。

6. 付款银行

付款银行(Paying Bank,Drawee Bank)是指开证行在信用证中指定的一家银行,并授权其在单据相符时对受益人付款。在多数情况下,付款行就是开证行,也可以是开证行委托的另一家银行,这种银行又称代付银行。

7. 保兑行

保兑行(Conforming Bank)是指受开证行委托对信用证以自己名义保证的银行。保兑行的义务是加批"保证兑付";信用证一经保兑,即构成保兑行在开证行以外的一项确定承诺,保兑行与开证行一样承担付款责任。保兑行独立对信用证负责,凭单付款;付款后只能向开证行索偿;若开证行拒付或倒闭,则无权向受益人和议付行追索。

8. 承兑行

承兑行(Accepting Bank)是指对受益人提交的汇票进行承兑的银行,即在汇票证上签字承诺到期付款的银行。在承兑信用证项下,承兑行可以是开证行本身,也可以是信用证所指定的其他银行。

9. 偿付行

偿付行(Reimbursing Bank)是指受开证行在信用证上的委托,代开证行向议付行、承兑

行或付款行清偿垫款的银行(又称清算行)。偿付行只负责替开证行付款而不负责审单；付款时不凭单据，只凭议付行或付款行交来的索偿书。偿付行只管偿付不管退款；不偿付时开证行偿付。

(二) 信用证的主要内容

信用证目前尚未有统一的格式，文字语句也有很多差别，但其基本内容大致相同。一般来说，信用证的主要内容就是货物买卖合同条款与要求受益人提交的相关单据，同时再加上银行保证条款。概括起来，信用证的主要内容包括以下几个方面。

(1) 信用证本身的说明，包括信用证的号码、种类、性质、金额、币别、开证日期、议付有效期，货物到达地点等。

(2) 信用证的当事人。信用证必须记载的当事人有申请人、开证行、受益人、通知行的名称和地址，另外，根据信用证的种类和性质，信用证上还可能记载的当事人有保兑行、指定议付行、付款行、偿付行等。

(3) 货物条款，主要包括货物名称、数量、品质、包装、价格以及合约号码等。

(4) 运输条款，主要包括运输方式、装运期限、装运地和目的地、最迟装运日期、可否分批装运或转运等。

(5) 单据条款。单据条款是信用证最重要的内容，主要用来说明要求提交的单据的种类、份数、内容要求等。信用证要求的单据主要分3类：其一是货物单据，也是基本单据，以发票为中心，包括装箱单、重量单、产地证、商检说明书等；其二是运输单据，如提单；其三是保险单据，如保险单。

(6) 价格条款。信用证的价格条款是申请人和受益人在商务合同中规定的货物成交价格条款，如FOB、CFR、CIF等。

(7) 信用证的交单期限(Period for Presentation of Documents)。每个要求出具运输单据的信用证还应规定一个在装运日期后的一定时间内向银行交单的期限，即信用证的交单期限。如果没有规定该期限，根据国际惯例，银行将拒绝受理迟于装运日期后21天提交的单据，但无论如何，单据必须不迟于信用证的有效日期内提交。

(8) 信用证偿付条款。信用证的偿付条款是开证行在信用证中规定的如何向付款行、承兑行、保兑行或议付行偿付信用证款项的条款。

(9) 信用证银行费用条款。信用证中一般规定开证行的银行费用(除开证费外)或通知行费用由受益人来承担。

(10) 信用证特别条款。信用证有时附有对受益人、通知行、付款行、承兑行、保兑行或议付行的特别条款。

(11) 信用证开证行保证条款，是指开证行对受益人或汇票持有人保证付款的责任文句，这是确定开证行付款责任的依据，也是信用证支付方式的主要特点。

(12) 其他规定。可根据每一笔具体交易的需要而做出不同的规定。

(三) 信用证支付的程序

由于国际贸易中采用的信用证大多数是跟单信用证，因此，本书是以跟单信用证为例来阐述信用证业务的结算程序，如图17-5所示。

(四) 信用证风险的表现及防范措施

在国际贸易结算中，使用信用证存在以下风险表现。

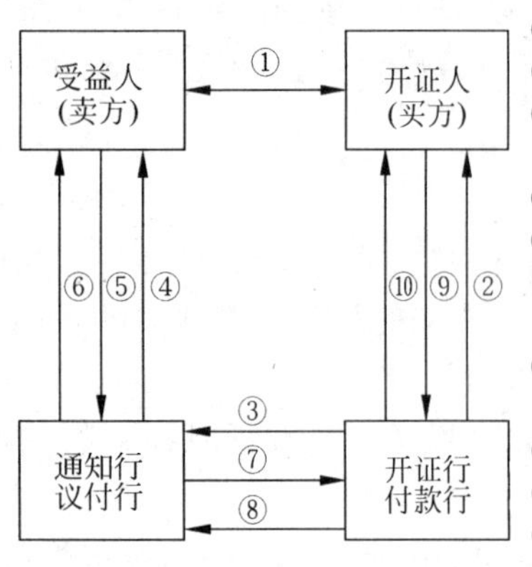

① 买卖双方在进出口贸易合同中规定采用信用证方式支付。
② 买方向银行申请开证，并向银行交纳押金或提供其他保证。
③ 开证行根据申请书的内容，开出以卖方为受益人的信用证，并寄交卖方所在地通知行。
④ 通知行核对印鉴无误后，将信用证交与卖方。
⑤ 卖方审核信用证与合同相符后，按信用证规定装运货物，并备齐各项货运单据，开出汇票，在信用证有效期内，送请当地银行(议付行)议付。
⑥ 议付行按信用证条款审核单据无误后，按照汇票金额扣除利息，把货款垫付给卖方。
⑦ 议付行议付后将汇票和货运单据寄开证行要求索偿。
⑧ 开证行或其指定的付款银行核对单据无误后，付款给议付行。
⑨ 开证行通知开证人付款赎单，开证人验单无误后付清货款。
⑩ 开证行把全部货运单据交给开证人。

图 17-5 跟单信用证结算业务程序

(1) 开证行信用风险。信用证虽然是银行信用，但是也不是绝对安全的。在一些国家银行的成立并不是特别严格，并且国外银行的所有权也大多是私有性质的，在这种情况下，银行的资信非常重要。进口商会同一家小银行或者根本不存在的银行联合进行诈骗是完全可能的。

(2) 信用证硬条款风险。在信用证的规定格式中，有许多的硬性条款，这些构成信用证的基本要素，如受益人、有效期、装运期、交单期、议付行等，任何一个条款的细微变化都可能给出口商带来麻烦。

(3) 信用证软条款风险。在信用证业务中，进口商或开证行有可能利用信用证只关注单据这一特点设置"陷阱条款"(Pitfall Clause)，或称为信用证软条款(Soft Clause)。即在不可撤销的信用证加列一种条款，使出口商不能如期发货，据此条款开证申请人(买方)或开证行具有单方面随时解除付款责任的主动权，这种信用证实际变成了随时可以撤销或永远无法生效的信用证，银行中立担保付款的职能完全丧失。带有此种条款的信用证实质上是变相的可撤销信用证，极易造成单证不符而遭开证行拒付。买方凭借信用证"软条款"还可以骗取卖方的保证金、质押金、履约金、开证费等。

(4) 单据风险。信用证是一种单据买卖，实行的是凭单付款的原则。首先，银行审单只要"单单一致，单证一致"就会把货款付给出口方而不管实际货物是否符合进口方的要求。其次，如果单证做不到完全一致，就会出现单据不符。对于单据不符包括两种情况，《跟单信用证统一惯例》(UCP600)也有明确的规定：一是无关紧要的不符；二是名副其实的不符。无关紧要的不符是指虽然单据表面与信用证不符，却可以视为相符的不符点，这种不符的单据仍可为银行所接受。名副其实的不符，即构成可以拒收拒付的单证不符。包括单据不符合信用证条款的规定；单据不符合 UCP600 的规定；单据之间相互矛盾三种情况。该类型不符合单据的后果是开证行解除了单证相符条件下的付款责任，将银行信用证转为商业信用证，也就给进口商提供了拒付的理由。

总之，国际贸易错综复杂，由于交易双方在不同的地域、国家，所以更加增加了贸易结算的困难。不论采用哪种国际贸易结算方式，最基本前提是对贸易方的资信状况要了解清楚，只有双方有良好的信誉，才能促使贸易的顺利完成。在贸易结算方式的选择上，尽量规避风险比较大的方式，积极采用保险或者多重结算方式抵消风险，一旦采用某种结算方式，要尽可能地考虑到风险隐患并较早采取相应措施，保护自身利益。

信用证指示不明确、不完整

欧洲某银行开立一张不可撤销议付信用证，该信用证要求受益人提供"Certificate of Origin: E. E. C. Countries"(标明产地为欧共体国家的原产地证明书)。该证经通知行通知后，在信用证规定的时间内受益人交来了全套单据。在受益人交来的单据中，商业发票上关于产地描述为"Country of Origin: E. E. C. ",产地证则表明"Country of Origin: E. E. C. Countries"。

议付行审核受益人提交的全套单据后认为，单单、单证完全一致，于是该行对受益人付款，同时向开证行索汇。

开证行在收到议付行交来的全套单据后，认为单单、单证不符，主要是以下两点。

(1) 发票上产地一栏标明 E. E. C.，而信用证要求为 E. E. C. Countries。

(2) 产地证上产地一栏标明 E. E. C. Countries，而发票产地标明 E. E. C.。

开证行明确表明拒付，并且保留单据听候处理。

收到开证行拒付通知后，议付行拒理力争：信用证对于发票并未要求提供产地证明，况且发票上的产地系与产地证一致。因此，议付行认为不能接受拒付，要求开证行立即付款。

案情分析：该案的争议源于信用证条款的不完整、不明确，在开证行开列的信用证中，开证行对产地的要求为 E. E. C. Countries，而并未具体要求哪一国。在此情况下，受益人提供的单据中涉及产地一栏时既可笼统表示为欧共体国家，也可具体指明某一特定国家(只要该国是欧共体成员国即可)。倘若开证行认为不符合其规定，它应在开证时将产地国予以明确表示。

UCP600 规定：开立信用证的指示、信用证本身、修改信用证的指示以及修改书本身必须完整、明确。既然开证行开立的信用证指示不明确，它将自己承受此后果。故在此案中开证行的拒付是不成立的。

此案例给我们的启示是：

(1) 作为开证行在开立信用证时必须完整、明确。

(2) 议付行在收到不明确、不完整的指示时，应及时与对方联系，以避免不必要的纠纷。

(3) 受益人必须严格按照信用证条款行事，对于非信用证所要求的千万别画蛇添足。在本案中既然商业发票中不必显示产地，虽然商业发票中显示产地是许多国家的习惯做法，但为避免麻烦也不应该出现原产地。

第三节 各种支付方式的选择

在国际贸易业务中，一笔交易的货款结算，可以只使用一种结算方式，一般情况下，多采用信用证结算，但也可根据不同的交易商品、交易对象、交易做法等，将两种以上的结算方式结合使用，使各种方式充分发挥其功能，使当事人真正受益，从而有利于促成交易、安全及时收汇等。在开展国际贸易业务时，究竟选择哪一种支付形式，可酌情而定。

一、影响结算方式选择的因素

在国际贸易中，结算方式的选择非常重要，它不仅关系到交易各方的利益，也关系到交易能否最终成功。在选择结算方式时，安全因素是首先需要考虑的重要问题，其次是占用资金时间的长短，当然也要注意具体操作时的手续繁简、银行费用的多少等。此外，下列因素对选择何种结算方式具有一定的影响，有时甚至起决定性作用。

(1) 客户资信。在国际贸易中，合同能否顺利圆满地得到履行，在很大程度上取决于客户的信用。因此，要在国际贸易中安全收汇、安全用汇就必须事先做好对客户的资信调查，以便根据客户的具体情况，选用适当的结算方式。

(2) 贸易术语。国际货物买卖合同中采用不同的国际贸易术语，表明各项合同的交货方式和使用的运输方式是不同的，而不同的交货方式和运输方式所适用的结算方式不会完全相同。因此，在选择结算方式时，要注意合同所采用的贸易术语。

(3) 运输单据。如果货物通过海上运输，出口商装运货物后得到的运输提单是海运提单，而海运提单属于物权凭证，提单交付给进口商之前，出口商尚能控制货物，故可以选用信用证和托收方式结算货款。如果货物通过航空、铁路、邮政等方式运输时，出口商装运货物后得到的运输单据是航空运单、铁路运单或邮包收据，这些都不是物权凭证，因此在这种情况下，一般不适宜做托收。即使采用信用证方式，大都也规定必须以开证行作为运输单据的收货人，以便银行控制货物。

此外，在选择结算方式时，还应考虑销售国家或地区的商业习惯、商品竞争情况、交易额的大小、卖方在销售地点是否设有代表机构等，以减少风险。

二、主要结算方式的比较

在国际贸易中，汇付、跟单托收和跟单信用证是最基本、最常用的结算方式。表 17-2 对这 3 种结算方式在安全性、资金占用、费用、手续烦琐程度等方面进行了比较。

表 17-2 汇付、跟单托收和跟单信用证的比较

结算方式		手续	银行收费	买卖双方的资金占用	对卖方交单或买方付款的约束	买方风险	卖方风险
汇付	预付货款	简单	最少	不平衡	不能约束交单	最大	最小
	赊账交易	简单	最少	不平衡	不能约束付款	最小	最大
跟单托收	付款交单	较繁	较多	不平衡	以交单约束付款	较小	较大
	承兑交单	较繁	较多	不平衡	不能约束付款	极小	极大
跟单信用证		最繁	最多	较平衡	以相同单据约束银行或买方付款	较大	较小

三、结算方式的综合运用

在国际贸易业务中，有时除采用一种支付方式外，也可以将各种不同的支付方式结合起

来运用。下面介绍几种常用的组合结算方式。

(1) 信用证与银行保函相结合。在成套设备或工程承包交易中，除了支付货款外，还要有预付订金或保留金的收取。在这样的交易下，一般货款可用信用证方式支付，保留金的支付及出口商违约时的预付订金的归还可以使用保证函解决。

(2) 汇款与银行保函相结合。在汇款方式中，无论是预付货款，还是货到付款，都可以用保函来防止不交货或不付款。

(3) 托收与银行保函相结合。为了使出口商收取货款有保障，可以由进口商申请开出保证托收付款的银行保函，如果进口商在收到单据后，没有在规定的时间内付款，出口商有权向开立保函的银行索取出口货款。

(4) 信用证与托收相结合。在大型机械设备交易中，按照惯例，大部分货款采用信用证方式凭单付款，其余数额的货款(一般为合同金额的 20%～30%)等货物安装完毕，运转良好，甚至产生效益后再付，这些余额部分按托收方式处理。有时，为使进口商减少开征费用的押金，在一般货物的交易中，也可以使用信用证与托收相结合的方式，但是一笔交易分两部分支付，手续比较复杂。

(5) 承兑交单(D/A)或赊销(O/A)与保理相结合。在出口商刚一进入某市场，而这一市场又有众多客户时，为使自己的商品能够很快有销路，出口商可以选择承兑交单(D/A)或赊销(O/A)支付方式，给进口商以支付方式上的好处，而同时接受保理服务，可以起到扩大业务、提高经济效益的效果。

四、《跟单信用证统一惯例》

1930 年，国际商会拟定一套《商业跟单信用证统一惯例》，并于 1933 年正式公布。1951 年、1962 年、1974 年、1978 年、1983 年进行了多次修订，1983 年改为《跟单信用证统一惯例》(Uniform Customs and Practice for Documentary Credits)。1993 年修订后的新版本为国际商会第 500 号出版物，故又称 UCP500，被各国银行和贸易界广泛采用，成为信用证业务的国际惯例。2006 年 10 月 25 日，国际商会又对 1993 年 UCP500 进行了修订，为国际商会第 600 号出版物，称为 UCP600，于 2007 年 7 月 1 日生效。《跟单信用证统一惯例》是全世界公认的非政府商业机构制定的最为成功的国际惯例，目前世界上 100 多个国家和地区近万家银行在信用证上声明适用 UCP。按照惯例规定，只有信用证上注明按照该惯例办理，才能受到该惯例的规定和解释的约束。

一、选择题

1. 汇票的当事人中，对汇票可享有充分权利的当事人有(　　)。

A. 收款人　　B. 被背书人　　C. 背书人　　D. 出票人

2. 汇票的当事人中，对汇票付款承担责任的当事人有(　　)。

A. 承兑人　　B. 背书人　　C. 出票人　　D. 被背书人

3. 下列采用顺汇的结算方式有哪些？(　　)。

A. 信汇　　B. 托收　　C. 电汇　　D. 信用证

4. 下列对受益人无追索权的信用证有(　　)。

A. 即期付款信用证　　B. 议付信用证

C. 延期付款信用证　　D. 承兑信用证

5. 下列单据中不享有物权凭证的是(　　)。

A. 航空运单　　B. 铁路运单

C. 海运提单　　D. 邮政收据

二、简答题

1. 汇票有哪几种类型?

2. 什么是付款交单,什么是承兑交单?两者有何区别?

3. 信用证的分类有哪些?信用证的主要内容包括什么?

4. 比较汇付、跟单托收、跟单信用证结算的优缺点。

5. 结算方式选择应考虑哪些因素?

6. 如何防范国际结算中的风险?

三、案例题

某年某月某日,上海A银行某支行有一笔美元汇出汇款通过其分行汇款部办理汇款,分行经办人员在审查时发现汇款申请书中收款银行一栏只填写了“HongKong and Shanghai Banking Corp. Ltd.(汇丰银行)”,而没有具体的城市名和国家名,由于汇丰在世界各地有众多的分支机构,汇出行的海外账户行收到这个汇款指令时肯定无法执行。为此,经办人员即以电话查询该支行的经办人员,后者答称当然是香港汇丰银行,城市名称应该是香港。本行经办人员即以汇丰银行香港分行作为收款人向海外账户行发出了付款指令。事隔多日,上海汇款人到支行查询称收款人告知迄今尚未收到该笔款项,请查阅于何日汇出。分行汇款部立即再一次电告海外账户行告知收款人称尚未收到汇款,请复电告知划付日期。账户行回电称,该笔汇款已由收款银行退回,理由是无法解付。这时,汇出行再仔细查询了汇款申请书,看到收款人的地址是新加坡,那么收款银行理应是新加坡的汇丰银行而不是香港的汇丰银行,在征得汇款人的同意后,重新通知其海外账户行将该笔汇款的收款银行更改为“Hong Kong and Shanghai Banking Corp. Ltd., Singapore”,才最终完成了这笔汇款业务。

分析:什么原因导致本案例中该笔汇出款项最初没有顺利解付?从中可得到哪些启示?

B&E

第十八章 商品的检验、索赔、不可抗力与仲裁

【本章导读】

在国际商品交易中，由于买卖双方处于不同的国家或地区，且一般需经过长途运输或多次装卸，这样在货物送交买方手中时容易出现数量、品质、包装等与合同不符；或者为了避免因买方拒不收货或拒不付款等给卖方造成损失，为保障买卖双方当事人的利益，在国际货物贸易合同中一般都订立有商品的检验、索赔、不可抗力与仲裁条款，这些条款的制定对于保证国际贸易的顺利进行具有非常重要的作用。

【学习目标】

1. 掌握国际贸易商品出入境检验的基本程序。
2. 掌握国际贸易业务中对商品检验的时间、地点的规定方法。
3. 熟悉索赔期限与解决索赔的方法。
4. 理解不可抗力的含义与适用注意事项。
5. 了解仲裁的形式与作用。

【关键概念】

商品检验(Commodity Inspection)

离岸品质重量(Shipping Quality and Weight)

到岸品质重量(Lading Quality and Weight)

争议(Disputes)　　索赔(Claims)

违约(Breach of Contract)　　罚金条款(Penalty Clause)

不可抗力(Force Majeure)　　仲裁(Arbitration)

第一节 商品检验

国际贸易的商品检验(Commodity Inspection)简称商检，是指商品检验机构对拟交付的货物的品质、数量、重量、包装、卫生、安全等项目进行的检验、鉴定和管理工作。商品检验是国际贸易发展的产物。它随着国际贸易的发展成为商品买卖的一个重要环节和买卖合同中不可缺少的一项内容。商品检验体现了不同国家对进出口商品的品质管制，通过这种管制，从而在出口商品生产、销售和进口商品按既定条件采购等方面发挥积极作用。

一、商品检验的必要性

在国际商品交易中，由于买卖双方处于不同的国家或地区，因而，一般不当面交接货物，再加上经过长途运输或多次装卸，这样在货物到达后，很容易出现品质、数量、包装等与合同

规定不符的情况，从而引发争议。为保障买卖双方的利益，避免争议的发生或发生争议后便于分清责任，就得要由一个权威、公正、专业的检验鉴定机构对卖方交付的货物的品质、数量、重量、包装等进行检验，或对装运技术、货物残损短缺等情况进行检验鉴定，并出具商检证书，作为买卖双方交接货物、支付货款和进行索赔理赔的依据。

对进出口商品进行检验，也是对外贸易业务必不可少的一个环节，它通常是国际货物买卖合同中的一个重要内容。对此，许多国家的法律或行政法规都有规定。我国《商检法》规定：进口商品未经检验的，不准销售、使用；出口商品未经检验合格的，不准出口。《联合国国际货物销售合同公约》（简称《公约》）第38条规定：买方必须在按实际情况可行的最短时间内检验货物或由他人检验货物；如果合同涉及货物的运输，检验可推迟到货物到达目的地进行。英国《货物买卖法》第34条规定："除另有约定者外，当卖方向买方交货时，根据买方的请求，卖方应向其提供一个检验货物的合理机会，以便能确定其是否符合合同的规定。"

以上规定说明，除双方另有约定之外，对货物进行检验是买方的一项基本权利。尽管如此，为明确起见，双方应在合同中做出具体规定。但是必须指出，买方对货物的检验权并不是他接受货物的前提条件，假如买方没有利用合理的机会对货物进行检验，就是放弃了检验权，因此也就丧失了拒收货物的权利。

二、商品检验的机构及其职责

中国出入境检验检疫局（China Inspection and Quarantine，CIQ）是我国国内最权威、最大的检验机构。出入境检验检疫局是为国家进行出入境检验检疫工作的部门，一般中国产品出口都由此处进行商品检验。"中国国家出入境检验检疫局"与"中国国家质量技术监督局"合起来叫"国家质量监督与检验检疫总局"，简称"质检总局"，前者主要服务于对外贸易，后者服务于国内贸易。中国出入境检验检疫局在全国各口岸都设有出入境检验检疫局，以方便货物的进出口。

国际上最公立的商检机构是瑞士的通用公证行（Societe Generale de Surveillance S.A.，SGS），SGS集团创建于1878年，是全球检验、鉴定、测试及认证服务的领导者和创新者，也是公认的品质与诚信的全球基准。在中国设立了50多个分支机构和几十间实验室，拥有近8 000名训练有素的专家。SGS的服务能力覆盖农产、矿产、石化、工业、消费品、汽车、生命科学等多个行业的供应链上下游。除此之外，比较著名的检验机构有日本海事鉴定协会、美国食品药物管理局（Food and Drug Administration，FDA）、美国保险人实验室（UL）、法国国家实验室检测中心等。

我国检验检疫机构的职责主要有三项：对进出口商品实施法定检验检疫、办理进出口商品鉴定业务、对进出口商品的质量和检验工作实施监督管理。下面对这些职责做一介绍。

（1）法定检验检疫。法定检验检疫是根据国家有关法令规定，由出入境检验检疫局对大宗的、关系国计民生的重点进出口商品、容易发生质量问题的商品、涉及安全卫生的商品以及国家指定由商检机构统一执行检验的商品等实施强制性检验检疫，以维护国家的信誉及利益。国家检验检疫机构及其各地的检验分支机构依法对指定的进出口商品实施法定检验，检验的内容包括商品的质量、规格、重量、数量、包装及安全卫生等项目。经检验合格并签发证书以后方能出口或进口。

（2）办理鉴定业务。对外贸易鉴定业务是凭对外贸易关系人（贸易合同的买方或卖方、运输、保险、仓储、装卸等各方)的申请或委托,由第三方公证检验鉴定机构对申请有关内容进行检验鉴定,出具权威的鉴定证书,作为对外贸易关系人办理进出口商品交接、结算、计费、理算、报关、纳税和处理争议索赔的有效凭证。鉴定业务的范围包括对进出口商品的质量、数量、重量、包装的鉴定,海损鉴定,集装箱检验、进口商品的残损鉴定,出口商品的装运技术鉴定,价值证明及其他业务。鉴定业务与法定检验的一个主要区别是鉴定业务是凭申请或委托办理,而非强制执行。

(3) 监督管理。监督管理是指检验检疫机构依据国家法规对进出口商品通过行政和技术手段进行控制管理和监督。我国检验检疫机构从以下6个方面对进出口商品实施监督管理:①对法定检验范围以外的进出口商品的抽查检验;②对重点的进出口商品生产企业派驻质量监督员制度;③对进出口商品质量的认证工作,准许认证合格的商品使用质量认证标志;④指定、认可符合条件的国外检验机构承担特定的检验鉴定工作,并对其检验鉴定工作进行监督抽查;⑤对重点的进出口商品及其生产企业实行质量许可制度;⑥对经检验合格的进出口商品加施商标和封识管理。检验检疫机构的监督管理,对于维护我国在国际贸易活动中的国家声誉,保障国际贸易各有关方面的正当权益,促进我国对外贸易的发展有着重要的意义。

三、商品检验的基本程序

凡属法定检验检疫商品或合同规定需要检疫机构进行检验检疫并出具检验检疫证书的商品,对外贸易关系人均应及时提请检疫机构检验。下面以出口商品的检验为例,阐述商检的基本程序。

(一) 报检

凡属检验检疫范围内的商品,对外贸易关系人都需向检疫机构申请报验。出口货物报检时报验人须填写“出境货物报验单”,每份“出境货物报验单”仅限填报一个合同、一份信用证的商品,对同一合同、同一信用证,但标记号码不同者,应分别填写。报检一般应在发运前7天提出。出口报检还应提供以下材料。

(1) 贸易合同及合同附件。

(2) 信用证。

(3) 生产经营部门自检合格后出具的厂检单正本。

(4) 其他材料。法定检验出口商品报检时,提供检疫机构签发的运输包装容器性质检验合格单正本;实行卫生注册的商品,提供检疫机构签发的卫生注册证书;实行质量许可证的出口商品,提供检疫机构签发的质量许可证书;凭样成交的出口商品应提供双方确认的样品。

(二) 商检机构受理报验

报验人填写“出口检验申请书”,并提供有关的单证和资料,商检机构在审查上述单证符合要求后,受理该批货物的报验;如发现有不合要求者,可要求申请人补充或修改有关条款。

(三) 抽样

商检机构接受报检后,商检机构需及时派人到货物堆存地点进行现场检验鉴定,其检验内容包括货物的数量、重量、包装、外观等项目。现场检验一般采取国际贸易中普遍使用的抽样法(特殊商品除外)。根据不同的货物形态,采取规定的取样方式和一定的比例随机抽取样品。报验人应提供存货地点情况,并配合商检人员做好抽样工作。

(四) 检验

检验部门根据不同货物的检验依据、检验标准,采用合理的方法实施检验。检验部门可以使用从感官到化学分析、仪器分析等各种技术手段,对出口商品进行检验,检验的形式有商检自验、共同检验、驻厂检验和产地检验。

(五) 签发证书

商检机构对检验合格的出口商品签发检验证书,或在"出口货物报关单"上加盖放行章。出口企业在取得检验证书或放行通知单后,在规定的有效期内报运出口。如合同、信用证规定由检疫部门检验出证,或国外客户要求签发检疫证书的,应根据规定签发所需的证书。

商检证书是经过出入境检验检疫部门或其指定的检验机构检验合格后而得到的,是各种进出口商品检验证书、鉴定证书和其他证明书的统称。商检证书是对外贸易有关各方履行契约义务,处理索赔、争议和仲裁、诉讼举证,具有法律依据的有效证件,同时也是海关验放、征收关税和优惠减免关税,以及向银行议付货款的必要证明和单据。

报检员是指获得国家质量监督检验检疫总局规定的资格,在国家质检总局设在各地的出入境检验检疫机构注册,办理出入境检验检疫报检业务的人员。报检员资格全国统一考试是测试应试者从事报检工作必备业务知识水平和能力的专业资格考试,由国家质量监督检验检疫总局组织进行。该考试自2004年开始实行全国统一考试,每年举办一次,考试时间为11月份,考试报名一般提前两个月。报检员考试分为两种:自理报检员和代理报检员。其中代理报检员也可自理报检,故其考试难度要大些。报检员资格全国统一考试的合格分数线为90分(满分150分)。

四、商品检验的时间和地点

根据各国法律,买方在接受货物之前,有权对货物进行检验,但在何时何地检验并无统一的规定。因此,为了明确责任,双方应在合同中订明检验时间和地点。在国际货物买卖合同中,关于检验时间和检验地点的规定基本有以下4种方法。

(1) 在出口国检验。此种做法可分为产地检验和装运前或装运时在装运港(地)检验。

① 产地检验,即在货物产地(如工厂、农场或矿山等),由卖方或其委托的检验机构或买方的验收人员或买方委托的检验机构对货物进行检验检疫。检验合格后,卖方不再对货物的质量负责。

② 装运前或装运时在装运港(地)检验,也称"离岸品质重量"(Shipping Quality and Weight),即货物在装运港(地)装运前或装运时由双方所约定的检验检疫机构进行检验检疫,出具检验检疫证书,作为双方交货品质或数量的依据。货物运抵目的港(地)后,即使发现问题,买方也无权拒收货物或提出异议与索赔。此种规定对卖方比较有利。

(2) 在进口国检验，即货物运抵目的港(地)卸货后检验，或在买方营业处所以及最终用户的所在地检验。

① 在目的港(地)卸货后检验也称“到岸品质重量”(Lading Quality and Weight)。据此规定，在货物运抵目的港(地)卸货后的一定时间内，由双方约定在目的港(地)的检验机构进行检验，并出具检验证书作为双方交货品质、重量和数量等的依据。

② 在买方营业处所以及最终用户所在地检验。此种规定方法是将检验延伸和推迟到货物运抵至买方营业处所以及最终用户所在地后的一定时间内进行，并以双方约定的该地的检验机构出具的检验证书作为决定交货品质和数量的依据。这种做法主要适用于那些需要安装调试进行检验的成套设备、机电仪器产品以及在口岸开包检验后难以复原包装的商品。

(3) 在出口国检验，在进口国复验。按此做法，装运地的检疫机构验货后出具检验证明，作为卖方收取货款的单据之一，但不作为买方收货的最后依据。货到目的地后的一定时间内，买方有权请双方约定的检验检疫机构进行复验，出具复验证明。复验中如发现到货品质、重量或数量与合同规定不符而属于卖方责任时，买方可凭复验证明向卖方提出索赔，但应注意在索赔期内提出。

此种做法比较公平合理，照顾到了买卖双方的利益。因而在国际贸易中较广泛采用。在我国的进口贸易中，对关系到国计民生、价值较高、技术复杂的重要进口商品和大型成套设备，可在合同中规定允许买方派人在产地或装运港(地)监造或监装。对货物进行预验，货物运抵我国后，再由我方最终检验。这样可以保障我方的利益，防止国外商人以次充好、以假充真等问题的发生。

(4) 装运港检验重量，目的港检验品质。这种检验又称“离岸重量，到岸品质”(Shipping Weight and Lading Quality)，多用于大宗商品交易的检验，把品质与数量的检验分别处理，可以调和买卖双方在检验问题上的矛盾。

商检条款临时有变

我国某公司从美国A公司进口一批美国东部黄松，计6 942千板英尺(折合35 404立方米)，价值数百万美元，目的港为上海港。原合同规定“按美国西部SCRIBNER标准检验”。但是在开信用证之前，A公司提出另一个标准，即“按美国东部标准BRERETON标准检验”也可作为验收标准。我国该公司同意修改合同检验条款，将“按美国西部SCRIBNER标准检验”改为“按美国东部标准BRERETON标准检验”，并开具了信用证。货物运抵上海港以后，上海检验检疫局按我国进口黄松通用的美国西部标准检验，检验结果发现共短少材积3 948千板英尺，短少率达57%，价值100多万美元，我国公司蒙受巨额损失。

案情分析：本案中造成我公司巨额损失的原因，是国际贸易中货物检验标准的临时变更。在国际货物买卖中，卖方交货是否符合合同约定，是通过商品检验判别的。国际贸易商品检验是国际货物买卖合同的必备条款，也是国际货物买卖的一个重要环节。商品检验是买卖双方交付货物、结算货款、索赔及理赔的重要依据，对于保障买卖双方的利益，避免争议的发生，以及发生争议后分清责任和妥善处理具有十分重要的意义。

在国际贸易中，具体由哪类机构采取何种检验方式来检验合同标的商品，由当事人在买卖合同中约定，其与合同所使用的贸易术语、商品的特性、使用的包装方法、检验的时间和地点以及当事人所在国的法律、行政法规的规定等有密切的联系。

实际业务中对于商品的检验有4种做法：一是在出口国检验，包括在产地检验或在装运港检验；二是在进口国检验，即在目的港卸货后检验、买方营业地以及最终用户所在地检验；三是在出口国卖方检验，在进口国买方复验，即所谓“公认原则”，买方有复验权；四是出口国买方预检验（甚至监造、监装），进口国买方最终检验。

国际上一般都赋予卖方检验货物的优先权，但无论是英美法国家的法律，还是《联合国国际货物销售合同公约》都承认，除双方另有约定者外，买方有权对自己所购买的货物进行检验，即买方享有复验权。如发现货物不符合同规定，而且确属卖方责任者，买方有权采取要求卖方予以损害赔偿等补救措施，直至拒收货物。但买方对货物的检验权并非对货物接收的前提条件。

国际贸易双方当事人应在合同中明确约定商品检验条件的条款。由本案可以看出，商检条款对于明确国际贸易买卖双方当事人的权利义务是十分重要的，为避免买卖双方因对检验权、验货依据、验货时间、验货地点及检验机构的解释不同而发生争议和纠纷，在订立商检条款时一定要做到明确、具体、公平合理。

第二节　索　　赔

在国际贸易中，如果有一方违约而造成另一方遭受损失，就会出现索赔与理赔。对于进口商而言，常常会因卖方提供的商品的品质、数量、包装等不符合合同的规定，而需要向有关责任人提出索赔。买方也可能因拒付货款、拒收货物等受到卖方的索赔。

一、索赔的含义

争议(Disputes)是指交易的一方认为对方未能全部或部分履行合同规定的责任和义务而引起的纠纷。

索赔(Claims)是指遭受损害的一方在发生争议后，向违约方提出赔偿的要求。当事人一方提出索赔时，另一方应及时处理，此称为理赔。

根据造成损失的原因不同，索赔对象主要有以下三个。

(1) 向合同违约方索赔，这种索赔多数是买方向卖方提出的。如不交货或延期交货，或所交货物的品质、规格、数量、包装等与合同（或信用证）不符，或提供的单据不符要求等，应向卖方索赔。

(2) 向运输方索赔，如数量少于提单载明的数量，收货人持有清洁提单而货物发生残损短缺，应向承运人索赔。

(3) 向保险公司索赔，如在承保范围内的货物损失，船公司（或承运人）不予赔偿的损失或赔偿不足以补偿货物的损失而又属承保范围以内的，应向保险公司索赔。

究竟向何方索赔，应视具体责任归属而定。我国的对外索赔，属于船方责任的，由有关运输公司代办，属于卖方责任和保险公司责任的，由各进出口公司自行办理。关于向运输方和保险公司的索赔在国际货物运输及保险章节中介绍，本节主要介绍向合同当事人索赔的有关事宜。

二、关于违约的不同解释

违约(Breach of Contract)是指买卖双方中的一方违反合同义务的行为。当事人违约就应当承担相应的法律责任,这是国际贸易普遍遵循的原则。不同的违约行为承担不同的违约责任。各国法律对违约的解释各不相同,下面阐述几种常见的违约解释。

(一) 英国的《货物买卖法》对违约的解释

英国的《货物买卖法》从违反合同条款的角度将违约分为违反要件(Breach of Condition)和违反担保(Breach of Warranty)两种。违反要件,是指违反合同的主要条款,受害方因之有权解除合同并要求损害赔偿。违反担保,通常是指违反合同的次要条款,受害方有权因之要求损害赔偿,但不能解除合同。

(二)《联合国国际货物销售合同公约》对违约的解释

《联合国国际货物销售合同公约》从违约的后果和严重程度将违约分为根本违约和非根本违约。根本违约(Fundamental Breach)是指合同一方当事人违反合同的行为,致使该合同的目的不能实现。根本违约的构成要件是一般违约的构成要件,加上因违约行为导致的合同目的不能实现。如卖方完全不交货,买方无理拒收货物、拒付货款等都是根本违约,其结果给受损方造成实质损害(Substantial Detriment)。《公约》规定,如果一方当事人根本违反合同,另一方当事人可以宣告合同无效并要求损害赔偿。如果是非根本违约则不能解除合同,只能要求损害赔偿。

(三) 中国《合同法》对违约的解释

我国《合同法》规定,当事人一方迟延履行合同义务或者有其他违约行为致使不能实现合同目的,对方当事人可以解除合同;当事人一方迟延履行主要义务,经催告后在合同期间内仍未履行的,对方当事人可以解除合同。《合同法》又规定,合同解除后,尚未履行的,终止履行;已经履行的,根据履行情况和合同性质,当事人可以要求恢复原状、采取其他补救措施,并有权要求赔偿损失。

三、索赔条款

国际货物买卖合同的索赔条款有两种规定方式,一种是异议和索赔条款(Discrepancy and Claim Clause);另一种是罚金条款。

(一) 异议和索赔条款

1. 索赔依据

索赔依据是指索赔时应提供的证据及出证机构。索赔依据包括法律依据和事实依据。法律依据是指合同和法律规定,当事人在对违约事实提出索赔时,必须符合有关国家法律的规定。事实依据是指违约的事实、情节及其证据,是提出索赔要求的客观基础。如果证据不全、不清,出证机构不符合要求,都可能遭到对方拒赔。

2. 索赔期限

索赔期限是指索赔方提赔的有效时限,逾期索赔无效。索赔期限的规定方法有两种,即法定索赔期和约定索赔期。法定索赔期是指合同适用的法律规定的期限。约定索赔期是指买卖双方在合同中规定的期限。一般索赔期限不宜过长,也不宜规定得太短,须视货物的性质、运输、检验的繁简等情况而定。规定索赔期的起算方法通常有：

(1) 货物到达目的港后××天起算；

(2) 货物到达目的港卸离海轮后××天起算；

(3) 货物到达买方营业场所或用户所在地后××天起算；

(4) 货物经检验后××天起算。

例如，根据《公约》规定，自买方实际收到货物之日起两年之内。我国《合同法》也规定，买方自标的物收到之日起两年中，但如标的物有质量保证期的，适用质量保证期。

3. 解决索赔的办法

一般合同中只作笼统的规定，如退货、换货、整修或货物贬值等。

(二) 罚金条款

罚金条款(Penalty Clause)亦称违约金条款或罚则，是指在合同中规定，如一方未履约或未完全履约，其应向对方支付一定数额的约定罚金，以弥补对方的损失。罚金就其性质而言是违约金。该条款一般适用于卖方拖延交货、买方拖延接货和延迟开立信用证等情况。通常预先在合同中只规定罚金的百分率，一般用于连续分批交货的大宗商品合同。罚金多少视延误时间长短而定，并规定最高的罚款金额，违约方被罚后仍须履行合同，否则除罚金外，还要承担由于不能履约而造成的各种损失。

罚金起算日期的计算方法有两种：一种是交货期或开证期终止后立即起算；另一种是规定优惠期，即在合同规定的有关期限终止后再宽限一段时间，在优惠期内免于罚款，等优惠期届满后再起算罚金。

我国《合同法》规定："当事人可以约定一方违约时应根据违约情况向对方支付一定数额的违约金，也可以约定因违约产生的损失赔偿额的计算方法。约定的违约金低于造成的损失的，当事人可以请求人民法院或者仲裁机构予以适当增加；约定的违约金过分高于造成的损失的，当事人可以请求人民法院或者仲裁机构予以适当减少。当事人就迟延履行约定违约金的，违约方支付违约金后，还应当履行债务。"

四、索赔与理赔的注意事项

索赔与理赔是一项政策性、技术性很强的工作，也是一项维护国家权益和信誉的重要涉外工作。要做好这项工作必须对发生的每一事件认真调查研究，弄清事实，在贯彻我国对外贸易方针政策前提下，利用国际惯例和有关法律实事求是地予以合理解决。

进口工作中的对外索赔，按照目前的做法，属于船方和保险公司责任的，由外运公司代办；属于卖方责任的，由各进出口公司自行办理。如向卖方提出索赔应注意以下问题。

(1) 为了做好索赔工作，应做好索赔方案。方案应列明索赔案情和证件、索赔的理由、索赔的措施等，如情况变更应对方案及时做出修改。在索赔工作结案后应做好登记，并总结经验教训。

(2) 按照合同的规定提供必要的索赔证件，其中包括商检机构出具的检验证书，检验证书内容要与合同的检验条款要求相一致。

(3) 合理确定索赔金额。如合同预先约定损害赔偿的金额，则按约定的金额索赔。如未预先约定，则按实际所受损失情况确定适当的金额。退货时提出索赔金额，除货价外，还应包括运费、保险费、仓储费、利息以及运输公司和银行手续费等。如因品质差而要求减价，则提赔金额应是品质差价。如果卖方委托我方整修，则提赔金额应包括合理的材料费和加工费。

(4) 在规定的有效期内向卖方提出索赔。如果估计检验工作不能在有效期内完成，应及时向国外要求延长索赔期并取得我方同意，以免影响我方行使索赔权。提赔函的内容应包括：到货与合同不符的情况，索赔的理由和证据，索赔的项目、金额和解决的办法，附寄提赔证件的名称和份数等。

在出口理赔工作中应注意，认真审查买方提出的索赔要求，其理由是否充分，出证机构是否合法，证据与索赔要求是否一致，索赔是否在有效期内提出等。如属于船公司或保险公司的责任范围应分别转请相关公司处理。如确属我公司的责任，在合理确定对方损失后，应实事求是地予以赔偿。对于不该赔的也要根据事实向对方说明理由。

总之，索赔和理赔工作均应认真对待，及时处理，注意策略，做到有理、有利、有节。

我出口公司A向新加坡公司B以CIF新加坡条件出口一批土特产品，B公司又将该批货物转卖给马来西亚公司C。货到新加坡后，B公司发现货物的质量有问题，但B公司仍将原货转销至马来西亚。其后，B公司在合同规定的索赔期限内凭马来西亚商检机构签发的检验证书，向A公司提出退货要求。

试问：A公司应如何处理？为什么？

案情分析：A公司应拒绝退货要求。这是因为，马来西亚商检机构出具的检验证书无效。新加坡B公司已经转卖给马来西亚C公司，意味着对货物的部分接受，部分接受视同整体接受，B公司已经丧失了对货物的检验权。

第三节　不可抗力

一、不可抗力的含义与分类

（一）不可抗力的含义

不可抗力(Force Majeure)是“不能预见、不能避免和不能克服的客观情况”，指买卖合同订立以后，非订约者任何一方当事人的过失或疏忽，而是发生了当事人不能预见、无法避免和预防及非当事人所能控制的意外事故，致使合同不能按期履行或不能履行，遭受意外事故的一方当事人依照法律或合同而免负责任，另一方当事人不得对此要求损坏赔偿。

（二）不可抗力的分类

从其起因上看，不可抗力事件主要包括三类，即自然力量(Act of God)引起的事故，如水灾、火灾、地震、海啸等；政府的行动，如颁布禁令、调整制度等；社会异常事故，如战争、罢工等。

不可抗力事件的不可预见性和偶然性决定了人们不可能列举出它的全部外延，不能穷尽人类和自然界可能发生的种种偶然事件。所以，尽管世界各国都承认不可抗力可以免责，但是没有一个国家能够确切地规定不可抗力的范围，而且由于习惯和法律意识不同，各国对不可抗力的范围理解也不同。根据我国实践、国际贸易惯例和多数国家有关法律的解释，不可抗力事件主要由两部分构成：一是由自然原因引起的自然现象，如火灾、旱灾、地震、风灾、大雪、山崩等；二是由社会原因引起的社会现象，如战争、动乱、政府干预、罢工、禁运、市场行情等。一般来说，把自然现象及战争、严重的动乱看成不可抗力事件各国是一致的，而把上述事件以外的人为障碍，如政府干预、不颁发许可证、罢工、市场行情的剧烈波动，以及政府禁令、禁运及政府行为等归入不可抗力事件常引起争议。因此，当事人在签订合同时应具体约定不可抗力的范围。事实上，各国都允许当事人在签订合同时自行约定不可抗力的范围。自行约定不可抗力的范围实际上等于自订免责条款。

二、不可抗力的合同条款

不可抗力条款是一种免责条款。国际货物买卖合同中的不可抗力条款主要规定不可抗力的范围、不可抗力的处理原则和方法、不可抗力发生后通知对方的期限和方法，以及出具证明文件的机构等。

（一）不可抗力的范围

关于不可抗力的范围，国际上并无统一的解释，当事人在合同订立时可自行商定。当事人订立这类条款的方法一般有三种。

(1) 概括式，即在合同中只概括地规定不可抗力事件的含义，不具体罗列可能发生的事件。如果合同签订后，客观情况发生了变化，双方对其含义发生争执，则由受理案件的仲裁机关或法院根据合同的含义解释发生的客观情况是否构成不可抗力。

(2) 列举式，即在合同中把属于不可抗力的事件一一罗列出来，凡是发生了所罗列的事件即构成不可抗力，凡是发生了合同中未列举的事件，即不构成不可抗力事件。

(3) 综合式，即在合同中既概括不可抗力的具体含义，又列举属于不可抗力范围的事件。综合式的规定方法既明确、具体，又有一定的灵活性。目前，在我国进出口贸易合同中，一般都采用综合式。

（二）不可抗力的处理

发生不可抗力事故后，应按约定的处理原则及时进行处理。不可抗力的后果有两种：一种是解除合同，一种是延期履行合同。究竟如何处理，应视事故的原因、性质、规模及其对履行合同所产生的实际影响程度而定。

（三）不可抗力的通知和证明

我国法律规定，当不可抗力发生后，当事人一方因不能按规定履约要取得免责权利，必须及时通知另一方，并在合理时间内提供必要的证明文件，以减轻可能给另一方造成的损失。按《公约》，如果当事人一方未及时通知而给对方造成损害的，仍应负赔偿责任。在实践中，为防止争议发生，不可抗力条款中应明确规定具体的通知和提交证明文件的期限和方式。

不可抗力条款是一种免责条款，只有确实发生不可抗力，当事人一方方可免责。如何来证明不可抗力的发生有时对于当事人很难提供证明文件，这时有关机构的证明文件就非常重要。关于不可抗力的出证机构，在我国，一般由中国国际贸易促进委员会(中国国际商会)出具；如由对方提供时，则大多数由当地的商会或登记注册的公证机构出具。另一方当事人收到不可抗力的通知及证明文件后，无论同意与否，都应及时回复。

三、订立和理解不可抗力条款时的注意事项

（一）订立不可抗力条款时的注意事项

由于不可抗力条款是免责条款，所以在订立这类条款时应严格审核。

(1) 要注意不可抗力条款的措施及其不同解释。例如，当不可抗力阻止了合同的履行或是妨碍了合同履行时，遭受不可抗力的一方才能免责。由于阻止和妨碍的含义是不一样的，妨碍一词比阻止一词解释起来要宽松得多。使用什么措施，订约双方当事人应结合自己的意图加以斟酌。

(2) 应避免把罢工算作不可抗力。一般来说，罢工多是由于工人工资、福利等问题引起的。在资本主义国家，罢工是经常发生的，并不一定不可避免、不可克服，如不分情况，笼统地将罢工算作不可抗力事件，就将给资本主义国家的当事人以可乘之机，以罢工为由，援引不可抗力条款，来推卸对合同应履行的责任。

(3) 正确援引不可抗力条款。交易一方援引不可抗力条款免责时，另一方当事人应按合同规定严格进行审查，以确定其援引的内容是否属于不可抗力条款规定的范围。

（二）理解不可抗力条款时的注意事项

在不可抗力事件理解和免责条款的适用上，应注意以下几个问题。

(1) 构成不可抗力的客观事件必须达到“不能预见、不能避免、不能克服”的证明标准。首先，违约方或侵权人要证明“不能预见”的事实客观存在，并达到本人用尽各种条件、手段仍不能客观地预见或知悉，包括通过公共信息等渠道仍不能获知或不能及时获知。其次，违约方或侵权人还必须证明对损害结果的发生存在不能避免、不能克服的客观情况。

(2) 在双方存有合同关系中，不可抗力事件必须发生在合同约定的履行期间内。对某一个具体合同而言，构成不可抗力的事件必须是在合同签订之后、终止以前，即合同的履行期间内发生的。如果一项事件发生在合同订立之前或履行之后，或在一方履行迟延而又经对方当事人同意时，就不属于不可抗力，不能作为免责的依据。

(3) 通知义务。通知义务是指当事人一方因不可抗力不能履行合同时，应当及时通知对方，以减轻可能给对方造成的损失；遭受不可抗力的一方当事人怠于履行通知义务给对方造成损失的，仍应承担违约责任。

(4) 证明义务。证明义务是指违约方应当在合理期限内按约定的办法提供有关机构出具的证明。国内企业在境外法院上讼而援引不可抗力作为抗辩的，应注意案件受理国的法律或双方约定适用的法律对不可抗力事件的规定，提供的证明文件应注意在形式和内容上需符合受理案件国法院的规定要求。因此，为了确保不可抗力事故的真实性，维护有关方的正当权益，双方当事人对证明文件的有效性和真实性也要认真鉴别。

(5) 自然灾害等客观事件不等于不可抗力。不可抗力固然是由于自然灾害等客观事件引起的，但不能简单地将自然灾害等客观事件本身与法律意义上的不可抗力画等号。发生的自然灾害必须是无法预见和无法避免的，而且自然灾害和不能履行或推迟履行合同之间要存在因果关系。

(6) 不可抗力与意外事件的区别。意外事件是指非因当事人的故意或过失而发生的事件。不可抗力与意外事件都属于当事人无过错的事实，因而都可作为免责条件，但二者的区

别在于：不可抗力是法定的免责条件，可理所当然地免除当事人不履行合同的责任，而意外事件虽可以作为变更或终止合同的抗辩事由，但不能完全免责；意外事故若由第三者造成，则第三者应承担责任。

(7) 商业风险与不可抗力事件的区别。商业风险往往也是无法预见和不可避免的，但是它和不可抗力事件的根本区别在于一方当事人承担了风险损失后，还是有能力履行合同义务的，因而卖方通常不能免除其交货责任。

(8) 不可抗力的法律后果不一定是全部免除违约责任。《联合国国际货物销售合同公约》规定，一方当事人享受的免责权利只对履约障碍存在期间有效，如果合同未经双方同意宣告无效，则合同关系继续存在。一旦履行障碍消除，双方当事人仍须继续履行合同义务。所以不可抗力事件所引起的后果有两种可能的情况：可能是解除合同，也可能是延迟履行合同，应由双方按公约规定结合具体情势商定。

(9) 不可抗力免除的责任仅限于违约责任。不可抗力作为违约责任的法定免责条件，是现代各国法律的通例。例如，《法国民法典》第1148条规定："如债务人系因不可抗力或事变而未履行给付或作为债务人的义务，或违反约定从事禁止的行为时，不发生赔偿损害的责任。"因此，在界定"免除责任"的范围时也应作相类似的理解，不能任意扩大。譬如买卖合同中卖方收取定金后遭遇不可抗力，致使合同不能履行，卖方可免除双倍返还定金的违约责任，但不能扩大到卖方返还原定金的义务也可以一同免除。

(10) 避免滥用不可抗力条款。以"不可抗力"作为免责条款，原本是为了维护遭受意外事故损失一方的利益，却往往被买方或卖方蓄意利用，把不是由不可抗力引起的事故归因于不可抗力，或故意夸大不可抗力的影响。比如，卖方将原材料匮乏、能源危机、原配件供应不及时导致无法进行生产作为不可抗力理由主张免责；由于产品市场行情波动尤其是价格下跌的情况下，原合同价格偏高，买方为了减少货差损失也往往列入不可抗力的范围，以期解除合同并寻求其他低价货源。因此，在实际业务中双方当事人应本着诚信的原则，认真分析事故的性质，寻找其成因，看其是否满足不可抗力的原则，是否属于不可抗力事故的合理范围。如果在这一关键问题上处理不好，极易引起贸易纠纷，给双方当事人带来信誉和经济上的双重损失。所以，在签订合同时，必须就不可抗力事故的范围在合同条款中做出明确规定。

不可抗力引发的贸易争议

我国某进出口公司与英国某公司以FOB价格术语签订了一份进口钢管的合同，装货港为伦敦。合同签订后不久，英方通知我方货已备妥，要求我方按时派船接货。然而，在我方安排的船舶前往英港途中，突然爆发中东战争，苏伊士运河被封锁，禁止一切船舶通行。我方船舶只好改变航线绕道好望角航行，增加航行近万公里。我方船舶到达装运港时已过装运期。这时，国际上的汇率发生变化，合同中的计价货币英镑贬值，英方便以我方未按时派船接货为由，要求提高货物价格，并要求我方赔偿由于延期接货而产生的仓储费。对此，我方表示不能接受，双方遂发生争议。如你是我方派出的代表，将如何处理这个问题？

案情分析：中东战争是不可抗力，我方不负赔偿责任，因此不付由于延期接货而产生的仓储费。但是我认为依据损益相抵原则，我方可以接受适当提高货物价格。

第四节 仲 裁

一、仲裁的含义

国际贸易中，解决争议的方式通常有协商、调解、仲裁、诉讼等。采用友好协商或通过第三者调解的方式，气氛比较友好，有利于贸易双方的长期交往，是买卖双方愿意采用的两种方法，但如果不能达成一致意见，则需采用仲裁和诉讼的方式。

仲裁(Arbitration)是指买卖双方达成协议，自愿把双方之间的争议提交双方同意的仲裁机构进行裁决，裁决对双方均有约束力。

由于仲裁程序比较简单，仲裁时间短，费用较低廉，且裁决一般为终局性的，所以合同双方一般均愿意采用这种方式解决纠纷。目前，包括我国在内的不少国家已通过立法，规定仲裁为解决争议的途径之一。

二、仲裁协议的形式与作用

我国《仲裁法》第 4 条规定，当事人采用仲裁方式解决纠纷，双方应当自愿达成仲裁协议。没有仲裁协议，一方申请仲裁的，仲裁机构不予受理。可见，发生争议的双方中任何一方申请仲裁时，必须提交双方当事人达成的仲裁协议。仲裁协议是双方当事人表示愿意将他们之间已经发生的或可能发生的争议交付仲裁解决的一种书面协议。

（一）仲裁协议的形式

仲裁协议分两种：一种是由双方当事人在争议发生前订立的，表示将来一旦发生争议应提交仲裁解决。这种协议一般都包含在合同内，作为合同的一项条款即“仲裁条款”(Arbitration Clause)；另一种是由双方当事人在发生争议之后订立的，是双方同意把已经发生的争议交付仲裁机构裁决的书面协议，这种协议称为“提交仲裁协议”(Submission)。以上两种形式具有同等的法律效力。值得注意的是，发生争议之前双方容易达成仲裁协议，一旦发生争议后，双方要达成仲裁协议就比较困难。因此，仲裁作为一项合同条款，就显得十分重要。

（二）仲裁协议的作用

按照我国和多数国家仲裁法的规定，仲裁协议的作用主要有三个。

(1) 表明双方当事人在发生争议时自愿提交仲裁。仲裁协议约束双方当事人在协商调解不成时，只能以仲裁方式解决争议，不能向法院起诉。

(2) 排除法院对于争议案件的管辖权。世界上除极少数国家，一般都规定法院不受理争议双方订有仲裁协议的争议案件。

(3) 仲裁机构据此取得对争议案件的管辖权。任何仲裁机构都无权受理没有仲裁协议的案件。

上述三方面的作用是互相联系，不可分割的，其中排除法院的管辖权是最重要的一个方面。

三、仲裁条款

仲裁条款主要包括仲裁地点、仲裁机构、仲裁程序和仲裁裁决的效力等内容。其中仲裁地点的选择是一个关键问题。因为在一般情况下，在何国仲裁即采用何国的仲裁规则或相关法律。在我国的国际贸易实践中，仲裁地点大致有三种订法：①在我国仲裁；②在被告所在国仲裁；③在双方同意的第三国仲裁。关于裁决的效力，一般应在合同中明确订明：仲裁裁决是终局的，对双方当事人均有约束力。

国际贸易中的仲裁机构有两类：临时机构和常设机构。临时仲裁机构是为了解决争议由双方共同指定的仲裁员自行组成的临时仲裁庭。争议处理完毕，临时仲裁庭就解散。常设仲裁机构是根据一国的法律或有关规定设立的仲裁机构。我国的常设仲裁机构是中国国际经济贸易仲裁委员会，会址设在北京，深圳和上海分别设有分会。我国外贸企业在订立合同时，如双方同意在我国仲裁，应订立由中国国际经济贸易仲裁委员会仲裁的条款。国际上很多国家都设有常设仲裁机构，如瑞典的斯德哥尔摩仲裁院、瑞士的苏黎世商会仲裁院、英国的伦敦国际仲裁院、美国仲裁协会、日本国际商事仲裁协会等，这些机构与我国仲裁机构已进行过多次合作。

仲裁的程序一般包括提出仲裁申请、仲裁庭的组成、仲裁审理、仲裁裁决 4 个环节。各国仲裁法和仲裁机构的仲裁规则对仲裁程序都有明确的规定。申诉人提交仲裁申请书时，还应附合同、仲裁协议、往来函电等原件或副本、抄本，并交纳仲裁费预订金。仲裁庭由争议双方所指定的仲裁成员组成，或者由双方当事人共同指定的或委托的仲裁委员会主席指定的仲裁员组成，但当事人各自指定的仲裁员并不代表当事人的利益，不偏袒任何一方，被指定的仲裁员如果与案件有利害关系应请求回避。仲裁庭审理案件有两种形式：开庭审理和不开庭审理。仲裁庭的审理过程一般包括开庭、收集证据和调查取证，必要时，还需采取保全措施。裁决是仲裁程序的最后一个环节，裁决必须以书面形式做出，裁决做出后，任何一方当事人不得向法院起诉，也不准向其他任何机构提出变更仲裁裁决的请求，除非当事人能证明裁决不符合法律程序要求。

仲裁条款举例：凡因执行本合同所发生的或与本合同有关的一切争议，双方应通过友好协商解决；如果协商不能解决，应提交北京中国国际经济贸易仲裁委员会，根据该会的仲裁规则进行仲裁。仲裁裁决是终局的，对双方都有约束力。仲裁费用除仲裁庭另有规定外，均由败诉方负担。

复习思考题

1. 以出口商品为例，说明国际贸易商品检验的基本程序。
2. 订立国际贸易索赔与理赔条款时应注意哪些事项？
3. 构成不可抗力事件应具备哪些条件？
4. 仲裁协议有几种形式，仲裁协议有何作用？
5. 案例分析题

2005 年 11 月，我国某公司与日本 A 公司签订了一个进口汽车生产线合同。设备是二手货，共 18 条生产线，价值 3 000 多万美元。合同规定，出口商保证设备在拆卸之前均在正常运转，否则更换或退货。设备运抵目的地后发现，这些设备在拆运前早已停止使用，在目的地装配后也因设备损坏、缺件根本无法马上投产使用。但是，由于合同规定如要索赔需商检部门在“货到现场后 14 天内”出证，而实际上货物运抵工厂并进行装配就已经超过 14 天，无法在这个期限内向外索赔。这样，工厂只能依靠自己的力量进行加工维修。经过半年多时间，花了大量人力物力，也只开出了 4 套生产线。

请对该案例进行分析。

B&E

第十九章 国际贸易方式与贸易流程

【本章导读】

国际商品贸易又称国际货物贸易，是最早，也是最重要的贸易形式。熟悉国际贸易的常见方式与掌握贸易流程是学习国际贸易的基础，本章主要介绍当前国际贸易中常用的10种国际贸易方式。国际贸易流程一般包括交易前的准备、交易磋商与合同订立、合同的履行三个阶段。

【学习目标】

1. 了解国际商品贸易的主要方式。
2. 掌握国际商品进出口贸易的基本流程。
3. 掌握构成发盘、还盘、接受的基本条件。
4. 了解出口制单环节需要准备的单据。

【关键概念】

包销(Exclusive Sales)　代理(Agency)　寄售(Consignment)
展卖(Sales on Fair,Exhibition)　拍卖(Auction)
国际竞争性招标(International Competitive Bidding,ICB)
期货贸易(Futures Transaction)　对销贸易(Counter Trade)
产品回购(Product Buyback)　加工贸易(Processing Trade)
租赁贸易(Leasing Trade)　询盘(Inquiry,Enquiry)
发盘(Offer)　还盘(Counter Offer)
接受(Acceptance)　装船通知(Shipping Advice)
提单(Bill of Lading)　装箱单(Packing List)

第一节 国际贸易方式

国际贸易方式(Trade Patterns)是指国际贸易双方进行交易的具体形式和方法。目前，国际上常用的国际贸易方式有包销、代理、寄售、展卖、拍卖、招标与投标、期货贸易、对销贸易、加工贸易、租赁贸易等。每一种贸易方式都反映了它特有的销售渠道、支付方式和买卖双方的权利与义务，本节对这些贸易方式进行逐一介绍。

一、包销

包销(Exclusive Sales)是指出口方通过包销协议，在一定时间和一定地区范围内，将一种或一类商品的经营权单独给予包销商(Exclusive Distributor)的贸易做法。

在包销方式下，包销商与出口商之间是买卖关系，即出口商首先将特定的商品卖给包销商，包销商购进商品以后再自行销售，利用低价购进高价卖出的差价赚得经营利润，同时承担经营风险，即包销商自己要垫付资金，然后自行销售，并自负盈亏。当然，为了鼓励包销商的销售积极性，出口商不得在合同规定的期限和地区范围内向第三方报盘或销售包销商已经承购的商品，即包销商享有这一特定商品的专卖权。同时，为了防止包销商"只包不销"或"包而难销"的情况，出口商一般在包销协议中规定包销商的最低销售数量或销售金额，并且规定包销商不得从其他渠道购进和销售同类或近似商品。

选择包销方式比较有利于出口商开辟新的国际市场和推销新的产品，这比较适用于出口商对新地区的市场情况不熟悉或缺乏足够的推销力量时采用，希望借助包销商的力量推销其产品，从而实现打开销路、占领市场的目的。采用这种贸易方式时应注意以下一些问题。

第一，正确选用包销方式。卖方考虑是否选用包销方式的主要依据是商品特点和市场特点。一般认为小批量商品，新产品，客户分散、市场潜力有限的产品适合选用包销方式，而市场潜力大、资源丰富的大宗出口商品，特别是国际性原料产品则不宜采用包销方式。

第二，恰当选择包销商。包销商选择是否得当直接影响包销贸易的成败。选择包销商主要依据其资信情况、经营能力、诚意和热情，同时对包销商品的种类和范围也要慎重选择，如果商品品种过多、经营范围过广，包销商难以全力以赴，或者包销商可能利用其独家经营的有利地位垄断市场、压低价格，造成出口商的损失。为此，出口商应在包销贸易中保持主动，包销商品种类不宜太多，包销地区不宜太广，期限不宜太长，且应规定最少销售数量和金额限制，待经过一定时期后再根据经营业绩决定是否续签、扩大范围或中止协议。

二、代理

代理(Agency)是指代理人(Agent)按照委托人(Principal)的授权，在规定的地区和期限内，代表委托人与第三方订立合同或进行其他委托人授权的事宜，由此产生的权利与义务由委托人直接负责。国际市场上有名目繁多的代理商，如采购代理、销售代理、运输代理、保险代理、广告代理等。下面主要以销售代理为基础介绍代理的一般知识。

在国际贸易中，由于货主对很多特定的国外市场不够熟悉，或者由于自身经营力量有限等原因，经常需要委托代理人在一定期限内代为处理某一地区的业务活动。在代理业务中，代理人只是代表委托人与第三方订立合同或从事其他委托事宜，而不是以自己的名义与第三方订立合同，因此，代理人与委托人之间是委托与代理关系，而非买卖关系。代理人不垫付资金，不承担经营风险，不负责盈亏，不承担履约责任，而是运用委托人的资金进行业务活动，并从代销额中提取一定的比例作为佣金。

按照授权的大小不同，代理可分为总代理、独家代理和一般代理三种，下面对这三种代理分别做一介绍。

(一) 总代理

总代理(General Agent)是在指定地区委托人的全权代理，他除了有权代理委托人进行签订买卖合同、处理货物等商务活动外，也可代表委托人从事一些非商业性的活动或委派处理其他事务。如代表出口商在当地洽商交易、签订合同、履行合同、代理货运、保险、理赔、仲裁等，总代理有权指派分代理，并可分享代理的佣金，并对分代理的行为承担连带责任。我国一般不与外商签订总代理协议，而通常仅授权我国驻外贸易机构或在港、澳及外国的中资企业为我国外贸公司的总代理。

（二）独家代理

独家代理(Sole Agent，Exclusive Agent)指在特定时期、特定地区内，由委托人指定的单独代表其从事商业活动的代理人。独家代理商享有该地区一定期限内指定商品的专营权。需要指出的是，独家代理的专营权与包销所具有的专营权不完全一样，通常独家代理的专营权不排斥货主直接在这一地区经营的权利，只是有些协议出于保护独家代理权益的目的，规定这类交易仍应按规定向独家代理计付佣金。如果代理协议另有规定，则根据协议执行。

（三）一般代理

一般代理(Agent)又称普通代理或佣金代理，指接受委托从事商业活动并根据业绩计收佣金的代理人。与独家代理相比，一般代理不享有独营权，因此，出口商可以在同一地区、同一代理期内，委托两个及两个以上的代理人代为推销其特定商品，委托人也可以直接在该地区与其他买主订立买卖合同，而无须支付佣金给任何人。在我国的出口业务中，一般代理运用较为普遍。按照国际惯例做法，销售代理人一般不能直接购买委托人的商品以谋利，但如果委托人同意，代理人也可以购入该商品，此时，出口商仍需付销售佣金给代理人。

三、寄售

寄售(Consignment)是指寄售人(Consignor)先将货物寄往国外销售地，委托国外当地销售商(Consignee)按照寄售协议规定的条件代为销售，货物销售后，由代销商扣除佣金和有关费用后将所剩货款通过银行汇付寄售人的一种贸易方式。

从销售方式来看，寄售是一种先发运后销售的现货买卖方式，即寄售人(也称货主)将货物寄送给代售人，由代售人直接出售给客户，做到货物与买主直接见面，按需要的数量购买，因此，这种销售方式较利于抓住销售时机，易于成交。特别是消费品市场，寄售是一种行之有效的销售方式。

在寄售协议中，寄售人与代销人之间是委托代销关系，而非买卖关系。货物在出售之前，其所有权仍归寄售人，因此，代销人不承担货物寄往代售地途中及货物出售之前的任何风险和费用，代售人只是按照寄售人的指示处理货物，并收取佣金做报酬。从法律性质讲，寄售协议属行纪合同，也称信托合同，寄售业务的代销人介于委托人与实际卖主之间，代销人可以以自己的名义与当地购货人签订购销合同，代销人与购货人之间是货主对货主的关系，如果购货人不履约，代销人可以以自己的名义起诉，代销人与寄售人之间的关系由寄售协议规定。为了约束和规范代销人的行为，在寄售协议中一般规定，代销人负责保管货物、代办进口报关、存仓、保险等手续，以及及时向寄售人提供市场信息、交付货款等义务。

采用寄售方式销售商品时寄售人承担风险较大，因此，选择寄售方式时应注意选择合适的寄售地点。寄售地点应选择在交通便捷的贸易中心或自由港、自由贸易区，以方便货物的进出转运，降低费用。出口商选择寄售方式时也应注意选择合适的代销人。代销人应该在当地享有良好的商誉，有相关商品的销售经验和推销技能，有能力代办海关存仓等业务。必要时，在寄售协议中还应规定代销人应向寄售人出示其银行保函或备用银行证，保证承担寄售协议规定的义务。出口商选择寄售方式时还应特别重视安全收汇。在寄售协议中,应规定代销人在规定的时间内和按照规定的方式将货款交付寄售人,必要时,要求代销人开立银行保函,或以承兑交单方式发货。

四、展卖

展卖(Sales on Fair,Exhibition)是指利用展览会、博览会或其他交易会等形式出售商品的一种贸易方式,是国际贸易中一种广泛而有效的做法。展卖将出口商品的展览和销售有机地结合起来,边展览边销售,以销售为主。展卖的优越性主要表现在,有利于宣传出口产品,扩大影响,招揽潜在买主,促进交易;有利于建立和发展客户关系,扩大销售地区和范围;有利于开展市场调研,听到消费者的意见,改进商品质量,增强出口竞争力。

展卖的具体做法有国际博览会、国际展览会、商品交易会以及各种各样的商品展示会等。

(1) 国际博览会,又称国际集市或世界博览会(World Exhibition,Exposition,简称世博会),是指由一国政府或政府委托有关部门举办或多国联合组办,定期在一定地点举办的、邀请各国商人参加交易的贸易形式。国际博览会有较大的影响和悠久的历史,它不仅为买卖双方提供了交易方便,而且越来越多地作为产品介绍、广告宣传,以及介绍新工艺、进行技术交流的重要方式。国际博览会可分为两种形式:综合性国际博览会和专业性国际博览会。

综合性国际博览会又称“水平型博览会”,即各种商品包括工农业各类产品均可参展,通常有许多国家参加并洽谈交易。这种博览会的规模较大,产品齐全,且会期较长。全球著名的综合性博览会如意大利的米兰博览会、德国的莱比锡博览会、法国的里昂及巴黎博览会、比利时的布鲁塞尔博览会、芬兰的赫尔辛基博览会、波兰的波兹南博览会、加拿大的蒙特利尔博览会、澳大利亚的悉尼博览会等,对促进国际贸易的发展发挥了作用。

专业型国际博览会,又称“垂直型博览会”,是指仅限于某类或几类专业性产品参加展览和交易的博览会,规模较小,会期较短。全球著名的专业性博览会如德国的科隆博览会,每年举行两次,一次展销纺织品,一次展销五金制品,它们对促进国际贸易的发展发挥了作用。

(2) 交易会,如我国每年举办的深圳交易会、广州交易会以及各种小型交易会等,其中以广州交易会最具影响力。我国从 1957 年起每年春秋两季在广州定期举办中国出口商品交易会,2010 年 10 月 15 日至 11 月 4 日举办了第 108 届广交会,经过五十余年的发展,广交会已经成为中国历史最长、层次最高、规模最大、商品品种最全、到会客商最多,成交效果最好的综合性国际贸易盛会。

(3) 商品展示会,是指出口商可以自行在国外举办或委托代理人参与国外的博览活动,展示自己的商品,促成商品成交。

随着对外经济交往的逐步扩大,国外形形色色的展览会吸引了众多欲打出国门将产品技术销往海外的企业。据中国贸促会统计,2003 年我国有 90 个办展单位共赴 60 多个国家和地区举办经贸展览会,参加 400 多次国家博览会,展览总面积达到 12 万平方米。目前,我国企业出国展览已经形成了一些热点,如法兰克福春秋季消费品博览会、科隆五金制品展览会、米兰马契夫展览会、芝加哥五金展览会、迪拜春秋国际博览会等,其中机械、电子类产品参展比例最高。欧美市场是我国出国展览的传统市场,目前正在积极开拓亚洲、非洲、拉美、东欧和独联体市场。

企业出国参加展览应注意这样一些问题：企业要将自身的营销、出口目标与选择展览会相结合，一般来说，参加专业性的大型、有影响的展览会比综合性的博览会效果更好。参加展览会前，企业应该将样品、样本、货单及宣传材料准备齐全，如有条件，应该在参展前对目标客户发出邀请来参加自己的展台，以取得更好的展示和贸易效果。

五、拍卖

拍卖(Auction)是一种古老的交易方法，由专营拍卖业务的拍卖行接受货主委托，在一定的时间和地点，按照一定的章程和规则，以公开叫价的竞购方式将事先经买主看过的货物逐件逐批卖给出价最高的买主。拍卖是一种现货交易，看货出价，并通过公开竞价方式达成交易，以双方都满意的价格成交。拍卖方式成交迅速，双方能及时提取货物或收取货款，利于资金周转。

通过国际拍卖进行交易的商品主要是一些规格复杂，难以标准化，不能根据规定的标准品级和样品进行交易的商品，例如皮毛、原毛、茶叶、木材、烟草、香料、古玩、珍贵艺术品等。

拍卖一般都在一定的地点依规定的程序集中进行，其交易程序大致经过准备、看货、出价成交和付款交货 4 个阶段。首先，由货主与拍卖行达成拍卖协议，把货物存入拍卖行指定的仓库，由拍卖机构将准备拍卖的货物整理成堆，分批编号，印发拍卖商品目录，公布拍卖时间、地点和交易条件等，同时刊登广告，招揽买主。其次，买主在得到拍卖信息后可在拍卖前看货，借以了解产品的品质，必要时还可以索取一定的样品供检测化验。由于买主事先有看货检测的机会，故一旦拍卖成交，除非商品具有隐蔽的缺陷，买方不得提出退货或索赔。再次，出价成交阶段，在规定的时间与地点，按拍卖品目录规定的顺序逐批拍卖，通常采用竞价购买方式，买方的出价相当于要约，拍卖人的落槌相当于承诺，货物最终卖给出价最高者。在落槌之前，买主有权撤销出价，卖方也有权撤回拍卖商品。最后，拍卖成交一经确认，买方签署成交确认书，并支付部分货款作订金，待买方付清全部货款后，拍卖行开出提货单，买方凭单提货。拍卖行从货款中提取一定比例的佣金，作为提供拍卖服务的报酬，并扣除按合同应由货主承担的费用后将货款交付货主，从而完成整个拍卖过程。

按出价方式，拍卖可分为以下三种。

(1) 增价拍卖：这是最常见的一种拍卖方式，由拍卖人提出一批货物，宣布预定的最低出价，然后由买主相继加价竞买，直到拍卖人认为无人再出更高的价格时，由拍卖人以击槌动作表示竞买结束，将该批货物卖给最后出价最高的人。

(2) 减价拍卖：又称荷兰式拍卖(Dutch Auction)，源于世界最大的荷兰花卉拍卖市场，先由拍卖人喊出一个最高价，如无竞买者愿意购买，然后逐渐降低出价，直到某个买主表示接受，即达成交易。减价拍卖的优点在于成交迅速，多用于拍卖鲜活商品，如水果、蔬菜和花卉等。

(3) 密封递价拍卖：又称招标式拍卖或邮递拍卖，先由拍卖行公布商品目录及拍卖条件，有时也可以事先进行商品展示，买主可在规定时间内将自己的出价密封递交给拍卖人，由拍卖人根据各个买主的出价及其他因素决定将货物卖给其中一位买主。与前两种方式相比，这种拍卖除了价格之外，还可能有其他交易条件需要考虑，可能采取公开方式开标，也可能采取不公开的方式开标。拍卖大型设备或数量较大的库存物资或政府罚款没收的物资时，可能采取这种方式。

六、招标与投标

招标与投标(Invitation to Tender,Submission of Tender)实际上是一种贸易方式的两个方面。招标是指由招标人发出招标公告或招标单,提出准备购买的各种商品或拟兴建的工程项目的各种条件和要求,邀请卖方或承包商在指定时间、地点,按照一定的程序前来投标的行为。投标则是指卖方或承包人应招标人的邀请,依招标公告或招标单所规定的条件,在规定时间内向招标人递盘的行为。招标与投标业务主要包括招标、投标和开标三个基本环节,招标人选定中标人后,应与之签订买卖合同或工程承包合同。

作为一种传统的贸易方式,招标与投标目前更多地被用于国际承发包工程,在货物买卖方面则主要用于政府或其他机构的大规模采购。近年来国际间政府贷款或金融组织的贷款项目,往往也规定必须采用国际竞争性招标去采购项目物资或发包工程。招标与一般的交易方式相比,主要有三个特点:①招标是由参加投标的企业按照招标人所提出的条件,一次性递价成交的贸易方式,双方无须进行反复磋商;②招标是一种竞卖的贸易方式;③招标是在指定的时间和指定的地点进行的,并事先规定了一些具体的条件,因此,投标必须根据其规定的条件进行,如不符合其条件,则难以中标。

目前,国际采用的招标方式主要有 3 类,共 4 种方式。

(一)国际竞争性招标

国际竞争性招标(International Competitive Bidding,ICB)是指招标人邀请几个乃至几十个投标人参加投标,通过多数投标人竞争,选择其中对招标人最有利的投标达成交易。国际竞争性招标通常有两种做法。

(1) 公开招标(Open Bidding),是指招标活动处于公开监督之下进行,通常要公开发表招标通告,凡愿意参加投标的公司,都可以按通告中的地址领取(或购买)较详细的介绍资料和资格预审表格,而参加了预审资格并经审查采纳的公司便可购买招标文件和参加投标。

(2) 选择性招标(Selected Bidding),又称邀请招标或有限竞争性招标。采用这种做法时,招标人通常不在报刊上刊登招标广告,而是根据自己具体的业务关系和情报资料由招标人对客商进行邀请,进行资格预审后,再由他们进行投标。

(二)谈判招标

谈判招标(Negotiated Bidding)又叫议标,它是非公开的,是一种非竞争性的招标。采用这种做法时,由招标人物色几家客商直接进行合同谈判,谈判成功,交易即达成。因此,它不属于严格意义上的招标方式。

(三)两段招标

两段招标(Two-Stage Bidding)是指无限竞争招标和有限竞争招标的综合方式,采用这种做法时,先用公开招标,再用选择性招标,分两段进行。

七、期货贸易

期货贸易(Futures Transaction)是指在期货交易所内,按照一定的规章制度进行的期货合同买卖。1848 年美国芝加哥商品期货交易所(CBOT)成立,被认为是近代最早的期货交易所。期货交易所就是期货交易的场所,一般实行会员制,只有会员才可以进入交易大厅进行买卖,期货交易所有固定的交易时间和交易地点,有自己的交易清算规则和管理机构。

在期货交易市场交易的商品一般是初级产品，如小麦、玉米、大豆、棉花、食糖、咖啡豆、可可豆、铜、锡、石油等。

与现货交易相比，期货交易有以下一些特点。

(1) 现货交易买卖的是实际货物，而期货交易买卖的是交易所指定的标准化货物合同。各交易所都对交易商品规定有标准化合同，标准化合同对商品的品质、单位、一份标准化合同中的商品数量等做出了明确规定，交易者只需对交易的价格和交货的日期进行协商，甚至对交易期也有指定的月份供选择，这样可以简化交易过程，节约交易成本。

(2) 现货交易无成交时间、地点的限制，而期货交易只能在期货交易所内，在规定的时间，由专门的期货经纪人进行交易，而且在期货交易所交易的商品仅限少数几种商品，绝大多数商品不能在期货交易所完成交易。

(3) 从交易形式看，现货交易是买卖双方当事人的契约交易，其内容并不公开，但期货交易是公开的，在多边的市场上，通过竞价方式达成交易。

(4) 从履约形式看，现货交易必须交付实际货物，而期货交易可以到期交割，也可以到期前对冲平仓，实际业务中，期货交易进行货物交割的比例不到总成交份数的5%。

(5) 从交易目的看，现货交易中的买方是以取得货物为目的，卖方是以取得商品的价格为目的。而期货交易的双方大多是以获得期货价格变动的利差为目的，以用于现货市场的商品买卖保值或套期图利，也有的以投机为目的。

(6) 从法律关系看，现货交易的买卖合同成立，则双方的权利与义务受法律保护，但期货交易中的买卖双方无直接接触，因而交易双方并不是建立直接的法律关系，而是通过交易所中的佣金商中介进行买卖行为，但是，交易所达成的一切期货合同受法律以及期货交易所规章的保护。

虽然期货交易是就未来一段时间的商品进行交易，但期货交易与现货交易有着紧密的联系。就相同商品而言，期货交易与现货交易都受共同的商品供需关系及生产成本的影响，具有基本相同的价格变化趋势。现货价格是期货价格形成的基础，期货价格对现货价格形成有指导作用，即价格发现。所谓价格发现是指，在期货市场通过公开、公正、高效、竞争的期货交易运行机制，形成具有真实性、预期性、连续性和权威性的价格过程。这是因为，期货交易者众多，而且大都熟悉某种商品行情，期货反映的是大多数人的预测，能够比较接近供求变动趋势，而且，期货交易的透明度高。因此，很多权威的期货价格已经成为现货价格甚至国家制定政策的参考。例如，纽约商品交易所的原油期货价格，就是北美地区原油的基准价格，也是全球石油定价的基础价格之一。现货价格反映的是现在市场的供需关系，期货价格反映的是未来的市场走势，两者总体趋势应该相同，但不一定完全相等。随着期货结算日的临近，期货价格逐步收敛于现货价格。如果在到期日的期货价格不等于现货价格，人们就可以利用期货和现货两种市场来实现套利，从而扰乱正常的市场经济秩序。

套期保值是期货交易的基本功能之一。套期保值的操作原则是"相对而均等"，即现货市场与期货市场在同一时间点执行相反的操作，而且成交数量基本保持一致。因为就同一种商品而言，现货市场与期货市场具有相同的价格走势，而保值者采取两个市场同时操作，一个买入另一个卖出，从而规避了价格变动的风险。套期保值的具体做法有两种：卖期保值和买期保值。

(1) 卖期保值(Selling Hedge)，常运用于市场价格看跌的场合。套期保值者根据市场

交易情况，先在期货市场上卖出期货合同，待价格下跌后再买入期货合同以平仓。例如，某出口商欲在3个月后出口大豆一批，每蒲式耳为3.65美元，预计今年大豆丰收，10月份大豆价格可能会下跌，则该商人为了规避价格下跌风险，可以进行卖期保值操作。该商人先在期货市场上卖出大豆期货合同，然后在到期日之前在购入对等数量的期货合同以平仓。

(2) 买期保值(Buying Hedge)，常运用于市场价格看涨的场合。具体做法是：交易者先在期货市场上买入期货合同，待价格上涨后再卖出期货合同以平仓。

表19-1　大豆期货交易实例

日　　期	现 货 市 场	期 货 市 场
2006年6月22日	大豆现价：3.65美元/蒲式耳	售出10月期大豆期货2手 单价：3.70美元/蒲式耳
2006年9月22日	大豆现价：3.55美元/蒲式耳 售出大豆10 000蒲式耳	买入10月期大豆期货2手 单价：3.58美元/蒲式耳
盈亏状态	亏损：1 000美元	赢利1 200美元

上例中，每手大豆期货的数量为5 000蒲式耳。如果仅有现货交易，该出口商9月份与6月份相比，收入减少了1 000美元。但如果同时在期货市场上做卖期保值操作，10月份的大豆期货合同通过早期的卖出和到期日前的买入实现平仓，可以赢利1 200美元。将现货交易与期货交易结合起来，该出口商不但没有亏损反而实现净赢利200美元。

不过，除了套期保值之外，还有相当多的期货交易者并不关心实际商品，他们从事期货交易只是希望通过在期货市场上的“买空卖空”或“卖空买空”，借用较小的资金博取较大的利润，这种交易者被称为投机者(Speculator)。在期货市场上，投机者的交易量非常大，对期货市场有很大的影响。

国际石油期货交易

长期以来，国际市场原油交易形成了3种(或4种)基准价格，它们分别如下。

(1) 纽约商品交易所的原油期货价格：纽约商品交易所轻质低硫原油品质较好，其价格是北美地区原油的基准价格，也是全球原油定价的基准价格之一。通常所说“纽约市场油价”就是指纽约商品交易所大致下一个月交货的轻质原油期货价格。

(2) 伦敦国际石油交易所北海布伦特(Brent)原油期货价格：伦敦国际石油交易所北海布伦特原油也是一种轻质油，但品质低于纽约商品交易所轻质低硫原油。非洲、中东和欧洲地区所产原油在向西方国家供应时通常采用布伦特原油期货价格作为基准价格。通常所说“伦敦市场油价”就是指大致下一个月交货的伦敦国际石油交易所北海布伦特原油期货价格。

(3) 欧佩克(OPEC)市场监督原油一揽子平均价：欧佩克市场监督原油一揽子平均价，涵盖了该组织成员国主要原油品种，其中既包括轻质油，也包括重质油，总体品质低于纽约商品交易所轻质低硫原油和伦敦国际石油交易所北海布伦特原油。其价格也被简称为“欧佩克油价”。由于该组织成员国原油产量约占世界总产量的40%，因此欧佩克一揽子油价也是衡量国际市场油价的重要指标。

(4) 迪拜原油价格：迪拜原油是一种轻质酸性原油，产自阿联酋迪拜。海湾国家所产原油向亚洲出口时，通常采用迪拜原油价格作为基准价格。但近年来，由于迪拜原油产量日渐下降，其作为基准油价的地位也引起了一些争议。迪拜油价在一般新闻报道中较少涉及。

八、对销贸易

对销贸易(Counter Trade)又称对等贸易，是指在互惠的条件下，两个或两个以上的贸易方达成的协议，规定一方的进口产品可以用部分的出口产品来支付，即买卖双方不是单方面的进口或出口，而是互为进口人和出口人，双方都把进口和出口结合起来，都以自己的出口来全部抵偿或部分抵偿从对方的进口。由于对销贸易很少用外汇或不用外汇，故又称“无汇贸易”。对销贸易有多种形式，如易货贸易、补偿贸易、反购或互购、转手贸易(Switch Trade)和抵消贸易(Offset)等。下面介绍前三种我国对外贸易中常见的贸易方式。

（一）易货贸易

易货又称物物交换，是最古老的交换方式，一般是指买卖双方按照各自的需要，交换各自所能提供的价值相等或相近的商品，从而避免货币支付的一种贸易方式。易货贸易(Barter Trade)又可分为一般易货和综合易货两种方式。一般易货贸易是指交易双方当事人之间以等值的货物互相交换，不涉及第三者，也没有货币的流动。综合易货贸易又称一揽子易货，一般由双方政府根据协定各自提出在一定时期内(如一年)，提供给对方的商品的种类和金额，协商一致后签订进出口金额相等或基本相等的换货协定书，然后由各自的外贸公司根据换货协定书的框架签订具体买卖合同，分别交货，每笔进出口货物的货款都凭货运单据向指定的银行结汇。

易货贸易有利于缺乏外汇支付能力的国家或企业之间开展对外贸易，有利于利用易货做到以进带出或以出带进。但易货贸易也存在一定局限性，如参加易货的商品，其品种、规格、数量等都必须是对方所需要的，至少是可以接受的，这也是这种贸易方式不灵活的地方和难点所在。

（二）补偿贸易

补偿贸易(Compensation Trade)又称产品回购(Product Buyback)，是指在信贷基础上，贸易的一方在向另一方出口机器设备的同时，承诺购买一定数量的由该项机器设备或技术生产出来的产品。这种做法是产品回购的基本形式，但有时也可通过协议，由设备供应方购买其他产品代替。补偿贸易又可分为4种类型。

(1) 直接补偿：在信贷的基础上，进口机器设备或技术，不用现汇支付，而是用该设备生产出来的产品返销给设备出口方，所得价款分期摊还。

(2) 间接补偿：当所交易的设备本身不生产物质产品，或设备所生产的直接产品并非对方所需或在国际市场上销路不好时，可由双方根据需要和可能进行协商，用供应方回购其他产品来代替。

(3) 劳务补偿：在与来料加工和来件装配相结合的中小型补偿贸易中，双方往往商定由供应方垫付货款，进口方购进所需的技术或设备，按对方要求加工生产后，从应收的工缴费中分期扣还所欠款项。

(4) 综合贸易补偿：又称混合补偿，是将上述三种补偿方式组合使用。

在实际业务中，还可以根据需要，部分以产品补偿，部分以现汇支付，即采用部分补偿贸

易方式进行交易。

在补偿贸易中,设备供应方必须承诺回购产品或劳务,因此,补偿贸易是买卖行为而不是直接投资行为。补偿贸易在弥补国内资金不足、提高出口产品的技术层次和市场竞争力等方面具有重要作用。但是,由于补偿贸易是进口方通过赊销方式购进设备,一般来说,这种设备不可能是最先进的。另外,设备供应方不仅提供贷款,而且还要回购产品或劳务,这实际上是帮助进口方创造偿还能力,往往不易被供应方接受。在采用直接产品或以其他产品补偿设备货款时还应注意不能与一国的正常贸易冲突,在以原材料、燃料作为产品补偿时不能影响国内的正常供给。

(三)互购

互购(Counter Trade)又称“平行贸易”(Parallel Trade),国内也有人称为“反向购买”,是指交易双方互相购买对方的产品。互购贸易涉及两个既独立又有联系的合同,在第一个合同里,先进口国用现汇购买对方的货物,并由先出口国承诺在一定时间内,用所得货款的一部分或全部购买先进口国的回头货。在第二个合同里,规定先出口国购买先进口国的货物的有关交易条件。按照目前国际上的做法,一笔互购交易有时要涉及两个以上的当事人,除非双方另有约定,在征得对方同意的基础上,先出口方的回购义务和先进口方的供货义务,可分别由第三方来完成。

互购不是单纯的以货换货,而是现汇交易,并且不要求等值交换,这是互购与易货的区别。互购与补偿贸易的区别在于互购的两笔交易都用现汇支付,一般是通过即期信用证或即期付款交单,有时也可采用远期信用证付款。因此,先出口的一方除非是接受远期信用证,否则不会出现垫付资金的问题,相反还可以在收到出口货款到支付回头货款这段时间内,利用对方资金。互购贸易对于先出口方来说,无论从资金周转还是随后的谈判地位来衡量,都是比较有利的。一些经济发达国家挟其技术上的优势,往往占有这种有利的地位而比较愿意采用这种做法。对于先进口方来说,不但得不到资金方面的好处,还要先付一笔资金,这样必定要承担一定汇率变动的风险,唯一可取的地方是可以带动本国货物的出口。此外,先出口方对今后所作的承诺往往只是一些原则性的承诺,由于种种原因这种承诺就不可避免地给以后的交易带来一定的不稳定性,即先进口方有可能面临这一承诺得不到履行的风险。

九、加工贸易

加工贸易(Processing Trade)是一国通过各种不同的方式,进口原料、材料或零件,利用本国的生产能力和技术,加工成成品后再出口,从而获得以外汇体现的附加价值。加工贸易是以加工为特征的再出口业务,其方式多种多样。

(一)进料加工

进料加工一般是指从国外购进原料,加工生产出成品再销往国外。由于进口原料的目的是为了扶植出口,所以,进料加工又习惯被称为“以进养出”。我国开展的以进养出业务,除了包括进口轻工、纺织、机械、电子等行业的原材料、零部件、元器件,加工、制造或装配成成品再出口外,还包括从国外引进农、牧、渔业的优良品种,经过种植或繁育出成品再出口。

在具体的进料加工业务中,大致有三种做法:其一,先签订进口原料的合同,加工成成品后再寻找市场和买主,这种做法的好处是可择机选择进料时机,一般在价格较低时购进原料，一旦签订了合同就可以尽快安排生产，以保证及时交货，缺点是难以保证产品适销对路，如果产品无法销售，就会造成库存积压，影响企业效益。其二，先签订出口合同，再根据国外买方的订货要求，从国外购进原料，加工生产，然后按照合同要求交货，这种做法也可以称做来样进料加工。这种做法的优点是产品的销路有了保障，但需要注意的是原材料的进口必须有效落实，否则会影响产品质量，导致无法交货。其三，对口合同方式，即与国外客户签订进口原料合同的同时签订出口成品的合同，原料的提供者也就是成品的购买者。但这两个合同相互独立，分别以现汇结算。这种做法的优点是原料来源和成品销路均有了保证，但它的适用面较窄，不易成交。在实际做法中，有时原料提供者与成品购买者也可以是不同的人。不管哪种做法，可以看出，进料加工中，原料的进口和成品的出口是两笔交易，均有货物所有权的转移，原料的供应方和成品的购买者之间也没有必然的联系。我方开展进料加工赚取的是从原材料到成品的附加值，但同时我方需要自筹资金，自寻销路，自担风险，自负盈亏。

（二）来料加工

来料加工在我国又被称做对外加工装配业务，广义的来料加工包括来料加工和来件装配两个方面，是指由外商作为委托方，提供一定的原材料、零部件、元器件，由我方作为承接方，按照委托方的要求进行加工装配，成品交由委托方处置，承接方按照约定收取工缴费作为报酬。来料加工虽然也有原材料、零部件的进口和成品的出口，但不属于货物买卖，因为，货物的所有权始终属于委托方，我方只是提供劳务并不拥有所有权。因此，来料加工业务实际是以商品加工为形式，以商品为载体的劳务出口，其性质属于国际经济合作中的劳务合作或劳务贸易。

发展来料加工贸易对于发挥我国的生产潜力、补充国内原材料的不足、增加外汇收入等都具有重要作用，此外，也有利于我国引进国外的先进生产技术和管理经验，从而提升我国的生产、技术和管理水平。发展来料加工贸易对于委托方而言，可以降低产品成本，进而增强其产品的市场竞争力，另外，也有利于委托方国内的产业结构调整。

（三）协作生产

协作生产是指一方提供部分配件或主要部件，而由另一方利用本国生产的其他配件组装成一件产品出口。商标可由双方协商确定，既可用加工方的，也可用对方的。所供配件的价款可在货款中扣除。协作生产的产品一般规定由对方销售全部或一部分，也可规定由第三方销售。

十、租赁贸易

租赁贸易（Leasing Trade）是指双方按租赁契约（协议），出租方把商品租给承租方允许其在一定时期内使用和支配，但设备所有权仍归出租人所有，出租方以收取一定租金为代价的贸易方式。租赁贸易是信贷和贸易相结合的一种贸易方式，它是承租人获得设备的一种独特的筹资方式。出租人一般为准金融机构，即附属于银行或信托投资公司的租赁公司，也有专业租赁公司或生产制造商兼营自己产品的租赁业务。承租人通常为生产或服务企业。租赁对象主要是资本货物，包括机电设备、运输设备、建筑机械、医疗器械、飞机船舶，甚至各种大型成套设备和设施等。按租赁的目的划分，租赁贸易划分为融资租赁、经营租赁、转租租赁和回租租赁。

（一）融资租赁

融资租赁(Financial Lease)主要是租赁公司出资购买用户选定的设备,出租给用户。租赁期较长,接近设备的使用期。租赁期内由用户自行维修保养,租赁期满,设备归用户所有,或者由用户支付残值后拥有设备。在整个设备使用期内只租给一个用户,租赁公司按设备成本、利息,再加上费用,分摊成租金向承租人收取,故而又称为“完全支付租赁”或“一次性租赁”,这是最基本的租赁形式。

（二）经营租赁

经营租赁(Operating Lease)的租赁期限较短,在设备使用的有效期内,不仅仅租给一个用户,每个用户所缴付的租金只相当于设备投资的一部分,故又称为“不完全支付”租赁。在租赁期内,由出租人提供设备维修保养服务,以期保持设备的良好状态供再次出租。对承租人来说,这种租赁方式和提供的服务,使他获得了始终保持正常运转的高新技术设备,但租金也比较高。经营租赁的出租人通常是生产制造商兼营的租赁公司或者专业租赁公司。经营租赁的承租人往往是只需短期使用某种通用设备。经营租赁的标的物是通用设备。

（三）转租租赁

转租租赁是指承租人以租赁方式引进国外设备后,再以出租人的身份将该设备转租给国内其他用户。经营转租业务的租赁公司,一方面为用户企业提供了信用担保,即以自己的名义承担了支付租金的责任;另一方面又为用户承办涉外租赁合同的洽谈和签订,以及各项进口手续和费用。我国租赁公司除办理转租租赁外,也作为中介机构为国内用户企业介绍国外租赁公司,由用户企业与国外公司直接签约。我国租赁公司开立保函,为国内承租人定期支付租金作保。

（四）回租租赁

回租租赁是指承租人向出租人租赁原来属于自己的设施。回租租赁的一般做法是,先由承租人和出租人签订租赁协议,然后再签订买卖合同,由出租人购进标的物,将其租给承租人,即原物主。这种租赁方式主要用于不动产,由于承租人缺少资金而出售不动产以筹措所需资金。回租租赁均为融资租赁,标的物的售价将分摊在各期租金中,故在回租租赁业务中,标的物的售价往往并不反映真正的市场价,而更多取决于承租人所需资金的数额。当然也不可能超过其真实的市场价。

从利用外资、引进设备的角度看,租赁贸易与一般的中长期信贷和延期付款有相似之处,但对供需双方来说,有其特有的优越性。对承租人而言,企业利用中长期信贷或延期付款方式购入设备,将记录在企业的资产负债表内,而租赁的设备,则不作为企业的负债记录,不影响企业的举债能力,而且承租人支付的租金还可以列入生产或经营成本,从而降低了企业应税收入的数额。此外,以租赁方式引进设备还可以增强企业流动资金的周转能力,改善企业的资产质量。对出租人而言,作为设备所有人,他可以享受投资减税待遇,以及折旧或按政策加速折旧的优惠。此外,通过以租代销方式还可以扩大出口业务,特别是一些售价高、相对陈旧老化的设备,租赁是一种行之有效的促销方式。租赁贸易也有一定的局限性,譬如租金高昂。通常情况下,采用租赁方式获得设备比用现汇或外汇贷款购买的代价会高出12%～17%。另外,由于承租人只有使用权而缺乏设备的所有权,故其不能将租赁物进行技术改造、抵押或者出售。对于出租人而言,也会面临设备的使用率较低等风险。

第二节　国际商品贸易的基本流程

在国际贸易实际业务中，由于交易客户和交易条件的不同，其中的业务环节也会有所不同，但基本的流程还是大致相似的。为了使国际贸易能够顺利进行，学习和掌握国际贸易的基本流程是非常必要的。下面分别对出口贸易和进口贸易的基本流程做一介绍。

一、出口贸易的基本流程

通常情况下，出口贸易的基本流程包括三个阶段：出口前的准备工作阶段、贸易磋商和合同签订阶段、出口合同履行阶段（图 19-1）。

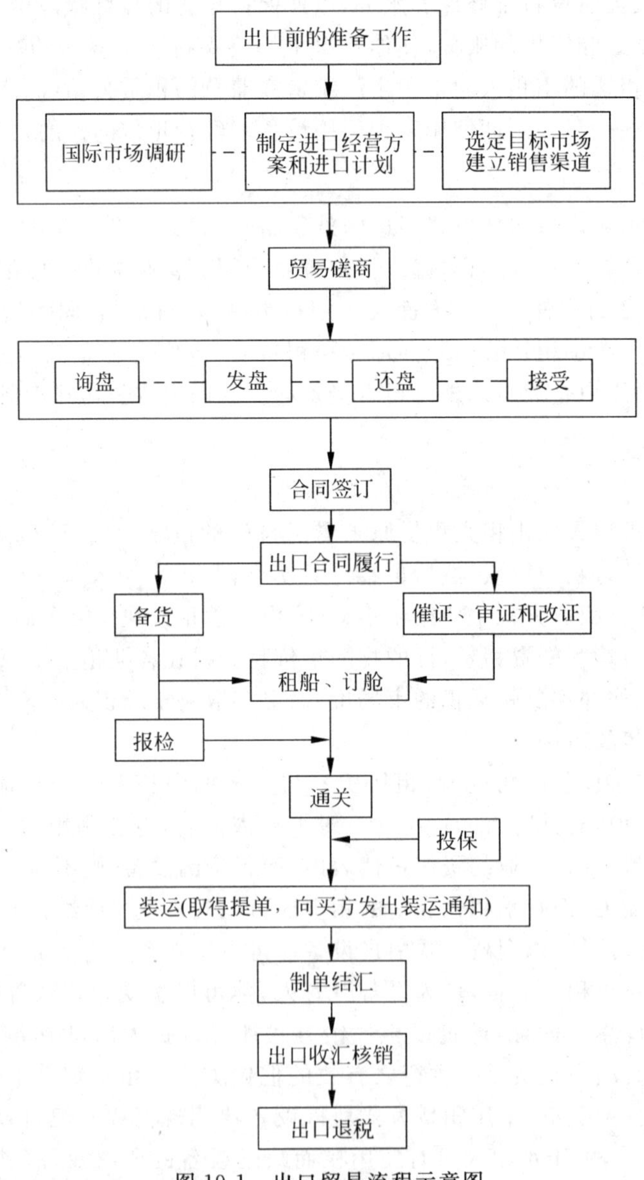

图 19-1　出口贸易流程示意图

（一）出口前的准备工作阶段

这一阶段主要是完成国际市场调研和制定方案工作，具体包括国际市场调研、制定出口商品的经营方案和出口计划、选定目标市场并建立销售渠道等三个环节。

1. 国际市场调研

国际市场调研是为了获得与贸易有关的各种信息。通过对信息的分析，得出国际市场行情特点，判定贸易的可行性并进而据以制定贸易计划。国际市场调研的范围和内容包括经济调研、市场调研和客户调研等。

(1) 经济调研：经济调研的目的在于了解一个国家或地区的总体经济状况、生产力发展水平、产业结构特点、国家的宏观经济政策、货币制度、经济法律和条约、对外贸易政策、贸易商品结构、与中国的政治和经济关系、贸易习惯、消费水平、宗教文化和社会习俗等。总之，要对出口市场的总体经济政治和社会环境有一个大致的了解，进而预估可能出现的风险和效益等情况。对外贸易总是要尽量与总体环境好的国家和地区间开展。

(2) 市场调研：市场调研主要是针对某一具体选定的商品，调查其市场供需状况、国内生产能力、生产的技术水平和成本、产品性能、特点、消费阶层和高潮消费期、产品在生命周期中所处的阶段、该产品市场的竞争和垄断程度、替代产品竞争情况等内容。目的在于确定该商品贸易是否具有可行性和获益性。

(3) 客户调研：客户调研目的在于了解欲与之建立贸易关系的国外厂商的基本情况，包括其经营规模、经营范围、组织情况、信誉等级、经营作风等状况，还包括其与世界各地其他客户和与我国客户开展对外经济贸易关系的历史和现状。只有对国外厂商有一定的了解，才可以与之建立外贸联系。我国对外贸易实际工作中，常有因对对方情况不清，匆忙与之进行外贸交易活动而造成重大损失的事件发生。因此，在交易磋商之前，一定要对国外客户的资金和信誉状况有十足的把握，不可急于求成。

调研信息的主要来源有以下几个渠道：第一，一般性资料，如一国官方公布的国民经济数据和资料，内容包括国民生产总值、国际收支状况、对外贸易总量、通货膨胀率和失业率等。第二，通过国内外综合刊物、企业名录、报纸杂志、经由函电或其他方式发送的资料和利用信息网络手段等进行资料收集和分析，也可以在国外的报纸杂志等刊登广告做自我介绍去吸引客户。第三，委托国外咨询公司进行行情调查。国外有许多专业的咨询公司，接受委托代办介绍客户，他们的业务关系中有许多具有一定影响力、专业经验和能力的各种类型的客户，请他们介绍客户一般效果较好。第四，通过我国外贸公司驻外分支公司和商务参赞处，在国外进行资料收集，我国驻外使馆对当地主要厂商的经营范围、业务能力和资信状况都比较熟悉和了解。第五，利用交易会、各种洽谈会和客户来华做生意的机会了解有关信息，这种活动的优点是能和老客户见面，联系的范围广。第六，派遣专门的出口代表团、推销小组等进行直接的国际市场调研，获得第一手资料。当然，国际市场调研越详细越准确，越能准确地判断商品出口的风险和发展趋势，减少经营损失。

2. 制定出口商品的经营方案和出口计划

出口计划是指出口商拟定出口哪些商品或哪几类商品，先出口什么，后出口什么，出口到哪些国家或地区；采用哪些贸易方式等。出口商品经营方案是指出口企业在一定时期内对出口商品所作的综合安排，通常包括国内货源情况、国外市场特点、目标市场选择、客户关系建立、广告宣传的开展、价格、支付条件以及出口商品成本和经济效益核算等。出口商应尽可能详细地制订出口计划和相应的经营方案，并保证预定计划的顺利完成。

3. 选定目标市场并建立销售渠道

出口商应根据购销意图合理选择国外销售市场和采购市场。在安排销售市场时，应当分清主次，并要有发展的观点，即在安排主销市场的同时，也要考虑辅销市场；在考虑市场现状的同时，也要考虑市场将来的发展趋势；在巩固原有传统市场的同时，还应不断开拓新市场，以扩大销路。另一方面，出口商在选择目标市场的同时还应该安排好采购市场，即寻找出口货源，在货源选择方面既要考虑择优进口，也要防止过分集中在某个或少数几个市场。在同等条件下，应尽量从友好国家订购商品；应考虑多从我国有贸易顺差的国家订购商品，以利贸易上的平衡。在选定目标市场以后，为了正确地选择和建立销售渠道，出口商需要建立健全客户档案，以便对各种不同类型的客户进行分类排队，做到心中有数，并实行区别对待的政策。要正确对待和妥善处理大客户与小客户、新客户与老客户的关系，充分利用和调动专营进出口商、中间代理商对我方出口商品的积极性。向国外订货时，要做到"货比三家"，并区别不同情况从优选择，以维护自身的利益。

（二）贸易磋商和合同签订阶段

当出现适合的买方，并已确定交易伙伴的资信状况较高的情况下，出口商就可以与之进行交易磋商了，以洽谈具体的交易内容和交易条件，这一阶段主要是完成贸易洽谈和签订交易合同。在磋商阶段，买卖双方一般会经历询盘、发盘、还盘和接受4个环节，其中发盘和接受是必不可少的基本环节，该环节将就商品价格、质量、数量、装运方式、商品交易方式、支付条件等具体问题进行确定。在此阶段，进出口商都需要尽量细致地考虑各种细节问题，并且确定争议解决方式及适用的法律依据，以避免不必要的麻烦和为自己争取更多的利益。

1. 询盘

询盘(Inquiry, Enquiry)也叫询价，是指交易的一方准备购买或出售某种商品，向对方询问该商品的有关交易条件。询盘的内容可涉及商品的品质、数量、价格、规格、装运期，但多数以询问价格为主，所以，业务上常把询盘称作询价。询盘可采用口头形式，但多数以书面形式出现，书面形式中除了电报、电传、书信外，常采用询价单(Inquiry Sheet)进行询盘。由于询盘只是探寻买或卖的可能性，所以不具备法律上的约束力，询盘的一方对能否达成协议不负有任何责任，询盘人可以同时向若干个交易对象发出询盘。询盘可以由买方发出，也可以由卖方发出，在实际业务中，询盘一般多由买方向卖方发出。询盘不是每笔交易必经的程序，如交易双方彼此都了解情况，不需要向对方探询成交条件或交易的可能性，则不必使用询盘，可直接向对方发盘。下面是一个买方对展示的产品感兴趣进行询盘的示例。

敬启者：

作为巴基斯坦最大的纺织品公司之一，我方对你方在春季商品交易会上展示的机械设备很感兴趣。我方急需这批货物以便淘汰陈旧设备。请报最新CFR卡拉奇价，并告知所需支付方式及最早的装船日期。对您的密切关注预祝谢意。

谨上

2. 发盘

发盘(Offer)也称报盘或报价，是指交易一方(发盘人)以电信或其他方式向对方(受盘人)提出欲购买或出售某种商品的各项交易条件，并表示愿意按此条件与对方达成交易、签

订合同的行为。在实际业务中，如果发盘的交易条件太少或过于简单，会给合同的履行带来困难，甚至引起争议。因此，在对外发盘时，最好将品名、品质、数量、包装、价格、交货时间、地点和支付办法等主要交易条件一一列明。发盘可以是应对方询盘的要求发出，也可以是在没有询盘的情况下直接向对方发出。发盘一般是由卖方发出的，称为售货发盘（Selling Offer），也可以由买方发出，称为购买发盘（Buying Offer），也有人称之为递盘（Bid）。发盘既是商业行为，又是法律行为，在合同法中称为“要约”。

根据《联合国国际货物销售合同公约》（以下简称《公约》）的规定，一项发盘的构成必须具备下列三个条件。

（1）发盘是向一个（或几个）特定受盘人提出的订立合同的建议。受盘人既可以是法人也可以是自然人。这里需要区别“发盘”与“邀请发盘”的区别。普通的产业广告、商品目录、价目单等不能构成有效的发盘，因为没有特定的对象，而只能视做邀请发盘。各国法律对广大公众发出的商业广告是否构成发盘的问题规定不一：大陆法系（Civil Law）中规定，发盘需向一个或一个以上特定的人提出，凡向公众发出的商业广告，不得视为发盘；英美法系规定，向公众作出的商业广告，只要内容确定，在某些场合下也可视为发盘。联合国《公约》规定：“凡向一个或一个以上的特定的人提出的订立合同的建议，如果其内容十分确定并且表明发盘人有在其发盘一旦得到接受就受其约束的意思，即构成发盘。”

（2）发盘的内容必须十分确定。必须明确货物的品名、数量、价格及包装、装运、支付等。也就是说，合同要件在发盘中必须完整明确，这是因为，如果发盘内容不确定，即使对方接受，也不能构成合同成立。

（3）表明发盘人受其约束。即发盘人应向对方表示，得到有效接受时双方即可以按发盘内容订立合同，为此，发盘均规定有一定的有效期，作为发盘受其约束的期限和受盘人接受的有效时限，有效期满，则发盘人可以不受发盘中的交易条件的制约。

根据《公约》规定，发盘于送达受盘人时生效。如发盘由于在传递中遗失以致受盘人未能收到，则该发盘无效。由此可见，一项发盘虽然已经发出，但在未送达受盘人之前对发盘人并不产生约束力，受盘人也只有在接到发盘后才可考虑接受与否。因此，发盘人在发盘发出之后受盘人接到之前，可以改变主意，将先前的发盘撤销。根据《公约》的解释，一项发盘，即使是不可撤销的，也可以撤回，只要撤回的通知在发盘到达受盘人之前或同时到达受盘人。发盘的撤销是指发盘人在发盘已送达受盘人，发盘已经生效之后又改变主意再取消该发盘，解除其效力的行为。各国合同法对发盘能否撤销的问题规定不一。《公约》为协调不同法系，一方面规定发盘可以撤销，另一方面对撤销发盘进行了限制。《公约》规定，“在合同成立之前，发盘可以撤销，但撤销通知必须于受盘人做出接受之前送达受盘人”。

下面是一个根据询盘报盘的发盘示例。

尊敬的先生：

感谢贵方7月5日的询盘，要求我方向你方发出5 000公吨大米的报盘，贵方对我方产品的兴趣我方深表感谢。按贵方要求，我方报出如下实盘，以你方的答复在7月30日或此日期之前到达我方有效。

（1）商品名称：优质大米，产地为黑龙江。

（2）数量：5 000公吨。

（3）价格：每公吨300美元，FOB大连。

(4) 包装：新麻袋包装，每袋装100千克。

(5) 装运时间：2010年10月。

(6) 付款方式：用不可撤销、保兑的即期信用证付款，信用证金额为发票全额，装运前30天开出。

请注意我方报出的价格为最优惠的价格，我方不能接受任何的还盘。

盼早复。

谨上

3. 还盘

还盘(Counter Offer)也称还价，是指受盘人在接到发盘后，不能完全同意发盘的内容，提出修改或变更的表示。还盘可以是口头的也可以是书面的，形式与发盘方式相同。在国际贸易业务中，很少有一方发盘立即被无条件接受的情况，受盘人往往会提出自己的交易条件，由此产生买卖双方就某些交易条件的反复还盘及再还盘。还盘是对原发盘的拒绝，同时又是新的发盘，它取代原发盘成为交易谈判的基础。如果仅仅是拒绝，则不必要再提任何交易条件，可见，还盘不等于简单的拒绝。还盘的内容比原发盘简单，原发盘中同意的内容可不必重复，仅就不同意的条件提出修改即可。

下面是一个要求减价的还盘示例。

尊敬的先生：

我方已经收到贵方6月4日的发盘以及棉布衬衫的样品，非常感谢。

此复，我方很遗憾地告知贵方，尽管我方非常欣赏衬衫的优良品质，但我方的客户认为你方的价格过高，不符合现行市场的价格水平。

事实既然如此，我方不能说服我方客户接受此价，因为同样质量的商品可以以一个低得多的价格买到。如果贵方能把价格降低，比方说10%，我们就能达成交易。

我方相信贵方会认为此还盘是合理的，希望早日得到贵方的答复。

谨上

4. 接受

接受(Acceptance)是指受盘人接到对方的发盘或还盘后，同意对方提出的条件，愿意与对方就该项商品买卖达成交易，并及时以声明或行为表示出来的法律行为，法律上称为“承诺”。

一项有效的接受必须具备以下条件：①接受必须以一定的形式表示出来。接受可以口头或书面，《公约》中并没有对接受必须采取的方式作出规定，而只是规定接受应当以明示或暗示的方式作出。如果要约人对接受方式没有特定要求，接受可以明确表示，也可由受要约人的行为来推断。所谓的行为通常是指履行的行为，比如预付价款、装运货物或在工地上开始工作等。②接受必须是由特定的受盘人做出。任何第三者针对该项发盘的接受对发盘人均无约束力，只能看做对原发盘人为对象的一项新的发盘。③接受应当是无条件的，接受的内容必须与发盘一致。如果受盘人在答复中使用了“接受”字眼，但是又对发盘的内容作了增加、限制或修改，这在法律上不能成为有效的接受，应当叫做还盘。在实际业务中，接受也可以对非实质性的内容作出变更。实质性变更是指涉及价格、支付、质量、数量、交货地点和时间、赔偿责任范围、解决争端等的添加、限制或修改。非实质性变更是指实质上不改变发盘条件的一种表示接受但载有添加或不同条件的答复，如增加单据份数、提供样品、唛头刷制等。④接受的通知要在发盘的有效期内送达发盘人才有效。接受通知晚于发盘人规定的有效期送达，在法律上成为逾期接受(Late Acceptance)。一般认为，原则上逾期接受是无效的，但也有例外的情况。如果发盘人用口头或书面形式通知对方，此接受视为有效。或载有逾期接受的信件或者其他书面文件在传递正常的情况下能够及时到达发盘人的，这项逾期接受仍具有接受的效力。除非发盘人毫不延迟地用口头或书面的形式通知受盘人，认为该发盘已经失效。接受在什么情况下生效与发盘的生效问题一样，各国的法律规定并不统一，英美法律实行"发送主义"，即接受的函电经投递或发送立即生效，即使函电在中途遗失或延误也不影响合同的成立。以德国为代表的大陆法系采用"到达生效"原则，即表示接受的函电在规定的有效期内送达发盘人，接收方能生效，如果因邮递途中延误或遗失只是接受不能在有效期内到达，则合同不能成立。接受一旦生效则不能撤销，如果收盘人在接受生效后反悔，则构成违约，对此要承担相应的赔偿责任。

下面是一个接受还盘的示例

尊敬的先生：

我方收悉贵方6月17日的来函，要求我方男衬衫降价10%。

兹答复，很遗憾，我方认为很难满足贵方要求，我方所报价格仅包含很少的利润，如果不是因为我们的一些买主定期向我们订货，我们不可能按这样的价格供货。

然而，为了在贵地开发市场，我方决定破例接受贵方还盘。

希望我们能够达成交易，盼望早日收到贵方答复。

谨上

5. 合同签订

一般来说，一方发盘一经对方接受，合同即告成立。但合同是否具有法律效力还要视其是否具备一定的条件。一般来说，合同成立应至少具备以下几项条件：①当事人必须在自愿和真实的基础上达成协议。如果非当事人自愿，在受迫、欺诈或冒充等情况下订立的合同是无效的，不受法律保护。②当事人必须具有订立合同的行为能力，是能够独立地行使自己的公民权利，并承担相应的责任与义务的公民个人或法人。③合同必须有对价(Consideration)和合约的约因。对价是英美法系的一种制度，指合同当事人之间所提供的相互给付，即双方互为有偿。约因是指当事人签订合同所追求的直接目的。④合同的标的和内容必须合法。⑤合同形式必须符合法律规定。尽管《公约》规定无论是口头形式还是书面形式均不影响合同的效力，但我国坚持国际货物买卖合同必须采用书面形式。⑥特殊采购合同必须经有关部门批准方为有效，如技术贸易等，仅当事人签字并未生效，合同不生效当然不受法律保护，这类合同只有根据法律规定的程序经有关主管部门批准后才受法律保护，这类合同必须具有书面形式。

在实际业务中，除非非常简单的买卖关系，可以凭口头协议完成履约。大多数国际贸易，在发盘接受后都会签订一份书面的合同，明确双方的权利与义务，否则"空口无凭"，不利于合同的履行。我国《涉外经济合同法》中规定，"通过信件、电报、电传达成协议，如一方当事人要求签订确认书的，签订确认书时方为合同成立"。同时该法律还规定，应由国家有关部门批准的合同，获得批准时方为合同成立，这类合同必须具有书面形式。

书面合同通常有以下三种形式。

一是订单(Order,Order Sheet),即交易成立后,由买方将商品名称、品质、数量、价格、包装、交货及付款等交易的基本条件寄送给卖方,作为贸易合同。

二是售货确认书(Sale Confirmation or Purchase Confirmation),即在交易成立后,由卖方制作一式两份的书面文件,包括交易的具体条件,寄送给买方并经其确认,其中一份再寄回给卖方,作为贸易合同。

三是贸易合同(Trade Contract),即交易成立后,由双方共同制作或一方草拟制作,经另一方同意,双方签字后,作为贸易合同。

(三)出口合同的履行阶段

出口合同的履行过程主要围绕船、证、货、款 4 个要素展开。我国出口贸易业务中,通常选用 CIF 术语,以信用证方式结算。在信用证结算方式下,要求单证相符、单单相符才能完成货款结算。因此,履行合同过程中,表明货物状态的装箱单、检验证书,表明已按要求租船订舱完毕的提单等运输单据及其他相关证明、证书,所载明的货物质量、数量、时间、交货方式等都应与信用证要求相符。收回货款后,还应根据相关政策到相关部门完成出口退税和出口核校。概括地说,出口合同一般要经过备货,催证、审证和改证,租船、订舱,出口报关,投保,装运,制单结汇,出口收汇核销和出口退税等环节。当然,采用的贸易术语不同,买卖双方承担的义务会有所差异,导致这些出口环节会有所增减。下面以 CIF 术语为例对出口贸易流程做一般性的介绍。

1. 备货

备货是出口商根据合同和信用证规定,做好对应交的货物的清点、加工整理、刷制运输标志等,保证按质、按量、按时地准备好应交货物,以及办理申报检验和领证等工作的过程。如果出口商为制造企业,则应根据合同规定的交货期,安排生产并对其产品加以控制,尤其是对其品质、规格、包装等必须保证符合要求;如果出口商为中介公司,当接受信用证后,应立即对供应商下联系单或加工通知单,订购合同产品,并监督供货商生产,保证产品质量。出口商还应向商检部门申报检验,向外贸主管部门申领出口许可证、出口配额证等。联系单或加工通知单是各部门进行备货、出运和制单结汇的共同依据。

2. 催证、审证和改证

采用信用证方式支付时,买方按约定的时间开证是卖方履行合同的前提条件。正常情况下,买方信用证最少应在货物装运前 15 天(有时规定 30 天)开到卖方手中。但在实际业务中,买方往往拖延开证,因此,在以下情况下,卖方应及时催促买方开证:①合同规定装运期限较长(如三个月),同时规定买方应在出口方装运前一定期限内开证(如 15 天),那么出口方应在通知对方预计装运期时,同时催促对方按约定时间开证;②如果根据出口方备货和船舶情况,有可能提前装运时,也可与对方商量,要求其提前开证;③买方未在销售合同规定的期限内开立信用证,卖方可催促买方开证,经催促买方仍不开证的,卖方有权向对方要求损害赔偿;④开证期未到,但发现对方资信不佳或市场情况有变的,也可催促对方开证。

审证是指卖方收到对方开立的信用证后,按照《跟单信用证统一惯例》进行审核,审核的依据是双方签订的合同,要求信用证内容必须与合同内容相一致。审证是银行和进出口公司共同的职责,银行着重审核信用证的政治背景、资信状况、信用证的真伪、付款责任和索汇路线等方面的内容。进出口公司着重审核信用证上标明的货物买卖条款与合同条款是否一致,如信用证的金额、货币、装运期和提交的单据等。

信用证修改有两个原因,其一,凡不符合我国对外贸易方针政策,影响合同履行和安全收汇的情况,必须要求国外客户进行修改。其二,开证申请人的原因。因为情况的变化迫使开证申请人认为有必要修改信用证条款。修改信用证时,应对修改内容一次性地向客户提出,否则既浪费双方的费用也耽误办理手续的时间,而且对声誉方面也有不良影响。

3. 租船、订舱

在对外贸易中如果采用 CIF、CFR 术语成交,卖方在合同履行过程中负责租船订舱。如果出口商品数量较大需要整船装运,卖方应考虑选择办理对外租船手续;如果出口商品数量不多,不需要整船装运,则卖方可考虑安排洽订班轮或租订部分舱位。

租船订舱的基本程序如下:①进出口公司委托外运公司办理托运手续,填写托运单(Booking Notes,B/N),亦称"订舱委托书",递送外运公司作为订舱依据;②外运公司收到托运单后,审核托运单,确定装运船舶后,将托运单的配舱回单退回,并将全套装货单(Shipping Order,S/O)交给进出口公司填写,然后由外运公司代表进出口公司作为托运人向外轮代理公司办理货物托运手续;③货物经海关查验放行后,办理装船,货物装船后,由船长或大副签收"收货单"(又称大副收据,Mater's Receipt)。收货单是船公司签发给托运人的表明货物已装妥的临时收据。托运人凭此收货单向外轮公司或其代理公司交付运费并换取正式提单。

在租船订舱的同时,出口商还可以根据贸易合同对商品检验的要求及时办理报检手续。

4. 出口报关

在 CIF 条件下成交的合同,卖方在租船订舱后还应办理出口报关手续。出口商应在船舶结关前向海关申报通关,并完成相关手续。在商品申报通关之前,出口商须将商品在船舶结关之前送往集装箱堆场(CY)、集装箱货运站(CFS)或码头仓库等海关指定地点,并取得商品进仓证明。如果要提前报关,更应在结关日前提前完成商品入仓手续。报关时还需填写报关单,必要时还需提供合同副本、发票、商检证明及其他证件。

5. 投保

在 CIF 条件下成交的合同,卖方还负责办理运输保险。出口商的投保手续都是逐笔办理的。卖方在装运前,向保险公司申请投保,并填写投保单,保险公司接受投保后签发保险单或保险凭证。如果是由买方负责投保(如 CFR 条件成交的合同),卖方在装船后应及时向买方发出装船通知(Shipping Advice),以便买方能及时办理保险。

6. 装运

只有海关在查验审批放行后,货物才可装船出口。装运期又称为装运时间,是指卖方将合同规定的货物装上运输工具或交给承运人的期限。装运期是国际贸易合同中的主要交易条款,卖方必须严格按规定时间交付货物,不得任意提前和延迟,否则,如造成违约,则买方有权拒收货物,解除合同,并要求损害赔偿。一般根据信用证的规定,提单签发日(提单签发日是货物全部上船的那一天)应当在装运期内,这样卖方才可以向银行顺利结汇。订立装运时间时,其一要考虑货源和船源的实际情况。如对货源心中无数,盲目成交,就有可能出现到时交不了货,而形成有船无货的情况。在按 CFR 和 CIF 条件出口时,还应落实船源的情况,如船源无把握就盲目成交,或者没有留出安排舱位的合理时间,规定在成交的当月交货或装运，则可能出现到时租不到船或订不到舱位而形成有货无船的局面。国际贸易合同中的装运期一般都会比较长，通常是1～2个月的时间，有的甚至长达3个月至半年。其二，买卖合同中的装运时间要明确具体，装运期限应适度。其三，应该注意货源问题、商品的性质和特点以及交货的季节性等，如雨季一般不宜装运烟叶，夏季一般不宜装运沥青、易腐性肉类等。其四，要综合考虑交货港、目的港的特殊季节因素，如北欧、加拿大东海沿岸冬季易封冻结冰，故装运时间不宜订在冰冻时期，反之热带某些地区，则不宜在雨季装运等。最后，在规定装运期的同时，应该考虑信用证开证日期的规定是否明确合理，因为装运期与信用证的开证日期是互相关联的，两者衔接起来才能保证按期装运。

7. 制单结汇

在CIF条件下成交的合同，出口商办完装运和保险后，即完成了卖方的大部分责任与义务，剩下的工作就是缮制结算单证。结算单证是指在国际贸易结算中，为了解决货币收付问题所使用的各种单据、证明和凭证，是进出口贸易业务中必不可少的重要单证。在信用证结算方式下，出口商必须按照信用证的要求，正确地编制各种单据，并在信用证规定的有效期内提交全套信用证要求的单据后，才能办理议付结汇手续，保证货款的安全收汇。主要的结汇单据有汇票、发票、海运提单、装箱单、保险单、装船通知单、一般原产地证、检验证书、普惠制单据等。下面对这些单证做一简要说明。

(1) 汇票(Bill of Exchange, Draft)：在信用证方式下，汇票的付款人应按信用证规定填写，如果信用证无规定，一般以开证行作为付款人，一般受款人为出口商，除非来证中另有规定。开票依据按信用证规定填写，如果信用证未作具体规定，则应在汇票上注明开证行名称、地点、信用证号码及开证日期。汇票一般开具一式两份，两份具有同等效力，任何一份付讫，另一份自动失效。

(2) 发票(Invoice)：与出口相关的发票主要是商业发票。商业发票是指出口商出具和签发的，载明货物规格、数量、单价、总值、包装等内容的清单，同时发票也显示有买卖双方的名称和地址。在不需要汇票的情况下，商业发票是索取货款的重要凭证，也是买卖双方办理报关、纳税和依法退税的主要依据之一，因此，是进出口贸易结算中最重要的单据之一。进口商可通过发票核对所购货物的价格和其他信息，了解出口商的履约情况。

(3) 提单(Bill of Lading)：海运提单简称提单，是承运人或其代理人在收妥货物或货物装船后签发给托运人的，约定将货物运往指定目的地并交付给提单持有人的一种文件。由此可见，提单的本质属性有三个，其一是货物收据，即承运人签发给托运人的收据；其二是承运人和托运人之间签订的运输契约证明，是双方处理运输中的权利与义务的主要依据；其三是物权证明，它赋予提单载明的收货人或其制定人或提单持有人占有货物的权利，即谁拥有提单，谁就拥有货物。跟单汇票和跟单信用证必须在附有提单的情况下才发生效力，提单所列内容必须与信用证相符，否则就可能遭拒付。

(4) 装箱单(Packing List)：又称包装单、花色码单、码单，类似的单据还有重量单、尺码单等，用以说明货物的包装细节。在出口结汇中，除散装货物外，一般都要求提供装箱单。装箱单的作用在于补充商业发票内容的不足，详细记载包装种类、包装件数、货物数量、重量、花色搭配等内容，便于货物到达目的港后，进口商和进口国海关检查和核对货物。

(5) 保险单：保险单简称为保单，是保险人与被保险人订立保险合同的正式书面证明。保险单必须完整地记载保险合同双方当事人的权利、义务及责任。保险单记载的内容是合同双方履行合同的依据,保险单是保险合同成立的证明。保险单是被保险人在保险标的遭受意外事故而发生损失时,向保险人索赔的主要凭证,同时也是保险人收取保险费的依据。

(6) 装船通知单(Shipping Advice):又称装运通知,是出口商根据合同或信用证的规定,在出口货物装船后,以电传、传真或电子邮件方式将与装船有关的情况告知收货人或指定的人的书面文件。议付时,该电传副本、传真副本或电子邮件打印件,便是提交银行结汇的单据之一。装运通知主要有两个作用:其一,在CIF/CIP条件下,让进口商及时了解货物装运情况,准备付款接货,及时办理进口报关等;其二,在FOB/FCA或CFR/CPT条件下,装船通知是进口商办理进口货物保险的凭证。在CFR/CPT条件下的进口业务中,进口商与本国保险公司都事先签订有预约保险,这时发给保险公司的装船通知就起到自动承保的证明。按照国际惯例,在CFR/CPT条件下的国际进出口贸易中,如果卖方未及时通知买方投保,货物在运输途中发生的损失应由卖方承担。为了避免卖方因疏忽未及时通知买方,买方也常在信用证中明确规定,卖方必须按时发出装船通知,并规定通知的内容,作为银行议付的单证之一。

此外,还有一般原产地证、普惠制单据、检验证书等需要根据出口商品及出口目的地等信息来确定是否一定必需。另外,随着贸易信息标准化、代码化,以及电子数据交换技术的推广,这种传统的制单结汇手续有简化的趋势。

我国出口结汇的办法有三种:①收妥结汇,又称收妥付款、先收后结,指出口商应在规定的交单时间内,备齐全部单证,并严格审单,确保没有错误,且单单一致、单证相符后才交银行议付,议付行审查之后将单据寄往国外付款行索取货款,待议付行收到付款行将货款拨入议付行账户的通知书(Credit Note)时,即按当日外汇牌价折合人民币拨给外贸公司。②定期结汇,指议付行根据国外付款行索偿函/电往返所需的时间,预先确定一个固定的结汇期限付汇(如议付行审单无误后7天或14天)。到期后,无论是否收妥国外货款,主动将票款金额折成人民币拨付给外贸公司。③押汇,又称买单结汇,指议付行在审单无误后,按信用证条款买入受益人(外贸公司)的汇票和单据,按票面金额扣除议付行从议付日期到估计货款收到之日的利息和手续费,将余额按议付的挂牌汇价折成人民币拨付给外贸公司。押汇是出口国银行向外贸公司提供的资金融通,它可以使出口公司在交单议付时就取得货款,有利于外贸公司资金的回收。因此,在我国外贸业务中应用较为普遍。

8. 出口收汇核销

所谓出口收汇核销,是指国家外汇管理部门在每笔出口业务结束后,对出口是否安全、及时收取外汇以及其他有关业务情况进行监督管理的业务。对进料加工、来料加工或其他加工贸易的进口料件或出口成品,海关经审单、验放后,签发出口货物报关单(加工贸易海关核销联)交申报人,凭以在主管海关办理加工贸易合同核销手续。出口单位在向当地外汇管理部门办理核销时,如报关单金额和收汇金额有差额,须提供有关证明。货物出口时,将出口收汇核销单与其他所需要的报关单据一起向海关申报。货物放行大约一周时间以后,出口人将海关签章后退回的出口收汇核销单、报关单以及其他有关单据取回留存,准备收汇核销时使用。银行收到外汇货款以后,按照国家有关外汇管理的规定,将外汇货款按照当天的外汇牌价代替国际买入出口人收到的外汇贷款,同时,将相应金额的人民币打入出口人账户,并且以水单的形式通知出口人。出口人应该在一定时间期限内,凭银行签章的出口收汇核销单、出口报关单、外汇水单等单证到外汇管理部门进行出口收汇核销工作。外汇管理部门通过对报关网络记录、报关单证进行检查核对后，认为该笔业务出口、收汇等事宜属实后，便同意出口人的外汇核销，即认定该笔出口业务已经完成。

9. 出口退税

出口退税(Export Rebates)的基本含义是指，对出口货物退还其在国内生产和流通环节实际缴纳的产品税、增值税、营业税和特别消费税，通过退还出口货物的国内已纳税款来平衡国内产品的税收负担，使本国产品以不含税成本进入国际市场，与国外产品在同等条件下进行竞争，从而增强竞争能力，扩大出口创汇。一般情况下，出口企业向税务机关申请办理退(免)税的货物，必须具备以下 4 个条件：必须是增值税、消费税征收范围内的货物，必须是报关离境出口的货物，必须是在财务上做出口销售处理的货物，必须是已收汇并经核销的货物。出口企业向所在地主管退税业务的税务机关填写《出口企业退税登记表》申请办理退税登记证。出口货物报关单(出口退税证明联)(以下简称(出口退税证明联))是海关签发的证明货物已实际出口的证明文件，是国家税务机构办理出口货物退税手续的重要凭证之一。对可办理出口退税的货物，出口货物发货人或其代理人应当在运输工具实际离境，海关收到"清洁舱单"，办理结关手续后，向海关申领出口退税证明联。

二、进口贸易的基本流程

进口与出口是国际贸易业务的两个方面，概括地说，进口贸易也主要分三个阶段：进口前的准备工作阶段、贸易洽谈与合同签订阶段、进口合同的履行阶段。

(一) 进口前的准备工作阶段

进口商在进口贸易前应做好以下几项准备工作。

(1) 市场调研。具体包括进口商品的国内国际调研、商品价格趋势的调研、国际市场供求关系的调研、供应商资信的调研等，目的在于通过信息分析，得出国际市场行情特点，对比进口来源，判断贸易的可行性。

(2) 做好进口成本测算。通过对进口成本的估算进行经济效益分析，然后决定是否进口。进口成本包括进口合同成本和进口费用，进口费用具体又包括关税及其他海关代征费、国际国内运输费、保险费、银行费用以及其他杂项费用等。

(3) 研究制定进口商品经营方案。对于大宗进口交易应认真制定书面进口商品经营方案，作为采购商品和安排进口业务的依据，主要内容大致包括以下几个方面：①数量的掌握。根据国内需要的轻重缓急和国外市场的具体情况，适当安排订货数量和进度，在保证满足国内需要的情况下，争取在有利的时机成交，既要防止前松后紧，又要避免过分集中。②采购市场的安排。根据国别(地区)政策和国外市场条件，合理安排进口国别(地区)，在选择对我方有利的市场的同时，又要避免市场过分集中。③交易对象的选择。应选择资信好、经营能力强，并对我们友好的客户作为成交对象。为了减少中间环节和节约外汇，一般应向厂家直接订购。在直接采购有困难的情况下，可通过中间商代购。④价格的掌握。根据国际市场的价格，并结合采购意图，拟定出价格掌握的幅度，以作为洽谈的依据。在价格的掌握上，既要防止价格偏高造成经济损失，又要避免价格偏低而完不成采购任务。⑤贸易方式的运用。在经营方案中，应根据采购的数量、品种、贸易习惯做法等因素，对贸易方式的采用提出原则性的意见。⑥交易条件的掌握。根据商品的品种、特点、进口地区、成交对象和经营意图，在平等互利的基础上酌情确定和灵活掌握交易条件。

通过前期调研，寻找相对稳定可靠的货源供应，建立供应渠道，选择合适的交易伙伴。

（二）贸易洽谈与合同签订阶段

通过进口前的准备工作，已经选定了资信较好的交易伙伴，进口商可主动与出口商进行交易磋商，洽谈交易的具体内容。在具体的贸易磋商和签订合同过程中要经过询价、发盘、还盘、接受、贸易合同的签订等几个环节，这与出口贸易的对外洽谈是同一问题的两个方面，因此，可参考前文所述。

（三）进口合同的履行阶段

与出口合同履行相比较，进口合同的履行较为简单，但买方也要本着“重合同、守信用”的原则，及时履行合同规定的义务，以便顺利完成进口任务。作为交易的当事人，买方的合同履行过程一般包括以下几个环节（图 19-2）。

（1）申请进口配额、进口许可证等资格证明。根据中国《外贸法》和《商品进出口管理条例》的规定，凡属于限制进口的商品，进口商应视不同商品事先向主管部门（如商务局）申请进口配额或进口许可证。此后，进口商才能凭此向银行申请开立信用证及办理相关的进口通关事宜。目前，中国大多数商品无须申请进口配额或许可证。

（2）申请开立信用证。在信用证支付条件下，买方应按合同规定及时开出信用证。我国进口商应按照签订的进口合同的具体要求，填写开立信用证申请书，向中国银行或其他经营外汇业务的银行办理开证手续。信用证的开证时间、内容条款及种类与合同规定一致。

（3）租船订舱。在 FOB 条件下成交的进口业务，买方负责租船订舱。当租好船或订好舱以后，买方应负责把船名、船期、停靠港口等信息及时通知卖方，以便卖方备货装船，如果数量较大，还应做好催装工作，防止船货脱节。在 CIF/CFR 条件下成交，则卖方负责租船订舱。

（4）投保。在 FOB、CFR 条件下成交的，买方负责办理保险事宜，我国进口保险多采用“预付保险”（Open Policy），即由外贸公司与中国人民保险公司签订“海运进口货物运输预约保险合同”，对外贸公司的险别、保险费率、适用条款及赔偿办法都做出了具体规定。该保险方式简便易行，只要外贸公司收到卖方装船通知单后，将船名、提单号、开船日期、商品名称、数量、装运港、目的港通知保险公司，即视为办妥投保手续，保险公司自动对该批货物承担保险责任。

（5）审单付汇。在信用证支付条件下，银行是第一付款人。在我国进口业务中，中国银行收到国外寄来的汇票及单据后，对照信用证的规定，核对单据的份数和内容，如内容无误，即由中国银行对国外付款。同时，银行通知进口人用人民币按照国家规定的有关折算的牌价向中国银行买汇赎单，从银行换取货运单据，特别是提单，以便办理进口报关等手续。进口公司凭中国银行出具的“付款通知书”向用货部门进行结算。如审核国外单据发现证、单不符时，要立即处理，要求国外改证或停止对外付款。

（6）报检。检验检疫局根据“商品编码”中的监管条件，确认此批进口货物是否要做商检。如果需要，在进口报关之前，进口商还应向港口检验检疫机构申请检验检疫，检验合格后凭检验证明方可办理报关事宜。

（7）进口通关。进口货物到货后，除 DEQ、DDP 条件外，均由买方负责办理进口报关手续并承担相应的风险和费用。一般地，货物到港后须先报关放行后才可卸货。进口报关所需提交的通关单据有进口合同、发票、装箱单、海运提单、提货单、进口许可证、进口配额管理证等。进口商在缴纳完各种费用之后持放行单和提货单到海关指定仓库办理提货手续，提取进口商品。

（8）提货。货物报关并验收合格后，进口公司就可以提交该批货物了，并与用货单位办理货款结算。如果用货单位在本地，由外运公司就地办理拨交，通知用货单位前来取货或派车送往外地。货主本身就是进口商，则根据自己的情况决定取货时间。

（9）索赔。在进口业务中，如果发现一方违约而造成另一方损失，就会出现索赔与理赔。对于进口商，往往由于出口商提供的商品品质、数量、包装等不符合合同规定，需要向有关责任人提出索赔。买方也会因其拒付货款、拒收货物等受到卖方的索赔。

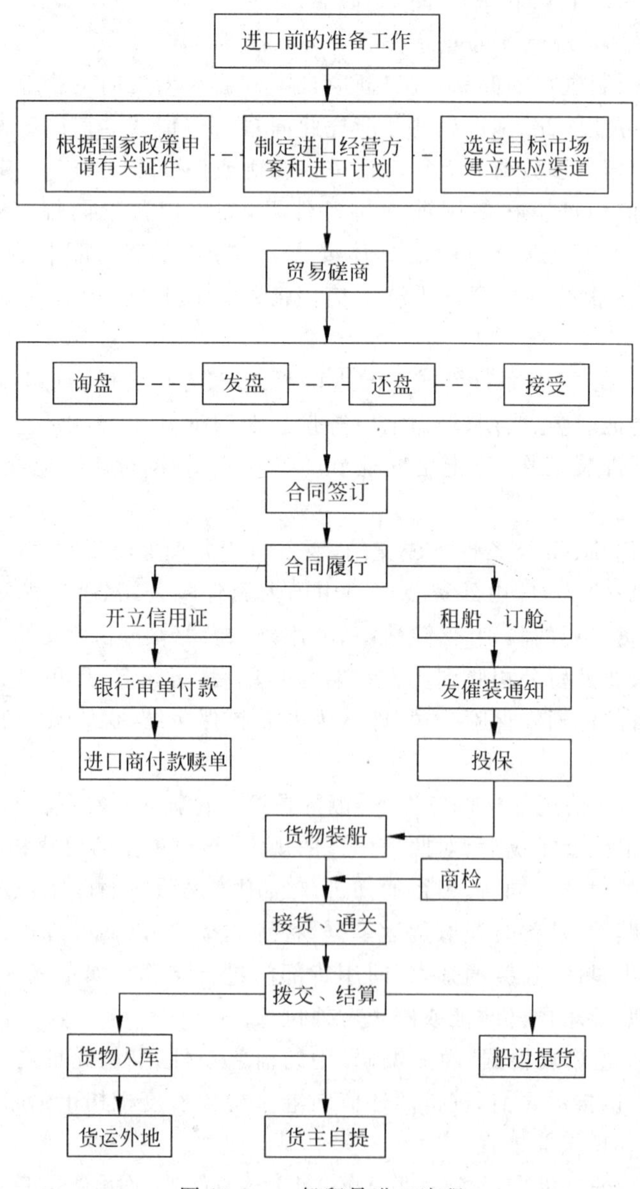

图 19-2 一般贸易进口流程

复习思考题

1. 按代理权限的大小，代理可分哪几种类型？
2. 期货交易与现货交易有什么联系，有哪些区别？
3. 我国发展加工贸易有哪些有利条件？
4. 常用的国际商品贸易方式有哪几种？简要说明各自的含义。
5. 以 CIF 条件为例，说明出口贸易的基本流程。
6. 以 FOB 条件为例，说明进口贸易的基本流程。
7. 说明国际贸易磋商过程中的发盘与接受的含义，及其构成要件。
8. 阅读下列信函，给出回复信函。

尊敬的先生：

我方已经收到贵方 8 月 2 日的发盘及黑皮鞋样品，十分感谢。在检验样品后，我方认为质量和工艺都符合我方要求，但如果贵方能够提供黑色和棕色两种颜色的皮鞋而不是单一的黑色皮鞋，会更加符合我方的要求，我方将向贵方订购如下货品：

商品名称	数量	单价(CIF 纽约)	总价
121 号男鞋(黑色)	500 双	50 美元	25 000 美元
121 号男鞋(棕色)	500 双	50 美元	25 000 美元

我们希望您能在颜色方面满足我们的条件，并尽快完成我们双方的第一单生意。

盼早复。

谨上

参考文献

1. 李左东.国际贸易理论、政策与实务[M].第2版.北京：高等教育出版社，2006.
2. 薛选登.从中美贸易结构比较谈我国对外贸易的科学发展[J].经济纵横，2009，(12)：119-121.
3. 王明明.国际贸易理论与实务[M].北京：机械工业出版社，2003.
4. 冯宗宪，杨建全，张文科.国际贸易理论、政策与实务[M].西安：西安交通大学出版社，2004.
5. [瑞典]马格努松著，王根蓓，陈雷译.重商主义经济学[M].上海：上海财经大学出版社，2001.
6. 罗朝晖.英国晚期重商主义与社会转型的完成[J].历史教学，2005，(3)：27-31.
7. 贾金恩，姚东旭，郎丽华.国际贸易——理论·政策·实务[M].北京：对外经济贸易大学出版社，2005.
8. 海闻P林德特，王新奎.国际贸易[M].上海：上海人民出版社，2003.
9. 赵羽翔.经济学说史研究[M].北京：中国社会科学出版社，2004.
10. 李滋植，姜文学.国际贸易[M].第4版.大连：东北财经大学出版社，2006.
11. [以]埃尔赫南·赫尔普曼，[美]保罗·克鲁格曼.市场结构和对外贸易——报酬递增、不完全竞争和国际贸易[M].上海：上海三联出版社，1993.
12. 章元，陈钊.战略性贸易理论的发展与局限[J].经济学动态，2002，(2)：66-70.
13. 韩军.战略性贸易政策的二种不同取向——对"利润转移理论"和"外部经济理论"的比较[J].北京工商大学学报(社会科学版)，2001，(6)：52-55.
14. 薛荣久.国际贸易[M].北京：对外经济贸易大学出版社，2003.
15. [美]JE斯贝茹.国际经济关系学[M].第3版.北京：对外贸易教育出版社，1984.
16. 冯宗宪，柯大钢.开放经济下的国际贸易壁垒[M].北京：经济科学出版社，2001.
17. 亚蒂什N巴格瓦蒂著，王根蓓译.高级国际贸易学[M].第2版.上海：上海财经大学出版社，2004.
18. 薛求知.当代跨国公司新理论[M].上海：复旦大学出版社，2007.
19. 郭焱.跨国公司管理理论与案例分析[M].北京：中国经济出版社，2007.
20. 苏靖.跨国公司发展新特点[M].人民日报海外版，第10版，2001-05-25.
21. 夏文树.关贸总协定普及读本[M].合肥：安徽人民出版社，1993.
22. 联合国经济和社会事务部统计司.国际贸易标准分类，修订4.联合国：纽约，2008.
23. 李梦.世界贸易组织研究[M].哈尔滨：哈尔滨地图出版社，2007.
24. 刘德标.世界贸易组织及其多边贸易规则[M].北京：中国商务出版社，2005.
25. 田飞.国际贸易与对外贸易——理论、政策、措施[M].第2版.北京：经济科学出版社，1998.
26. 杜奇华，白小伟.跨国公司与跨国经营[M].北京：电子工业出版社，2008.
27. 黄天华.中国关税制度[M].上海：上海财经大学出版社，2006.
28. 张雪梅.报关实务[M].北京：对外经济贸易大学出版社，2007.
29. 孟祥年.国际贸易实务操作教程[M].第3版.北京：对外经济贸易大学出版社，2007.
30. 蒋德恩.非关税措施[M].北京：对外经济贸易大学出版社，2006.
31. 谢娟娟.技术性贸易壁垒研究——理论、实证、对策[M].北京：中国财政经济出版社，2007.
32. 吴鹤松.SA8000社会责任标准认证解读[M].北京：中国商务出版社，2004.
33. 郑秉秀.国际贸易中的知识产权壁垒[M].国际贸易问题，2002，(5)：26-30.
34. 钟筱红.绿色贸易壁垒法律问题及其对策研究[M].北京：中国社会科学出版社，2006.
35. 谢康.国际投资[M].北京：电子工业出版社，2007.
36. 商务部编写组.国际投资[M].北京：中国商务出版社，2006.
37. 刘静华.国际货物贸易实务[M].北京：对外贸易大学出版社，2007.

38. 赵玉焕. 国际货物贸易[M]. 北京：对外贸易大学出版社，2005.
39. 薛敬孝，佟家栋，李坤望. 国际经济学[M]. 北京：高等教育出版社，2000.
40. 董瑾. 国际贸易实务[M]. 北京：高等教育出版社，2001.
41. 王勤. 东盟国家对外贸易及其结构的变化[J]. 东南亚研究，2005，(3)：13-17.
42. 李淑贞，徐艳. 产业内投资与产业内贸易[M]. 特区经济，2006，(12)：152-153.
43. 林康. 跨国公司与跨国经营[M]. 北京：对外经济贸易大学出版社，2000.
44. 肖卫国. 跨国公司海外直接投资研究：兼论加入 WTO 新形势下我国利用外商直接投资的战略调整[M]. 武汉：武汉大学出版社，2002.
45. [美]格林纳韦. 国际贸易前沿问题[M]. 北京：中国税务出版社，2000.
46. 陈岩. 国际贸易理论与实务[M]. 北京：清华大学出版社，2007.
47. 尹翔硕. 国际贸易教程[M]. 上海：复旦大学出版社，2005.
48. 黎孝先. 国际贸易实务[M]. 北京：对外经济贸易大学出版社，2000.
49. 黄建忠. 国际服务贸易教程[M]. 北京：对外经济贸易大学出版社，2008.
50. 沈明其. 国际服务贸易学[M]. 海口：南海出版社，2005.
51. 戴超平. 国际服务贸易[M]. 北京：中国金融出版社，1997.
52. 王晓田，李力. 国际服务贸易总论[M]. 上海：上海交通大学出版社，1997.
53. 喻国华. 国际贸易学[M]. 北京：中国科学技术出版社，1995.
54. 饶友玲. 国际技术贸易. [M]. 第 2 版. 天津：南开大学出版社，2003.
55. 温耀庆. 中国外经贸热点问题研究[M]. 上海：上海交通大学出版社，2005.
56. 徐战菊. 技术性贸易壁垒的现实与潜在威胁及其应对[M]. 国际贸易，2009，(8)：40-43.
57. 申朴，尹翔硕. 技术进步与技术贸易壁垒的跨越：基于模仿视角的分析[M]. 当代财经，2009(4)：96-101.
58. 张蔚，徐晨，陈宇玲. 国际投资学[M]. 北京：北京大学出版社，2002.
59. 李钢. 国际对外投资政策与实践[M]. 北京：中国对外经济贸易出版社，2003.
60. 孔淑红，梁明. 国际投资学[M]. 北京：对外经济贸易大学出版社，2001.
61. 杨志熙，胡静. 证券投资概论[M]. 武汉：华中师范大学出版社，2004.
62. 袁东安. 国际投资学[M]. 上海：立信会计出版社，2003.
63. 万解秋，徐涛. 论 FDI 与国家经济安全[M]. 上海：复旦大学出版社，2006.
64. 张谦. 战略性贸易政策论. [M]. 太原：山西经济出版社，1999.
65. 吕海彬. 21 世纪初期国际直接投资最新发展趋势分析——以发达国家为主要视角[J]. 经济前沿，2009，(2)：54-64.
66. 孙建中. 资本国际化运营——中国对外直接投资发展研究[M]. 北京：经济科学出版社，2000.
67. 张永昌. 产业内贸易论[M]. 上海：复旦大学出版社，2002.
68. 廖翼，兰勇. 中国制造业产业内贸易影响因素实证研究[J]. 经济问题探索，2009，(8)：1-7.
69. 李金林. 国际贸易实务[M]. 北京：对外经济贸易大学出版社，2009.
70. 李创，王丽萍. 物流管理[M]. 北京：清华大学出版社，2008.
71. 王晓东. 国际运输与物流[M]. 北京：高等教育出版社，2006.
72. 冷柏军. 国际贸易实务[M]. 北京：高等教育出版社，2006.
73. 刘冰涛. 国际货物运输[M]. 重庆：重庆大学出版社，2006.
74. 姚新超. 国际贸易保险[M]. 北京：对外经济贸易大学出版社，2005.
75. 刘德标，罗凤翔. 国际贸易实务案例分析[M]. 北京：中国商务出版社，2005.
76. 姚新超. 国际结算[M]. 北京：对外经济贸易大学出版社，2008.
77. 景乃权. 国际贸易结算[M]. 北京：中国财政经济出版社，2005.
78. 张卿. 国际贸易实务[M]. 北京：对外经济贸易大学出版社，2002.
79. 姚遥. 理解不可抗力免责规则注意事项[J]. 合作经济与科技，2006，(11)：80.